Das Buch



Das Ende des Zweiten Weltkrieg[s] hat die [illegible] ein endlich gewaltloses Zeitalter nich[t] erfüllt. Der Sieg über [illegible] Nationalsozialismus bringt die poli[ti]schen Bezüge [illegible] fernten Rhodesien in Unordnung, und die Solidarität der kommunistischen Gruppe, in der Martha Quest ihren Lebenssinn gefunden zu haben schien, beginnt zu bröckeln. Auch ihr Privatleben hat Martha Quest noch nicht ins Gleichgewicht bringen können, sie bleibt auf der Suche nach sich selbst. Doch sie resigniert nicht, sondern macht sich bereit »für den Augenblick, wo das ›Leben‹ beginnen würde«. – »Was dieser Roman so überzeugend vermittelt, wie kein geschichtliches Dokument es kann, das ist eine Stimmung, ein historisches Lebensgefühl, das sind die klimatischen Bedingungen einer bestimmten Politik. Doris Lessing erreicht es, indem sie die Handlungen ihrer erfundenen Personen immer wieder in Beziehung zur Zeitgeschichte bringt, ja, die jeweiligen Aktionen an der Zeitgeschichte mißt ... Es gibt keine Verschontheit, keine Unbetroffenheit, jeder ist dem geschichtlichen Augenblick unterworfen, ganz gleich, wo er sich befindet«, schrieb Siegfried Lenz über diesen Roman.

Die Autorin

Doris Lessing wurde am 22. Oktober 1919 als Tochter eines britischen Offiziers in Persien geboren. Sie wuchs in Rhodesien auf. Politisches Engagement in der Kommunistischen Partei Rhodesiens. Seit 1949 lebt sie in England. 1950 erster großer Bucherfolg mit ›Afrikanische Tragödie‹. Zwischen 1952 und 1969 erschien ihre autobiographisch geprägte Romanpentalogie ›Kinder der Gewalt‹: ›Martha Quest‹ (1952; dt. 1981), ›Eine richtige Ehe‹ (1954; dt. 1982), ›Sturmzeichen‹ (1958; dt. 1983), ›Landumschlossen‹ (1965; dt. 1983), ›Die viertorige Stadt‹ (1969; dt. 1984). Weitere Werke u. a.: ›Das goldene Notizbuch‹ (1962; dt. 1978), ›Das Tagebuch der Jane Somers‹ (1983; dt. 1984), ›Die Liebesgeschichte der Jane Somers‹ (1984; dt. 1985), Romane; zahlreiche Erzählungssammlungen.

Doris Lessing:
Landumschlossen
Roman

Deutsch von Karin Kersten und Iris Wagner

Klett-Cotta
im
Deutschen
Taschenbuch
Verlag

Von Doris Lessing
sind im Deutschen Taschenbuch Verlag erschienen:
Vergnügen (10327)
Martha Quest (10446)
Wie ich endlich mein Herz verlor (10504)
Eine richtige Ehe (10612)
Zwischen Männern (10649)
Sturmzeichen (10784)
Nebenerträge eines ehrbaren Berufs (10796)
Die andere Frau (dtv großdruck 2598)

Ungekürzte Ausgabe
April 1988
Deutscher Taschenbuch Verlag GmbH & Co. KG,
München
Lizenzausgabe mit freundlicher Genehmigung der
Ernst Klett Verlage GmbH u. Co. KG, Stuttgart

Titel der englischen Originalausgabe:
›Landlocked‹

ISBN 3-608-95084-2
Umschlaggestaltung: Celestino Piatti
Umschlagbild: Gisela Breitling
Gesamtherstellung: C.H. Beck'sche Buchdruckerei,
Nördlingen
Printed in Germany · ISBN 3-423-10876-2

## Teil eins

*Eines Tages ging der Mullah
in einen Laden. Der Besitzer
trat auf ihn zu, um ihn zu bedienen.
»Eins nach dem andern«, sagte
Nasrudin, »hast du gesehen, wie
ich deinen Laden betreten habe?«
»Selbstverständlich.«
»Hast du mich vorher schon einmal
gesehen?«
»Noch nie im Leben.«
»Woher weißt du dann, daß ich
es bin?«*

Idries Shah, Die Sufis

I

Die Nachmittagssonne brannte Martha auf den Rücken, doch nicht immer in gleicher Weise. Der Lichteinfall geschah nach einem Muster, das sich unterschiedlich auswirkte. Das war Martha vor ein paar Minuten aufgefallen, am Anfang eines Telephonats, das allem Anschein nach Stunden dauern konnte. Mrs. Buss, die scheidende Chefsekretärin, hatte an diesem Tag zum vierten Mal angerufen, um Martha, ihre mutmaßliche Nachfolgerin, an Dinge zu erinnern, die jemand, der sich Mr. Robinsons Sekretärin nennen wollte, zu dessen Nutz und Frommen zu erledigen hatte. Oder besser gesagt, sie behauptete, dies sei der Sinn ihrer Anrufe (und glaubte es wahrscheinlich sogar). In Wahrheit verliehen sie ihrem (wie Martha fand, durchaus berechtigten) Zweifel Ausdruck, ob Martha geeignet war, irgend jemandes Sekretärin zu sein, geschweige denn die von Mr. Robinson, der von Mrs. Buss fünf Jahre ihres Lebens (fand Martha:) verhätschelt bzw. (fand Mrs. Buss:) angemessen umsorgt worden war.

Mrs. Buss sagte: »Und vergessen Sie freitags die Abrechnung nicht«, und so fort, während Martha, die durchaus bereit war, es innerhalb ihrer selbstgesteckten Grenzen an Gewissenhaftigkeit nicht fehlen zu lassen, sich auf ein, zwei, drei, vier Schmierzetteln Notizen machte. Unterdessen beschäftigte sie sich eingehend mit den Empfindungen ihres Rückens, die zwischen warm, heiß und glühend heiß wechselten. Das Fenster befand sich zwei Schritte hinter ihr, und der grünliche Vorhang, »handgewebt nach Landesart«, fragte nicht danach, ob seine Kante – oder besser gesagt, der Schatten seiner Kante auf Marthas Schulter und die eine Hüfte fiel. Hatte zunächst nicht danach gefragt – mittlerweile gab Martha selbst acht, daß sie genau die richtige Haltung einnahm. An bestimmten Stellen glühte und prickelte ihre Haut vor Kühle: Hinter der Hitze, hinter der Kälte herrschte ein innerliches Glühen, als wäre beides ein und dasselbe. Die Hitze brannte durch die Scheibe auf Schulterblatt und Hinterteil; die Kühle des Schattens brannte ebenfalls. Doch gab es nicht nur den Kontrast zwischen heißer Hitze und heißer Kühle (kalter Kälte und kalter Hitze?), hinzu kamen noch schwächer ausgebildete Nebenlinien, die sich als laue Striche bemerkbar machten, wo der Fensterrahmen quer unterteilt war.

Und da die Flecke und Rechtecke des Sonnenlichts bis in die Mitte des Büros fielen und das bereits drei Stunden lang, war alles erwärmt – Boden, Schreibtische, Aktenschränke, alles stieß Hitze aus, und Martha stand nicht nur unmittelbar gebrandmarkt von Sonnenlicht und Schatten, die ihr in exakt umrissenen Mustern die Haut sengten, sondern durchwärmt von einem allgemeinen Widerstrahlen. Was freilich allmählich des Guten zuviel wurde. »So ganz allmählich«, sagte sie zu Mrs. Buss, »sollte ich wohl besser mal Schluß machen.« Das war ein Fehler; es hörte sich an, als brenne sie darauf, wieder an die Arbeit zu kommen, und bewirkte prompt, daß der Vortrag, der über sie erging, noch ausführlicher geriet. Sie hätte sagen sollen: »Ich glaube, Mr. Robinson möchte telephonieren.«

In diesem Augenblick steckte Mr. Robinson tatsächlich den Kopf aus seinem Büro und bedachte Martha mit einem Stirnrunzeln, weil sie *immer noch* am Telephon war. Er verschwand sofort wieder, und sein Vorwurf hing spürbar im Raum. Martha hatte gerade noch Zeit, zu einem besänftigenden Lächeln anzusetzen, dessen sie sich schämte. Sie würde nicht Mr. Robinsons Sekretärin werden, und sie hätte ihm das gleich sagen sollen.

Sie hätte sich schon vor Wochen endgültig entscheiden und ihm diese Entscheidung umgehend mitteilen sollen. Daß sie es nicht getan hatte, lag an ihrer – immer schlimmer werdenden – Neigung, die Dinge schleifen zu lassen, tatenlos abzuwarten, wie sich alles entwickeln würde. Dabei hätte es nur das eine gebraucht: daß sie in Mr. Robinsons Büro ging und in liebenswürdigem, fast abwesendem Ton erklärte: »Es tut mir leid, Mr. Robinson, doch ich habe beschlossen, daß es besser wäre, nicht Ihre Sekretärin zu werden.« Woraufhin er nicken und sagen würde: »Ganz wie Sie meinen, Mrs. Hesse, machen Sie sich deswegen keine Gedanken.«

Dies unwirkliche Gespräch war der Grund, weshalb Martha bis jetzt nicht wirklich hineingegangen war, um sich auf ein Nein festzulegen, und weshalb sie nun schon etwa eine Woche lang soviel Zeit darauf verwendet hatte, sich über die komplexen Hintergründe eines derart simplen Vorgangs zu verwundern.

Mrs. Buss' Gatte hatte sich entschlossen, am Copper Belt eine Stelle anzunehmen. Mrs. Buss wollte diese Arbeit, die ihrem Wesen entsprach wie ein Handschuh, nicht aufgeben, doch da sie vor allem anderen Expertin auf dem Gebiet der Schicklichkeit war, wußte sie auch, daß es sich für sie schickte, ihrem

Gatten zu folgen, wohin er auch gehen mochte. Obwohl sie nicht mit ihrem Mann, sondern mit ihrer Arbeit verheiratet war, oder besser gesagt, mit ihrem Chef – und das war während der letzten fünf Jahre Mr. Robinson gewesen. Das bedeutete nun nicht etwa, daß an ihrem Verhältnis zu Mr. Robinson irgend etwas Ungehöriges gewesen wäre; ihre Pflichterfüllung entsprach durchaus der Vorstellung dessen, was sich für eine Sekretärin schickte. Am Copper Belt würde sie, nachdem sie in höchster Beunruhigung vielleicht vierzehn Tage damit verbracht hätte, Martha Briefe zu schreiben, worin stand, wie sie für Mr. Robinsons Wohl zu sorgen habe, sich ihrem neuen Chef übereignen, wer immer das sein mochte, und von da an würden ihr Leben, ihre Zeit, ihr Dasein um ihn kreisen.

Was Mr. Robinson anging, so bekam er nicht das geringste mit von diesem Phänomen, über das Martha immer noch nachdachte, nachdem sie jahrelang damit zu tun gehabt hatte.

Was würde er beispielsweise sagen, wenn Martha zu ihm sagte: »Mr. Robinson, wissen Sie eigentlich, daß Mrs. Buss, wenn ihr Stenoblock voll ist, nachts zu Mr. Buss sagt: Du siehst doch, es geht heute nacht nicht – ich habe morgen früh zwei Memoranden und einen Vergleich zu tippen.« Und Mr. Buss war sich über seine Position in ihrem Leben so sehr im klaren, daß er wußte (Mrs. Buss quittierte es mit einem befriedigten Nicken), wann er keine Chance hatte. Was würde Mr. Robinson dazu sagen, wenn er erführe, daß Mrs. Buss an den Abenden vor einer Buchprüfung, einem wichtigen Gerichtstermin, bei dem Mr. Robinson erscheinen sollte, oder auch nur einem besonders großen Postanfall früh schlafen ging und auf Cocktails, Kino, Tanzen – einfach auf alles verzichtete?

Gut und schön, Martha konnte sich nicht vorstellen, daß sie ihm das sagen würde, er würde es einfach nicht glauben. Er würde krebsrot werden; das hagere, »sympathische« Anwaltsgesicht würde einen verdrießlichen Ausdruck annehmen, während es sich dunkel verfärbte. Denn natürlich würde er nicht verstehen, wie unpersönlich diese Leidenschaft war und daß Mr. Buss in zwei Wochen in Lusaka mit ebensoviel Nachdruck klargemacht bekäme, daß »er keine Chance hatte«, nur wäre es dann eine andere Arbeitsstelle, ein anderer Chef.

Wieder flog die Tür auf, und wieder tauchte Mr. Robinson auf, der diesmal verärgert aussah. Martha legte die Hand auf die Muschel und sagte: »Es ist Mrs. Buss«, erleichtert, daß Mrs. Buss eindeutig »Büroarbeit« war.

»Will sie mich sprechen?«

»Möchten Sie mit Mr. Robinson sprechen?«

»I wo, ich will ihn doch nicht bei der Arbeit stören!« lautete die prompte Mahnung. »Ich rufe Sie morgen wieder an, Matty, für den Fall, daß wir etwas vergessen haben.«

Die Tür, die zu Mr. Robinsons Büro führte, war eine glatte orangefarbene Fläche, die gänzlich frei war von irgendwelchen Merkmalen wie einer besonderen Form, Ritzen, Kassetten, zierenden Mustern – da war nur die Maserung des Baumes. Es war Teakholz, und die – wie viele mochten es sein? – Jahre seines Wachstums ließen sich an unregelmäßigen, konzentrischen Linien ablesen. Wenn man die Augen halbgeschlossen hatte, wurde das ins Orange spielende Braun zum Strand, über den das Wasser geebbt war und Linien von Schaum oder Unrat zurückgelassen hatte. Wenn man sie, ohne zu blinzeln, mit voller Konzentration anstarrte, schien die Tür näher zu kommen, wurde zu Klippen von verwittertem Sandstein, verwittertem Fels, aus denen der Lauf des Wassers Muster herausgewaschen hatte – oder zu den unregelmäßigen konzentrischen Wachstumsringen im Holz.

Doch das tat alles überhaupt nichts zur Sache, denn sie mußte hineingehen und Mr. Robinson mitteilen, daß sie nicht seine Sekretärin werden würde. Er saß in diesem Augenblick hinter seinem Schreibtisch, in der Erwartung, daß sie hereinkäme und ihre Bereitschaft erklärte. Das war nur zu begreiflich: Es war eine viel bessere Stelle (darin stimmte sie zu), als sie verdient hatte.

Martha, mittlerweile vom Gängelband des Telephons befreit, stand hinter dem Schreibtisch und vermied den Blick auf die Tür. Die Sonne fiel auf ihren Rücken, doch das Hitzemuster hatte sich verändert. Vor ein paar Minuten hatte sie registriert: Rand der Gardine, Fensterrahmen, Scheibe, horizontale und vertikale Linien, kleine und große Zonen. Doch jetzt war ihre Haut verwirrt. Ein paar gleichförmige Minuten lang hatte sie geradezu penibel Hitze- und Kältegrade verzeichnet, und jetzt schmollte sie: Sie sollte zuviel und zu schnell auf einmal registrieren, was mit dem ganzen Rücken, den hinteren Partien von Schenkeln und Armen passierte, die der willkürlichen Einwirkung von Hitze und Kälte ausgesetzt waren. Als habe sie ein Fieber gepackt. Martha kam auf die Idee, daß sie sich verbrannt hätte – haben könnte. Schließlich konnte Fensterglas wie ein Brennglas wirken; vielleicht hatte ja eine Verdickung oder eine ringförmige Unregelmäßigkeit die Hitze gebündelt, so daß ihr Rücken und ... Sie beugte den Kopf nach hinten und schob die Schulter vor. Sie tauchte glatt aus einem ärmellosen rosa Leinenkleid auf, doch sie war gerötet. Sie verrenkte sich den Hals, um durch die Lücke im rosa Baumwollstoff, wo er von den Schultern abstand, auf ihren Rücken hinabzuspähen, als Mr. Robinson hereinkam und sie in dieser Haltung antraf. Er wurde rot und sie ebenfalls. Mit einem gemurmelten: »Ich möchte gern mit Ihnen sprechen, Mrs. Hesse«, kehrte er in sein Büro zurück. Doch nun stand die Tür offen. Eine von süßem Grasduft erfüllte Luft wehte durch sein Zimmer herein, durch die offenen Fenster – ein Duft von kühlem, gesprengtem Rasen. Der frische Duft mischte sich mit dem Geruch von heißem Glas, von erhitztem Metall, von heißer Farbe, von erwärmtem Lack – Martha legte die Hand auf ihren Schreibtisch, dorthin, wo die Sonne hingefallen war, und zog sie rasch zurück, wie von einer Kochplatte. Sie gehorchte eher dem Duft des frischgemähten Grases als ihrem eigenen Vorsatz und betrat Mr. Robinsons Büro. Unter seinem Fenster Rhodes Street, in der der Verkehr nur so strömte, ein beweglicher Dschungel von erwärmtem Metall. Doch jenseits der beiden Dächer und des indischen Ladens gab es einen rasengesäumten Parkplatz, wo ein Schwarzer gerade die überhängenden Fransen mähte, die sich aus dem jadegrünen Grasteppich mit seiner schaumigen weißen Blütenfülle gelöst hatten, und dieser Duft rieselte über die ganze Unterstadt.

Martha hob die linke Hand und schob sie unter die Achsel hindurch nach hinten, um ihre seltsame Verrenkung zu erklären. »Ich habe mich verbrannt – das Fenster, wissen Sie?« fügte sie hinzu. Dann setzte sie, immer noch lächelnd, weil sie befürchtete, daß das nach einer Beschwerde geklungen haben könnte, weil das Vorzimmer in der prallen Sonne lag, als weitere Erklärung hinzu: »Ich bin einfach zu blöd.«

Mr. Robinson ließ ein äußerst falsches (allerdings seine Gutwilligkeit bezeugendes) Lachen hören und sagte: »Nehmen Sie Platz, Mrs. Hesse.«

Mrs. Hesse nahm Platz und wußte, daß ihre Absage dadurch erschwert werden würde, daß sie auf dem Klientenstuhl saß.

Nun bot Mr. Robinson ihr eine Zigarette an, indem er die braune athletische Hand (er spielte Golf oder Tennis und schwamm jeden Sonntag) mit dem silbernen Etui am Ende in einer geradlinigen, kolbenstoßartigen Bewegung hervorschießen ließ. Da saß er nun, verbindlich, maßgekleidet, gesund, intelligent, und sein hageres, gutaussehendes Gesicht erwartete mit einem Lächeln, daß Martha in aller Form sein Angebot annehmen würde, seine Sekretärin zu werden.

Diese beiden Menschen hatten nun seit Jahren all ihre Arbeitstage mit sämtlichen Wechselfällen geteilt, und sie wußten nichts voneinander, hatten niemals wirklich etwas miteinander zu tun gehabt und mochten einander eigentlich nicht, wie Martha klar war. Er bat sie aus einer Trägheit heraus, die ihrer eigenen entgegenkam, künftig als Sekretärin für ihn zu arbeiten: Lieber den Teufel, den man schon kennt. Schließlich war sie die ganze Zeit bei ihm gewesen (wie es so schön heißt), und vermutlich hatte doch wohl einiges von Mrs. Buss' Tüchtigkeit auf sie abgefärbt?

»Ja, also«, begann sie verlegen, »es tut mir schrecklich leid, Mr. Robinson, aber ich kann nicht Ihre Sekretärin werden.« Schon hatte er den starren, gekränkten Blick auf sie gerichtet, so daß sie stammelnd fortfuhr: »Einmal ist da mein Vater, er ist schrecklich krank, und es wäre nicht richtig von mir, denn ich könnte der Arbeit nicht meine ganze Aufmerksamkeit widmen.«

Er war rot vor Ärger, doch auch vor Hitze, denn wenn sein Büro durch das Vorzimmer und eine Wand auch vor der Abendsonne geschützt war, so glitzerte und funkelte doch alles, weil die blitzenden Fenster des hohen Gebäudes gegenüber rote und goldene Strahlen herüberschickten. Die Hitze in diesem Zimmer erzeugte einen Brodem von Tabak, Rauch, schaler Pfeifenasche, heißem Holz und Metall und heißem Fleisch.

»Nun, darin kann ich kein Hindernis erblicken«, erwiderte er. Er war verärgert, weil Mr. Quests Krankheit sozusagen bereits in den Organismus seines Büros integriert worden war. Etliche Male hatte Martha während der letzten paar Wochen Hals über Kopf weg gemußt, weil Mrs. Quest sie mit der Ankündigung, sie garantiere für nichts, wenn Martha nicht sofort käme, telephonisch ans Krankenbett gerufen hatte.

Und davon einmal abgesehen, wie war das denn gewesen in der langen Zeit (die zwar vorbei war, aber die es unleugbar gegeben hatte), als die Hälfte aller Anrufe Martha in ihrer Eigenschaft als Schriftführerin eines halben Dutzends »roter« Organisationen gegolten hatten? Mr. Robinson hatte auch das alles geschluckt, aus schierem Anstand, denn in seiner Eigenschaft als künftiges Parlamentsmitglied lehnte er »den Kommunismus« mit allem Nachdruck ab. »Ich werde nicht zulassen, daß ihr Burschen unsere Schwarzen aufwiegelt« – so lauteten seine Worte, die er gelegentlich an Martha richtete.

Martha dachte: Ich habe schon alles verbockt. Warum sieht er bloß nicht ein, daß wir niemals miteinander zurechtkommen würden? Außerdem *wäre* ich nun mal keine Sekretärin – wo das Wesen einer guten doch darin besteht (und ab sofort wird er das vor allem anderen von mir verlangen), daß sie mit Leib und Seele in ihrer Arbeit aufgeht. Ich bleibe als Kontoristin oder so etwas, doch mehr nicht.

Mr. Robinson wartete immer noch, daß sie mit einer plausibleren Ausrede herausrückte. Inzwischen hatte er begriffen, daß sie nicht seine Sekretärin werden würde, machte seinem Ärger jedoch weiter Luft, indem er auf »Erklärungen« bestand.

»Diese verdammte Sonne«, murmelte er und warf Martha dabei einen halben Blick zu, um ihr zu bedeuten, daß sie die Vorhänge zuziehen sollte. Sie war bereits aufgestanden, als er sich darauf besann, daß sie als jemand, der auf dem Klientenstuhl vor ihm saß, vorübergehend in einer anderen Rolle hier war. Er sprang auf und zerrte haferfarbene Vorhänge über die ganze Wand, so daß die Sonne nun in Tausenden winzigen Linien von grellem gelbem Licht kreuzchenförmig vor dem dunkleren Leinen stand.

Er setzte sich wieder und lächelte: ein spottlustiges kleines Lächeln. Martha vermerkte es mit Entsetzen, spürte, daß sie nachgiebig wurde. Das Lächeln sagte: Vielleicht zieren Sie sich ja nur? Möchten Sie vielleicht dazu überredet werden? Erzählen Sie mir doch mal ...

Sie kam sich albern, theatralisch, lächerlich vor. Sie wußte, wenn sie zu diesem Angebot ja sagte, dann wäre das eine der schlechten, folgenschweren Entscheidungen ihres Lebens. Sie wußte nicht, weshalb: Es war einfach so. Ihr Leben konnte sich dadurch verändern – in der falschen Weise. Sie *wußte* das. Gleichzeitig war es hochtrabend und melodramatisch, abzulehnen, und sie kam sich albern vor.

»Hören Sie zu, Mrs. Hesse, der Krieg pfeift auf dem letzten Loch, das ist deutlich zu sehen. Die Seniorpartner können jeden Augenblick nach Haus kommen. In einem Jahr wird diese Firma die ganze Etage einnehmen und die drüber dazu – sie wird das größte Anwaltsbüro der Stadt sein. Es wird fünf aktive Partner geben, und das heißt, fünf Sekretärinnen, und ich vermute, ungefähr zehn Schreibkräfte und ein paar Kontoristinnen.« Er sprach voller Stolz. Weit weg war Mr. Robinson von dem schäbigen alten Gebäude in der Founders' Street (das doch nur vier-, fünfhundert Meter entfernt war), den schäbigen alten Büroräumen, dem halben Dutzend Maschinenschreiberinnen. Und weit weg war er in der Phantasie von dem gegenwärtigen Arrangement aus zwei eleganten Zimmern, die von Mr. Robinson, Mrs. Buss und Mrs. Hesse ausgefüllt wurden. Nein, er war bereits der Eroberer zweier weitläufiger, glasblitzender Etagen, die bis obenhin angefüllt waren mit Anwälten, Kontoristinnen und Sekretärinnen: »Das größte Anwaltsbüro der Stadt.«

Und er wollte, daß Martha seine Erregung teilte. Das Ärgerliche war, sie *fand* es erregend. Wenn sie sich nicht in acht nahm, war es gleich soweit, daß sie einwilligte.

»Es tut mir schrecklich leid, Mr. Robinson«, sagte sie; und obwohl ihr das Ganze ungeheuer peinlich war, besaß ihre Stimme genügend Festigkeit. Er schaute sie an, gekränkt. Um die Röte zu verbergen, die ihm ins Gesicht schoß, sprang er von seinem Stuhl auf und fing an, in einem Aktenschrank herumzuwühlen. »Wenn ich bloß wüßte«, murmelte er, »wo die Akte der Condamine Mining Company steckt.«

Martha blieb noch einen Augenblick sitzen und blickte auf die Condamine Akte, die unmittelbar vor ihr auf seinem Schreibtisch lag. Dann stand sie auf. »Mr. Robinson«, fing sie an, als er sich bückte, um ein Blatt Papier aufzuheben, das auf dem Boden lag. Als er sich wieder aufrichtete, stieß er sich den Kopf hart an einer halboffenen Schublade.

Der Anprall ging Martha durch und durch und machte sich als eine Woge von Übelkeit bemerkbar. Er wiederum stand und hielt die Schublade mit beiden Händen umklammert, schwankte vor Benommenheit, und aus den geschlossenen Lidern in seinem weißen Gesicht quollen Tränen des Schmerzes. Martha biß die Zähne zusammen, so sehr drängte es sie, ihn zu trösten; die Arme hatte sie an die Taille gepreßt, um zu verhindern, daß sie sich um ihn legten – und sie sagte nichts, nicht ein Wort, nichts. Sie stand wie eine Säule kalter Beobachtung. Wenigstens, dachte sie, muß ich wegschauen ... Sie wandte sich ab, trat ans Fenster, zupfte eine Ecke des haferfarbenen Leinens weg und schaute hinaus über den Strom der Autos und Lastwagen, über Dächer, hinüber zu dem Schwarzen, der sich stetig bückte und wieder aufrichtete, die Sonne glänzte rot auf seiner schwarzen polierten Brust, dem Rücken und ließ rote Striche auf seine Sense gleiten. Das Gras fiel in jadegrünen Lagen zu beiden Seiten des Mannes, schaumig von weißen Blumen, und der Duft von gemähtem Gras wehte herein und legte sich über die dicken süßlichen Gerüche von Tabak, Schweiß, Asche, erhitztem Holz. Martha hörte, daß Mr. Robinsons Atem sich beruhigte und schließlich normal wurde. Ihr war ganz schlecht von seinem elenden Zustand, und doch war es ihr unmöglich, irgend etwas zu tun. Wenn er sie für diese Unbeteiligtheit gegenüber seinem Schmerz haßte, dann geschah ihr das recht. »Geht es wieder?« fragte sie schließlich, und er antwortete mit Mühe: »Ja, danke.« Und dann war er weg, mit seinen langen federnden Schritten aus dem Büro gegangen, und sie dachte: Natürlich, er holt sich Wasser – daran hätte ich denken müssen.

Als er wiederkam, bedachte er sie mit einem Blick kalter Abneigung, und ihr war klar, daß sie ihn verdient hatte.

»Wollen Sie ganz aufhören?« fragte er, ließ sich wieder in seinen Sessel gleiten und knallte alle Schubladen in seiner Reichweite zu. Auf der Stirn erhob sich ein roter Höcker inmitten einer schwärzlichen Schwellung, und Blut sickerte heraus. Er betupfte sie.

»Nur, wenn Sie das wünschen«, antwortete sie und blieb, wo sie war, bei dem Vorhang.

»Falls Sie der Meinung sind, daß ich Ihnen nicht genug Geld anbiete, dann sind Sie unvernünftig, finde ich.«

Da er ihr Mrs. Buss' Gehalt bot, hatte er damit nur allzu recht.

»Das ist es nicht – wissen Sie, das ist doch so: Ich glaube, Ihnen ist nicht recht klar, wie wundervoll Mrs. Buss ist – war, ich glaube, Sie ahnen das überhaupt nicht.«

Er warf ihr einen seiner raschen, zustimmenden Blicke zu – rasch aus Scheu, nicht aus Schärfe, und folgerte, daß die Unbeholfenheit ihres Auftretens auf Unaufrichtigkeit beruhte. Kühl sagte er: »Meine liebe Mrs. Hesse, Sie wollen doch wohl damit nicht andeuten, daß ich Mrs. Buss' Wert nicht kenne? Ich habe nie im Leben so jemanden gehabt, und ich bin sicher, ich werde auch nie wieder so jemanden haben. Doch nun ist sie weg, und ich kann Ihnen im Vertrauen gestehen, daß es manchmal zuviel des Guten war. Ich meine, manchmal hatte ich das Gefühl, nicht gut genug für sie zu sein – etwa, wenn ich morgens gern mal später gekommen wäre – ich hätte es nicht gewagt!« Er ließ ein erwartungsvolles Lachen hören, und sie stimmte mitfühlend ein. »Ich verlange von Ihnen nicht, daß Sie Mrs. Buss sein sollen – das können Sie mir glauben!« An diesem Punkt begann er, mit fahrigen, unkontrollierten Bewegungen, die Aktendeckel und Papiere auf seinem spiegelglatten großen Schreibtisch durcheinanderzuwerfen, was, wie Martha (mit wachsender Erschöpfung, die gegen ihren Willen von einer starken Zuneigung durchkreuzt wurde) sehr wohl begriff, soviel bedeuten sollte wie: Sehen Sie, das ist es, was ich möchte, ich möchte, daß man mir zur Hand geht wie Mrs. Buss, sehen Sie sich doch an, was das sonst für ein Schlamassel ist! Er hatte den Papieren allzuviel Fahrt gegeben, so daß sie nun zu Boden flatterten. Martha bückte sich, um sie wieder aufzuheben, und kam sich lächerlich vor, weil Mr. Robinson nun ebenfalls aufstand und sich bückte, wenn er dabei auch seinen Kopf in acht nahm und der bedrohlichen Schublade amüsierte Blicke zuwarf, die für Martha bestimmt waren, so wie sie die Hand unter der Achsel hindurchgesteckt und sich ans Schulterblatt gefaßt hatte, um damit eine Art Erklärung zu geben. Ein Weilchen ruckten die beiden mit dem Oberkörper auf und nieder – wie zwei pickende Hühner, dachte Martha, und sammelten – eine rührende Szene der Harmonie und des guten Willens – die Blätter auf, die überall verstreut lagen. Glücklicherweise läutete das Telephon im Vorzimmer, und Martha war erlöst. »Robinson, Daniel und Cohen«, sagte sie in das schwarze Rohr, und Mrs. Quest sagte in dramatischem Tonfall: »Matty, bist du's? Du mußt sofort kommen!«

Martha setzte sich und wollte wissen: »Er ist also wieder krank?«, während sie sich ein Blatt heranholte und Pennys, Schillinge und – da dies eine der großen Gebührenrechnungen der Firma war – Hunderte von Pfund zusammenzählte. Mrs. Quest hatte an diesem Tag bereits zweimal angerufen, das erste Mal, um mitzuteilen, daß Mr. Quest gerade einen bösen Anfall habe und daß Martha sich darauf einstellen solle, jeden Augenblick zu kommen, und dann noch einmal, um mitzuteilen, daß Mr. Quest über den Berg sei.

Martha ging auf, daß bei dem Gespräch mit Mr. Robinson etwas vergessen worden war: Sie erhielt jeden Monat zusätzlich zehn Pfund für die Buchführung. Doch nun würde es Buchhalter geben, und es wäre sein gutes Recht, ihr zehn Pfund vom Gehalt abzuziehen.

»Matty, bist du noch da?«

»Aber natürlich.«

»Ich warte auf den Arzt.«

»Ach ja?«

»Wenn du also noch Sachen zu erledigen hast, dann beeil

dich, weil du doch gesagt hast, daß du kommst, und nach dem ganzen Gerenne kann ich mich kaum mehr auf den Beinen halten. Und du hast wahrscheinlich auch nichts zu Mittag gegessen.«

Die schiere Verrücktheit dieses Gesprächs berührte Martha nur an der Oberfläche. »Ich bin pünktlich auf die Sekunde drüben«, erwiderte sie besänftigend und hätte auch weiter besänftigend auf sie eingesprochen, wenn Mr. Robinson nicht unvermittelt im Vorzimmer aufgetaucht und »Mrs. Hesse!« gerufen hätte, ehe er sah, daß sie noch am Telephon war. Martha hielt die Muschel zu und fragte: »Ja, Mr. Robinson?«

»Wenn Sie fertig sind«, sagte er und ging wieder hinein.

Die Sonne brannte auf Marthas verbrannte Schulter. Sie zog die Vorhänge mit einem Ruck zu, als Mrs. Quest sagte: »Und deshalb kann er überhaupt nichts bei sich behalten, und der Doktor sagt, bald wird man um eine rektale Ernährung nicht mehr herumkommen. War es denn gestern abend schön im Kino?«

»Ich war nicht im Kino. Weshalb hast du mich denn angerufen?«

»Ach, übrigens«, sagte Mrs. Quest nach einem verwirrten Schweigen, und ihr Atem ging rasch, »ich dachte, ich sollte dir sagen, daß Caroline den Nachmittag über hier ist und daß du vorsichtig sein mußt, damit sie dich nicht sieht.«

Natürlich, dachte Martha, das ist es. Ich hätte es ahnen sollen. »Da ich dir ja vorhin schon gesagt habe, daß ich nicht vor acht kommen kann, und da Caroline bis dahin lange weg sein wird, sehe ich nicht, was das soll!«

»Na, du hättest ja vielleicht jetzt schon kommen können, wenn du nicht so beschäftigt wärst, du böses Mädchen.« Mrs. Quest klang jetzt launig, ja neckisch, und um ihrer Wut das Wasser abzugraben, sagte Martha rasch: »Sag meinem Vater, ich bin um acht da. Wiedersehen, Mutter.« Sie legte den Hörer auf und zitterte vor Zorn.

Es hatte sich folgende Situation ergeben: Mrs. Quest hatte es sich zur Gewohnheit gemacht, ihre Enkelin mehrmals in der Woche für den Tag oder den Nachmittag mit Beschlag zu belegen. Das kleine Mädchen spielte mit seinem Kindermädchen in dem großen Garten, während Mrs. Quest von den Fenstern des Zimmers, in dem Mr. Quest im Krankenbett lag, die Aufsicht führte. Und warum auch nicht? Martha fand es vernünftig, daß die Quests ihr Enkelkind haben sollten, während sie, die Mutter, jedes Recht an dem Kind verwirkt hatte und folglich ausgeschlossen blieb. Es war völlig richtig, daß das Kind sie nie zu Gesicht bekommen sollte; es würde Caroline nur verstören, die mittlerweile an Elaine Talbot, nun Elaine Knowell, die neue Mutter, »gewöhnt war«, wie alle sagten. Martha war mit dem allen einverstanden gewesen, hatte es akzeptiert, eingesehen, daß es nur gerecht war. Doch an den Nachmittagen, wo Caroline bei ihrer Großmutter war, rief Mrs. Quest unweigerlich an, um Martha mitzuteilen: Caroline ist hier. Ich kann sie am Fischteich spielen sehen, hübsch sieht sie heute aus. Oder: Daß du ja nicht vorbeikommst, Matty, Caroline ist hier!

Und Martha antwortete: Ja, Mutter, nein, Mutter. Und nicht ein einziges Mal hatte sie verlauten lassen, was ihr entsetztes, verletztes Herz immer und immer wiederholte, während sie fortfuhr, mit einem höflichen »Ja« und »Natürlich« zu antworten: Du genießt das – es ist dir ein Vergnügen, mich zu strafen. Das ist ein Sieg für dich, daß es dir freisteht, das Kind zu sehen, und mir nicht – sadistisches Weib, grausames sadistisches Weib ... So murmelte Martha insgeheim und verzehrte sich vor Haß auf ihre Mutter – lächerlicherweise, denn Marthas Verhältnis zu ihrer Mutter mußte doch offensichtlich für alle Zeit davon bestimmt sein, daß Mrs. Quest »nicht anders konnte«. Konnte sie auch nicht.

Nun saß Martha stocksteif da, sie bebte, und die Gedanken, deren sie sich schämte, weil sie wußte: sie waren ungerecht und lächerlich, brodelten in ihr, und sie konnte es nicht ändern: »Und jetzt ist mein Vater krank, endlich wirklich krank, und deshalb muß ich dorthin gehen, in ihr Haus, und sie hat mich da, wo sie mich hinhaben will. Ich bin wehrlos.«

Mr. Robinson kam aus seinem Büro.

»Ja, Mr. Robinson?«

»Was ich sagen wollte: Annoncieren Sie doch wegen einer neuen Sekretärin. Sie wissen ja, was wir brauchen.«

»Ich sorge dafür, daß es morgen drinsteht. Und was ist nun mit den zehn Pfund?«

»Was für zehn Pfund?«

»Wenn wir richtige Buchhalter haben, dann ...«

Zum hundertsten Mal an diesem Tag (so schien es), wurde er rot und sie ebenfalls.

»Schwamm drüber«, murmelte er. Und lächelte dann hastig, weil er Angst hatte, schroff gewirkt zu haben. Sie lächelte strahlend zurück. »Danke«, sagte sie. Er stürzte türenschlagend aus dem Büro. In der Mitte des Gebäudes setzte sich das Türenschlagen bis nach unten fort, dann fuhr aufheulend ein Wagen los.

Martha schloß Schubläden und Türen, zog die Vorhänge wieder auf, hinter denen die erhitzten Glasflächen zum Vorschein kamen, und warf zusammengeknülltes Papier in die Papierkörbe. Das Telephon begann zu läuten. Es war fünf Minuten nach Büroschluß, also ließ sie das Telephon in dem hitzeglühenden Büroraum vor sich hinläuten und trat ebenfalls den Gang nach unten an. Windung um Windung folgte sie ihrem Arbeitgeber durch den Treppenhausschacht in der Mitte des Gebäudes, während er wahrscheinlich schon etliche Meilen entfernt war – bei dem Tempo, das er fuhr. Der Waschraum war leer. Die sechs Waschbecken, die sechs rechteckigen Spiegel und die Kloschüssel waren blitzblank. Der alte Mann, der der »Boy« des Hauses war, war gerade fertig mit Putzen. Er ging hinaus, als Martha hereinkam, und sagte: »Gut Nacht, Missus.« Martha trat vor einen Spiegel, hob die braunen Arme zum Haar und verharrte einen Augenblick in dieser Haltung. Lächelnd betrachtete sie die glatte, makellose Haut, die vollkommene kleine Achselhöhle.

Das Lächeln war jedoch ironisch. Sie wischte es weg. Es war zu oft zu sehen, und allzu oft mußte sie es beiseite schieben und die Gemütsverfassung, der es entsprang, unschädlich machen. Sie mußte überleben, das wußte sie; dieser Abschnitt bestand im Durchhalten, Abwarten, Bereitsein für den Augenblick, wo das »Leben« beginnen würde. Doch dieses Lächeln ... Es hatte etwas Verbissenes, das sie an den Ausdruck der Entschlossenheit erinnerte, den ihre Mutter zeigte, wenn sie über ihrer Näharbeit saß oder nicht merkte, daß sie beobachtet wurde.

Martha machte sich das Gesicht zurecht, zog das rosa Leinen über Hüften und Schenkeln glatt und kämmte sich das Haar. Diesmal konnte sie, als sie ihr Gesicht dem Spiegel näherte, nicht verhindern, daß sie ein wirklicher Schmerz durchzuckte. Sie war vierundzwanzig. Sie war niemals anziehender gewesen als jetzt, würde es wahrscheinlich niemals sein. Und wofür? – Das war der springende Punkt. Von jetzt an, halb fünf Uhr an einem strahlenden Märznachmittag, bis Mitternacht, wenn sie Anton die Wange zum Kuß entgegenhalten würde, würde sie von einem Ort zum anderen laufen, eine Gruppe von Leuten nach der anderen treffen, und alle würden sie auf eine Weise begrüßen, die sie nicht nur ihrem Äußeren zu dieser Zeit, sondern einer bestimmten Eigenschaft verdankte, die sie nicht definieren konnte, es sei denn, sozusagen von ihrem Reversbild her, der Haltung der anderen ihr gegenüber. Dabei blieb sie jedoch abgekapselt, und ... Was für eine Vergeudung, verdammt noch mal! Damit beendete sie diese bitteren Gedanken und wandte sich um, um sich von hinten zu betrachten. Nur bis zur Taille, denn der Spiegel hing zu hoch. Wegen dieser ganzen »Rumrennerei« – so drückte Anton sich aus –, weil ihr Leben zu diesem Zeitpunkt nur darin bestand, daß sie Leute traf, alle möglichen Dinge regelte, mit Situationen und Menschen fertigzuwerden suchte, die unablässig aufeinander folgten, war sie dünn, hatte sie »eine ihrer dünnen Zeiten«, war sie wieder eine »schlanke Blondine«. Oder doch beinahe: daß jemand blond ist, ist wahrscheinlich eher eine Frage der Struktur des Haars als der Farbe. Marthas Haar war nicht glatt genug, als daß sie die Bezeichnung Blondine verdient hätte.

Und außerdem blieb das, was sie jenseits dieser Metamorphosen des Stils oder der Figur oder – offensichtlich sogar – der Persönlichkeit wirklich war, unverändert und verstärkte sich noch. Das, worin Martha sich in dieser Zeit gleich blieb, war ihr Überlebenswille – wie bei allen anderen Menschen auf der Welt auch, sagte sie sich; es bestand in einer Wachsamkeit, einer Willensanspannung, die wie ein kleines flackerndes Licht war, wie der ständige, kaum wahrnehmbare Tanz des Blitzes am Horizont, der von einem Gewitter soweit jenseits des Erdballs herrührte, daß er sich nur als Widerspiegelung am Horizont bemerkbar machen konnte. Martha sah zu, daß sie durchkam – wie alle anderen auch. Sie war ein Leuchtturm der Wachsamkeit; sie befand sich völlig in der Defensive. Das war ihre Wirklichkeit, nicht die »hübsche« oder »attraktive« Martha Hesse, eine eher blonde, dunkeläugige junge Frau, die ihr aus dem Spiegel entgegenlächelte, wovor sie auf das kleidsamste in rosa Leinen aufgebaut war, das, wo die Hüftknochen hervortraten, eine dunkle schattige Vertiefung hatte. Doch es war die »attraktive« Martha Hesse, die sie jetzt zu Maisie führen würde, und sie mußte zum Zweck dieses Besuchs diese attraktive Matty unbedingt stärken, polieren und ordentlich herauskehren, denn vor allem anderen verstand Maisie stets instinktiv, was unter den falschen Hüllen der Menschen vorging, und das war der Grund, weshalb Martha furchtbar gern mit Maisie zusammen war, jedoch gleichzeitig Vorkehrungen zu ihrem eigenen Schutz treffen mußte ... Maisie erwartete sie erst in einer Viertelstunde. Martha zündete sich eine Zigarette an, hockte sich auf den Rand eines Waschbeckens, schloß die Augen und ließ den bitteren Rauch durch die Zähne steigen. Sie spürte die Berührung des Rauchs auf der Rundung ihrer Wangen, spürte, wie er ihre Wimpern, ihre Brauen berührte und sich darin verfing.

Sie durfte nicht alles miteinander vermischen, sagte sie sich.

Den letzten Samstagvormittag hatte sie mit Maisie verbracht. Es hatte ihr wohlgetan, in diesem scherzhaft murrenden Ton mit ihr zu schwatzen, diese weibliche Übereinstimmung zu spüren, wenn es darum geht, so zu tun, als erwarte man nichts mehr vom Leben. Und was war das Ergebnis dieses Vergnügens, dieses Entzückens gewesen, einmal nicht auf der Hut sein zu müssen? Eben die Situation, in der sie und Maisie sich jetzt miteinander befanden, eine schiefe Situation. Sie hatte wieder alles mögliche miteinander vermischt, das war der Grund.

Marthas Träume, stets ein treuer Wachhund oder eine getreuliche Wiedergabe dessen, was gerade los war, lieferten ihr liebenswürdigerweise ein Bild ihrer Lage. Diesmal handelte ihr Traum, derjenige, der immer wieder kam und von dem sie wie von einem Thermometer oder einem Maßstab ablesen konnte, was mit ihr los war, von einem geräumigen Haus, einem Bungalow, in dem es ein halbes Dutzend verschiedene Zimmer gab, und worin sie, Martha (die Person, die zusehen mußte, daß sie durchkam, die aufpaßte, die sich in einer Zeit der Dürre und des Zerfalls als ganzes Wesen bewahren mußte), sich wachsam von einem Zimmer zum anderen bewegte. Diese Zimmer, die alle anders möbliert waren, mußten voneinander getrennt gehalten werden – sie *mußten* einfach, das war diesmal Marthas Aufgabe. Denn wenn ihr das nicht gelang – ihre Träume sagten ihr, was sie dann zu erwarten hatte. Das Haus zerbröckelte vor ihren Augen wie ausgedörrt zu einem Haufen Staub, zerbrochenen Mauersteinen, aus dem die ameisenzerfressenen Dachsparren aufragten, zu einer Schräge aus rostigem Eisen. Und dann, während sie das beobachtete, veränderte sich die Ruine: Es war das Haus auf dem Kopje, das in dem ameisenzerfressenen Gras zu porösen Lehmbrocken zerfallen war, über die sich rote Ameisenstraßen spannen wie ein Netz, wie rote Adern über dem Grabhügel von Marthas Seele, über das vermodernde Holz, das verwesende Gras, den in sich zusammensinkenden Lehm; und Büsche und Bäume, die so lange Zeit durch die Pflege der Quests im Zaum gehalten worden waren (aber ach nur eben so, nur mit Müh und Not), kamen herangeschritten, marschierten über die Reste der Baustoffe, die ursprünglich dem Busch entrissen worden waren, und zerstörten die bescheidene Bleibe der englischen Familie, die sie zwischen brodelnder Erde und sengendem afrikanischem Himmel errichtet hatte.

Doch, soviel wußte Martha: Wenn sie ihrer Urteilskraft nicht trauen konnte oder vielmehr, wenn ihre Beurteilung der Außenwelt – der Dinge wie der Menschen – wie ein Licht war, das in dem Maße heller, greller wurde, wie das Gebiet, das es erfaßte, sich verkleinerte, dann konnte sie ihr Leben (und ihren Tod, sagten ihr diese Träume) dem Hüter, dem Wächter anvertrauen, der sich irgendwo innerhalb dieser stofflichen Hülle befand, der *da war,* irgendwo innerhalb dieser glatten braunen Haut, die auf so ansehnliche Weise die Gestalt dieser Frau mit dem glatten bräunlich-goldenen Haar umgab. Dem Wächter mit seinen Lebens- und Todesbotschaften mußte man vertrauen und auch dann vertrauen, wenn der Traum (er fing an, »der Traum« für sie zu sein, in so vielen Gestalten und Verhüllungen und so häufig kam er) zeitlich einen Sprung zurück oder vorwärts machte – sie konnte es nicht erkennen – und nicht länger das flache Stadthaus aus dünnen Ziegelwänden und Zement und Blech war, nicht länger das Farmhaus aus Lehm und Reetgras, sondern eher hoch als breit, sich emporreckte und nach unten dehnte, Schicht um Schicht sich auftürmte, doch oberhalb und unterhalb der flachen mittleren Partie schattig blieb, und für diese mittlere Partie, die (wie es in Maklerangeboten heißt) »ca. 6-zimmrig« war, war diese, die gegenwärtige Martha, verantwortlich und mußte ihre Bestandteile getrennt voneinander halten.

Getrennt voneinander halten bedeutete, das besiegen oder wenigstens in Schach halten, was das Beste an ihr war. Die freudige Reaktion auf das »größte Anwaltsbüro der Stadt«, das Bedürfnis, Mr. Robinson zu umarmen, als er sich so gräßlich an der Schublade gestoßen hatte, das Bedürfnis, ja zu sagen, nachgiebig zu sein, in bestimmten Situationen aufzugehen; das angenehme Verhältnis zu Maisie – das alles würde nicht ausreichen, sie mußte dem ein Ende machen. Sie mußte einfach endlich akzeptieren, daß ihre Rolle im Leben für den gegenwärtigen Zeitabschnitt darin bestand, daß sie wie eine Hausbesorgerin in den verschiedenen Zimmern umherging, ihre Runde machte, daß die Menschen in den Zimmern einander jedoch nicht begegnen oder verstehen konnten und Martha das nicht von ihnen erwarten durfte. Sie durfte nicht versuchen, Erklärungen zu geben oder Brücken zu bauen.

Zwischen jetzt und heute nacht um zwölf würde sie sich vom Büro und Mr. Robinson, dem kommenden Rechtsanwalt und künftigen Parlamentsmitglied mit seiner Frau, seinen zwei Kindern und dem Haus am Stadtrand, zu Maisie bewegt haben, von Maisie zu Joss und Solly Cohen, von denen, den Cohen Jungen, zum guten alten Johnny Lindsay, vom Krankenbett des alten Bergarbeiters zu dem ihres Vaters, der von ihrer Mutter gepflegt wurde, vom Haus der Quests zu Anton. Keiner dieser Menschen kannte den anderen oder hatte Verständnis für den anderen. Es war unwahrscheinlich (nahezu unmöglich, dachte Martha), daß sie das verbindende Glied zwischen ihnen war. Und als weitere Verknüpfung, die in noch viel krasserer Weise von den anderen abstach, war da Mr. Maynard. Mr. Maynard, der es auf Maisie abgesehen hatte, der Maisie auf der Fährte war – durch sie, durch Martha, was sie wieder zu dem zurückführte, was ihre unmittelbar bevorstehende Aufgabe war.

Es war ihre Pflicht, Maisie klarzumachen, Maisie davor zu warnen, daß ... Die Zigarette war aufgeraucht, und sie mußte sich auf den Weg machen. Sie lief aus dem Waschraum, und die Waschraumtür schwang sachte auf und zu, während sie die breiten, nackten Stufen hinunterlief auf die von Hupen und Geschrei erfüllte, sonnenglitzernde Straße. Ihr Rad wartete im Fahrradständer auf dem Trottoir. Sie ließ es in den Verkehrsstrom gleiten, schwang sich auf den Sattel und war schon unterwegs, bog jedoch sofort wieder ab und umrundete den Parkplatz, an dessen Rändern sich unterdessen gewaltige Hügel von jadegrünem, schaumigem Gras aufwarfen wie gischtgekrönte Wellenberge, vorbei an den Fieberbäumen, von deren Stämmen sich lose, wohlriechende Streifen Rinde herabringelten, vorbei an den indischen Läden und in kühnem Bogen zurück in die Founders' Street. Ein Vogel (oder auch eine junge Frau, die lieber gerade die Straße hinabgeradelt wäre, statt den Umweg zu nehmen über die Grassäume mit den tanzenden Mücken in der Luft, die von Gras- und Eukalyptusduft geschwängert war) hätte es von Robinson, Daniel und Cohens neuen Büroräumen bis zu Maisie nur ein paar Hundert Meter weit gehabt. Founders' Street hatte sich nicht verändert. Unmittelbar am Rand des neuen blitzblanken Zentrums war sie immer noch genauso geduckt und schäbig, voller wohlriechender Lädchen, billiger Cafés, Lagerhäuser, kleiner Grasflecken, wo Schrott herumlag und dunkelhäutige Kinder spielten, besaß diese Straße die überschäumende Vitalität eines zweifelhaften Viertels. An einer Ekke gab es eine Bar namens *Webster,* in der Martha noch nie gewesen war, da Frauen in den Bars der Stadt nichts verloren hatten, und außerdem war sie häßlich, und dann standen normalerweise davor noch Gruppen von Männern herum, die entweder den verwegenen Ausdruck von Männern hatten, die darauf warteten, daß die Bars aufmachten, oder die verstimmt herumlungerten, weil eine Bar geschlossen hatte. Doch jetzt wohnte Maisie über diesem Lokal, sie hatte zwei Zimmer direkt über der Bar und arbeitete bei Webster als Barfrau.

Martha hielt am Bordstein, hob ihr Rad aufs Trottoir und ließ es dann, angekettet wie einen Hund, an die Wand gelehnt stehen, während sie selbst sich an einer dunklen Fensterscheibe vorbeidrückte, auf der mit zerkratzter weißer Farbe *Webster* geschrieben stand. Ein halbes Dutzend Afrikaner hoben Bierkisten von einem Lastwagen, der den Namen der städtischen Brauerei an der Seite aufgemalt hatte, aufs Trottoir hinunter und vom Trottoir in die offenstehende Tür der Bar. Es war kurz vor der Öffnungszeit, und ein paar khakigekleidete Jugendliche, ihrem Aussehen nach Hilfskräfte von irgendwelchen Farmen, lungerten rauchend an der offenen Tür herum und schauten zu, wie die Bierkästen geschultert und hineingetragen wurden, vorbei an einem rotgesichtigen, verschwitzten, hemdsärmeligen, beleibten Mann, der mit angestrengtem Stirnrunzeln darüber wachte, daß die Bierlieferanten mit den gewaltigen, randvollen Bierkästen nicht anstießen oder sie beschädigten. Als Martha an ihm vorbei zu dem schmalen Nebeneingang ging, der zu Maisies Zimmern führte, gab es ein heftiges Krachen, Glas splitterte, der rotgesichtige Mann stieß wütende Schreie aus – vermutlich handelte es sich um Mr. Webster? –, und dann folgten Beschwerden, Beschimpfungen und sogar Gelächter von den zuschauenden jungen Leuten. Sofort stieg säuerlicher Biergeruch von der sonnengedörrten Straße auf. Martha stieg rasch die dunklen Holzstufen hinauf, weg von dem Biergestank. Sie klopfte an Maisies Tür. »Bist du's, Matty? Komm doch rein«, hörte sie von drinnen. Sie stand vor der allabendlichen Gutenachtszene einer Mutter mit einem kleinen Kind.

In den beiden Zimmern, die klein und vollgestopft, aber sehr hell waren, hielten sich Maisie, ein schwarzes Kindermädchen und das kleine Mädchen Rita auf, das jetzt etwa ein Jahr alt war. Das Kind wollte nicht schlafen gehen. Es wehrte sich gegen das Kindermädchen: »Will nicht, Tata, will nicht, Tata«, während das Mädchen mit unerschöpflicher Gutmütigkeit die wild strampelnden Arme und Beine in einen knallroten Schlafanzug zu stecken versuchte: »So ist es brav, Miss Rita, so ist es schön.«

Maisie inspizierte die Szene rauchend von der Tür zwischen den beiden Zimmern aus. Das weiche Blau ihres Baumwollkleides trat über der Hüfte, auf der ihr Gewicht ruhte, in einer eindrucksvollen Wölbung hervor. Sie trug eine weiße Wolljakke, und bürstete, als Martha hereinkam, mit der einen Hand die Asche herunter, während sie die Brauen mit demselben allesumfassenden Ausdruck des Zweifels, mit demselben Achselzucken hochzog, mit denen sie früher gefragt hatte: »Wer will denn schon eine Frau sein?«, doch sagte sie diesmal: »Jetzt sag mir bloß mal, Matty, wer auf dieser Welt Lust haben soll, Mutter zu sein! Guck sie dir doch bloß an!«

Trotzdem lächelte sie, und das Kindermädchen lächelte, nachdem es sich glücklich der Aufgabe entledigt hatte, alle vier widerstrebenden kleinen Glieder in den knallroten Ärmeln und Beinen des Schlafanzugs unterzubringen. Nun steckte Rita den Daumen in den Mund und zwinkerte mit den großen, schwarzen Augen, wobei sie gegen jeden einzelnen schweren Schlag ihrer Lider mit einer störrischen Konzentration ankämpfte. Sie kämpfte gegen den Schlaf. Friede. Stille. Das schwarze Mädchen lächelte Maisie zu und fing an, die Kleidungsstücke einzusammeln, die über das ganze Zimmer verstreut lagen. Rita wurde von ihrer Mutter, die nur darauf wartete, geschnappt und auf den Arm genommen. Maisie versuchte, das Kind zu schaukeln und zu wiegen, doch Rita sträubte sich. Eine störrische kleine Bulldogge, preßte sie festentschlossen die Lippen zusammen. Sie wollte nicht schlafen. Unterdessen blies Maisie, der die Zigarette von der Lippe herabhing, den Rauch über das Köpfchen des Kindes. Plötzlich wurde das Kind schwer, es war halb eingeschlafen. Maisie schaute mit gerunzelter Stirn nachdenklich in das Gesicht des Kindes hinab. Martha trat zu ihr, um ebenfalls zu schauen. Martha berührte das Kind nicht. Am letzten Samstag, als Rita der Freundin ihrer Mutter die Arme um die Knie gelegt hatte, hatte Maisie sie zu sich gerufen und gesagt: »Doch, das verstehe ich, das muß schwer für dich sein, daß du dein eigenes Kind nicht haben kannst, das verstehe ich gut.« Maisie nahm eine Strähne von Ritas schwarzem Haar und wickelte sie um den Finger, doch das Haar war glatt und fiel einfach wieder runter. Maisie hielt Rita auf dem einen Arm, die Zigarette im Mundwinkel, und versuchte dem Kind mit der freien Hand

Löckchen zu drehen. Dann hob sie die Hand an ihr eigenes helles Haar und drehte eine Strähne um den Zeigefinger. Sie ringelte sich zu einem perfekten Löckchen. Asche fiel auf den knallroten Schlafanzug, und Martha rettete die Zigarette. »Danke, Matty, du bist ein Schatz.« Das Kind nuckelte geräuschvoll, das rosa Mündchen arbeitete an dem weißen nassen Daumen. Es zwinkerte, zwinkerte erneut. Maisie gab den Versuch auf, Löckchen in das dichte Babyhaar zu drehen, und machte einen behutsamen Schritt auf das Bettchen zu, das neben ihrem eigenen großen stand. Das Kind öffnete die Augen, schnellte hoch und versuchte mit aller Kraft, auf dem Arm der Mutter aufzustehen.

»Laß mich mal«, sagte Martha und beantwortete Maisies raschen, forschenden Blick mit einem Nicken. Rita wechselte auf Marthas Arm hinüber und starrte mit tiefernstem, neugierigem Blick in das neue Gesicht, das sich dicht über ihr eigenes beugte.

»Sie ist weit für ihr Alter«, sagte Maisie. »Weißt du was, Matty? Ich glaube, sie sind heute schon weiter bei der Geburt als früher. Manchmal ist Rita mir richtig unheimlich, wenn sie mich beobachtet, so daß man das Gefühl haben muß, sie weiß bereits alles.« In der Tat war das ein ernster und wissender Blick. Martha hatte nicht das Gefühl, ein winziges Kind in den Armen zu halten, und das erleichterte die Sache. Es war nämlich das erste Mal, daß sie ein kleines Kind auf dem Arm hielt, seit sie ihr eigenes verlassen hatte. Sie hielt das stramme, schwere kleine Mädchen, während Maisie ihr Kleid abstreifte und sagte: »Arme Matty. Aber vielleicht bekommst du ja irgendwann wieder ein Kind, und dann vergißt du deinen Kummer.«

»Ja, schon möglich«, sagte Martha. Sie saß auf Maisies Bett und hielt das Kind behutsam in den Armen. Endlich schlief Rita ein, endlich sah sie aus wie ein Baby – klein, warm, vertrauensvoll. Maisie stand im rosa Unterrock auf ihren strammen weißen Beinen vor dem Spiegel und befeuchtete mit dem Zeigefinger ihre Augenbrauen. Das Kindermädchen kam herein und fragte: »Kann ich jetzt nach Hause gehen, Missus?« – »Ja, geh nur nach Haus.« – »Ich wasche Miss Ritas Wäsche dann morgen früh.« – »Ja, das ist schön.« – »Gut Nacht, Miss Maisie.« – »Gut Nacht.« Das Mädchen nickte Martha zu, warf, ohne es zu merken, einen liebevollen Blick auf das schlafende Kind und ging hinaus.

»Das ist ein sehr liebes Mädchen«, sagte Maisie. »Sie hat selbst zwei Gören, und die läßt sie bei ihrer Mutter in der

Siedlung. Ich sag ihr immer, sie soll sich freuen, daß sie ihre Mutter in der Nähe hat. Ich wär froh, bei mir wär das auch so.« Sie runzelte die Brauen und zog den Mund breit, um Lippenstift aufzutragen. »Ihr Mann, oder jedenfalls nennt sie ihn so, ist nach Jo'burg gegangen, in die Minen. Na, ich sag ihr immer, soll sie sich doch freuen, daß sie ihn los ist, von Männern hat man sowieso immer mehr Ärger als sonstwas.«

Sie zog ein Cocktailkleid an, wie es ihrer Tätigkeit als Bardame angemessen war. Es war aus leuchtend blauem Crêpe, saß eng über den ausladenden Hüften, war über dem Busen prächtig gefältelt und gerafft und ließ größere Partien des kräftigen Halses und der weißen Schultern sehen. Sie legte diamantbesetzte Ohrringe und eine ebensolche Brosche an. Sie inspizierte sich und drückte ihr bleiches Haar zwischen Daumen und Zeigefinger, bis es in Wellen um ihr Gesicht lag. Martha dachte: Was Andrew wohl sagen würde, wenn er Maisie jetzt sehen könnte, und das übertrug sich offensichtlich auf Maisie, denn sie wandte sich vom Spiegel ab und sagte mit schadenfrohem Lächeln: »Wenn Andrew mich sehen könnte, er würde einen Anfall kriegen. Na, das ist seine Sache, oder?« Jetzt kam sie zu Martha, hob das Baby hoch und ließ es unter die Decken des Bettchens gleiten. Das Licht verlosch. Im Dämmerlicht wirkte das Zimmer größer. Abgesehen von dem Kinderbett war es genauso wie das Schlafzimmer der Wohnung, in der Maisie mit Andrew gelebt hatte. Dieselbe plustrige blauglänzende Steppdecke, derselbe Krimskrams, dieselben Bilder. Das Schlafzimmer eines jungen Mädchens. Aber keine Photographien – keine Spur davon: Binkie und Maisies drei Ehemänner waren nicht da.

»Hast du noch was von Andrew gehört?«

»Ja, seltsamerweise. Er fragt, ob ich nicht nach England kommen und dort leben will. Aber ich kann mir das für mich nicht vorstellen. Du willst natürlich nach England, und ich begreife schon, daß es alle möglichen Leute anzieht.«

Sie saß nun neben Martha auf dem Bett, bot ihr eine Zigarette an, zündete sich selbst eine an und sagte: »Ist doch alles völlig verrückt. Als der Krieg schlimm war, da dachten wir immer: Der Krieg ist bestimmt bald vorbei und damit auch unsere Sorgen. Aber er geht immer weiter. Na schön, die *sagen* zwar, er wär bald vorbei, doch wieso denn eigentlich? Schließlich hatten sie einmal hundert Jahre lang Krieg, oder etwa nicht? Doch Athen behauptet, er sei bald vorbei.«

»Hast du Athen gesehen?«

In Maisies Gesicht trat ein Ausdruck, den Martha schon vorher gesehen hatte, wenn Athen erwähnt wurde. Ein neuer Ausdruck – Feindseligkeit. »Er kam letzte Woche in die Stadt, um mich zu besuchen. Also, der ist einfach zu gut für diese Welt, das kannst du mir glauben!« Dann seufzte sie, ihre Bitterkeit wich, und sie sagte: »Doch, das ist eine Tatsache, der wird nicht alt auf dieser Welt.« Auf Marthas Blick hin nickte sie und wiederholte hartnäckig: »Doch, es stimmt, was die Leute immer sagen: Die Guten erwischt es immer zuerst. Nimm nur meine beiden Männer – sie sind schließlich tot, oder etwa nicht?«

»Und Andrew ist schlecht, nur weil er noch lebt?« fragte Martha lächelnd.

Daraufhin sprang Maisie auf und sagte: »Wir wecken Rita noch auf, wenn wir hier weiter schwatzen.« Sie stieß das Fenster auf, und sofort roch es im Zimmer nach dem Bier, das direkt darunter auf dem Trottoir ausgelaufen war. Sie schloß das Fenster wieder und sagte: »Gottseidank ist bald Winter, und dann kann ich die Fenster zulassen. Manchmal kann ich den Geruch nicht aushalten, und dann fangen die Männer aus der Bar sich zu prügeln an, und es wird ihnen schlecht, und dann kann ich manchmal nicht schlafen.«

Sie ging ins andere Zimmer hinüber, und Martha folgte ihr.

»Eigentlich sollte ich schon in der Bar sein«, sagte Maisie und setzte sich in aller Ruhe, um noch eine zu rauchen. »Athen sagt, er möchte mit dir sprechen, Matty.«

»Aber gern. Ich freue mich immer, ihn zu sehen.«

»Ja, er ist einer der Menschen ...« Wieder Feindseligkeit, ein Seufzen, mit Ratlosigkeit gemischter Groll. »Trotzdem, Matty. Er hat gesagt, ich sollte nicht in einer Bar arbeiten. Ich habe zu ihm gesagt: ›Na gut, dann such mir eine Arbeit, wo ich mein Baby dabeihaben kann, die ganze Zeit direkt über meinem Kopf, die Arbeit suchst du mir, und ich nehme sie.‹ Und als er dann immer wieder davon anfing, habe ich gesagt: ›Und was ist mit deiner Mutter und deinen Schwestern? Hast du mir nicht erzählt, was sie alles tun mußten, weil sie arm waren? Sie mußten schlimme Sachen machen. Und deine Schwester hat einen Mann geheiratet, den sie nicht liebte, weil er gesagt hat, er würde die Schulden deiner Mutter bezahlen. Hast du doch erzählt, oder etwa nicht?‹ Und er hat gesagt: ›Ja, aber sie waren arm, und du bist es nicht.‹ Ach, Matty, das hat mich so böse gemacht ...« Ihre Stimme bebte, und die Tränen standen ihr in den Augen. »Eine Sekunde, Matty.« Sie ging ins Schlafzimmer, um sich ein Taschentuch zu holen, und kehrte mit den Worten zurück: »Wer will schon eine Frau sein, heh?«, genau, wie sie es früher getan hatte, und Martha erblickte die alte mädchenhafte, kampflustige Maisie in dem dicken Barmädchen, das sich für die Arbeit aufgedonnert hatte.

Es kostete Martha Mühe zu antworten: »Weißt du, Maisie, ich dachte immer, du könntest Athen lieben, wenn ...«

Maisie bedachte Martha mit einem Blick, der erst selbstbewußt und dann trotzig war. »Liebe. Das stimmt. Er ist der beste Mensch, den ich im ganzen Leben kennengelernt habe, das darfst du mir glauben. Doch was sollte er wohl in Griechenland mit mir anfangen? Er weiß noch nicht mal, wann sie ihn wieder zurückschicken. Es gibt sechs Griechen, die hier festsitzen, alle perfekt als Piloten ausgebildet, doch sie schicken sie nicht nach Griechenland. Athen sagt, das liege an der Politik. Naja, jedenfalls wird er nach dem Krieg nicht Pilot sein, und früher war er Zeitungsverkäufer. Aber ich wäre ja auch sowieso nicht gut genug für ihn, nicht? Ich hab dir ja gesagt, er ist zu gut für diese Welt, und auch das habe ich ihm gesagt.«

»Er kommt also, um mich zu sprechen?«

»Er hat dir irgend etwas auszurichten. Irgendwas Politisches wegen der Schwarzen, glaube ich. Er hat es mir gesagt, aber ich habs's vergessen. Er hat gesagt, er käme diese Woche, also richte dich darauf ein. Und du kannst ihm von mir sagen, ich bin deswegen noch nicht schlecht, weil ich in einer Bar arbeite.«

»Aber Maisie, ich kann nicht glauben, daß er das wirklich meint.«

»Aber weshalb sagt er es denn dann?« Maisie zündete sich noch eine Zigarette an, sagte erneut: »Ich sollte längst unten sein«, blieb jedoch, wo sie war. »Im Wandschrank steht Brandy – möchtest du? Ich selber kriege keinen mehr runter, seit ich den unten jede Nacht riechen muß.« Martha holte sich einen Brandy und bot Maisie keinen an, doch als sie die Flasche wieder weggestellt hatte, ging Maisie zum Wandschrank, goß sich einen großen Brandy ein und stand dann, das Brandyglas zwischen beiden Händen gegen die Brust gedrückt. Das Licht fiel durch die schwappende goldene Flüssigkeit und warf Lichtpünktchen auf das weiße Fleisch, und Maisie blickte hinab und lächelte. Ein dickes Mädchen äugte über ein Doppelkinn hinweg und kicherte, als es die tanzenden Lichter erblickte, die die Flüssigkeit erzeugte.

Kichernd sagte sie: »Na gut, bringen wir's hinter uns, Martha. Es führt ja zu nichts, daß wir hier sitzen und über dies und jenes plaudern, bloß weil wir daran am liebsten nicht denken.«

»Daran« war Mr. Maynard, waren die Maynards und der Druck, den sie auf Maisie ausübten.

Vor ein paar Wochen hatte Mr. Maynard Martha angerufen und sie um ein Gespräch gebeten. Martha hatte gesagt, da man ihr erzählt habe, es seien die Maynards gewesen, die dafür gesorgt hätten, daß Andrew, Maisies Mann, aus der Kolonie versetzt wurde, wolle sie von den Maynards nie wieder etwas sehen und hören. Und hatte den Hörer aufgelegt.

Als sie an dem Abend das Büro verließ, wartete Mr. Maynard unten auf der Straße auf sie. Sie versuchte, an ihm vorbeizugehen, doch wurde ihr der Weg von einer kräftigen, schwarzbebrauten, eleganten Erscheinung versperrt, die zu ihr sagte: »Meine liebe Martha, wie ungeheuer melodramatisch – ich bin äußerst überrascht!«

Dann fing er an zu reden oder besser gesagt, ihr seine Mitteilungen zu machen, während sie nur mit halbem Ohr zuhörte und zu gern geflohen wäre. Als er fertig war, sagte sie: »Wenn ich Sie richtig verstanden habe, verlangen Sie von mir, daß ich zu Maisie gehe, herumspioniere, irgend etwas finde, das nicht in Ordnung ist, und dann wieder zu Ihnen komme und es Ihnen erzähle, damit Sie etwas gegen sie in der Hand haben?«

»Liebe Martha, die Mutter meines Enkelkindes arbeitet als Barmädchen. Sie können nicht erwarten, daß mir das gefällt. Mein Enkelkind wird in einer der dreckigsten Bars der Stadt großgezogen. Ich werde das nicht mitansehen.«

»Der Haken dabei ist nur: Es ist nicht Ihr Enkelkind.«

Darauf sagte er ruhig, auch wenn sein ansehnliches, dunkles Gesicht äußerste Entschlossenheit ausdrückte: »Das Kind ist von meinem Sohn gezeugt worden. Es ist mein Enkelkind.«

Martha fühlte sich ihm nicht gewachsen. Sie sagte: »Ich muß los«, und rannte ihm buchstäblich davon. An diesem Abend war sie spät, als die Bar zugemacht hatte, zu Maisie gekommen, um ihr mitzuteilen, daß Mr. Maynard ihr immer noch auf der Fährte war.

Ein paar Stunden später war sie aufgewacht, es war fünf Uhr morgens, und erkannte, entsetzt über ihre und Maisies Bereitwilligkeit, sich schikanieren zu lassen, daß es einen einfachen Weg gab, Mr. Maynard den Wind aus den Segeln zu nehmen, und der bestand darin, keine Notiz von ihm zu nehmen. Sie hatte Maisie am Morgen angerufen, um ihr das zu sagen. Maisie sagte, sie habe dem alten Armleuchter einen Brief geschrieben, der ihn ein für allemal zur Räson bringen würde. »Aber Maisie, das ist ja gerade falsch an unserem Verhalten, deswegen rufe ich ja an. Du hättest ihm nicht schreiben sollen, weil er kein Recht auf einen Brief hat – das ist der springende Punkt.«

»Ach, mach dir deswegen keine Sorgen, Matty – ich habe ihm nur ordentlich Bescheid gesagt, weiter nichts.«

Der Brief, den Mr. Maynard bekam, lautete:

Sehr geehrter Mr. Maynard,
von meiner Freundin Martha Hesse erfuhr ich, was Sie gesagt haben. Seien Sie ganz beruhigt, meiner Tochter Rita fehlt es an nichts. Binkie wäre auch nicht beunruhigt, da bin ich ganz sicher. Binkie hatte seine Chance, und er hat sie nicht genutzt. Und dann möchte ich Ihnen noch etwas sagen. Ich weiß, wer meinen Mann, Corporal Andrew McGrew, nach England hat schicken lassen. Und ich möchte weder mit Ihnen noch mit Binkie irgend etwas zu tun haben. Bitte sagen Sie ihm das, wenn er nach Hause kommt.
Hochachtungsvoll,
Maisie McGrew

Dieser Brief, den die Verfasserin in heller Aufregung geschrieben hatte, gab den Maynards einige Tage Stoff zum Nachdenken. Dann lauerte Mr. Maynard Martha erneut vor ihrem Büro auf.

»Tja, Martha, wie es aussieht, treiben Sie ein doppeltes Spiel.«

»Was soll das heißen? Sie wissen ja, daß ich auf Maisies Seite bin.« Sie wußte, es war ein Fehler, daß sie das gesagt hatte. Sie hätte ihn einfach stehenlassen und weitergehen sollen. Jetzt lächelte er.

Sie sagte: »Mr. Maynard, Sie haben keinerlei gesetzliches Anrecht auf das Kind. Ein moralisches ebensowenig.«

Wieder lächelte er und kehrte ihr dabei sein herrisches Gesicht zu, damit sie das ganze Gewicht seiner Selbstsicherheit zu spüren bekäme. Wieder ging sie weg und dachte: Er hatte mir überhaupt nichts mitzuteilen, hatte überhaupt nichts Neues zu sagen, also weshalb hat er dann auf mich gewartet? Schließlich begriff sie: Natürlich, er will rausfinden, ob er mir Angst einjagen kann. *Und er kann es.* Und Maisie auch.

Deshalb war sie in die Stadt hinuntergegangen, um einen

Nachmittag mit Maisie zu verbringen. Es war ein Samstag gewesen. Sie waren mit dem Kind im Park spazierengegangen, dann wieder zu Maisie nach Hause und hatten mit der Kleinen gespielt. Als sie eingeschlafen war, hatten sie sich unterhalten. Mr. Maynard schien weit weg zu sein. Sie hatten viel gelacht und gesagt, wie lächerlich das von den Maynards sei, daß sie andere Menschen einfach so zu gängeln versuchten und sich einbildeten, sie kämen damit durch.

Und wieder begriff Martha erst im nachhinein, als sie nachts aufwachte, daß der ganze angenehme, unbeschwerte Nachmittag tatsächlich ein weiterer Triumph für Mr. Maynard war. Allein schon deswegen, weil ihnen sein Name, der Name Maynard, kaum über die Lippen gekommen war. Doch worauf es ankam, wenn man Mr. Maynard besiegen wollte, war, ihn zu vergessen.

Und daß Martha jetzt hier bei Maisie war, kam daher, daß Mr. Maynard gestern angerufen hatte: »Wie geht es meinem Enkelkind?« – »Sie ist nicht Ihr Enkelkind, Mr. Maynard.«

»Maisie, die Maynards haben keinerlei gesetzlichen Anspruch, sie haben nicht mal ein moralisches Recht auf Rita. Das mußt du dir klarmachen.«

»Sie hatten auch weder ein gesetzliches noch ein moralisches Recht, meinen Mann von hier wegzuschicken. Aber sie haben es getan, oder etwa nicht?«

»Das ging bloß, weil Mrs. Maynard eine Kusine des Kommandeurs ist.«

»Du weißt, wovon ich rede, Matty, und es ist die Wahrheit.«

»Ja. Aber hör doch mal, was stellst du dir denn vor, was die Maynards unternehmen sollten? Nichts können die machen, gar nichts.«

»Nachdem ich diesen Brief an Mr. Maynard abgeschickt hatte, habe ich kapiert, daß ich Ihnen etwas Schriftliches an die Hand gegeben habe.«

»Aber Maisie, als du Andrew geheiratet hast, da wurde er Ritas Vater. Die Maynards sind aus dem Spiel.«

»Aber ich bin von Andrew geschieden.«

»Das spielt keine Rolle.«

»Das sagst du so. Ich weiß nur eins: Die Maynards kriegen, was sie wollen. Und dann ist er auch noch Richter. Letzte Nacht lag ich wach und dachte ...« Maisie stand in der Mitte des kleinen Zimmers, hielt das Glas mit der schwappenden Flüssigkeit gegen den Busen gepreßt, lächelte, lächelte nervös, während ihre ernsten blauen Augen angsterfüllt und düster vor sich hinstarrten. Sie nippte nervös an ihrem Brandy, hielt das Glas wieder an die Brust, nippte, drückte das Glas gegen die Haut, so daß die weißen, goldenen und grünen Lichtpünktchen oberhalb des Gefunkels der Diamantbrosche Juwelen auf ihre Haut malten. Wie unter einem Zwang sprach sie weiter: »Wenn Binkie zurückkommt, gehe ich zu ihm und bitte ihn, daß er verhindern soll, daß seine Eltern mich verrückt machen. Er ist ein anständiger Junge, er wird einsehen, daß das nicht recht ist. Schließlich ist es nicht seine Schuld, daß er diese alten Arschlöcher als Eltern hat. Er wird ihnen schon Bescheid sagen, wenn ich ihn darum bitte.«

»Und was passiert, wenn Binkie dich immer noch haben will?«

»Das ist ein anständiger Junge, der ist nicht wie die, der wird dafür sorgen, daß alles mit rechten Dingen zugeht. Und außerdem, es kann ja noch eine Ewigkeit dauern, bis er wiederkommt. Vielleicht Jahre. Woher sollen wir denn wissen, wie lange dieser Krieg noch dauert? Vielleicht fällt er ja auch, was wissen wir denn? Jedenfalls muß ich jetzt runter an die Arbeit. Mein Chef wird sowieso schon toben. Du bist wirklich eine Freundin, so wie du mir hilfst, und ich schmeiß dich ungern raus, aber das Geld will nun mal verdient werden, da hilft gar nichts.«

Martha stand auf, die beiden jungen Frauen küßten einander, und Martha ging mit dem Wort: »Selbstverständlich« – ihre Antwort auf Maisies angsterfüllte Frage: »Wenn Mr. Maynard dir wieder nachstellt, sagst du mir doch Bescheid, nicht?«

In jeder Stadt der Welt gibt es ein Café oder ein drittklassiges Restaurant, das Dirty Dick heißt. Oder Greasy Joe bzw. in diesem Fall gab es Dirty Dick, weil Black Ally, das sich großer Beliebtheit bei der Royal Air Force erfreute, im letzten Jahr dichtgemacht hatte, und irgendwo wollte man sich schließlich zu Hause fühlen. Das alte Café hatte einem gutmütigen Griechen gehört, der einem Chips, Eier und Würstchen vorsetzte und den Roten vom Ort erlaubte, ihre Zeitschriften und Broschüren auf der Theke zum Verkauf auszulegen. Dies Restaurant, das neue, gehörte einem kleinen, traurigen grauhaarigen Mann, der, wenn der Krieg vorbei war, nach Saloniki zurückkehren wollte. Er wollte nicht, daß seine Theke als Verkaufsstand für Bücher diente, weil er, so sagte er, einen Bruder hatte, der gerade jetzt in Griechenland gegen die Kommunisten kämpfte – da wäre das doch wohl ziemlich widersinnig? Nicht, daß ich gegen Sie persönlich etwas hätte, Mrs. Hesse ...

Als er mitbekam, daß sein Lokal Dirty Dick genannt wurde, frohlockte der Geschäftsmann in ihm, und er faßte sofort den Plan, das Stockwerk oben hinzuzunehmen. Dies zweite Restaurant sollte etwas weitaus Gepflegteres werden als das gegenwärtige und würde deshalb *Mayfair* heißen, um sich vom *Piccadilly* abzusetzen, denn das war der Name, der in goldenen Buchstaben auf der Fensterfront stand, gegenüber einem brachliegenden Gelände, wo Gebrauchtwagen verkauft wurden.

Er nickte Martha zu, als sie den großen Raum betrat, der kürzlich noch Lagerraum gewesen war und in dem vier Reihen von insgesamt hundert Tischen standen. Jeder Tisch war besetzt, so daß das Lokal wie ein Refektorium oder eine Kantine für die bewaffneten Streitkräfte aussah. »Mr. Cohen ist im hinteren Raum«, sagte er.

»Daß wir in Ihrem Restaurant Komplotte schmieden, stört Sie nicht, aber unsere Zeitschriften wollen Sie nicht verkaufen?«

»An euren Komplotten kann ich euch nicht hindern, aber eure Zeitschriften verkaufe ich nicht!«

Der private Raum hinten hatte in der Mitte einen großen Tisch, auf dem ein blütenweißes Damasttischtuch lag, und darauf standen alle nur erdenklichen Saucen und Gewürze. Solly wartete schon.

»Ich kann mich nicht setzen«, sagte Martha, »ich bin aufgehalten worden.«

»Na, nun komm aber ...« Solly schob einen Stuhl zurecht, und Martha saß, ehe sie sich's versah, hatte die Augen geschlossen und kramte nach einer Zigarette, die Solly ihr bereits angezündet zwischen die Lippen schob. »Falls du von einem dreckigen Trotzkisten eine Zigarette nimmst!«

»Ich dachte, Joss wäre auch hier?«

»Aha, du nimmst also von einem dreckigen Trotzkisten eine Zigarette, wenn er von einem astreinen Stalinisten protegiert wird?

»Verdammt, Solly – ich flehe dich an, laß mich wenigstens erstmal verschnaufen!«

In diesem Augenblick trat der lächelnde Johnny Capetenakis ein.

»Was haben Sie zu essen?« fragte Solly.

»Spiegeleier, Chips und Würstchen«, sagte Johnny und wischte mit einem anderen Tuch über das schimmernde Weiß des Tischtuchs.

»Ich meine: richtiges Essen!«

»Ach so, warum haben Sie das nicht gleich gesagt? Einen schönen Kebab? Safranreis? Gefüllte Paprikaschoten?«

»Was möchtest denn du, Matty?«

»Ich muß gleich wieder weg.«

»Also alles, was eßbar ist – zweimal. Mein Bruder muß jeden Augenblick kommen.«

»Gut, Mr. Cohen.«

Er blieb lächelnd stehen, doch Solly hatte sich Martha zugewandt, und der Grieche machte noch ein paar Lampen an und zog einen Vorhang vor die Scheiben, hinter denen es plötzlich dunkel geworden war und die Sterne bereits funkelten.

Er stand und schaute hinaus, die Hand auf die Fensterbank gestützt, ein alternder Mann, der es genoß, sich einen Augenblick ausruhen zu können. Solly wandte sich um, um zu sehen, weshalb er noch nicht gegangen war, und sagte: »Setzen Sie sich 'ne Minute zu uns, Johnny?«

»Danke für die Einladung, aber mir ist heute abend ein Koch ausgefallen.«

»Irgendwas von zu Hause gehört?«

Johnny schüttelte den Kopf. »Nichts Gutes von Ihrer Seite und nichts von meiner, und das wird auch so bleiben.«

»Nach dem Krieg gibt's in Griechenland eine kommunistische Regierung«, sagte Solly, »aber ich bin genauso dagegen wie Sie.«

Johnny vergewisserte sich mit einem Blick, ob er scherzte oder nicht, und zuckte dann die Achsel. »Für die Politik war immer mein Bruder zuständig. Für mich ist das nichts. Mein Bruder ist verwundet worden.«

»Das tut mir leid«, sagte Martha höflich.

»Mein Vetter in Njassaland hat einen Brief bekommen, allerdings vom letzten Jahr. Aus Kairo. Mein Bruder ist verwundet worden, aber nur am Bein.«

Da Solly nichts erwiderte, sagte Martha erneut: »Das tut mir leid«, und quittierte Sollys kritischen Blick mit einem Lächeln.

»Ja, Mrs. Hesse, der gütige Gott wird wohl wissen, was er tut. Aber von meiner Familie, von Griechenland wird bei Kriegsende nicht mehr viel übrig sein. Kommunistisch oder nicht. Wenn der Krieg je aufhört.« Er nickte ihnen mit düsterer Miene zu und ging hinaus.

»Na schön«, sagte Martha, »doch weshalb benutzen wir dieses Lokal dann praktisch als zweites Büro?«

»Um aus den dreckigen kleinen Faschisten so viel rauszuholen wie möglich, deshalb.«

»Ach, das ist der Grund? Na gut, weshalb hast du mich herbestellt?«

»Nun hab's doch nicht so furchtbar eilig.«

»Ich hab's aber eilig.« Sie stand auf, um es zu beweisen.

»Schön, schön. Ich stehe in Verbindung mit ein paar Kontaktleuten im Farbigenviertel. Wie du *selbstverständlich* weißt. Es gibt da ein paar Leute, die sind in Ordnung. Es geht um eine Schulungsgruppe, die sie mit einigen Afrikanern organisieren. Joss und ich machen da mit.«

*»Joss?«* fragte Martha ungläubig.

In dem Augenblick trat Joss ein und nickte ihnen mit einem flüchtigen Lächeln zu. Er war in Zivil. Das einzige Anzeichen dafür, daß er gedient hatte, war eine rote Narbe auf dem rechten Handrücken – ein Geschütz war letztes Jahr in Somaliland explodiert, und für ihn war der Krieg bereits vorbei. Die vier Jahre bei der Armee hatten seine Jugend weggebrannt. Er war ein ernsthafter Student gewesen, und jetzt konnte man bereits sehen, wie er im mittleren Alter aussehen würde. Außer, wenn man ihm direkt in die Augen schaute, hatte man einen jüdischen Geschäftsmann vor sich.

Solly hatte sich hingegen überhaupt nicht verändert. Er wirkte immer noch wie ein Student.

»Ich hab schon bestellt«, sagte Solly zu seinem Bruder.

»Prima.«

Joss saß lächelnd und wartete. Martha wartete. Solly sagte nichts.

»Ich hab's schrecklich eilig«, sagte Martha.

»Na fein, na fein, du hast's also eilig«, sagte Solly.

Ihr ging plötzlich auf, daß dies Treffen so etwas wie ein Streich oder ein privater Triumph von Solly war, und daß Joss gar nicht wußte, daß sie zu einer »ernsthaften Diskussion« hier war.

»Ach, es ist wirklich *zu* blöde«, sagte sie, und ihre Stimme bebte, obwohl sie einen »scherzhaften« Ton anzuschlagen versuchte.

»Was gibt's denn?« fragte Joss, und seine Stimme war sanft. Er hatte, dank dieser intuitiven, lichten Momente, mit deren Hilfe die Menschen ihren Umgang in Wirklichkeit einschätzen und regeln, bereits begriffen, daß sie überaus gereizt war. Nun zündete auch er ihr eine Zigarette an und reichte sie ihr. »Nun reg dich mal gar nicht auf und erzähl deinem Onkel Joss, was los ist.«

»Das ist so was von albern«, sagte Martha, »monatelang passiert überhaupt nichts. Plötzlich sieht es so aus, als wollten die Afrikaner endlich wirklich irgendwas machen. Und dann hören wir, daß Solly da kräftig mitmischt und das große Wort führt. Na ja, das war wohl nicht anders zu erwarten.«

»Sehr richtig«, sagte Solly.

»Eben. Doch *du* – du machst offenbar Partei mit Solly?«

»Da sei Gott vor«, sagte Joss scherzhaft. Doch Martha hielt den Blick weiter auf ihn gerichtet, und schließlich sagte er ernsthaft: »Wenn du meinen Rat hören willst: Ich finde, die *Widersprüche* sollten hierbei keine Rolle spielen.« Das Wort Widersprüche war zu dieser Zeit das Kürzel für alle Handlungen der Sowjetunion, die dem zuwiderliefen, was man unter dem Aspekt, daß es sich um eine sozialistische Nation handelte, von ihr erwarten mochte. Was natürlich auf alles zutraf. Außer, daß sie den Krieg gewinnen würde.

»Aha«, sagte Martha nachdenklich und schaute Joss mit Interesse an. Er lächelte, als wollte er sagen: Doch, das ist mein Ernst.

»Außer, daß das natürlich nicht eure Aufgabe ist, die *Widersprüche* beiseite zu lassen«, sagte Solly, »ihr wißt ja nicht mal, wer diese Schwarzen sind.«

»Weshalb hast du Matty denn dann überhaupt hergebeten?« fragte Joss.

»Ein interessanter Punkt«, sagte Solly grinsend. Sie sah ihn an – zuerst ungläubig, dann vorwurfsvoll und dann, als sie in seiner Miene nichts als Genugtuung entdecken konnte, wütend. Sie errötete.

»Quatsch!« sagte sie energisch zu Joss.

Joss schaute erst Solly, dann Martha mißtrauisch an, und die triumphierende Miene seines Bruders und Marthas Ärger entgingen ihm nicht. Er zog seine Schlußfolgerungen und distanzierte sich insgeheim von der Situation. »Mit mir hat das alles überhaupt nichts zu tun.«

»Ach nein!« sagte Martha wütend. »Wie außerordentlich ... Solly sagte, ich solle hierherkommen wegen einer afrikanischen Gruppe.«

»Schrecklich empfindlich ist sie, findest du nicht?« sagte Solly zu seinem Bruder, und für Martha war das das Echo einer Situation, die ein Jahrzehnt zurücklag. Es rief in ihr die Erinnerung an verworrene, bittere Empfindungen wach, und sie stand auf und nahm ihre Handtasche, um zu gehen. Sie war weiß und bebte. Jeder mußte annehmen, daß etwas Schwerwiegendes vorgefallen war.

»Ach, Matty, Mensch«, sagte Joss liebevoll, »nun reg dich doch nicht auf, mach dir einfach nichts draus. Beachte meinen kleinen Bruder einfach nicht. Jeder weiß, daß er immer nur stänkern will.« Und er bedachte seinen Bruder mit einem rein mechanischen Lächeln: Er zog flüchtig die Lippen breit und wurde sofort wieder ernst. Solly saß grinsend und schaukelte mit dem Stuhl.

»Paß auf«, sagte Martha direkt an Joss gewandt. »Ich finde deine Haltung schrecklich ... Doch du kannst wohl nichts dagegen machen, daß er dein Bruder ist. Worum es geht, ist folgendes: Solly hat diesen Kontakt mit einer afrikanischen Gruppe. Aber einer von unseren Leuten hat ebenfalls Kontakt zu ihr, und er ... Solly versucht – uns schlecht zu machen. Jedenfalls glaube ich das«, setzte sie hinzu, gerecht um jeden Preis, und schaute Solly dabei sogar auf eine Weise an, die besagte: Ich hoffe, ich tue dir damit kein Unrecht. Auch Joss entging dieser Blick nicht, so daß Martha sich sofort mißdeutet fühlte.

»Wer von uns hat denn Kontakt zu dieser Gruppe?« fragte Joss Martha. Sie starrte ihn erstaunt an und war sichtlich verlegen. Joss fragte sie das in Sollys Gegenwart? War Joss verrückt geworden? Oder – sollte so etwas möglich sein? – war Joss auch »umgekippt«?

»Es ist kein anderer als Athen, euer griechischer Genosse«, antwortete Solly an Marthas Stelle.

In diesem Augenblick kam Johnny Capetenakis mit zwei Tellern herein, die er mit ausgestreckten Armen auf den Handflächen balancierte. Er bedachte sie mit einem zufriedenen Lächeln, das dem Essen wie sein Geruch vorausging – ein heißer verlockender Duft von Knoblauch, Zitrone und Öl. Er setzte vor Joss wie vor Solly Spieße mit glänzenden Lammstückchen ab, leicht gebräunte Zwiebelringe, winzige Tomatenhälften, deren Haut von der Hitze runzlig und dunkel geworden und deren Fleisch mit Rosmarin bestreut war, glatte ganze Champignons. Rosaweiße Streifen von Schinkenspeck waren über großzügige Hügel von gelbem Reis gelegt.

»Ohne Sie wären wir längst vor Hunger gestorben«, sagte Joss.

»Ich zehre immer noch vom Vorkriegssafran«, sagte der Grieche. »Wenn der verbraucht ist, dann weiß ich auch nicht weiter.«

»Sie müssen eben welchen anbauen«, sagte Martha.

»Der Krieg ist bald zu Ende, also Kopf hoch«, sagte Joss.

Johnny sah wohlwollend lächelnd zu, als die Brüder zu essen anfingen. Dann ging er hinaus.

»Athen und Thomas Stern«, sagte Solly.

»Ach – ist Thomas wieder zurück? Prima«, sagte Joss. Er hob den Kopf, um sich Brot zu nehmen, und da war Martha, die immer noch stand und wartete. »Ich bin hierhergekommen«, entschuldigte er sich, »um mit meinem kleinen Bruder Kebab zu essen. Ich wußte nicht, daß noch mehr vorgesehen war.«

»Dann gehe ich jetzt.«

»Ja. Ich werd an deiner Stelle mit meinem Bruderherz über die Sache reden.«

»Das kann ich mir lebhaft vorstellen.«

»Was soll ich denn deiner Meinung nach tun? Wenn die Afrikaner irgendwas unternommen haben – war ja auch Zeit –, dann sollten wir ihnen helfen. Und den ganzen Unfug – die Widersprüche da raushalten.«

Er sah nicht hoch. Sein Kopf blieb über den Teller gebeugt. Martha beobachtete die beiden Brüder beim Essen. Sie hatte Hunger, doch sie hatte ihrer Mutter versprochen, daß sie mit ihr essen würde. In ihrem Innern tat sich der erleuchtete Raum auf, in dem – wenn sie nicht aufpaßte (dies war nicht der geeignete Augenblick) Gefühle auftreten, wie Schauspieler umhergehen und (anscheinend) ohne ihr Zutun zu sprechen anfangen würden. Dieser leere erleuchtete Raum war da, weil es die sechs Räume gab, in denen sie herumlaufen, um die sie sich kümmern mußte. Der hohe erleuchtete Raum war nichts Feindseliges, er war dort, wo irgendwann einmal das Zentrum des Hauses entstehen würde. Sie stellte mit Interesse fest, daß der leere Raum sich gerade jetzt, wo sie auf die Cohen-Jungen, die Widersacher, schaute, im Licht seiner Suchscheinwerfer auftat.

Ihr Schweigen begann sich bemerkbar zu machen, und erst Joss, dann Solly, hoben den Kopf. Sie blickte auf zwei Männer mit vollen Gabeln, die die Köpfe seitwärts wandten, um sie anzuschauen. Sie fing an zu lachen.

»Die findet uns komisch«, sagte Joss zu Solly.

»Die lacht uns aus«, sagte Solly zu Joss.

»Na, dich sehe ich ja wohl sowieso noch mal«, sagte sie zu Joss.

»Das glaube ich kaum.«

»Und wieso nicht?«

»Ich hab vor, mich oben im Norden niederzulassen. Ich fahre morgen rauf, um da mal ein bißchen herumzuschnüffeln.«

»Ah, jetzt begreife ich endlich!« Nachdem nun endlich alles klar war, fing Martha erneut zu lachen an. Sie hörte damit auf, als sie merkte, daß dies Lachen in der Mitte des prächtigen leeren Raums emporzudrängen schien wie Flammen.

»Jetzt begreift sie endlich«, sagte Solly zu Joss.

»Ja, aber *was* begreift sie?«

»Hätte ich mir eigentlich gleich denken sollen«, sagte Martha. »Joss verläßt das Land, und *natürlich* ist ihm dann alles wurscht. Und mir ginge es genauso, an seiner Stelle.«

»Wenn du freundlicherweise nur für dich sprechen würdest«, sagte Joss plötzlich. Er sah sie dabei nicht an, sondern schob sich den nächsten Bissen in den Mund.

»Nach Kriegsende wird hier keiner mehr übrig sein. Weg seid ihr alle, und mit dem Augenblick, wo ihr abhaut, können wir sehen, wo wir bleiben.« Sie verließ den intimen, von Gerüchen erfüllten kleinen Raum mit den beiden Männern, die sich über ihre Teller beugten, zwängte sich zwischen den Tischen durch, an denen dichtgedrängt die Royal Air Force-Männer saßen, sagte Johnny vorn am Eingang auf Wiedersehen und gelangte an die frische Luft und zu ihrem Fahrrad. Sie dachte: Verdammter Joss! Dann fiel ihr auf einmal sein »Wenn du freundlicherweise nur für dich sprechen würdest« ein, und zum ersten Mal kam ihr der Gedanke, daß er vielleicht unter falschem Vorwand da war und es ihm in Wahrheit darum ging, Solly von dem abzubringen, was er seines Wissens vorhatte. In dem Falle wäre sie eine Idiotin, hatte sich also angestellt wie die allerletzte ... Sie bückte sich, um die Kette aufzuschließen, als Solly ihr von hinten die Arme um die Taille legte.

Vor ein paar Wochen hatte eine Veranstaltung über die alliierte Invasion Frankreichs stattgefunden – »Endlich: Die zweite Front!« Solly war dagewesen, um zu sticheln. Hinterher hatte er draußen gewartet, um privat weiterzusticheln. Er und Martha waren erbittert streitend durch die immer leerer werdenden Straßen gelaufen, und ihre Meinungsverschiedenheit nährte sich von ihrer zehn Jahre alten Bekanntschaft. Vor Marthas Haustür hatten sie sich heftig umarmt, als hätte sie etwas gegeneinander geschleudert.

»Sex«, hatte Solly gesagt, »der große Gleichmacher«, und sie hatte gelacht, aber nicht genug.

Jetzt fuhr sie herum und schob das Rad zwischen sich und Solly. Grinsend legte er ihr die Hand auf die Schulter, und von dort aus sandte sie in alle Richtungen Wellen von Empfindungen.

»Du wirst doch wohl zugeben, daß wir durchaus gewisse Verständigungsmöglichkeiten haben?«

»Nein, keineswegs.«

»Lügnerin!«

»An was dachtest du denn – sollen wir uns auf den Broschüren im Büro herumwälzen und uns zwischendurch Beschimpfungen an den Kopf werfen – etwa dreckiger Trotzkist?«

»Dogmatische Stalinistin, in diesen Dingen gibt es immer einen Weg, wenn nur der Wille da ist.«

»Er ist aber nicht da.«

Martha wußte, daß sie lächelte, direkt in sein lächelndes Gesicht. Sie konnte nicht aufhören. Ihre Gesichter näherten sich einander, als hätte eine Hand ihre Köpfe aufeinanderzugestoßen. Sie standen auf dem Trottoir, das Rad zwischen sich und zwischen ihnen und den Besuchern des Piccadilly nur einen Zentimeter Fensterglas. Das Pedal streifte Marthas nacktes Bein, und sie sagte »Mist!« und trat von ihm weg.

»Wie schade«, sagte Solly sanft.

»Ja, das kann man wohl sagen.«

Sie stieg aufs Rad und fuhr davon.

Wenn sie sich in der prekären Lage befand, in einem Haus mit einem halben Dutzend Zimmern zu wohnen, von denen jedes voller Menschen war (die außerstande waren, die Zimmer zu verlassen, in denen sie sich befanden und die anderen zu besuchen, die sie nicht einmal verstanden, weil sie die Sprachen nicht kannten, die in den anderen Zimmern gesprochen wurden), auf was wartete sie dann, während sie (wie sie wußte) auf einen Mann wartete? Na, darauf, daß irgend jemand ihre Elemente vereinigen würde, auf einen Mann, der wie ein Dach wäre oder wie ein Feuer, das inmitten des leeren Raums brannte. Weshalb ließ sie es dann geschehen, daß sie auf Solly reagierte, wie sie es neulich abend getan hatte und es wieder tun würde, wenn sie nicht dafür sorgte, daß sie ihn nicht wiedersah? Was hatte sie gemeinsam mit Solly – außer Sex, setzte sie hinzu, konnte jedoch nicht lachen, denn die Wahrheit war, sie platzte fast vor Unmut und Reizbarkeit. Sie radelte wie eine Besessene zwischen all den Lastwagen, Pkws und Fahrrädern hindurch, den blendenden Scheinwerfern und blinkenden Rücklichtern. Sie mochte Solly nicht, abgesehen davon, daß sie seine Anschauungen nicht billigte.

Zwei Straßenecken vom Piccadilly entfernt war ein indischer Lebensmittelladen, und darüber befand sich das neue Büro, das sie auf den Namen der weggegangenen Jasmine Cohen gemietet hatten. Es wurde von einem halben Dutzend Organisationen benutzt, die sich die Miete teilten. Sie tastete sich das dunkle unbeleuchtete Treppenhaus empor, öffnete im Dunkeln eine Tür und knipste das Licht an. Es war ein schäbiges kleines Büro, das genauso aussah wie jedes politische Büro, das sie bisher gesehen hatte. Ein kleiner dunkelhaariger behender Mann in der Uniform eines griechischen Offiziers erhob sich von einer Bank in Fensternähe. Athen lächelte und sagte: »Matty, wie schön, daß gerade du das bist.«

»Warum sitzt du denn ganz allein hier im Dunkeln?«

Er antwortete nicht, und sie warf einen raschen Blick auf sein Gesicht und fuhr dann fort: »Ich will nur ein paar Bücher für Johnny Lindsay holen. Ich habe mich verspätet.«

»Aber ich muß dich sprechen! Wann kann ich dich sprechen?«

»Morgen?«

»Ich muß heute abend zurück ins Camp!«

»Nach Johnny Lindsay muß ich meinen Vater besuchen, und dann gehe ich wohl nach Hause.«

Sie hörte ihre eigene Stimme, die eher verzweifelt als ärgerlich klang, und hob den Blick zu dem Griechen, der sie ernst und prüfend anblickte.

»Dein Vater ist sehr krank«, sagte er in vorwurfsvollem Ton.

»Das weiß ich.«

»Und wie geht es deinem Mann?«

Er sagte absichtlich »deinem Mann« statt Anton, und sie lächelte und befreite sich von seiner Mißbilligung. »Ach, Athen«, sagte sie liebevoll, »du weißt ja, wenn ich dich sehe, erinnert mich das jedesmal ...«

Er lächelte und nickte und fragte nicht, was sie hatte sagen wollen. Die Menschen kennen ihre Rollen, die Parts, die sie für andere spielen. Sie können sich dagegen zur Wehr setzen oder sie zu ändern versuchen; sie können ihre Rollen als Gefängnis oder als Stütze empfinden: Athen war mit seiner Rolle einverstanden.

Möglicherweise hatte er sie sich sogar selbst ausgesucht. Er diente anderen als Gewissen. Immer brannte er, streng gegen sich selbst, wie eine strenge, stetige Flamme, über die die Leute lachten, doch stets voll Zuneigung, und an der sie sich orientierten.

»Manchmal kommst du mir so naiv vor, daß man es nicht für möglich hält«, sagte sie entschuldigend, und er lächelte immer noch und sah sie eindringlich an.

»Naiv? Weil ich dich an deine Ehe mit Anton erinnere?«

»Ich bin nicht verheiratet.«

»Martha, fühlst du dich nicht wohl?«

»Wie kommst du denn darauf«, sagte sie gereizt, doch sein Blick ließ sich darauf nicht ein, und so sagte sie: »Ich mag mich zwar ganz wohl fühlen, doch ich befinde mich in einem merkwürdigen Zustand. Ich glaube, ich begreife überhaupt nichts.« Ihre Augen füllten sich mit Tränen, und das erschreckte sie, weil es so oft passierte.

Athen nahm sie bei der Hand, ließ sie auf der hölzernen Bank an der Wand Platz nehmen und setzte sich neben sie. Er streichelte ihre Hand. »Liebe Genossin Martha, weißt du, was seltsam ist? Gerade als du reinkamst, habe ich darüber nachgedacht: Du weißt doch, als ich noch ein armer Junge war, habe ich auf den Straßen von Athen Zeitungen verkauft, und wenn mir da jemand erzählt hätte, daß eine Weiße in Afrika Sozialistin sein sollte und ich mal der Genosse von so jemand, dann hätte ich gelacht.«

»Dazu hättest du allen Grund gehabt.«

»Warum sagst du das? Du hast viele schlimme Gedanken, Martha.«

»Ist das ein schlimmer Gedanke? Wieso? Wenn der Krieg aus ist, gehst du zurück und verkaufst Zeitungen und schlägst dich wieder mühselig durch. Dann bist du wieder arm. Nehmen wir mal an, ich werde dies Land nie verlassen, ich komme hier nie raus? Was stellst du dir denn vor, was wir dann noch gemeinsam hätten?«

»Martha, Martha! Was soll denn das ganze Wenn und Aber? Nach dem Krieg werden wir so lange kämpfen, bis wir den Kommunismus in Griechenland haben, und dann kommst du und besuchst mich in Griechenland und bist meine Freundin.«

»Schon möglich.«

»Ich wollte dich sehen und mit dir reden. Und nun mußt du weg.«

»Ja. Ich habe mich sowieso schon verspätet. Ich scheine mich immerfort zu verspäten.«

»Wie geht's Johnny Lindsay?«

»Er ist sehr krank. Ich tue nichts anderes als von einem Krankenbett zum nächsten zu rennen. Und ich hasse das und kann es nicht ausstehen, ich hasse Krankheit.«

Athen lächelte und umschloß ihre heiße Hand mit seiner kleinen, sauberen Rechten.

»Mein Vater liegt im Sterben. Er liegt und denkt an nichts als an sich selbst und seine Medikamente. Und Johnny liegt im Sterben – doch er ist ein *guter* Mensch und denkt die ganze Zeit an andere.«

»Ja und, Genossin Martha?«

»Nichts. Das ist alles. Mein Leben ist immer so, es war immer schon so – äußerst banal und lächerlich.«

Nach einer Minute zog er seine Hand weg und saß, die Hände auf den Knien, aufrecht und blickte die Wand an. Sie fühlte sich zurückgestoßen, hatte jedoch nichts, das sie ihrerseits wegziehen konnte.

»Jaja«, sagte er schließlich, »wird Zeit, daß ich wieder nach Haus komme. Ich lebe von Tag zu Tag in der Hoffnung, nach Hause geschickt zu werden. Ich bin in Gedanken so sehr bei meinen Freunden, daß ich meinen Freunden hier vielleicht kein guter Freund sein kann.«

»Hast du denn noch nichts gehört?«

»Sie wollen uns nur zurückschicken, wenn sie unbedingt müssen – weshalb sollen die sechs vollausgebildete Piloten zurückschicken, wenn sie doch genau wissen: In dem Augenblick, wo wir zu Haus sind, hauen wir ab und schließen uns den Kommunisten an? Natürlich wollen sie das nicht, und ich an ihrer Stelle würde uns auch hierbehalten.«

»Das tut mir leid, Athen. Wir haben wohl alle dasselbe Los – wir müssen einfach nur abwarten, mehr nicht.«

»Ich möchte mit dir über etwas Wichtiges sprechen. Wenn du im Anschluß an den Besuch bei deinem Vater Zeit hast, dann komm ins Piccadilly.«

»Ich werd's versuchen. Worum geht's denn?«

»Ich hab mit einem Mann gesprochen, der in der Sinoia Street wohnt. Ich möchte, daß ihr ihm und seinen Freunden helft.«

Nach kurzem Schweigen lachte sie. Er wartete lächelnd auf eine Erklärung.

»*Du* hast also mit einem Mann gesprochen, der in der Sinoia

Street wohnt. Ich komme gerade von Solly und Joss. *Die* haben mir auch schon von Kontakten im Farbigenviertel erzählt und hatten so ihre Idee, wer da Kontakt mit Afrikanern hat.«

»Na ja, vielleicht hätte ich das auch noch sagen sollen«, sagte er lachend.

»Nein, nein, nein, das hättest du nicht getan, und das ist der springende Punkt. Na, jedenfalls muß ich jetzt los.« Von der Tür sagte sie: »Ich hab Maisie heute nachmittag gesehen.«

»Gut, daß du davon anfängst, Martha. Ich würde sehr gern mit dir über Maisie reden.« Sie konnte sich nicht verkneifen, ihn neugierig anzuschauen, weil sie wissen wollte, wie er zu Maisie stand, doch er wandte sich rasch zum Fenster und entzog sich ihrem Blick.

Sie fand die Bücher, die Johnny wollte, und ging hinaus. Auf der Straße schaute sie nach oben: Das Fenster war schon dunkel. Athen hatte das Licht wieder ausgemacht. Sie spürte eine Hand auf der Schulter, die sie an Sollys Berührung erinnerte, und wußte, dieser kräftige Druck kam nicht von ihm. Sie drehte sich um und stand vor einem kräftigen, braungebrannten jungen Mann, der sie lächelnd ansah. »Was machst du denn hier, Matty? Ich hab mich gefragt, wer wohl oben im Büro ist, und da stehst du hier mit offenem Mund und starrst Löcher in die Luft.«

»Mein Mund stand nicht offen! Wie geht's dir denn? Ich habe gehört, daß du zurück bist.«

»Nur für eine Woche. Das Schicksal will es, daß ich immer noch nach W. verbannt bin.«

»Ach, wie schade, deine Schulungsgruppe ist schon eingeschlafen.«

Thomas Stern war im Jahr zuvor für ein paar Monate in der Stadt gewesen und hatte während dieser kurzen Zeit eine rege Betriebsamkeit entwickelt, die an die Tüchtigkeit »der Gruppe« in ihrer Glanzzeit herankam.

»Wenn eine Schulungsgruppe von einer Person abhängt, dann taugt sie sowieso nichts.«

Diese didaktische Weisheit war so typisch für ihn, daß sie lachte, doch dann sagte sie: »Ich muß mich beeilen, Thomas.«

»Wie immer. Aber wenn du mit dem fertig bist, weshalb du dich beeilen mußt, kommst du dann und ißt mit mir im Dirty Dick?«

»Ich kann nicht. Doch wenn du Gesellschaft brauchst – Athen sitzt ganz allein im Büro.« Sie fuhr davon und rief ihm noch nach: »Wenn du nächstes Mal kommst, dann ruf mich mal an!« Doch er war schon im Haus verschwunden.

Sie brauchte nur ein paar Minuten für den Weg. In der dürftigen Nacht in diesem Teil der Stadt verströmten die Häuschen der ärmlichen Straße, in der Johnny wohnte, Licht, Lärm und Musik. Kinder rannten über die gerade erst hart werdenden Furchen im Schlamm der Regenzeit, die bis vor kurzem gedauert hatte. Oder sie holten für ihre Mütter lange Brotlaibe aus dem indischen Laden, der vor der Tür ein Grammophon auf einer Apfelsinenkiste stehen hatte, aus dem dünne Jazzmusik herausquäkte. Das Grammophon wurde von einem kleinen, unglaublich sauberen indischen Jungen bewacht, dessen weißes Hemd in dem schmutzigen Dämmer geradezu vorwurfsvoll strahlte.

Die Veranda des Hauses bestand lediglich aus Ziegelsteinen, direkt auf der Erde und darüber ein Stück Blech. Martha schloß ihr Rad am Zaun des Vorgartens an. Die Tür von der Veranda führte direkt in ein hellerleuchtetes Zimmer, in dem es eine gewaltige Menge Bücher, einen Strohläufer auf einem rohen Steinboden, einen Tisch mit vier Stühlen, die sämtlich mit Papieren und Broschüren vollgepackt waren, und ein Bett gab. Johnny Lindsay lag darin, sehr still, sehr weiß. Er hatte die Augen geschlossen und atmete geräuschvoll. An der einen Seite saß Mrs. Van der Bylt, eine stramme, kräftige Gestalt, die sich kerzengerade auf einem harten Stühlchen hielt, und auf der anderen Seite saß Flora und strickte mit einer orangefarbenen Wolle, die beinah den Ton ihres lodernden, glänzenden Haars hatte. Am Fuß des Bettes saß ein junger Mann von zweiundzwanzig oder dreiundzwanzig und las laut aus einem Bericht der ›News‹ vom selben Tag über die Zustände im Bergbau vor.

Flora, die hübsche, schlampige Frau mittleren Alters, mit der der alte Bergarbeiter nun schon zehn Jahre zusammenlebte, zählte Maschen und war offensichtlich mit ihren eigenen Gedanken beschäftigt. Sie lächelte Martha zwar flüchtig zu, doch es war Mrs. Van, die sie mit einem Nicken aufforderte, Platz zu nehmen. Der junge Mann, ein Lehrer von der Farbigenschule, stand halb auf und schaute Mrs. Van fragend an, weil er nicht wußte, ob er gehen sollte. Johnny öffnete die Augen, um festzustellen, weshalb das Vorlesen aufgehört hatte, erblickte Martha, schnappte mit den schweratmenden Lungen nach Luft und sagte: »Setz dich zu mir, Kleines!« Er klopfte mit der Hand aufs Bett. »Die lassen mich nicht aus dem Bett«, sagte er mit der

Aufsässigkeit des Invaliden, der seinen überbetulichen Krankenschwestern nicht gehorcht. Doch in Wahrheit war er sehr krank, das sah Martha. Sie sagte: »Sprechen Sie nicht. Ich hab Ihnen die Bücher mitgebracht.« Sie legte sie neben der ungeheuer großen Hand des alten Mannes, die im Schmerz zusammengekrampft war, auf die dünne weiße Bettdecke. Das ganze Zimmer war Martha vom Krankenzimmer ihres Vaters her höchst vertraut: Der Arzneigeruch, die aufmerksamen taktvollen Menschen, das übertrieben strahlende Lächeln des Kranken – und obendrein der verschämte Ausdruck seiner Augen, mit dem er darauf bestand: Das bin nicht *ich* – dieser demütigende, geräuschvoll leidende Körper bin nicht ich.

»Johnny, ich hab's furchtbar eilig, ich muß gleich wieder los.«

Mrs. Van runzelte die Stirn. Martha sagte: »Mein Vater erwartet mich«, und Mrs. Van lächelte. Martha merkte, daß die dicke alte Frau sie musterte – »Wie eine Schuldirektorin«, dachte sie unwillkürlich. Den kleinen, durchdringenden blauen Augen, deren Leuchten unablässig auf sie gerichtet war, entging nichts – nicht einmal die kleine Ölspur von der Fahrradkette an ihrem Bein.

»Ehe Sie wieder weglaufen, möchte Mr. de Wet Ihnen, glaube ich, noch guten Tag sagen, Martha«, sagte Mrs. Van.

Der junge Mann erhob sich wie ein Befehl – es war ja eigentlich auch einer gewesen. Er lächelte Martha höflich zu, wartete jedoch darauf, daß Mrs. Van weitersprechen würde.

»Clive hat einen Kontakt, einen afrikanischen Kontakt. Er möchte irgendeine Schulungsgruppe aufbauen, und ich dachte, es wär nützlich, wenn er die Sache mit euch durchsprechen könnte – ihr könntet doch Bücher für sie bestellen. Und so weiter.«

»Die Gruppe läuft bereits«, sagte Clive unvermittelt. Er klang verärgert, auch wenn er das nicht beabsichtigt hatte. Mrs. Van sagte rasch: »Na, in dem Fall ist es ja vielleicht schon gar nicht mehr nötig.«

Martha zählte eins und eins zusammen: Clive war Clive de Wet, der »Mann in der Sinoia Street«, den Athen erwähnt hatte, der »Kontaktmann«, den Solly erwähnt hatte. Er kannte auch Thomas Stern. Mrs. Van konnte nicht wissen, daß er sich bereits glücklich preisen konnte, soviel Aufmerksamkeit zu genießen. Die Tatsache, daß er Mrs. Van nicht erzählt hatte, daß er bereits mindestens drei Weiße zur Verfügung hatte, die bereit waren, ihm »Bücher und so weiter« zu liefern, bedeutete doch, daß er ihr nicht traute? Bestimmt traute er ihr, Martha, nicht, denn dafür wird Solly gesorgt haben.

Martha sagte zu Clive: »Wann immer Sie mich sprechen möchten, hier ist meine Telephonnummer.« Sie kritzelte ihre Büronummer auf ein Fetzchen Papier und gab sie ihm. Er nahm sie mit einem winzigen Zögern entgegen, das Martha sagte, daß sie mit ihrer Annahme, das viele Interesse behage ihm nicht, ganz richtig gelegen hatte.

Sie konnte an Mrs. Vans aufmerksamer Miene ablesen, daß sie diese ganzen winzigen Vorgänge verbuchte und analysierte, und wußte, daß sie spätestens morgen in der Mittagspause mit einem Anruf zu rechnen hatte. »Also, Matty«, würde sie wissen wollen, »was ist das denn nun mit dieser Schulungsgruppe? Weshalb hat man mir nichts davon gesagt?«

Martha, Clive de Wet und Mrs. Van beobachteten einander, machten sich ihre Gedanken übereinander, wachsam wie die kreisenden Falken. Währenddessen lag Johnny mit geschlossenen Augen in seinen Kissen, und Flora klapperte mit den Nadeln. Sie war gänzlich gefangengenommen von ihrer orangefarbenen Wolle und hätte von dieser Szene auch nichts begriffen.

Schließlich nickte und lächelte Martha Mrs. Van zu, nickte Clive de Wet zu und schlich sich über die glatte Strohmatte auf Zehenspitzen zur Tür.

Die Kinder draußen auf der Straße flitzten und schossen durch die Abenddämmerung wie die Schwalben, und der kleine Inder zog sein Grammophon auf. Es spielte Sarie Marais.

Jetzt mußte sie ihren Vater besuchen, und dann, dem Himmel sei Dank, konnte sie früh schlafengehen.

Sie bewältigte den Übergang von einer Welt in die andere in fünfzehn Minuten und erreichte die gartengesäumten Alleen, als sie sich mit den Autos der Kinogänger zu füllen begannen, die in die Achtuhrvorstellung wollten. Überall zuckte das blendende Licht der dahinschießenden Scheinwerfer auf, doch das Haus der Quests war rundherum von Bäumen umstanden. Es war immer schon eher ein Garten gewesen, der ein Haus beherbergte, statt umgekehrt ein Haus mit einem Garten. Die starren, ausgefransten, gezackten, fächelnden und drohend aufragenden Konturen mannigfaltigen Laubwerks, mal beschattet, mal lichtbeschienen, verbargen die Ziegelsteine und die gestrichenen Eisenteile eines gewöhnlichen, ja häßlichen Hauses, aus dessen Fenstern das Licht in staubigen gelben Schäften herausbrach, durch die die Falter hindurchflatterten. Die starken Lichtbündel der geschäftigen Scheinwerfer wischten über die Büsche, die dicken Äste der Bäume hinweg, doch unten auf dem Weg war alles dunkel und still.

Martha ließ ihr Fahrrad einfach auf den Kies fallen und lief die flachen Stufen hinauf, wo der Geranienduft den Weg wies. Auf der Veranda war niemand, doch aus einem Fenster war eine Kinderstimme zu hören: »Granny, Granny, ich will keinen Pudding!«

Marthas Herz schnürte sich zusammen; sie setzte ein maskenhaftes Lächeln auf und trat auf Zehenspitzen ins Wohnzimmer. Es war leer, doch das Radio lief, das Grammophon spielte in voller Lautstärke den Kaiserwalzer, und ein weißes Hündchen sprang auf, um in einem sinnlosen Begrüßungstaumel schwanzwedelnd zu kläffen. Martha machte Pschscht! zu dem Hund, stellte das Grammophon ab und hörte sich die Nachrichten über den Kriegsverlauf in Europa an: Das holländische Volk wurde von der Hungersnot dezimiert. Die Alliierten hatten 70000 Gefangene gemacht. Die Rheinbrücken bei Düsseldorf waren gesprengt worden. Von unseren Tactical Air Forces waren heute zwar nur vierzig Einsätze geflogen worden, doch Mittelstreckenbomber flogen durch eine hundertprozentige Wolkendecke einen erfolgreichen Angriff auf einen Verschiebebahnhof in Burgsteinfurt. Das deutsche Gefühl einer Kriegsschuld wuchs, und sie waren infolge der Bombenangriffe nervlich am Ende. Das Auftreten der deutschen Zivilisten im Rheinland war so servil, daß Wörter wie »kriecherisch« nicht zu Unrecht im Schwange waren. Tommies und G.I.s entwickelten gleichermaßen abgrundtiefe Verachtung für das »Herrenvolk«. Das Leben schien nahezu zum Erliegen gekommen zu sein. Felder, auf denen normalerweise Mais angebaut wurde, waren tiefzerfurcht von Tankspuren oder übersät von Tausenden von Granaten- und Bombentrichtern. Vier Jahre würde es dauern, bis die Ukraine, die Kornkammer unseres Verbündeten, wieder Ertrag bringen würde. Nie zuvor in diesem Krieg hatten die Alliierten derart günstige Witterungsbedingungen vor einer wichtigen Operation. Die an Panzern und Panzerfahrzeugen weit überlegenen Alliierten dürften, sowie der Rhein überquert war, auf den festen, trockenen Ebenen des nördlichen Ruhrgebiets gut vorankommen. Ein Pilot der Befreiungsarmee sagte heute: »Hunderte von Kampfflugzeugen wetteiferten darum, hinabzutauchen in diese ungeheuerlichste Schlacht, die ich hoffentlich je im Leben gesehen habe.« Immer noch lebten unzählige Deutsche in den Trümmern von Köln. Die gesamte Innenstadt war ein einziges Chaos von Schutt und Asche. In der Tschechoslowakei war es zu Aufständen gekommen.

Vielleicht sollte sie ihrem Vater guten Abend sagen, ehe ihre Mutter wußte, daß sie da war?

Leise ging sie den Flur hinunter zu dem Zimmer auf der Rückseite des Hauses und klopfte sacht. Keine Antwort. Die Szene drinnen war beherrscht von abgeschirmten Lampen und Arzneigeruch.

Ein reinlicher, alter weißhaariger Mann lag flach im Bett, der Kopf war ziemlich tief auf die Schulter herabgesunken, und er hatte den Mund offen. Seine Zähne standen in einem Wasserglas neben dem Bett, und sein Kiefer sah nach einem verwitterten Friedhof aus.

Martha sagte leise: »Vater!«, doch er rührte sich nicht, und so ging sie wieder hinaus.

Mrs. Quest kam mit frischgebügelter weißer Wäsche auf den Armen über den Flur. Es roch heiß und säuberlich nach Bügeleisen.

»Ach, da bist du ja«, fing sie an, »nicht gerade pünktlich, wie?«

»Ja, tut mir leid.«

»Na, macht eigentlich nichts, denn ich bin in dieser Minute erst fertig geworden – mußte Caroline ins Bett bringen.«

»Ich dachte, du hättest gesagt, daß sie abends nach Hause geht?« sagte Martha und ging automatisch in Kampfstellung.

»Ja, aber sie sah ein bißchen spitz aus, und ich dachte mir, es würde ihr guttun, wenn sich jemand mal richtig um sie kümmert.«

Es war so ungeheuerlich, was in diesen Worten alles mitschwang, daß Martha zornrot wurde, aber Mrs. Quest war bereits zu etwas noch Schlimmerem übergegangen: »Sei besser still oder dämpfe wenigstens deine Stimme, weil sie doch nicht weiß, daß du hier bist!«

Martha ging stracks an ihrer Mutter vorbei ins Wohnzimmer und verbiß sich ihre sinnlose Wut. Wieder sprang das weiße Hündchen von einem Sessel und begann, unaufhörlich kläffend, um Martha herumzuhüpfen wie ein Gummiball.

»Verflixt noch mal«, schrie Martha und hatte endlich eine unverfängliche Zielscheibe für ihre Wut, »dieser verdammte Hund hat mich drei Jahre lang so gut wie jeden Tag gesehen und jedesmal dieses Gebell!«

»Aus, Kaiser, aus, Kaiser! Aus!« Mrs. Quests liebevolle Stimme fiel in die Symphonie der Kläfflaute ein, und draußen sagte die Stimme eines kleinen Mädchens: »Granny, Granny, weshalb bellt Kaiser denn?«

»Verschwinde!« befahl Mrs. Quest in dramatischem Ton.

Martha warf ihrer Mutter einen Blick zu, der bewirkte, daß die alte Frau einen Augenblick die Augen senkte und seufzte, als wollte sie sagen: Ich bin natürlich wieder schuld! Sie sauste aus dem Zimmer, und Martha hörte: »Ach, Caroline, du böses Mädchen, du sollst doch im Bett bleiben!«

Doch wenn Mrs. Quest mit dem Kind sprach, merkte man ihr an, daß sie es liebte, auch wenn sie schimpfte, und Caroline antwortete vertrauensvoll: »Es wäre viel schöner, wenn Kaiser in meinem Zimmer wäre, Granny!«

»Na, woll'n mal sehn.«

Ob sie mit mir, als ich klein war, wohl auch so gesprochen hat? fragte Martha sich, ob sie mich dazu gern genug hatte?

Das Telephon läutete, Mrs. Quest kam hereingehastet, um den Hörer abzunehmen, der Koch verkündete von der Tür her, das Fleisch sei gar, und hinten im Haus ertönte das Glöckchen, was besagte, daß ihr Vater wach war und etwas brauchte. Martha war auf dem Weg zu ihm, als Mrs. Quest sie im Laufschritt überholte, und die Tür des Krankenzimmers öffnete und schloß sich, während sie ihren Vater sagen hörte: »Ah, da bist du ja. Wie spät ist es denn?«

Martha kehrte auf die dunkle Veranda zurück und schaute verstohlen in das Zimmer, in dem ihre Tochter sich aufhielt. Ein dunkelhaariges kleines Mädchen hockte in den Falten eines scharlachfarbenen Läufers und kraulte die Ohren des weißen Hundes. »Du heißt Kaiser«, sagte es, »weißt du das? Du heißt König Kaiser Wilhelm der Erste. Ist das nicht ein komischer Name für so ein dummes kleines Hündchen?« Der Hund rollte verzückt mit den Augen und ließ die rosa Zunge über das Kindergesicht schnellen. Martha hörte ihre Mutter den Flur herunterdonnern und zog sich vom Fenster zurück.

»Tut mir leid, Matty, aber ich hab ihm vorhin einen Einlauf gemacht und hab mir schon gedacht, daß er die Bettpfanne haben wollte.«

»Ach, das macht doch nichts. Ich besuche ihn dann morgen.«

»Ich weiß wirklich nicht, was ich machen soll, wenn das so weitergeht. Fünf Tage lang hat er praktisch nichts zustandegebracht, und ich habe ihm allein gestern zwei Einläufe gemacht. Ja, Koch?«

»Missus, das Fleisch ist fertig, Missus!«

»Tja, das hältst du wohl besser warm. Der Doktor kommt, vielleicht hat der noch nichts gegessen.«

Martha gab sich Mühe, ihre Erleichterung zu verbergen. »Aber Mutter, ich kann nicht stundenlang warten, bis es Essen gibt.«

»Das habe ich auch gar nicht erwartet«, sagte ihre Mutter eingeschnappt, aber voller Genugtuung, »Anton hat mich dreimal angerufen, er erwartet dich schon seit Stunden.«

»Dann muß er mich falsch verstanden haben.«

»Irgendeiner von uns muß in der Tat was falsch verstanden haben, denn ich hab ein schönes Stück Sirloin Steak kommen lassen, und nun kann ich sehen, wo ich damit bleibe, es sei denn, der Doktor ißt es.«

»Dann fahre ich jetzt nach Hause«, sagte Martha. Sie rannte förmlich die Stufen hinunter zu ihrem Fahrrad, und Mrs. Quest heftete sich an ihre Fersen und sagte: »Ich hab heute einen Brief von Jonathan bekommen!«

»Ach ja?«

»Ja, er schreibt, er habe Krankenurlaub in Kairo bekommen, doch sie schicken ihn nach England ins Lazarett.«

»Was hat er denn?«

»Das hat er nicht geschrieben.«

Jonathan war bei El Alamein leicht am Bein verwundet worden, die Wunde war jedoch ausgeheilt. Vor kurzem war er erneut verwundet worden, diesmal am Arm, und dieser Arm schien nicht heilen zu wollen – zur großen Erleichterung aller. Wie Mr. Quest sagte: »Wenn er sich da nicht mehr holt als einen Gummiarm, dann kann er von Glück sagen.«

»Pschscht!« machte Mrs. Quest plötzlich, als Caroline vom Fenster her, wo sie sich von den Gitterstäben herabbaumeln ließ, fragte: »Was ist das für eine Dame, Granny? Was ist das für eine Dame?«

Martha schnappte ihr Fahrrad, sprang auf die Pedale und radelte rasch zwischen den Büschen hindurch in die Unsichtbarkeit, die es Mrs. Quest ermöglichen würde, das Kind von ihr abzulenken. Von einer Telephonzelle aus rief Martha das Piccadilly an. Johnny war es eine Freude, seinen Landsmann ans Telephon zu holen. Martha erklärte Athen, sie könne ihn heute abend nicht sehen.

»Das ist schade«, sagte Athens Stimme, die sich gegen das Geklappere von hundert essenden Menschen durchzusetzen versuchte, »dann sehe ich dich also etwa in einer Woche, und kannst du dich inzwischen bitte mit meinem Freund Clive de Wet treffen?«

»Ich hab ihn heute abend bei Johnny kennengelernt. Ich hab nicht das Gefühl, daß er mich sprechen möchte. Im Gegenteil.«

»Doch, ich habe mit ihm über dich gesprochen. Er will mit dir reden.«

»Wann hast du denn mit ihm gesprochen?«

»Ich war gerade bei ihm zu Hause. Er war da, und ich habe mit ihm geredet. Er sagt, er hätte gedacht, du hingest mit Mrs. Van zusammen.«

»Ich verstehe nicht – er war damit beschäftigt, Johnny was vorzulesen – ist er mit dem nicht einverstanden?«

»Doch, sehr sogar. Aber ich glaube, er traut Mrs. Van nicht.«

»So was Lächerliches – wie kann er Johnny mögen und Mrs. Van nicht?«

»Jedenfalls wäre es nützlich, wenn du ihm ein paar Dinge erklären könntest. Die sind sehr auf Hilfe angewiesen – sie haben keine Bücher und wollen eine Menge lernen.«

»Na schön, wenn's um so etwas geht – und wir treffen uns dann nächste Woche.«

»Ja, und grüß deinen Mann schön von mir.«

Und jetzt mußte sie endlich nach Hause, zu Anton. Das Zuhause war neu, halb Wohnung, halb Haus – zwei kleine Zimmer, Bad und eine Gemeinschaftsküche, die eigentlich eine ehemalige Veranda über einem Stück gemeinschaftlichem, schmutzigem Rasen war. Die Frau, mit der sie sich Küche und Rasen teilten, war eine Mrs. Huxtable. Martha mochte sie nicht, doch da sowieso nie Zeit zum Kochen war, spielte das keine Rolle.

Dreimal hatte Anton ihretwegen angerufen. Dreimal. Ihre Nerven hatten auf diese Mitteilung mit Anspannung reagiert. Vom Gefühl her reagierte sie monoton, indem sie sich immer wiederholte: Das steht ihm nicht zu, das steht ihm nicht zu – was bedeutete, daß diese Art von Anspruch oder Vorwurf in ihrer ehelichen Abmachung mit Anton nicht vorgesehen war. Unterdessen funkte ihr Hirn warnende Botschaften, vor denen sie zurückschreckte. Schon seit Monaten herrschte in ihrer Ehe ein gewisses Gleichgewicht. Als sie sich eingestanden hatten, daß das eine schlechte Ehe war, daß sie einen Fehler gemacht hatten, daß sie, sowie der Krieg beendet wäre, auseinandergehen würden, hatte sich zwischen ihnen eine Art Freundlichkeit, sogar Nettigkeit, vielleicht sogar eine gewisse Zärtlichkeit eingestellt. Doch während Martha diese neue Beziehung begrüßte, weil sie den unerträglichen Druck milderte, der auf ihr lag, schien sie für Anton eine neue Verheißung zu bedeuten. Jedenfalls, drei Anrufe an einem Nachmittag, das war eine Sprache, ein Anspruch, auf den Martha sich von vornherein nicht einlassen konnte.

Als sie am McGrath vorbeifuhr, ging ihr auf, daß sie immerhin zu einer Welt gehörte, wo es nichts Ungewöhnliches war, daß Menschen in Sälen saßen und von Kellnern bedient wurden, daß sie tanzten und womöglich sogar Mahlzeiten in Restaurants einnahmen (schlechte zwar, aber solche mit allem Drum und Dran, und das war immerhin etwas). Sie würde Anton vom Foyer anrufen und ihn bitten, auf ein Glas oder vielleicht auch zum Essen herzukommen. Er würde scherzen: »Und was feiern wir, Matty? Habe ich deinen Geburtstag vergessen?«

Er würde protestieren, doch es würde ihn freuen. Sie konnten eine Stunde etwas trinken, zu Abend essen, der Band zuhören und auf diese Weise (so hoffte Martha) beide vergessen, was das zu bedeuten hatte, daß er ihr während der letzten Tage praktisch mit allem, was er sagte oder tat, zum Vorwurf gemacht hatte, daß sie nicht handelte oder war, wie er es jetzt gern gehabt hätte.

## 2

Es war fast sieben. Martha wartete seit fünf. Warten war mittlerweile ein unabdingbarer Bestandteil ihres Lebens, wie das Atmen, und daher kam es kaum darauf an, ob sie nun auf ein Gespräch wartete oder darauf, daß der Frieden kam – ein neuer Ausdruck, der bewies, daß der alte – »wenn der Krieg zu Ende ist« – sich als unzutreffend erwiesen hatte. Sie wartete mit dem ganzen Gewicht ihrer Existenz, so wie andere Menschen beten mochten, aber die Art von Beten, wo man sich gewissermaßen nur in Übung hielt, denn das Beten konnte nur wirksam werden, wenn ein neues Leben begann. Während sie darauf wartete, daß ihr Leben beginnen würde, indem sie nach England konnte, wartete sie auf den »Kontaktmann von der afrikanischen Gruppe«, und sie tat das mit derselben Fähigkeit, die gegenwärtige Zeit auszulöschen. Sie las eine Broschüre über japanische Grausamkeiten zur Hälfte durch mit dem gereizten Überdruß, den sie jeder Propaganda gegenüber empfand, was nicht bedeutete, daß sie nicht glaubte, was sie las. Sie verleibte sich etwa eine Spalte Statistik über die afrikanische Schulbildung ein, doch das erfüllte sie wiederum mit der Gereiztheit der Ohnmacht. Sie feilte sich die Nägel, bürstete sich das Haar, »fünfzig Striche auf jeder Seite«, wozu sie im Schlafzimmer nie die Zeit fand, räumte einen Wandschrank voller Broschüren auf, die bestimmt mit politischen Angelegenheiten in wenigstens hundert Ländern zu tun hatten, und setzte sich schließlich bewußt mit leeren, wenn auch ruhelosen Händen auf eine Bank unter dem Fenster zur Founders' Street.

Die Hitze eines gewittrigen Tages war in das grellrote Erglühen eingesickert, das sich in westlicher Richtung immer noch unter allen aufgeblähten Sternen ausbreitete, die nur mit Unterbrechungen zu sehen waren. Hagelkörner vom letzten Gewitter übersäten die Straße und lagen auf der schmutzigen Fensterbank, und Böen schneidend kalter Luft fuhren von den jagenden Wolken über die heißen Luftströme hinweg, die vom Pflaster aufstiegen. Es würde bald Winter werden, die Eiskörner schienen es zu versprechen. Martha rutschte auf verschwitzten Oberschenkeln auf der hölzernen Bank hin und her, lutschte ein paar Eiskörner, die ihr gegen die Hitze zu Hilfe gekommen schienen, und beobachtete, wie ihre glatte braune Haut unter dem goldenen Flaum ihres Unterarms aus Protest gegen die Kälte pochte. Oben auf dem hölzernen Schrank lag eine zusammengefaltete Decke. Sie wurde benötigt, weil Freunde von der Royal Air Force manchmal hier nächtigten, wenn es zu spät war für den letzten Bus zum Camp. Martha breitete sie auf der Bank aus, um sich gegen das Gefühl der Schlüpfrigkeit ihrer verschwitzten Glieder zu schützen, und hüllte ihre Beine darin ein. Die Hagelkörner, obwohl von Schmutz überkrustet, strömten ihren kühlen Geruch aus, und Martha verrenkte sich den Hals, um den Himmel sehen zu können, dessen Windstöße, die in die Stadt einfielen, bereits ein weiteres Unwetter ankündigten. Da sie den Rücken zum Zimmer gewandt hatte, entging ihr, daß

Solly hereingekommen war, und sie verpaßte den Augenblick, wo sie sich einen Reim darauf hätte machen können, weshalb er hier war. Einen Augenblick sahen die beiden einander eindringlich an. Sie machte dem ein Ende, indem sie sagte: »Ich warte auf einen Mann von der afrikanischen Gruppe.« Sie hatte sich zu diesem Eingeständnis entschlossen, um sich ein halbstündiges Versteckspiel zu ersparen. Sie wußte, sie war eine schlechte Lügnerin und hatte sich auf diese Weise den Ruf besonderer Aufrichtigkeit erworben: Matty ist *so* ein aufrichtiger Mensch. Unterdessen arbeitete ihr Hirn fieberhaft, um überzeugende Lügen zu finden, mit denen sie ihn abwimmeln konnte.

»Es ist doch immer wieder ein Vergnügen, an jemanden wie dich zu geraten, Matty – immer lauter wie der helle Tag.«

»Mir ist in letzter Zeit klar geworden, daß etwas anderes in diesem – diesem Ameisenhaufen keinen Sinn hat.« Ihre Stimme klang schrill, und sie wußte, sie mußte sich in acht nehmen. Sie versuchte gleichzeitig, sich einzuprägen, daß »Feind« Solly aufhörte, einer zu sein, wenn sie in ihm gleichermaßen das Opfer des Provinzdaseins erblickte. Sie lächelte ihm zu: wie eine Katze, die dem sprungbereiten Kater immer wieder entwischt ist, sich plötzlich herumrollt und die schwachen Pfoten hebt. Freilich nicht ganz so. Doch der flüchtige Ausdruck der Ernsthaftigkeit im Gesicht des jungen Mannes (was immer der Grund dafür gewesen sein mochte), als er sie unter dem Fenster erblickt hatte, hatte ihren energischen Entschluß, ihn nicht zu mögen, schließlich ins Wanken gebracht. So würde er ihr nur wenige Zentimeter entfernt ins Gesicht schauen, *wenn.* Doch nun sagte er hohnbebend und feindselig: »Das hast du ja schön eingefädelt, das muß ich dir lassen. Gestern habe ich einen von deinen Genossen aus dem Camp getroffen, und der fragt mich doch: Wie geht's denn Matty? Ich hab gesagt, ich wüßte gar nicht, was er meint. Sieht ganz so aus, als wär unsere Liaison in aller Munde.«

»Na, dann hast du doch deinen Spaß!«

»Das hoffe ich sehr, Matty.«

»Das Problem ist nur, ich muß mich um sieben mit Athen treffen, und so spät muß es mittlerweile schon sein.«

»Oh, es wäre mir ein ausgesprochenes Vergnügen, dich erst zu verführen, wenn du deine Beratschlagung mit dem Genossen Athen beendet hast.«

Er war neben ihr auf der Bank. Sein Gesicht grinste ihr aus nicht mehr als einer Handbreit Entfernung entgegen. Glücklicherweise jedoch keineswegs »ernsthaft«, weit davon entfernt, und deshalb war sie gerettet. Sie stand auf und begann, Broschüren über die Zweite Front (mittlerweile unverkäuflich) in den Schrank zu stapeln.

»Solly, triffst du dich mit Clive de Wet?«

»Wie käme ich dazu, dir das zu erzählen, Genossin Matty?«

»Na schön, wenn du unbedingt kindisch sein willst.«

»Kindisch bist du. Du sprichst mit Solly Cohen, dem Trotzkisten.«

»Aber die afrikanische Gruppe will doch offenbar Hilfe?«

»Es gibt keine afrikanische Gruppe.«

»Aber eine Gruppe von Afrikanern?«

»Was willst du denn für die tun können, was ich nicht ebensogut kann?«

Sie zuckte die Achsel und lachte dann. Das Lachen rührte von einem Bild her, das ihr so gestochen scharf vor dem inneren Auge stand, daß sie kaum glauben konnte, daß er es nicht ebenfalls vor Augen haben sollte: »Die afrikanische Gruppe«, die die Hände hilfesuchend ausgestreckt hielt wie ein verhungerndes kleines Kind, wurde von einer Gruppe Erwachsener, die sich um Berechtigung stritten, ihm helfen zu dürfen, in Stücke gerissen.

In diesem Augenblick klopfte es. Martha rief »Herein!«, und ein kleiner schwarzer Junge trat ein und blickte nervös von einem Weißen zum anderen.

»Missus Mart«, sagte er

»Missus Mart haben wir hier nicht«, sagte Martha.

»Trottel! Das bist du!«

Solly grinste bereits: Er wußte, was in dem billigen Umschlag war, den der Junge in der ausgestreckten Hand hielt. Es war ein Blatt Papier, und darauf stand:

Liebe Mrs. Martha,
entschuldigen Sie bitte, daß ich heute nachmittag nicht kommen konnte. Ich bin durch unvorhergesehene Umstände aufgehalten worden. Ich hoffe, ich kann Ihre Bekanntschaft zu einem anderen Zeitpunkt machen.
Hochachtungsvoll, Ihr
(unleserliche Unterschrift)

Wahrscheinlich absichtlich unleserlich.

»Wer hat dich denn geschickt?«

Der kleine Junge bewegte Füße und Augen und sagte: »Weiß nicht, Missus.«

Martha gab ihm einen Schilling, und er wollte schon davonstürzen, als Martha sagte: »Bitte, sag dem, der dich geschickt hat, ich bin morgen nachmittag um dieselbe Zeit wieder hier.«

»Ja, Missus.«

Er verschwand, und Solly höhnte: »Ewig treue Matty, Tag für Tag harrt sie aus in edler Pflichterfüllung. Doch der kommt nicht, ich habe dafür gesorgt.«

»Gottseidank bist du nicht der einzige Mensch von Einfluß in der Gegend. Athen und Thomas sind auch noch da.«

Er grinste. »Liebste Matty, wie kommst du denn darauf, daß es sich um dieselbe Gruppe handelt?«

»Ach, ist sie das nicht? Na, ist ja auch egal, ich muß los, Athen wartet.«

»Habe ich das Vergnügen, dich zu Dirty Dick begleiten zu dürfen?«

»Woher weißt du, daß ich zu Dirty Dick will?«

»Wo solltest du sonst hinwollen?«

Auf dem Trottoir fielen große warme Regentropfen auf sie herab. Sie zog in dem feuchten Baumwollzeug die Schultern zusammen. Durch die warme Feuchtigkeit stach die Kälte. Hoch oben, meilenweit über ihr, waren wahrscheinlich Wolkenmassen in Bewegung geraten, zusammengestoßen, und hier mischten sich nun Speerspitzen beißend kalten Wassers mit den dicken warmen Tropfen aus einer tiefen Himmelszone. Blitze zuckten durch die Dunkelheit, und Solly zog Martha unter eine Markise. Er legte die heißen Arme um sie und ließ eine heiße Wange gegen die ihre sinken, während das Eis aus den Wolken ihnen um die Füße hüpfte.

»Solly, das hat doch absolut keinen Sinn!«

»Nun sieh dir doch an, wohin dich diese ganzen hochfliegenden Ideale gebracht haben! In die Arme von Anton Hesse! Ganz zu schweigen von den geschiedenen Armen von Douglas Knowell. Warum hast du nicht auf Joss und mich gehört? Wir haben es dir vorausgesagt, aber du wolltest ja nicht hören!«

»Mag sein. Aber Athen wartet.«

Das Piccadilly war leer. Oder besser gesagt, es waren nur ein halbes Dutzend Zivilisten da. Es ließ sich nicht vorhersagen, nach welchen Gesetzen die Royal Air Force die Stadt überflutete oder ins Camp zurückebbte, und heute abend war Ebbe: keine Uniform weit und breit. Der große längliche Raum mit seinen glänzenden gelben Wänden, an denen gewöhnlich Hunderte von Mützen, Jacken, Mänteln hingen, seinen hundert Tischen, an denen sich die graublauen Uniformen drängten, war leer. Am Ende des Raumes erhob sich ein dunkelhaariger adretter kleiner Mann im hellen Anzug, um sie zu begrüßen. Athen persönlich. Martha hatte ihn noch nie ohne Uniform gesehen und musterte ihn, während Solly zu Johnny sagte: »Wo sind denn unsere ganzen wackeren Jungs?« Doch Johnny bedeutete ihm mit den leeren Handflächen, daß er auch nichts wußte, und zuckte die Achseln.

»Irgendwas Neues von zu Hause?« fragte Martha, höflich wie immer.

»Lange kann es nicht mehr dauern. Wir haben denen ...«, er nickte in Athens Richtung, »... Amnestie angeboten. Ja, Elas und Elam werden bald die Segel streichen, paßt mal auf!«

Athen blickte Martha entgegen, als sie auf ihn zukam, und lächelte. Doch als er Solly sah, wurde seine Miene wachsam. Athen verachtete Solly. Nicht, weil er Trotzkist war, nein, Solly war kein ernstzunehmender Mensch, sagte Athen. Ehe man die Ansichten eines Menschen ernst nehmen konnte, mußte er überhaupt würdig sein, Ansichten zu haben. Jedenfalls, wenn Solly erwähnt wurde, zuckte er einfach nur die Achseln. Solly wiederum betrachtete Athen, da es nicht anging, ihn zu verachten, als Betrugsopfer Stalins. Martha war wütend auf sich selbst, weil sie es zugelassen hatte, daß Solly mitkam. Es würde wieder nur ein weiterer schrecklicher Abend werden, einer von Hunderten. Es war ihre Schuld. Sie konnte sich einfach nicht merken, daß andere Menschen, nur weil sie mit ihnen »klarkam«, noch lange nicht miteinander »klarkommen« mußten. Immer wieder führte sie solche Situationen herbei, wo sich Leute trafen, die sich nicht vertrugen. Es schmeichelte ihr nicht, daß sie dazu imstande war, im Gegenteil. Wenn solche oberflächlichen Beziehungen zu anderen, wie sie sie hatte, ein so müheloser Kontakt, solche oberflächliche Freundschaft trotzdem stark genug waren, um sie zusammenzubringen, was sagte diese Tatsache dann über diese anderen und sie selbst, und – sie wäre nicht Martha gewesen, wenn sie nicht noch weiter ausgeholt hätte – ganz allgemein über Verbindungen, Gruppen, Freundschaften? Daß sie im Mittelpunkt stand, verdankte sie nicht etwa irgendeinem Vorzug, den sie persönlich besaß. Sie war, zu diesem Zeitpunkt, verfügbar. Das war alles. Wenn sie es nicht war, dann eben jemand anderer – genauso, wie es vor ihr die du

Preez' gewesen waren und vor denen wiederum Jasmine Cohen.

Na schön, es sah ganz so aus, daß ihre Rolle für diesen Abschnitt ihres Lebens darin bestand – na ja, an diesem Abend zum Beispiel gab es eine Gruppe, die aus Athen und Solly und ihr bestand, und dann würden diese drei (außer, sie konnte Solly abschütteln, und das schien wenig wahrscheinlich) und Anton und Joss und Thomas Stern alle zusammen ins Kino gehen. Und danach würden alle in ihre Wohnung mitkommen (Antons und ihre), und sie würde ihnen Eier braten. Das war Freundschaft. Sie erinnerte sich, daß sie vor zehn Jahren unter ganz anders gearteten Umständen kritisch geäußert hatte: Das nennt man Freundschaft!, und zwang sich, ihre Aufmerksamkeit wieder der gegenwärtigen Szene zuzuwenden. Solly schaute sie über den Tisch hinweg ungeheuer eindringlich an und erinnerte sie durch seinen Blick an den Grund seiner Anwesenheit. Und Athen stand neben seinem Stuhl, Auge in Auge mit Johnny Capetenakis, und die beiden Männer sprachen mit haßglühenden Blicken leise und erbittert auf Griechisch miteinander. Martha hatte Athen noch nie so gesehen, und sie dachte, wenn diese beiden Männer einander an diesem Abend auf ihrem heimatlichen Boden so gegenüber stünden, dann ginge es um Leben und Tod. Athens Augen glühten mordlustig, Johnnys nicht minder. Athens herabhängende Faust bebte. Johnny Capetenakis landete einen letzten leisen haßerfüllten Treffer, dann wandte er sich ab und ging zu seinem Pult neben der Tür des Restaurants.

Athen setzte sich hin. »Er sagt, unsere Leute sollten das Amnestieangebot annehmen, es würde ihnen nichts geschehen. Ich hab ihm erklärt, das wär nicht das erste Mal. Es gibt die Klausel, daß Kriminelle erschossen werden. Ich hab ihm gesagt, wir wüßten schon, wer diese Kriminellen am Ende sein würden. Er hat mir erklärt, ich hätte mein Land verraten.«

Düster saß er und schaute sich angewidert um, dann sagte er: »Ich kann hier nicht bleiben, tut mir leid, aber das geht mir einfach zu weit, daß ich in dem Lokal dieses Menschen sitzen soll.«

»Macht nichts, wir müssen uns sowieso beeilen, wenn wir ins Kino wollen.«

Martha ging vor den beiden nach draußen, grüßte Johnny an seinem Pult und wußte nicht, ob sie sich deshalb unloyal vorkommen sollte oder nicht. Doch dann bemerkte sie, daß Athen

Johnny zunickte und Johnny antwortete mit einem flüchtigen Nicken.

Der Regen hatte sich verzogen, und die Sterne waren blankgewaschen. Dampf stieg vom Asphalt auf, der wie dunkles Wasser glänzte und in dem sich rosa, blau und golden die Lichter spiegelten. Es war fast acht. Die Main Street war voller Gruppen von Zivilisten, die den Kinos zustrebten. Keine Royal Air Force, auch nicht ein Fetzchen Uniform.

»Man könnte meinen, wir hätten Friedenszeiten«, sagte Martha.

»Morgen kommt ein hohes Tier«, sagte Athen, »heute abend muß alles die Knöpfe wienern.«

»Was denn für ein hohes Tier?«

»Aus England. Ein Vizemarschall der Luftwaffe.«

»Und wieso darfst du dann weg?«

»Die Griechen haben Wochenendurlaub, alle. Die sind auf folgenden Trichter gekommen: Die Griechen sind alle Kommunisten, und die Kommunisten sind antibritisch, und deshalb werden die Griechen den Vizemarschall der Luftwaffe zu ermorden versuchen.«

Athen klang bitter, und Martha unterdrückte ein Lachen.

»Worüber beklagst du dich denn«, sagte Solly, »sei doch froh, daß du das Wochenende frei hast!«

Martha hatte Athen noch nie so gesehen: Der sanfte beherrschte kleine Mann war außer sich. Er war zornrot, schien sich zutiefst gedemütigt zu fühlen, und seine Hände zitterten.

»Das beweist, daß ich die Reaktionäre immer schon ganz richtig eingeschätzt habe. Die kennen immer die *Fakten*. Die wissen immer, wer wo Mitglied ist. Die wissen, wer welche Briefe an wen geschrieben hat. Die wissen, wer an dieser Versammlung und an jener Versammlung teilgenommen hat. Die wissen, was einer für Verwandte hat, und wen man zum Reden bringen kann. Das wissen sie, weil sie ihre Spione haben. Nur können sie diese Fakten nie deuten, weil sie ihre eigenen schmutzigen Vorstellungen in unsere Köpfe hineinlesen.«

Athen stand erbittert auf dem Trottoir und sprach – nicht zu ihnen. Martha und Solly standen daneben und warteten.

»Zu unseren Genossen in den Bergen habe ich immer gesagt: Wenn es um die nackten Tatsachen geht, da kennen die sich aus. Bestimmt. Davor müßt ihr euch fürchten, davor nehmt euch in acht. Wenn es jedoch um Motive geht – wenn sie euch verhören und sagen: ›Du hast folgende Absichten, du willst dies oder das‹, dann haltet einfach den Mund und seid unbesorgt. Die wissen nichts. Die sind zu dumm. Ihr Luftwaffenvizemarschall hat von uns nichts zu befürchten«, sagte Athen erbost, und seine weißen Zähne blitzten.

»Athen«, sagte Martha sanft, doch er hörte nicht auf. Wahrscheinlich, dachte sie (denn er sprach oft von jener Zeit), ist er jetzt in einer froststarren Höhle über einem Paß, der so eng war wie die Thermopylen. Morgen oder nächste Woche würden sie (er und seine Soldaten) über die nackten braunen Abhänge, die vom Schnee gefleckt waren, Felsbrocken hinabrollen, um die einhundertfünfzig Landsleute zu zerschmettern, die in britischen Uniformen und unter britischem Kommando Jagd auf sie machten. »Ich sage ihnen immer wieder«, sagte Athen bewegt, »immer wieder sage ich ihnen: Vergeßt nicht, wer ihr seid, Genossen! Jetzt werden wir wie die Verbrecher durch die Berge gejagt, doch bald wird das ein Ende haben, und wir werden Menschen sein.«

»Wir kommen noch zu spät«, sagte Solly. Er ging vor, weil er offenbar beschlossen hatte, wegen seines vorübergehenden Frontwechsels sein Heil in der Offensive zu suchen. Martha hörte ihn sagen: »Guten Abend, Genossen, alle miteinander, und guten Abend, Bruder Joss!«

Athen hatte Marthas Hand ergriffen. »Martha, ich muß dich etwas Ernstes fragen.«

Aus fünfzig Meter Entfernung rief erst Solly, dann Joss: »Nun los, ihr beiden – es fängt schon an!«

»Hast du eine Veränderung an mir bemerkt?«

»Ja, das habe ich.«

»Danke, daß du das sagst. Es stimmt.«

»Athen, warst du bei Maisie?«

Athen ließ Marthas Hand los und runzelte die Stirn. »Ich weiß, weshalb du mich das fragst, Martha.«

Wieder wurden vor dem Kino Rufe laut.

»Ich muß darüber mit dir sprechen, Martha!«

Im Laufschritt näherten sie sich dem Kino und der wartenden Gruppe. Es war ein Mädchen dabei – ein rothaariges Mädchen in einem weißen Kleid. Wessen Mädchen? Sollys jedenfalls heute abend nicht. Das bedeutete also, sie mußte zu Joss oder Thomas Stern gehören. Wahrscheinlich gehörte sie zu Thomas – der mochte dünne Mädchen. Während Martha zu diesem Schluß gelangte, nahm Thomas sie bei den Händen, verkündete, sie sähe furchtbar aus – sehr blaß und viel zu dünn, und er sei ja grundsätzlich zwar sowieso schon ihr Sklave, doch heute abend sei sie, unwiderstehlich krank, wie sie aussähe, schlechterdings unwiderstehlich. Also war die andere Joss' Mädchen? Es blieb keine Zeit, das herauszufinden, nicht einmal Zeit, sich miteinander bekannt zu machen – Martha und das rothaarige Mädchen bekundeten einander durch ein Lächeln ihren guten Willen –, und dann schloß die Gruppe sich der Menge an, die ins Kino zog und dabei immer schneller wurde wie Badewasser im Abflußloch. Der Geschäftsführer stand am Kartenschalter, und sein wohlwollendes Lächeln konnte doch nicht darüber hinwegtäuschen, daß er enttäuscht war, weil seine besten Kunden fehlten. Immer wieder ließ er den Blick zum Eingang schießen, denn vielleicht kamen die vertrauten blaugrauen Uniformen in letzter Minute ja doch noch, und alle Plätze würden gefüllt. Doch immerhin waren ja eine Menge R.A.F.-Männer da, in Straßenkleidung wie Athen, und bald lächelte der Geschäftsführer und drängte mit einem Händedruck hier, einem Lächeln da oder einem Klaps auf die Schulter seine Schäfchen ins Dunkel. Zu Martha, die er schließlich jetzt schon fünf oder sechs Jahre lang in seinem Kino begrüßte, sagte er leutselig: »Und wie ist es Ihnen so ergangen, Mrs. . . . . ?« Doch konnte er sich nicht an ihren gegenwärtigen ehelichen Namen erinnern.

Das Programm lief bereits. Über die Leinwand, die hoch über der Menge im Parkett angebracht war, bewegten sich eine Reihe Soldaten, die, wenn man sie so sah, wie sie verwirrt herumzuckten, um Plätze zu finden, dann Platz nahmen, Platz für ihre Taschen und Jacken suchten, genau wie die Kolonnen aussahen, die, in dieser oder jener Uniform der Alliierten, während der letzten fünf Jahre über diese Leinwand marschiert, geflogen oder mit Fallschirmen abgesprungen waren. Doch plötzlich begriffen sie, daß das eindrucksvolle, hohlwangige Gesicht mit dem starren Blick, das sie anschaute, das eines Deutschen war, und die Uniform, die ihm in Fetzen vom Leib hing, war eine deutsche Uniform. Die Stimme des Ansagers hatte einen Beiklang, den sie bisher noch nicht gehört hatten. Er höhnte: »Das ist er also, der *Übermensch*, der Herr der Welt, hier steht er – schaut ihn euch gut an.« Wie alt mochte der Deutsche auf der Leinwand sein – achtzehn? Ein ausgemergelter Zwanzigjähriger? Ein Stoffetzen flatterte wild an seiner Schulter, und er fror so sehr, daß man das Gefühl hatte, das ganze Kino fröstele mit ihm. Mit völlig ausdrucksleeren Augen starrte er ins Kinopublikum. So hatte er vor ein paar Tagen in die Kamera gestarrt, die

Aufnahmen von den besiegten Truppen machte – anfangs hatte er wahrscheinlich nicht gewußt, was der Apparat da tat, oder was er von ihm wollte. Mit diesem sterbenselenden, hohlwangigen Gesicht starrte er in die Gesichter von tausend wohlgenährten Menschen, seinen siegreichen Feinden, in einer kleinen Stadt mitten in Afrika.

Es war sehr still im Kino. Einen Augenblick lang waren die Zuschauer entsetzt oder doch betroffen. Dann begannen sie langsam zu begreifen. Die fünf Kriegsjahre lang hatten sie die Gesichter des Feindes aus einer gewissen Entfernung gesehen – Flugzeuge in Flammen und Rauch heruntertrudeln gesehen, Leichen wie Photos in der Zeitung, die Photographiergesichter feindlicher Führer, Massen von Soldaten, Massen von Panzern, Truppen, Männern in der Masse, Männern in vorrückenden Marschkolonnen, Männern in Uniform. Nun sahen sie dies Gesicht, so nah, ganz nah, und das war ein Schock, denn die Männer, die Wochenschauen, Kriegsfilme, »Propaganda« herstellten, hatten dafür gesorgt, daß dieses Gesicht, das Gesicht eines entsetzten, angsterfüllten Jungen, nicht von den Leinwänden der Kinosäle herabstarrte.

»Ja, schaut genau hin«, fuhr der Kommentator in demselben aufgesetzten, hohnerfüllten Ton fort, »in eurem ganzen Leben werdet ihr so etwas nicht mehr zu Gesicht bekommen. Die Alliierten haben diesen bitteren, schrecklichen Krieg geführt, damit es Deutschland auf alle Zeiten verwehrt ist, die Welt zu bedrohen. Also schaut euch das siegreiche Deutschland, schaut euch den *Übermenschen* genau an!«

Das Horst-Wessel-Lied, das bruchstückhaft, leiernd, höhnend, mißtönend hingeschmiert wurde, begleitete die Stimme des Nachrichtensprechers, der mit seinem aufgesetzten Sarkasmus fortfuhr, während die kleinen wirbelnden Lichtstrahlen aus der Vorführkabine auf der nackten Leinwand des Kinos Männer entstehen ließ, geschlagene Männer, Männer, die der Hunger, die Kälte und die Niederlage an den Rand des Todes gebracht hatten, Tausende und Abertausende von hohlwangigen Geistern, eine Geisterarmee, humpelnd, die Füße in Lumpen gehüllt, die verwundeten Hände, Schultern, Köpfe mit Lumpen verbunden, Stoffetzen flatterten im kalten, kalten Wind jenes frostigen Frühlings am Ende des Krieges in Europa. Langsam hinkten sie vorbei, in einem entsetzlichen ominösen Schweigen, das stark genug war, um die häßliche Stimme des Kommentators zu übertönen. Langsam trieben sie durch die dunkle Luft, während etwa tausend ihrer siegreichen Feinde in völligem Schweigen zuschauten.

»Schauen Sie genau hin, meine Damen und Herren, wir haben einen gerechten Kampf gekämpft, und wir haben ihn gewonnen. Schauen Sie genau hin, und vergessen Sie es nie: Hier sehen Sie es, das *Herrenvolk*, die Herrenrasse, so sehen sie aus, die Herren der Welt!«

Und die halberfrorenen, geschlagenen Männer humpelten davon über das vom Krieg verheerte Land in Europa, die Augen schwarz vor Schmerz und Entsetzen.

»Ja, das ist das Ende, der Traum ist ausgeträumt. Das ist das Ende der Eroberung der Welt. Sie haben für diesen Sieg mit Blut, Schweiß und Leiden bezahlt. Schauen Sie genau hin, denn das ist das Letzte, was man von Deutschland je sehen wird und von der bedrohlichen Existenz Deutschlands in Europa. Wir haben gemeinsam den gerechten Kampf geführt, und wir haben ihn gewonnen – die freien Länder der Welt!«

Neben Martha rutschte Thomas Stern in seinem Sessel hin und her und sagte immer wieder halblaut: »Schweinepack, Schweinepack, Schweinepack.« Auf der anderen Seite pfiff Solly Cohen ganz leise die Internationale zwischen den Zähnen. Martha beugte sich vor und hielt nach Anton Ausschau. Wie er, der Deutsche, sich wohl fühlen mochte, wenn er diese geisterhaften Landsleute vor Augen hatte, diesen bequemen, wohlfeilen Hohn mitanhören mußte? Sein regelmäßiges Profil, wie das einer Münze, war neben dem hübschen, emporgewandten Profil der Rothaarigen zu sehen. Von keinem der beiden Gesichter ließen sich irgendwelche Reaktionen ablesen – sie waren Leute im Kino, und dasselbe ließ sich vermutlich auch von ihr, Martha, sagen, obwohl sie innerlich wütend protestierte. Sie machte ihren Gefühlen Luft, indem sie sagte: »Ich mache jede Wette, daß dieser Kommentator sich vor lauter Zustimmung nicht zu lassen wußte, als Chamberlain in München war!«

»Na klar«, sagte Solly und pfiff die Internationale lauter. Joss beugte sich vor und fragte Martha: »Wessen Idee war denn das bloß, meinen kleinen Bruder ins Kino mitzubringen?« Und Solly lachte laut, als Martha sagte: »Meine.«

»Pssst!« sagte weiter vorn jemand, und jemand anders ließ plötzlich ein lautes Zischen hören – das ganze Kino brodelte vor Unzufriedenheit, Wut, Abneigung und Unbehagen. Plötzlich ertönte irgendwo im Hintergrund ein schriller Pfiff und dann der Ruf: »Hoch lebe die Royal Air Force!«

»Ja, auf die kann man sich verlassen«, sagte Joss zustimmend, als die Spannung sich Luft zu machen begann.

»Ihr werdet uns fehlen«, sagte Solly laut zu den R.A.F.-Männern, die heute, in Zivil, nicht auszumachen waren.

Ein Scharren. Der Geschäftsführer erschien, ganz bebende Empörung. Aufgeregt fuhren Taschenlampen hin und her. Das ganze Kino drehte sich um, um zuzuschauen, wie ein paar Männer mit den breiten Erzähl-mir-doch-nichts-Gesichtern der Nordengländer zur Tür geleitet wurden. »Schon gut, besten Dank – ich habe selber Beine!« Dann ein letzter, halbunterdrückter Ausruf: »Hoch lebe die Royal Air Force.«

Als alle sich wieder umwandten, um zu sehen, was auf der Leinwand los war, schoß ein kleines dunkles Flugzeug an einem brandhellen Himmel hin und her, während winzige dunkle Eier auf eine dunkle Stadt hinabregneten, aus der gewaltige Zungen aus Funken und Flammen emporleckten.

Solly machte den geübten Hohn des Ansagers nach (der allerdings gerade mit einer von Siegerstolz geschwellten Stimme mitteilte, die Stadt – welche? – sei, ein Ergebnis dieses erfolgreichen Bombenangriffs, jetzt ohne Wasserversorgung, ohne Kanalisation und ohne Verkehrsverbindungen) und sagte laut: »Und sehen Sie, wie es davonkriecht, das ekelhafte Gewürm, auf der Flucht vor den säubernden Bomben unserer tapferen Jungs!«

Vorn drehte sich ein Mann um und sagte: »Wenn sie keinerlei patriotische Gefühle hegen, weshalb gehen Sie dann nicht dahin, wo Sie hergekommen sind?«

»Danke«, sagte Solly, »ein ausgezeichneter Rat!« Er wand seine lange dünne Gestalt aus dem unbequemen Sessel und zwängte sich, die Internationale pfeifend, zum Ausgang durch. »Mein Gott«, sagte Joss, und rückte einen Platz auf, so daß er nun auf Sollys Platz neben Martha saß, »eines Tages wird er schon noch erwachsen werden.« Das Benehmen seines Bruders war ihm peinlich. »Ich weiß nicht«, sagte Martha, »ich hab genauso empfunden wie er.«

An Marthas anderer Seite saß Thomas Stern und schwieg, aber seine Hände, die die Armlehnen umfaßt hielten, bebten vor Anspannung. Unablässig murmelte er: »Schweinepack, Schweinepack, Schweinepack.«

Als Martha zu ihm hinschaute, sagte er: »Und du halt's Maul! Ihr haltet alle das Maul. Ihr haltet euch da besser raus.«

Martha fragte: »Wer?«

Joss legte ihr beschwichtigend die Hand auf den Unterarm und sagte: »Laß Thomas am besten in Ruhe. Ein Freund von ihm war bei den Leuten, die Bergen-Belsen aufgemacht haben. Er hat heute einen Brief gekriegt.«

Auf der Leinwand erschienen jetzt Dschungelbilder – eine üppige Szenerie, die sich in einem Musical gut gemacht hätte. Doch sie wurde von Flammen verschluckt. Flammen aus einem Flammenwerfer sengten das Fleisch von Menschen, fraßen Bäume und Grün. Schwarze Asche senkte sich nieder, wo Menschen, Bäume und grüne Pflanzen gewesen waren, und zog dann in rußigen Schwaden über die Leinwand. Man meinte, den brenzligen Geschmack im Kino zu spüren. Eine Insel im Pazifik. Schließlich war das ja nur »der Krieg in Europa«, der jeden Tag zu Ende gehen mußte. »Der Krieg im Pazifik« wurde immer noch von Insel zu Insel ausgefochten, während Europa mit seinem Hunger, seiner Kälte und seinen zerstörten Städten in Schutt und Asche lag. Was für eine Insel das wohl war? Martha hatte den Namen jedoch verpaßt und würde niemals erfahren, welche Insel da von Flammenwerfern in Brand gesteckt wurde wie eine Fackel, wie sie niemals erfahren würde, welche deutsche Stadt sie da gesehen hatte, die gerade dem Erdboden gleichgemacht wurde.

Nun kam der Hauptfilm. Eine schwellende, getragene Melodie begann, mit ihrem Rhythmus den Saal zu erfüllen. Es war eine eingängige, sinnliche Musik, die die tausend Menschen in dem Kino wenig später zu einem Ganzen verschmolzen haben würde. Ein schwerer Samtvorhang waberte über die Leinwand und wieder zur Seite, und es erschien der offensichtlich nackte Rücken einer blonden Frau. Sie stand in einer Türöffnung, über der in Leuchtschrift »Bühneneingang« geschrieben stand, und als sie sich umwandte, um einer Gruppe (amerikanischer) Soldaten und dem Publikum (in Zentralafrika) zuzulächeln, wurde erkennbar, daß sie nicht ganz so unbekleidet war, wie es den Anschein gehabt hatte: Ihr Kleid wurde vorn von einem Band hochgehalten. Silberne Pailletten funkelten und blitzten, wie die Flammen gerade eben noch geflackert hatten, und ihre wunderbaren freundlichen geschminkten Augen waren ebenso nah wie die hohlen, starren Augen der halberfrorenen deutschen Soldaten. Ihre anheimelnden Brüste quollen dem Publikum beinah in die Zähne, und die Musik wurde eindringlicher, als ein halbes Dutzend G.I.s sich verlegen an den nackten Schultern und paillettenbesetzten Brüsten des berühmten Filmstars (der, ein Beitrag zur Kriegsanstrengung, die Gastgeberin spielte) vorbei in den Club drückte.

»Ich dachte, wir sehen ›Das siebte Kreuz‹?« sagte Thomas. »Verflixt nochmal! Ich hab noch zu arbeiten!«

Es war Marthas Schuld – sie hatte sie in den falschen Film geschleppt. Thomas war bereits aufgestanden und auf dem Weg nach draußen. Joss folgte ihm. Anton erhob sich zugleich mit dem rothaarigen Mädchen. Im Handumdrehen waren sie alle auf dem Weg nach draußen, und die Leute machten »Schscht!« und sagten: »Weshalb seid ihr denn dann erst reingegangen?«

Sie versicherten dem Geschäftsführer, sie hätten sich nur die Wochenschau ansehen wollen, denn der war höchst beunruhigt, weil sechs Besucher auf einen Schlag hinausgingen, und draußen vor dem Kino trafen sie auf Solly, der offensichtlich die ganze Zeit gewußt hatte, daß der Film sie aus dem Kino vertreiben mußte, und auf sie wartete.

Die sieben standen vor dem Kino. Die Cohen-Jungen, Solly und Joss, beide der Uniform ledig und kurz davor, ein Leben in Friedenszeiten zu beginnen. Athen, der Grieche: weit davon entfernt, den Krieg hinter sich zu haben – sein Leben war bewußt auf jahrelangen Krieg abgestellt, Bürgerkrieg, Revolution. Thomas Stern, finster blickend am Rand der Gruppe, offensichtlich von dem Wunsch bewegt, sich von ihr zu trennen und mit seinem Zorn allein zu sein. Er merkte, daß Martha ihn ansah. Mit leiser Stimme sagte er verbissen: »Na, schön, Martha. Aber ich sage dir, ich würde jeden einzelnen von denen foltern bis aufs Blut, mit meinen eigenen Händen!«

Sie entgegnete: »Manche von denen sahen aus wie fünfzehn.«

»Ach ja? Die sollte man einfach zertreten – ausmerzen wie einen Wurm.« Doch dann, als er so düster und abseits von den anderen dastand, rang er sich ein Lächeln ab und sagte: »Na, also gut. Ich halte jetzt den Mund. Ich halte jetzt sowieso besser erstmal den Mund.«

Anton, der Deutsche, der von Tag zu Tag auf den Augenblick wartete, wo er nach Hause, nach Deutschland zurückkehren konnte, unterhielt sich mit dem rothaarigen Mädchen. Sie schaute befangen mit bewundernden Blicken zu ihm auf.

Und plötzlich ging Martha auf, daß dies Mädchen zu Anton gehörte. Denn Anton hielt sich sichtlich etwas darauf zugute, daß dies Mädchen oder diese Frau (sie war eher lebhaft als hübsch, und ihre grünen Augen waren zu schnell und zu müde, um die eines Mädchens zu sein) vor allen anderen Anspruch auf ihn erhoben hatte. Sie hakte sich jetzt bei ihm ein. Geradeso, dachte Martha, tut ein junger Mann, ohne es mit Worten zu sagen, öffentlich kund: Dies ist mein Mädchen. Er stand und lächelte, während die anderen weiter hinschauten und Martha nicht ansahen. Und Anton schaute Martha auch nicht an. Das Mädchen hingegen wohl, aber nicht mehr, als sie die anderen ansah: Sie bezog Martha in ihre raschen, verlegenen Blicke ein, während sie gleichzeitig in Antons blasses, ansehnliches Gesicht hinauflachte.

Martha empfand das, was sie pflichtschuldigst zu empfinden hatte, wie ihr klar war: einen Stich. Doch sie unterdrückte diese Regung: Ich will ihn nicht haben, es macht mir keinen Spaß mit ihm, doch wenn ihn jemand anders nimmt, dann fange ich an zu heulen! Sie dachte: Also war das ernst gemeint, was er letzte Woche während unseres Gesprächs gesagt hat? Er beabsichtigt wirklich, sich eine Frau zu suchen? Na, freut mich für ihn.

Die Gruppe bewegte sich zögernd über die Straße, wo es eine Teestube gab. Martha wurde endlich Millicent vorgestellt. Millicent – Martha. Hallo! Hallo!

Martha dachte: Thomas und Solly und Joss werden bald noch Mitleid mit mir kriegen, weil Anton ein Mädchen hat! Das bereitete Martha echten Schmerz, echte Erbitterung. Sie war wütend auf sich selbst.

Vor der Teestube zögerte die Gruppe. Man war sich nicht schlüssig, ob man nun noch eine weitere Stunde zusammenbleiben oder sich trennen sollte. Martha brachte ein Lächeln zustande und blickte zu ihrem Mann und Millicent. Doch die beiden waren nicht mehr untergehakt. Anton stand abseits, offensichtlich verlegen. Solly beugte sich über das Mädchen oder die Frau, die dem hochgewachsenen jungen Mann unmittelbar ins Gesicht sah. Ihr Gesicht sah unter den weißen Lichtern am Eingang der Teestube fast flach aus, so als hätte sie hinten am Hals einen Abnäher oder als hätte man ihr den Kopf abgeschnitten und nicht ordentlich wieder auf die Schultern gesetzt. Jedenfalls, mit ihren roten Haarsträhnen und ihrem gequälten Lächeln (aus dem Martha schloß, daß sie bis jetzt noch nicht gewußt hatte, daß Anton verheiratet war oder wenigstens nicht, daß die lebendig anwesende Martha seine Frau war) und einem weißen, gefältelten Kleid, das diesen Grundton von Unschuld und Opfer nur noch unterstrich, sah sie tatsächlich wie ein Opfer aus. Anton stand schweigend einen Schritt abseits und lächelte und lächelte. Doch liebenswürdig – so als sei gar nichts passiert, als habe er sich nicht gerade mit einer jungen Frau, die nicht seine eigene war, vor aller Augen präsentiert. Sollys Gesicht strahlte förmlich in höhnischem Triumph: »Nun guckt euch das an – dieser alte Steifbock, dieser Anton, hat ein Mädchen gefunden!« trompetete es für jedermann hörbar, und natürlich außerdem: »Martha ist frei!« Denn seine Blicke sprühten vor Vergnügen über diese dramatische Situation, spielten über Millicents Gesicht, schossen seitwärts zu Martha, um zu sehen, wie sie es aufnahm, wirbelten zu den anderen, damit die auch ja alles mitbekamen. »Sie können doch noch nicht gehen«, sagte er zu Millicent, »das wäre ja noch schöner! Die Nacht ist noch jung.« Sie widersprach und sagte, sie müsse. Ihre Augen waren fast geschlossen, soviel Mühe kostete sie das gequälte, übertrieben freundliche Lächeln, das der Stolz sie aufrechtzuerhalten zwang. Anton stand schweigend daneben und wartete, daß Solly es endlich gut sein ließe. Athen, Joss und Thomas Stern beobachteten die Szene. Athen wahrte wie gewöhnlich eine gewisse Distanz: Es kam ihm nicht zu, irgendwelche Kritik zu üben, sagte seine Haltung. Thomas Stern spielte mit dem Ausdruck der Mißbilligung mit irgendwelchen Gegenständen in den Taschen seiner Khakishorts – es waren noch seine Uniformshorts, und er würde sie noch Monate tragen. Joss starrte seinen Bruder auf eine Weise an, daß Martha das Gefühl hatte, er habe das sein ganzes Leben lang getan – mit einem Lächeln, das gleichzeitig Zuneigung und bittere Kritik ausdrückte. Während dieser grausamen Szene unter den weißen, grellen Lichtern des Old Vienna Tea Room verdarb Solly es auf alle Zeiten mit Martha: Mit seiner »Kindischkeit«, seinem unverhohlenen höhnischen Triumph und vor allem der Art, wie er das unglückliche Mädchen demütigte, verscherzte er sich auf alle Zeiten jede Möglichkeit (falls es je eine gegeben hatte, rechtfertigte Martha sich hastig), ein Verhältnis mit Martha zu haben. Dann streckte Joss die Hand aus, legte sie Martha auf die Schulter und sagte mit einem unbeholfen taktvollen Lächeln: »Ja, Matty – was machen wir denn jetzt zur Strafe mit dir, wo du uns in den falschen Film geführt hast?«

Er nahm Martha mit in die Teestube, und bis sie nebeneinander Platz genommen hatten, war die Gruppe ihnen gefolgt. Millicent war nicht dabei. Anton saß Martha gegenüber und bedachte sie mit einem Lächeln, das zugleich triumphierend und abbittend war. Athen saß nicht weit von Anton und richtete das Wort an ihn – seine Art auszudrücken, daß er nicht die

Absicht hatte, sich wegen des Vorgefallenen irgendein Urteil zu erlauben. Thomas Stern saß an der anderen Seite neben Martha, und wieder sagte er: »Also Matty, ich fand ja schon immer, daß du reizvoll bist, wenn auch nichts für mich, Mensch. Ich selbst bin vom Lande wie du. Doch jetzt, wo du krank bist, hast du wirklich alles – was mich angeht, so teile ich dir mit, daß du mich jederzeit haben kannst!«

Alle lachten, sogar Athen. Doch Thomas saß vorgebeugt und schaute Martha völlig ernst ins Gesicht. Martha hatte das Gefühl, daß er sprach, als wären sie allein. Ihre Nerven sagten ihr, daß er meinte, was er sagte.

Sie verlegte sich aufs Scherzen, um die Spannung zu mildern: »Ich bin also vom Land?«

»Ja«, sagte er, immer noch mit dem eindringlichen Blick seiner auffallend blauen Augen. »Aber erhol dich nicht zu rasch – ich mag dich so seltsam verwandelt und zerbrechlich.«

»Ich wußte noch gar nicht, daß Matty krank ist«, sagte Anton in einem »humorvollen«, brummigen Ton, der die Normalität wiederherstellte.

»Wo ist denn Solly?« fragte Martha rasch, weil sie aufhören sollten, sie zu mustern.

»Ich hab ihm gesagt, daß er abhauen soll«, sagte Joss.

»Und wer hat letzte Woche die ganzen Kebabs mit ihm gegessen?«

»Hör mal«, sagte Joss darauf und war mit einem Mal sehr ernst – seine Miene war fast so eindringlich wie die von Thomas vor ein paar Minuten.

»Versteh das richtig – er ist mein Bruder, und wenn ich rauf und runter springe. Ich gehe mit ihm essen. Und so weiter. Koste es, was es wolle. Und wenn er zu Hause ist, leben wir schließlich sogar im selben Haus. Aber ich sag dir: Geh ihm aus dem Weg! Er gehört zu den Menschen, denen man aus dem Weg gehen muß.«

Nach einem Augenblick des Schweigens sagte Martha: »Na also, ich muß schon sagen!«, um ihn an seine Worte wegen der »Widersprüche« zu erinnern.

Wieder sah er sie an, direkt und eindringlich und entschlossen, sie zu überzeugen: »Er ist die Art Mensch, dem alles schiefgeht. Immer. Wenn du zu ihm sagst, er soll ein Tablett aus der Küche reintragen, dann läßt er es fallen. Wenn er einen Wagen zur Werkstatt bringt, nimmt er die falsche Abzweigung. Ich sag dir, nimm dich besser in acht vor ihm – ich warne dich!«

Alle mußten lachen, weil er mit dieser Eindringlichkeit sprach, und weil sie dachten: Geschwisterliebe! Joss blieb still, während sie lachten, und als sie aufhörten, sagte er: »Na schön. Aber denk an meine Worte, wenn ich weg bin.«

Natürlich – Joss ging ja weg: Martha hatte gar nicht daran gedacht. Daß sie enttäuscht war, verkündete ihr ihr Körper, der sich in einer höchst angenehmen Weise des Einverständnisses mit Joss zu entspannen begonnen hatte. Du meine Güte! sagte sie sich. Sieht ganz so aus, als sei ich entschlossen, mit irgend jemandem etwas anzufangen! Und erst jetzt geht mir das auf. Jedenfalls, wenn Joss weggeht, dann ist das schade, denn zum ersten Mal, seit wir uns kennen, fühlt er sich wirklich zu mir hingezogen – das spüre ich.

»Und jetzt«, tat Athen kund, »essen wir alle Buttercremetorte und trinken Bohnenkaffee.« Er wollte sie damit an die Wochenschau erinnern, die sie gerade gesehen hatten. Sie blickten auf Anton, auf den blonden, gutaussehenden Deutschen. Die Kellnerin, eine hübsche Frau im Spitzenschürzchen und einem Spitzenhäubchen, das die Gäste an die Filme aus dem alten Wien erinnern sollte, die sie alle kannten, stand lächelnd neben ihrem Tisch, und Anton sagte: »Kaffee mit Schlagsahne und eine Kuchenplatte.« Nachdem er seinen Standpunkt klargemacht hatte, schaute er seine Freunde an und unterstrich ihn noch einmal, indem er erklärte: »Ich werde ihretwegen nicht verhungern. Sie haben eine ordentliche Abreibung verdient, und genau die kriegen sie jetzt.«

»Verständlich, daß du so empfindest, Genosse«, sagte Athen, und sein vorwurfsvoller Ton war sanft und bekümmert.

Thomas Stern sagte: »Und wenn wir jeder fünfzig Stück Buttercremetorte essen würden – was soll ihnen das noch ausmachen?« Seine *ihnen* waren die Opfer der Konzentrationslager, und als die gepflegte Hand der Kellnerin ihnen der Reihe nach die Kuchenplatte hinhielt, nahm er ein Eclair, als wollte er damit eine öffentliche Erklärung abgeben, und biß sofort ein großes Stück davon ab. Anton nahm ein Stück Kuchen, dann Martha und Joss ebenfalls. Athen schüttelte jedoch den Kopf, saß stirnrunzelnd da und litt.

»Nun sei doch nicht so«, sagte Thomas, »wir müssen uns ja scheußlich fühlen.«

Athen zögerte, dann sagte er: »Ja, ich weiß, und es tut mir leid. Aber mir ist vor kurzem klar geworden: In letzter Zeit ertappe ich mich, wenn ich mit euch zusammen war, dabei, wie ich denke: Der Wein ist schlecht, oder der Wein ist gut, das Fleisch ist ja ungenießbar, was für schlechtes Essen. Ich ertappe mich dabei, wie ich in ein gutes Restaurant gehe.«

»Sei unbesorgt«, sagte Joss, »es gibt keine guten Restaurants. Du kannst also gar nicht korrupt werden, selbst wenn du's drauf anlegst!«

Alle lachten, weil sie gern lachen wollten. Sie ärgerten sich über Athen, und schämten sich, weil sie sich ärgerten. Und jetzt, wo er ihnen solche Erwägungen aufzwang, saßen sie und schauten Athen an, wie er in seinem eleganten cremefarbenen Anzug unter ihnen saß.

Anton griff nach einem zweiten Stück Kuchen und sagte lächelnd: »Du hast offenbar einen Schneider gefunden, Genosse Athen.«

Man hätte darin nichts weiter sehen müssen als unverbindliche Plauderei. Doch sie kannten einander viel zu gut. Sie wußten, fast schon, ehe Anton die Worte zu Ende gesprochen hatte, daß Athen blaß werden, leiden und wahrscheinlich nachts wachliegen und morgen den einen oder anderen von ihnen aufsuchen und erklären würde: »Ich konnte doch kein Geld nach Hause schicken. Und der Anzug war auch nicht teuer.«

Und zumindest Martha wußte, daß Anton Athen hochnahm (wie Anton es ausdrücken würde), indem er ihn attackierte (wie Athen es empfinden würde), weil er Gewissensbisse hatte, wegen Millicent.

Plötzlich stand Thomas auf und sagte: »Ich hab noch zu tun. Matty, ich möchte mit dir sprechen. Ich ruf dich im Büro an. Ich habe was mit dir zu bereden. Solly hat irgendwas vor, und Clive de Wet sagt, er braucht unsere Hilfe.« Normalerweise hätte Thomas irgendeinen Scherz an Antons Adresse hinzugefügt: Wenn dein Gatte es gestattet – oder etwas in der Art. Doch er nickte Anton nur flüchtig zu, legte Athen die Hand auf die Schulter, als wollte er sagen: Nun nimm so was doch um Himmels willen nicht so ernst!, lächelte Martha und dann Joss zu und ging hinaus.

»Wahrscheinlich geht's um irgendein Mädchen«, sagte Anton.

»Nein«, sagte Joss, »er ist durcheinander. Einer von seinen Freunden war bei den Soldaten, die in Bergen-Belsen einmarschiert sind. Er hat einen langen Brief gekriegt. Ich habe ihn gelesen.«

»Ach so, das ist natürlich etwas anderes«, sagte Anton nahezu in dem Ton, den er als Vorsitzender anzuschlagen pflegte, wenn sich jemand bei ihm entschuldigt hatte, weil er früher gehen mußte.

Unterdessen nahm Martha die Tatsache zur Kenntnis, daß Thomas' Aufbruch ein angenehmes Spannungsverhältnis gestört hatte: Bislang hatte sie dagesessen und war sozusagen zu gleichen Teilen zwischen Joss und Thomas aufgeteilt gewesen.

Athen stand auf und sagte: »Entschuldigt, Genossen, aber ich muß euch verlassen. Tut mir leid, daß ich heute abend so wenig unterhaltend war.« Allein verließ er das Lokal.

Anton nahm die Rechnung und ging zur Kasse. Joss und Martha, alleingeblieben, wandten sich einander zu.

»Du hast ein Verhältnis mit Solly?« fragte Joss unverblümt.

»Nein.«

»Sah aber ganz so aus.«

»Hab ich aber nicht.«

Joss musterte sie jetzt mit der vertraulichen Offenheit, zu der ihn ihre lange Freundschaft berechtigte, und warf dann einen Blick auf Antons hochgewachsene, korrekte Gestalt, die ihnen den Rücken zukehrte.

»Ihr kommt nicht gerade glänzend miteinander aus, hmm?«

»Das stimmt.«

In genau demselben spöttischen Ton wie Solly sagte er: »Na ja, wir haben dich ja gewarnt, oder etwa nicht? Du wolltest ja nicht auf uns hören, das ist dein Fehler.«

Martha lächelte, beschloß, ihm lieber nicht zu erzählen, daß der so verachtete Solly bereits vor ihm fast dieselben Worte benutzt hatte, und sagte: »Ja, ihr habt mich gewarnt.«

»Tja«, sagte Joss nüchtern, »es ist ein Jammer, daß ich dich lieben und lassen muß. Doch wenn die Behörden sich überhaupt dazu bequemen, mir die richtigen Stempel auf die richtigen Formulare zu setzen, dann bin ich schon weg und im Norden.«

In diesem Augenblick kehrte Anton zurück. Joss stand auf und sagte: »Matty, kannst du für mich morgen das Büro aufmachen? Ich rufe dich an.«

Er entfernte sich bereits, als sie nickte.

Anton und Martha traten zusammen aus den Old Vienna Tea Rooms. Flüchtig musterte sie sein blasses Gesicht, seinen angespannten Mund und dachte: Liegt ihm Millicent auf der Seele, oder ist es Deutschland? Letzte Woche hatte er stumm auf dem Bett gesessen und einen kleinen Zeitungsausschnitt in der Hand gehalten. Später hatte sie ihn in einer Schublade gefunden. Darauf stand, wie die Frauen, in panischer Flucht aus Ostdeutschland vor den einrückenden russischen Truppen, an den Haltestellen die Züge verlassen und die in Zeitungspapier eingewickelten Leichen von Babys hinausgebracht hatten, die verhungert waren. Die Frauen begruben sie neben den Geleisen im Schnee. Danach kamen dann die ausgehungerten Hunde und scharrten die nur notdürftig beerdigten Babys wieder frei. Die Massenbombardierungen deutscher Städte, die Grausamkeiten, die Konzentrationslager, die entsetzliche Zerstörung seines Landes, die Tatsache, daß seine Landsleute wie schuldbeladene Gespenster vor den Truppen der halben Welt flüchteten, die Tatsache, daß sie wie die Tiere kämpften, starben und verhungerten – dies alles, das diesen Mann im tiefsten Innern getroffen haben mußte, entlockte ihm nicht mehr als den Kommentar: Die haben eine ordentliche Abreibung verdient. Doch über diesem kleinen Stückchen Zeitungspapier hatte er gesessen und verstohlen geweint; die Tränen waren ihm die Wangen hinuntergelaufen, und dann hatte er sich die Wangen sorgfältig mit einem großen weißen Taschentuch getrocknet – und sich hingesetzt und wieder stumm zu weinen angefangen.

Martha schob den Arm in den ihres Mannes, und ließ ihn dann wieder sinken, als er fragte: »Weshalb will Thomas dich denn sprechen?«

»Ich weiß nicht.«

Sie fanden ihren Wagen, einen alten Ford, der zwischen den Lastwagen und Kombis der Farmer geparkt war, die mit ihnen im Kino gesessen hatten, und fuhren die halbe Meile zu ihrer Wohnung. Sie fuhren unter dem tiefhängenden Laub von Bäumen, die vom aufleuchtenden und dann wieder verlöschenden Sternenlicht versilbert wurden, dunkel wurden und sich wieder ins Licht erhoben, je nachdem, wie die dicken Wolken über sie hinwegzogen. Der Asphalt leuchtete weiß wie Salz oder Schnee und war dann wieder sehr dunkel unter den Bäumen.

»Na?« sagte Anton schließlich, »wie hast du dich entschieden?«

Martha wußte ganz genau, daß die richtige Antwort darauf gewesen wäre, ihn zu berühren oder zu küssen. Doch sie sagte dümmlich: »Wieso denn?«

Er ließ den Wagen sacht in eine mit trockenem Laub gefüllte Senke gleiten und zog die Handbremse an, wie es sich gehörte, ehe er ihr die blassen Augen zuwandte: »Ich möchte wissen, ob ich dir noch eine Chance geben soll oder nicht.«

Martha kochte vor Erbitterung über diese Ausdrucksweise. Sie konnte nicht dagegen an, obwohl sie wußte, daß Ausdrücke wie »dir noch eine Chance geben« oder »die haben eine ordentliche Abreibung verdient« eher an ihr Mitleid hätten appellieren, als ihr Blut in Wallung bringen sollten.

Rasch entfernte sie sich von ihm, als sie vor ihm den Weg hinaufging, und lauschte auf das regelmäßige Knirschen des Kieses hinter ihr. In dem winzigen Raum, der ihnen als Schlafzimmer diente, knipste sie das Licht an, und schon begannen die Insekten es mit raschelnden und schnalzenden Flügeln zu umschwirren.

Sie dachte: Irgend etwas an dieser Auseinandersetzung mit Anton erinnert mich an die gräßlichen kalten Streitereien, die ich mit meiner Mutter habe. Sie hat immer recht – und ich ebenfalls. Und Anton und ich haben beide recht. Irgend etwas ist an der Rechthaberei dran, das ... Ihr war schon jetzt regelrecht schlecht vor lauter Überdruß – daran war die Banalität dessen schuld, was gesagt werden würde. Beide, Anton ebenso wie sie, würden ganz vernünftige, ja sogar einsichtige Gedanken *denken* – doch was sie sagen würden, wäre idiotisch, und ihre schlechte Laune, ihre Unfreundlichkeit würde daher rühren, daß sie beide wußten: Sie konnten ihre Vernunft in ihren Worten, geschweige denn ihren Handlungen, nicht zum Ausdruck bringen. Martha hatte sogar das Gefühl, als hätte dieses Gespräch oder diese Diskussion (falls der kommende Wortwechsel einer solchen Bezeichnung überhaupt würdig war) bereits stattgefunden und als wäre es sinnlos, sie noch einmal zu absolvieren.

Doch sie stand und zog den gestreiften Baumwollstoff vor die Fenster und schloß damit einen Himmel aus, über den immer noch Gewitterwolken fegten und sich zu prächtigen dramatischen silbernen Bergen auftürmten, und dann schlug sie die dünnen weißen Decken der beiden Betten zurück, in denen sie beide so schlecht schlafen würden. Anton nahm vor einem Spiegel seinen Schlips ab, in dem er seine junge Frau mit einem harten Ausdruck beobachtete.

»Matty – ich warte!«

»Worauf?«

»Wir hatten kürzlich eine Auseinandersetzung, wenn du so gütig sein willst, mal in deinem Gedächtnis zu kramen!«

»Ich hatte heute abend den Eindruck, als hättest *du* dich bereits entschieden«, sagte Martha in beiläufigem Ton. Sie zog das Kleid aus. Die festen braunen Rundungen ihrer Beine und Arme, die dadurch entblößt wurden, sprachen auf einmal zu ihr, und das mit einer Autorität, die keinen Widerspruch duldete. Thomas Stern hatte doch zu ihr gesagt, sie sei vom Land? Sie betrachtete ihren wohlgeformten, kräftigen Körper, sog die angenehmen Düfte ihrer Achselhöhlen, ihres Haars ein und dachte: Er findet also, ich sei ein Landmädchen, nicht?

»Ich weiß nicht, was du meinst.«

»Du weißt sehr gut, was ich meine. Wie heißt der Rotkopf mit Nachnamen?«

»Ich denke gar nicht dran, zu leugnen, daß ich Millicent attraktiv finde, Matty!«

»Das will ich auch nicht hoffen!«

Anton, ein übermäßig dünner Mann mit hellglänzender Haut, leuchtendem Blondhaar, goldglänzendem feinem Haar auf Schenkeln und Bauch, stand nackt da und fuhr dann hastig in die Schlafanzughose.

Das ist mein Mann, dachte Martha. Was für ein Quatsch! Sie beobachtete, wie die helle, zarte Haut ihres Mannes hinter dunkelgrünem Baumwollstoff verschwand, und ihre Haut sagte ihr: Der hat nichts mit mir zu tun, der Mann da.

Laut sagte sie: »Wir hatten vereinbart, daß ich, falls« – sie hatte sagen wollen: Falls ich mir einen Liebhaber nähme, doch das war zu literarisch, auch wenn er diesen Ausdruck als erster gebraucht hatte. Wie europäisch du doch bist, hatte sie sich verächtlich gesagt: einen Liebhaber nehmen! Meine Güte, für wen hältst du mich eigentlich? Für Madame Bovary? Ich wär allerdings froh, wenn wir deren Probleme hätten. Und bei Anton war es aus irgendeinem Grund nicht möglich zu sagen: mir einen Mann nehme, mir einen Mann suche – das wäre eine Art Beleidigung für ihn gewesen. »Wir hatten vereinbart, daß ich dann, wenn ich mich entschlösse, dir untreu zu sein, aufrichtig sein sollte, und dann würdest du dir eine Gelieb ... – dir ein Mädchen suchen – jedenfalls würden wir beide jemand anderen haben – so war es doch?«

»Ganz richtig«, sagte Anton. Er sah verblüffend gut aus, wie er sich da in seinem bewundernswürdigen dunkelgrünen Schlafanzug emporreckte und die Kordel seiner Schlafanzughose zuband.

Dies war der Augenblick, wo Martha, nackt, wie sie beinah

war, zu ihm gehen und die Arme um ihn legen sollte. Darauf wartete er nur, und deshalb band er die Kordel so langsam zu. Wenn sie das tat, wenn sie ihre Rolle spielte, wie es sich gehörte, wie eine gute Ehefrau das tun sollte, dann wäre um Mitternacht oder spätestens morgen früh aus dem Rotkopf Millicent einer der kleinen Ehescherze geworden, die ein so erbauliches Schmiermittel sind. Pech für Millicent, schade um ihre Erwartungen, welche auch immer, die sie vielleicht in diesem Augenblick in Bezug auf Anton hegen mochte. Wenn die Dinge einen bestimmten Verlauf nahmen, konnte sie sich berechtigte Hoffnungen machen, Antons Geliebte zu werden, seine Freundin, auf jeden Fall darauf, ein Verhältnis mit ihm zu haben. Wenn Martha jetzt allerdings ihre Rolle spielte, wie es sich gehörte, wenn sie liebevoll und weiblich war und ihm schöntat (Martha sah sich selbst und schauderte vor Widerwillen), dann wäre Millicent alsbald »Die Rothaarige, Anton!« und würde mit einem mitfühlenden Lächeln von Martha und einem ziemlich stolzen, selbstbewußten kleinen Grinsen von Anton gegrüßt werden. Sie wäre ein Ehescherz, ein kleiner Scherz, um das eheliche Räderwerk zu schmieren. Gott, wie ekelhaft! Wie unschön diese kleinen Scherze, die hundert kleinen Verlogenheiten, die tausend Opfer wie Millicent (oder wie Solly, wenn es dazu gekommen wäre) waren, die die Ehe verlangte.

Wenn Martha ihre Rolle auf eine bestimmte Weise spielte, dann würde Millicent morgen oder übermorgen, wenn sie ihren Stolz abgelegt hätte, bei Anton anrufen oder ihm zufällig auf der Straße begegnen und würde zu hören bekommen: »Hallo, Millicent, wie geht's denn so?« – »Danke, gut, Anton, und dir?« – »Mach's gut, Millicent, bis demnächst irgendwann!« Wenn Martha sich weiterhin so benahm und ihrem unerbittlich entschlossenen und wenigstens völlig aufrichtigen Körper gehorchte, dann konnte Millicent voller Zuversicht einer wahrscheinlich sehr romantischen und hinreichend schmerzlichen Affäre entgegensehen.

Anton stand aufrecht, den Kopf gesenkt, als mustere er seine Fingernägel. Martha entdeckte, daß sie sich unbehaglich fühlte – das kam daher, daß sie nackt vor ihm stand. Sie gehörte nicht zu ihm! Sie kehrte ihm den Rücken zu, als sie den Büstenhalter abstreifte, und ergötzte sich mit einem raschen Blick an ihrer Schulter, an den schöngeschwungenen Kurven mit dem vollkommenen Einschnitt, der Mulde dazwischen. Hastig zerrte sie sich ein Nachthemd über den Kopf. Rasch ging sie ins

Badezimmer, um sich die Zähne zu putzen. Sie wand sich vor Scham über die alberne Szene, die sie gerade aufgeführt hatten. Gleichzeitig frohlockte ihr Körper, weil sie Joss am nächsten Tag sehen würde – verdammt, er würde ja bald weggehen. Doch Joss hatte wirklich Glück, dachte sie, und weidete sich an ihrem eigenen Liebreiz, ihrer ganzen lieblich duftenden Person.

Sie konnte noch nicht ins Schlafzimmer zurückkehren. Anton würde immer noch auf sie warten. Vielleicht saß er ja auf der Bettkante und las diesen Zeitungsausschnitt über die Frauen, die ihre toten Babys in Zeitungspapier im Schnee begruben? Oh, Gott, wenn er das tat, dann würde alles nichts nützen, sie würde die Arme um ihn legen, ihn trösten müssen ... Sie würde einfach noch nicht ins Schlafzimmer zurückkehren.

Nach einem gewaltigen Geplätscher, ausgiebigem Abtrocknen und Haarebürsten – zum zweiten Mal an diesem Tag bekam es die altmodischen fünfzig Bürstenstriche auf jeder Seite –, kehrte sie zurück und fand Anton im Bett. Er hatte die Nachttischlampe ausgemacht und kehrte ihr den Rücken zu.

Sie machte ihre Lampe aus. Das Zimmer war im Dunkeln nicht dunkel. Man hatte das Gefühl, daß das kalte Funkeln des Sternenlichts durch die dünnen Vorhänge, selbst durch die Wände fiel und sich veränderte, heller oder dunkler wurde, wenn die Wolken hoch oben über den Himmel zogen. Ein paar Minuten kreisten die Insekten weiter um den dunklen Mittelpunkt der Lampe, dann war vorübergehend ein kleines unzusammenhängendes Geprassel, ein Gleiten und Niederfallen zu hören. Danach verstummten die Geräusche der Falter und übrigen Insekten völlig. Martha kniete sich im Bett hin, um an den Kanten des Vorhangs vorbei auf die dunklen Pfeiler der Veranda zu schauen. Ein schwarzer Himmel. Schwarze Bäume in Teichen aus schwarzen Schatten. Gespenstisch weiße Lilien in dunklem Schatten. Sprengsel von weißem Kies. Blätter, die unterm Sternenschein in einer silbernen Kräuselbewegung hin- und herwehten und -schlugen.

Morgen würde sie Joss sehen. Nein, Thomas würde sie sehen. Daran, daß ihr Entzücken sich legte, erkannte sie, daß Joss ihr lieber wäre – sie würde sich bei ihm *geborgener* fühlen. Was um Himmels willen meinte sie bloß damit – geborgener! Es gab keinen Zweifel, daß der Gedanke an Thomas sie mit dem unbehaglichen Gefühl der Unerbittlichkeit konfrontierte. Also gut, nicht Thomas. Doch irgendein anderer, und es würde bald geschehen.

3

Am Morgen des Tages, an dem die Siegesfeier stattfinden sollte (oder, wie Mrs. Quest sich das ausmalte), am Siegesmorgen, war sie schon vor sechs Uhr auf. Damit sie auch genügend Zeit hatte, sagte sie sich, um Mr. Quest für die Siegesparade fertigzumachen. Doch sie hatte schlecht geschlafen, war verwirrt aufgewacht, jeder Muskel war verkrampft und schmerzte, und der Kopf tat ihr weh. Erst als sie in die köstliche Morgenluft hinausgetreten war, um die Zeitung aufzuheben, wo der Zeitungsjunge sie auf die Verandastufen geschmissen hatte, fiel ihr der Traum wieder ein, der sie geweckt hatte.

Die Sonne stieg an diesem Morgen aus rosigen Dampffetzen empor und fiel auf Mrs. Quest, die inmitten eines von schrillen Vogelrufen erfüllten Gartens in ihrem geblümten Baumwollmorgenrock auf ihren Stufen stand. Sie schauderte, denn während der prächtige rote Ball in anderen Erdteilen vermutlich Hitze ausstieß, war hier gerade Winter. Die Luft, der Himmel, jedes Blatt und jede Blume besaßen eine kühle, schneidende Klarheit. Der Garten war durchtränkt von Kälte. Eisglitzerndes Wasser lag über dem Rasen. Tautropfen hingen von den Rosen und den Jacarandazweigen, bis sie in leuchtenden Schauern von den Vögeln abgeschüttelt wurden, die vom Vogelbad zum Zweig, vom Gesträuch zum Rasen schossen.

Mrs. Quest nahm mit Genugtuung zur Kenntnis, daß sie ganz recht daran tat, vom SIEGESTAG in Europa zu sprechen, und die schwarzen Buchstaben waren handhoch. Sie hatte wohl geträumt? Oh, ja, und der Kopf tat ihr weh davon. Es war ein schrecklicher Traum gewesen.

Ihre Nächte waren immer anstrengend, durchzogen von Gewissensbissen, die drohend auf sie eindrängten, wenn sie keine Schlaftabletten nahm. Vor Jahren hatte sie die Tabletten mit der Behauptung gerechtfertigt, daß sie schlecht schlafe. Die Dosis wurde größer, und sie schlief immer noch schlecht – schlechter, davon war sie überzeugt, als Mr. Quest, der ihr Patient war.

Oh, was für ein Traum, was für ein Traum! Mrs. Quest kehrte ihrem Garten den Rücken und betrat das muffige Wohnzimmer, wo ihr das Hündchen auf den Schoß sprang. Lieber Kaiser, brav, brav, Kaiser, flüsterte sie in die gespitzten Ohren und die feuchte Schnauze des Tiers. Sie ließ ihn auf die Veranda hinaus und umrundete das Haus, um in die Küche zu gehen. Die Dienstboten waren noch nicht da. Mrs. Quest machte sich Tee und beschäftigte sich währenddessen mit Tassen, Wasser, Zucker, plante den Tag: Wenn ich mich jetzt schon anziehe, mache ich mich vielleicht wieder schmutzig, wenn ich etwas für ihn tun muß – aber nicht doch, ich habe doch alles vorbereitet. Doch, es wäre gescheiter, sich jetzt schon für die Parade anzuziehen. Der Tee war fertig und der Entschluß, sich anzuziehen, gefaßt. Doch Mrs. Quest kehrte ins Wohnzimmer zurück, knipste sich ein Elektroöfchen an und saß zitternd daneben. Ihr altes Gesicht war starr vor Unglück. Das weiße Hündchen kam wieder angesprungen – er weiß, wie mir zumute ist, dachte Mrs. Quest, und liebkoste die seidigen Ohren. Sie beugte das Gesicht in die Wärme seines dicken Rückens hinab und erinnerte sich an den Traum.

Ihre Mutter reichte ihr von einem hochgelegenen Ort, der, wie Mrs. Quest wußte, der Himmel war, drei rote Rosen... Die alte Dame weinte, weil sie an ihre Mutter dachte, die jung gestorben war. Sie hatte sie nicht gekannt. Ihre ganze Kindheit und Jugend hindurch war ihre Mutter geheimnisvoll für sie gewesen, nicht nur dank dem brutalen Pathos ihres Todes im Wochenbett, sondern auch aufgrund einer Eigenschaft, die das kleine Mädchen lange Zeit als bedrohlich empfunden hatte. Ihre Mutter hatte irgend etwas, das niemals erklärt, niemals in Worte gekleidet wurde, das jedoch immer da war wie ein süßer, aufdringlicher Duft, der in alten Kleidern, alten Schränken verborgen ist. Das eine oder andere hatte man über sie gesagt. Sie war launisch gewesen, zum Beispiel. Gescheit auch und heiter. Sie war mutig gewesen – sie war mit den Hunden auf einem prächtigen Fuchs zur Jagd geritten und über Zäune gesprungen, die allen anderen zu hoch waren. Sie war kräftig gewesen – sie ging auf Bälle und tanzte die ganze Nacht und lag ihrem Gatten dann in den Ohren, daß er mit ihr durch die Morgendämmerung zu Fuß nach Haus gehen und die Kutsche hinterherfahren lassen sollte. Doch war sie schließlich gestorben und hatte nicht nur drei kleine Kinder zurückgelassen, nicht nur den nagenden Groll, den sich diejenigen zuziehen, die in der Blüte ihrer Jahre sterben, sondern – was *war* es nur gewesen, das niemand in Worte gefaßt, das aber das junge Mädchen so stark gespürt hatte?

Als sie schließlich erwachsen war, verstand sie, daß ihre Mutter schön gewesen war. Nicht hübsch. Das neiderfüllte kleine

Wort bewirkte, daß sie noch einmal das hohe, kalte, strenggeordnete Haus beschwor, in dem sie aufgewachsen war. Lang verborgene Bilder traten ans Licht, und es wurde offenbar, daß die tote Frau schön gewesen war, mit jener Art Schönheit begabt, die in jenem Haus nicht ohne weiteres Aufnahme fand, dessen Haupttugend eine Wohlgesittetheit gewesen war, die als »Sinn für Proportionen«, als »gesund« beschrieben worden war.

Hieß das, daß ihre Mutter »morbide«, »selbstsüchtig«, »verdreht« gewesen war? Das Mädchen kam zu dem Schluß, daß dies der Fall gewesen sein mußte, als sie sich erinnerte, wie sie als kleines Mädchen einmal nachts aus einem Alptraum hochgefahren war und geschrien hatte: »Sie wollten, daß sie stirbt«, und der Dienerin, die schimpfend hereingekommen war und eine nach heißem Abwaschwasser aus der Küche riechende Hand schützend vor die Kerzenflamme gehalten hatte, entgegengeschrien hatte: »Ihr habt alle gewollt, daß sie stirbt!«

Als sie sich das Haar hochsteckte und beschloß, daß sie *keine* viktorianische junge Dame werden wollte, sondern sich gegen ihren gestrengen Vater auflehnen mußte, um Krankenschwester werden zu können (was keine wirkliche Dame tat, trotz Florence Nightingale), wußte sie, daß ihrer Kindheit irgend etwas gefehlt hatte, wonach sie sich verzehrte. Schönheit war es, sagte sie sich und klammerte sich an dies Wort, während sie von »morbide« und »selbstsüchtig« und »rechthaberisch« nichts wissen wollte.

Doch ihr Leben war vergangen – und sie war Krankenschwester. Sie hatte ihren Willen bekommen, hatte sich gegen ihren Vater aufgelehnt, der Monate nicht mit ihr sprach, hatte ihre Schlachten gewonnen. Sie war Krankenschwester gewesen – als junge Frau, dann den Krieg hindurch und dann für ihren Mann. Sie war ihr ganzes Leben Krankenschwester gewesen. Doch »Schönheit« hatte sie nie gekannt. Es war ganz so, als hätte ihre Mutter diese Eigenschaft mit sich genommen, als sie gestorben war – selbstsüchtigerweise: Es war allein ihre Schuld gewesen, sagte man, weil sie darauf bestanden hatte, die ganze Nacht zu tanzen, als sie im fünften Monat schwanger war.

Und nun hatte Mrs. Quests Mutter Mrs. Quest drei scharlachrote Rosen gereicht, denen das Gedächtnis der alten Dame noch die Kristalltropfen eines Wintermorgens hinzufügte. Die schöne junge Frau hatte sich lächelnd vom Himmel herabgebeugt und der Tochter, die sie kaum kannte, drei rote Rosen gereicht, taufrisch von leuchtenden Wassertropfen. Mrs. Quest, die vor Freude weinte und deren Herz der schönen Mutter zuflog, hatte hinabgeblickt und gesehen, daß die Rosen sich in ihrer Hand in – eine Arzneiflasche verwandelt hatten.

Ja, der Traum war unverhüllt brutal gewesen. Nichts war aus Nettigkeit bemäntelt, nichts übertüncht worden. Mrs. Quest, eine alte Dame, gab zum ersten Mal im Leben jenem Ding einen Namen, das ihre Mutter besessen und von dem niemand gesprochen hatte und das sie selbst für sich als »Schönheit« bezeichnet hatte. Die schöne Frau war herzlos gewesen. Ja, das war es. Sie war hübsch und rücksichtslos – und herzlos gewesen. Sie hatte Charme gehabt und eine weiße Haut und langes schwarzes Haar, doch sie war herzlos gewesen. Sie würde in der Erinnerung stets tanzen wie ein brennendes Licht oder wie das Sonnenlicht auf dem schimmernden Fell ihres wilden Fuchses. Doch sie war herzlos gewesen.

Mrs. Quest drückte ihr verwittertes Gesicht an ihr Hündchen, das immer noch von der Kälte des Gartens zitterte, und weinte. Sie weinte über die Grausamkeit des Traums. Arzneiflaschen, ja, das war ihr Leben, das ihr von einer grausamen und spöttischen Mutter gegeben worden war.

Vor drei Tagen war ein amtliches Schreiben auf den gewienerten Zementboden der Veranda geglitten, worin Mr. Quest zu den Siegesfeierlichkeiten des Zweiten Weltkriegs (in Europa) gebeten worden war. Er war als ein Vertreter der Veteranen des Ersten Weltkriegs geladen. Mr. Quest hatte im Tablettenschlaf gelegen, als der Brief kam. Lange bevor er aufgewacht war, hatte Mrs. Quest einen umfangreichen, sorgfältigen Plan ausgearbeitet, der ihrem Mann die Teilnahme ermöglichen würde. Sie sehnte sich danach, dabei zu sein, an jenem Morgen der Kapellen und der Flaggen, den kranken Mann – das Werk so vieler aufopferungsvoller Jahre – an ihrer Seite, wenn seine Gebrechen offiziell als Ergebnis des Ersten Weltkriegs anerkannt werden würden. Doch sie hatte befürchtet, daß er sich weigern könnte. In der Vergangenheit hatte er immer nur gelacht, und das mit einer bitteren Verachtung, die ihr schrecklich weh tat. Oder, wenn er hingehen würde, dann würde das (oder jedenfalls sah es so aus) nur um des zornigen Nihilismus willen geschehen, mit dem er diese Gelegenheit bedenken konnte, sowie sie vorüber war.

Im Jahr 1922 (stimmte die Jahreszahl?) hatte sie in Whitehall mit dem gutaussehenden Mann, der ihr Gatte war, am Ehrenmal gestanden, und die Trommeln und Pfeifen und die Flaggen vom Remembrance Day hatten sie vor Rührung zerfließen lassen. Danach hatte Mr. Quest sich tagelang in Schmähungen der Generäle und der Regierung und solcher Geister ergangen, die Remembrance Days organisierten und weiße Federn überreichten – man hatte ihm an dem Tag eine weiße Feder überreicht, als er die Uniform ausgezogen hatte, nachdem die Ärzte ihm bei einer abschließenden Unterredung mitgeteilt hatten, daß er nie wieder der alte sein würde. »Wir fürchten, daß Sie nie wieder ganz der alte sein werden, Captain.« Er machte sich über alles lustig, was Mrs. Quests zarte Seele labte, die immer schon des Trostes von Jahrestagen, Zeremonien, Ritualen bedurft hatte, der Respektbezeugung, wo sie angemessen war.

Doch – und jetzt kommt etwas Seltsames, über das sich Mrs. Quest durchaus im klaren war. Irgend etwas an ihr mochte die Spottlust ihres Mannes und brauchte sie. Irgend etwas in der Seele der gesetzten Frau mit dem adretten Hut, die es zuließ, daß ihr bei ›The Last Post‹ die Tränen in die Augen stiegen, irgend etwas Älteres, Wilderes, Weiseres wartete auf die obszönen Reden des alten Soldaten und bedurfte ihrer. Vor drei Tagen, als sie ihm das amtliche Schreiben gebracht hatte, hatte sie erwartet, daß er lachen würde.

Doch er hatte die verblaßten Augen auf das Schreiben der Regierung gesenkt und war stumm geblieben, und seine Lippen hatten sich bewegt, als schmeckte er etwas aus der Vergangenheit. Dann hatte er zu seiner Frau aufgeblickt und dabei ein Gesicht gezeigt, das sich einer angemessenen Demut anbequemt hatte (ein Ausdruck, der Mrs. Quest entsetzte, so wenig paßte er zu ihm), und mit einer Stimme, die ganz falsch klang vor lauter angemessener Empfindung, gesagt: »Wenn ich mich ordentlich warm anziehe – das müßte doch gehen?«

Mrs. Quest war zutiefst erschüttert gewesen. Vielleicht zum ersten Mal fühlte sie, was die Krankenschwester in ihr schon immer gewußt hatte – daß ihr Mann wirklich nicht mehr der »alte« war. Nicht einmal mit Unterbrechungen war er in diesen Tagen der alte, und stundenlang hatten sie jedes peinliche Detail erörtert, wie man es ihm ermöglichen konnte, an der Zeremonie teilzunehmen, während sein Gesicht diesen entsetzlich unwirklichen Ausdruck eines Mannes wahrte, der alles für sein Land gegeben hat und sich nun in aller Bescheidenheit den Dank des Vaterlandes gefallen läßt.

Zwei Hauptprobleme galt es zu berücksichtigen. Das eine

war: Schlaf oder Schlaflosigkeit. Das andere: Mr. Quests Darm. Doch tatsächlich war das Problem ein und dasselbe: Es ließ sich unmöglich irgend etwas vorhersagen. Der springende Punkt war, daß Mr. Quests Körper von jeder erdenklichen Art von Medikamenten dermaßen ausgepreßt und durch die Mangel gedreht worden war, daß die Medikamente selbst schon wie Symptome zu wirken begonnen hatten, die erörtert und beobachtet werden mußten. Es ging dabei nicht darum, daß Mr. Quest so viele Gramm – wovon auch immer – genommen hatte, die eine bestimmte Wirkung gehabt hätten. Ein Schlafmittel, ein Abführmittel mochte »anschlagen« oder nicht, und wenn es anschlug, dann war das unvorhersehbar und ungewöhnlich, und diese Information mußte unbedingt dem Arzt mitgeteilt werden, der sich wissenschaftlich für das interessieren sollte, was, vom medizinischen Standpunkt aus, doch bestimmt beispiellos war?

Die Parade war um elf und würde um zwölf vorbei sein. Während dieser Stunde würde Mr. Quest in einem Rollstuhl sitzen, die Tapferkeitsmedaillen an den Morgenrock geheftet – sie hatten die Erlaubnis eingeholt, daß er so erscheinen durfte. Doch er durfte nicht einschlafen. Und er durfte nicht ...

Sie hatten die genaue Stärke der Dosis erörtert, die bewirken sollte, daß Mr. Quest die ganze Nacht schlafen, aber munter genug aufwachen würde, um der Zeremonie gewachsen zu sein. Man war zu dem Schluß gelangt, daß sieben Zehntel seiner gewöhnlichen Dosis ausreichen mußten, wenn der Arzt bereit wäre, ihm um zehn Uhr ein Aufputschmittel zu geben. Was den Darm anging – tja, das war nun schwieriger. Wahrscheinlich würde ein Einlauf um neun Uhr dreißig ihnen über diese Klippe hinweghelfen.

So war alles geplant und beschlossen worden. Und Mrs. Quest hatte, als sie ihren Mann am letzten Abend auf die Wange geküßt hatte, als der bereits in der Gewalt des Schlafmittels, das ihn bis zum nächsten Morgen um neun Uhr bewußtlos halten würde, in Schlaf zu sinken begann, einen Augenblick lang jung ausgesehen, frisch – morgen wäre sie auf der Parade, und sie würde von Mrs. Maynard mitgenommen werden, die so nett gewesen war, das anzubieten.

Dafür, das Anerbieten der Maynards, war Mr. Quest dankbar gewesen, wie es sich gehörte, und hatte sich jeglichen kritischen Kommentars enthalten. Dabei konnte er Mrs. Maynard nicht leiden – er sagte, ihm stünden die Haare zu Berge, wenn er an deren Komitees und Intrigen dächte.

Mrs. Quest hatte die Bereitwilligkeit ihres Mannes bemerkt, war aber noch nicht recht schlau daraus geworden. Sie hatte Mrs. Maynard mitgeteilt, daß sie um zehn Uhr dreißig fertig wären. Mrs. Maynard war »unbeschreiblich nett« gewesen, als es um die Medikamente und die ganzen Vorkehrungen gegangen war.

Um Mr. Quest zur Siegesparade zu kriegen, hatte es der gewaltigen Energien einer gesetzten älteren Dame bedurft und der Bereitschaft einer weiteren, unbeschreiblich nett zu sein. Aber natürlich war er noch nicht dort. Er schlief noch.

Sieben Uhr morgens. Mrs. Quest hatte zwar entschieden, daß sie durchaus schon ihre besten Kleider anziehen konnte – tat dann jedoch nichts dergleichen. Rasch zog sie einen alten braunen Rock und einen rosa Pullover an. Das Schlafzimmer, das sie immer noch mit ihrem Mann teilte, war dämmrig und roch nach Medikamenten, und er lag völlig ruhig, absolut lautlos im Bett, während sie Schubladen zuknallte, im Schrank herumstöberte, sich das Haar bürstete und alles mögliche geräuschvoll auf den Toilettentisch fallenließ. Zum Teil kam das daher, daß sie schwerhörig war und nicht wußte, wieviel Lärm sie machte. Zum Teil tat sie es, weil es völlig egal war: »Die Welt kann um ihn herum einstürzen, wenn er genug Tabletten im Bauch hat.« Zum Teil war dies Gelärme, diese ruppige Art, sich zu bewegen, aber auch ein Protest gegen die ständige Beengung des Käfigs, in dem sie lebte.

Als sie ihren dicken Pullover anhatte und ihr warm war, besserte sich ihre Stimmung, und sie ging zum zweiten Mal in die Küche und trug dem Koch auf, neuen Tee zu machen. Briefe lagen auf dem Küchentisch. Mrs. Quest zitterte vor Erwartung, nahm den Brief ihres Sohnes aus England an sich und ging zurück auf die Veranda. Die Sonne stand mittlerweile über den Bäumen, und scharfumrissene, kühle Schatten lagen über den Rasenflächen.

Lächelnd las Mrs. Quest den Brief. Noch ehe sie am Ende angekommen war, mußte sie aufstehen, um die Ranke einer Kletterpflanze wieder festzustecken, die allzu ungehemmt von einem Pfosten der Veranda wegflatterte. Sie mußte ihr Vergnügen, ihre Freude in irgendeiner Bewegung zum Ausdruck bringen.

Jonathan, der junge Mann, der sich in einem Dorf in Essex erholte, hatte einen Brief geschrieben, wie man ihn von einem liebevollen Sohn erwarten kann, und der nicht verriet, wie es in seinem Innern aussah. Er war sehr krank gewesen, als ihm der Arm zerschmettert worden war, und hatte Entsetzliches durchgemacht, weil er ihn zu verlieren fürchtete. Er wollte seiner Mutter nicht dadurch Kummer machen, daß er ihr das mitteilte, also plauderte er über das Dorf, das reizend war, sagte er, und über die Ärzte und Schwestern im Lazarett, die so nett waren, und über die Leute vom Dorf, »wirklich gute Typen«. Seine wahren Empfindungen ließ er nur in einem Halbsatz durchscheinen, und zwar nur deren Kehrseite: »Vielleicht sollte ich mich ja hier niederlassen – das wär nicht das Schlechteste!« Das sagte nichts anderes, als daß er mit der Tochter des Arztes im Dorf angebändelt hatte und ab und zu in einer sentimentalen halben Stunde daran dachte, sie zu heiraten und für immer an diesem ruhigen, altehrwürdigen Ort zu leben, der ihm in Wirklichkeit in nichts entsprach. Denn er sehnte sich nach Afrika und nach einer Farm, wo er den nötigen Raum haben würde, um »er selbst« zu sein, so empfand er es.

Doch ehe Mrs. Quest den Brief zum zweiten Mal gelesen hatte, waren alte Tagträume wieder wachgeworden. Sie hatte sich bereits alles ausgemalt: Sie – Mr. Quest und sie selbst – würden nach England gehen und in dem Dorf ein kleines Cottage mieten, wo Jonathan sich mit seiner Frau niederlassen würde, denn natürlich hatte er ein Mädchen, vielleicht sogar eine Verlobte – der Brief ließ daran keinen Zweifel! –, und sie und Mr. Quest wären ein für allemal fertig mit diesem Land, wo die Familie nichts als Enttäuschung und Krankheit erlebt hatte. Außerdem wäre das englische Klima besser für Mr. Quest, würde ihn vielleicht sogar gesund machen.

Der Diener brachte den Tee und fand eine Mrs. Quest, die lächelnd auf die Büsche und die Rasenflächen hinaussah. »Schöner Morgen«, ließ er sich vernehmen. Erst hörte sie nichts, dann lächelte sie: Sie war bereits weit weg von Afrika, in einem Dorf voller normaler Menschen, wo sie nie wieder ein schwarzes Gesicht sehen würde. »Ja, aber kalt«, sagte sie ziemlich streng, und er kehrte schweigend in seine Küche zurück.

Wenn Mr. Quest aufwachte, dann würde sie ihm von ihrer Rückkehr nach England erzählen. Ihr war weh ums Herz vor Freude. Sie dachte nicht mehr an den häßlichen Traum und die drei elenden Tage, in denen sie alles für die Parade vorbereitet hatte. Sie war die Bevormundung von Mrs. Maynard los (jetzt, wo sie sich davon befreit fühlte, gestand sie sich ein, daß Mrs. Maynard sie bevormundete). Sie würde ihre alten Freunde wiedersehen, und wenn »irgend etwas passierte« (das hieß, wenn ihr Mann sterben sollte – der Arzt sagte, es sei ein Wunder, daß sie ihn so lange am Leben erhalten habe), dann würde sie zu ihrer alten Schulfreundin Alice ziehen und sich Jonathans Kindern widmen.

Das war das Stichwort für Mrs. Quest, um sich an die Existenz ihrer Enkelin Caroline zu erinnern. Na ja, die konnte ja dann kommen und bei ihr, Mrs. Quest, lange Ferien in England verbringen; vielleicht konnte sie sogar ganz dort leben, denn die Schulbildung war dort soviel besser als in diesem Land, wo sie überhaupt kein Niveau hatte ... Und Martha, na, die wollte ja ebenfalls nach England.

Ihr Hochgefühl begann sich zu verflüchtigen. Sie dachte wieder an den Traum. Ihr Gesicht nahm, obwohl ihr das nicht bewußt war, obwohl sie frohgemut Vorkehrungen für die Parade plante, den Ausdruck erschöpfter Resignation an. Sie ginge besser und zöge sich richtig an. Doch sie blieb, wo sie war, eine alte Dame mit einem verbitterten, traurigen Gesicht, die in einen schönen Garten schaute, wo ein Hündchen um einen blanken, weißen Knochen herumtollte. Sie saß, leicht zitternd, denn die Kälte war beißend, und dachte – daß sie alles in der Welt für eine Zigarette geben würde.

Das Verlangen überfiel sie plötzlich, ohne Vorwarnung. Am Anfang des Krieges, als ihr Sohn sich mit den Truppen nach Norden begab und damit in Gefahr geriet, hatte Mrs. Quest das Rauchen aufgegeben. »Als Opfer, damit Jonathan heil durch den Krieg kommt.« Mrs. Quest war nun mal das »reine Nervenbündel«, und Rauchen war eine Notwendigkeit für sie. Viele Jahre war das schon so gewesen. Das Rauchen aufzugeben, war quälender, als sie sich hatte vorstellen können. Doch da sie nun einmal diesen Handel mit Gott geschlossen hatte, hielt sie sich auch daran. Sie hatte nicht geraucht, mit Ausnahme der fünf angsterfüllten Tage, wo er verwundet worden war und sie noch nicht mitgeteilt hatten, wie schlimm. Dann keine Zigaretten tagelang, wochenlang, monatelang. Heute war Victory Day, der Krieg war vorbei (jedenfalls in Europa), und damit stand es ihr doch wieder frei, zu rauchen? Nein, denn ihr Handel, den sie mit Gott geschlossen hatte, hatte gelautet, daß sie nicht rauchen würde, ehe er nicht wieder heil zu Hause war. Na gut, doch in diesem Brief hat er gesagt, daß er vielleicht auf immer in England bliebe. Also war sie doch frei, hatte ihren Teil des Handels erfüllt? Nein, ihr Gewissen sagte ihr, daß das nicht der

Fall war. Und außerdem, eine alte Mine oder irgendein herumschwimmender Sprengstoff konnten ja das Schiff hochgehen lassen, auf dem Jonathan nach Hause kam. Sie durfte noch nicht rauchen.

Mrs. Quest trat ins Wohnzimmer, wo ein geschnitztes Holzkästchen mit Zigaretten für Gäste stand, und streckte die Hand nach dem Deckel aus. Das Glöckchen klingelte, was bedeutete, daß ihr Mann wach war.

Sofort hüpfte ihr Herz vor Erwartungsfreude: Ja, es war genau richtig. Acht Uhr, und das hieß, daß sie reden und schwatzen und ihn rechtzeitig, bis der Wagen um zehn Uhr dreißig kam, mit Neckereien munter machen konnte.

Als sie das Schlafzimmer betrat, sah es so aus, als sei er wieder eingeschlafen, die Hand um das silberne Glöckchen geschlossen. Sie kramte eine Weile herum, schaute auf die Uhr, und versuchte, in dem abgedunkelten Zimmer von seinem Gesicht abzulesen, wie er sich fühlen mochte, wenn er aufwachte.

Dann fuhr er mit einem Stöhnen aus dem Schlaf auf und blickte sich wild im Zimmer um. »Großer Gott!« sagte er. »Das war vielleicht ein Traum – endlos!«

»Laß dir nur Zeit«, sagte Mrs. Quest munter.

Sie trat an sein Bett, um die Bettdecke glattzuziehen und ihm zu helfen, sich aufzusetzen.

»Großer Gott!« rief er wieder und hing seinem verblassenden Traum nach. »Wie spät ist es denn?«

»Nach acht.«

»Das ist aber ziemlich früh, wie?« protestierte er. Er hatte sich bereits auf die Seite gelegt, um weiterzuschlafen, doch sie sagte rasch: »Was möchtest du zum Frühstück?«

Er lag und dachte ernsthaft nach. »Ja, also, gestern hatte ich ein weiches Ei, und ich glaube, das Fett, wenn ich heute ein Spiegelei nehme, kann doch wohl nicht ... Und vielleicht ein Stückchen Schellfisch?«

»Schellfisch haben wir nicht im Haus«, sagte sie. Sie erkannte, daß er die Parade völlig vergessen hatte, ihre Hochstimmung wich langsam der Ernüchterung und der Resignation. Sie wußte bereits Bescheid, wenn sie es sich auch noch nicht eingestanden hatte. Strahlend sagte sie: »Du weißt doch, wir hatten beschlossen, daß es besser wäre, wenn du nur ein Stück trockenen Toast ißt und ein bißchen Tee trinkst!«

Er starrte sie ausdruckslos an. Dann malte sich Entsetzen in dem leeren Gesicht. Es wurde durch schiere Bestürztheit abgelöst. Dann folgte Schläue. Diese Mienen folgten derart rein und unvermischt aufeinander, als handelte es sich um Masken für eine Schauspielschule. Mr. Quest, der ausschließlich mit sich selbst beschäftigt war, niemals darüber nachdachte, wie er auf andere wirkte, seiner selbst völlig unbewußt wie ein Kind – er war durchschaubar wie ein Kind.

Er sorgte dafür, daß seine Stimme schwach und zittrig war, als er sagte: »Oh, je, ich glaube, ich fühle mich so was heute einfach nicht gewachsen!«

»Na, macht nichts, ist ja nicht wichtig«, sagte sie. Doch ihre Augen waren naß, ihre Lippen bebten, und deshalb verließ sie das Zimmer, damit er sich nicht aufregte. Natürlich wollte er nicht hin. Er hatte das niemals wirklich vorgehabt. Wie lächerlich von ihr, daß sie das jemals geglaubt hatte! Drei Tage lang hatte sie sich dazu hinreißen lassen, sich etwas vorzumachen ... Sie stand in dem vollgestopften kleinen Wohnzimmer, und jetzt bebte sie vor Enttäuschung, ein einziges Wehklagen, weil sie so lange alles hatte entbehren müssen, wonach ihr Herz sich verzehrte: ein erfülltes Leben, Wärme, Menschen, Ereignisse – sie litt physische Qualen vor Entbehrung. Sie hatte sich eine Zigarette angezündet, ohne es überhaupt zu merken. Sie stand und sog tief den beißenden Wohlgeruch ein und spürte mit geschlossenen Augen, wie der köstliche Rauch sie durchprickelte. Doch sie hatte die Augen geschlossen, um die Tränen zurückzuhalten, und sie ließ die eine Hand auf den Kopf des Hündchens sinken und tätschelte ihn. »Brav, Kaiser, so ist's brav, Kaiser.«

Sie dachte: Ich breche mein Abkommen mit Gott. Fast hätte sie die Zigarette ausgemacht, doch sie tat es nicht. Sie kehrte ins Schlafzimmer zurück, wo ihr Mann vor sich hindöste. Ruhig schaute sie auf den graugesichtigen alten Mann mit seinem grauen, ziemlich ausgefransten Schnauzbart, seinen grauen Brauen, seinem grauen Haar. Ein kleiner, ausgeblichener, eingeschrumpfter Invalide, das war ihr gutaussehender Mann. Er öffnete die Augen und sagte mit seiner normalen, wachen Stimme: »Hier riecht es verbrannt.«

»Schon gut, schlaf nur.«

»Aber es riecht doch verbrannt!«

»Das ist meine Zigarette.«

»Ach so, na dann ist es ja gut.« Und er schloß die Augen wieder.

Rasendes Selbstmitleid packte seine Frau. Sie hatte den ganzen Krieg hindurch nicht geraucht, außer während der fünf Tage, als – war Jonathans Arm womöglich so lange nicht verheilt, weil sie ...? Nein, so herzlos konnte Gott nicht sein, das wußte sie. Sie fühlte es. Doch ihr Mann, den sie kannte bis in alle Launen, Gesten, Mienen, bis in die kleinste Zuckung, die sie alle deuten, mitempfinden und voraussehen konnte, ehe sie eintraten – dieser Mann wußte so wenig von ihr, nahm so wenig Anteil an ihr, daß er es nicht einmal mitbekam, wenn sie wieder zu rauchen anfing.

Lange Zeit herrschte Schweigen. Sie saß am Fußende ihres ungemachten Bettes, rauchte mit Genuß, während ihr Fuß ruhelos auf und ab wippte, und er lag und hatte die Augen geschlossen.

Mit geschlossenen Augen sagte er: »Tut mir leid, Altchen, ich weiß, du bist enttäuscht wegen dieser Siegesgeschichte heute.«

Zutiefst gerührt sagte sie: »Ist schon gut.«

Er sagte: »Aber die sind doch auch furchtbar albern, muß man doch wirklich sagen – Siegesparade – Im Großen Unaussprechlichen damals, die Orden, das ganze Zeug, das war doch alles nur... Ich glaube, ich lasse das doch besser mit dem Schellfisch, Altchen. Gib mir einfach nur ein gekochtes Ei.«

Sofort stand sie auf, um sich darum zu kümmern.

»Na, nun stürz doch nicht gleich weg. Immer stürzt du durch die Gegend. Und meine Injektion hast du auch vergessen.«

»Nein, habe ich nicht. Jonathan hat geschrieben.«

»Ach ja?«

»Ja. Er sagt, seinem Arm ginge es endlich besser.« Sie konnte nicht über sich bringen zu sagen: »Er kommt bald nach Hause«, und ihrem flüchtigen und letztlich ja doch harmlosen Traum von der Rückkehr nach England ein Ende zu machen.

»Er ist ein guter Junge. Schön, daß er bald wieder da ist«, sagte Mr. Quest schläfrig. Wenn sie sich nicht beeilte, würde er, ohne gegessen zu haben, wieder einschlafen.

»Wann kommt denn Matty?«

»Sie war gestern abend da, aber du hast geschlafen.«

Sie kochte das Ei, vier Minuten, trug das Tablett hinein, gab ihm seine Spritze, blieb bei ihm sitzen, während er aß, schwatzte über Jonathan, reichte ihm eine Zigarette, saß dabei, während er sie rauchte, und machte es ihm dann bequem, damit er seinen Morgenschlaf halten konnte.

Dann rief sie Mrs. Maynard an: Tut mir schrecklich leid, aber er fühlt sich nicht wohl genug. Mrs. Maynard sagte darauf, das sei aber schade, erinnerte Mrs. Quest dann jedoch daran, daß morgen abend eine Komiteesitzung stattfinde, die den aus dem Friedensschluß erwachsenden Problemen gewidmet sein sollte – sie hoffe fest, daß Mrs. Quest teilnehmen könne. Bei der Vorstellung, daß sie zu der Sitzung gehen würde, fand Mrs. Quest wieder zu ihrer alten Lebhaftigkeit zurück. Die Aussicht erfüllt sie mit Entzücken. Sie hatte es geschafft, an zwei solchen Sitzungen teilzunehmen: Die Atmosphäre unter den ganzen schicklich gekleideten Damen, die sich eine wie die andere für ihre Mitmenschen aufopferten, »genau die richtige Art von Damen«, die sich alle verbündeten gegen – es bedurfte wohl keiner näheren Ausführungen, wogegen rechtschaffene Leute waren –, das war genau das, was sie brauchte. Doch an den anderen Abenden, wo sie eingeladen gewesen war, war ihr Mann krank gewesen, und sie hatte nicht hingehen können.

Jetzt sagte Mrs. Maynard: »Und wie geht's Ihrer Tochter so – wie heißt sie noch gleich?«

»Sie meinen Martha?« fragte Mrs. Quest, als gäbe es noch weitere Töchter.

»Ja, Martha, Martha Knowell, Hesse – wie immer sie jetzt heißen mag. Meinen Sie nicht, daß sie gern bei uns mitmachen würde?«

Das klang beiläufig, wie nebenher erwähnt. Und Mrs. Quest antwortete nicht sofort. Daß *ihre* Tochter beachtet wurde, ausdrücklich erwähnt von der hochwichtigen Mrs. Maynard, also, das war erfreulich, es war ein Kompliment für sie selbst. Doch daß ihre Tochter aufgefordert werden sollte, in *diesem* Komitee mitzuarbeiten, »mit diesen Leuten, die etwas galten« – also, das tat weh. Das schmerzte mehr, als Mrs. Maynard jemals ahnen konnte. Zum einen würde Matty dieser Einladung wahrscheinlich mit der Art höhnischer Verachtung begegnen, die – ja, die Mr. Quest, als er noch besser beieinander war, an den Tag gelegt hätte, wenn er eine Einladung zu Gedenkfeierlichkeiten erhielt. Doch Mrs. Quest hatte keine Lust, diesen Vergleich weiterzuverfolgen. Und zum zweiten sagte ihr ein untrüglicher Instinkt, daß das Komitee in Mrs. Maynards seidenem Wohnzimmer eine Bastion gegen alles war, für das Martha stand. Das konnte sie Mrs. Maynard natürlich nicht sagen, aber vielleicht konnte sie wenigstens *andeuten* ...

Sie sagte halb lachend, doch mit einem betrübten Unterton,

so wie Mütter untereinander sich seufzend über die reizenden, läßlichen Sünden der jungen Leute auslassen: »Matty ist natürlich schrecklich nachlässig, schrecklich überspannt!«

Mrs. Maynard sagte munter: »Ein Grund mehr, daß man ihr eine sinnvolle Aufgabe gibt, finden Sie nicht? Na, jedenfalls hoffe ich eine von Ihnen, wenn nicht beide, morgen zu sehen.« Sie legte auf, und Mrs. Quest mußte sich mit einem ungeheuerlichen Verdacht auseinandersetzen, den sie sich überhaupt nicht erklären konnte – nämlich daß Mrs. Maynard mehr daran gelegen wäre, Martha zu sehen, als sie selbst. Das war gemein. Das war brutal. Doch, das war wirklich grausam – wie der Traum. Es hatte die sinnlose, unnötige Grausamkeit ihres Traums. Mrs. Quest, die beschlossen hatte, daß die Zigarette bis zu Jonathans unversehrter Rückkehr die einzige bleiben sollte, zündete sich eine neue an, saß am Radio und tätschelte das Hündchen. Auf dem geblümten Läufer, der auf dem glatten gebohnerten grünen Linoleum verrutscht war, lag das Stück weißer Knochen. Die Nase des Hündchens wies in seine Richtung, in wehmütiger Erinnerung an bessere Knochen, saftigere Brocken.

»Ekelhaft«, sagte Mrs. Quest in echtem Widerwillen gegen das blanke, ausgebleichte Stück Skelett. In sanfterem, »humorvollem« Ton sagte sie dann: »Also wirklich, Kaiser, man bringt doch keine Knochen ins Wohnzimmer!« Mit angewiderter Miene warf sie ihn aus dem Fenster. Das Hündchen stürzte hinunter und brachte ihn wieder, um ihn seiner Herrin spielerisch zu Füßen zu legen. Doch die schleuderte ihn in einer Zornesregung durch das Fenster und über die Verandabrüstung. Diesmal spürte das Tier, daß es, oder doch wenigstens sein kostbarer Knochen, nicht erwünscht war, und verschwand damit hinter einem Strauch. Mrs. Quest saß allein und hörte Radio. Es kam ihr vor, als habe sie jahrelang, ihr ganzes Leben lang gesessen, gezwungen, still zu sein, und zuzuhören, wie Geschichte gemacht wurde. Sie, die es mit allen Fasern drängte, mitzumachen, durfte niemals dabei sein. Irgendwoanders tanzten die Menschen die ganze Nacht, drehten sich in einem prächtigen blumengeschmückten Saal, sahen zu, wie die Tänzerin sich drehte, das grausame Lächeln hinter der Maske einer schönen jungen Frau verborgen. Irgendwoanders, unerreichbar weit weg, hob sich ein prächtiger Fuchs wie ein Pfeil über die gefährlichen Gatter eines halben Dutzends englischer Grafschaften, und auf dem Rücken des Pferdes saß die maskierte Reiterin. Drei rote Rosen, drei vollkommene rote Rosen, taufrisch …

Mrs. Quest ging ins Schlafzimmer, um nachzuschauen, ob ihr Mann wach war. Er schlief wie ein Toter, obwohl er seit gestern abend kein Schlafmittel bekommen hatte. Und dabei war er gar nicht bei der Siegesparade gewesen. Die Dienstboten putzten Silber, bürsteten Kartoffeln, wischten Treppenstufen und schnitten verblühte Knospen von Rosensträuchern ab. Das große Haus mit seinen vielen Zimmern war von oben bis unten bereit, Menschen zu empfangen, ein Schauplatz des Lebens zu sein. Doch befand sich darin nur ein sterbender Mann, seine Pflegerin und die beiden schwarzen Männer und das schwarze Kind, die für sie sorgten. Na schön, bald würde Jonathan nach Hause kommen, und dann würde er heiraten, und seine Kinder konnten herkommen und diese Zimmer füllen. Oder vielleicht würde ja Martha noch einmal ein Kind bekommen, und *sie* würde ... *Mrs. Maynard wollte sie im Komitee dabei haben.*

Aus dem Radio kamen die ersten Geräusche, die von der Siegesfeierlichkeit kündeten. Hufgetrappel. Trommeln – richtige Trommeln, kein Tom-Tom. Der Ansager sprach über den strahlend schönen Tag und das langsame Nahen des Gouverneurs und seiner Gattin.

Mrs. Quest hörte, ja sah das mit einem Lächeln, das bereits von Wehmut umspielt wurde. Diese kleine Stadt, diese flache kleine Stadt, die so sachlich und so unvermittelt auf den afrikanischen Boden gestellt war – die konnte sie nicht nähren, ihren Hunger nicht stillen. Ein festlicher Anlaß, wo die Vertreter des Königshauses lediglich in »dem Gouverneur und der Gattin des Gouverneurs« bestanden – nein, das war nicht genug. Und die Soldaten hätten schwarze Gesichter oder wenigstens einige davon wären schwarz, und die Staubwolken, die um die marschierenden Füße der Militärkapellen herumwirbelten, wären rot ... Mrs. Quest war nicht mehr in Afrika. Sie war in Whitehall, neben dem Ehrenmal, und neben ihr stand dieser gutaussehende Mann, ihr Mann, und die Persönlichkeit, die sich niederbeugte, um den Kranz niederzulegen, war ein Mitglied des Königshauses.

Die kurze Stunde des Rituals war zu kurz. Mrs. Quest kehrte wieder zu sich selbst, in dies Land zurück, das sie niemals als das ihre hatte empfinden können, und sie fühlte sich leer und ängstigte sich. Jetzt mußte sie gehen und ihren Mann wecken – denn er durfte nicht immerfort schlafen –, er mußte eine Stunde oder so wachgehalten werden. Er mußte gewaschen werden und erneut etwas zu essen bekommen, und bald würde der Arzt kommen. Und den Rest des Tages würde es dann so weitergehen, und den nächsten Tag auch und den Tag danach ebenfalls – sie würde morgen nicht zu Mrs. Maynards Komiteesitzung gehen können, und sowieso wollte Mrs. Maynard ja nicht sie haben, sie wollte Martha.

Mrs. Quest ging zum Telephon und teilte Martha mit, Mr. Quest habe nach seiner Tochter gefragt. Warum ihr so wenig an ihrem Vater liege, daß sie ihn nicht besuchen komme?

»Aber ich war doch gestern abend erst da.«

»Na ja, wenn du nicht mal Zeit für deinen eigenen Vater hast, dann gibt's dazu nichts weiter zu sagen«, sagte Mrs. Quest und hörte ihre eigene, schroffe Stimme mit Entsetzen. Sie hatte Martha nicht anfahren wollen. Sie langte mit einer Hand nach dem Zigarettenkistchen. Es war leer. Sie hatte während des Vormittags zwanzig oder mehr geraucht. Wenn Jonathans Arm nicht richtig verheilte oder wenn sein Schiff auf dem Heimweg versenkt wurde, dann wäre sie schuld.

»Ich hab einen Brief von Jonathan bekommen«, sagte Mrs. Quest, »ich finde, wir könnten jetzt, wo der Krieg aus ist, ebensogut wieder in England leben. Er spricht davon, daß er sich in Essex niederlassen will.«

Nicht ein Ton von Martha. Doch Mrs. Quest konnte sie atmen hören.

Der Dienstbote kam herein und sagte, es sei Zeit, das Mittagessen herzurichten, was sie gern hätte? Mrs. Quest wies auf das leere Kistchen und schob ihm etwas Silbergeld zu, während sie ihm pantomimisch bedeutete, daß er Zigaretten kaufen gehen sollte. Allerdings war das nächste Geschäft eine halbe Meile entfernt, und sie benahm sich unvernünftig, das wußte sie wohl. Sie hatte so etwas noch nie getan.

Laut sagte sie zu Martha: »Ich habe gesagt, wir könnten doch nach England zurückgehen – hast du nicht gehört?«

»Doch, das wär' nett«, sagte Martha schließlich, und Mrs. Quest, die das wütend machte, schaute den Dienstboten an, der mit dem Silbergeld in der offenen Hand vor ihr stand.

»Auf jeden Fall sehe ich dich dann heute abend«, sagte Mrs. Quest und legte den Hörer auf. »Was ist denn noch?« fragte sie den Mann in scharfem Ton.

»Vielleicht ruft Missus im Laden an – ich möchte die Veranda sauber machen«, sagte der Diener.

»Nein, Missus ruft nicht im Laden an – sei nicht so verdammt faul und tu, was ich dir gesagt habe«, sagte Mrs. Quest.

Der Gedanke, ein, zwei oder drei Stunden warten zu müssen, bis der Laden jemand vorbeischicken würde, war ihr unerträglich. Sie hatte fünf Jahre lang überhaupt nicht geraucht, außer an den paar Tagen, als Jonathan verwundet worden war, doch jetzt wollte sie keine Stunde auf eine Zigarette warten. »Nimm das Rad vom jungen Herrn und mach rasch«, befahl sie.

»Ja, Missus.«

An diesem Abend fand Martha ihre Mutter, als sie ankam, auf der Veranda, wo sie, in einen Pullover verkrochen und eine Decke um die Knie gewickelt, saß und rauchte. Mrs. Quest hatte den Nachmittag mit einem ausgedehnten Tagtraum verbracht, der sich darum drehte, wie Martha sich Mrs. Maynards Damen anschloß, dann jedoch ausgeschlossen werden mußte. Martha kam gerade in dem Augenblick den Gartenweg hinaufgefahren, als ihre Mutter sich ausmalte, wie sie das Wohnzimmer der Maynards mit Schimpf und Schande verlassen mußte.

Mrs. Quests Phantasie geriet ins Stocken. Jetzt, wo sie Martha leibhaftig vor sich hatte, verzehrte sie sich nach deren Zuneigung. Nicht, daß sie vergessen hätte, welche Gedanken sie gerade bewegt hatten, es war eher so, daß sie niemals auf die Idee gekommen war, Gedanken könnten »zählen«.

Mit einem Wort, Mrs. Quest war wie neunundneunzig Prozent der Menschheit: wenn sie einen Nachmittag damit verbrachte, Marmelade zu kochen, während ihr lauter mißgünstige, gehässige, begehrliche – gewalttätige Gedanken im Kopf herumgingen, dann hatte sie den Nachmittag damit verbracht, Marmelade zu kochen.

Jetzt lächelte sie ziemlich gequält und dachte: Vielleicht können wir uns ja ein bißchen nett unterhalten – falls *er* mich nicht gerade wegen irgendwas braucht.

Sie sah eine recht blasse junge Frau vor sich, die Sorgen zu haben schien. Doch da war noch etwas: Martha trug ein weißes Wollkostüm, und das gefiel Mrs. Quest nicht. Es ist zu eng, dachte sie. In ihrer Vorstellung kam Martha ohne Körper aus. Was sie sah, war ein weißes Kostüm wie in einer Reklame. Und es gab da beunruhigende Kurven und Linien, vor denen sie innerlich zurückschauderte, weil da irgendeine Neugier im Spiel war, die sie nicht bezähmen konnte.

Martha fand, daß die alte Frau, die in der Abenddämmerung auf der Veranda saß, müde aussah. Irgend etwas an ihrem Anblick machte ihr ein schlechtes Gewissen.

Mrs. Quest sagte: »Du siehst müde aus.«

»Ich bin müde.«

»Und du bist viel zu dünn.«

»Ich hab mal wieder eine meiner dünnen Zeiten«, sagte Martha unbestimmt. Unerwartet packte Mrs. Quest die Wut ... »eine meiner dünnen Zeiten« ... das sah ihr ähnlich, kalt, gefühllos, genau wie *sie!*

»Warum ißt du denn dann nicht mehr?« fragte Mrs. Quest mit einem zornigen Beben in der Stimme.

»Ach, mach dir keine Sorgen, ich werde schon ganz von allein wieder dick.«

Martha setzte sich hin und zündete sich eine Zigarette an. Der Lichtschein aus der Tür fiel auf ihre Mutter. Martha erblickte unter der Decke einen bräunlichen Rock und einen rosa Pullover. Ungläubig starrte Martha den Pullover an. Wie konnte eine Frau, irgendeine Frau der Welt, nur so ein häßliches lachsfarbenes Ding anziehen? So was auch nur anzufassen, mußte ja schon eine Qual sein.

»Ich hab einen Brief von Jonathan gekriegt.«

»Oh, schön. Du hast es ja heute morgen schon erzählt.«

»Es geht ihm besser. Natürlich wird sein Arm nie wieder so werden, wie er mal war.«

»Natürlich nicht«, sagte Martha mit einem gehässigen Unterton, den Mrs. Quest sehr wohl mitbekam, dem sie jedoch lieber nicht auf den Grund ging.

»Ich habe die Sache mit deinem Vater durchgesprochen. Er ist *völlig* meiner Meinung, daß es klug wäre, nach England zurückzukehren und in Jonathans Nähe zu leben. Falls er sich dafür entscheidet, künftig dort zu leben.«

»Ach, dann geht es meinem Vater also besser?« Martha stand auf und schickte sich an, zu ihm zu gehen. Doch auf eine Geste ihrer Mutter hin setzte sie sich wieder.

»Der Arzt war da, und er sagt, vielleicht sei dein Vater über das Schlimmste hinweg. Heute morgen war ihm zwar nicht nach Siegesparade zumute, doch er war den ganzen Tag ziemlich ruhig und hat tatsächlich den ganzen Nachmittag ohne Schlafmittel geschlafen.«

»Prima.«

Wieder stand Martha auf und wollte hineingehen.

»Ich habe wieder zu rauchen angefangen«, sagte Mrs. Quest pathetisch und forderte nahezu, daß ihre Tochter ihr zu ihrer langandauernden Selbstaufopferung gratulieren sollte.

»Das war wirklich bewundernswert, daß du das aufgegeben

hast«, sagte Martha höflich. »Mir ist völlig schleierhaft, wie du das schaffst.« Sie hatte sich abgewandt, vor allem von dem lachsrosa Pullover. Ihr kam es so vor, als fände alles, was an ihrer Mutter unmöglich war, in der bodenlosen Kraßheit, der Häßlichkeit dieses dicken, groben rosa Gegenstands seinen zusammenfassenden Ausdruck.

»Mrs. Maynard war sehr enttäuscht, daß wir nicht zu dieser Siegesangelegenheit mitkonnten. Sie gründet ein Komitee für Friedensprobleme, und sie sagt, sie möchte gern, daß du da mitmachst. Warum, ist mir allerdings ein Rätsel, wo du doch ein so unsicherer Kantonist bist.« Mrs. Quest brachte den letzten Satz mit einem nervösen Beben der Stimme hervor und schaute ihre Tochter gleichzeitig bittend an. Sie wußte ganz genau, daß Martha ganz und gar nicht unzuverlässig war, doch der Ausdruck war ihr, weil sie so nervös war und so unglücklich wegen dieser Sache mit Mrs. Maynard, herausgerutscht, wie es auch bei ihren Kämpfen während Marthas Kindheit geschehen war.

Martha starrte auf den rosa Pullover. Sie war kreidebleich und kochte innerlich vor Wut. Tausend verletzende Äußerungen lagen ihr auf der Zunge. Sie mußte sich ungeheuer zusammennehmen, um den Mund zu halten, und mit einem gequälten Lächeln dachte sie: Ich hoffe, sie ist so schlau, jetzt den Mund zu halten, denn sonst ...

Mrs. Quest fuhr fort: »Fällt dir denn dazu überhaupt nichts ein? Es ist eine ziemliche Ehre, zu Mrs. Maynards Veranstaltungen gebeten zu werden.«

Martha fing an: »Wenn Mrs. Maynard mich in dem Komitee haben will, dann nur wegen ...« Sie unterbrach sich rechtzeitig, ehe es heraus war: ... wegen Maisie.

»Was wolltest du eben sagen?« sagte Mrs. Quest, die auf die Antwort so versessen war, daß ihr beiläufiger Ton etwas furchtbar Gezwungenes bekam. Argwohn durchschoß sie: Irgend etwas stimmte daran nicht, daß Mrs. Maynard vor allem Martha dabei haben wollte, und jetzt stimmte irgend etwas an Marthas Benehmen nicht.

»Ist nicht wichtig«, sagte Martha. »Mach dir keine Sorgen. Brauchst nicht zu denken, daß sie mich wirklich dabei haben will.«

Die Worte »Mach dir keine Sorgen« bewirkten, daß Mrs. Quest sich kerzengerade aufreckte und sagte: »Was soll denn das heißen? Weshalb sollte mir das etwas ausmachen, wenn Mrs. Maynard dich dabei haben will?«

Martha flüchtete und sagte mit einem nichtssagenden strahlenden Lächeln: »Ich geh mal eben und sehe nach ...« Auf dem Weg zum Schlafzimmer murmelte sie vor sich hin: Die haben es immer noch auf mich abgesehen, machen gemeinsame Sache, wenn ich nicht aufpasse, kriegen die mich doch noch. Die Dünste von Arzneimitteln und Stuhlgang stiegen ihr in die Nase. Ihr Vater hatte gerade einen Einlauf bekommen, und das ganze Haus wußte Bescheid. Eine Weile ließ Martha sich dazu herbei, über das Leben ihrer Mutter nachzudenken, darüber, was für eine Schinderei das war – doch sie konnte es sich nicht leisten, lange dabei zu verweilen. Das löste in ihr das Verlangen aus, wegzulaufen, sofort – aus diesem Haus und weg, ehe »es« sie kriegen, sie zerstören konnte.

Im Schlafzimmer schlief ein kleiner grauer Mann, von Kissen gestützt.

»Vater«, sagte Martha mit leiser Stimme und beugte sich zu ihm herab.

»Bist du das, alter Freund?« fragte Mr. Quest mit der Stimme, die ihr bedeutete, daß er keine Lust hatte, aufzuwachen.

»Wie fühlst du dich?«

»Ach, so ziemlich unverändert.«

Sie blieb eine Weile, doch er hielt die Augen geschlossen. Furcht, der Feind, stellte sich ein: Doch nein, sie würde nicht weinen, Schmerzen durchmachen, leiden. Wenn sie das tat, dann würden »die« sie kriegen, sie hineinstoßen in das Alptraumhaus wie in ein Labyrinth, wo es nur ein Ende geben konnte, so verzweifelt sie auch hin- und herrennen mochte wie ein angsterfülltes Kaninchen.

»Warst du bei dieser Siegesgeschichte?« fragte der alte Mann mit seiner normalen Stimme, als sie die Schultern straffte, um zu gehen.

»Nein, hast du das etwa erwartet?«

»Sie wollte, daß ich hingehe.«

»Das hab ich gehört.«

Mr. Quests Lippen bewegten sich. Er legte sich eine scherzhafte Bemerkung zurecht. Martha wartete. Doch er verlor die Lust und sagte: »Na dann mal gute Nacht, alter Freund!«

»Gute Nacht!«

»Er schläft«, sagte Martha zu ihrer Mutter auf der Veranda, genau wie am Abend zuvor. Sie ging zu ihrem Fahrrad und schob sich auf den Sattel.

»Mir ist schleierhaft, wie du in einem so engen Rock *manierlich* radfahren willst.«

»Ich habe nicht darüber nachgedacht, ob es nun *manierlich* ist oder nicht«, sagte Martha verdrossen. Dann lächelte sie. Mrs. Quest lächelte ebenfalls. »Und in was für ein Abenteuer stürzt du dich jetzt wieder?«

Martha saß auf ihrem Rad, den einen Fuß gegen die Verandamauer gestützt. Sie lächelte immer noch. Sie überlegte, ob sie sagen sollte: Ach, zufällig bin ich mit Athen verabredet – das ist ein kommunistischer Zeitungsverkäufer aus Griechenland. Er findet, daß Maisie sich auf einem dornigen Pfad zur Hölle befindet. Maisie? Das ist die Mutter von Binkie Maynards Fehltritt. Doch, ich habe *Binkie* Maynard gesagt. Und der Grund, weshalb Mrs. Maynard mich in ihrem Verein haben will, ist, daß sie Maisie endlich in ihre Klauen kriegen will. Und deshalb ist sie auch so nett zu dir – wenn das das richtige Wort ist. Ja, und Athen möchte, daß ich Maisie eine nützliche moralische Standpauke halte ... Der absolute Blödsinn dieser Vorstellung bewirkte, daß Martha noch strahlender lächelte. Sie sagte: »Bis bald«, und radelte davon. Am Ende des Gartens wandte sie sich flüchtig um, um einen letzten Blick auf den rosa Pullover zu werfen, der von dort aus ein mitleiderregendes Klümpchen zu sein schien, das sagte: Hilf mir, hilf mir, hilf mir.

Mrs. Quest ging nach drinnen, um allein zu Abend zu essen. Sie hatte für zwei kochen lassen, hatte sogar einen Marmeladekuchen gebacken. Den mag Martha so gern, hatte sie gedacht. Obwohl sie ganz genau wußte, daß Martha nie Süßigkeiten aß. Als sie sich ausmalte, wie sie Martha ein Stück Torte vorsetzte, an dem die Schlagsahne herunterrann, und wie sie den Kopf schüttelte, füllten Mrs. Quests Augen sich mit den Tränen einer Zurückgewiesenen.

Sie langte kräftig zu, obwohl sie nicht hungrig war, und rauchte etliche Zigaretten. Dann hörte sie die Neun-Uhr-Nachrichten. In ganz Europa tanzten die Menschen auf den Trümmern, tanzten in überschwenglicher Freude, weil der Krieg aus war. Mrs. Quest malte sich die Szenen in London aus. Als kleines Mädchen war sie von ihrem Vater mitgenommen worden, als die Massen in der Mafeking Nacht durch die Straßen taumelten. Sie rief sich diese Eindrücke wieder ins Gedächtnis und füllte in der Phantasie London damit. Dann hörte das Radio auf, vom Sieg zu sprechen, der Tag war vorbei. Mrs. Quest machte ihren Gatten für die Nacht zurecht, wie sie es nannte – was heute abend, da er halb schlief und nicht geweckt werden wollte, bedeutete, daß sie ihm die Spritze gab und eine weitere

Beruhigungstablette, für den Fall, daß er im Morgengrauen aufwachte, was er mehr fürchtete als irgend etwas sonst. Mrs. Quest tätschelte ihr weißes Hündchen, ging in die Küche, um ihm ein Häppchen aus dem Kühlschrank zu holen, und ging dann selbst zu Bett. Ihre enormen, brachliegenden Energien meldeten sich, und alsbald lag sie hellwach da und dachte haßerfüllt an ihre Tochter. Die Phantasievorstellung, wie Martha aus Mrs. Maynards Wohnzimmer ausgestoßen werden würde, war inzwischen eine Stufe weiter gelangt. Mrs. Maynard hatte dafür gesorgt, daß Martha wegen »kommunistischer Betätigung« verhaftet wurde. Martha stand vor Richter und Geschworenen. Mrs. Quest als Hauptzeugin sagte aus, daß Martha schon immer schwierig gewesen sei: »Sie ist störrisch wie ein Maultier, Euer Ehren!« Doch wenn man sich ordentlich um sie kümmerte, würde sie Vernunft annehmen. Martha wurde vom Richter unter der Bedingung auf freien Fuß gesetzt, daß sie im Haus ihrer Mutter lebte, in der Obhut ihrer Mutter.

Mrs. Quest glitt in den Schlaf. Rosenduft kam durch die Fenster herein, und sie lächelte. Diesmal blieben sie in ihrer Hand – drei blutrote Rosen. Die herzlose Frau, ihre schöne Mutter, blieb unsichtbar in ihrem bedrohlichen Himmel. Das quälende Mädchen, Martha, war gemäß richterlicher Verfügung in ihrem Schlafzimmer eingeschlossen. Mrs. Quest war ihre eigene Trösterin, ihr eigener Trost geworden. Nachdem sie sich selbst zur Welt gebracht hatte, wiegte sie Mrs. Quest, ein kleines ängstliches Mädchen, das auf zärtlichen Armen an eine Brust geschmiegt lag, die in tröstliche leuchtend lachsrosa handgestrickte Wolle gehüllt war.

Martha fuhr durch Straßen, die der Siegesnacht gerecht zu werden versuchten. Trauben von Menschen liefen mit quäkenden Blasrohren und Luftballons umher. In den Hotels wurde getanzt. Manchmal fuhr ein Auto mit schrillem Hupen vorbei. Doch es nützte alles nichts. Schwierig genug für diese Menschen, mitzuempfinden, was der Krieg war, wie sollten sie dann also fühlen, was Frieden bedeutete? Außerdem waren die Männer der Kolonie noch immer im Norden oder in Burma oder in England oder in Gefangenenlagern.

Im Büro gab es Anzeichen dafür, daß gerade eine politische Sitzung zu Ende gegangen war. Die Aschenbecher quollen über, und die Luft war verbraucht. Wessen Sitzung das wohl gewesen war? Wahrscheinlich eine der afrikanischen Gruppen. Es gab inzwischen zwei oder drei. Doch gab es einen neuen afrikanischen Führer, ging das Gerücht, einen Mr. Zlentli, und der hatte nichts mit den weißen Sympathisanten zu tun, so daß er nicht hier gewesen sein konnte.

Martha setzte sich und ließ die Unordnung Unordnung sein, fand sich einfach mit dem Mief und dem Durcheinander ab. Sie sah einem Streit mit Athen entgegen. Athens Standpunkt war, daß sie, Martha, Maisie dazu bringen sollte, ihren Job als Barfrau aufzugeben und das anzunehmen, was er »eine Stelle für ein anständiges Mädchen« nannte. Marthas Standpunkt war, daß Athen sich, wenn er sich nicht selbst um Maisie kümmern wollte, heraushalten sollte. Letztes Mal, als er die Frage angeschnitten hatte, hatte Martha gesagt: »Athen, wenn du so besorgt bist, weshalb rettest du Maisie dann nicht, indem du sie heiratest?«

Woraufhin er genickt und gesagt hatte: »Ja, ich habe auch schon daran gedacht. Sie ist ein gutes Mädchen und braucht einen Mann, der sich um sie kümmert. Doch ich glaube, es wäre Maisie nicht damit gedient, daß man sie noch ein weiteres Mal zur Witwe macht.«

Als die Tür aufging, kam Thomas Stern herein. Er trug die Uniform des Sanitätskorps und hielt ein Bündel Zivilkleider in der Hand. Er lächelte Martha zu und sagte: »Entschuldige bitte, ich will mich umziehen.« Sie wandte ihm den Rücken zu, während er das tat, und schaute hinaus auf die dunkle Stadt. Die Nationalhymne schien aus einem Dutzend verschiedener Quellen hervorzusickern und wurde unterschiedlich schnell und in unterschiedlichem Stil gespielt.

»Dieser Abend heute ist mehr, als ich verkraften kann«, sagte Thomas Stern, »sonst würde ich dir anbieten, mit mir von einer Feier zur anderen zu ziehen.« Er ließ sich neben ihr auf der Bank nieder.

Jetzt trug er einen dicken braunen Pullover. Sein breites Gesicht war kaum weniger braun. Er lächelte Martha aus zwanzig Zentimetern Entfernung an, und sie lächelte zurück. Dieser Austausch war frei von jeglicher Hast oder Dringlichkeit. Sie schauten einander unablässig an, dann nahm er ihre Hand und hielt sie gegen seine Wange.

»Wie schade, daß ich heute abend zur Farm zurück muß.«

»Und daß ich mich mit Athen treffen muß!«

»Hast du ein Verhältnis mit Athen?«

»Um Himmels willen – nein!«

Jetzt drückte er ihre Hand mit seiner eigenen auf sein warmes Knie.

»Wieso denn nicht?«

»Hast du Athens neuen Anzug gesehen?«

»Klar.«

»Hat er mit dir darüber gesprochen?«

»Martha, glaub's mir, es gibt gewisse Dinge, die verwöhnte Menschen wie du nicht verstehen können.«

»Quatsch. Doch ich bin überzeugt, Athen hat sich selbst zum Tode verurteilt, weil er sich so schämt, daß er Freude an gutem Wein hat und daran, daß ihm sein neuer Anzug so gut steht.«

Thomas blickte sie unablässig an. Ihre Hand zwischen seinem heißen Knie und seiner großen Hand schien mit seinem Fleisch zu verschmelzen. Er wartete darauf, daß sie mit den Faxen aufhörte.

»Stell dir mal vor, wie vielen Leuten es heute insgeheim leid tun muß, daß der Krieg aus ist, weil sie nun zu leben anfangen müssen.«

»Ja schon, aber Athen gehört nicht zu denen. Weshalb bist du denn so wütend auf ihn? Es ist nichts dagegen einzuwenden, daß jemand Barfrau ist, aber für Maisie ist das nichts. Es bekommt ihr nicht. Ich bin in die Bar gegangen, um sie dort zu erleben. Athen hat recht.«

»Was sie braucht, ist einen Ehemann, also was soll das für einen Sinn haben ...« Marthas Stimme wurde allmählich immer wütender. »Sie ist in Athen verliebt.«

»Was Frauen und Liebe angeht, dazu habe ich nichts zu sagen. Ja, sie braucht einen Ehemann. Wenn ich nicht verheiratet wäre, würde ich mich selbst anbieten, bloß, um dich glücklich zu machen.«

»Jedenfalls werde ich Maisie nicht erzählen, daß sie Ladenmädchen werden soll oder so etwas. Warum sagst du, oder Athen, ihr das nicht selbst, statt mich dafür einzuspannen?«

Thomas schaute sie eine Weile sehr ernst an. Dann lächelte er. »Ich weiß, was du denkst, Martha.«

»Was?«

»Du hast gerade gedacht: Dieser Thomas, das ist vielleicht ein blöder Bauer – gräßlich!«

»Stimmt genau.«

»Tja – so ist es. Ich bin ein Bauer. Ich bin ein polnischer Bauer. Ich bin ein jüdischer polnischer Bauer.«

»Ja, und?«

»Du siehst ja noch dünner und kränker aus als das letzte Mal. Ist irgendwas nicht in Ordnung mit dir?«

»Nichts ist in Ordnung, gar nichts. Und außerdem ist mir gerade kürzlich erst aufgegangen, daß ich neurotisch bin, und die Vorstellung gefällt mir nicht.«

»Na klar, alle Frauen im Westen sind neurotisch.«

Martha fing an zu lachen. Sie liebte Thomas, denn bei ihm mußte sie einfach lachen.

»Und du findest mich anziehend, weil ich so dünn und verkrampft und schwierig bin?«

»Na klar. Als ich noch ein Junge in unserem Dorf war, gingen wir schlauen jungen Männer immer in die Stadt, um uns die Frauen anzugucken. Wir wußten, was mit denen nicht stimmte. Wir durchschauten die westlichen Frauen völlig. Wir machten unsere Witze darüber.«

»Das kann ich mir vorstellen.«

»Ja. Genau wie jetzt die Afrikaner. Die gucken die weißen Frauen genau auf dieselbe Weise an, wie wir die Frauen in den Filmen oder den Illustrierten angesehen haben. Deshalb bin ich natürlich entzückt von der Feststellung, daß du völlig verkrampft und dekadent bist, Genossin Martha. Das ist für mich die Erfüllung meiner Lieblingsphantasie.«

Martha lachte wieder. Trotzdem sagte ein Teil von ihr: Aber ich will doch etwas ganz anderes. Zum Beispiel gehe ich bald nach England.

»Und deine Frau?« fragte sie.

Thomas' Hände fielen nieder wie Steine. »Ja, Martha«, sagte er und sah bedrückt aus. »Es ist richtig, daß du fragst, aber ich kann darüber nichts sagen. Ich weiß es nicht.« Er stand auf, durchquerte das Zimmer, spielte an der Tür des Broschürenschranks herum und wandte sich ihr dann wieder zu.

»Die Sache ist doch die, Martha, daß ich ununterbrochen irgendwelche Verhältnisse habe – das weißt du ja.«

Sie schwieg abwartend und schaute ihn bloß neugierig an. Sie dachte: Ich wollte mit Solly kein Verhältnis haben, weil er so kindisch ist. Ein richtiger Idiot. Und jetzt fürchte ich mich davor, ein Verhältnis mit Thomas zu haben, weil er nicht kindisch ist.

Doch so oder so – was soll es denn überhaupt, da ich sowieso weggehe.

Thomas kehrte zurück, setzte sich dicht neben sie und legte ihr seine großen Hände auf die Schultern, wo sie allmählich und geruhsam warme Zonen erzeugten.

»Heute abend dachte ich: Ich finde raus, wo Martha ist, und

dann mache ich mit ihr eine Autofahrt oder so was. Dann dachte ich: Ach nein, das ist nicht das Richtige für uns. Wir brauchen so was nicht. Doch auf jeden Fall muß ich zur Farm zurück, weil es meiner Kleinen nicht gutgeht.«

Sie saßen und sahen einander mit sanfter Neugier an.

»Hör zu, Martha. Ich hab eine Woche Urlaub, fahre also für eine Woche auf die Farm. Dann bin ich wieder in der Stadt.«

Er sprach, als ob alles geregelt wäre. Sie hatten sich nie auch nur geküßt, doch es war, als hätten sie bereits miteinander geschlafen. Er küßte sie auch jetzt nicht. Er stand auf und sagte: »Ja, also, Martha ...«

Sie lächelte, so nahm sie jedenfalls an, konnte jedoch nichts sagen. Ihr war klar geworden, daß ein Verhältnis mit Thomas ernster sein würde als alles in ihrem bisherigen Leben, doch wußte sie nicht, wie sie das wissen konnte, und sie war sich nicht sicher, ob sie es wollte. Vor ein paar Wochen hatte sie gedacht: Thomas oder Joss – ein Mann. Nun war Thomas da und sog sie, einfach indem er dastand und Anspruch auf sie erhob, in alle möglichen starken Empfindungen hinein.

Von der Tür lächelte und nickte er: »Ich rufe dich an, wenn ich wieder in der Stadt bin.«

Er ging hinaus. Athen kam nicht, und so fuhr Martha nach Hause. Die Straßen waren voller Betrunkener, und aus jedem zweiten Haus drang die Nationalhymne. Anton und Millicent, beide hatten sich feingemacht, wollten gerade aufbrechen und in eins der Hotels gehen. Sie begrüßten einander alle drei mit lächelnder Liebenswürdigkeit: Sie waren übereingekommen, daß sie sich »zivilisiert« benehmen und vielleicht sogar Freunde sein wollten. Martha wurde aufgefordert, mit ihnen ins McGrath zu gehen – wie Millicent sagte: Nicht jeden Tag geht ein Krieg zu Ende. Doch irgendwie war ihr nicht danach. Sie gingen aus, und sie selbst ging schlafen.

»Die öffentliche Meinung wandelt sich.«

Ein paar Jahrzehnte, ein Jahrzehnt, in diesen schnellebigen Zeiten schon ein Jahr, veranschaulichen, wie rasch die Stimmung umschlagen kann. In der Regel in ihr Gegenteil, so scheint es – oder doch so häufig, daß man sich über die Ausnahmen getrost hinwegsetzen kann.

Martha machte diese Erfahrung zum ersten Mal. Letztes Mal hatte es einen Wandel gegeben, und Martha hatte ihn selbst mit vollzogen. Vor vier Jahren war die gegenwärtige »politisch bewußte« Martha geboren worden – aus (darauf lief es hinaus) der Schlacht von Stalingrad. Wie seltsam, daß solch ein betriebsames Wesen, das die ganze Zeit durch die Gegend rannte (Anton hatte das gerade erst am Abend zuvor gesagt) aus einer gewaltigen Schlacht Tausende von Meilen entfernt geboren werden konnte – was ein lächerlicher Gedanke war, und Martha merkte, daß sie mit einem Lächeln dasaß, während der Redner auf dem Podium mitten in einem Satz über die verhungernden Menschen in Europa war.

Doch der Saal war halbvoll, und das Publikum war unruhig, nicht weil die Leute sich langweilten, weit davon entfernt, sondern weil sie wütend auf den Redner waren. Martha hätte durch Zustimmung wettmachen sollen, was die anderen ihm versagten. Der Stuhl, auf dem sie saß, hatte eine harte Kante, die in die Unterseite ihrer Schenkel schnitt. Es war sehr heiß. Wenn sie nachher aufstand, würde sich an ihrem rosa Kleid ein nasser Strich abzeichnen, es sei denn, sie – sie schlängelte sich auf ihrem Sitz nach vorn, und Anton warf ihr einen Blick zu – nun sitz doch ruhig!

Diesen Winter, sagte Professor Dickinson gerade, hätten Millionen Menschen in Europa nicht genug zu essen. Die Kinder würden durch das, was sie durchmachten, für ihr Leben gezeichnet. Tausende würden sterben. Doch der Kapitalismus war durchaus gewillt ...

Ein Mann rief: »Stell die Platte ab und bring Tatsachen!«

»Ja! Ja!« riefen mehrere Leute.

Es war etwas Ungeheuerliches, in so einem Publikum zu sitzen. Alles war plötzlich anders. Zu Beginn desselben Jahres, 1945, hatte der Krieg noch die halbe Welt in den Klauen, und wenn die Leute sagten: Bald ist es vorbei, dann glaubten sie das nicht wirklich. Man brauchte die Sowjetunion nur zu erwähnen, um ein Klima warmer Anteilnahme zu schaffen, das sich in gewaltigen Aufwendungen zugunsten des Guten und Wahren niederschlug. Deutschland war eine Nation von Untermenschen, so verroht, so sadistisch bis ins tiefste Innere, daß es lediglich darauf hoffen konnte, in einem langwierigen Prozeß kleiner Schritte »seinen Weg zurück in die Gemeinschaft der zivilisierten Welt« zu finden. Japan stand ihm an Schurkerei nicht viel nach. Das alles waren stehende Redensarten. Eine nebensächliche Veränderung: Vor sechs Monaten noch hatten die Tories England regiert, und es hatte so ausgesehen, als würden sie das auf unabsehbare Zeit weitertun. Doch schließlich hatte die Labour Party die Wahlen gewonnen. Was nun dieses Land anging, diese riesige Fläche Land, die gleichwohl unbedeutend war, weil sie nur so wenige Menschen ernährte, so schien sein langer Wohlstand bedroht, den es dem Krieg verdankte. Seine eigenen Soldaten kehrten von den verschiedenen Kampffronten zurück, zumeist in kleinen Gruppen, während die Royal Air Force es täglich zu Tausenden verließ. Doch wenn man in diesem Land auch das Gefühl haben mochte, in einen Strudel geraten zu sein, so war das doch nur etwas, was überall geschah: Überall in der Welt bewegten sich gewaltige Menschenmassen von einem Land, einem Kontinent zum anderen: Unabsehbar viele kleine schwarze Rinnsale rannen von der einen Seite eines Stück Papiers, das in einer teilnahmslos neugierigen Hand bewegt wurde, zur anderen.

Was nun die Gruppe, diesen lächerlichen kleinen Organismus, angeht, so existierte sie nicht – was durch die Tatsache bewiesen wurde, daß die meisten seiner ehemaligen Mitglieder heute abend anwesend waren und einander eine, wenn auch zurückhaltende, Freundlichkeit bezeugten.

Dies war eine »große Veranstaltung«, und deshalb hatten sich alle eingefunden, zuständig bis zum Schluß für etwas, das sie begonnen hatten und das nun zu Ende ging. Sie saßen in einer der hinteren Reihen der Brazen Hall, die sogar noch schäbiger und schmuddeliger war als früher, etwa ein Dutzend Leute. Zu den Anwesenden gehörten Anton Hesse und seine Frau, Piet du Preez und Marie, Athen aus Griechenland, Thomas Stern aus Polen, Solly Cohen, Marjorie und Colin Black, Boris Krueger und seine Frau, der junge Tommy Brown und Johnny Lindsay, der sehr krank aussah, jedoch von Flora gestützt wurde.

Was die Dutzende anderer Genossen, Freunde und Liebhaber anging, an die heute abend alle dachten, eben weil sie das Gefühl hatten, daß dieser Anlaß ein Endpunkt war, die waren über die ganze Welt verstreut – in England, Schottland, Amerika und Israel. Nicht so weit weg von zu Haus hatte Joss sich »oben im Norden« niedergelassen, und Jasmine lebte »unten im Süden«, in Johannesburg.

Als sie den Saal betrat, hatte Marjorie gesagt: »Ist das nicht *schrecklich*, wenn man sich vorstellt...« Und Piet, der kräftige Kerl, hatte geantwortet: »Mensch, ich krieg gleich das heulende Elend, kannst du mir glauben!« Und Solly hatte gesagt: »Na also gut, bin ich also ein Verräter. Aber könnten wir heute abend nicht ausnahmsweise mal alle an einem Strang ziehen?«

Was konnte den allgemeinen Umschwung besser verdeutlichen, als daß hier eine »große Veranstaltung« stattfinden sollte, in diesem schmutzigen kleinen Saal, selbst wenn der Redner der berühmte Professor Dickinson aus Johannesburg war? Noch vor sechs Monaten hätte es genügt, die zuständige Behörde um die große State Hall zu bitten, und man hätte sie bekommen. Doch die Erlaubnis war mysteriöserweise so lange nicht erteilt worden, bis Mrs. Van persönlich nach dem Grund gefragt und die mündliche Erklärung erhalten hatte, es werde »als nicht wünschenswert angesehen, daß die State Hall für solche Zwekke verwendet werde«. Der Absagebrief selbst war natürlich nichtssagend gewesen: Die Halle war an allen Abenden anderweitig belegt, die für sie in Frage gekommen wären. Gemäß dem gesunden alten Grundsatz, »daß man denen niemals irgend etwas durchgehen lassen durfte«, hatte Marjorie Black zurückgeschrieben und der Behörde zwanzig weitere Termine angeboten, die der entgegenkommende Professor genannt hatte. Doch dieser Brief hatte die exakte Wiederholung des ersten zur Folge gehabt. Die Halle war an sämtlichen genannten Terminen vergeben. Wieder ging Mrs. Van, die angesehene Stadträtin, der Sache »hintenherum« nach. Und ebenfalls »hintenherum« erklärte man ihr, »die Roten« brauchten nicht zu glauben, daß sie die State Hall jemals wieder bekommen würden – eine Entscheidung, die bereits gefällt und protokollarisch festgehalten war. Und wie, hatte Mrs. Van wissen wollen, definierte man heutzutage, was »ein Roter« war? ein Roter war jeder, der den folgenden Organisationen angehörte, erklärte man ihr.

Und was, hatte sie gefragt, hatten diese Organisationen, die wenigstens vier Jahre lang sehr angesehen gewesen waren, verdächtig gemacht? Wer das denn gewesen sei, der diese Entscheidung gefällt habe?

Daraufhin war man aneinander geraten, und es war laut zugegangen. Es wehte ein kühler Wind – das war alles. Die Stimmung hatte sich verändert. »Die öffentliche Meinung hatte sich gewandelt.« Wovor die Menschen Angst hatten – *das* hatte sich geändert. Die Angst hatte ein neues Quartier bezogen.

Noch ein Unterschied: Mrs. Van hatte gesagt, es sei doch wohl offensichtlich, daß Thomas Stern nicht den Vorsitz übernehmen könne. Nun war die Stimmung während des Krieges oder zumindest seit Beendigung des »Scheinkriegs« durchaus so gewesen, daß ein Gefreiter des Sanitätskorps bei einer öffentlichen Veranstaltung den Vorsitz übernehmen konnte, selbstverständlich konnte ein zwanzigjähriger Flugzeugmechaniker fünfhundert soliden Bürgern einen Vortrag über revolutionäre Poesie halten – andere Beglaubigungen als seine Begeisterung brauchte man nicht.

Doch Mrs. Van hatte Mr. Playfair den Vorsitz übertragen – demjenigen, der einst den verzwicktesten der »gutbürgerlichen« Veranstaltungen vorbehalten gewesen war. Sie hatte zu Marjorie Black gesagt: »Wirklich, jetzt wo alles ganz anders ist, da müßt ihr vernünftiger sein.«

Der Saal war nicht mal halb voll. Selbstverständlich sah man lauter vertraute Gesichter. Das war das Publikum, das so viele Aktivitäten möglich gemacht, Geld aufgetrieben, welches gegeben, Broschüren gekauft und jeder erdenklichen Schattierung von linker Gesinnung applaudiert hatte. Und hier saßen sie nun, größtenteils mit starren und feindseligen Gesichtern. Und wo waren die anderen?

Tja, die öffentliche Meinung hatte sich gewandelt, das war alles.

Professor Dickinson war ein lebhafter, gutaussehender kleiner Mann, der heute abend noch energischer war als gewöhnlich, weil er auf Opposition geradezu versessen war. Was er sagte, war nichts anderes, als was auf diesen Podien vier Jahre lang wieder und wieder gesagt worden war. Die kapitalistischen Kräfte hatten der Sowjetunion für die Dauer des Krieges eine Atempause gegönnt, weil sie schließlich die Hauptlast des Krieges gegen Hitler zu tragen hatte (der natürlich, wenn nicht von ihnen hervorgebracht, so doch von besagten kapitalistischen Kräften als Sicherheit gegen den Kommunismus unterstützt worden war), doch nun, wo die Sowjetunion erschöpft, weißgeblutet war, ihre Nützlichkeit eingebüßt hatte, fielen die kapitalistischen Mächte wieder in ihr artgemäßes Verhalten zurück und taten alles, um das sozialistische Land zu zerstören, würden dort weitermachen, wo sie 1940 aufgehört hatten. Der Krieg hätte niemals stattzufinden brauchen, wenn die Briten der Aufforderung der Sowjetunion nachgekommen wären, einen Pakt gegen Hitler zu schließen: Der Krieg war bestimmten Interessen außerordentlich gelegen gekommen, Millionen Menschen waren gestorben, weil das Finanzkapital mehr Interesse daran hatte, Profite zu machen, als ...

Diese These, die noch vor ein paar Monaten von allen mit dem überlauten, überraschen Lachen öffentlicher Zustimmung begrüßt worden wäre, mit dem man Ansichten gutheißt, die gefährlich gewesen sind oder es wieder werden könnten, und das dann Beifallsstürme und Ja!-Ja!-Rufe nach sich gezogen hätte – diese These hörte man sich nun mit verdrossenem Schweigen an.

Der Professor sagte, binnen zweier oder dreier Jahre wäre Deutschland, das geächtete Land, Deutschland, das faschistische Untier, Deutschland, das mörderische Land, das Bollwerk der kapitalistischen Abwehr in Europa gegen die Sowjetunion, geradeso, wie Hitler das während der dreißiger Jahre gewesen war. Der Beweis? Schon jetzt pumpten die Kapitalisten, vor allem Amerika, Geld in die deutsche Industrie. Weshalb? Aus Mitleid mit den hungernden Deutschen? Nein, weil es notwendig war, daß Deutschland das stärkste Land in Europa war, geteilt oder nicht, und er würde sogar soweit gehen, vorherzusagen, daß binnen fünf Jahren deutsche Truppen und amerikanische Truppen und britische Truppen unter denselben Fahnen marschieren würden ... Doch er kam nicht weiter. Das Publikum war aufgestanden und schrie ihm zu: »Roter! Kommunist! Hau ab nach Moskau!« Mrs. Van der Bylt stand von ihrem Platz neben Mr. Playfair auf, und da der nicht mehr tat, als mit ernstem Lächeln in das wütende Publikum zu schauen, das er eigentlich im Griff haben sollte, schlug sie energisch mit einem leeren Glas auf den Tisch.

Doch niemand nahm davon Notiz.

»Genau wie in den guten alten Zeiten«, sagte Solly und lachte laut auf, woraufhin die Leute sich ruckartig umdrehten und die Gruppe der »Roten« anstarrten, die ihren Blick mit einem ungläubigen, halb verlegenen Lächeln erwiderten. Trotz allem konnten sie nicht glauben, daß diese Menschen, die auf all ihren

Veranstaltungen gewesen waren, die erwiesenermaßen alte Freunde waren, jetzt vor ihnen stehen und sie mit solchen angespannten, feindlichen, erschreckten Gesichtern anstarren sollten.

Doch sie mußten es glauben.

Sie fingen an zu begreifen, was ihnen widerfuhr.

Während jener paar Minuten, wo es im Saal gärte und die Menschen wütend Rufe ausstießen, erkannte »die Gruppe« endlich, wie wenig sie während der Jahre harter Arbeit erreicht hatte.

Wo waren denn zum Beispiel die Afrikaner? Nicht ein schwarzes Gesicht war im Saal zu sehen – nicht einmal ein braunes. Die Afrikaner, die Farbigen, die Inder – keiner war da. Doch als die »Gruppe« ihre Arbeit aufgenommen hatte, hatte ihr Grundsatz gelautet, daß es vor allem den Schwarzen zugute kommen sollte, wenn sie Studiengruppen und Veranstaltungen abhielten.

Heute abend hielt der mysteriöse Mr. Zlentli, der nationalistische Führer, über den sich die Weißen angstvoll alles mögliche erzählten, einen Kurs für seine Mitstreiter ab. Das hatte Clive de Wet Athen am Nachmittag erzählt, als Athen die Vermutung geäußert hatte, die weißen Zuhörer würden mit dem berühmten Professor aus Johannesburg wahrscheinlich nicht einverstanden sein, doch wäre es vielleicht sinnvoll, wenn die anderen Gruppen hinkämen. Doch Clive de Wet hatte gesagt, er sehe nicht ein, was für einen Sinn das habe, daß die den Russen und der Sowjetunion zuliebe ihre Arbeit und ihre Wohnung riskierten.

Also hatten sie in Wirklichkeit für die Weißen gearbeitet; Hunderte weißer Bürger hatten ihr Vergnügen daran gehabt, mit »der Linken« zu liebäugeln, solange der Krieg dauerte, und jetzt war es völlig aus damit. Und was war geschehen? Die ›Zambesia News‹ hatte in ihren Leitartikeln einen anderen Ton angeschlagen, war zu einem anderen Stil übergegangen, weiter nichts. Oder jedenfalls waren keine anderen erkennbaren Einflüsse am Werk.

Die Veranstaltung fiel auseinander. Die Leute strömten durch beide Ausgänge hinaus und schauten nicht zum Podium, wo der Professor, Mrs. Van der Bylt und Mr. Playfair saßen und philosophisch lächelten.

Solly rief: »So ist es brav, nun mal schnell weg – man muß jetzt schließlich vorsichtig sein, nicht?«

»Stimmt genau«, sagte Marjorie grimmig, »jetzt, wo ein anderer Wind weht, da huschen sie in ihre Löcher zurück, damit sie nur keine Schwierigkeiten kriegen.«

Athen sagte ernsthaft: »Aber Genossen, das bedeutet, daß eine neue Politik gemacht werden muß – ich schlage vor, wir gehen ins Büro und diskutieren darüber.«

Einen Augenblick herrschte Schweigen, dann lachten die anderen verlegen, denn wer waren denn »die Genossen« jetzt?

»Ja«, sagte Athen, »das ist nicht gut, es reicht nicht aus, daß wir einfach nach Hause gehen. Wir haben eine Verantwortung.«

Sie standen und schauten auf den erbitterten kleinen Mann, der ihnen der Reihe nach ins Gesicht starrte und darauf beharrte, daß sie ihm zustimmen, miteinander verschmelzen, die ganzen alten Streitigkeiten vergessen sollten. Doch das war natürlich nicht möglich.

Piet sagte: »Ach nein, vielen Dank, ein zweites Mal kriegt mich da keiner dran.« Er ging weg, und seine Frau folgte ihm mit einem freundlichen Blick über die Schulter, der besagte, daß sie keinen Groll gegen sie hegte. Tommy Brown ging den beiden du Preez' nach. Marjorie, die in leidenschaftlichem Einverständnis Athens Hände ergriff, hatte plötzlich ihren Mann Colin neben sich. »Ja, Schatz«, sagte Colin, »ich bin sicher, daß du recht hast, doch vergiß nicht, der Babysitter wartet.« – »Das ist mal wieder typisch«, rief Marjorie – doch sie entfernte sich mit ihrem Mann. Johnny Lindsay wurde von Flora, Mrs. Van und dem Professor, einem alten Freund, nach Hause gebracht.

Die Lichter im Saal gingen aus, und als sie draußen standen, waren nur noch Anton, Martha, Thomas Stern und Athen übrig.

Athen beobachtete mit einem bitteren Lächeln, wie die anderen in die Old Vienna Tea Rooms gingen. Dann wandte er sich seinen drei Freunden zu und fragte: »Ja, soll ich dann nur für uns vier hier eine Ansprache halten?«

»Warum nicht?« sagte Anton.

»Ach«, sagte Athen leise mit erschütterter Stimme, und sein Gesicht verzog sich vor Selbstekel, oder jedenfalls wirkte es so, und er war ganz blaß geworden, »wird Zeit, daß ich nach Hause komme. Jeden Morgen wache ich auf und merke, daß ich hier bin, und frage mich: Wann kannst du endlich zu deinem Volk zurückkehren?«

»Und was glaubst du, wie ich mich fühle?« sagte Anton. Er klang barsch, brüsk, weil er mit seinen Gefühlen kämpfte. Doch der Grieche wußte in solchem Maße den Eindruck zu vermitteln, als glühe er von der reinen Flamme seiner Empfindungen, daß Anton dagegen farblos wirkte. Thomas aus Polen stand währenddessen still daneben und beobachtete die beiden. So standen sie auf dem dunklen Trottoir. Es war eine heiße Nacht. Ein Fieberbaum bewegte seine langen Blätter mit einem trockenen Rascheln über ihren Köpfen. Die Luft war von Staub und Eukalyptusduft geschwängert.

»Hör mal, Athen«, sagte Martha, »warum kommst du nicht einfach mit – und ich mache uns allen Eier mit Speck?« Sie spürte, daß sie Athens Antwort verdient hatte: »Danke, Martha, aber ich komme lieber nicht mit. Heute abend fühle ich mich plötzlich sehr fern von euch allen. Und was wollt ihr jetzt alle tun? Ihr wollt euch hinsetzen und zugucken, wie die armen Menschen in diesem Land leiden, und wollt nichts unternehmen? Nein, das kann nicht wahr sein.«

Thomas bemerkte: »Athen, wir dürfen uns nur nicht verrennen, mehr ist dazu nicht zu sagen.«

Und nun wirkte wiederum Thomas hilflos, ja lächerlich. Athen schaute sie alle ruhig an, einen nach dem anderen. Dann zuckte er die Achseln und ging weg.

Sie standen schweigend. Dann sagte Thomas: »Ich bring das schon in Ordnung, keine Bange.« Er lief Athen nach. Die beiden Männer standen gestikulierend und stritten mit gedämpften Stimmen ein paar Schritte entfernt, dann kam Thomas mit Athen zurück.

»Athen hat uns etwas zu sagen«, verkündete Thomas. Dann trat er zurück und stellte sich neben Martha und Anton, so daß Athen den dreien gegenüberstand. Die drei Zuhörer warteten, daß der Redner beginnen würde. Ob Thomas so etwas wohl bezweckt hatte? Versuchte er, sich über Athen lustig zu machen? Martha konnte aus der ernsthaften Miene eines Zuhörers, die Thomas aufgesetzt hatte, nicht schließen, was er vorhatte. Dann nickte er ihr zu, weil er merkte, daß sie ihn musterte, und bedeutete ihr, daß sie Athen zuhören sollte, der mit brennenden Augen und gehobenen Fäusten in seinem eleganten Anzug, dessen fahler Schimmer sein dunkles Gesicht noch dunkler erscheinen ließ, vor ihnen stand.

Er erinnerte sie an den Abend, wo die Labour Party die Wahlen gewonnen hatte. Das kleine Büro in der Founders' Street hatte einen reichlichen Biervorrat gehabt, und stundenlang waren Leute, hauptsächlich Männer von der Royal Air Force, hereingeströmt, hatten auf dem Fußboden, draußen im Flur und auf der Treppe gesessen. Sie hatten Bier getrunken, die ›Blutrote Fahne‹ gesungen und schließlich auf der Straße getanzt. Athen war auch da gewesen. Gegen Morgen hatte er sich von seinem Platz auf der Bank unterm Fenster erhoben, wo er ganz still gesessen – die Kommunisten feierten mit den anderen – und alle beobachtet hatte. Er hatte gesagt: »Gute Nacht, Genossen. Ich hoffe, daß ihr euch, bis die Sonne aufgeht, daran erinnert haben werdet, daß ihr Marxisten seid!«

»Ist das denn möglich, daß wir einander so fern sind, wo wir uns doch alle Marxisten nennen? Ich verstehe euch nicht. Heißt das, daß ihr vergessen habt, was es bedeutet, jetzt Sozialist zu sein? Doch als eure Labour Party an die Macht kam, habt ihr euch in der Nacht alle gefreut wie die kleinen Kinder. Manchmal denke ich, die sind wie die kleinen Kinder. Daß die Männer von der R.A.F. und von der Armee so denken, das kann man verstehen. Das sind arme Männer ohne wirkliche politische Einstellung. Wenn die sich freuen, daß ihre Labour Party an die Macht kommt, dann freue ich mich für sie. Doch wir als Marxisten wissen doch ...«

Es war natürlich grotesk. Das war eine Rede, so begriffen sie, über die Athen gründlich nachgedacht, die er ausgearbeitet hatte, die ihm in Fleisch und Blut übergegangen war. Er hatte sich vorgenommen, sie zu halten – doch wann und wo? Doch gewiß nicht nach einer öffentlichen Veranstaltung, auf der es fast zu einem Aufruhr gekommen war, hier auf dem staubigen Trottoir. Bestimmt nicht vor Anton und Martha und Thomas. Es war eine dieser Erklärungen, eins dieser Manifeste, wie wir sie alle mit pochendem Herzen ausarbeiten, oder sagen wir, uns von der Seele schreiben, jedenfalls muß man diesen Eindruck haben, und zwar stets morgens um drei. Wenn wir endlich diese flammenden, zutreffenden, wahren, *richtigen* Worte vorbringen, wie anders werden die Menschen unsere Lage dann einschätzen und – natürlich! – ihre eigene auch. Doch, ach, gerade diese Erklärungen sind es, die niemals abgegeben werden, und wenn doch ...

Die drei schauten Athen eher peinlich berührt an, und jeder wünschte, daß er aufhörte.

»... ist das wahr, daß ihr wirklich glaubt, Großbritannien würde jetzt sozialistisch werden und alle Menschen frei? Und heute abend, müssen wir uns von einem Professor aus Johannesburg sagen lassen, daß Amerika und Großbritannien jetzt, wo der Krieg aus ist, versuchen werden, der Sowjetunion ans Leder zu gehen? Pumpt Amerika nicht in diesem Augenblick, wo wir hier stehen, seine Millionen nach China, um dort die kommunistischen Truppen zu zerstören? Ja, das hat euch nicht viel gekostet während der letzten Jahre, euch als Sozialisten zu bezeichnen. Doch man hat uns das nur zu sagen erlaubt, weil die Sowjetunion sich zum Krüppel gemacht hat, um den Faschismus zu erledigen. Und jetzt geht es wieder los mit Morden und Verhaftungen, genau wie vorher ...«

Endlich hörte er auf, obwohl sie sich nicht bewegt oder gehustet oder irgendein Zeichen der Unruhe hatten erkennen lassen. Er sagte: »Verzeiht, Genossen, ich sehe, daß ihr nur aus Nettigkeit zuhört. Ihr wärt lieber mit den anderen in den Old Vienna Tea Rooms.« Wieder ging er weg. Diesmal hielt ihn niemand auf. Ein paar Schritte entfernt wandte er sich um und sagte mit veränderter Stimme – leise, zitternd, beschämt: »Vielleicht empfinde ich das so, weil ich mich für irgend etwas schämen muß. Ich hasse euch, Genossen, weil für euch bereits Frieden ist. Eure Länder haben Frieden. Doch meins hat Krieg – immer noch gibt es da nur Krieg, Krieg, Krieg. Gute Nacht. Entschuldigt bitte.« Er ging.

Anton, Martha, Thomas.

Martha wünschte, daß Anton jetzt sagen würde: »Gehen wir doch einen Kaffee zusammen trinken.« Sie wäre zwar lieber mit Thomas allein gewesen, doch das war, wie es aussah, im Augenblick nicht möglich.

Sie hatte Thomas seit der Szene vor Monaten im Büro kaum gesehen. Ein paar Tage danach war Thomas mit einem Mal in eine andere Stadt versetzt worden. Die Versetzung kam nicht nur unerwartet – es steckte noch mehr dahinter, denn Thomas war mürrisch und verbittert. Das Gerücht ging, Thomas habe im Camp eine Schlägerei gehabt, habe jemanden zusammengeschlagen. Er hatte die Schlägerei ihr gegenüber allerdings nicht erwähnt. Und dann war er weg, ein paar hundert Meilen entfernt von hier. Aus dem neuen Camp hatte er einen launigen, bedauernden Brief geschrieben – die Geschicke des Krieges usw. Martha hatte das Gefühl gehabt, daß sie es hätte vorhersehen können. Seit Kriegsbeginn tauchten sie auf und verschwanden unvermutet wieder – Freunde, Liebhaber, Genossen. Natürlich mußte Thomas in dem Augenblick versetzt werden, wo sie einander zu lieben beschlossen hatten.

Ein-, zweimal war er auf einen kurzen Besuch gekommen.

Einmal hatte sie sich nachmittags freigenommen, und er war zu ihr in die Wohnung gekommen. Doch sie hatten nicht miteinander schlafen können: Das Schlafzimmer gehörte ihr und Anton. Sie fühlten sich gehemmt und hatten statt dessen gesessen und miteinander geredet. Außerdem war eine rasche Stunde, die irgendwo einmal abfiel, für beide nicht das, wofür sie sich gebunden hatten.

Thomas hatte sich darauf verlegt, sie mit einer kurzen Rede zu unterhalten, die den todernsten Stil der Gruppe parodierte: Eine »Analyse« der Sexualität in Kriegszeiten.

»Es wird weithin angenommen, daß der Sex von dem Augenblick an, wo die Kanonen zu donnern beginnen, alles in die Betten treibt. Doch was der Krieg nährt, Genossen, ist nicht der Sex, sondern die Entbehrungen der romantischen Liebe. Was wird uns allen denn vom Krieg im Gedächtnis bleiben? Ich will es euch sagen: die Tatsache, daß man niemals lange genug an einem Ort war, um zweimal mit derselben zu schlafen. Trennungen und gebrochene Herzen, Genossen – der Krieg hat uns die Romanze in ihrer reinsten Form wiedergegeben. Was sind die idealen ökonomischen und gesellschaftlichen Bedingungen für eine sexuelle Betätigung, Genossen? Ich will es euch sagen. Es ist eine stabile bürgerliche Gesellschaft, in der die Frau das nötige Dienstpersonal hat, um die Kinder loszuwerden. Der Mann geht zur Arbeit oder besucht seine Geliebte, und die Frau empfängt ihren Liebhaber. Keine Gesellschaft hat bisher etwas ähnlich Zufriedenstellendes entwickelt, denn nicht nur, daß man da das befriedigende Erlebnis der – der Befriedigung hat, man wird auch noch genügend kurzgehalten, so daß die Liebe nicht ausstirbt. Nein, Genossen, ich sage euch, als ich noch ein armer Bub auf meinem Dorf war, wurde mir anhand von Romanen völlig klar, wie das alles aussehen sollte, und der Krieg – Quatsch, das hilft uns auch nicht weiter – doch vertrau mir, Matty. Ich werde bald entlassen, und ich hab eine Wohnung in der Stadt, die ich für uns beide dann wieder bewohnbar machen werde.«

Unterdessen schrieb er gelegentlich. Sein unstetes Liebesleben setzte er fort – so hörte sie. Da er wußte, daß ihr das zu Ohren kommen mußte, schrieb er: »Ich bin in bezug auf Dich in einer unmöglichen Lage, Matty. Kannst Du Dir vorstellen, daß ich gar nicht weiß, was eine Frau empfindet, wenn man ihr sagt, sie sei zu schade für eine flüchtige Affäre? Kannst Du Dir vorstellen, daß ich so ein Dummkopf sein und so etwas zu Dir sagen könnte? Doch wenn ich mich auch hüte, es zu sagen, die Umstände sagen es für mich. Aber es heißt, nächsten Monat würde dies Camp geschlossen, und das heißt, bald bin ich bei Dir.«

An diesem Nachmittag hatte Thomas gesagt, das Camp würde doch nicht geschlossen – wenigstens die nächsten zwei, drei Monate nicht.

Was blieb ihnen anderes übrig, als sich weiter Liebesbriefe zu schreiben?

»Ich würde gern einen Kaffee mit euch beiden trinken«, sagte Thomas, »doch ich muß los. Ich fahre heute abend noch auf die Farm – ich hab zwei Tage Urlaub.«

»Ach, nun komm doch und trink einen Kaffee mit uns«, sagte Anton. Martha und Thomas schauten ihn beide an, um herauszufinden, ob der gedehnte Nachdruck, mit dem er das gesagt hatte, irgend etwas zu bedeuten hatte. Doch es sah nicht so aus.

»Oder vielleicht möchtest ja auch du uns eine Rede halten?« fragte Anton.

»Warum nicht?« sagte Thomas, und es klang schroff. Martha merkte wohl, daß er, wie sie, Anton zu gern losgeworden wäre. Da das nicht ging, sprach er weiter und redete irgend etwas, nur um nicht sofort weggehen zu müssen.

»Vielleicht können wir ja einen Wettkampf austragen, wessen Land am meisten gelitten hat?« sagte Anton.

»Das wäre jedenfalls nicht weniger sinnvoll, als alles andere, was wir jetzt machen«, sagte Thomas.

»Da bin ich anderer Meinung«, sagte Anton, plötzlich wütend. Es war deutlich, daß er sich Athen gegenüber zusammengerissen hatte, doch jetzt nur zu bereit war, sich auf einen ordentlichen Streit einzulassen. Womöglich sogar auf eine »Analyse der Lage«.

Thomas lächelte, als er das erkannte. Er sagte noch einmal: »Ich hab keine Zeit – ich muß los.« Doch er ging immer noch nicht, stand in seiner charakteristischen Haltung mit den Händen in den Hosentaschen vor ihnen und runzelte die Stirn.

»Dann hast du eben keine Zeit«, sagte Anton.

»Das war vielleicht ein Jahr, wie?« bemerkte Thomas.

»Das kann man wohl sagen«, sagte Anton mit fragendem Unterton: Wenn du etwas zu sagen hast, warum sagst du es nicht?

Thomas sagte: »Ich habe heute gelesen, die Kriegsschäden in Deutschland beliefen sich auf 400 Milliarden Mark.« Er lächelte. »Also gut. Zweiunddreißig Milliarden Pfund. Ist damit irgend etwas gewonnen? Ich habe auf die Zahlen gestarrt, als sähe ich nicht richtig.«

Anton stand da und sah Thomas an. Auf seinem Gesicht lag ein kleines, kaltes Lächeln.

»Na schön, ich will auf diesem Punkt nicht herumreiten. Wie sieht's dann mit den Massenbombardierungen von Deutschland aus? Wir wußten gar nicht, was das alles mit sich bringen würde, nicht?«

Er kam einen Schritt näher und schaute ihnen eindringlich ins Gesicht – erst Anton, dann Martha. Jetzt wurde ihnen klar, daß er sagen wollte, was er empfunden oder gedacht hatte, während Athen seine Rede hielt.

»Es gibt im Camp jetzt nur sehr wenig zu tun. Das ist übel – ich habe nichts zu tun, als zu lesen. Das ist, als lebte man in einem bösen Alptraum – tausend leere Hütten, weil die ganzen Männer demobilisiert worden sind, doch irgendwo hat irgendwer einen Schnitzer gemacht, und so bleibt das Camp geöffnet. Die ganze Maschinerie läuft – die Messe ist offen, die Sanitätsleute wie ich sind voll einsatzbereit, die Schwarzen stehen bestramm, um Befehle entgegenzunehmen. Niemand da, um Befehle zu erteilen, niemand, der in der Messe äße, niemand im Lazarett, um meine schönen, einsatzbereiten Latrinen zu benutzen – ein Geistercamp. Und ich sitze in meiner schicken, gut klimatisierten Hütte und lese ... Zum Beispiel habe ich das Neueste über die Konzentrationslager gelesen. Wir haben die Wahrheit darüber noch nicht gehört, soviel ist klar. Es ist zu schrecklich, und deshalb kriegen wir die Wahrheit stückchenweise zu hören.«

Wieder schaute er sie abwartend an.

»Kein Kommentar? Na ja, ich hab euch eben einiges voraus, weil ihr ja auch nicht den ganzen Tag auf dem Bett in einem Geistercamp liegen könnt, wo das Essen kistenweise verrottet, weil niemand da ist, um es zu essen. Na, wie wär's dann mit dem Abwurf von Atombomben auf Japan, wie steht's damit?«

»Wir haben damals darüber diskutiert«, sagte Anton. Anfänglich hatten die Sozialisten den Abwurf der Bomben unterstützt. Oder sagen wir, man hatte die Sache akzeptiert. Es sah so aus, als sei nichts Schlimmeres passiert, als was die ganzen Jahre passiert war. Bestimmt waren Hiroshima und Nagasaki noch nicht die Worte, die sie später wurden – Symbole eines neuen, entsetzlichen Zeitalters. Noch hatte es seitdem eine spezielle Veranstaltung oder auch nur eine private Diskussion über Atombomben gegeben. Doch die Einstellung der Menschen hatte sich gewandelt, war dabei, sich zu wandeln. Ohne daß irgend etwas ausdrücklich dazu gesagt wurde oder Beschlüsse gefaßt wurden, setzte der Vorfall mit den Atombomben sich immer mehr von allem anderen ab, nahm an Bedeutung und Eindrücklichkeit zu. Doch manche Leute waren immer noch der Meinung, daß es richtig gewesen sei, die Atombombe zu benutzen – Anton zum Beispiel.

»Worauf willst du hinaus?« fragte Anton. »Darauf, daß der Krieg nicht die liebenswerteste menschliche Einrichtung ist?«

Thomas schaute Anton unverwandt an und lächelte dann Martha zu. »Ach, ich will auf gar nichts hinaus. Darauf will ich hinaus. Sowieso habe ich noch dreißig Meilen vor mir. Und über den Bergen steht ein Gewitter, sagt meine Frau, so daß die Flüsse überlaufen, wenn ich mich nicht endlich auf die Socken mache.«

»Na also«, sagte Anton.

»Ja. Und dann ist da Indien. Was ist denn mit der Hungersnot in Indien? Kann man doch mal fragen, nicht? – Ja, also, wie verhält sich das mit der Hungersnot in Indien? Doch diese Hungersnot in Deutschland – das ist doch wohl ganz etwas anderes, oder?«

»Was willst du denn bloß?« fragte Anton, und seine blaßblauen Augen waren wie Eis. »Willst du mir erzählen, daß ich Deutscher bin?«

»Aber nein! Natürlich nicht. Na, ich rede wohl mit mir selbst.« Rasch entfernte er sich. An der Straßenecke wandte er sich um und rief halblaut: »Habt ihr gelesen, daß eine Million Menschen von Ost- nach Westdeutschland umgesiedelt werden sollen?«

»Los«, sagte Anton ungeduldig zu Martha, »fahren wir nach Hause.«

Thomas sagte oder schrie: »Die gehen zu Fuß. Die packen ihre Habseligkeiten auf Handwagen und gehen, von Soldaten bewacht, Hunderte von Meilen zu Fuß. Wie eine Viehherde.« Jetzt ging er endlich, und sie sahen ihn als eine Art spöttischen Gruß die Hand heben und winken.

»Ja«, sagte Anton, »jetzt entdecken wir also alle, daß der Krieg überall viel kaputtgemacht hat. Wozu sollen derlei Entdeckungen gut sein?«

Er nahm Marthas Ellenbogen, um sie heil durch das Gedränge der Leute vor den Old Vienna Tea Rooms, die nach Hause gingen, hindurchzusteuern. Ein allseitiges »Gute Nacht! Gute Nacht!« war zu hören. Martha und Anton machten sich schweigend zu ihrem Wagen auf. Friedlich fuhren sie nach Hause.

Ihr Verhältnis war wunderbar, seit Anton eine Geliebte hatte. Er glaubte, Martha habe einen Liebhaber.

Oder jedenfalls sah es so aus, als glaube er das. Doch war es ein bißchen seltsam, denn, während er zu ihr sagte: »Ich treffe mich nach Büroschluß mit Millicent«, und sie antwortete dann: »Ja, gut, dann bis später«, sagte sie nie, mit wem sie sich treffen oder was sie unternehmen würde. Man ging davon aus, daß sie sich mit irgend jemandem traf. Mit wem? Ein-, zweimal hatte Anton gescherzt, das müsse Solly sein, und Thomas hatte er nie erwähnt.

Martha ging auf, daß dieser eigenartige Mensch wohl glaubte, daß sie einen Liebhaber habe, weil es bequem war, wenn sie beide jemand anderen hätten, aber dabei doch wußte, daß sie keinen hatte. Sie würde niemals schlau aus ihm werden.

Seite an Seite lagen sie in ihrem kleinen Schlafzimmer in ihren Betten.

Anton äußerte, seiner Meinung nach habe Professor Dickinson bezüglich der Zukunft keineswegs übertrieben.

Martha stimmte zu.

Anton sagte, er habe wieder Briefe an seine Familie in Deutschland geschrieben. Bald mußten doch bestimmt irgendwelche Nachrichten kommen. Es war doch nicht möglich, daß alle umgekommen waren.

Martha schlug vor, ob das jetzt nicht der geeignete Moment sei, ihren Abgeordneten einzuschalten, damit der Nachforschungen anstellte.

»Ja«, sagte Anton, »wenn ich nicht bald was höre. Ich werde mich an die Behörden wenden müssen. Das wird sehr seltsam für mich sein«, setzte er hinzu, »wieder in Deutschland zu leben. Manchmal komme ich mir fast wie eine Brite vor.« Das letzte sagte er in »humorvollem« Ton, und Martha lachte mit ihm.

In letzter Zeit hatte er immer wieder einmal scherzhaft gesagt, er und Martha müßten so lange zusammenbleiben, daß sie sich allmählich daran gewöhnten – vielleicht hatte Martha ja Lust, mit ihm nach Deutschland zu gehen?

Martha lachte bei solchen Gelegenheiten zwar, wie es sich

gehörte. Doch sie wußte sehr wohl, daß Anton durchaus nichts dagegen hätte, weiter mit ihr verheiratet zu sein. Sie brauchte lange Zeit, bis sie begriff, daß es manchen Menschen eigentlich nicht darauf ankommt, mit wem sie verheiratet sind – die Ehe ist ihnen nicht wirklich wichtig. Martha, Millicent, Grete – es kam nicht darauf an, nicht wirklich.

Martha dachte ungläubig: Wir haben nichts miteinander gemein, wir haben einander nie berührt, nicht richtig jedenfalls, in wichtigen Dingen, wir können nicht miteinander schlafen, doch Anton wäre es genehm, wenn ich bei ihm bliebe und wir das eine Ehe nennen würden. Und die andere Ehe, die mit Douglas – er hielt das für eine Ehe. Soweit es ihn betraf, war das eine Ehe!

Wie ungeheuerlich – so was nannten die Leute eine Ehe. Doch so war es. Jetzt, wo sie sich daran gewöhnt haben, finden sie an dieser Ehe nichts mehr auszusetzen – selbst meine Eltern nicht. Sie werden sich schrecklich aufregen, wenn wir uns scheiden lassen.

Beim Einschlafen dachte sie: Wenn ich nach England komme, dann suche ich mir einen Mann, mit dem ich richtig verheiratet sein kann.

## Teil zwei

*Über eins sollten sie sich*
*im klaren sein.*
*Zu einer echten Liebe*
*gehören Kompromißbereitschaft,*
*Toleranz, Übereinstimmung*
*in Ansichten und Vorlieben,*
*vorzugsweise ein gemeinsamer*
*Erfahrungshintergrund,*
*die kleinen Annehmlichkeiten*
*des Alltagslebens.*
*Alles andere ist nichts als Illusion*
*und blinder Sex.*

Aus einem empfohlenen Handbuch
für junge Menschen über Sex, Liebe, Ehe

I

Ein zerkratztes Stück Glas in einem verzogenen Rahmen warf orangefarbene Lichtstrahlen in den Speicher, legte das zitternde Grün des Jacarandabaums draußen über die Dielenbretter und über die nackten Arme einer jungen Frau, die mit dem Gesicht nach unten auf einem roh zusammengezimmerten Bett lag und den Arm in das grünliche von Sonnenstrahlen durchschossene Licht unter ihr tauchte und wieder herauszog, als wäre es Wasser. Gleichzeitig beobachtete sie Thomas' Kopf ein Stück unter ihr durch die Fußbodenritzen: ein stumpf schimmernder brauner Kopf, gerade eben noch hatten ihn die Finger umklammert, die nun träge durchs Sonnenlicht streiften, und nun beugte er sich höflich neben einem großen marineblauen Strohhut hinab. Thomas' Stimme, noch warm vom Liebesakt, beantwortete Fragen über Rosen; die Stimme, mit der sie gestellt wurden, besagte, daß ihre Besitzerin soviel Aufmerksamkeit seitens des Experten erhalten würde, wie es brauchte, um einen Besuch wie diesen zu rechtfertigen. Die beiden Köpfe bewegten sich außer Sichtweite und hinaus in den Garten.

Martha drehte sich auf den Rücken und räkelte ihren Körper wohlig in der kühlen, nach Blättern riechenden Wärme. Jenseits des winzigen Fensters prangte das Grün des Baumes gegen das gewaltige, sonnengetränkte Blau, gegen schwarze gewittrige Wolken, die jeden Augenblick aufbrechen und sich leeren würden.

Ein Schweigen wie im tiefen Wald. Dieser Schuppen war am Ende eines großen Gartens als Werkzeug- und Geräteschuppen errichtet worden. Das Haus (es lag in einer der Alleen, wenige hundert Meter vom Haus der Quests entfernt) gehörte jetzt Thomas' Bruder und dessen Frau. Während des Krieges hatte Thomas sich den Schuppen angeeignet und sich über die eine Hälfte einen Speicher gebaut, Halbzollbretter auf Pfosten aus Fieberbaumholz, eine so windige Konstruktion, wie Kinder sie in Bäumen errichten. Doch sie war haltbar genug, denn es befanden sich darin ein Bett und sogar Bücher, und sie ließ sich abschließen. Der Ziegelboden des Schuppens darunter stand voller halbierter Ölfässer mit Setzlingen. Thomas, der seine Ausgangsbasis auf der Farm hatte, wo seine Frau lebte, war gleichzeitig als Pflanzenzüchter in der Stadt tätig. Während des

Krieges hatte er ein Auge auf die Farm gehabt, während er von einem Camp zum anderen in der Kolonie herumzog. Jetzt fuhr er zwischen Farm und Stadt hin und her und brachte Lastwagenladungen von Sträuchern, Blumen, jungen, auf der Farm gezogenen Bäumen, um sie hier zu verkaufen. »Thomas Sterns Pflanzenschule« stand auf einem Schild am Tor, der Hinterpforte von Mr. und Mrs. Joseph Sterns Garten.

Hierher kam Martha an den meisten Nachmittagen und manchen Abenden, um zu lieben oder einfach nur hinter sich abzuschließen und allein zu sein.

Sie hatte geklagt, daß ihr Leben in einem Dutzend Kammern bestanden habe, jede in sich abgeschlossen, und daß die Anstrengung, jedesmal wieder gleichermaßen groß, sich von einer »Kammer« in die nächste zu bewegen, sie an den Rand einer Nervenkrise triebe. Doch indem sie ihrem Haus eine neue Kammer hinzugefügt hatte, war die Aufspaltung beendet worden. Aus diesem Zentrum heraus lebte sie jetzt – einem Speicher aus wohlriechendem Holz, durch dessen windschiefes Fenster man nur den Himmel und Baumwipfel sehen konnte und unterhalb dessen ein Ziegelfußboden vom Getröpfel und vom Wässern von hundert heranwachsenden Pflanzen lieblich zischte, in einem Schuppen, dessen Wände sich von Rasenflächen erhoben, wo der schwingende Arm eines Rasensprengers den ganzen Tag lang Regenbögen warf, obwohl es, jetzt im Januar, an den meisten Nachmittagen regnete.

Früher einmal, so sagt man, hörten die Menschen auf ihre Träume, als beugten sie sich an einer Türe nieder, wohinter sich prächtige Gestalten bewegten, halbmenschliche Wesen, die halbgöttliche Wahrheiten sprachen. Doch nun erwachen wir vom Schlaf, als hätten wir die Finger an einem Puls gehabt: »Das war's also! So stehen die Dinge also!« Marthas Träume registrierten einen ruhig schlagenden Puls, obwohl sie wußte, daß die Liebe zu Thomas ihre eigenen Risiken haben mußte und daß das für ihn ebenso zutraf wie für sie.

Als er wieder in den Schuppen unten zurückkehrte, drehte Martha sich wieder auf den Bauch, um ihn zu beobachten. Er kam nicht sofort die Leiter hinauf, sondern beugte sich über grüne Blätter, um ein Etikett zurechtzurücken. Sein Gesicht war nachdenklich, und die Ruhe des Augenblicks stand darin, die mit dem Wunder einhergeht – das selbst wiederum nicht weit von Angst entfernt ist. »Kein Zuckerschlecken, die Liebe«, hatte er scherzhaft mehr als einmal gesagt, denn die beiden hatten nicht gesagt, daß sie einander liebten, und es hatte auch nicht den Anschein, als sei das der Fall. Doch was Martha jetzt in Thomas' Gesicht sah, als er sich herabbeugte, während die eine Hand ein Stück rostigen Draht zurechtbog, war genau das, was sie in den letzten Augenblicken, ehe sie wirklich mit ihm zusammen war, jedesmal empfand: Nein, es war zu stark, es war nicht das, was sie wollte, es war eine Umdrehung zu weit von dem entfernt, was mühelos war: Es war müheloser, mit dem Verzicht zu leben, zu resignieren, *abgekapselt zu sein.* Nein, sie wollte sich nicht auflösen. Und er auch nicht: Lächelnd lag Martha, während ihre Zähne zart in ihren Unterarm bissen und ihre Nase die köstlichen Düfte ihrer Haut aufnahm, und beobachtete Thomas, der sich jetzt aufrichtete, um die Leiter hinaufzusteigen. Sein breites braunes Gesicht, seine blauen Augen, eben noch ernst, begannen von einem warmen Lächeln zu leuchten. Langsam stieg ein braungebrannter, kräftiger Mann mit einem braunen, breiten Gesicht, das voller Sonnenschein zu sein schien, die Leiter empor. Er trug sein Arbeitszeug aus Khaki von der Farm, und seine Gliedmaßen sahen daraus nicht anders hervor, als aus dem Khakizeug seiner Uniform während des Krieges. Langsam kam er die Leiter herauf, und Marthas Magen zog sich zusammen, ihr wurde flau, und ihre Schultern, Brüste, Schenkel spannten sich (offensichtlich auf Anweisung von Thomas, denn ihr Körper schuldete ihr keinen Gehorsam mehr) und warteten auf seine Berührung.

Thomas setzte sich ans Fußende des Bettes oder der Lagerstatt. Es war aus Lederstreifen gemacht, die über einen Holzrahmen gespannt waren. Darauf lagen eine dünne Matratze und eine grobe Decke. Lächelnd schaute er auf die nackte Frau hinab, die mit dem Gesicht nach unten lag und sich daraufhin, weil ihr sein Blick offensichtlich unerträglich war, auf den Rücken drehte. Doch ihre Hand, die jenem anderen Wesen in Martha gehorchte, das Thomas angehörte, bedeckte den Mittelpunkt ihres Körpers, während ihr Gehirn dachte: Nun sieh dir das an, das ist ja höchst ungewöhnlich! Denn nun, wo ihr Körper ein neu entdecktes Land mit eigenen Gesetzen war, studierte sie ihn mit leidenschaftlicher Neugier.

Thomas blickte still auf die nackte Frau, deren rechte Hand eine Geste der Züchtigkeit vollführte, wie sie in der Kunst berühmt war (und die beide ihrem Temperament nach eigentlich belächeln mußten), und sie lag und erwiderte seinen Blick. Sie zwangen sich, still zu bleiben und einander nun ins Gesicht zu schauen, nachdem sie zugegeben hatten, daß sie das kaum ertragen konnten und daß das etwas war, das sie lernen mußten. Denn während das Wort »Liebe« offenbar etwas Tabuisiertes war, für beide, denn sie hatten sich eingestanden, daß diese Erfahrung etwas Unvorhergesehenes – und infolgedessen per definitionem nicht ganz Erwünschtes? – war, wenn sie einander ansahen, befiel sie Ernsthaftigkeit, und Fragen drängten sich auf, die sie beide lieber nicht beantworten wollten.

Beispielsweise war das hier eine Frau, die zum zweiten Mal verheiratet war (obwohl sie nicht *wirklich* verheiratet gewesen war, das wußte sie) und nebenher noch ein, zwei Liebhaber gehabt hatte. Er wiederum war mit einer Frau verheiratet, die er anbetete. Mit Thomas' Worten konnte man sagen – offensichtlich als Antwort auf dessen eigene Gedanken, denn Martha erwähnte so etwas nicht: »Ich *muß* Frauen lieben, Martha, und das ist kein Zuckerschlecken, glaub's mir!« Oder, wie Thomas Martha antwortete: »Ja, Martha, das stimmt schon. Weiß der Himmel, was die Männer in diesem Teil der Welt mit den Frauen machen, aber jedesmal, wenn ich eine Frau habe, na ja, fast jedesmal, stelle ich fest, daß ihr Alter gar nicht weiß, mit wem er es zu tun hat. Weiß der Himmel, was das zu bedeuten hat, doch glaub mir, wenn ich in Polen eine Frau hatte, hatte ich eine Frau, während ich hier darauf gefaßt sein kann, auf eine Jungfrau zu treffen ... Doch wie dem auch sei, Martha, jedesmal, wenn eine Frau einen Mann im Bett gern hat, ist er ihr erster Liebhaber. Und wer bin ich, daß ich an den taktvollen Vorkehrungen der Natur etwas aussetzen sollte?«

Doch für Martha war jede andere Erfahrung mit einem Mann Kinderkram geworden. Armer Anton – na ja, es war ja nicht seine Schuld. Und armer Douglas.

Doch das war auch wieder nicht aufrichtig. Denn keineswegs war es ihr leicht gefallen, das zu werden, was sie nach Thomas' beharrlicher Vorstellung sein sollte. Gewiß, ihre wahre Natur war für genau diese Gelegenheit auf Eis gelegt worden, doch als das, auf das sie wartete, endlich eintrat, entdeckte sie, daß das Wesen in ihr, das sie geduldig gehätschelt hatte, sich sträubte und zauderte. So gänzlich aufgelöst zu werden – Ja, aber was würde mit ihr geschehen, wenn Thomas – sie konnte nicht sagen, »wenn Thomas eine andere liebt« oder »wenn Thomas zu seiner Frau zurückkehrt«, und deshalb sagte sie: Wenn Thomas weggeht?

»Weshalb sagst du das, Martha?«

»Was denn?«

»Daß ich weggehe?«

»Aber Thomas, du bist doch dauernd irgendwo anders!«

»Ja, aber das hast du nicht gemeint.«

»Na ja, irgend so etwas.«

»Aber, du bist doch die, die weggeht, du gehst doch nach England.«

»Ja, schon, aber selbst wenn ich nicht nach England ginge.«

Sie schwiegen und schauten einander mit ernsten Gesichtern an. »Ja, ich weiß«, sagte Thomas.

»Ja, und?«

»Aber vorerst bin ich mal da.«

Das war als Befehl zu verstehen, denn Thomas, oder das Wesen in ihm, das der Martha entsprach, die er geschaffen hatte, verlangte, daß sie sich ihm ganz geben und der Warnung: Was soll ich tun, wenn Thomas weggeht? kein Gehör schenken sollte.

Und überhaupt, was war diese absolute Selbstaufgabe und sein Bedürfnis danach denn eigentlich? Was war dieser lange, lange, fast unerträgliche Blick, den sie tauschten, als würde innerhalb ihrer Augen, während sie sich ansahen, Tür um Tür geöffnet? Wie kam es, daß sie von ihm immer wieder in Zonen ihres Wesens zurückgetrieben wurde, von deren Existenz sie nichts gewußt hatte, jedenfalls damals nicht, als sie sich bei seiner ersten Annäherung ihr Urteil über ihn gebildet hatte: »Nein, das ist nicht der Richtige.« Doch damals war sie natürlich für ihn ebensowenig die Richtige gewesen – das war seine Frau, so sagte er. Oder jedenfalls wollte er es so.

Sie lag reglos und schaute in sein Gesicht. Ihr Körper war gleichzeitig entspannt, weil er zufrieden war, und doch furchtsam, weil seine große Hand zwei Zentimeter von ihrem Knie auf der Decke lag. Ruhig ließ er den Blick über sie wandern, schaute ihr ins Gesicht, auf ihre Hand, ihr Knie, ihre Brust, dann in ihre Augen.

Schließlich konnte sie es nicht mehr aushalten und sagte: »Eine Tragödie ist das – du hast mich rundum glücklich gemacht, und nun bin ich nicht mehr dünn und interessant.«

Sie war wieder etwas voller geworden. Sie war wieder eine kräftige, junge Frau. Doch liebte sie jede zerbrechliche oder zarte Linie an sich, die sie entdecken konnte, geradeso wie er. Sie wäre gern zerbrechlich wie das Skelett eines Vogels gewesen – ihm zuliebe, der so sehr liebte, was er selbst *nicht* war – Eigenschaften wie Zartheit, Anmut.

Er sagte: »Du bist ein feines Mädchen.« Er lächelte zärtlich, und sein Gesicht erhellte sich wieder, wie vorhin in dem Augenblick, als sie ihn bei dem Lächeln ertappt hatte, als stünde er vor einem Wunder. »Du denkst doch: Er ist nichts weiter als ein Bauer, stimmt's, Martha?« Er legte ihr die Hand aufs Knie: Es zog sich zusammen wie die Haut eines Pferdes, dann spürte sie durch die Kniescheibe hindurch die warme Kraft seiner Hand. »Du denkst: Da ist ja der Thomas, ein Bauer aus Sochaczen. Ein prima Kerl, stark, gesund, ohne irgendwelche kranken Gedanken im Kopf – denkst du das?«

Er beugte sich über sie. Sein Ausdruck war verzweifelt, so sehr lag ihm an dem Erfolg seiner Bemühung, in einem bestimmten Punkt verstanden zu werden. »Martha, siehst du diese Linie hier?« Er fuhr mit einem Finger an der Innenseite ihres Oberarms entlang. Die Haut vibrierte. Dann wartete er.

»Siehst du das?«

Martha war ernst, Thomas war ernst. Beide schauten auf die Rundung des Fleisches, eine Linie, die so sterblich war, als wäre sie von einem Regentropfen im Hinabgleiten auf eine Fensterscheibe gezeichnet worden. Sie schauten, als hinge ihrer beider Zukunft von diesem Blick ab.

»Glaub mir, ich möchte sterben, wenn ich so was sehe.« Er preßte ihren Oberarm in einer gewaltigen Faust, und sein Gesicht verzog sich, weil er ihren Schmerz mitfühlte. »Verstehst du? Nein, du verstehst nicht. Aber glaub mir, Matty, wenn ich diese Linie, diese Rundung sehe, dann könnte ich mir die Kehle durchschneiden. Weil ich nie so sein könnte, verstehst du?«

Sein Gesicht lehnte sich verzweifelt gegen ihren warmen Oberarm. Die »Linie«, die ihn quälte, war für Martha bloß eine empfindliche Oberfläche. »Mein Gott, Martha, ich halte das nicht aus, glaub's mir, ich bin wahnsinnig. Du denkst bestimmt, es liegt mir nichts an dir, wenn ich so rede?«

Sie lächelte, ihre Augen füllten sich mit Tränen. Ihre Fingerspitzen, empfindlich bis zur Schmerzhaftigkeit, rieben sanft über die rauhe Oberfläche seiner abgewandten Wange. Sein Atem strich warm über ihren Arm.

»Ich weiß, daß dir an mir liegt.«

»Ja, das stimmt. Bloß, Martha, ich verstehe es selbst nicht – ich würde dich mit Haut und Haaren und allem, was mir teuer ist, für diese Linie da hingeben und für diese Aufwärtsbewegung deiner Wange, wenn du lächelst. Das ist etwas, das nicht ich bin. Verstehst du, was ich meine?«

»Aber vielleicht ist das ja auch nichts, was ich bin?«

»Ja ja, kann sein. Doch ich kann es nicht ändern.« Er war außer sich vor Verzweiflung. Die Tränen rannen ihr übers Gesicht. Sie spürte, wie die heiße Nässe sich, kühl an den Rändern, ihr Gesicht hinabbewegte. Was sollte sie denken, empfinden – wenn Thomas in solchem Ausmaß die vorübergehende Zartheit einer Körperrundung liebte, wenn er mit dem Auge des wahnsinnigen Künstlers zwei, vielleicht auch drei »Linien« erspäht hatte, die die Reinheit, die Zartheit, die Art absoluter Vollkommenheit aufwiesen, die sogar ihr, ihrer mutmaßlichen Besitzerin oder Eigentümerin oder Schöpferin ein anhaltendes, schmerzliches Wohlgefallen abnötigten – ja, weshalb suchte er sich eine Frau, die, wie er immer wieder halb ächzend, halb erfreut sagte, die Gestalt einer »gesunden Bäuerin« hatte?

Sie sagte: »Aber Thomas, weshalb suchst du dir denn dann keine dünne Frau?«

Er rieb seinen Kopf vor und zurück an ihrer Schulter, als versuchte er, die »Linie« wegzureiben, und sagte: »Aber ich sage dir doch, mir liegt an dir.«

»Na gut, dann weiß ich auch nicht. Ich geb's auf.«

Er rückte sie sich zurecht wie eine Puppe und sagte: »Einmal habe ich eine Frau gesehen, am Kap war das – die war gebaut wie ein Flamingo. Wie ein Kanarienvogel, glaub's mir. Mit der Energie, die ich aufgewandt habe, um sie zu kriegen, hätte man den Krieg zwei Jahre früher gewinnen können, aber, Matty, mir lag nichts an ihr.«

Martha lachte und dachte: Schön, aber was ist mit seiner Frau? Das Photo von ihr zeigte eine zierliche blonde Frau mit einem reizenden Lächeln. Ja, doch wie konnte sie, Martha, denn sagen: Deine Frau ist wie ein Flamingo, sie ist zerbrechlich wie eine Handvoll Kanarienvögel, und das ist ja offensichtlich auch der Grund, weshalb du sie geheiratet hast?

»So was nicht zu haben, ich halte das nicht aus.«

»Was meinst du mit haben?«

»Das ist der springende Punkt.« Aus seinem Gesicht sprach echter Gram, seine ganze Seelenqual. »Versuch nicht, mir gut zuzureden, Martha, sei nicht mütterlich – ich bringe dich um, ich schwör's dir, wenn du mir mit Mütterlichkeit kommst!«

Ihr Liebesakt war kurz – er mußte auf die Farm zurück, und sie mußte erst ihren Vater besuchen und dann einiges für Johnny Lindsay erledigen.

Doch daß er kurz war, lag auch an der Heftigkeit dieser Empfindung.

»Glaub mir, Martha, manchmal tut es mir leid, daß wir etwas miteinander angefangen haben. Es übersteigt meine Kräfte, glaub mir.«

»Ich weiß, was du meinst.«

»Ach nein!«

Sie lagen, Auge in Auge, und lächelten einander aus drei Zentimeter Entfernung an.

»Ich muß gehen.«

»Warte, ich nehme dich mit.«

Plötzlich ein Geräusch, als flöge Kies durch die Gegend. Der Regen ging in lauten, klatschenden Tropfen in einem starken, orangefarbenen Abendsonnenschein nieder. Das handtellergroße Stück Glas war in ein streifiges, goldenes Licht getaucht. Der Donner krachte, doch ein Vogel, der sicher in einem Büschel warmer Blätter hockte, wiederholte wieder und wieder eine lange, langsame, schmelzende Tonfolge.

Eine Handvoll Regen, die ein ordentlicher Windstoß hereingeblasen hatte, traf ihre Körper wie sengende Hitze. Sie sprangen aus dem Bett und stellten sich unter das winzige Fenster, durch das das Naß wie Ruten kraftvoll hereinhieb und in ihre kräftigen, frischen, zufriedenen Körper schnitt.

Sie öffneten die Münder und ließen die Nässe hineinlaufen und beobachteten die grünlichen Widerspiegelungen des tiefhängenden Baumes draußen und die orangefarbenen Lichter der Fensterscheibe, die über ihre blanken Körper liefen und glitten. Sie lachten und rieben einander das eiskalte Wasser vom Himmel über Schultern und Brust. Ihnen war, als würden sie einander nach diesem Nachmittag vielleicht nie wiedersehen, und, während sie einander berührten, küßten, als trügen sie in diesem Augenblick alles in sich, was der andere war, gewesen war, jemals sein konnte. Der Schmerz des Verlustes verlieh ihnen eine gewisse Wildheit.

Dann war eine schrille Stimme von der hinteren Veranda des Hauses zu hören. Die Frau von Thomas' Bruder, Sarah, schrie ihrem Mann, ihrem Dienstboten oder ihren Kindern durch das Getöse des Regens etwas zu, der, geradeso als hätte sie ihm Befehl erteilt, mit einem Donnerkrachen aufhörte. Und Martha und Thomas lachten, es war so traurig und so komisch.

Sie standen auf Zehenspitzen, um die pummelige Frau im überengen weißen Kleid sehen zu können, die mit schriller

Stimme auf einer triefnassen Veranda vor sich hin zeterte. Vor fünf Jahren war sie ein hübsches Mädchen gewesen, und nun – »Gott!« sagte Thomas plötzlich aus vollem Herzen, »die ist ganz in Ordnung, sind alle ganz in Ordnung, diese Hausmütter, doch wenn ich die sehe, möchte ich am liebsten weglaufen und in den Teich springen, so wahr ich hier stehe!«

Und Martha bleute sich noch einmal ihr altes Gelübde ein, daß sie niemals die übellaunige Hausherrin sein würde, weil ... Doch sie wußten ja gar nicht, weshalb die pummelige Frau auf der Veranda so wütend war. Sie war zu weit weg, als daß man hätte hören können, was der Sinn ihrer Worte war, doch ihr Körper, ihre Kopfhaltung, der scharfe Ton ihrer schimpfenden Stimme sagten: »Ich koche vor Wut, ich bin außer mir vor Wut.«

Die beiden krochen die Leiter hinunter und standen auf dem roten, rauhen, wärmeduftenden Ziegelboden, schauten in den Garten hinaus und betrachteten den starken braunen Stamm des Jacarandabaums, dessen lichtdurchwirkte Laubmassen sich über ihren nackten Körpern gewiegt hatten, die immer noch angenehm schmerzten bei der Erinnerung an den peitschenden Regen. Alles um sie herum troff vor Nässe, die funkelnden Rasen, tropfenden Äste, ein Wirrwarr von nassen Blumen. Im klaren, reingewaschenen Licht war alles unvorstellbar strahlend. Und der Vogel auf seiner unsichtbaren Stange sang weiter. Martha war schwach vor Glück und vor Traurigkeit, und Thomas' Gesicht sagte ihr, daß es ihm nicht anders erging. Die Frau im weißen Kleid ging ins Haus, und Thomas sagte: »Alles klar, Martha.« Über quietschendes Gras liefen sie zu seinem Lastwagen.

Martha fragte: »Was denkt sie sich denn so, deine Schwägerin?«

Thomas runzelte die Stirn.

Martha hätte es gut sein lassen können, doch sie ließ nicht locker: »Hm? Sagt sie denn nichts dazu?«

»Sie hat zu meinem Bruder was gesagt, doch der hat erklärt, das gehe sie nichts an.«

Martha dachte darüber nach. Sie konnte sich die Szene vorstellen – den peinlich berührten Ehemann, schuldbewußt, weil er für die Freiheit seines Bruders eintrat, zu tun, was ihm gefiel, die sture Frau in einem zu engen Kleid, und wie der Mann schließlich aus Gründen, die laut zu sagen sich keiner von beiden leisten konnte (und sie wußte das), mit einiger Heftigkeit seine Meinung kundtat.

Martha hatte einen unangenehmen Geschmack im Mund, und sie wußte, sie sollte ihn besser ignorieren. Thomas hatte den Lastwagen angelassen, und sie fuhren los.

Sie sagte: »Ich nehme an, Thomas läßt seine Mädchen dahin kommen – geht es darum?«

Thomas bedachte sie mit einem niedergeschlagenen Blick und sagte: »Wenn du das so sehen willst, dann bitte.«

Fast hätte sie gesagt: »Aber *ich* habe das doch nicht so eingerichtet, oder?« Doch sie tat es nicht. Es tat ihr leid, daß sie überhaupt etwas gesagt hatte. Außerdem kam zur Zeit niemand außer ihr selbst in den Schuppen, und tatsächlich war er dichtgemacht gewesen, während Thomas in W. war und auf seine Demobilisierung wartete. Trotzdem stellte sie sich Sarah Stern vor, wie sie Thomas beobachtete, wenn er mit anderen Mädchen aus dem Schuppen herauskam, und einen Augenblick lang konnte sie es nicht ertragen. Schweigend fuhren sie ein Stück, und beide fühlten, daß sie sich von der Unkompliziertheit ihres Zusammenseins im Schuppen weit entfernt hatten.

»Laß mich lieber hier schon aussteigen«, sagte Martha, ehe sie das Gartentor ihrer Mutter erreichten.

Thomas hielt und saß mit der Hand auf dem Schaltknüppel, während der Motor tuckerte. Der ganze Wagen rüttelte, und sie rüttelten mit. Sie fingen an zu lachen. »Übermorgen bin ich wieder in der Stadt«, sagte Thomas. »Ich weiß nicht, ob am frühen Nachmittag oder später, aber vielleicht hast du ja Lust, in den Schuppen zu gehen und zu lesen oder irgendwas . . .«

Der Lastwagen vibrierte heftig. Sie küßten sich lächelnd, und dann sagte sie: »Bis bald!« und ging den Weg zur Veranda ihrer Mutter hinauf, entschlossen, die Zeit zwischen jetzt und übermorgen einfach auszulöschen.

Das andere Haus, aus dessen Garten sie gerade gekommen war, war nahezu eine zweite Ausgabe von diesem hier. Beide Gärten, die groß, von Laubwerk beschirmt, voller Blumen und Vögel waren, schienen Meilen von den Straßen entfernt, die unmittelbar an ihnen entlangführten. Das eine beherbergte das junge jüdische Paar mit ihren Kindern, eine Gemeinschaft, die sich Tugenden verschrieben hatte, die sie zu angesehenen Mitgliedern ihrer Gemeinde machen und dafür sorgen würden, daß ihr Geschäft blühte: Thomas' Bruder verkaufte Sportartikel in einem flotten Laden in der Stadtmitte. Im Haus der Quests hatte sich in den letzten paar Monaten vieles verändert: Jonathan war nach Hause gekommen. Als Martha den Weg hinaufging, sah sie ihn auf der Veranda sitzen und eine Illustrierte lesen: ein ansehnlicher, hellhaariger junger Mann mit einem kleinen blonden Lippenbart und Mrs. Quests unschuldigen blauen Augen.

Die beiden Katastrophen, bei denen er hätte umkommen können – eine neben ihm explodierende Granate und danach ein in Flammen aufgehender Panzer –, hatten ihn offensichtlich nicht geprägt, mal abgesehen von dem Arm, der in Gips war, eine Tatsache, die er auf sympathische Weise herunterspielte.

Der Arm bereitete ihm immer noch erhebliche Schmerzen, und er mußte mehrmals wöchentlich das städtische Krankenhaus aufsuchen, um ihn behandeln zu lassen. Sonst wäre er schon auf seiner Farm gewesen, die ihn »im Norden oben« erwartete. Diesmal bedeutete »im Norden oben« ein paar hundert Meilen weiter entfernt als die alte Farm der Quests, nahe dem Sambesi-Tal.

Seine Mutter war eine Frau mit neuem Lebensmut. Sie kochte, sie lud Leute ein, sie lächelte und machte Pläne.

Mr. Quest ging es besser. Niemand hatte erwartet, daß er je das Bett wieder verlassen würde, doch nun saß er stundenlang in einem tiefen Korbstuhl auf der Veranda. Er stand weder völlig unter Medikamenten, noch war er ganz frei davon. Sein Wachzustand war wie ein leichter Schlaf, dachte Martha. Er bekam mit, was um ihn herum vorging, ohne daß er den Anschein erweckte, als beobachte er seine Umgebung, und es konnte schon vorkommen, daß er irgendwelche Kommentare abgab, aber gewöhnlich erst einige Zeit später. Er stieß Worte, Sätze, Ausrufe aus, die seinen Gedanken entsprangen, doch wußte er nicht, daß das passiert war. Manchmal sprach er mit Menschen aus der Vergangenheit, gewöhnlich mit solchen aus dem »alten Krieg«. Da gab es einen Mann namens Ginger, von dem Martha noch nie gehört hatte. Mit dem sprach Mr. Quest nun eine ganze Menge. Sie lagen im Schützengraben, so schien es, und Ginger hatte eine Art Tobsuchtsanfall oder Nervenzusammenbruch. Mr. Quest drängte Ginger jedesmal, sich zusammenzureißen und ein Mann zu sein. Bisweilen schrie Mr. Quest entsetzt auf – kehlige, gemurmelte Sätze des Protests: Eine Granate explodierte gerade neben ihm, irgend etwas würde gleich explodieren. Oder das Wasser im Schützengraben stand zu hoch um seine Beine, die kalt waren, oder er war draußen im Niemandsland und konnte seine Kameraden nicht sehen. Dann redeten Martha oder Mrs. Quest oder wer nun gerade bei ihm saß, sanft auf ihn ein, um ihn aufzuwecken, wie man es mit einem Kind tut, das schlecht träumt.

Alle kamen, um Mr. Quest zur Wiedergenesung zu gratulieren, wie sich auch alle nach Jonathans Arm erkundigten. Alle benahmen sich, dachte Martha, als seien die lange Krankheit, der versehrte Arm Anlaß zu Stolz – ja sogar zu Neid. Martha wußte, daß sie kindisch war, sie konnte die tiefe, sinnlose Wut, die sie empfand, nicht leiden, und doch konnte sie es nicht über sich bringen, sich lang und breit nach dem verwundeten Arm und der schmerzhaften Behandlung zu erkundigen, die notwendig war, oder nach dem gesundheitlichen Befinden ihres Vaters. Sie kam jeden Tag vorbei und setzte sich ein Weilchen zu »meinen beiden Kriegsbeschädigten«, wie Mrs. Quest sie nun mit einem liebevollen, stolzen kleinen Lachen nannte.

An diesem Nachmittag war Jonathan nicht allein. Zwei junge Männer spielten auf einer Seitenveranda Pingpong, während das weiße Hündchen nach dem Ball schnappte und auf und ab sprang und überhaupt eine rechte Plage war. Im Vorderzimmer saßen zwei Mädchen. Neuerdings war das Haus der Quests voller junger Männer und junger Frauen. Die Männer waren alle aus dem Krieg zurückgekehrt, und die Mädchen, Martha konstatierte es mit Empfindungen, die nicht leicht zu benennen waren, eine neue Generation von achtzehn-, neunzehnjährigen Mädchen, die offensichtlich erst letztes Jahr flügge geworden waren. Jedenfalls interessierten sie sich überhaupt nicht für den Krieg als solchen, sondern betrachteten diese jungen Männer, die ihnen frisch von den Schlachtfeldern der Welt in die Arme geschickt worden waren, als Begleiter und künftige Ehemänner, die die Erfahrung in zufriedenstellendem Maße abgehärtet hatte.

Martha lächelte ihrem Bruder zu, grüßte die Pingpong-Spieler und die Mädchen, für die sie »die verheiratete Tochter der Quests« war und »eine Rote, die was mit den Kaffern anstellen will«, mit einem Winken und bog um die Hausecke, um zu sehen, ob ihr Vater wach war. Er saß mit dem Rücken vor einem Wandschirm aus Prunkwinden, deren prachtvolle, aber hinfällige blaue Trompeten zu schlaffen Fetzen von schmutzigem Weiß dahinschwanden. Seine Illustrierte war zu Boden geglitten, und er döste.

Martha setzte sich und wartete. Die Gegenwart ihres Bruders und der jungen Männer, deren Kleine-Jungen-Gesichter sie in solchen Fragen von vornherein unzuständig erscheinen ließen, hatten derlei Gedanken nicht in ihr aufkommen lassen, doch nun fiel ihr ein, daß sie vor einer halben Stunde noch mit Thomas im Schuppen gelegen hatte. Sie fragte sich, ob ihr Vater das spüren würde.

Als er mit einem Ruck die Augen aufriß, merkte sie, daß er an diesem Nachmittag nicht ganz da war.

»Wie geht's dir?«

»So ziemlich wie immer. Und dir geht's gut?«

»Prima.«

»Na fein.«

Sie lieferte noch eine ganze Reihe solcher nichtssagenden Bemerkungen, bis er nicht mehr zuhörte: Der Garten sehe schön aus, und das Wetter sei ja wunderbar, und der Regen heute nachmittag sei ja nichts Halbes und nichts Ganzes gewesen – halb Unwetter, halb Sonnenschein.

»Na, fein«, sagte er wieder und döste vor sich hin.

Sie dachte, wie oft sie schon bei diesem halb bewußtlosen Mann gesessen hatte. Wo ging er hin, ihr Vater, während der ältliche, eingeschrumpfte graue Mann dasaß und döste? Sie starrte ihn an, starrte, als könnte der Druck ihrer Augen ihn plötzlich leibhaftig erscheinen lassen, ihren Vater, Mr. Quest, den energischen, jähzornigen Mann, der, wenn es ihm beliebte, soviel über sie wußte. Sie hatte das Gefühl, als sei er die ganze Zeit hier – als sei dieser Invalide ein Schwindler, eine Maske. Doch in Wirklichkeit war ihr Vater hier – und wenn das so war, stand sie dann mit ihm in Verbindung? Wo war er? Sie schaute auf den alten, kranken Kopf, der zur Seite sackte, und auf den halb geöffneten Mund und verlangte mit schweigender, sinnloser Wut: Nun sprich doch schon, wo bist du denn hin? Und währenddessen tat das Herz ihr weh. Es tat weh.

Drinnen lief ihre Mutter mit vergnügter Geschäftigkeit umher. Martha ging bald hinein, um ihr guten Tag zu sagen. Jetzt, wo ihr Sohn zu Hause war und sie ihre alte Tatkraft wiedergefunden hatte, Abendessen für ein Dutzend junger Leute kochte, das große Haus in Schuß hielt, Partys und Ausflüge organisierte, war Mrs. Quest wieder bei Laune. Jetzt war die Pflege ihres Mannes nur eins von den vielen Dingen, die sie zu tun hatte, nicht ihr Existenzgrund. Jetzt beschwerte sie sich nicht, daß Martha eine schlechte Tochter sei. Tatsächlich bereitete es den beiden Frauen Vergnügen, sich zu sehen.

Sie küßten einander.

»Na, wohin treibt es dich denn jetzt schon wieder?« fragte Mrs. Quest gutgelaunt.

»Ich gehe zu einer Veranstaltung über Gegenwartspolitik«, sagte Martha, und die Art, wie sie ihrer Mutter den absurden Satz offerierte, war zugleich eine Aufforderung zu lachen.

»Na ja«, sagte Mrs. Quest und legte energisch Handtücher zusammen, »vermutlich etwas Harmloses, doch ich dachte eigentlich, von *so was* hätten wir genug gehabt. Und wann besuchst du nun Mrs. Maynard – böses Mädchen, sie fragt immer wieder nach dir!«

»Das glaube ich gerne!«

Der Geist der Verstimmung tauchte auf, verschwand jedoch wieder, weil die beiden Frauen soviel physisches Wohlbefinden und Tatkraft ausstrahlten. *Fast* wäre Martha kalt und gereizt gewesen und Mrs. Quest kalt und ungerecht.

»Was ist das denn dauernd mit dieser Maisie? Sie redet immer wieder von einem Mädchen, das Maisie Soundso heißt.«

»Frag sie doch mal!«

»Aber eigentlich soll ich das wohl nicht, wie?«

Martha lachte, ihre Mutter ebenfalls, und wieder küßten sie sich, ehe Martha sich zu Johnny Lindsay aufmachte.

## 2

Martha hatte ihre Stelle bei Mr. Robinson aufgegeben. Sonst hätte sie die Nachmittage nicht mit Thomas verbringen können. Am Tag, nachdem Thomas zu ihr gesagt hatte: »Ja, also was verdienst du denn? Was hält dich denn dort?« war Martha mit der umstandslosen Zielstrebigkeit, die Thomas ihr geschenkt hatte, in Mr. Robinsons Büro marschiert und hatte ihm Bescheid gesagt. Allein hätte sie Wochen hin- und herüberlegt – tue ich nun dies oder das? – und wäre dann einer Entscheidung entgegengetrieben. Doch jetzt lebte sie von diesem neuen Zentrum, dem Zimmer, das sie mit Thomas teilte, einem Raum, der offensichtlich einen leise laufenden Dynamo besaß, an den sie, durch ihn, angeschlossen war. Alles war plötzlich mühelos geworden.

Oder fast alles. Denn natürlich gab es neue Probleme. Martha

»arbeitete zu Hause«. Oder wie sie, allem Anschein nach fest entschlossen, jedermann erzählte: »Ich benutze die Wohnung als Büro.« Es half nichts: Soweit es andere betraf, hatte Martha ihre Stelle aufgegeben und war tagsüber ungebunden.

Sie hatte Mrs. Van gesagt, daß sie Schreibmaschinenarbeit brauche, und jetzt brachten die Parlamentsmitglieder, mit denen Mrs. Van befreundet war, und Mrs. Van selbst Martha Arbeit. Die Stunden, die sie jeden Tag vor ihrer Schreibmaschine saß, waren ein Drittel so lang wie zuvor, und sie verdiente zweimal soviel. Wenn man die Ernsthaftigkeit einer Arbeit daran mißt, was jemand dafür bekommt, dann arbeitete Martha zweimal so schwer wie zuvor in Mr. Robinsons Büro. Wie Thomas hervorhob.

Es war genauso wie damals, als sie die Frau von Douglas Knowell gewesen war – die Besetzung hatte sich geändert, das Stück war dasselbe. Jetzt kamen jeden Morgen Marjorie Black, Maisie McGrew, Betty Krueger, Mrs. Quest – sogar Mrs. Van.

Jeden Morgen, wenn Martha an ihrer Schreibmaschine saß und vollgekritzelte Blätter in Stöße ordentlich getippter Seiten verwandelte, klopfte es an die halbgeöffnete Tür. (Warum schließt du denn dann deine Tür nicht ab? sagte Thomas. – Aber es ist doch so heiß!) Und hereinkamen eine oder mehrere dieser Frauen, jede mit dem Ausruf, daß sie Martha keine Zeit stehlen wollte und sowieso auch selbst zu tun hätte, doch daß sie nur eben mal habe reinschauen wollen. (Warum sagst du denn nicht, daß sie wieder gehen sollen, Martha? Sag doch einfach, es tue dir leid, du habest zu tun.)

Und weshalb sagte Martha nicht, daß sie wieder gehen sollten?

Thomas sagte: »Du selbst gehst doch nie zu ihnen, in ihre Wohnungen?«

»Nein.«

»Na siehst du. Das kommt dir gar nicht in den Sinn. Du machst so etwas eben nicht. Deshalb kommen sie zu dir.«

»Ja, und?«

»Deshalb mußt du eben eine Frau werden, die tagsüber nicht gestört werden darf, weil das etwas ist, was du selbst nicht tust.«

»Ach, wenn das so einfach wäre!«

»Ein Kinderspiel, wenn du dich nur dazu entschließt!«

Daß man Tee machte, saß und redete, mitfühlend, liebenswürdig war (usw., usw. ad nauseam), im Gespräch ein Netz spann, das (sie wußte das sehr wohl und die anderen ebenfalls) keine Beziehung zu den Leuten und Ereignissen hatte, die sie besprachen, das jedoch eine gewisse Eigenständigkeit zu besitzen schien – es steckte etwas ungeheuer Anziehendes darin. Sie konnte, wenn die Frauen gegangen waren, das zarte, giftige, vielfarbige Gewebe der Meinungsäußerungen und des Klatsches, das sie geschaffen hatten, buchstäblich in der verrauchten Luft des kleinen Zimmers hängen sehen.

Doch dies waren natürlich »intelligente« Menschen, manche davon sogar »gebildet«, ja sogar – obwohl das ein Wort war, das sie in zunehmendem Maße mit grimmigem Humor verwendeten –, »fortschrittliche« Menschen. Doch was war denn nun anders an diesem Gerede im Vergleich zu dem Gerede der Teestunden mit den Frauen damals, über das Martha sich so aufgeregt hatte? Diese Frauen beklagten sich nicht über ihre Dienstboten; sie beklagten vielmehr, daß sie Dienstboten hatten, wünschten sich, ohne sie auskommen zu können, und faßten tatsächlich häufig den Beschluß, auf sie zu verzichten. Und sie beklagten sich nicht über ihre Ehemänner, sondern über »die Gesellschaft«, die aus der Ehe eine unbefriedigende Einrichtung machte. Sie redeten nicht über Skandale im Sinn von: Habt ihr schon gehört, daß Soundso ihren Mann verlassen hat? Sie erörterten die Charaktere von Leuten, mit der ganzen leidenschaftslosen Gründlichkeit, die ihnen dank ihrer Vertrautheit mit der »Psychologie« zu Gebote stand. Weshalb jemand nun dies oder jenes tat, lag für diese psychologisch geschulten weiblichen Wesen auf der Hand, und die Motive der Leute, ihre eigenen eingeschlossen, waren für sie ein offenes Buch. Rezepte wurden ausgetauscht – über Essen zu reden, war nicht reaktionär, wohl aber war es frivol, wenn nicht reaktionär, zu lange über Kleidung zu reden. Was die Politik anging, so gab es zwei Arten von Politik, und zu beiden gab es nicht viel zu sagen. Die Lokalpolitik, was hier soviel bedeutete wie die Lage des schwarzen Mannes – nun ja, man kann einen Grad von Versiertheit erreichen, wo man nur noch einen flüchtigen Blick in eine Zeitung zu werfen und in bitterem Ton auszurufen braucht: Natürlich, das war ja auch nicht anders zu erwarten!, und damit ist alles gesagt. Was wiederum die Weltpolitik angeht, so machten die Äußerungen des »Kalten Krieges«, eines erst kürzlich aus der Taufe gehobenen Phänomens, es dieser winzigen Gruppe von Menschen unmöglich, sich mühelos zu verständigen, da innerhalb dieser Gruppe ja alle erdenklichen

»linken« Schattierungen vertreten waren, von denen jede einzelne Stufe ein unglaubliches Maß an Takt und Nachsicht gegenüber den anderen erforderte.

Und dann war da natürlich noch eine entsetzliche Faszination, die dunkle Anziehungskraft von Marthas geheimen Ängsten, die in der Tatsache lag, daß unter den jüngeren Frauen nicht eine war, die nicht vor zehn Jahren geschworen hatte: Ich will nicht so werden! Ich mache da nicht mit! Sie alle fühlten das, gestanden es sich ein. Vielleicht war diese Einsicht, daß keine von ihnen stark genug war, um dem Drang zu widerstehen, ein vielfarbiges giftiges Gewebe aus Gerede zu schaffen, daran schuld, daß sie sich nach solchen Vormittagen alle erschöpft fühlten. Genau wie die oberflächlichen, nichtfortschrittlichen Frauen in den Alleen verbrachten sie ihre Tage über Teetassen und gingen in einer Art lastender, ziemlich übellauniger Unzufriedenheit nach Hause, während in ihren Köpfen immer noch wie eine Schallplatte, die sich nicht abstellen ließ, die verschiedenen Wiedergaben ihres Geschwätzes abliefen: Das Problem bei Betty ist: Sie ist mutterfixiert, ihre Kopfschmerzen haben eindeutig psychologische Gründe, und Marthas Problem ist: Sie ist unausgeglichen, und Marjories Problem ist, daß sie so masochistisch ist – weshalb kriegt sie denn noch ein Kind, wenn sie sich doch nur über die zusätzliche Arbeit beklagt? Und Mrs. Van – na, sie ist zwar eine wundervolle Frau, aber wirklich schrecklich konventionell, und Jack Dobie erweist der Sache der Progressiven wirklich keinen guten Dienst: Hätte er die Gesetzesvorlage nicht so aggressiv abgefaßt, dann hätte er sie durchs Abgeordnetenhaus bekommen, doch der hat einen Vaterkomplex, so daß er es nötig hat, ständig Autoritäten herauszufordern.

Weil sie vormittags nicht zur Arbeit kam, sagte Martha an den Abenden, wenn Thomas nicht in der Stadt war, dann zu Anton: »Tut mir leid, aber ich muß nach dem Essen noch arbeiten.« An den meisten Abenden arbeitete Martha, und Anton las oder ging auch aus – vermutlich mit Millicent.

»Hast du denn keine Gewissensbisse, weil du deinem Mann erzählst, daß du arbeiten willst, während du nichts dagegen hast, wenn die Frauen zum Schwatzen vorbeikommen?«

»Er ist nicht mein Mann.«

»Selbstverständlich nicht. Und diese Arbeit – daß du für Jack Dobie Berichte über seine Gewerkschafter abtippst, ist das wichtig?«

»Es ist jedenfalls besser, als über die seelischen Probleme der du-Preez-Kinder und Piet du Preez' Machtkomplex zu reden.«

»Tatsächlich? Na, wenn du meinst, wird es wohl so sein.«

Martha sagte: »Wenn ich hier bin und du das so sagst, ist das natürlich alles lächerlich. Doch hinterher ist das dann immer sehr wichtig.«

»Nur, weil du es zuläßt.«

Martha sagte: »Diese ganzen Sachen, die einen verrückt machen, wenn man sie in Worte faßt, die hören sich so albern an. Aber das *ist* wichtig.«

»Du brauchst nichts weiter zu tun, als jeden Morgen, wenn Anton zur Arbeit geht, hierherzukommen und hier zu arbeiten.«

Sie saßen nebeneinander auf dem niedrigen Bett. Es war am Abend, ehe er zu seiner Farm zurückkehren mußte. Eine einzige schwache Glühbirne legte Schatten und Licht über sie. Sie waren in eine kleine lieblich duftende Welt von Holz und Laub eingeschlossen. Er machte ihr durch den Druck seiner Finger weiße Zeichen auf den Schenkel, hob die Finger, um das Blut zurückströmen zu lassen, und drückte sie dann wieder gegen ihre Haut. Gedankenverloren beobachteten beide das Leben dieser Haut, die unter ihren Augen gemäß ihrer eigenen Gesetze pulste und vor Gesundheit strotzte.

»Du wolltest gerade etwas darüber sagen, wie es sich damit verhält, daß ich immer wegfahre, Martha. Es steht dir im Gesicht geschrieben.«

»Ja, darüber habe ich gerade nachgedacht.«

»Ich weiß. Schön, du hast ganz recht. Hör mal, ich will das gar nicht bestreiten.«

»Was denn bloß? Ich hab doch gar nichts gesagt.«

»Deine Miene sagt alles. Du findest, ich sollte besser die Klappe halten. Du reklamierst dein Recht, gewisse Vorsichtsmaßnahmen zu ergreifen.«

»Für dann, wenn *ich* weggehe?«

»Das war unterhalb der Gürtellinie, wirklich, Martha. Du willst sagen, weil ich dich nicht heirate, mußt du den ganzen Morgen herumsitzen und schwatzen und dich hinterher beklagen?«

»Wer redet denn von Heiraten?«

»Es ist dein gutes Recht, davon anzufangen.«

»*Ich* habe überhaupt nichts davon gesagt.«

»Mein Gott, du machst mich noch wahnsinnig. Dann reden

wir eben jetzt über die ernstzunehmenden Probleme, die du hast. Du sagst, du hättest deine Stelle im Büro nur meinetwegen aufgegeben? Denk doch dran, wie leicht das war. Als Mr. Robinson wichtigen Dingen in die Quere kam, wie einem Liebhaber, da hast du dein Leben sofort geändert. Jetzt sagst du, die Frauen stehlen dir die Vormittage – dann kommst du eben hierher, und dann wissen sie nicht, wo du bist.«

»Ach ja, das mag ja alles sein, doch du fährst weg. Und weiß der Himmel, wie lange ich hier bleiben muß, höchstwahrscheinlich Jahre. Anton hat immer noch nicht die kleinste Nachricht aus Deutschland.«

»Verlaß ihn doch einfach!«

»Du weißt doch, daß ich das nicht kann. Wenn ich das mache, dann wirft es ein schlechtes Licht auf ihn, und sie geben ihm niemals die britische Staatsbürgerschaft.«

»Aber er will doch gar kein britischer Staatsbürger werden!«

»Vielleicht ja doch – ich weiß es nicht. Weshalb müssen wir über Anton reden?«

»Er ist dein Mann, deshalb.«

»Er ist *nicht* mein Mann!«

Während dieser Regenzeit verbrachte sie fast jeden Nachmittag und die meisten Abende im Schuppen. Dann wurden die Abende seltener – Thomas' Arbeit litt darunter, sagte er. Eine Zeitlang blieb Martha zu Hause, wenn Thomas nicht kam, kehrte dann jedoch wieder zum Schuppen zurück. Jeden Abend nach dem Essen sagte sie zu Anton, sie müsse arbeiten, und ging zum Schuppen.

Jeden Nachmittag ging Martha zum Schuppen und hoffte, sie würde niemandem begegnen, hoffte, daß die Frau von Thomas' Bruder sie nicht sehen würde. Doch die mollige, wachsame Frau saß fast immer auf ihrer Veranda und nähte. Also durchschritt Martha in aller Offenheit den Garten hinter dem Haus und betrat den Schuppen. Dort wartete sie auf Thomas. Manchmal kam er nicht, und sie las oder tat einfach gar nichts und schaute zu, wie die grünen Schatten des Baumes sich sanft über die Dielenbretter bewegten. Hier war sie »sie selbst«, niemand übte Druck auf sie aus. Sogar wenn Thomas nicht kam, kehrte sie glücklich und – worauf es immer mehr ankam – gegen Anton gewappnet zurück. Es kam soweit, daß sie schon vormittags zum Schuppen ging, und zwar nicht wegen der Frauen, die soviel Zeit hatten, sondern wegen Anton.

Denn ihre Empfindungen für Anton waren mittlerweile an

einem Punkt angelangt, der ihr Begriffsvermögen überschritt. Wie die »Frauenrunde«, so provozierte »ihr Mann« in ihr nur den Feind, Gefühle, die so alt und, wie es schien, autonom waren, daß sie sich ihrer Kontrolle entzogen.

Wenn man bedachte, wie irrational das alles war! Der erste Zeitabschnitt waren die Monate gewesen, wo sie, Anton und Martha, beschlossen hatten, daß jeder »sein eigenes Leben leben« sollte. Während dieser Zeit, wo Anton vermutlich sein Verhältnis mit Millicent gepflegt und Martha niemanden gehabt, sondern auf Thomas gewartet hatte, da hatten sie freundschaftlich zusammengelebt – ohne irgendwelchen seelischen Kontakt, doch jedenfalls ohne Anstrengung.

Dieser mühelose Umgang war, und zwar schlagartig, mit dem Tag beendet gewesen, als Martha zum ersten Mal mit Thomas geschlafen hatte. Sie hatte nicht erwartet, daß sich irgend etwas ändern würde. Hatte Anton schließlich nicht die ganze Zeit angenommen, sie habe einen Liebhaber?

Doch in der Nacht, nachdem sie zum ersten Mal mit Thomas geschlafen hatte, schlief Anton mit ihr, und zwar zum ersten Mal seit Monaten. Was noch seltsamer war: Obwohl Thomas Anspruch auf sie erhob, obwohl sie von dem gefangengenommen war, was sie entdeckt hatte und noch entdecken würde, vollzog sie alle Bewegungen der Hingabe mit Anton. Warum bloß? Sie mußte es nicht. Sie hatte es nicht einmal vor. Doch sie tat es. Gewiß, sie verachtete sich dafür, doch war das wohl kaum der springende Punkt, gemessen daran, daß sie wußte: Wäre Anton in der Nacht zuvor in ihr Bett gekommen (ehe sie mit Thomas geschlafen hatte), sie hätte nein gesagt oder jedenfalls innerlich nein gesagt – doch natürlich wäre Anton nicht gekommen, er schlief nur wegen Thomas mit ihr.

Was für ein Wesen in Martha war es aber, das ihrem Mann, ihrem Besitzer vor dem Gesetz (oder einer Art Besitzer) erst einmal bedeutet hatte, daß sie ihm untreu gewesen war, und das ihm dann (ohne daß Martha es wußte, geschweige denn guthieß) bedeutete, er sei willkommen, weil sie offensichtlich die Einwilligung, ja, das Verzeihen dieses verabscheuten Ehemannes kaufen *mußte*. Und das, indem sie ihm Sex anbot!

Nachdem Anton mit ihr geschlafen hatte, lag Martha wach, nicht wegen Thomas, dem gegenüber sie, schon nachdem sie das erste Mal mit ihm geschlafen hatte, nicht die mindeste Unsicherheit empfand, nein, wegen Anton, der plötzlich ein angsterregendes, unbekanntes Land geworden war.

Sie dachte: Nehmen wir mal an, ich würde zu Anton sagen: Du hast heute abend nicht einmal deshalb mit mir geschlafen, weil du eifersüchtig bist, sondern weil gewisse Instinkte in dir berührt worden sind, so daß du deine Besitzrechte erneuern mußt – was er dann wohl sagen würde? Er würde sie empört, ja angewidert anschauen. Was für konventionelle Verhaltensweisen nötigte sie ihm denn da auf? Und was für Instinkte? Hatte sie nicht mit seinem Einverständnis seit Monaten einen Liebhaber? Und während sein Körper aggressiv, heftig, ja grob gewesen war, waren seine Worte die eines lieben alten Freundes oder Genossen gewesen, der aus einem spielerischen, launenhaften Impuls heraus mit einer alten Bettgenossin schläft! Wirklich, recht angenehm, hatte sein ironisches, aber übermütiges Lächeln gesagt, als er die Schlafanzughose hochzog und ihre adrette weiße Kordel zuband, mit einer Ehefrau zu schlafen, mit der man so viele zivilisierte, freundschaftliche Absprachen getroffen hat – ja, als zivilisiert empfand er sich, das drückte sein Lächeln aus. Und er arrangierte seine langen, wohlgeformten Gliedmaßen fein ordentlich im Bett, lächelte Martha zu, als er das Licht ausmachte, und drehte ihr einen Rücken zu, der in seiner eigenen Sprache, völlig entgegengesetzt allem, was er zu empfinden meinte, signalisierte: Alles schön und gut – doch wem gehörst du? Mir! Und Martha spürte, wie ihr Körper eine Art alberne, falsch-kokette Haltung einnehmen wollte, die kichernd ausdrückte: So was denkst du doch, hm?

Das war alles erniedrigend, lächerlich ... sie durfte es nicht noch einmal zulassen. Sie mußte Anton aus ihrem Bewußtsein ausschalten, mußte einen inneren Vorhang fallenlassen und ihn aussperren. Sonst würde sie krank werden. Sie war da, teilte die Wohnung mit ihm, kochte für ihn, ging manchmal mit ihm aus, lag jede Nacht im gemeinsamen Schlafzimmer in einem Bett neben seinem. Doch sie war zugleich auch nicht da: Sie hatte ihre Empfindungen eng an Thomas geknüpft und Anton ausgesperrt.

Doch selbst so war sie die ganze Zeit nahe daran, krank zu werden. Es fehlte nie viel. Hier handelte es sich nicht um die unbestimmte Nervenanspannung der Zeit vor Thomas, die weniger die Drohung des Krankwerdens gewesen war als die Krankheit selbst: ein ständiges trockenes, inneres Beben, eine Überhelle, Überwachheit, eine Leichtigkeit ihres Seins – die Bühne, auf der jederzeit die körperlosen Empfindungen auftreten konnten, denen sie in ihrem Innern keinen Boden und keine Wurzeln zu geben vermochte.

Nein, dies hier war etwas ganz anderes, vollzog sich auf einer ganz anderen Ebene – es war unmittelbar physisch. Wenn sie es zuließ, daß ihre Beziehung zu Thomas schwächer wurde, wenn sie es zuließ, daß ihr – was? Körper? (doch welcher Teil davon?) sich an Anton erinnerte und daran, daß er ihr Mann war, ja, dann reagierten ihre Nerven umgehend und das auf die unmittelbarste physische Weise. Sie übergab sich. Ihre Blase wurde zu einem Lebewesen im Fleisch ihrer unteren Bauchhälfte und ließ sie wissen: Sie war da, und sie war auf der Hut. Sie mochte nicht, was sie tat – mochte es ganz und gar nicht. Ihr Bauch, ihre Eingeweide, ihre Blase beschwerten sich, weil sie die Frau eines Mannes war, und mochten das nicht, daß sie mit einem anderen schlief.

Doch konnte man Anton selbstverständlich nichts davon erzählen oder es ihm gegenüber auch nur erwähnen. Sie waren zivilisierte Menschen, er und sie; sie trafen zivilisierte Vereinbarungen über die Ehe, wo sie nun mal kein Erfolg war, und lebten zusammen wie Bruder und Schwester; jeder lag in seinem Einzelbett in einem kleinen Schlafzimmer, und sie sagten Sachen wie: »Und wie ging es heute, Anton? War alles in Ordnung?«

»Doch, alles bestens. Ich baue die ganze Abteilung neu auf. Ja, ich mag zwar feindlicher Ausländer und so ein verfluchter Deutscher sein, doch ich organisiere ihnen ihre Transportabteilung neu.«

»Ich nehme an, das war dringend nötig.«

»Und ich war bei Colonel Brodeshaw. Schließlich sitzt er als Abgeordneter dieses Wahlkreises im Parlament.«

»Ach, prima. Kann er dir helfen?«

»Ich denke schon, daß er willig ist. Ich fange an zu meinen, daß die marxistische Theorie die Rolle des demokratischen Bewußtseins im britischen Leben unterschätzt. Es ist nicht nur eine Maske der Reaktion, es ist nicht einfach nur Heuchelei.«

»Ach, meinst du wirklich?«

»Nein. Obwohl er ein richtiger alter Blimp ist, ist er wirklich sehr anständig.«

»Na, vielleicht ist er das ja, *weil* er ein alter Blimp ist.«

»Ja, das ist völlig richtig. Matty, du triffst den Nagel auf den Kopf. Nur ein echter alter Tory wie Colonel Brodeshaw, jemand, der wirklich an seine eigene Propaganda glaubt, kann es sich leisten, so zu sein.«

»Wie zu sein?«

»Nun, weißt du –« Anton sprach gedehnt und, allem Anschein

nach, ziemlich herablassend, doch verbarg sich dahinter eine tiefempfundene Dankbarkeit und selbst die Art von Entsetzen, die ein Kind angesichts des Unbekannten empfindet: »Ich habe zu ihm gesagt: Ich kann Ihnen das nicht verschweigen – ich bin Kommunist.«

»Aber das muß er mittlerweile doch wohl gewußt haben.«

»Nein, darum geht es hier nicht. Es war wichtig, ihm das zu erzählen, damit er nicht denkt, ich wollte ihm was vormachen. Die legen ungeheuren Wert auf diesen Anstand, mit dem sie es immer haben.«

»Ja, und was hat er nun gesagt, was er unternehmen will?«

»Das ist schließlich nicht so einfach. Ich habe ihm gesagt, daß ich immerzu an alle Leute Briefe schreibe, die ich vor dem Krieg gekannt habe. Im Grunde in alle Städte Deutschlands.« Er schwieg. Sein Atem veränderte sich, klang abgehackt. Das dunkle Zimmer war davon erfüllt – rasches, leises Atmen wie ein Japsen. Martha lauschte dem Geräusch – nicht zum ersten Mal. Anton hatte schlimme Alpträume – die meisten Nächte lehnte er sich schreiend gegen Unterdrücker und Folterer auf und warf seinen langen Körper im Bett herum. Doch er wußte nicht, daß er schlecht träumte, und hielt Menschen, die das taten, für neurotisch.

»Er müßte doch imstande sein, über die Militärbehörden Nachforschungen anzustellen.«

»Und die Ostzone?«

»Da kann er natürlich überhaupt nichts ausrichten. An die Behörden dort habe ich selbst geschrieben.«

»Es wird also noch dauern.«

»Tja nun, es war nun mal Krieg, um die Tatsache kommt keiner herum.«

Bis Antons Zukunft geklärt war – das heißt, bis er naturalisiert war, so daß er und Martha sich scheiden lassen konnten, oder bis er beschloß, daß er sich nicht naturalisieren lassen wollte (und in dem Fall konnte Martha ihn verlassen, ohne ihm zu schaden), waren die beiden aneinandergeschmiedet. Ob ihnen das nun gefiel oder nicht. Doch er konnte keine Pläne machen, ehe er nicht an Nachrichten aus Deutschland herankam. Jede Woche schrieb er Briefe, Dutzende von Briefen, in die Trümmer, die Deutschland waren.

»Eins hat Colonel Brodeshaw noch gesagt: Er nimmt an, daß bei den Bombenangriffen viel mehr Menschen umgekommen sind, als wir bislang wissen.«

»Da könnte er recht haben.«

»Oder vielleicht sind sie auch in der Sowjetunion in Gefangenschaft – ganz im Ernst, man kann ja schlecht erwarten, daß die Russen, nach allem, was passiert ist, milde mit ihnen sind.«

Derlei Unterhaltungen, wie sie fast allnächtlich stattfanden, bewirkten, daß Martha von tiefem Mitleid ergriffen wurde und sich gedrängt fühlte, zu ihm zu gehen und ihn in die Arme zu nehmen. Doch sie konnte es nicht, weil sie sonst krank werden würde. Außerdem tat Millicent das wahrscheinlich. Doch war sie ständig innerlich zerrissen und ständig am Rand des körperlichen Unbehagens, wenn nicht der Übelkeit.

Thomas hatte dafür volles Verständnis.

»Ja, natürlich, Matty, du kennst dich mit diesen ganzen Dingen nicht aus. Eine Frau hat einen Mann, und sie ist ihm treu. Das ist das Gesetz.«

»Wessen Gesetz?«

»Ich habe es nicht gemacht.«

»Soll ich besser nach Hause gehen?«

»Nein. Vorausgesetzt, du bist nicht überrascht, daß dir manchmal nicht wohl ist. Deine Vagina liegt ganz nah bei den anderen Organen, und denen gefällt dein loses Benehmen nicht.«

»Dann ist also alles ganz einfach?«

»Ja, vorausgesetzt, wir halten uns an die Regeln. Nur daß das nicht unsere Regeln sind, das ist das Dumme.«

»Und deine Frau?« konnte sie sich nicht verkneifen zu fragen.

Sein Gesicht nahm den verbissenen, gequälten Ausdruck an, der sich jedesmal einstellte, wenn sie von seiner Frau sprach. Sie wartete, bis er sie anschaute.

»Was willst du von mir hören, Martha?«

»Du bist ihr doch ständig untreu. Ist sie dir treu?«

»Ja«, sagte er, doch voll Zorn und Bitterkeit.

»Weshalb bist du wütend?«

»Es ist richtig, daß du fragst«, sagte er nach einer Weile. Er nahm ihre Hände und legte sie gegen seine Wangen. Er lächelte sie mit sorgenvollem Blick an.

»Ich verstehe nicht.«

»Nein. Natürlich nicht. Ich ja vielleicht auch nicht?« Er kehrte seinen warmen Mund gegen ihre Handfläche, und sie fühlte, wie ihre Kühle in seine Lippen schoß. »Dir ist kalt, Matty. Vielleicht sollte ich hier einen Heizofen aufstellen?« Er zog die schwere Armeedecke über sie. Fröstelnd lag sie unter dem Gewicht von Decken. Durch das winzige Fenster schienen, strahlend, doch verzerrt von dem gesprungenen Glas, die Sterne des Winterhimmels herein.

Er saß nackt auf der Bettkante, ein braungebrannter, starker Mann mit zarter milchweißer Haut an den Lenden, die braunen Hände um ihre geschlossen, und war warm und entspannt. Hitzewellen gingen von ihm aus wie von einem heißen Stein, wenn die Sonne untergeht.

»Mir ist nicht wirklich kalt.«

»Doch, doch. Das kommt von deinem unmoralischen Benehmen. Tja, für Frauen gibt es nun mal nur eins: Sie müssen mit ein und demselben Mann verheiratet sein und ihm treu bleiben, ganz gleich, was ihre Männer machen.«

»Ich fange an zu begreifen. Glaubst du, daß es lange dauern wird, bis unsere Nerven unsere neuen Grundsätze eingeholt haben?«

»Jahrhunderte höchstwahrscheinlich. Vielleicht kommt es aber auch zu einer Mutation. Vielleicht sind wir ja deswegen alle so krank. Etwas Neues drängt durch unsere dicke Haut ans Licht des Lebens. Glaub mir, Martha, wenn ich einen normalen Menschen sehe, dann weiß ich, der ist verrückt. Du weißt schon – diese Leute, diese Hausmütter und -väter. Wir sind die, die dem am nächsten sind, was – was gebraucht wird.«

Sie schaute auf den stämmigen Bauern, der im Dämmerlicht auf der Bettkante saß, während die Sterne in dem billigen Glas funkelten. Sie lächelte, weil er sich als krank bezeichnet hatte.

»Hör ja auf, so zu lächeln – das will ich nicht sehen! Ich sage dir, alles hat sich verändert, und nur wenige Leute wissen das wirklich. Und selbst wir wissen nicht wirklich viel. Früher einmal war das so: Ein Kind wurde geboren in einem Haus, vor dem ein Baum stand. Es war eine Ulme. Sein Großvater hatte sie gepflanzt. Das Kind wuchs heran, während der Baum die Blätter abwarf und neue sprießen ließ. Der Junge stritt sich mit seinem Vater, doch hinterher lag er unter der Ulme; und Frieden kehrte in sein Herz ein. Er schlief mit seinem ersten Mädchen unter der Ulme, und ihr Baby wurde unter der Ulme schlafen gelegt, und als seine Frau starb, wurde sie unter der Ulme begraben, und als alter Mann stand er an seinem Tor und schaute den Baum an und dachte: Der Baum ist mein ganzes Leben lang bei mir gewesen, ich bin kleiner als er.«

»Und jetzt – du willst sagen, daß da statt des Baums ein Gebäude oder eine Straße ist?«

»Keineswegs, keineswegs ein Gebäude – das ist nicht wichtig, die Stadt ist nicht wichtig, nicht wirklich wichtig. Die Großstadt hat nicht lange genug zu uns gehört, um wichtig zu sein, wir sind schon über sie hinaus. Weil wir jetzt denken: Der Stern da drüben, der hält eine andere Zeitordnung für uns bereit. Wir sind unter diesem Stern geboren und lieben uns unter diesem Stern und legen unsere Kinder darunter schlafen und werden darunter begraben. Die Ulme ist überholt, ihre Zeit ist vorbei. Jetzt versuchen wir die ganze Zeit, Tag und Nacht, zu begreifen: Der Stern dort hat eine andere Zeitordnung, verglichen mit dem Stern sind wir Mücken. Und das ist der Grund, weshalb du so furchtbar nervös bist und weshalb ich krank bin, obwohl ich ein Bauer aus Sochaczen bin.«

»Mußt du heute wieder früh weg?«

»In einer Stunde. Eine richtige Liebesnacht wird es also heute nicht. Doch nächstes Mal haben wir den ganzen Nachmittag.«

»Morgen?«

»Nein, übermorgen.« Sie schwiegen. »Du willst doch sagen: Früher warst du fast jeden Nachmittag hier?«

»Nein, aber ich habe es gedacht.«

»Dann denk es ruhig weiter und sag es nicht. Weil ich es nicht ändern kann. Nein, es ist keine andere Frau. Hast du das angenommen?«

»Natürlich.«

»Nein: Es geht ums Geld. Ich schaffe Geld ran. Anders als du denke ich nämlich, wenn ich arbeite, ans Geld. Ich lerne gerade, daß es schrecklich leicht ist, Geld zu verdienen.«

Sie lachte.

»Nein, nein, lach nicht! Du machst einen schlimmen Fehler, wenn du lachst. Ich wußte doch, daß du gedacht hast: Er hat eine andere Frau gefunden. Aber nein, du genügst mir, endlich reicht eine Frau aus. Obwohl ich natürlich nicht sagen kann, für wie lange.«

»Aus Prinzip.«

»Ja, aus Prinzip. Doch ich will nicht, daß du über Geld lachst. Ich muß es überlisten. Ich muß einen Weg finden, wie ich nicht Thomas Stern, der reiche Kaufmann dieser Stadt, werde.«

Mittlerweile verbrachte sie den ganzen Tag im Schuppen. Sie kam etwa um neun Uhr morgens und schritt über die taufrischen Rasenflächen von Sarah Stern, der Frau von Thomas' Bruder. Die beiden Frauen schauten einander an, als hätten sie einander nicht gesehen. Manchmal ging Martha erst spät in der

Nacht nach Haus. Antons Affäre mit Millicent nahm infolgedessen einen neuen Aufschwung, und die Frauen, die Tee trinken und reden wollten, wußten nicht, wo sie war. Sie lebte im Schuppen – darauf lief es letztlich hinaus. Er war ihr Zuhause geworden, und Thomas kam sie dort besuchen.

## 3

Die afrikanische Gruppe – oder besser gesagt, *eine* afrikanische Gruppe – traf sich inzwischen jede Woche in Johnny Lindsays Haus, weil er zu oft krank war, als daß man auf seine Anwesenheit in der Founders' Street hätte hoffen können.

Wenn er gesund gewesen wäre, ob dann wohl auch so viele Menschen ins Büro gekommen wären? Wahrscheinlich nicht. Seit Jahren waren dunkelhäutige Menschen bei Johnny ein- und ausgegangen, weil sie ihm vertrauten. Jahrelang schon war es das Haus gewesen, das Afrikaner aufsuchten, wenn sie Schwierigkeiten hatten. Jeder Weiße, der bei Johnny zum Essen hereinschaute, wußte, daß sich mit ziemlicher Sicherheit ein Schwarzer mit an den Tisch setzen würde.

Fragt sich nur, wie er das hinbekam? Wie war es möglich, daß Johnny, zwei Jahrzehnte, ehe vereinzelte »Progressive« sorgfältig ausgewählte Schwarze in ihr Haus baten, in seinem Haus faktisch die Rassenschranke abgeschafft hatte? Wie kam es, daß einer in einer als »farbig« geltenden Straße (obwohl das natürlich in keinem Gesetz geschrieben stand) lebte und als militanter Sozialist arbeitete, der Tag und Nacht Brüderlichkeit predigte – wie kam es, daß er nicht eingesperrt wurde oder sonst Scherereien mit den Behörden bekam?

Tja, auf diese Frage gibt es keine Antwort. Schließlich kommt es dabei sehr darauf an, was für ein Mensch einer ist, und darüber wissen wir sehr wenig. Manche Menschen können Dinge tun, die andere nicht tun können – soviel wissen wir immerhin. Johnny hatte aufgrund einer Eigenschaft, der wir keinen Namen zu geben vermögen, zwanzig Jahre lang völlig offen auf eine Weise gelebt, die jeglichem Gesetz, dem geschriebenen wie dem ungeschriebenen, in der Kolonie widersprach. Nichts war ihm geschehen.

Vielleicht hätte die afrikanische Gruppe sich selbst dann in seinem Haus getroffen, wenn er nicht krank gewesen wäre. Obwohl »die afrikanische Gruppe«, die, wenn man das nur so sagt, so solide, nach einem geschlossenen Ganzen klingt, nichts dergleichen war. Selten sah man bei aufeinanderfolgenden Treffen dieselben Gesichter. Manche waren nach Hause zurückgekehrt, in Länder, die Hunderte von Meilen entfernt waren, manche waren krank oder mußten bis spät abends arbeiten, oder sie waren wegen irgendeines Verstoßes gegen die Ausgangsvorschriften im Gefängnis, oder Soundso war gestorben. Die schwarze Bevölkerung war ständig in Bewegung, sie reagierte empfindlich auf Schicksalsschläge und Unglücksfälle und bestand ohnehin aus Fremden. Kurz, sie war wie die Weißen. Wer leitete die afrikanische Gruppe? Johnny Lindsay, der alte Bergarbeiter, von Witwatersrand und gebürtig aus Cornwall. Jack Dobie, »der rote Agitator« vom Clyde. Mrs. Van der Bylt, eine holländische Frau aus einem Dorf im Kapland. Martha Hesse, Engländerin, doch mit einem Deutschen verheiratet und Geliebte eines Polen. Athen, Zeitungsverkäufer aus Griechenland.

Und die Schwarzen kamen aus Njassaland, Nordrhodesien, den portugiesischen Gebieten wie auch aus entlegenen Gebieten dieser Kolonie, deren Grenzen willkürlich gezogen waren, wie es der Eroberung entsprach. Wer von denen, die in diesem Zimmer saßen, konnte sagen: Dies ist mein Land, dies ist meine Heimat? Keiner. Vielleicht Johnny Lindsay, dem man die für diese Kolonie bemerkenswerte Eigenart nachsagen konnte, daß er fünfzehn Jahre in ein und demselben Haus gelebt hatte. Vielleicht auch Mr. Matushi, der schließlich ein Maschona war. Doch Mr. Matushi sah sein Zuhause nicht in dieser Stadt: Er sehnte sich nach seinem Dorf, das fünf Tagesmärsche entfernt war.

Die afrikanische Gruppe war offiziell immer noch die »Afrikanische Ortsgruppe der Sozialdemokratischen Partei«, deren Existenz die Partei vor zwei Jahren, als sie in der Opposition gewesen war, gespalten hatte. Es war diese Gruppe, eine Minderheit von Weißen, die der Labour Party ein für allemal den Weg zur Macht verbaut hatte. Dieser Gruppe war es zu verdanken, daß eine Minderheit von Weißen auf alle Zeiten als Rote und Kommunisten und Kaffernfreunde abgestempelt war. Ihr war es zu verdanken, daß der biedere rechte Flügel der Labour Party, der mittlerweile ausschließlich aus weißen Gewerkschaftern bestand, allerdings aus solchen, die Positionen von nationaler Bedeutung innehatten, niemals Zugang zu Ministerämtern haben oder – wie wenigstens zwei davon durchaus hätten erwarten können – Premierminister werden würden. Diese vorsichtigen Leute, die »Labour« vor dem Ruch der »Kaffernliebe« hatten bewahren wollen und ihr eigenes Süppchen gekocht hatten, sie hatten sich selbst auf alle Zeiten das Wasser abgegraben, weil ihnen das Etikett »weiße Gewerkschafter« anhaftete.

Unterdessen beobachtete die konservative Partei, die dies Land regierte und schon Jahre regiert hatte, vermutlich mit Ergötzen, wie die Partei ihrer angsteinflößenden Widersacher sich über einem Prinzip selbst zerstörte, wartete ab, bis der Staub sich gesetzt hatte, und verkündete in aller Ruhe, daß man dabei sei, eine afrikanische Ortsgruppe zu bilden. Niemand verließ aufgrund eines derart revolutionären Gebarens die Partei. Im Gegenteil, es wurde kaum zur Kenntnis genommen.

Um es noch einmal zu sagen: Manche Menschen können Dinge tun, die andere nicht tun können.

Jedenfalls, die große Schlacht, die eine bedeutende Partei gespalten und ein halbes Dutzend Karrieren ruiniert hatte, ließ dies kleine Häuflein auf dem Schlachtfeld zurück – eine afrikanische Gruppe.

Eine Zeitlang hatte sie zu existieren aufgehört, da der Parteiflügel, der sie unterstützte, praktisch zusammengebrochen war.

Mrs. Van überwachte die Szene, auf der ein halbes Dutzend Gruppen auftraten, sich kurze Zeit heftig betätigten und dann wieder einschliefen, während der mysteriöse Mr. Zlentli immer noch unsichtbar blieb, und faßte den Entschluß, daß sie *ihre* Gruppe dazu bringen würde, etwas Sinnvolles zu tun.

Doch was?

Zuerst mußte man sich fragen, was den Afrikanern am meisten fehlte.

Eindeutig – Mrs. Van war sich darüber vollkommen im klaren – war es Selbstbewußtsein. Daran konnte es keinen Zweifel geben. Die Afrikaner dieser Kolonie, die physisch vernichtet waren, deren Truppen zerstört und deren Stämme versprengt waren, hatten nichts von dem Selbstvertrauen und dem Stolz der Länder im Norden, die niemals erobert worden waren.

Nicht nur, daß sie vor fünfzig, sechzig Jahren im Kampf aufgerieben worden waren, sie waren seitdem von Menschen regiert worden, die sie von morgens bis abends herabsetzten. Sie konnten keine Zeitung in die Hand nehmen, ohne daraus entnehmen zu müssen, wie unwissend, wie dumm, wie rückständig sie waren. Die vordringliche Aufgabe ihrer Gönner war eindeutig, sie »aufzumuntern«, wie Mrs. Van es ausdrückte (wenn auch nur privat).

Und wie sollte man es anstellen? Die Frage ließ sich ebenso eindeutig beantworten! Es lag auf der Hand: Wenn man schwarze Köpfe und Herzen mit Zuversicht füllen wollte, mußte man ihnen lediglich die Geschichte Europas und Amerikas während der letzten hundert Jahre erzählen. Keine schwarze Nation (so hoffte Mrs. Van) konnte jemals so dumm, so blutrünstig, mörderisch, verräterisch und kurzsichtig sein, wie irgendeine beliebige weiße Nation in der Welt, und folglich entwarf Mrs. Van einen Kurs von vielleicht zwanzig Vorträgen, der die Spanne »von der Industriellen Revolution bis zum Zweiten Weltkrieg« umfaßte. Dann bat sie Mr. Matushi als Wortführer der Gruppe zu sich, um zu hören, ob er einverstanden sei.

Mit diesem sanften Lächeln, das er – so schien es – niemals ablegen würde, erklärte Mr. Matushi, er wolle ihre gute Freundin Mrs. Van zwar auf keinen Fall verärgern, doch was die Afrikaner wirklich brauchten, sei die Anleitung, wie man die gegenwärtige weiße Regierung a) mit zulässigen oder b) mit unzulässigen Mitteln loswerden könne. Ob sie denn keinen Weg wisse, wie man an Kurse über revolutionäre Methoden herankommen könne?

Mrs. Van erwiderte: »Doch wenn ich richtig informiert bin, bekommen einige von euch bereits derartige Unterweisungen? Stimmt es etwa nicht, daß Solly Cohen eine Schulungsgruppe über derlei Dinge abhält? Und wie sieht es denn mit Ihrem Mr. Zlentli aus?«

»Er ist nicht *mein* Mr. Zlentli!«

Sie lächelte ihn an, er lächelte zurück. Dann fragte er höflich, weshalb Mrs. Van soviel daran gelegen sei, ihnen Geschichtsunterricht zu geben.

Mrs. Van forderte ihn auf, mit einem Teil seiner Freunde herzukommen, um darüber zu diskutieren.

Diese Männer saßen und hörten geduldig zu, während sie erklärte: »Meine Herren, Sie leiden alle unter einem fatalen politischen Handikap. Im Grunde Ihres Herzens schenken Sie der Propaganda Ihrer Feinde Glauben. Wenn Sie nun aber etwas von der jüngeren europäischen Geschichte wüßten (und es ist nicht Ihr Fehler, daß das nicht der Fall ist, so wie Ihre Schulen aussehen), dann würden Sie jedesmal, wenn ein Weißer Ihnen erzählte, Sie seien nicht imstande, sich selbst zu regieren, einfach vor Lachen brüllen.«

Nachdem sie sich mittels dieser Bemerkungen der wohlwollenden Anteilnahme versichert hatte, auf die sie berechnet gewesen waren, fuhr sie in verändertem Ton fort: »Außerdem, liebe Freunde, werden Sie es nützlich finden zu erfahren, wie Ihre eigene Zukunft im Fall der Unabhängigkeit aussehen wird, wenn Sie sich nicht sehr in acht nehmen. Glauben wir denn, daß weiße Rassen, schwarze Rassen einander an Intelligenz überlegen sind? Nein. Doch ich habe den Verdacht, daß Sie glauben, wenn Sie Ihre Selbstverwaltung haben, dann werden Sie es intelligenter anstellen als die Europäer. Das wird jedoch nicht der Fall sein. Ich persönlich kämpfe für Ihre Unabhängigkeit, weil ich glaube, daß Sie ein unveräußerliches Recht darauf haben, genauso grausam und so dumm zu sein wie wir.«

So ließ sich Mrs. Van, lächelnd und mit gelassenem Nicken, vernehmen. Sie lachten natürlich. Doch diese Äußerungen wurden weitergetragen. Sie wurden fleißig wiederholt. Manche Leute lachten nicht. Derartige Ansichten waren ihrer Zeit voraus – wie man so schön sagt. Es wäre wahrlich taktvoller gewesen, derlei Dinge nicht zu sagen oder – noch besser – sie nicht zu denken. Vielleicht dachte Mrs. Van, deren Laufbahn ja durch den Skandal wegen der Afrikanischen Ortsgruppe ruiniert worden war – sie bedauerte es nicht –, daß sie nichts mehr zu verlieren habe und sagen könne, was sie wolle. Doch es ist auch möglich, daß sie von dem lebenslangen Kampf gegen die Dummheit erschöpft oder seiner einfach überdrüssig war und daß auch eine gewisse Nachlässigkeit mitspielte, wenn sie solche Sachen sagte. Jedenfalls fanden diese Worte, die ihre Freunde in der Situation selbst zum Lächeln brachten, später noch einigen Widerhall.

Indessen fanden die etwa zwanzig Vorträge über die weiße Geschichte nicht statt. Die Afrikaner beratschlagten, erklärten, sie stimmten zu, daß es hilfreich sei, sich in der Geschichte besser auszukennen, doch was denn mit ihrer eigenen sei? Mrs. Van tat sich um, stellte Erkundigungen an, schrieb an Universitäten, mußte jedoch zugeben, daß die Afrikaner (offiziell) noch keine Geschichte hatten. Es gab sie zwar, doch war sie in alten Berichten und Aktenstücken und in Form von alten Rechnungen über die ganze Welt verstreut. Es existierte 1946 nicht ein einziges Buch oder auch nur eine Broschüre, die Mrs. Van hätte bestellen und zur Grundlage einer Schulungsgruppe über die »Geschichte Afrikas vor dem Auftreten des weißen Mannes« hätte machen können.

Die Afrikaner beratschlagten abermals und kamen mit dem Vorschlag, daß es doch hilfreich sein könne, die Geschichte Südafrikas kennenzulernen. War es beispielsweise möglich, daß die Nationalisten die Macht übernahmen? Natürlich sagten alle, das sei unmöglich, das wüßten sie. Die Welt würde derlei extremistische Anschauungen nicht dulden – man schrieb 1946, und die Leute, die Leitartikel für Zeitungen schrieben, sagten fortwährend, daß die Welt nie wieder extremistische Regierungen hinnehmen würde. Doch, sie begriffen schon, sagten die Afrikaner, sie hatten nichts zu befürchten, vor allem dieses liberale Großbritannien würde so etwas nicht zulassen, doch einmal angenommen, die Nationalisten übernahmen doch die Macht, was würde denn dann mit diesem Land geschehen, das Südafrika geistig doch so nahe stand, von der Geschichte ganz zu schweigen?

Diesem Verlangen ließ sich leichter entsprechen, als es zuerst den Anschein gehabt hatte. Da gab es schließlich Johnny Lindsay, der mit achtzehn in Südafrika eingetroffen war. Er hatte im Burenkrieg gekämpft (eine Tatsache, an die er inzwischen mit Scham und Reue zurückdachte) und hatte bis zum Großen Streik von 1922 an jedem Arbeitskampf in Südafrika teilgenommen. Er übernahm es, die Vorträge zu halten. Das Problem dabei war, daß er zum Reden nicht genug Luft bekam. Den ersten Vortrag – über die sinnlose Brutalität des Burenkrieges – hatte er im Bett sitzend gehalten, einen alten Mantel über die Schultern gehängt und die Sauerstoffflasche dicht neben sich, und er hatte Satz um Satz hervorgekeucht, während sich seine Augen mit Tränen der Erniedrigung füllten und seine Zuhörer, ein halbes Hundert schwarzer Menschen, die auf dem Boden, dem Bett, überall saßen, wo sie Platz fanden – in teilnahmsvollem Schweigen zuhörten. Mrs. Van ging es zuerst auf, doch dann wies Johnny selbst daraufhin, daß er, wenn er starb, die lückenlosen Erinnerungen einer noch ungeschriebenen Geschichte mit sich nehmen würde. Was konnte ungewöhnlicher, paradoxer, wildbewegter sein als die Geschichte des Witwatersrand? Sie riefen jemanden zum Mitstenographieren, doch Johnny konnte nicht sprechen. Es war zu spät. Er hatte gerade immer nur genug Atem für einen halben Satz.

Er mußte es aufschreiben – ein Jammer, denn seine Art zu schreiben hatte nichts von der Lebendigkeit seiner Rede. Wenn er mit einem Abschnitt fertig war, gab er ihn Martha. Sie schrieb ihn mit der Maschine ab und wurde dafür von einer Stiftung bezahlt, die von Mrs. Van mobilisiert worden war.

Martha war es also, die jede Woche am Bett des alten Mannes saß und ihm vorlas, was er während der Woche geschrieben hatte. Er verbesserte, änderte und ergänzte dann, während sie vorlas – soweit sein Atem es zuließ.

An einem Mittwochabend im Winter war das winzige Zimmer im Farbigenviertel mit Menschen, vorwiegend Afrikanern, angefüllt. Es wurde viel gehustet, denn die Leute waren nicht warm genug angezogen und aßen auch nicht ausreichend. Hinter ihnen lungerten Kinder aus dem Viertel auf der Veranda herum und hörten zu. Den Hintergrund bildete der Winterhimmel mit seinem kraftvollen kalten Glitzern.

Johnny hielt sich mit Hilfe von Kissen aufrecht. Er war sehr krank an jenem Abend.

Martha brachte einen Satz nach dem andern vor und wurde dabei immer langsamer, weil sie die Stimme heben mußte, um die harten unregelmäßigen Atemzüge zu übertönen. Doch niemand mochte den Vorschlag machen, daß er in ihrer Gegenwart den Sauerstoffschlauch vor den Mund nehmen sollte.

Flora war nicht im Zimmer. Mrs. Van hatte gesagt: »Flora ist sicher froh, wenn sie mal einen Abend lang nicht Krankenschwester spielen muß.« Doch es hatte sich herumgesprochen, daß Flora gesagt hatte: »Ich begreife nicht, warum sie an ihm herumzerren müssen, bis er in der Grube liegt.«

Mrs. Van hatte erklärt, Johnny lebe wahrscheinlich nur noch, um Woche für Woche die kostbare Zusammenfassung seiner Erinnerungen abzuliefern, ehe es zu spät sei. Jedenfalls empfinde sie, Mrs. Van, es so. »Leute gibt es«, sagte Flora und entfernte sich.

Zum ersten Mal schauten die Leute Flora an und erblickten eine hübsche Frau mittleren Alters, die eine konventionelle südafrikanische Erziehung genossen hatte, seit Jahren mit dem alten Agitator von Witwatersrand lebte – vermutlich aus Liebe, denn verheiratet waren sie ja nicht – und die unter anderem damit einverstanden gewesen war, daß sie für schwarze Frauen und Männer kochen, die Gastgeberin spielen und sich mit ihnen an einen Tisch setzen sollte. Wie sie das wohl alles gefunden hatte? Sie sagte es nicht, sondern ging mittwochs ins Kino.

Sie war Witwe und hatte Johnny kennengelernt, als er noch ein kräftiger Kerl war, dem seine Lungen »manchmal zu schaffen machten«.

Hinter dem Bett saß Mrs. Van und strickte etwas zum Anziehen für ein Enkelkind. Martha gegenüber auf der anderen Seite des Bettes saß Athen und achtete auf jede Regung, jeden Atemzug von Johnny Lindsay, den er verehrte, wenn er auch sagte: »In meinem Land wäre er ein Klassenfeind, weil er Sozialdemokrat ist – doch Matty, das ist ein anständiger Mensch, und er hat sein Leben den Arbeitern gegeben, so wie er es verstanden hat.«

Athen trug seinen eleganten hellen Anzug und litt mit dem leidenden alten Mann, der mit schweratmender Brust halberstickt im Bett saß.

Martha las: »Das Streikkomitee verlegte sein Hauptquartier von Benoni nach Johannesburg. Gleichzeitig bewaffnete die Regierung die verängstigte Bourgeoisie und bildete spezielle Polizeitruppen. Immer noch trafen bis an die Zähne bewaffnete Truppen ein, die ihre Pferde bereits gesattelt in offenen Lastwagen herbeischafften. Die offenen Plätze strotzten vor Kanonen. Ein paar von den Streikenden fingen an, sich ins Zentrum von Johannesburg zu begeben und mit ihnen Scharen von Schaulustigen. Das gesamte Geschäftsleben hörte auf, und bewaffnete Patrouillen ritten durch die Straßen und zerstreuten Menschenansammlungen. Die öffentliche Stimmung war allgemein von Wut und Bitterkeit beherrscht. Man verübelte die Anwesenheit der Truppen, die man als Einschüchterungsversuch gegenüber der Stadt verstand.«

Der alte Mann hob die dürre Hand. Martha hielt inne. »Es bestand keine Notwendigkeit für die Truppen, nicht die geringste, es war eine Provokation«, sagte er.

Sie wartete, doch er schnappte mit geschlossenen Augen nach Luft. Dann ließ er die Hand sinken.

»Vor dem Witwatersrand Klub, der den Luxus und die Gefühllosigkeit der Kapitalisten symbolisierte, sammelten sich kleine Menschenmengen. Von den dümmeren Klubmitgliedern stand eine Anzahl oben auf dem Balkon, verhöhnte die Leute und zeigte mit den Fingern auf sie. Die Situation wurde unschön. Ein paar Steine wurden geworfen, und es fand ein Angriff auf den Eingang des Klubs statt. Die Straße wurde von

Dragonern geräumt. Die Menge plünderte einen Brotkarren und bewarf die Berittenen mit Brotlaiben ...«

Der tiefe, rauhe Atem veränderte sich – Johnnys Mund zog sich in die Breite –, Mrs. Van begann, verständnisinnig zu lachen, und das ganze Zimmer lachte mit ihr. Ein oder zwei Leute saßen jedoch demonstrativ mit ernsten Gesichtern da.

»Das war vielleicht ein Spaß ...«, sagte Johnny. Mrs. Van beugte sich vor, um das Wasser wegzuwischen, das über pergamentene Wangen hinablief, und Martha wartete lächelnd. Dann war Johnnys Gesicht wieder vom Kampf um die Atemluft gezeichnet, und alle konnten aufhören zu lachen.

»Nachdem sie eine Weile die Straße auf- und abpatrouilliert waren, erhielten die Dragoner den Befehl zum Absitzen. Sie bildeten an der Ecke Loveday und Commissioner Street einen Block und fingen an, in die Menge zu feuern. Ganze Scharen fielen getötet oder verwundet. Von den Fenstern und vom Dach des Klubs schloß sich eine Anzahl gewissenloser Mitglieder der Schießerei an und war für eine ganze Zahl von Opfern verantwortlich.«

Ein junger Mann, der auf dem Fußboden saß, hob die Hand wie ein Kind in der Schule. Es war einer der Männer, die sich geweigert hatten, aus Sympathie für Johnny mitzulachen.

»In welchem Jahr war das, Mr. Lindsay?« Martha schaute Johnny an, der den Kopf schüttelte und auf Martha zeigte.

»1913«, sagte Martha für ihn.

»Juli«, sagte Johnny mühsam flüsternd. »Wenn es im nächsten Jahr nicht Krieg gegeben hätte, dann hätten wir sie geschlagen, wir hätten ein sozialistisches Südafrika bekommen.«

Niemand sagte etwas dazu. Alle schauten auf den Fragesteller, doch der hatte anscheinend nichts mehr zu sagen. Martha fuhr fort:

»Wut und Entsetzen der Menge kannten keine Grenzen. Es gab nur ein paar mit Colts, wie sie damals in Witwatersrand üblich waren, und die versuchten zurückzufeuern, ohne jedoch etwas auszurichten. Die große Menge war friedlich eingestellt und unbewaffnet, und viele hatten mit dem Arbeitskampf nichts zu tun. Ein dramatischer ...«

Wieder hob der junge Mann die Hand. »Entschuldigen Sie bitte, aber mir ist das noch nicht ganz klar. Die Menge bestand aus Weißen, sagen Sie?«

Einen Augenblick lang sagte niemand etwas. Es wurde langsam deutlich, daß dieser junge Mann auf Ärger aus war.

Johnny holte mühsam Atem: »Bergbaukammer gegen die weißen Arbeiter. Die von Smuts und Botha unterrichtete Bergbaukammer.«

Martha wartete, schaute Johnny an und dann den jungen Mann, der, nachdem er erreicht hatte, was er wollte, stirnrunzelnd schwieg.

»Ein dramatischer und tragischer Zwischenfall, der sich zu einer schweren Belastung der Regierung auswuchs, war der Tod des jungen afrikanischen Minenarbeiters Labuschagne. Labuschagne trat vom Trottoir in die Mitte der Straße und rief: ›Hört auf, Frauen und Kinder zu erschießen, ihr Schweinehunde! Erschießt lieber einen Mann!‹ Dabei riß er sein Hemd auf, um seine Brust zu entblößen. Aus nächster Nähe schoß ihm ein Trooper gezielt durchs Herz.«

Das löste allgemeines Kopfschütteln und Zungenschnalzen aus. Manche murmelten: »Pfui!«

Johnny setzte sich plötzlich kerzengerade auf, beugte sich vor und sog Luft ein, wobei er sich mit zitternden Armen abstützte. Mrs. Van beugte sich über ihn.

Doch niemand rührte sich vom Fleck. Nach ein paar Minuten legte Johnny sich wieder zurück, kreideweiß im Gesicht.

»Ich finde«, sagte Mr. Matushi, der am Fußende des Bettes saß, »wir sollten unserem Freund jetzt Ruhe gönnen.«

Doch Johnny hob beunruhigt die Hand. »Macht weiter«, krächzte er im Flüsterton.

Mr. Matushi äußerte: »Es ist wichtig für uns alle, daß wir diese Dinge kennen, auch wenn das ein Kampf zwischen Weißen war.«

Die Art, wie er das sagte, an irgendeinen neutralen Punkt in der Menge der Zuhörer gerichtet – nicht an den jungen Mann, der sich gemeldet hatte, was es nur noch schlimmer machte –, bewirkte, daß Mrs. Van, Martha und Athen einander ansahen.

Jetzt hob der junge Mann erneut die Hand. Er sagte: »Und wo waren die schwarzen Minenarbeiter während dieses Kampfes? Wenn ich richtig verstanden habe, kamen zu der Zeit doch jährlich achttausend Afrikaner bei Unfällen um?«

Wieder war Zungenschnalzen zu hören, doch man fing an zu begreifen, daß es sich hier um eine vorsätzlich inszenierte Herausforderung handelte.

Mr. Matushi sagte: »Meine Herren, wir waren uns darüber einig, daß wir etwas über die jüngere Geschichte Südafrikas hören wollten. Doch wir wissen alle, daß die großen Auseinandersetzungen in Witwatersrand zwischen weißen Minenarbeitern und ihrer Regierung stattfanden.«

»Und wann kommen wir ins Spiel, Mrs. Van?« fragte ein junger Mann, der noch nichts gesagt hatte.

»Tja, Sie sind ja nun da«, sagte Mrs. Van mit energischem Nicken, »und was gedenken Sie daraus zu machen?«

Ein paar Leute lachten, doch die meisten schwiegen. Es herrschte eine starke Spannung im Raum. Johnny lag unterdessen völlig reglos in seinen Kissen.

Der zweite junge Mann sagte zu Mrs. Van: »Erwarten Sie wirklich von uns Afrikanern, daß wir auch so üble Geschichten machen sollen, wie wir sie heute abend gehört haben? Wenn ich ehrlich sein soll, Mrs. Van der Bylt, mein Gefühl sagt mir, daß keiner von uns imstande wäre, einen Mann wie diesen Labuschagne zu töten.«

Mrs. Van beobachtete ihn genau, um herauszufinden, ob er provozieren wollte oder nicht. Doch seine Miene drückte nur ernsthafte Besorgnis aus. Sie fragte: »Wie heißen Sie?«

»Was hat denn das damit zu tun?«

»Sie wissen meinen Namen doch auch«, bemerkte sie.

Jetzt, wo sie sich einer bestimmten Situation mit einer unmißverständlichen Atmosphäre gegenübersah, legte Mrs. Van ihr Strickzeug weg, faltete die Hände im Schoß, und dem wachsamen Blick, mit dem sie sich umschaute, entging nichts. So hatte sie etwas Furchteinflößendes.

Mr. Matushi saß kerzengerade, die Hände auf den Knien. Er sagte plötzlich: »Meine Herren, ich schäme mich, ich schäme mich wirklich.«

Athen sagte: »Ich finde, wir sollten den Abend beenden. Unser Freund ist für solche Sachen zu krank.«

Johnny schien zu schlafen: Er war bestimmt ganz woanders.

Überall im Zimmer standen die Leute auf, machten die Beine lang, reckten sich, husteten und fröstelten. Mr. Matushi ging zu Mrs. Van, nahm ihre Rechte in beide Hände und sagte: »Glauben Sie's mir – wir sind Ihnen für diese lehrreiche Vortragsreihe sehr dankbar.«

»Ja, ja«, sagten verschiedene Stimmen, aber nicht viele.

»Soweit ich das mitbekommen habe«, sagte Mrs. Van liebenswürdig, »finden ein paar von Ihren Leuten diese Abende nicht nützlich?«

»Nein« und »Das stimmt nicht« ertönte es von der Veranda.

Eine andere Stimme sagte laut von der Veranda her: »Das

sind Leute, die sich unsere Freunde nennen! Aber die können bloß von Weißen reden.«

»Pfui!« sagte Mr. Matushi energisch in Richtung Veranda.

Athen sagte: »Genossen, wenn die Gewehrläufe der Kapitalisten auf Streikende zeigen, dann spielt es keine Rolle, ob die Streikenden eine schwarze oder eine weiße Haut haben.«

Einen Augenblick lang Stille. Dann sagte die Stimme von der Veranda: »Oh, ja, völlig egal! Und auch dann, wenn die Weißen das Vielfache dessen verdienen, was wir kriegen.« Lautes Gelächter, in das eine große Zahl von Leuten einstimmte. Dann hörte man die Geräusche von Füßen, die sich auf dem harten Sandboden entfernten.

Ein paar Männer kamen, um Mrs. Van die Hand zu schütteln, und Mr. Matushi sagte: »Ich kann Ihnen versichern, daß zumindest einige von uns diese Vorträge nützlich finden, und ich werde jedenfalls nächste Woche hier sein.«

Er beugte sich über Johnny, um sich zu verabschieden. Johnny hatte die Augen jetzt offen. Mr. Matushi legte dem Kranken die Hand auf die Schulter, zog eine Falte der Decke glatt, um seinen Wunsch, behilflich zu sein, anzudeuten, und ging dann nickend und lächelnd hinaus.

»Sieht ganz so aus«, sagte Mrs. Van, »als hätte unsere Schulungsgruppe gewisse Schwierigkeiten.« Dann beugte sie sich über Johnny. Athen berührte Marthas Arm, und sie sagten still gute Nacht und gingen hinaus auf die Straße. Es war ungefähr sieben Uhr abends. Alle Gebäude waren erleuchtet, jedes Fenster, jede Türöffnung mit Gesichtern gefüllt. Männer standen gruppenweise auf den dämmerigen Veranden. Ein starker Geruch von saurem Wasser mischte sich mit dem Duft von frisch gemähtem Gras, der von einem Eckgrundstück in Schüben heranwehte.

»Wir kommen zu spät«, sagte Martha. Sie waren auf dem Weg zu einer Abendgesellschaft, die arrangiert worden war, weil Athen vorgeschlagen hatte, daß man Maisie einen Abend einladen sollte. »Es soll lustig sein, Martha, nicht langweilig. Um ihr zu zeigen, daß ein anständiges Leben nicht langweilig ist.«

Als sie ihn fragte, was er sich vorstelle, schlug er Tanzen vor.

»Aber Athen, ich bin sicher, daß Maisie jede Woche Dutzende von Malen zum Tanzen eingeladen wird.«

»Aber nicht von Leuten wie dir, Martha. Frag sie. Ich möchte, daß du das tust.«

Martha erkannte, daß Athen das nicht um Maisies willen, sondern um seiner selbst willen wollte.

Schließlich beschloß man, daß eine Gesellschaft, die aus Athen und Maisie, Anton und Millicent sowie Martha und Thomas bestehen sollte, tanzen gehen würde, um, so sah es jedenfalls nach außen aus, Maisie Anschauungsunterricht in harmloser Unterhaltung zu erteilen. Sie wollten zu einem Hotel, mehrere Meilen von der Stadt entfernt. Athen hatte bereits seinen schönen Anzug an. Aber Martha war noch nicht umgezogen.

»Ich sehe es schon kommen«, sagte Martha, »daß wir am Ende unsere Veranstaltungen noch so zu legen anfangen, daß sie uns bei unseren Cocktailpartys nicht in die Quere kommen.«

Athen ging schweigend neben ihr.

»Was ist denn los?«

»Hast du das gesagt, um auf meinen Charakter anzuspielen?«

Martha begriff, daß er sich immer noch wegen seines Anzugs grämte. Sie hatten gescherzt, daß Athen ein Dandy sei, während sie sich doch vorgestellt hätten, daß er als gestrenger Mönch einsam in seiner Zelle sitze, aus der er nur herauskomme, um sich auf so sanfte Weise der Laster anderer anzunehmen, als handele es sich um Wunden. Danach würde er dann in einen kleinen weißen Raum zurückkehren, wo er die Seiten eines alten Buches umwenden und langsam, ganz langsam am Klosterlikör nippen würde. Dieser Scherz hatte Athen getroffen, und er hatte sich deswegen gegrämt. Er erkenne seinen Charakter darin wieder, hatte er gesagt. Doch, er akzeptiere das als echte solidarische Kritik.

»Hör mal, Athen«, sagte sie hastig und sogar brüsk, denn sie mochte ihn sehr und war sich zugleich der Sinnlosigkeit, dieses Bruders der Absurdität, bewußt, denn sie konnte sich ihre Vorfreude nicht verkneifen – die sechs an diesem Abend! – was für eine Kollektion von Menschen, wie lächerlich, wie absurd! Und wie vergnüglich. »Hör mal, Athen, du nimmst das einfach alles zu ernst. Jedesmal, wenn du davon anfängst, denke ich: Das kann doch nicht sein Ernst sein!« Das Gesicht, das er ihr entgegenhob, war düster, weil er so bewegt war, und ihre Worte wirkten deshalb lächerlich, doch sie sagte mit einem unbehaglichen Lachen: »Kannst du denn nicht einsehen, wie absurd das ist, daß jemand so unglücklich ist, bloß weil er ein paar Pfund für einen Anzug ausgegeben hat?«

Er sagte nichts, und so liefen sie Seite an Seite weiter. Jetzt dachte er also darüber nach – und würde es wahrscheinlich noch tagelang tun. Sie ärgerte sich, hatte aber auch ein schlechtes Gewissen – er konnte jeden Tag weggehen, und dann wäre es vorbei. Athen und Martha – sie kannten sich jetzt drei Jahre. Sie waren Freunde. Sie vertraute ihm, sie konnte nicht ohne Herzlichkeit an ihn denken. Das war doch wohl Liebe zu nennen?

Letzte Nacht hatte sie schlecht geträumt. Sie befand sich an einem hochgelegenen, dürren, felsigen Platz, der auf allen Seiten von langen Meereswellen umspült wurde. Über dies Meer, das sie nicht erreichen konnte, so sehr sie sich auch reckte und die Hände ausstreckte, segelten Menschen, die sie von früher kannte. Alles Leute, die sie kannte. Darunter war auch Athen. Und, wie sie feststellte, als sie aufwachte, auch Thomas.

Martha und Athen waren bei Maisies Bar angekommen, vor der Gruppen von jungen Männern herumlungerten, die darauf warteten, daß sich irgend etwas Interessantes ereignete. Sie hielten Gläser in der Hand, und manche von ihnen wirkten angespannt.

»Hol Maisie, und dann kommt ihr zu uns, ja?« sagte Martha.

Doch er sagte: »Nein, warte mal, Martha, ich muß dir was sagen.«

»Oh, nein, Athen«, protestierte sie, »nein!«

Er schaute sie ernst an.

»Athen, du wolltest einen unbeschwerten Abend, und nun laß uns um Himmels willen einen haben!«

Er blieb ernst. Sie fing an zu lachen – doch nicht ohne Unbehagen. Die herumlungernden Jugendlichen waren alle gefesselt von dieser Szene und gaben ihre Kommentare dazu ab.

»Martha, weshalb lachst du?«

»Weil ich einfach nicht ernst sein will, und sei's nur dies eine Mal.«

»Als du das gesagt hast, habe ich gedacht: Na ja, sie hat ja recht. Was macht das schon, wenn ein armer Mann aus Griechenland ein paar Monate seines Lebens wie ein reicher Mann lebt? Selbstverständlich macht das überhaupt nichts aus. Doch Martha ...« Er nahm ihre Hand, und einer der jungen Männer stieß einen schrillen Pfiff aus. »Glaub mir, während der letzten paar Monate war ich zu nichts zu gebrauchen. Als der Krieg zu Ende ging, habe ich mir gesagt: So, Genosse, jetzt mußt du dir den richtigen Blick bewahren. Dein Land befindet sich noch im Krieg. Doch es ist nur ein kleines Land und nicht wichtig. Aber wenn sie mich doch nur nach Hause schicken würden – weiter fehlt mir nichts.«

»Na, ich bin jedenfalls froh, daß sie dich hierbehalten.«

»Dann bist du keine wirkliche Freundin, Martha, weil ich mich mit jedem Tag mehr von mir entferne.«

»Besser, als getötet zu werden«, sagte Martha stur.

»Nein, Martha, das ist es nicht.«

Offensichtlich wohnte der Eindringlichkeit des kleinen Mannes die Macht inne, jeden in ihren Bann zu ziehen: Die Gruppe der jungen Männer beobachtete sie schweigend, hörte wahrscheinlich sogar zu. Er hatte ihre Hand fallenlassen, jetzt nahm er sie wieder und kam einen Schritt näher. »Sag mal, Martha – hast du überhaupt – hast du über diesen Krieg nachgedacht?«

»Offenbar nicht, wenn du so fragen kannst!«

»Nein, ich sehe das, daß du nicht nachdenkst. Das ist das Schrecklichste überhaupt – die Menschen denken nicht mehr nach. Die Zeitungen, Bücher – alles. Und nun sagst du dasselbe.«

Sie sagte nichts. Er hielt ihre Hand und blickte ihr ins Gesicht. »Die letzten fünf Jahre, Martha, glaub mir, ich werde damit nicht fertig. Ich liege nachts wach und wiederhole mir einfach nur kleine Dinge. Und dann sage ich mir: ›In Europa gibt es jetzt zwei Millionen Menschen ohne Dach über dem Kopf.‹ Menschen wie du und ich, Martha. Ich versuche immer, mir das vorzustellen.«

Einer der jungen Männer sagte oder besser: er empfahl in freundlichem, teilnahmsvollem Ton: »So ist es richtig, geh tüchtig ran, Romeo!«

»Wir sind korrupte Menschen, Martha.«

Ein Fenster über der Bar flog auf, Licht flutete über das Trottoir und über Athen und Martha, die beleuchtet waren wie auf einer Bühne.

Martha zog Athen bei der Hand aus dem Licht, und die Gruppe junger Männer machte »Ei, ei, ei!« und schnalzte rügend mit der Zunge. Athen achtete natürlich überhaupt nicht auf die Bar und die Männer davor.

»Es ist uns nicht möglich, so etwas zu begreifen«, sagte er, »glaub mir, wenn hier ein Toter auf dem Trottoir läge, wir könnten das nicht begreifen, nicht, was das bedeutet. Doch plötzlich müssen die Menschen verstehen – in den letzten fünf Jahren sind Millionen und Abermillionen von Menschen getötet worden. Ich habe gestern gelesen, daß es vierundvierzig Millionen sind. Die menschliche Rasse hat vierzig Millionen von ihrer eigenen Art umgebracht – hörst du das, Martha? Ich lasse vier Millionen weg, und was für einen Unterschied macht das schon?«

Maisies Kopf tauchte in dem erleuchteten Fenster auf. »Heh – Matty, bist du das? Athen – kommt doch rauf, ich bin noch nicht angezogen.«

Einer der jungen Männer sagte: »Manche Leute haben vielleicht ein Schwein!«

Athen sagte: »Du mußt darüber nachdenken, du mußt einfach. Wir denken nicht genug darüber nach, was diese Dinge bedeuten.«

Er betrat das Haus, und Martha winkte Maisie zu. Ein pummeliges dunkelhaariges kleines Mädchen erschien in dem erleuchteten Fenster, rief: »Tante Matty, Tante Matty!« und protestierte, als es wieder hineingehoben wurde. Martha fuhr nach Hause. Im Vorderzimmer unterhielt sich Anton, im Anzug, mit Millicent, die ein weißes Abendkleid trug. Damit hatte man schon das erste Problem: Sie hatten Maisie gesagt, daß man keine Abendkleider tragen wollte. Anrufen durfte man sie nicht, wenn die Bar geöffnet war. Sie würde in einem gewöhnlichen Kleid kommen. Wem sollte Martha beistehen, sozusagen? Na, selbstverständlich doch Maisie. Martha zog ein kurzes schwarzes Seidenkleid an. Als sie aus dem Schlafzimmer kam, war Thomas eingetroffen. Millicent erklärte, sie wolle die anderen auf keinen Fall ausstechen. Anton fuhr sie nach Hause, damit sie sich umziehen konnte.

Thomas und Martha saßen im Vorderzimmer und warteten auf die anderen. Thomas hatte einen Anzug an. Sie mochte ihn darin nicht. Und er konnte ihr schwarzes Kleid offensichtlich auch nicht leiden.

Sie saßen ein paar Schritte von einander entfernt und lächelten. Gestern waren sie mehrere Stunden auf dem Speicher gewesen. Sie waren verlegen, weil sie vergessen hatten, wie das war, wenn sie zusammen waren.

»Siehst du, was wir uns da für einen Elfenbeinturm eingerichtet haben, Matty? Ich bin jetzt nicht mehr gern mit dir zusammen, wenn andere Leute dabei sind.« Er nahm Bücher hoch, warf einen Blick auf ihren Rücken, legte sie wieder weg, offensichtlich nervös.

»Was ist denn los?«

»Ja ja, da schläft man mit einer Frau, und schon weiß sie, was man denkt. Das ist der Preis, den man zahlen muß.« Er lächelte, war jedoch ernst. »Aber es stimmt. Ich hab mich mit meinem Bruder gestritten. Er findet, ich nehme das Geschäft des Geldverdienens nicht ernst genug. Und natürlich hat er recht. Wenn einer in diesem Paradies der Geschäftemacher kein Geld macht, dann ist er ein Tropf. Er will, daß ich auf der Main Street eine richtige Gärtnerei aufmache. Er werde den Verkauf übernehmen. Ich soll die Sachen anbauen. Und der Bruder seiner Frau soll das Sportgeschäft leiten. Dann gäbe es also zwei Geschäfte, die der Familie Stern gehören. Siehst du, wie schwer es ist, seinem Schicksal zu entrinnen? In Polen, Zwischenhändler, Geldscheffler – die Gebrüder Stern. Und hier? Mein Bruder ist jetzt schon reich, und wir haben Polen vor acht Jahren mit nichts als dem Hemd auf dem Leib verlassen.«

»Laß uns was trinken, laß uns beide was trinken, besaufen wir uns!«

Ohne auf sie einzugehen oder, so schien es, auch nur zu hören, was sie sagte, fuhr er fort: »Und dann meine Frau. Die Farm – die hat sie von einer alten Tante. Also, das war eine Frau, die wußte, in was für Zeiten sie da lebte. *Sie* hat Polen schon vor dem Ersten Weltkrieg verlassen. Sehr klug von ihr. Sie hat einen Mann in Johannesburg geheiratet, der so reich ist wie Rothschild, was seinen Grundbesitz angeht. Die Farm in diesem Land hier – na ja, das war nur ein kleines Bröckchen aus diesem Riesenkuchen von Ländereien, die ihr Mann zusammengekauft hat. Stell dir die Szene vor. Tante Rosa aus Sochaczen hört, daß die Tochter ihrer Lieblingsschwester in Afrika, dem Kontinent der unbegrenzten Möglichkeiten, eingetroffen ist. Sie geht zu ihrem Mann: ›Boris‹, sagt sie, ›gib mir ein Stückchen Land für das Kind meiner Lieblingsschwester.‹ Und so bekam meine Frau, die vergessen hatte, daß Tante Rosa überhaupt existierte, plötzlich zweitausend Hektar bestes Tabakland im Machopi Distrikt.«

»Warum trinkst du denn nichts?«

»Wenn du mir was anbietest, trinke ich auch was.«

Sie holte ihm etwas. Er saß und beobachtete sie stirnrunzelnd. »Meine Schwägerin wird aufsässig«, sagte er, »es ist an der Zeit, daß man Thomas das Handwerk legt und ihn für seine Hurerei bestraft. Sie will den Schuppen als Spielzimmer für ihre Kinder, sagt sie. Oh, die haßt dich vielleicht, Martha, du kannst es dir nicht vorstellen!«

»Oh, doch, durchaus kann ich das!«

»Doch fürs erste droht uns keine Gefahr, denn mein Bruder will mich bei Laune halten. Er will ja, daß ich die andere Hälfte der Gebrüder Stern werde, Händler. Deshalb sagt er seiner Frau, sie soll ruhig sein, den Schuppen für ihre Kinder kriegt sie dann, wenn Thomas seine Unterschriften unter alle Dokumente gesetzt hat.«

Er trat zu ihr, nahm sie in die Arme und ließ sie wieder los.

»Nein, hier kann ich so was nicht machen, hier ist Antons Territorium.«

»Ich lebe hier ja schließlich auch.«

»Nein, Martha, das taugt alles nichts. Du redest Unsinn. Und heute abend ist sowieso alles verkehrt. Du schaust mich an und siehst Thomas mit einem Mal, wie er ist, und du magst ihn nicht.«

»Was ist denn Thomas für einer?«

»Wenn ich in Polen geblieben wäre, würde ich genauso aussehen wie heute abend. Ich würde einen biederen braunen Anzug anhaben. Meine Nase wäre allerdings vermutlich etwas geröteter. Ich würde ganz schön Wodka trinken. Ich wäre weder Bauer noch Händler. Irgendwas dazwischen. Ein Zwischenhändler. Ich hab dir ja gesagt, man kann seinem Schicksal nicht entrinnen. Vielleicht wäre ich ein Getreidehändler, dem die bäuerlichen Verwandten anfänglich mit Krediten unter die Arme gegriffen hätten, weil sie mich für ein Fünkchen anständiger hielten als die anderen Getreidehändler. Genauso hat mein Onkel Caleb angefangen.«

Sie wartete, während er die Stirn runzelte, in dem kleinen Zimmer umherlief, Bücher hochnahm, wieder niederlegte, in großen Schlucken von seinem Bier trank und immer unglücklicher aussah.

»Du bist ein Gärtner«, sagte sie schließlich.

»Da hast du's – irgendwas dazwischen. Weder Stadt noch Land. Wenn ich jemand für die Scholle wäre, würde ich die Farm meiner Frau leiten. Doch ich lebe nicht dort, und ich lebe nicht in der Stadt. Ich schaffe Sachen zum Verkauf in die Stadt. Und ich treffe mich mit einer Frau im Geräteschuppen meines Bruders.«

Schweigend saß sie auf der Sofakante. Sie dachte: Er verabscheut mich richtig heute abend. Ich muß einfach irgendwie durch diesen Abend kommen.

Nach einer Weile schaute er sie mit gepreßtem Lächeln an. Seine blauen Augen waren nicht freundlich. »Und das alles nur, weil ich das nicht ausstehen kann, wie du aussiehst, Matty. In dem Kleid da siehst du genau aus, als wärst du vom selben Schlag wie die Frau meines Bruders.«

»Das ist nur ein förmliches Kleid, weiter nichts.«

»Warum kannst du denn nicht ein Ballkleid anziehen – ich habe dich mal in einem gesehen. Ich habe mich darauf gefreut, dich den ganzen Abend in einem richtigen Ballkleid zu sehen – ja ja, natürlich, Ballkleider gehörten nicht zu meinem Leben, deshalb nehme ich sie ernst. Doch abgesehen davon, in dem schwarzen Ding da siehst du aus wie meine Schwestern, wenn sie zur Beerdigung gehen ...« Plötzlich nahm sein Gesicht einen verschlossenen Ausdruck an, und er setzte sich und sagte: »Na, geschieht ihr ganz recht, warum will sie auch einen seriösen Eindruck machen, und Onkel Caleb auch.« Das war eine Anspielung darauf, daß der größte Teil seiner Familie im Warschauer Ghetto umgekommen war: Er hatte kürzlich einen Brief erhalten, aus dem das hervorging. »Muß ich wirklich zu dieser verdammten Tanzerei gehen?«

»Du hast gesagt, du kämst mit. Es war Athens Idee.«

»Kannst du dann nicht wenigstens ein Ballkleid anziehen?«

»Millicent ist doch extra noch mal weggefahren, um ihr Ballkleid wieder auszuziehen.«

»Ach so, und Millicent darfst du natürlich nicht ärgern.«

»Im Ernst, ich finde wirklich, das geht nicht.«

»Na gut. Dann ist das ja geklärt.«

Sie blieb sitzen. Doch dann spürte sie die Distanz zwischen ihnen beiden, erhob sich still und ging ins Schlafzimmer. Ihre Abendkleider waren nicht in Schuß: Wann hatte sie schon Zeit, tanzen zu gehen? Hinten im Kleiderschrank hing jedoch ein Kleid, fiel ihr ein, eins aus dunkelblauem Stoff, das sie da hingehängt und nie getragen hatte. Vor ein paar Jahren hatte sie ein romantisches dunkelblaues Ballkleid gesehen, schulterfrei und mit paillettenfunkelndem weitem Rock. Sie hatte es aus einer spontanen Regung gekauft. Es war zu pompös für den Tanzabend heute, doch sie beschloß, es anzuziehen, weil es Thomas gefallen würde.

Lächelnd kehrte sie zu ihm zurück. Seine Miene hellte sich zu einem Lächeln auf, und er hob ihre Hand und hielt sie gegen seine Wange: »Danke«, sagte er, »danke.«

Bald darauf trat Athen mit Maisie ein, die ein enges kornblumenblaues Seidenkleid trug. Ein Abendkleid. Sie hatte sie mißverstanden. Und dann kam Anton mit Millicent in dem kurzen

Kleid zurück, das sie statt des langen angezogen hatte. Es kam zu einer dramatischen Krise, einer richtigen Szene, und Millicent war den Tränen nahe, machte jedoch gute Miene, während Maisie sich entschuldigte, als sei das alles ihr Fehler, und Martha angespannt saß und entschlossen war, das Kleid Thomas zuliebe anzubehalten.

Schließlich stiegen sie alle in Antons Wagen und fuhren zu Millicent, so daß sie sich wieder umziehen konnte. Millicent hatte nicht soviel Zeit, wie sie zum Umziehen gebraucht hätte, und war infolgedessen hektisch und verstimmt, und auch sie entschuldigte sich ununterbrochen bei allen, obwohl sie als einzige im Recht war. Insbesondere bei Martha entschuldigte sie sich. Daran zeigte sich ihr schlechtes Gewissen, weil sie mit Marthas Mann schlief, daß sie buchstäblich in schuldbewußte Tränen ausbrach, weil sie zweimal das Kleid wechseln mußte, obwohl das doch Marthas Schuld war. Und sie wollte auch nicht vorn neben Anton sitzen, wo sie hätte sitzen sollen, wenn es nach Martha gegangen wäre, und wo sie auch selbst gern sitzen wollte.

Also mußte Martha, Ehefrau neben Ehemann, auf dem Vordersitz sitzen, während die anderen sich hinten drängten. Maisie brachte ihre ausladenden Hüften in der einen Ecke unter. Thomas saß in der anderen. Athen saß in der Mitte, und Millicent saß weder auf Thomas' Schoß noch auf Athens, sondern setzte sich unter viel hektischem Geschrei – Ich bin euch doch hoffentlich nicht zu schwer? – quer über beide.

Martha saß und schwieg und hörte sich das ganze Getue mit an. Antons letzte Frau (von ihr selbst abgesehen) war genau wieder so ein hektisches Wesen, das immerfort alle möglichen Schreie ausstieß. Und beide hatten hübsche lebhafte Gesichter mit düsteren Augen, die von einem Netz von trockenen Fältchen der Erschöpfung umgeben waren. Toni Mandel, die österreichische Emigrantin, hatte blaue Augen. Millicent hatte grüne Augen. Beide neigten dazu mit flatternden Wimpern und lokkenden Seitenblicken in das Gesicht des begleitenden Mannes aufzublicken. Martha ließ sich diese Gedanken durch den Kopf schlüpfen und haßte sich selbst für ihre Gnadenlosigkeit, ihren Hohn – doch sie lauschte einmal mehr ihrem alten Widersacher, dem Bluthund Wiederholung, der nach ihren Hacken schnappte. Toni Mandel hatte ihren, Marthas, Auftritt auf der Szene angekündigt. Wessen Auftritt kündigte Millicent an wie eine Fanfare? Denn wenn Anton Toni auch wirklich gern gehabt hatte (seine eigenen Worte), wenn er, wie er sagte, auch Millicent »gern hatte«, so war es ihm doch offensichtlich nie in den Sinn gekommen, eine von den beiden zu heiraten. Würde Anton sich immer in verzweifelte Frauen verlieben, die um jeden Preis das heitere Mädchen spielten, sie dann jedoch verlassen, wenn er – was für eine Eigenschaft mochte das wohl gewesen sein, deretwegen er Martha geheiratet hatte? Vermutlich schlief er ja mit Toni und mit Millicent? Weshalb sollte einer durchaus ansehnlichen jungen Frau von dreißig oder fünfunddreißig wohl daran gelegen sein, ein Verhältnis mit einem verheirateten Emigranten aus Deutschland zu haben, der keinen Pfennig besaß und ohne Zukunftsaussichten war, bis er – aus ihrer Sicht ein höchst dubioses Ziel – entweder nach Ost- oder nach Westdeutschland zurückkehren konnte? Immerhin war das hier ein Land, wo die Frauen wählerisch sein konnten. Millicent hatte Anton gewählt. Weil sie es genoß, sich Vorträge über Politik halten zu lassen? (Martha war einmal dazugekommen, als Anton Millicent gerade einen Vortrag über Weltpolitik hielt.) Also, das bezweifelte Martha.

Unterdessen fuhren sie in Richtung Portugiesisch-Ostafrika und Indischer Ozean in schnellem Tempo durchs Buschland. Eine Weile Vororte, dann nichts mehr, nur noch Buschland und Kopjes. Manchmal, wenn die Scheinwerfer über dunkles Gestrüpp schwangen, starrten dicht über dem Boden grüne Augen dies sausende Stück schwarze Mechanik an – ein Tier hatte den Blick von seinem Weideplatz gehoben. Es konnte sich selbst jetzt noch um ein wildes Tier handeln – einen Springbock, ein Wildschwein oder einen Schakal. Ja, selbst das war nicht unmöglich –, vielleicht war es auch ein Löwe – in der letzten Jagdzeit war auf diesen Hügeln ein Löwe erlegt worden. Doch wahrscheinlicher war, daß es sich um eine zahme Kuh handelte, denn hier gab es gutes Weideland unter hohen, ausladenden Bäumen, und von diesem Boden kamen die Milch und die Butter für den Bedarf der Stadt.

Die Straße machte eine Kurve, schoß hügelaufwärts, schwang sich wieder hinab und führte durch tiefliegende, dunstige Täler. Der Mond war irgendwohin verschwunden, doch die Sterne standen unbeirrbar kälteglitzernd am Himmel. Im Wagen beschlugen die Fenster, die Frauen bedeckten die nackten Schultern mit Wolle oder Pelz, und die Männer waren froh über die Wärme der Frauen.

Zwölf Meilen waren in schnellem Tempo zurückzulegen, und

als die Lichterpracht des Hotels auf einer Anhöhe erstrahlte, waren das über Meilen und Meilen von dunklem Buschland, das sich über Senken und Anhöhen erstreckte, die einzigen Lichter. In diesem Gebiet waren vor fünfzig, sechzig Jahren die letzten schrecklichen Schlachten der Maschona-Rebellion geschlagen worden. Überall war der Boden mit den Leichen schwarzer Krieger übersät gewesen, und ein paar der Leichen waren weiß gewesen und hatten Namen gehabt, die in Geschichtsbüchern und auf Monumenten auftauchten.

So erinnerungsträchtig war dies Land, daß es hieß, Leute, die sich hier Häuser gebaut hätten, seien wieder davongerannt. Sie konnten die bemalten Krieger nicht vergessen, die für jedermann sichtbar während der Dunkelheit mit Schild und Speer umherwanderten. Das Hotel, Parkland Hotel hieß es, war ein solches Haus gewesen, ein elegantes Heim, das sich ständig vergrößerte und dann von seinen ursprünglichen Erbauern verlassen worden war, verkauft, wieder verkauft und abermals verkauft und schließlich gekauft von der Hotelgesellschaft. Man hatte wohl das Gefühl, daß dort keine Geister herumwandern würden, wo Zufallsgesellschaften aßen und tanzten. Doch ein anderes Haus, jenseits des Tales, wurde gerade eben verkauft, weil seine Herrin es nicht länger ertragen konnte, jede Nacht aufzuwachen und die Impis über ihre Veranden marschieren zu sehen.

Wie gewöhnlich parkten dort etwa fünfzig Wagen, obwohl es mitten in der Woche war. Es schadete also nichts, daß die sechs einen Tisch bestellt hatten.

Das Hotel lag auf halber Höhe an einem steilen Hügel. Davor fiel das Gelände zu einem Flüßchen ab, von dem ein geisterhafter weißer Dunst und der Geruch von stehendem Wasser aufstiegen. Das Gebäude war lang und niedrig und zog sich über die Anhöhe hin. Die ganze Front war verglast, so daß man mehr Platz zum Essen hinzugewonnen hatte. Dahinter gab es einen langen Saal mit niedriger Decke und einem Podium für die Kapelle. Er unterschied sich sehr, dieser Ort, von denen, wo Martha in einer anderen Epoche, vor fünf Jahren, getanzt hatte. Damals waren die jungen Leute der Stadt von einem Lokal zum anderen gezogen, als ob sie alle ihnen gehört hätten. Alle kannten einander, und die Geschäftsführer kannten sie ebenfalls und begrüßten sie mit Namen. Als die sechs jetzt zwischen den Tischen durchgingen und dann einen Augenblick stehenblieben, ehe sie den Ballsaal durchquerten, sahen sie kein bekanntes

Gesicht. Die Männer trugen alle wieder Zivilkleidung, abgesehen von den paar R.A.F.-Offizieren, die noch da waren, um die endgültige Schließung der Ausbildungslager zu überwachen. Ein oder zwei der Männer, die mit ihren Frauen da waren, kamen Martha bekannt vor: Das waren wahrscheinlich ehemalige Wölfe aus dem Sportklub, die zu guten Ehemännern und Nachbarn verhext worden waren. Doch sie betrachteten diese Gesellschaft der sechs wie Fremde, und als Fremde schauten die sechs zurück. Die Kapelle, die einst vorwiegend aus Amateuren bestanden hatte, die ebensosehr aus reinem Vergnügen spielten wie um des Geldes willen, bestand jetzt aus Berufsmusikern, die auf die Minute soviel Musik hergaben, wie es ihrem Entgelt entsprach.

Es war noch ziemlich früh. Die meisten Leute aßen noch. In dem großen Ballsaal bewegten sich nur ein paar Paare. Anton verbeugte sich galant vor Millicent und tanzte mit ihr quer über die Tanzfläche, die Ellbogen steif angewinkelt, den Rücken durchgedrückt, wie er in einem Saal des ärmlichen Viertels in Berlin getanzt hätte, wo er aufgewachsen war. Und Millicent, die mit der Hand, in der sie bereits ein perlenbesticktes Abendtäschchen hielt, ihre Pelzstola an die Schulter drückte, sah lächelnd zu ihm auf, als er sie in einem Wirbel weißer Röcke hinüberbewegte und aus der anderen Tür mit ihr hinaustanzte. Athen ging mit Maisie am Arm auf die andere Seite hinüber: ein kleiner, dunkler, behender Mann, der sich neben einer kräftigen, blonden Frau mit trägen Bewegungen aufreckte. Dann kamen Martha und Thomas, die einander nicht berührten. Es genügte ihnen, nebeneinander über den rissigen Holzboden zu laufen, von dem der Geruch nach Holz und frischem Bienenwachs aufstieg. Als sie die Veranda auf der anderen Seite des Saales erreichten, streckte Thomas die Hand aus, so daß er gerade eben ihre nackte Schulter berührte und sagte leise: »Ich bin glücklich, Martha, hörst du? Ich bin heute abend glücklich mit dir.«

Hinter dem Hotel stieg das Gelände steil an. Es war nackter, felsiger Boden, und die paar Msasa-Bäume, die da am Abhang schwebten, sahen aus wie Vögel, die sich gleich in die Luft schwingen würden, so leicht und luftig wirkten sie in dem grünlichen Sternenlicht.

Die hintere Veranda hatte ein Dutzend Tische und vier oder fünf große Kohlebecken, aus deren scharlachfarbener Glut grellrote Flammen emporschlugen. Die Flammen zischten leise und schlugen hin und her, wenn die Kellner vorbeieilten und einen Luftstrom erzeugten. Es herrschte ein leichter trockener Geruch nach Feuer, der Duft von kühlem Winterlaub und, stärker als diese beiden, stark wie der Essensgeruch, der kalte schwere Geruch von eiskaltem Metall. Die Tische waren aus grünem Metall, doch über dem Grün hing die Kühle, und die Frauen stießen erstaunte Ausrufe aus und umhüllten ihre Arme – die Kälte hatte ins nackte Fleisch gebissen, und Maisie hielt einen kräftigen weißen Arm ins Licht der Flammen, um zu zeigen, was sie natürlich in dem unruhigen Licht nicht sehen konnten – sie hatte Gänsehaut von dem eiskalten Tisch. Sie saßen und riefen durcheinander und genossen die Kälte – eine der einprägsamsten Freuden des Lebens in heißen Ländern besteht darin, die verschiedenen Grade der belebenden Kälte einer Winternacht zu genießen. Der Wein kam, und bald waren sie alle ein bißchen betrunken: Sie wußten, sie mußten sich ein bißchen betrinken, um über die Klippen des Abends zu kommen. Als das Essen kam, aßen sie die meiste Zeit schweigend, eingehüllt, und streckten zwischen zwei Bissen die Hände nach dem Kohlebecken aus, das ihnen am nächsten war und dessen Flammen sich gefährlich gabelten und hin- und herschlugen, als die Luft an Felsen und Baumstämmen vorbei vom Hügel hereinströmte. Und außerdem, sie waren drei Paare und gekommen, um zu tanzen. Martha sehnte sich danach, hineinzugehen und mit Thomas zu tanzen. Sie bemerkte, wie Maisies Blicke immer wieder zu Athen zurückkehrten und wie Millicent mit ihrem Fuß spielte und Anton beobachtete – sie wartete darauf, mit ihm zu tanzen.

Das Essen war nicht sehr gut. Sie hielten sich dafür am Wein schadlos. Martha sah Athen an, der ein bißchen vom Tisch abgerückt war und eine Kugel aus blassem, strohfarbenem Wein betrachtete, die in eisgekühltes Glas eingeschlossen war. In dem ernsten, dunklen Gesicht stand ein kleines, bitteres Lächeln, als er die kühle, blaßgoldene Kugel hob, um von dem Wein zu probieren. Er saß mit dem Glas in den mageren, braunen Händen, drehte es, fühlte, wie die Kühle des Weins durch das Glas an seine Haut drang, und hob es erneut, um zu trinken. Es war ein ziemlich guter Wein. Guter Wein kam über Portugiesisch-Ostafrika trotz des Krieges immer noch ins Land. Athen schnüffelte an seinem Wein und konnte sich gar nicht davon trennen, und Martha sah einen kleinen taumelnden Soldaten in verschwitztem Khakizeug, der sich den Mund mit dunklem Wein ausspülte und ihn dann ausspuckte; dann beugte er den Kopf zurück und ließ sich den dickflüssigen, schweren Wein die Kehle hinunterrinnen – sie sah den rauhen Kämpfer, wie er den Kopf zurückgelegt hatte und sich die dicke rote Flüssigkeit durch die kräftigen weißen Zähne gluckern ließ, die Augen unter einem üppigen gelben Sonnenlicht geschlossen. Sie sah, wie glänzende, dunkle Wimpern dicht an der wettergegerbten Haut des erschöpften Kämpfers lagen, als er die Augen für einen Moment schloß, wie er da im Sonnenschein am Abhang stand, während ihm der Wein stark und purpurfarben die Kehle hinunterrann und dort, wo er ihn aus einem trockenen Mund in den Staub gespuckt hatte, einen schäumenden dunklen Fleck bildete.

Da saß er, auf der anderen Seite des Tisches, Athen Gouliamis aus Griechenland, klein, bleich, sorgenvoll, die Kappe seines schwarzen Haars glänzte im Sternenlicht, sein blasser Anzug leuchtete rot, wo das Licht der Flammen hinüberlief, und er schaute die zarte gläserne Rundung in seiner Hand an und den blaßgoldenen Wein mit seinen winzigen platzenden Bläschen und seiner kalten Dampfwolke.

Athen spürte ihren Blick, hob den dunklen Blick und lächelte ihr zu.

»Tja, Genossin Martha«, sagte er einfach in einem Ton, der das Gespräch, das sie vor Maisies Bar geführt hatten, fortsetzte. »Hm, Genossin? Es ist alles zuviel für uns – das ist die Wahrheit. Und jetzt laß mich auf dein Wohl trinken.« Er trank und wandte dann, während er das tat, den Kopf, so daß er Maisie ansah, als er das Glas sinken ließ. Mit einem schlichten, zärtlichen Lächeln sah er ihr unmittelbar ins Gesicht.

»Ich kann diese Tänze nicht tanzen, Maisie. Ich kann nur Volkstänze vom Dorf.«

»Ging mir genauso«, sagte Thomas, »ehe ich auf diesen verheißungsvollen Kontinent kam, hatte ich noch nie etwas anderes getanzt als Volkstänze. Doch jetzt kann ich das.« Er stand auf, hielt den rechten Arm in einem steifen Halbkreis, schloß die Augen halb, drehte sich auf den Fliesen zwischen den Feuern, und schmunzelte, während er diese Parodie – nun, sie galt Antons steifem, korrektem Tanz auf der Tanzfläche – vollführte.

Doch als er zurückkehrte und Antons Lächeln sah, beugte er sich zu ihm hinab und umarmte ihn unbeholfen. »Ach Anton«, sagte er, »Anton ich hab nichts gegen dich, verstehst du?«

Anton setzte einen Augenblick lang eine sarkastische Miene

auf – denn schließlich hätte das ja höchstens er sein können, der gegen jemanden was hatte –, und hatte Thomas sich nicht gerade darüber lustig gemacht, wie er tanzte?

Statt wütend zu werden, erhob er sich langsam und steif, als wollte er wütend werden, das Gesicht erstarrt zu einer drohenden Maske, während seine Lippen ein kleines humorvolles Lächeln beibehielten, das sagte: Ich meine es nicht wirklich ernst! Dann, nachdem er sich vor Thomas aufgebaut hatte, als wollte er ihm ein Bajonett in den Leib stoßen, breitete er mit einem wohlbedachten, selbstbewußten Schmunzeln die Arme aus. Thomas runzelte die Stirn: Einen Augenblick mochte er das nicht. Martha mochte es gewiß ebensowenig. In der Sekunde, wo der hochgewachsene, gutaussehende Mann die bedrohliche Pose ablegte und die einer gezierten Aufforderung annahm, die einer Frau, die bereit war zu tanzen, sprach daraus so etwas wie eine peinliche Realität. Dann verbeugte Thomas sich, legte Anton korrekt die Hand auf den Rücken, und die beiden Männer drehten sich zwischen den Kohlebecken. Thomas mit dem Ausdruck eines steifen, selbstgefälligen Stolzes, der Antons Ausdruck von vorher, als er mit Millicent getanzt hatte, nachahmte, und Anton mit einem einfältigen Lächeln, das Martha an Millicent gesehen hatte, als die zu Anton aufblickte. Doch an Antons Parodie war nichts, das Millicents Besorgnis verriet.

Die Leute an den Nachbartischen lachten. Ein paar klatschten. Dann, als die beiden Männer am unteren Ende des Saales waren, traten sie abrupt auseinander. Plötzlich erhob sich Stimmenlärm, und Martha sah Thomas in einen lauten Wortwechsel mit einem Mann verwickelt, während Anton daneben stand und zuschaute. Dann kamen Anton und Thomas zögernd zurück. Anton lächelte immer noch, offensichtlich erfreut, weil er nichts übelgenommen hatte und es ihm gelungen war, den Narren zu spielen. Thomas blickte jedoch finster und knurrte vor sich hin.

»Blöder Kerl«, knurrte Anton, doch nicht sonderlich erregt, und meinte den Mann, mit dem Thomas sich gestritten hatte.

»Ich bringe den um!« sagte Thomas nur. Sein Gesicht hatte einen Ausdruck, den sie noch nie gesehen hatte – es war schlichter Haß, und sie hatte das Gefühl, ihn nicht zu kennen. Sie streckte die Hand nach seinem Ärmel aus. Er spürte die Berührung und riß die Hand weg, die sich drohend zur Faust ballte, doch als er sah, daß es Martha war, befahl sein Kopf seiner Hand, sich zu entspannen. Sie zitterte von der Anstrengung, sich zu entkrampfen, so stark war sein Haß. Er setzte sich hin oder vielmehr, er sank auf dem Stuhl zusammen, die Beine schienen ihm wegzusacken, und starrte schweratmend vor sich hin, hinaus auf den dunklen Abhang mit seinen luftigen, erleuchteten Bäumen.

Anton wollte das Wohlgefühl, das der Augenblick der Albernheit ihm bereitet hatte, nicht verlieren. Er sagte zu Millicent: »Gnädige Frau!« und machte lächelnd eine kleine Verbeugung. Er bot ihr den Arm. Millicent lächelte hingebungsvoll, legte ihm die Hand mit den leuchtend roten Nägeln auf den Ärmel und trippelte über die Fliesen, zwischen den Tischen hindurch, wo man sich mittlerweile wieder mit sich selbst beschäftigte, in den Ballsaal. Das rosenfarbige Licht der Kohlebecken flackerte auf Millicents weißem Rock und ließ ihr üppiges Haar zu schimmerndem Kupfer zerfließen.

Am Tisch lauschten sie Thomas' lautem Atem. Maisie sagte: »Ach verdammt, Thomas, wenn einer was zu dir sagt, um dich auf die Palme zu bringen, dann hör nicht hin.«

Thomas schaute sie nur an und sagte nichts.

Athen stand auf und bedeutete Maisie mit den Augen, daß sie mitkommen sollte. Als er bei Thomas vorbeiging, legte er ihm die Hand auf die Schulter, die sich gegen sein Mitgefühl sträubte.

Athen folgte Maisie in den Ballsaal. Maisies ausladende blaue Hüften, die von einem Hüfthalter eingedämmt wurden, wogten majestätisch wie die einer reifen Frau. Ihr nackter Hals weitete sich seidig glatt, wo er in den Rücken überging, und das Haar fiel in einer schimmernden Welle darüber. Es hatte dieselbe Farbe wie der blaßgoldene Wein mit seinem trockenen Bukett. Als sie die Tanzfläche erreichten, streckte der kleine dunkle Grieche die Hand aus und schwenkte Maisie herum, so daß sie ihm gegenüberstand – »Wie ein edler Feldherr«, dachte Martha, so schlicht und gebieterisch war diese Geste. Doch dann, als die üppige Frau sich lächelnd umwandte, traten die beiden auseinander, und Athen stand lernbereit vor ihr. Ihre Gesichter konzentrierten sich auf die Aufgabe, die Mysterien des Tanzens, wie es sich für das Parkland Hotel gehörte, zu lernen und zu lehren. Das gedämpfte Licht des großen Saales, aufgehellt von der üppigen Farbenpracht der Kleider der Frauen und den weißen Flecken der Gesichter, umfing Athen und Maisie, die langsam an Anton und Millicent vorbeitanzten und sich entfernten.

»Was ist denn los?« fragte Martha.

»Nichts.«

»Aber natürlich ist irgend etwas los!«

»Warum willst du das wissen?« Er schaute sie an, als könnte er sie nicht leiden.

»Ich hab dich noch nie so gesehen.«

»Nein. Aber nehmen wir mal an, so bin ich wirklich, und es gefällt dir nicht?« Er preßte den Handrücken gegen den Mund und nahm ein bißchen Haut zwischen die Zähne. Sein Blick war starr, und die Flammen spiegelten sich als rote Lichter im Weiß seiner Augäpfel.

»Warum sagst du das? Warum ist das so wichtig?«

»Ach, sprechen wir nicht mehr davon.«

»Schön, sprechen wir nicht mehr davon.«

Sie saß in ihrem schönen Kleid, fühlte sich zurückgestoßen und hätte weinen mögen. Ja, mehr noch, sie hatte Angst. Sie hätte nie gedacht, daß Thomas so aussehen konnte – finster, verbissen. »Na, also schön«, sagte er schließlich. »Ehe du mit diesem Gesicht herumsitzt, erzähle ich's dir lieber.« Eine Weile saß er nur und schaute zum hinteren Ende des Raumes mit seinen Menschen und den flammenden Kohlebecken: zum Tisch, wo der Streit stattgefunden hatte. Martha konnte jedoch nur zwei Männer und zwei Frauen sehen – eine Abendgesellschaft. »Siehst du die Leute dahinten – den Scheißkerl dahinten – na, ist ja auch egal. Du wirst ihm doch nie begegnen, der bewegt sich in anderen Kreisen. In meinen auch nicht, außer eben im Krieg. Er heißt Tressell.« Er schwieg.

»Tressell?« drängte sie.

»Ja, und glaub mir, das ist so schlimm, daß mir das Blut im Kopf pocht, wenn ich nur seinen Namen ausspreche. Sergeant Tressell. Ja. Im letzten Camp waren ihm die Afrikaner unterstellt, und ich diente unter ihm. Er sollte sich um ihr Wohlergehen kümmern, und meine Aufgabe war es, seine Befehle auszuführen. Verpflegung und sanitäre Anlagen – so was alles.« Er saß und schwieg und schaute den Hügel hinauf. Die Musik drang sehr laut nach draußen. Martha sah, wie die vier Leute von dem Tisch hinten aufstanden und auf dem Weg zur Tanzfläche näher kamen. Ein Mann, vermutlich Tressell, wandte den Kopf, um Thomas lange und gezielt anzustarren. Er starrte mit zusammengekniffenen Augen zurück.

Ein ziemlich schwerer Mann in einer schlechtgeschnittenen Smokingjacke, der eine Frau mit gelbem Haar und sommersprossigen Schultern begleitete.

»Thomas«, sagte Martha.

»Ja. Na also schön. Wozu soll das auch gut sein? Ich bin selbst ganz überrascht. Ich wußte zwar, ich würde ihn hassen bis an mein Lebensende, doch als der Krieg vorüber war, dachte ich, es würde mir nicht mehr so viel ausmachen. Ich dachte: Na gut, die Tressells können jetzt in ihre Schweineställe zurückkehren, und du hältst schön die Klappe und vergißt es. Ich habe es aber nicht vergessen.«

»Offensichtlich nicht.«

»Wie soll ich dir denn was erzählen, wenn dich das so aufregt?«

»Stimmt, es regt mich auf, ich weiß nicht, warum.« Sie war höchst beunruhigt. Sie hatte das Gefühl, Thomas nie gekannt zu haben, und daß es ein Fehler war, ihn zu lieben, wenn nicht Schlimmeres. Sein Gesicht machte ihr Angst.

»Wie kannst du denn dann erwarten, daß ich dir erzähle – na, also gut. Ich diente monatelang in Lager 4 unter Sergeant Tressell. Er war einfach nur ein Scheißkerl. Aber das war es nicht – er war ein Scheißkerl aus Wurschtigkeit, aus reiner Gleichgültigkeit – das war es, was mich fast umgebracht hat. Wie soll ich das erklären? Na, also er ging in die Vorratslager, um Rationen auszugeben. Das war einmal in der Woche der Fall, wir gingen alle zum Magazin und hatten Formulare und Anweisungen dabei, und es war ein ziemliches Theater. Es gab ungefähr dreitausend afrikanische Soldaten, und die Rationen sollten so und so aussehen. Doch die Rationen reichten nur für vierhundert Mann weniger. Dann stand der da, und der Schreiber von Centre D sagte: ›Das sind aber viele.‹ Und Tressell sagte dann: ›Soundsoviel Pfund Maismehl, soundsoviel Pfund Bohnen‹ – immer zu knapp. Manchmal nicht besonders knapp, manchmal ganz schlimm. Einfach nur, weil er nicht behelligt werden wollte – darum ging es. Verstehst du? Darum ging es. Oder ich gehe zu ihm, nehme Haltung an und salutiere und sage –«, Thomas' Körper wurde steif, als er sich daran erinnerte, wie er salutiert hatte – »ich sage: ›Möchte Meldung machen über den Zustand der Latrinen von Block D.‹ Und dann sagt er, ganz beleidigt und verärgert, weil er sich gestört fühlt: ›Menschenskind, was wollen Sie denn damit? Ich hab seit Wochen keinen Gedanken an die Latrinen verschwendet.‹ – ›Ja, Sir, deshalb mache ich ja Meldung.‹ – ›Jetzt hören Sie aber auf! Treten Sie weg, und lesen Sie 'n schönes Buch!‹ So stellte der sich einen richtig guten Witz vor. Er sagte: ›Nun gehn Sie mal, und lesen Sie 'n schönes

Buch!‹, und dann konnte er sich totlachen. Dann hatte eines Tages einer während des Drills einen Schwächeanfall gehabt und war zusammengebrochen. Ich kannte mich gut genug mit so was aus, um zu wissen, daß das gefährlich war. Ich machte Meldung, und Tressell sagte: ›Schick den Scheißkerl in seine Hütte zurück, der drückt sich bloß.‹«

Martha sagte: »Aber Thomas, so was passiert doch dauernd!«

»Ja, das weiß ich. Aber Sergeant Tressell war mir zuviel. Ich konnte das nicht ertragen. Ich ging zum Kommandeur und sagte: ›Sir, ich begreife, weshalb es zu gefährlich wäre, uns Angehörige von Ländern, die tatsächlich von Deutschland überfallen worden sind, gegen die Deutschen kämpfen zu lassen – Sie müssen uns der Sicherheit Zambesias zuliebe Latrinen reinigen lassen – okay, im Prinzip verstehe ich das. Doch wenn ich für mich persönlich sprechen darf‹, habe ich gesagt, ›schicken Sie mich irgendwohin in den Krieg – ich garantiere Ihnen, ich töte Deutsche für Sie!‹«

»Das war in jedem Fall nicht der richtige Ton!«

»Genau das hat der Kommandeur auch gesagt. Er hat gesagt: ›Stern, Ihre Gefühle in allen Ehren, aber verdrehen Sie nicht sämtliche Tatsachen!‹ Das war ein anständiger Kerl, dieser Kommandeur. So muß man das wohl nennen. Er forderte mich auf, mich zu setzen und was mit ihm zu trinken. Wir haben was getrunken. Dann haben wir ein bißchen Schach gespielt. Am nächsten Tag war ich dann wieder Befehlsempfänger von Sergeant Tressell.«

Eine Weile sah es so aus, als sei das alles. Der Kellner brachte ein paar neue Flaschen Wein. Die Musik drinnen hörte einen Augenblick auf und setzte dann wieder ein. Während es still war, konnten sie die kleinen Nachtgeräusche draußen in der Wildnis hören.

»Was ist denn mit dem Mann passiert, der sich drücken wollte?«

»Ach, nun hör doch auf damit, hör doch bloß auf! Wie du dasitzt und zuhörst! Das macht mich noch wahnsinnig.«

»Dann laß uns tanzen gehen!«

»Herrgott, Martha, im Augenblick siehst du genauso aus wie meine Frau. Die guckt auch immer so. Ich kann richtig sehen, wie sie denkt: Warum macht Thomas es sich nur immer so schwer!«

»Keineswegs habe ich das gedacht.«

Hinter Thomas kam der Mann im schlechtsitzenden Smoking

durch die Tür des Ballsaals herein. Er starrte Thomas unentwegt aus zusammengekniffenen Augen an. Der schien es zu spüren. Langsam wandte er den Kopf. Die beiden Männer blickten einander an. Dann ging der andere zu seinem Tisch.

»Er hat gehofft, daß er mich hier allein erwischen würde!«

»Das hat er bestimmt nicht!«

»Du meinst, du hoffst, daß das nicht der Fall ist. Du glaubst, ich denke mir diesen Sergeant Tressell nur aus.« Fünfzehn Meter von ihnen entfernt saß der Mann, allein, trank Scotch und schaute unentwegt zu Thomas herüber. »Glaub mir, diesem verdammten Sergeanten Tressell habe ich es zu verdanken, daß ich endlich begriffen habe, wie es zugeht in der Welt!«

Jetzt kam die Frau mit den nackten, sommersprossigen Schultern und setzte sich zu ihrem mutmaßlichen Gatten.

»Na siehst du«, sagte Martha, »er hat nur auf seine Frau gewartet.«

»Unsere Frauen bewahren uns vor Gewalttätigkeiten«, sagte Thomas, »wer hätte das gedacht!«

»Was passierte denn nun mit dem Mann, der sich drücken wollte?«

»Er ist gestorben. Er hatte Bilharziose und Hakenwürmer und Malaria und hätte nie Soldat werden dürfen. Doch wenn man schwarze Soldaten nach gesundheitlichen Kriterien aussuchen wollte, dann gäbe es sowieso keine. Drei Wochen später passierte wieder dasselbe. Ich sagte zu Tressell: ›Sir, Sie erinnern sich doch an den Mann, der gestorben ist – das passiert jetzt wieder, wenn Sie nicht anordnen, daß Soundso entlassen wird.‹ Er konnte sich an den Mann nicht erinnern, der gestorben war. Er kapierte überhaupt nicht, wovon die Rede war. Er sagte: ›Mensch, ihr Juden macht mich noch fertig!‹«

»Ach so«, sagte Martha unwillkürlich.

»Nein, das ist es nicht. Ich dachte das auch eine Weile. Du antisemitischer Scheißkerl, dachte ich. Doch er war noch nicht einmal antisemitisch – das ist der springende Punkt!«

An dem anderen Tisch erzählte der Mann seiner Frau irgend etwas. Vermutlich ging es um Thomas. Seine Gesten, seine Miene drückten moralische Entrüstung aus. Sie lauschte teilnahmsvoll einer ungeheuerlichen Geschichte.

»Das ist doch so, Martha. Dein Mann da – na, also schön, nicht er, es ist geschmacklos, über den Mann seiner Geliebten schlecht zu reden. Es gibt Männer, wenn du denen befiehlst, daß sie fünfzig Leute erschießen sollen, dann liegen die die ganze Nacht wach und sorgen sich, weil da einer fehlen könnte – dann stünde ja einer zu wenig auf der Liste. Da haben wir das, was wir jetzt als den bürokratischen Mördertyp erkannt haben. Diese kleinen Bürokraten, die Macht bekommen haben, sind gefährlich. Das ist der deutsche Beitrag zum menschlichen Wissen. Was wir jedoch noch nicht begriffen haben, ist die Art von Mord, die durch gute Laune, durch nichts als durch diese verdammte wohlgelaunte Gleichgültigkeit geschieht. Ich sagte zu Tressell: ›Sir ...‹ – ›Ach du liebe Güte, das ist ja schon wieder dieser Jude! Wo drückt der Schuh denn jetzt wieder, Jude?‹ Ich sagte: ›Sir, es sind für fünfzig Mann keine Rationen da.‹ – ›Ja, Himmelsakra, Mensch, deswegen lassen Sie sich graue Haare wachsen?‹ – ›Aber es sind nicht genug Lebensmittel da, Sir!‹ – ›Also, jetzt schieben Sie aber ab, ja! Treten Sie weg, und lesen Sie 'n gutes Buch!‹ Kannst du dir vorstellen, daß der das Zeug verkauft hat? Eine Weile dachte ich: Na, das ist ja sehr aufschlußreich – das reiche, weiße ›Herrenvolk‹ hat doch gewisse Züge von seinen ausgebeuteten Vorfahren geerbt – sie mopsen Lebensmittel und verkaufen sie, genau wie wir armen Schweine aus der Mitte Europas. Es sind also immerhin doch menschliche Wesen, dachte ich. Aber nicht, wenn es um Menschenleben geht. Damit durfte man ihn nicht behelligen. Als wieder ein Mann gestorben war, und ich zu ihm sagte: ›Soundso ist tot‹, sagte er: ›Das war ein guter Kaffer, den mochte ich.‹ Glaub mir, solche Leute sind imstande, ein ganzes schwarzes Volk aus reiner Dummheit zu vernichten – das ist mein Hund, und mein Hund hat das gern, wenn ich ihn schlage. Na ja, vielleicht kriegen wir ja noch einen Weltkrieg, damit wir unsere Erfahrungen mit dem Mord aus gutartiger Dummheit machen können – das ist der südafrikanische Stil. Beim Mord gibt es nationale Stilarten. Immer wieder habe ich mir Tressell betrachtet und gedacht: Wenn ich schwarz wäre, müßte ich jeden Tag meines Lebens unter diesem Schwein verbringen. Ich fing an, Tressell so sehr zu hassen, daß ich – ich sah ihn mir immer wieder an und überlegte mir verschiedene Möglichkeiten, ihn umzubringen. Ich dachte: Dir lege ich das Handwerk, du Scheißkerl! Ich ging zu ihm und sagte: ›Sir! Ich glaube, es wäre eine gute Idee, wenn man den faulen, unwissenden, dreckigen Wilden mal ein paar Sachen beibringen würde. Ich stehe vor Ihnen als Vertreter des Sanitätskorps. Ich schlage vor, Sie ermächtigen mich, denen ein paar Vorträge zu halten.‹ Er sah mich argwöhnisch an. ›Die sind eine Gefahr für alle zivilisierten

Menschen, diese dreckigen Schweine‹, sagte ich. Dann heiterte seine Miene sich auf. ›Ja‹, sagte er, ›schlau ausgedacht – jetzt wo wir die ganzen Stinker in Uniform an einem Ort beisammen haben, können wir die Gelegenheit eigentlich beim Schopf pakken, was, Jude?«

Am anderen Tisch hatte die Frau den Stuhl gewechselt, so daß sie jetzt neben ihrem Gatten saß und den Mann anstarren konnte, über den sie gerade so entsetzliche Dinge hörte. Ihr breites, allzu wohlgenährtes, gutmütiges Gesicht war durch das, was sie zu hören bekam, sichtlich beunruhigt.

»Wir machten aus, daß ich den Männern an einem Nachmittag der Woche was beibringen sollte. Der Witz dabei war, daß ich Schona gelernt hatte, während Tressell nicht ein einziges Wort verstand. Stell dir die Szene vor – ich ließ zweitausend Mann aus den Quartieren auf den Exerzierplatz marschieren. Ich ließ sie bequem stehen und sprach sie auf Schona an. Als erstes bedachte ich Sergeant Tressell mit allen Schimpfworten, die mir einfielen. Da standen sie, alle haßten sie ihn, doch sie verzogen keine Miene. Dann erklärte ich ihnen, daß Sergeant Tressell schuld daran war, wenn sie nicht genug zu essen hatten und ihre Latrinen ständig unbenutzbar waren. Als nächstes sagte ich zu ihnen, wenn sie sich von den Tressells befreien wollten, dann brauchten sie ein gewisses Maß an Bildung, und ich erklärte mich bereit, ihnen die zu vermitteln. Ich hielt ihnen einen halbstündigen Vortrag über das Unrecht, das man ihnen antat – Lenin sozusagen, der eine Unterrichtsstunde über Hygiene dazu benutzt, um zu Revolutionären zu sprechen. Da waren zweitausend Mann, und ich, der ihnen die Politik erklärte, und Sergeant Tressell, der eine wohlwollende Miene zur Schau trug. Ich ließ sie also wieder wegtreten, und Sergeant Tressell sagte: ›He, Stern, Sie haben ja gar nicht gesagt, daß Sie diesen Affen was auf Schona erzählen wollen!‹ – ›Das ist doch aber das einzige, was sie verstehen, Sir!‹ erwiderte ich. Nun hätte er Schona lernen sollen, doch er war zu faul. ›Ich hoffe, Sie waren einverstanden mit dem, was ich gesagt habe‹, sagte ich. ›Finden Sie, daß ich die richtigen Töne angeschlagen habe, Sir?‹ – ›Schien mir ganz in Ordnung zu sein‹, sagte er. So vergingen drei Wochen. Mittwochs reihten sich alle Afrikaner in Kompanien auf dem sonnenheißen Platz auf, standen bequem, während ich ihnen Unterricht in den Grundlagen revolutionärer Taktik erteilte und Sergeant Tressell dabeistand und zuhörte.

Dann kam eines Nachmittags der Kommandeur heraus. Er hatte von den Vorträgen über Hygiene gehört. Doch er konnte Schona. Ich mußte den Vortrag halten, wie versprochen, und über die Reinhaltung von Wasser sprechen und darüber, daß man sich auch hinter den Ohren waschen muß. Dem Kommandeur war die Sache ganz und gar nicht geheuer. Am selben Abend ließ er mich zum Schachspielen kommen. Er sagte: ›Stern, ich hab Ihnen schon mal gesagt, Sie lassen sich zu sehr von Ihren Gefühlen leiten, statt Ihrem gesunden Menschenverstand zu gehorchen. Ich kann das nicht dulden, hören Sie?‹ – ›Ja, Sir‹, sagte ich. Ich wurde nie wieder an die Männer herangelassen, und dann wurde ich versetzt. Als ich schon im Aufbruch war, kam Tressell in meine Baracke. Er sagte: ›Sie halten sich wohl für sehr schlau, wie? Na, das wollen wir doch erst noch sehen!‹ Einer der Afrikaner mußte mich verraten haben. Wir schlugen uns also. Keiner von uns gewann. Er versetzte mir einen Schlag gegen die Brust und sagte: ›Der ist für den Juden!‹ Und ich schlug ihn mit der Faust ins Gesicht und sagte: ›Das ist für meine Schwester im Ghetto.‹

Irgendwann hörte er mit einemmal auf und sagte: ›Die Damen lassen wir hier raus, Stern!‹ – ›Ganz recht‹, sagte ich, ›der ist für meine Mutter‹, und ich trat ihm in die Leisten. Wir brachten einander fast um. Gleich danach wurde ich versetzt, und unsere so schöne Beziehung fand fürs erste keine Fortsetzung.«

Die Begleiterin Tressells war aufgestanden und drängte ihn zu irgend etwas. Er schüttelte den Kopf, sie ließ nicht locker. Endlich gab er nach, und beide gingen hinein, um zu tanzen. Im Vorbeigehen warf sie Thomas einen Blick zu, aus dem schiere Ungläubigkeit sprach: Und so was läuft frei herum, dachte sie wohl.

»Wolltet ihr euch wieder schlagen?« fragte sie. »Ich meine vorhin, als du an seinem Tisch warst?«

»Nein, ich habe einfach nur sein dummes, rotes Gesicht entdeckt. Er schaute zu, wie Anton und ich unsere Mätzchen machten. Ich erinnerte mich an die Schlägerei. Ich erinnerte mich, wie er jedesmal, wenn er einen Schlag angebracht hatte, gesagt hat: ›Nimm den, Jude!‹, ›Der ist für den Juden!‹ Nur zwei Wörter hat der in seinem Vokabular, sehr ungebildet. Ich nehme an, er dachte, ich würde ihn angreifen. Er nahm die Weinflasche beim Hals und hielt sie hoch – ich schwör's dir, Martha, ich kann mir kein größeres Vergnügen vorstellen, als den umzubringen!«

Nach einer Weile wandte er sich ihr zu und versuchte zu

lächeln. »Tja, du wolltest ja, daß ich es dir erzähle. Aber ich hätte es nicht tun sollen.«

»Weshalb nicht?«

»Es gibt Dinge, die sollten wir für uns behalten, ein für allemal.«

Sie zuckte die Achsel.

»Doch wirklich, das ist das einzige, was man tun kann!«

»Wenn du nicht darüber hinwegkommst, verzichten wir vielleicht besser auf diesen Abend!«

»Ich komme nicht drüber weg, und ich möchte auf den Abend nicht verzichten. Schon gut, schon gut – laß mir etwas Zeit, ich werde was trinken.«

Er griff sich ein Glas, füllte es und stürzte es hinunter. Stirnrunzelnd und unruhig saß er auf seinem Stuhl und behielt die Tür im Auge, um das Wiedererscheinen seines Feindes nicht zu verpassen.

Sie waren allein unter den Bäumen, die über der Musik und den Bewegungen der Menschen zu stehen schienen wie Pflanzen, die aus dem Wasser herauswachsen. Die Wipfel der Bäume schienen unendlich weit entfernt. Sie standen im ruhigen Sternenlicht, und ihre Blätter bewegten sich in einer Brise.

Martha wartete. Langsam verrauchte Thomas' Zorn, und er lehnte sich entspannt zurück. »Ah«, sagte er, »du hast recht.« Er trank noch mehr Wein. »Und jetzt«, sagte er, »mußt du einfach nur dasitzen und dich von mir anschauen lassen.«

Stundenlang, so kam es ihr vor, hatte Martha darauf gewartet: daß sie sich als hübsche junge Frau in einem romantischen dunkelblauen Kleid fühlen würde. Sie hatte sich gewünscht, nahe bei Thomas zu sitzen und ihre festen weißen Brüste zu spüren, die sich unter der Hülle des dunklen Stoffes abzeichneten, ihren festen weißen Körper, der sich, sanft umspielt von dunklem, durchsichtigem Stoff, ganz gerade hielt; sich vorgestellt, wie sie dann denken würde: Diese Arme, meine kräftigen Schenkel – sie haben diesen kräftigen Mann liebend umfangen. Und das hat Thomas gewollt, als er mich dazu gebracht hat, das Kleid zu wechseln. Doch es war alles schiefgegangen, Sergeant Tressell hatte alles verdorben.

Sie lächelte Thomas an, während sie sozusagen Porträt saß: hübsche junge Frau in hübschem Kleid. Sie versuchte, nur das zu sein, nicht mehr als das, und nicht an den Zorn zu denken, der, wie sie sehr wohl wußte, auch jetzt noch in Thomas pochte. Sie versuchte, nicht mehr an Sergeant Tressell zu denken.

Doch das Herz war ihr schwer vor schmerzlicher Zärtlichkeit.

Er lächelte ihr zu und sagte: »Ach ja, Martha, du magst mich gar nicht leiden, jedenfalls nicht wirklich.«

»Hör auf, Thomas, hör auf, nur diesen Abend!«

»Das gefällt dir nicht, wenn ich sage, daß ich mir nichts sehnlicher wünsche als eine dunkle Nacht und die Gelegenheit, Sergeant Tressell zu ermorden.«

»Nein, es stimmt.« Das Herz tat ihr weh, als sie in das breite braune Gesicht und in diese Augen blickte, die so offen und klar und blau waren.

»Du siehst so hübsch aus heute abend.«

»Ich bin nicht hübsch!«

»Dann bin ich auch kein netter Mann, der Pflanzen züchtet und Hausfrauen in Gartenfragen berät. Martha, ich habe mich den ganzen Tag darauf gefreut, neben dir zu sitzen und zu denken: Was das doch für eine hübsche Frau ist, und nicht: Das ist also das Weib, das ich liebe. Das ist leichter.«

»Bin ich das Weib, das du liebst?«

»Was denn sonst?«

»Wir laufen ja zu großer Form auf«, sagte sie schließlich, »wir müssen erst ins Parkland Hotel gehen, um das Wort Liebe auszusprechen. Und nur deshalb bist du den langen Weg von Polen hierhergekommen.«

Langsam ließ er den blassen Wein erst in ihr und dann in sein eigenes Glas laufen. Über seine Schulter hinweg sah sie, wie der Feind aus dem Tanzsaal kam und sich hinsetzte. Sie bemerkte ihn kaum, woraus sie schloß, daß sie nervös war. Und Thomas wandte den Kopf nicht.

»Komm und setz dich neben mich«, sagte er.

Martha und Thomas saßen nebeneinander und atmeten kaum, atmeten gewissermaßen wie ein einziges Wesen. Sie schauten einander nicht an, spürten jedoch Martha und Thomas durch die Arme, die Schenkel, im Magen. Sie saßen Seite an Seite, eine hübsche junge Frau in einem dunkelblauen Kleid, das weiße Arme und Schultern freiließ, und ein Mann mit borstigem blondem Haar und einem breiten braunen Gesicht mit blauen Augen, ein kräftiger Mann, ein Bauer. So saßen sie in diesen Verkleidungen und spürten, wie das Leben sie durchströmte. Vor ihnen standen die eleganten, luftigen, schwebenden Bäume, versilbert vom Sternenlicht, und die felsigen Konturen des ansteigenden Hügels. Hinter ihnen pulste die Tanzmusik, und die

Flammen zischten in den Kohlebecken. Martha spürte den Flammenschein, der warm über die rauhen Baumstämme lief, spürte die züngelnden Regungen der Flammen, die immer wieder emporschlugen; sie spürte den Feuerschein, in dem sie saß, ein warmes, erdnahes Element, das weit weg war von dem dünnen kalten Licht der Sterne auf den Wipfeln der Bäume. Die Trunkenheit belebte sie, weckte ihre Sinne. Gleichzeitig nahm sie jeden einzelnen Takt der Musik wahr und die verschiedenen schattigen Vertiefungen in den Baumstämmen, das stumpfe, zerkratzte Metall des Tisches und die schneidende Kälte, die er ausströmte, das Licht, das sich in einem danebengegossenen Weintropfen brach. Sie hatte zwanzig Sinne und ein Herz, das so von Freude erfüllt war, daß es die ganze Nacht und alles um sie herum in sich trug. Sogar den winzigen, köstlichen, aufreizenden Stich der einzelnen Härchen auf Thomas' Handrücken, wo ihre Hände sich berührten, nahm sie wahr. Sie seufzte vor Wonne und wandte sich ihm lächelnd zu, als erwachte sie aus einem Schlaf in seinen Armen.

Er spürte es und wandte sich ihr lächelnd zu, und der Kummer ergriff ihr Herz, weil ihr wieder bewußt wurde, was ihr nun schon seit Tagen – schon lange Zeit – dunkel bewußt war: daß das natürlich alles zu Ende gehen würde, und zwar bald. Sie und Thomas heute abend, sie alle sechs – das war wie die Welle, die himmelwärts steigt, ehe sie sich bricht in einem zerfetzten Kamm aus weißem Schaum. Sie und Thomas würden sich bald trennen, und bald wäre diese Liebe (sie konnte dies Wort doch wohl benutzen, nachdem es im Parkland Hotel zum ersten Mal gefallen war), diese Liebe, die sie gelehrt hatte, was ein liebender Mann war, vorbei, zerstoben. Wie eine Stadt in Europa, die dunkel unter einem flammen- und eisenstiebenden Himmel lag. Und die Tressells, die jetzt in einer Gruppe lärmender Freunde an ihrem Tisch saßen: deren Auftauchen heute abend hätte man vorhersehen können. Martha hatte das Gefühl, ihr ganzes Leben schon über diesen Abend Bescheid gewußt zu haben, diesen sternklaren Winterabend, wo sie neben einem Mann sitzen würde, den sie innig liebte, und an lodernden Kohlebecken vorbei einen rotgesichtigen korpulenten Mann in einem schlechtsitzenden Smoking anschauen und wissen würde, daß das ein Feind war, dem sie nicht gewachsen wäre.

Sie sagte: »Gib mir bitte noch etwas Wein.«

Er goß ihr ein und sich selbst auch. Wieder saßen sie lange Zeit schweigend nebeneinander. Die anderen kehrten zwar in einer Tanzpause an den Tisch zurück, doch dann waren sie nicht mehr da. Ihr Unterarm ruhte in Thomas' großer Hand. Seine Hand verriet ihr, daß er ruhelos, unruhig war. Er sagte: »Ich muß mal ein paar Schritte gehen. Ich halte das nicht mehr aus – das wird mir einfach zuviel, daß ich hier wie ein ausgestopftes Pferd in der Jahrmarktsbude neben dir sitze.«

Er lief an dem Gebäude entlang auf die Flußnebel zu. Sie ließ sich in einen Zustand reiner, köstlicher Trunkenheit fallen. Sie war ein Fleckchen Wissen innerhalb einer schwankenden Schale der Trunkenheit, und sie schwang vom Dunkeln ins Helle, vom Hellen ins Dunkle – dann spürte sie eine trockene Wärme im Nacken und wandte den Kopf, um zu sehen, wo der feuchtkühle, geheimnisvolle Geruch des Flußwassers auf einmal herkam. Thomas' Hand lag in ihrem Nacken. Vor ihren Augen lag braunes Tuch, das mit winzigen Tauperlen bestickt war. Sie bürstete sie herunter, und nun roch ihre eigene Hand nach dem Fluß. Thomas sagte: »Martha ist betrunken.«

Die anderen waren da und saßen um sie herum wie die vielfarbigen Geister von Menschen, die sie vor tausend Jahren einmal gekannt hatte, saßen unter den kühlen, hellen Bäumen, über denen die Sterne standen – doch anders, denn sie hatten sich ein Stück über den Himmel bewegt. Baumstämme wuchsen aus Teilen von Musik, Flammenlicht, Gesichtern ins ferne Sternenlicht hinauf.

Sie schwiegen. Martha wäre weder imstande gewesen, irgend etwas zu sagen, noch hatte sie das Bedürfnis, und sie wußte, die anderen waren in derselben Stimmung wie sie. Sie lehnte den Kopf gegen Thomas' Wange und spürte die Wärme seines Gesichts durch die kühle, glatte Oberfläche ihres Haars hindurch. In dieser Haltung lächelte sie einem großen blonden Mann namens Anton Hesse aus Deutschland zu und einer dicken bekümmerten Frau mit großen weißen Brüsten, die aus blauer Seide mit Kornblumenmuster hervorquollen.

Maisie sagte: »Ist doch ulkig, wenn man bedenkt, wie oft du und ich damals mit den Jungs gefeiert haben. Ich meine, ist doch ulkig!«

Ihre schimmernden rosa Lippen waren halb geöffnet zu einem Lächeln, womit sie Martha aufforderte, das auszudrücken, das sie, wie gewöhnlich, nicht in Worte fassen konnte. Doch Martha lächelte und lächelte. Sie hatte vergessen, wie man seine Zunge gebraucht. Unterdessen stand sie außerhalb dieser Szene und beobachtete eine hübsche junge Frau mit nackten Schultern, die einer dicken Frau zulächelte. Dann sah sie, wie dies hübsche Mädchen neugierig auf seine Hand hinabblickte. Es war Martha, die ihre Hand betrachtete – höchst eigenartig. Diese Hand bewegte sich von selbst, nicht, wie sie es wollte, sondern aus eigenem Antrieb – wie eigenartig, diese Hand von ihr, und sehr häßlich mit diesen Fingern, die wie Werkzeuge waren oder wie Klauen.

Anton sagte oder hatte vor kurzem gesagt: »Na, schließlich gehen wir ja auch nicht jeden Abend tanzen.« Martha vernahm diese Stimme, und nach einer Weile blickte sie sich um, um die Stimme, wenn es ging, mit Anton zu verbinden. Sie sah, wie ein blonder junger Mann mit einem erschreckend direkten, starren Blick diese Worte sagte – sah ihn, wie er sich in einer übervollen Kneipe vorbeugte, um (vielleicht zu einer jungen Ausgabe von Millicent) zu sagen: »Na ja, Genossin, schließlich haben wir nicht jeden Abend Zeit, tanzen zu gehen.« Sie liebte diesen korrekten, steifen Jungen, der stolz ein Mädchen ausführte (vielleicht ja Grete – vielleicht zeigte er dem reichen Mädchen ja das ärmliche Viertel, in dem er wohnte?), und sie lächelte ihm mütterlich zu, während er in seiner Maske als Anton vor ihr saß. Und als Anton ihr zulächelte, war das dieser Junge, der lächelte. Schließlich mochten sie einander, der steife, eifrige Junge und eine Martha, die verstand, daß er sie brauchte, und ihm das verzieh.

Dann waren Anton und die rothaarige Frau verschwunden, und auf ihren Plätzen saßen Maisie und Athen.

Wo war Thomas denn? Martha versuchte, den Kopf zu wenden, um zu sehen, wo er war, doch er war irgendwohin verschwunden.

Maisie sagte gerade: »Was meinst du denn dazu, Matty – erzähl das Athen doch mal!« Martha hatte keine Ahnung, was sie Athen erzählen sollte.

Ein kleiner dunkler Grieche saß ihr lächelnd gegenüber, während ihn das Licht der Kohlebecken überflutete, als säße er in einem roten Fluß.

Athen sagte: »Maisie, du mußt dein Leben ändern!«

Martha sah Maisie auf ihrem Stuhl sitzen und lachen. Maisie schüttete sich aus vor Lachen, doch Martha konnte nicht äußerlich lachen, sie konnte nicht einmal die Lippen zu einem Lächeln bewegen. Doch sie lachte innerlich, sie lachte und liebte alles. Sie dachte: Jetzt bin ich gut. In diesem Augenblick bin ich einfach gut. Wenn ich nüchtern bin, muß ich daran denken, wie gut ich heute abend war. Währenddessen beobachtete sie, wie Maisie vor Lachen kreischte: eine dicke gelbhaarige Frau mit einem roten Gesicht, einem tränennassen, rotbackigen Gesicht mit winzigen geplatzten roten Äderchen, riß lachend den Mund auf, und in ihren lodernd blauen Augen blitzten Tränen. Ihre prächtigen, dicken Brüste erbebten unter ihrem Gelächter. Martha schaute diese ordinäre Maisie an und dachte an das zarthäutige Mädchen im Büro vor dem Krieg: Sie dachte daran, wie Maisie als schwangeres Mädchen gewesen war.

»Immer wieder sagt er, ich soll mein Leben ändern«, sagte Maisie und schrie vor Lachen.

»Mir ist sehr schlecht«, bemerkte Martha.

»Dann sitz still, Schatz, und das vergeht wieder«, sagte Maisie und hatte sich im Handumdrehen in einen mitfühlenden dienstbaren Geist hinter der Bartheke verwandelt. Martha sah ihre Brust als beruhigende weiße Wölbung auf einer Schräge aus braunem Holz liegen. Martha nahm ein, zwei Bissen von dem weißen, süßen Fleisch. Wie weiße Gallerte war das. Fade. Langweilig. Sie lächelte Maisie an und dachte: Wenn ich zu Maisie sagen würde, ich habe gerade einen ordentlichen Bissen von deiner linken Brust genommen, dann würde sie sagen: Macht nichts, Schatz, trink einen Schluck Wasser, und dann geht's wieder. Und Athen würde sagen: Aber Martha, du mußt dein Leben ändern!

Unter Mühen sagte sie zu Athen: »Ich habe gerade einen ordentlichen Happen von Maisies Brust genommen.« Besorgt beugte er sich vor, und sein Gesicht trat weiß aus dem bewegten roten Feuerschein.

Dann stand Maisie auf und sie auch. Sie faßten einander bei der Hand, stützten sich gegenseitig und gingen schwankend auf die Seite des Gebäudes, wo es unter einem Baum eine mit Steinen eingefaßte Blumenrabatte gab. Dort übergaben sie sich, waren beide schlagartig wieder nüchtern und erholten sich Seite an Seite im kühlen Sternenlicht, unter sich das Tal, wo ein unsichtbarer Wasserlauf wallenden weißen Dunst aufsteigen ließ, und sie spürte den lastenden feuchtkühlen Geruch des Wassers, den Geruch eines modrigen, geheimnisvollen, dunklen Flusses.

»Was soll ich denn bloß tun, Matty, was fange ich denn mit meinem Leben bloß an?« Martha hörte diese Worte und ein wildes Schluchzen und erblickte Maisies Gesicht, das sich vor dem Sternenlicht abzeichnete und von dem die Tränen hinabrannen. »Was kann ich denn bloß für meine Rita tun? Binkie macht mich noch verrückt, und ich weiß nicht, was ich machen soll.«

Martha sagte nichts. Der Kummer hatte ihr die Sprache verschlagen, und alles, was sie sagen würde, konnte nur lächerlich sein.

»Binkie sagt, er hat eine Frau gefunden, die er heiraten will, doch mich hat er lieber, und ich sage dann, daß ich ihn nicht liebe, und er sagt, dann heiratet er eben die Frau, das wär eine Kriegerwitwe, die zwei Kinder mitbringt, und ich kann dann nur sagen: Na schön, dann heirate sie doch, und viel Glück, mehr fällt mir dazu nicht ein.«

»Ich komm dich morgen besuchen, Maisie.«

»Auja, komm mich morgen besuchen! Du bist wirklich eine treue Freundin, Matty. Sollen die doch alle reden, was sie wollen. Hauptsache, man hat jemand, der zu einem hält.«

Dann kehrten sie mit vorsichtigen Schritten an ihren Tisch zurück. Jetzt saßen alle um den Tisch. Vor sich hatten sie die hohen, schlanken, grünlichen Flaschen, die vor Kälte beschlagen waren und in deren gläsernen Tiefen ein orangefarbenes Feuerpünktchen flackerte. Drinnen im Haus klagte das Saxophon, und die Trommeln schlugen zum Krieg.

Martha sah, wie Athen sich zu Maisie vorbeugte.

Er blickte aufrichtig, ernsthaft, und seine dunklen, brennenden Augen hielten ihren erschöpften, lieblichen, blauen Blick fest, der ihn nicht losließ und der weiter nichts sagte als schlicht und einfach: Ich liebe dich, Athen. Und auf ihren Lippen lag ein einfältiges, geduldiges Lächeln.

Martha gegenüber saß Thomas. Er hatte die Ellenbogen auf die gespreizten Knie, den Kopf auf die Fäuste gestützt und schwankte ein wenig. Er war ein kräftiger Mann in einem braunen Anzug, und Martha schaute ihn an wie einen Fremden und fragte sich, welche Erinnerung ihm wohl gerade durch den Kopf gehen mochte. Er schwankte und schaute auf die Fliesen unter seinen Füßen, während das rote Licht über seinen kantigen braunen Kopf glitt.

Maisie sagte mit lauter, kindlicher Stimme: »Ist das nicht komisch – nächstes Jahr um die gleiche Zeit, wo wir da wohl alle sind? Athen ist dann in Griechenland ...«, sie zählte sie alle an ihren dicken weißen Fingern auf, »... und Anton, der ist dann in Deutschland, und Matty ist ...« Sie lächelte und zögerte, weil sie nicht wußte, ob sie laut sagen durfte, daß Martha dann nicht bei Anton sein würde. »Und hier sind dann nur noch ich und Thomas und Millicent übrig.«

»Ich nicht«, sagte Thomas.

»Was?« fragte Anton.

»Ich nicht«, sagte Thomas, hob den Kopf von den Fäusten, um sie anzuschauen, und blickte dann an ihnen vorbei auf die Baumstämme, die Felsen, die ansteigende Linie des Hügels. Seine Augen begegneten dem Sternengeglitzer, und er ließ sich zurückfallen und starrte zum Himmel hinauf. »Ich nicht«, sagte oder murmelte er, und dann fand Martha sich in Thomas' Armen und tanzte. Sie wirbelten durch den weißen Raum mit der niedrigen Decke, der von den Kleidern der Damen durchfächelt wurde, den Röcken, die um hohe Säulen herumflogen – die Männer, die die Frauen im Arm hielten. Sie war müde und ruhte in Thomas' Armen aus. Sie hätte ohne weiteres auf der Stelle einschlafen können, an seiner breiten Brust, während er sie immer wieder unter den wechselnden bunten Lichtern im gleichförmigen Takt der Trommeln herumwirbelte. Immer wieder tanzten sie an den offenen Verandatüren vorbei, wo die flackernden Flammen in den Kohlebecken mittlerweile heruntergebrannt waren und die Bäume ihre luftdurchwirkten Kronen aus versilberten Blättern zu den Sternen erhoben.

»Martha«, sagte Thomas, »ich sage dir etwas, weil mir danach zumute ist, das zu sagen. Es stimmt zwar nicht, aber wenn mich jetzt einer totschlüge, das wär mir egal.«

»Selbstverständlich«, sagte Martha und mußte innerlich lachen, obwohl ihr Gesicht vor Kummer so erstarrt war, daß sie nicht wirklich lachen konnte. »Selbstverständlich.«

Dann war es sehr spät, und die Musik schwieg. Die Leute saßen in einem kalten, späten Sternenlicht um ihre Tische. Mittlerweile war ein kleiner Mond halb hinter dem Hügel aufgegangen. Die Kohlebecken erwiesen sich als Zylinder aus rostigem Eisen, in das gezackte Löcher hineingebohrt waren und in deren grauer Asche ein rosiges Gold glühte und glomm, als der Wind an Felsen und Baumstämmen vorbei den Hügel heruntergewirbelt kam.

Die Kellner lehnten gähnend an den Säulen der Veranden, erschöpfte, schwarzhäutige Männer in Kellnerjacken und weißen Schürzen. Die Bäume, die wie weiße Vögel vom Licht der Morgendämmerung oder vom Sternenlicht gefärbt waren, reckten ihre umschatteten Zweige empor.

Millicent lag mit ihrer wilden aufgelösten Haarmähne an Antons Brust. Freundlich und teilnahmsvoll sah Martha zu, wie ihr Mann die halbbetrunkene Frau behutsam, ja zärtlich in eine bequemere Haltung rückte und in ihr Gesicht hinabblickte. Alle beobachteten den selbstvergessenen Anton, wie er die Frau fürsorglich anlächelte, die an seine Brust gelehnt schlief. Alle lächelten einander zu. Niemand hatte Lust, nach Hause zu gehen. Die Tische waren immer noch besetzt. Die Kellner standen und gähnten vergebens.

Martha hatte erneut ihre Hand entdeckt. Sie saß und öffnete und schloß sie. Sie war monströs, einfach unglaublich häßlich, wie eine Waffe. Maisie hatte geweint. Ihre Züge waren entstellt vor Leid, eine Maske. Ein Mundwinkel war nach unten gezogen, vor Schmerz oder weil er gelähmt war. Ihre Augen waren gerötet, sie sahen aus wie Schweinsäuglein. Dann wirkte ihr eines Auge wie eine mächtige rote narbige Höhle. Martha schüttelte den Kopf, um wieder klar zu sehen, und erblickte Maisie, eine erschöpfte Frau mit einem traurigen Gesicht, die Athen lächelnd anschaute. Marthas Hand lieferte neue Offenbarungen. Die Form, die ihr Zeigefinger und ihr Daumen hatten, wenn sie einander berührten, war wie eine Offenbarung der Brutalität. Ihre Hand war wie eine Zange, die Schere eines Hummers, etwas Kaltes, Räuberisches. Erstaunt über soviel Grausamkeit betrachtete sie ihre linke Hand. Ihre Rechte war mittlerweile in Thomas' Hand geborgen, die ihr schlichte Botschaften gesunder Lebenswärme übermittelte.

Ihre linke Hand jedoch, *ihre* Hand – so etwas Ungeheuerliches hatte es noch nie gegeben wie diesen Ring aus Knochen, der nur eben mit Haut überzogen war wie der Schnabel eines Vogels, wie ein Mund, der sich öffnet und schließt, wie ...

Athen lächelte. Er sagte: »Diesen Abend werde ich nie vergessen.« Maisie wandte ihm das Gesicht zu. Martha sah nur einen Schopf, blondes, aufgelöstes Haar, einen hilflos aussehenden pummeligen Nacken. Athen lächelte aus einiger Entfernung bedeutungsvoll in das flehentlich blickende Frauengesicht.

Martha litt mit Maisie. Sie hatte Lust, Athen zu sagen – doch was? Etwas fordern, protestieren. Ihr Gehirn arbeitete rasch, registrierte alles im Umkreis von Meilen – sie empfand alles auf einmal, das dünner werdende Sternenlicht oben, den rauchigen Geruch erkaltenden Eisens von den Kohlebecken, abgestandenen sauren Wein, kaltes Metall von der Tischplatte, Thomas' warme Hand, den dunklen Geruch vom Fluß. Sie war mit allem verschmolzen, und was sie empfand, machte es unmöglich, daß Athen sich am Ende mit ernster Miene vor Maisie verbeugen, nach Griechenland zurückkehren und sie verlassen würde.

Sie kämpfte mit ihrer Zunge und sagte schließlich: »Und was ist mit dir?« Eine unglaubliche Gereiztheit hatte diese Frage herausgezwungen, die Energie schierer Gehässigkeit steckte dahinter. Doch sie kam undeutlich heraus; trotz allem spürte sie, wie ihr Gesicht sich zu einem Lächeln verzog.

Athen schaute sie höflich abwartend an.

Er sagte: »Hast du was zu mir gesagt, Martha?«

»Matty ist blau«, sagte Anton.

»Allerdings bin ich blau«, sagte sie deutlich vernehmbar mit einem Lächeln und bewies damit, daß ihre Zunge schließlich doch nicht gelähmt war.

Sie gingen zum Wagen. In einer Gruppe von Leuten hinter ihnen befanden sich Mr. Tressell und Mrs. Tressell – Sergeant Tressell und seine Gattin. Thomas schaute jedoch nicht hin, er wandte sich nicht nach ihnen um, es schien, als hätte er seinen Feind Sergeant Tressell vergessen. Hinter ihnen brannten im Hotel, das offensichtlich menschenleer war, hundert Lichter, die alle auf einmal erloschen. Die Sterne waren vom faden Grau eines frühen Morgenhimmels aufgesogen worden. Doch über dem Indischen Ozean ging bereits die Sonne auf, denn eine dunkle Linie von Bäumen im Osten zeichnete einen niedrigen Horizont, hinter dem ein schwaches rosenfarbenes Glühen in perlgraue Wolken hinaufpulste.

Ehe der Wagen angelassen wurde, war ein Vogel erwacht, hatte seine Stimme erprobt und war wieder verstummt.

Martha hätte gern bei Thomas auf dem Rücksitz gesessen, doch wieder setzte die Konvention sich durch, und sie saß mit Anton vorn. Hinter ihr schlief Millicent an Thomas' Schulter, und Maisie saß kerzengerade, und ihre bleichen Wangen bebten unter den Erschütterungen des Wagens. In der Mitte jeder Wange hatte sie einen leuchtend rosa Fleck, und ihre Augen waren vom Weinen gerötet. Athen döste. Sein Kopf fiel zur Seite auf Maisies Schulter. Martha sah, wie das Mädchen den Mantel von ihrer nackten Schulter schob, so daß Athen seinen Kopf darauf legen konnte.

So saß Maisie und atmete kaum, während Athens Kopf schutzlos auf ihrer Schulter lag und hin und her geschüttelt wurde.

Die anderen waren sich alle über Maisies Empfindungen im klaren, und so schwiegen sie, während der Wagen unter einem errötenden Himmel über die Hügel dahinschoß.

4

Jack Dobie und Martha saßen einander im Dirty Dick gegenüber. Jack hatte Johnny Capetenakis, um Martha eine Freude zu machen, gebeten, etwas Besonderes für sie zu kochen, und nun saßen sie und aßen. Dabei mochte Jack dies Essen, Kebabs mit Safranreis, nicht einmal und hätte lieber wie die anderen Gäste Eier und Chips gegessen.

Jack war zum Mitglied eines Ausschusses ernannt worden, der die Lebensbedingungen in der Stadt lebender Afrikaner untersuchen sollte. An geeignetem statistischem Material gab es nur wenig. Er war damit beschäftigt, auf eigene Kosten in seiner Heimatstadt Gotwe Fakten und Zahlen zusammenzutragen, und nun wollte er, daß Martha für ein paar Tage mit dorthin fuhr, um ihm zu helfen. Außerdem wollte er gern ein Verhältnis mit ihr anfangen.

Martha weigerte sich, mitzukommen, weil sie die Stadt, und das hieß ja jetzt: den Speicher zwischen den Bäumen, nicht verlassen oder irgendeine Gelegenheit versäumen wollte, sich mit Thomas zu treffen.

Jacks Teller stand nahezu unberührt vor ihm. Das Kinn hatte er streitlustig vorgereckt, und sein konzentrierter Blick verriet, daß er sich so ohne weiteres nicht abspeisen lassen wollte, sondern darauf bestand, daß Martha ihm triftige Gründe für ihre Weigerung nannte.

Martha aß nicht nur ihre eigene Portion, sondern auch noch die von Johnny, lachte und sagte Nein und wieder Nein, es täte ihr leid, selbstverständlich würde sie gern mitkommen, doch da gäbe es nun einmal unüberwindliche Hindernisse.

Diese Szene, die im Leben doch so häufig vorkommt, wird in der Romanliteratur allzu oft zugunsten explosiverer Augenblicke vernachlässigt: Ja, ich fahre mit dir nach Gotwe, aber damit setze ich meine Ehe aufs Spiel, ja, ich verlasse meinen Mann, wenn du deine Frau verläßt, liebst du mich? Vielleicht hätte ich dich ja lieben können, wenn nicht ...

Jack fand Martha anziehend; als Mann, der mit einer Frau verheiratet war, die in zunehmendem Maße alles mißbilligte, was er war und tat (sie war ein Mädchen mit gesellschaftlichem Ehrgeiz, das nie auf die Idee gekommen wäre, einst die Frau eines streitbaren Parlamentariers zu sein); als Mann, der Marjorie oder Betty oder jede andere attraktive Frau nach Gotwe eingeladen hätte oder wahrscheinlich schon hatte, kam es Jack in Wirklichkeit nicht so sehr darauf an, ob Martha nun Ja sagte oder Nein.

Sie wiederum mochte ihn und hätte so ziemlich alles für ihn getan, um seine Gefühle nicht zu verletzen, außer mit ihm ins Bett zu gehen, und auch das nur deshalb nicht, weil sie einen anderen hatte. Sie hoffte, daß er nicht der Typ Mann war, der aus gekränkter Eitelkeit nun auch nichts mehr von ihrer ersprießlichen Zusammenarbeit wissen wollte – alles in allem machte diese Szene Martha nervös, weil sie so sehr mit Thomas beschäftigt war.

Und während sie Jack lächelnd ansah und die Achsel zuckte, hörte sie nur mit halbem Ohr zu und dachte: Soso, du glaubst also, wenn ich wirklich mit dir ins Bett ginge, dann wäre das einfach nur eine äußerst angenehme Erfahrung mehr! Hmm, schade, daß ich dich nicht eines Besseren belehren kann ... Und er dachte: Wenn ich sie bloß erst mal dahingeschafft hätte, dann würde ich's ihr schon zeigen ... Mit einem Wort, diese Szene des modernen Liebeswerbens nahm den üblichen Verlauf.

Unterdessen schob Martha Salzstreuer und Saucenflaschen hin und her und dachte, daß die Empfindungen, die sie und Thomas füreinander hegten, ihr Verhältnis – wie immer man es nennen mochte – in eine gänzlich neue Dimension eingetreten war. Beide drohten den Boden unter den Füßen zu verlieren. Und keiner von beiden verstand das, keiner konnte darüber sprechen.

Wenn sie zusammen auf dem Speicher waren, sprachen sie weniger. Sie waren weniger häufig auf dem Speicher. Ihr Zusammensein war wie – sie wußte es nicht zu sagen. Das galt ebenso für Thomas, denn wenn sie einander ansahen, dann wurde das Gefühl, tiefer und tiefer ins Licht zu sinken, stärker. Ihr Zusammensein war für beide wesentlich mehr als einfach eine Martha, die mit Thomas zusammen war. Manchmal war es so überwältigend, daß sie es nicht ertragen konnten und sich trennten. Oder der Speicher war zu hoch, zu zerbrechlich, zu klein, und sie verließen ihn und liefen eilig durch die Straßen. Das konnte jedoch nur nachts geschehen, weil sonst die Gefahr bestand, daß sie zusammen gesehen wurden. Manchmal waren ihre Gefühle, wenn sie miteinander schliefen, so stark, daß sie es mit der Angst zu tun bekamen, so als drohten sie von irgendwelchen gewaltigen Mächten überschwemmt zu werden. Doch wußten sie nicht, was das zu bedeuten hatte.

»Wenn ich dich richtig verstehe«, sagte Jack, »dann heißt das, du nimmst in Kauf, daß das einzige progressive Parlamentsmitglied neben Mrs. Van zwei Tage die Sitzungen des Parlaments versäumt, nur weil du nicht auf zwei Liebesnächte mit Thomas verzichten willst?«

»Das stimmt.«

»Na, dann werde ich aber, wenn ich an der Reihe bin, darauf bestehen, daß du mich genauso behandelst!«

»Aber das versteht sich doch von selbst!«

Sie teilte Anton mit, daß sie für ein paar Tage nach Gotwe fahren würde, um Jack Dobie bei der Arbeit zu helfen.

Ihr war schon vorher klar, daß Anton diese Ankündigung nicht gleichmütig hinnehmen würde. Aus Bemerkungen, die Anton in letzter Zeit fallenlassen hatte, hatte sie gefolgert, daß er überzeugt war, ihr Verhältnis mit Thomas sei beendet und sie habe einen neuen Liebhaber. Doch wie konnte er auf so etwas kommen? Deshalb, so erkannte sie, weil sein Verhältnis mit Millicent zu Ende ging. Sie dachte: Höchst merkwürdig, Anton weiß nur durch den Teil seines Wesens, der aus Rivalitätsanwandlungen mit mir schlafen will (obwohl er dafür natürlich andere Namen hätte), ob ich mit einem Mann zusammen bin oder nicht. Sein *Kopf* könnte ihm das nicht sagen. Ich hingegen weiß, wie der Abend mit Millicent verlaufen ist, wenn ich ihn nur ansehe.

Sie waren in dem kleinen Schlafzimmer. Es war kalt. Er trug einen dicken dunkelblauen Flanellschlafanzug und sie ein weißes gerüschtes Nachthemd, das sie in Gedanken an Thomas gekauft hatte. Darüber trug sie eine wattierte rote Jacke. Da waren sie, Anton und Martha, Mr. und Mrs. Hesse, Seite an Seite saßen sie in ihrem Schlafzimmer mit den Einzelbetten.

Sie wußte, daß die Atmosphäre zwischen ihnen gespannt war, denn sie spürte, wie die Muskeln im Unterleib sich zusammenzogen. Sie griff sich eine Nagelfeile und fing an, ihre Nägel zu bearbeiten.

Seine langen weißen Hände lagen auf den Knien. Sie beobachtete seine Hände aus den Augenwinkeln über das hin- und herflitzende, glitzernde Stück Metall hinweg, das ihre Nägel formte, und dachte: Wenn ich Thomas' Hände ansehe, ist mir, als drückte er mich damit an sich, während Antons Hände irgend jemandem gehören könnten, den ich gerade erst kennengelernt habe.

Doch wenn das stimmte – weshalb zog sich denn dann ihr Unterleib zusammen? Irgendwo im Hinterkopf fing die Erkenntnis an zu hämmern, was für ein schreckliches Verbrechen sie damit begangen hatte, indem sie Anton, indem sie Douglas geheiratet hatte ... gegen sich selbst und gegen sie. Doch wie hätte sie denn vorhersehen sollen, was für eine Welt sie dank ihrer Liebe zu Thomas betreten würde? Weshalb hatte ihr denn nie jemand auf glaubhafte Weise von dieser Welt erzählt? Wie seltsam das war – Ehe und Liebe; so wie die Zeitungen, die Filme, die Literatur, die Leute, die uns eigentlich zum Ausdruck verhelfen sollen, reden, sollte man doch eigentlich meinen, daß wir die Ehe, die Liebe für die verzweiflungsvollen, wichtigen, tiefen Erfahrungen halten, als die sie sie hinstellen. Doch natürlich glauben sie von alldem nichts. Kaum irgend jemand glaubt an so was. Wir wollen, daß sie daran glauben. Wir wollen daran glauben. Vielleicht glauben die Menschen einmal wieder daran.

So kam es denn, daß Martha zum zweiten Mal zu diesem Fremden in ihrem Schlafzimmer hinüberschaute und dachte: Wie konnte es bloß geschehen, daß niemand mir das Gefühl gegeben hat, daß es durchaus etwas bedeuten kann, wenn man jemanden heiratet?

»Matty?« sagte Anton plötzlich mit leiser Stimme.

Sie sagte: »Das hat doch keinen Sinn, Anton!«

Er kam zu ihr, setzte sich neben sie, legte seinen langen Arm um sie, so daß sie einen schlanken, flachen Knochen an den Rippen spürte, und hielt seine Wange an ihre. Sie spürte die papierene Trockenheit seiner Lippen, als sie sich über ihre Wange bewegten. Ihr Körper, der sich mit jeder Faser Thomas zugehörig fühlte, begann sofort zu schmerzen.

Sie sagte: »Nein, Anton, bitte nicht, das ist doch nur albern!«

»Wo wir doch jetzt mit unseren Spielchen aufgehört haben, Matty!«

Sie sagte: »Anton, du weißt doch, daß wir nicht zusammenpassen ... Sei nicht böse«, setzte sie hilflos hinzu.

»Böse! Eine komische Art, sich auszudrücken.« Er verschwand ins Badezimmer, wütend, unglücklich. Als er zurückkam, ging er schnurstracks ins Bett, drehte sich zur Wand und knipste das Licht aus. Sie saß im Dunkeln auf der Bettkante, tat die Nagelfeile weg und legte sich hin.

Er sagte: »Na schön, wenn du unbedingt Theater spielen willst, dann fahre ich eben selber ein paar Tage weg.«

»Anton, glaub mir doch, ich habe kein Verhältnis mit Jack.«

Er schwieg und wartete, daß sie weitersprach.

Fast hätte sie gesagt: »Was ist denn aus Millicent geworden?« Doch sie wartete ab, genau wie er.

Schließlich sagte er: »Bild dir bloß nicht ein, daß ich hier den Ladenhüter spiele!«

Sie schlug einen sanften, besänftigenden, einen »humorvollen« Ton an: »Aber Anton, ich dachte, wir wären uns einig gewesen, daß wir einander jede Freiheit lassen wollten, während wir auf die Scheidung warten.« Doch allein schon, als sie das aussprach, spannten ihre Muskeln sich schmerzhaft und sagten, daß das alles ein schrecklicher Blödsinn war. Trotzdem, auf dieser Ebene »kamen sie miteinander aus«, und deshalb mußten sie auf dieser Ebene weitermachen.

Er sagte: »Na also schön, dann weiß ich, was ich zu tun habe.«

Am nächsten Tag teilte er ihr mit, daß er ein paar Tage bei den Forsters, einem reichen Geschäftsmann und seiner Familie, verbringen würde. Er hatte Mr. Forster eines Tages kennengelernt, als er mit seinem Vorgesetzten von der Eisenbahngesellschaft zu Mittag gegessen hatte. »Das ist kein übler Kerl«, hatte er hinterher über ihn gesagt.

Unterdessen rief sie Thomas an, um sich zu vergewissern, daß sie keinen seiner Besuche in der Stadt versäumen würde, und er sagte, seine Farm läge doch auf dem Weg nach Gotwe – ob sie und Jack nicht zum Mittagessen reinschauen wollten?

»Du willst, daß ich auf die Farm komme?« – was soviel bedeutete wie: »Du willst, daß deine Frau und ich uns kennenlernen?«

»Ja doch! Warum denn nicht? Das bedeutet doch, daß ich dich sehen kann. Doch, ich fände es schön, wenn du kämst!«

Jack war erfreut. Nichts machte ihm mehr Vergnügen, als Farmen anzuschauen. Seine Urgroßeltern waren kleine Bauern gewesen, und er hegte den Plan, später, wenn er sich aus der Politik zurückgezogen hätte, selbst Obst anzubauen. In seiner

Jugend hatte er als Werftarbeiter am Clyde gearbeitet. In diesem Land war er jahrzehntelang Eisenbahnarbeiter und dann Parlamentarier gewesen, der sich mit industriellen Problemen beschäftigte. Aber eigentlich, sagte er, hielt er sich für einen Bauern. Sein richtiges Leben würde beginnen, wenn er mit fünfundfünfzig Birnen und Pfirsiche auf einem Stück Land in den Bergen anbauen könne, das er bereits gekauft hatte.

So kam es, daß Martha Thomas auf seiner Farm besuchte, daß sie seine Frau und das kleine Mädchen kennenlernte. Sie sollte diesen Tag nie vergessen. Es war ein gänzlich ungewöhnlicher, schmerzlicher Tag – keiner, auf den sie lieber verzichtet hätte, keineswegs. Doch hinterher, wenn sie nur die Augen zu schließen brauchte, um Thomas und seine kleine Tochter vor sich zu sehen, verschob sich der Akzent dieses Erlebnisses. Der Rest kam undeutlich, die Szenerie prächtiger Berge und irgendwo in einiger Entfernung im Gesträuch das Gelächter von Thomas' Frau. Doch sie sah immer nur Thomas, wie er seine Arme nach der Kleinen ausstreckte.

Jack holte sie etwa um zehn Uhr mit seinem alten Lastwagen ab. Er fuhr sehr schnell. Diese lange Fahrt über zweihundert Meilen Veld gehörte zu den Dingen, die er drei-, viermal die Woche machen mußte, wenn das Parlament zusammentrat. Im Nu waren sie im offenen Land. Es war ein kalter, klarer Tag, und die weißen Wolken zogen rasch über den Himmel. Wohin man auch blickte, überall wogte das einförmige trockene kalte Gras des Winters. Über Meilen nichts als blasses Gold, dann kamen die blaugrünen Kopjes und schließlich der blaßblaue Himmel, über den die Wolken hinwegfegten. Alles war belebt und herb und in Bewegung. Über menschenleere Meilen hinweg jagte der Wind und hieb gegen den Lastwagen, so daß er ruckte und schleuderte, als wollte er von der Straße abkommen. Sie war entzückt und blickte zu Jack, um ihr Entzücken mit ihm zu teilen. Er spürte ihren Blick, lächelte und sagte: »Nun guck mich an – verrückt vor Liebe, wie ich bin, fahre ich durch die Gegend, damit du deinen Liebhaber sehen kannst!«

»Nicht allzu verrückt, hoffe ich!«

»Und wie lange geht das schon?«

»Geht was schon?«

»Das mit Thomas?«

Sie mußte nachdenken – »Ein paar Monate. Ein Jahr. So etwa.«

»Ich dachte, du und Athen, ihr hättet was miteinander.«

»Laß uns nur ein bißchen Zeit, dann haben wir wahrscheinlich alle was miteinander gehabt.«

»Das ist ein feiner Kerl, der Athen.«

»Er kehrt nächsten Monat nach Griechenland zurück.«

»Ach, ist es soweit?« Jack schnalzte mit der Zunge. Niemals waren – im politischen Sinne – so viele Herzen so rasch und so gründlich gebrochen wie in den ersten paar Monaten dieser Labour Regierung. Jack hatte es dabei am schlimmsten erwischt. Für diesen alten Sozialisten und lebenslänglichen Anhänger der Labour Party erfüllte sich sein ältester Traum, als die Labour Party 1945 an die Regierung kam.

Mittlerweile war er verbittert. »Na, jedenfalls«, sagte er schließlich, »wenn ich jetzt in Griechenland wäre, ich würde Kommunist, bloß um zu zeigen, was ich von der Labour Party halte – deutlicher kann man das doch gar nicht sagen, wie?«

»Athen hat einen Brief bekommen, in dem steht, daß er jetzt nicht nach Hause kommen darf, weil er sonst bei der Ankunft verhaftet wird. Letzte Woche haben sie sämtliche Kollaborateure freigelassen und die Linken verhaftet. Und noch viel mehr von Athens Freunden sind in die Berge gegangen.«

»Der Krieg hat uns ein paar prächtige Burschen ins Land gebracht.«

Das stimmte genau: In dies Land, in ihr Leben, Jacks Leben – in das Leben aller, darauf kam es an – leere Stellen, durch die Menschen hindurchgeweht waren wie Papierfetzen.

Sie sagte: »Maisie ist in Athen verliebt. Ich meine, sie liebt ihn wirklich.«

Ohne sich auch nur einen Augenblick zu besinnen, sagte er in einem barschen Ton, der keinen Widerspruch duldete und aus seiner Mißbilligung keinen Hehl machte: »Na, die junge Frau war ja nun schon oft genug verliebt.«

Sie erwiderte, und zwar nicht etwa zum ersten Mal: »Du vergißt, daß sie zweimal verwitwet ist.«

Er schwieg, doch sein Mund verzog sich zu einem kleinen, wissenden Lächeln.

Sie ließ nicht locker: »Maisie gehört zu den Mädchen, die bei ihrem ersten Mann bleiben. Doch der ist gefallen.«

»Na ja, mich geht's ja nichts an.«

»Trotzdem, es ist doch komisch. Wir reden immer noch über andere, fällen Urteile, als hätten wir nicht fünf Jahre Krieg gehabt. Was soll das denn heißen, daß man über Maisie sagt, sie wär zu oft verliebt gewesen, wenn man bedenkt, was sie erlebt hat?«

Wieder das kleine, wissende Lächeln – ein häßliches Lächeln, gräßlich, in wessen Gesicht auch immer.

»Findest du denn nicht auch, daß da irgend etwas anderes dahinterstecken muß, wenn man so redet? Es ist wirklich komisch, wie wir wieder zu reden angefangen haben, so, als habe es den Krieg nicht gegeben.«

»Mir ist nicht aufgefallen, daß wir darüber nicht reden!«

»Ich denke nicht an das, was man über ihn selbst sagt – etwa, daß der Krieg viel Schaden angerichtet hat oder daß man zehn Jahre brauchen wird, um die Landwirtschaft in der Ukraine wieder in Gang zu bringen oder so etwas, ich meine damit, daß man wirklich das Gefühl haben müßte, daß alles anders geworden ist.«

Ihr war klar, daß sie sich wiederholte – doch während sie sprach, hatte sie die Empfindung, als hätte eine neue Art von Wissen, eine neue Sehweise sie gepackt. Sie begriff, was Athen ihr draußen vor Maisies Bar zu sagen versucht hatte. Sie hatte Athen nicht verstanden – sie hatte seinen Worten nur mit dem Kopf zugestimmt. Es war der Unterschied zwischen zwei Arten zuzuhören: Man hört einen Satz und denkt: Ja, das stimmt, und vergißt ihn, oder man nimmt die wirkliche Bedeutung der Worte in sich auf, so daß sie ein Teil von einem werden – so als hätte man sie gegessen, geschluckt – sie »verdaut«, mit einem Wort. Sie wußte, Jack hatte sich angehört, was sie gesagt hatte, und zugestimmt: Doch, diese fünf Kriegsjahre haben viel Schaden angerichtet. Aber ebenso, wie sie sich über Athen geärgert hatte, ungeduldig gewesen war, weil sie den Abend genießen wollte, so war Jack jetzt ärgerlich oder wenigstens ungeduldig, weil er ein sehr hart arbeitender Mann war und den heutigen Tag genießen wollte.

Nach vielleicht einer Meile rascher, schwankender Fahrt zwischen wogendem Gras und Bäumen sagte er: »Ich wollte Maisie nichts am Zeuge flicken, ich wußte nur nicht, daß du so eng mit ihr befreundet bist.«

Sie sagte: »Schon gut«, doch die sausende Bewegung durch die lebhafte, prickelnde Luft nahm sie gefangen. Der leere Raum in ihr tat sich auf, und sie starrte mit leidenschaftlicher Neugier hinein. Martha und Jack, zwei winzige Bruchstücke der Menschheit, die im Innern des Fahrzeugs durch die unendliche Weite unbewohnten Landes ratterten, sie waren nur zwei der Figuren, die sich, klein und hell beleuchtet, vor dem Hintergrund bewegten, während sie zuschaute. Sie erblickte Maisie, wie sie sein würde, wenn es keinen Krieg gegeben hätte: verheiratet mit ihrem ersten Mann und die Mutter von einem, von zwei Kindern; es hätte nicht lange gedauert, und die Schwiegereltern hätten gesagt: Na, sie ist schon ein recht nettes Mädchen. Bald wäre aus ihr eine dicke Frau mittleren Alters geworden, die sich eine gewisse träge Gutmütigkeit bewahrt hätte und ihre verzogenen Kinder und ihren Mann bemutterte und herumkommandierte. Statt dessen – na ja, Thomas behauptete, sie schliefe mit Männern aus der Bar und wahrscheinlich für Geld.

Doch was machte das schon? Die beiden Bilder von Maisie standen Seite an Seite in dem leeren Raum – und hoben einander auf. Beide stimmten. Beide stimmten nicht. Gestern hatte ihnen jemand aus England geschrieben: Einer der jungen Männer, der in der alten Wohnung der Hesses ein und aus gegangen war, lag schwerverwundet im Lazarett. Er lag schon fast ein Jahr dort. Man hatte ihm das Bein abgenommen. Das war der blonde junge Mann, der gewöhnlich bei ihnen auf dem Fußboden schlief, wenn er den Campbus nicht mehr kriegen konnte. Sehr zu Antons Verdruß. Doch sollte man das beides unter einen Hut bringen: ein Mann im Lazarett mit einem amputierten Bein und den Jungen, der im Licht der Morgensonne auf dem Boden schlief? Wirklich, sie brauchte bloß die Augen zu schließen, und schon sah sie ihn dort liegen – ein hilflos aussehender Junge mit gerötetem Gesicht, der in der Morgensonne schlief. Sie konnte ihn deutlicher sehen als damals in Wirklichkeit. Und Athen – Athen würde an einem der nächsten Tage nach Griechenland zurückkehren. Und wenn er nicht vorher verhaftet wurde, dann würde er sehr bald bei den Partisanen in den Bergen sein. »Mein Land ist das einzige in Europa, das immer noch dabei ist, sich selbst zu zerstören.« Doch es war, als hätte jemand eine Szene von einer Kinoleinwand heruntergeschnipst und eine neue draufgeworfen. »Griechenland hat noch Krieg«; »in Griechenland herrscht Frieden«. Wenn man die Szene zwei Jahre zurückdrehte: In Europa wimmelte es von winzigen Ameisen, die einander umbrachten. Wenn man vorwärtsdrehte: Europa hatte Frieden, legte Wundverbände an, beseitigte Trümmer. Asien »hatte Frieden«, obwohl in China immer noch gewaltige Armeen kämpften. In Europa jedoch schwiegen die Waffen, wenn auch Millionen Menschen Hunger litten, wie heute morgen in der Zeitung gestanden hatte; und im nächsten

Winter würde es wieder eine Hungersnot geben. Wenn man die Szene weiterdrehte – um wie viele Jahre? Keine Trümmer mehr, keine hungrigen Menschen?

Der leere Raum blähte sich und wuchs zum prächtigen, vom Wind blank geputzten Himmel empor: Er hatte jetzt die Größe der gewaltigen Landschaft, dieses riesigen Landstrichs, der hoch, hoch emporwuchs unter einem hohen, blaßblauen Himmel, über den die Wolken hinwegfegten.

Und bald wäre der Wagen bei Thomas' Farm angelangt. Sie und Thomas liebten einander. Was immer das bedeutete. Und was immer es bedeuten mochte, es war jedenfalls das Wirklichste und Gewisseste, das es in ihrem Leben gab. Doch wenn man die Szene nur ein kleines bißchen verzerrte, dann existierte Thomas schon nicht mehr – *fast* wäre er gar nicht aus Polen weggegangen. Wenn er es aber nicht getan hätte – na ja, von seiner Familie war keiner mehr am Leben – mehrere Dutzend Brüder, Schwestern, Vettern, entferntere Verwandte – sie alle waren tot, waren in den Gasöfen, an den Galgen, in den Gefängnissen und Konzentrationslagern jener Jahre des Herrn, der Jahre 1939 bis 1945, umgekommen. Doch Thomas war hier und lebte. Und ihr ganzes Leben lang sollte Martha sich sagen: Was sonst immer nicht gestimmt haben, was nicht existiert haben mochte – *dies* war wahr, das mußte sie festhalten, selbst wenn die Angst, wenn sie Thomas berührte, etwas, war, das nicht an den Thomas hier und jetzt geknüpft war, sondern an die Szene, die sie durch eine kleine Verschiebung in ihrem Kopf hervorrufen konnte: Thomas hatte Polen um ein Haar nicht verlassen.

Anhöhen hinauf, die von der unermüdlichen Wucht des Windes zischten und bebten, und wieder hinab; es war eine Welt, die mit unermeßlichen Weiten von hin und her schlagendem blaßgoldenem Gras ausgelegt war, überdacht von Fluchten aus blassem Blau – und wenn man sie auf den Kopf drehte, würde sie auf blaßblauen Tiefen dahintreiben, wo weiße Schaumblumen zischten und vergingen, und hinaufschauen zu dem blaßgoldenen Ball, wo die Bewegungen des Windes sich in meilenlangen Strömungen aus grellem Licht abzeichneten.

Vielleicht schrie ja, wenn Thomas und sie einander berührten, in jener Berührung das ermordete Fleisch der Millionen in Europa auf – nahm das vergeudete Fleisch Rache, schrie es auf durch die beiden kleinen Wesen, die für weit unbedeutendere Liebschaften gedacht waren, für die schlichte Berührung einer

Hand auf einer Schulter, schlichte Bedürfnisse und die Wohltätigkeit des Schlafs. Statt dessen – alles war viel zu schmerzhaft, und sie mußten sich trennen.

Letzte Woche hatte Thomas gesagt: »Wieso sollte ich denn in diesem Land bleiben? Ich sage dir eins – mir ist das gerade erst aufgegangen: Wenn man ein Land verlassen hat, dann verläßt man alle Länder, auf alle Zeiten. Ich bin ein wandernder Jude, wie meine Vorväter es waren. Weshalb sollte ich also hierbleiben?«

»Wohin willst du denn gehen?«

»Ich weiß nicht.«

Mittlerweile waren Jack und sie dabei, auf Thomas' Farm zum Mittagessen »reinzuschauen«. Obwohl »reinschauen« einen Abstecher von zehn Meilen bedeutete und danach wieder zehn Meilen zurück zur Hauptstraße. Und sie, Martha, würde Thomas' Frau Rachel und sein Töchterchen Esther kennenlernen. Und dann würde sie, Martha, von Jack Dobie nach Gotwe gefahren werden, von dem Experten für die Mißstände in Indien, dem Ex-Agitator vom Clyde, dem rührigsten Kaffernfreund der Kolonie, der gern ein Verhältnis mit ihr anfangen wollte, und sie würde Thomas zurücklassen, den sie liebte und der diese Woche, wie er sagte, davon in Anspruch genommen war, neue Saatbeete anzulegen. Nichts paßte zusammen, lächerliche Fakten stießen zusammen mit wichtigen, wenn man nur wüßte, welche das jeweils waren, und der leere Raum füllte sich mit schwindelerregender Weite – sie wünschte sehnlichst, daß sie nicht gesagt hätte, sie würden zum Mittagessen »reinschauen«; plötzlich war ihr alles unerträglich, und sie sehnte sich zurück an ihre Zufluchtsstätte, auf den Speicher, wo sie lesen konnte, auch Gotwe mit Jack und ihrer Arbeit wäre ihr lieber gewesen. Doch da waren sie bereits, Jack und sie, auf dem holprigen Feldweg, der zum Haus führte, und hatten bereits die halbe Strecke hinter sich. Und der leere Raum enthielt nicht nur sie und Jack, zwei winzige ameisenähnliche Gestalten, sie selbst trug den Raum in sich – sie war die mächtige Glocke des Raumes, durch die kleine Wesen krabbelten, sie war eines davon.

Da war Thomas' Haus. Es war nichts Besonderes daran: ein niedriges Gebäude aus Ziegelsteinen mit Wellblechdach, wie Tausende andere auch. Doch war es reizvoll gelegen, und die Säulen und die Veranden aus warmgetöntem Ziegelstein boten Blumen und Blattpflanzen Halt. Rundherum waren Gärten angelegt. Sie waren durch Maisfelder gefahren, die das Wohnhaus umgaben, zu dieser Jahreszeit nackte Äcker, hellrote Erde, in die der Pflug Furchen von dunklerem Rot gezogen hatte, und überall kennzeichneten Flecken von schimmerndem goldenem Blattwerk, wo die Maishocken gewesen waren. Dann gab es Wälle von Gestrüpp, die den Wind brechen sollten, der vom Ring der Berge über meilenweites Land hinunterfegte, dann Rosen, hektarweise Rosen, so schien es, goldene und lackfarbene und weiße, die die schneidende Winterluft mit ihrem Duft schwängerten. Dann Rasenflächen, die mit Poinsettien gespickt waren, und hinter dem Haus die Anzuchtbeete, wo Thomas Pflanzen zog, die für den Verkauf in der Stadt bestimmt waren.

Auf der Veranda stand eine hellhaarige junge Frau mit einem kleinen Mädchen an der Hand. Hinter ihnen ein bärtiger, dunkelhaariger Mann im mittleren Alter, der nickte und lächelte, um ihnen zu verstehen zu geben, daß es mit seinem Englisch nicht weit her war. Und Thomas kam aus dem Garten auf sie zu in seinen Khakishorts, die er bis zum Schenkelansatz aufgerollt hatte. Er war braun und blank von Wind und Sonne. Und er war schüchtern, nickte Martha verlegen zu, legte dann jedoch die Wärme, die er für sie empfand, in die Begrüßung Jacks.

Sie gingen zum Essen hinein, in einen langgestreckten Raum, der an beiden Enden verglast war und den Blick auf Hänge freigab, die von Rosen und blühenden Sträuchern bedeckt waren, und, weit, weit weg, sah man blaue Berge. In der Mitte des Zimmers stand ein von Thomas gezimmerter langer Tisch auf Böcken mit Salaten und eingelegtem Fisch, die Rachel zubereitet hatte.

Beim Essen anwesend waren Thomas und Rachel, Esther, die zwei oder drei war, Jack und Martha und der schweigsame, bärtige Mann, der Professor für irgend etwas war.

Martha musterte verstohlen Thomas' Frau, die sie ihrerseits musterte.

Rachel war auf den ersten Blick ganz und gar nicht hübsch, dann aber außerordentlich hübsch, obwohl das ein zu banales Wort war.

Sie war schlank, aber kräftig. Sie hatte eine weiße Haut, die feste weiße Haut, die leicht braun wird. Ihre Haare waren lokkig und hellbraun – fast golden. Sie bestand nur aus klaren Farben: gesunden gebräunten Wangen, sehr weißen Zähnen, blauen Augen mit einem klaren Weiß und dem lockigen Haar mit seinem Goldton, das ihr Gesicht umgab. In ihr vereinigten sich edle Kraft und die Zartheit, wie sie Leonardos Frauen auszeichnet, woran Martha sich erinnert fühlte, als Rachel wie eine Gastgeberin lächelte und sprach und sich beschwerte, daß sie so selten Gesellschaft hätten. Bald jedoch verstummte sie und überließ das Geschäft der Unterhaltung ihrem Mann, während sie neben ihrer kleinen Tochter saß und sie ruhig auf Polnisch anwies, was sie mit Löffel und Gabel zu tun hatte. Esther war noch nicht lange zum Erwachsenentisch zugelassen, so schien es, und beobachtete ihre Mutter, um zu lernen, wie sie sich benehmen sollte. Unterdessen stritten Thomas und Jack über den Zionismus, und Martha dachte an Caroline, die jetzt fünf Jahre alt war, und beobachtete das reizende kleine Mädchen, das neben seiner Mutter saß und immer wieder den Blick zu ihr hob, um zu sehen, wie man mit dem Löffel umging oder ein Stück Brot in den Mund beförderte. Die beiden, Mutter und Tochter, strahlten eine wunderbare Frische und Zartheit aus; sie schimmerten in der dunklen, kühlen Tiefe des Eßzimmers, wie sie da am Tischende saßen.

Mittlerweile hielt Jack Thomas entrüstet vor, daß er Zionist sei, denn wie konnte ein Marxist Zionist sein? Nicht daß er, Jack, Marxist war, es war ihm nur daran gelegen, daß man sich an die zutreffenden Denkkategorien hielt. Und Thomas sagte dazu: »Logisch betrachtet, hast du recht. Ein Marxist ist kein Zionist. Doch ich bin ein Marxist. Und mit jedem Tag werde ich mehr Zionist. Ich sehe mit an, wie britische Soldaten Flüchtlinge aus Europa lieber ertrinken lassen, als ihnen die Landung in Israel zu erlauben, und ich bin Zionist.«

Währenddessen aßen sie gefüllte Auberginen und schwarzes, selbstgebackenes Sauerteigbrot. Und dann sagte Thomas mitten in einem Satz über die Labour Party und ihre Politik in Europa auf Polnisch etwas zu seiner Frau, und sofort klatschte sie in die Hände. Ein Diener erschien und räumte die Teller ab. Er brachte eine klare Suppe herein. Es sollte ein richtiges Festmahl werden, und sie würden noch Stunden nicht vom Tisch loskommen. Nicht ein einziges Mal hatte Thomas Martha angesehen – jedenfalls nicht *richtig*, so wie sie es verstand. Dann schaute er flüchtig zu ihr hin, und Martha spürte die Berührung seines warmen blauen Blicks so stark auf ihrem Gesicht, daß sie verstand, warum er sie nicht ansah. Sie hatte das Gefühl, daß Rachel den Blick gespürt haben und seine Bedeutung verstanden haben mußte. Doch wenn das stimmte, ließ sie sich jedenfalls nichts anmerken und schwatzte weiter auf Polnisch und Jiddisch mit dem kleinen Mädchen, sprach auf Schona mit dem

Diener, wenn er hereinkam, und in einem charmanten gebrochenen Englisch mit ihren Gästen.

Die lange Mahlzeit nahm ihren Fortgang. Das Sonnenlicht funkelte auf den kalten Fensterscheiben, die Blütenblätter der Poinsettien flatterten lachsfarben und rosa und gelb im Wind; die Rosen verstreuten ihre Blütenblätter über die braune Erde. Wie viele Male hatte Martha wohl beim Mittagessen in einem Farmhaus auf dem Veld gesessen und durch Fenster auf Berge geschaut? Und wie viele Male hatte sie zugehört, wenn über die Rassenschranke, den Krieg, die Politik, das »Eingeborenenproblem«, den Kommunismus diskutiert wurde? – mein Gott, immer schon hatte sie so gesessen und geredet oder zugehört, und nun saß sie wieder da, und diesmal war es der Zionismus.

Der Zionismus mitten im Veld, inmitten von Maisfeldern, die aus dem Busch herausgescharrt worden waren, und die schöne Rachel aus Krakau und Thomas aus Sochaczen und sie selbst und der dunkle schweigende Professor und Jack vom Clyde. Jack versprühte spürbar Zornesfunken nach allen Richtungen, fast tanzte er vor Ungehaltenheit auf seinem Stuhl, so sehr verdroß ihn Thomas' totale Widersprüchlichkeit.

Jetzt aßen sie kaltes Huhn. Es war sehr gut, und sie beobachteten die weißen und schwarzen und goldbraunen Hühner, die draußen scharrend zwischen den Sträuchern herumliefen.

Martha spürte die starken Ströme, die zwischen ihr und Thomas hin- und herliefen. Er hatte sie kaum mehr angesehen. Mehrmals stand er auf und verließ abrupt das Zimmer, und Martha dachte daran, wie er an dem Tanzabend gesagt hatte: »Ich kann nicht neben dir sitzen wie ein ausgestopftes Pferd in der Jahrmarktsbude.«

Sie aßen Apfelkuchen und dann Nüsse und Obst und tranken starken türkischen Kaffee. Es war vier Uhr nachmittags. Dann lachte Rachel und sagte, Martha und Jack dürften nicht losfahren, ehe sie nicht Tee getrunken hätten. Thomas sagte: »Aber sie müssen doch in Gotwe sein, ehe es dunkel ist!« Und sie entgegnete lachend: »Dann müssen sie eben im Dunkeln fahren, das wird sie auch nicht umbringen!« Plötzlich verschwand Thomas allein um die Hausecke und zerdrückte eine Handvoll Blätter zwischen den Fingern. Die Luft war erfüllt von dem Geruch der zerdrückten Blätter. Jack, der von den ganzen Unterströmungen nichts mitbekam, sagte, er wolle die Gärten ansehen. Er hätte zwar gegenwärtig keine Zeit für Gartenarbeit, doch wolle er Tips für die Zeit sammeln, wo er Obst anbauen würde.

Alle machten sich zur Besichtigung der Gärtnerei auf. Als sie das Haus umrundet hatten, erblickten sie ein langes Beet mit Büscheln von grünglänzenden Blättern und daneben Thomas, der in der Hocke saß. Seine braunen nackten Knie glänzten. Doch vor ihm stand Esther, das winzige Kind, und die beiden schauten einander schweigend an. Thomas wußte nicht, daß die anderen da waren, wohl aber Esther. Sie machte ein sehr ernstes Gesicht, als entschuldigte sie sich gerade oder erklärte etwas und schaute dabei an der Schulter ihres Vaters vorbei zu ihrer Mutter und dem Professor und den Gästen, und dann schaute sie wieder ihren Vater an, so wie jemand aus Höflichkeit ausharrt.

Rachel sagte: »Kommt, wir müssen hier entlang.« Rachel und Jack und der Professor gingen weiter, und Martha blieb einen Augenblick stehen und beobachtete Thomas, der vielleicht zwölf Schritte von ihr entfernt war. Sie konnte erkennen, daß er geweint hatte. Seine Wangen waren rotgefleckt. Er war halb von ihr weggewandt, hatte ihr die Schulter zugekehrt, während er seinem Kind ins Gesicht starrte.

Esther stand leicht und zierlich vor ihm, als könnte sie hinweggeweht werden, in einem winzigen gelben Kleid, das ihr um die Knie flatterte, und ihre hellen Haarsträhnen wehten. Sie schaute ihren Vater unverwandt an. Thomas streckte ihr die Hände entgegen, doch das Kind reagierte nicht.

»Esther«, sagte er einschmeichelnd und danach etwas auf Jiddisch. Doch sie wollte nicht. Sie runzelte die Stirn, und die Sonne blitzte auf ihren wehenden Haaren.

Thomas ließ die Hände fallen – eine eckige, verzweifelte Geste. Dann hob er sacht, ganz sacht die Rechte und streckte sie dem Kind entgegen. Diese Geste war die eigentlich bedeutungsvolle für Martha, bewirkte, daß sie verstand – doch *was*? *Hierin,* das spürte sie, lag etwas, das mit Thomas zu tun hatte und das sie wissen sollte, hätte wissen sollen. Sie spürte, daß Thomas' eigentliches Wesen sich in dieser Geste ausdrückte – die große, starke Hand, die sich so sacht, so behutsam dem Kind näherte. Thomas hockte da und streckte seinen kräftigen braunen Arm dorthin, wo die Haare golden glitzerten, doch wie er ihn hielt, sah man ihm an, daß es ihm ungeheuer schwerfiel, so zu bitten. Er berührte Esther nicht, er bot ihr nur die Gelegenheit, ihn zu akzeptieren. Es war die Art, wie man einer Katze die Hand zum Beschnüffeln hinreicht, damit sie sie akzeptieren oder ablehnen kann, wie es ihr gefällt. Esther schaute zweifelnd auf den großen braunen Arm, der ihr entgegengestreckt wurde, auf die bittende Hand an seinem Ende – und dann wich sie langsam zurück. Sie zierte sich nicht, sie wich einfach zurück und runzelte dabei die Stirn. Mit einer Art Abscheu blickte sie auf die Hand ihres Vaters, die er ihr entgegenstreckte. Sie zitterte ein kleines bißchen. Dann hob sie den ernsten blauen Blick zu ihrem Vater empor, und in dem Gesichtchen malte sich eine ratlose Ablehnung, ja sogar Abneigung. Eindeutig etwas wie »Geh weg, faß mich nicht an«. Einen Augenblick verharrte sie reglos, der gelbe Baumwollstoff wehte ihr um die lächerlich kleinen braunen Beine, das Haar flatterte im Wind – dann wandte sie sich um und lief ihrer Mutter nach. Und die Art, wie sie sich bewegte, als sie davonlief, hatte etwas ungeheuer Erleichtertes, als würde sie aus einer Zwangslage entlassen. Sie rannte vor etwas davon, das zu schwer für sie war. Ihr Vater war ihr eine Last.

Martha beobachtete, wie Thomas die Hand sinken ließ. Er ließ sie mit dem Knöchel auf der Erde ruhen, zwischen Büscheln glänzender Blätter. Seine Wange, die ihr halb zugekehrt war, war naß. Die anderen waren außer Sicht. Rachels helle, lachende Stimme schwatzte auf Polnisch mit dem Kind. Der Professor sagte irgend etwas auf Jiddisch. Rachels Lachen drang silberhell durch das Sonnenlicht herüber.

Thomas hatte den Kopf gewandt und Martha erblickt. Er nickte ihr zu. »Hallo, Martha«, sagte er. Er wischte sich die Tränen mit dem Handrücken vom Gesicht, unbekümmert darum, daß sie ihm dabei zusah.

Er sagte: »Geh lieber zu den anderen.« Als sie sich gehorsam entfernte, hörte sie ihn leise und voller Ingrimm sagen: »Vergiß nicht – du mußt übermorgen in unserem Haus sein, du *mußt* – bitte!«

Das tröstete sie, und sie klammerte sich an den Gedanken, daß er sie brauchte, während sie mit den anderen um Büsche herum und über Rasenflächen schritt und die Ausblicke auf das Veld, auf Fluß und Berge bewunderte. Es war ein schöner Fleck Erde, und die Gartenanlagen waren prächtig. Thomas lebte auf einem schönen Fleck Erde, der umgeben war von den Gärten, die er angelegt hatte. Doch er würde dort nicht bleiben. Bald würde er weggehen.

Sie tranken alle gemeinsam Tee auf der Veranda, während das kleine Mädchen auf den dunkelhaarigen, bärtigen Mann einschwatzte, der nun einen Panama auf dem Kopf hatte, den er zum Schutz gegen die gleißende Sonne in die Stirn gerückt hatte. Der Professor hieß Michel Pevsner, und es stand ihm frei, Esther zu berühren, ihr übers Haar zu streichen und sie auf den Schoß zu nehmen. Ihrem eigenen Vater hingegen nicht. Thomas beobachtete Esthers Umgang mit Michel und richtete Bemerkungen an die beiden, als gehörten sie zusammen. Zu Esther sagte er nichts mehr. Esther plapperte mit ihrer Mutter, flirtete mit dem Professor und schaute ihren Vater an, als sei dieser eine unerfreuliche Tatsache in ihrem Leben, mit der sie sich abfinden mußte.

Bald danach mußten Jack und Martha aufbrechen. Es waren noch weitere hundertfünfzig Meilen zurückzulegen, bis sie in Gotwe waren.

Martha fand ein Hotel in Gotwe, und sie erwies sich als sehr tüchtig beim Zusammentragen von Zahlen. Unterdessen sah sie immer wieder Thomas mit dem winzigen Mädchen vor sich. Sie wollte jedoch nicht darüber nachdenken. Sie sah es, sah die Szene vor sich – jedesmal, wenn sie die Augen schloß, so schien es ihr. Doch sie wollte *nicht* darüber nachdenken. Und immerzu hörte sie Rachels helles Lachen, sie hörte es, doch auch darüber wollte sie nicht nachdenken.

Am Nachmittag, als sie aus Gotwe in die Stadt zurückkehrte, stieg sie langsam die Leiter zum Speicher empor, hinweg über die Gerüche, die vom feuchten Laub der Blechtonnen mit den Setzlingen aufstiegen.

Die Frau von Thomas' Bruder, Sarah, hatte auf der Veranda gestanden, die Hände auf die soliden Hüften einer jungen Ehefrau gestützt, und zugeschaut, wie Martha durch das Gartentor hereinkam. Diese Geste, die entschlossene Mißbilligung, die die Hände auf den ausladenden Hüften ausdrückten, hatten Martha gesagt, daß Sarah alsbald dafür gesorgt haben würde, daß dieser Schuppen für etwas anderes gebraucht wurde. Vielleicht war Sarah ja so wütend, daß sie einfach in den Schuppen kommen und die Leiter hinaufsteigen würde, um ihr eine Szene zu machen? Warum denn nicht?

Es war Martha gleichgültig. Sie streifte die Kleider ab, warf sie auf den Boden und schlüpfte unter die schweren Decken. Das trockene Sonnenlicht fiel herein, das Laub der hohen Bäume blickte hell und trocken durch die Scheibe, die Düfte vom Garten hatten alle einen Hauch von frischer Kühle und Trokkenheit.

Bald hörte sie einen Lastwagen halten und gleich darauf Thomas' Stimme, der seiner Schwägerin über den Rasen hinweg zurief: »Tag, Sarah, wie geht's dir? Na, prima. Freut mich.«

Dann hörte sie seine Stimme von unten: »Martha?«

»Ja.«

»Bist du ausgezogen?«

»Ja.«

»Gut.«

Sie wartete. Er kam herauf, mit ernstem Gesicht, beugte sich über sie, küßte sie, setzte sich und schaute sie an – mit ungeheurem Ernst.

»Thomas, was ist denn los?«

»Erst schlafen wir miteinander.«

»Meine Güte, Thomas, du siehst so verzweifelt aus!«

»Ja, und *du* denkst dir: Ich bin hierhergekommen, um mit meinem Liebhaber zusammenzusein, nicht mit diesem Verrückten!«

»Ach ja, denke ich das?«

»Ja. Immer öfter schaue ich dich an, und du denkst gerade: Wie konnte ich mir diesen Besessenen aufhalsen?«

Er schlief mit ihr, als wäre sie eine Decke, die er sich über den Kopf zog, oder ein Traum, in dem er sich verlieren wollte.

Später lag er neben ihr, reglos, und hielt sich ihre Hand mit der eigenen über die Augen. Sie spürte, wie seine Wimpern ihre Finger streiften, als er in die Dunkelheit hinaufstarrte, die ihre Hand verursachte.

»Erst muß ich etwas sagen, Matty.«

»Oh, Thomas, können wir nicht lieber *nichts* sagen?«

»Nein.«

Er nahm ihre Hand von seinen Augen und hielt sie sich gegen den Hals.

»Es tut mir leid, daß ich dich gebeten habe, auf die Farm zu kommen. Aber du hättest nein sagen sollen.«

»Ja, ich weiß. Und was hat deine Frau gesagt?«

Eine Weile schwiegen sie.

Dann sagte er: »Martha, bist du jemals in einer Lage gewesen – nein, das ist das falsche Wort.« Wieder dachte er nach.

»Was wolltest du sagen?«

»Siehst du, ich kann es nicht einmal beschreiben. So schlimm sieht es aus. Hast du dich jemals völlig am Ende gefühlt – ich meine nicht, daß du unglücklich warst oder daß irgend jemand wegging, nicht das.« Sie konnte nicht verbergen, wie sehr dies »daß jemand wegging« sie traf, doch er bemerkte es nicht. »Früher hätte ich es niemals geglaubt, wenn mir jemand gesagt hätte: Es gibt Dinge, da kann man nichts machen, da stehst du ohnmächtig da. Früher habe ich geglaubt, daß man sich bloß entschließen muß, etwas zu tun, und dann tut man es.«

»Du meinst damit«, sagte Martha, »du empfindest etwas für deine – Familie, und sie erwidert es nicht – ist es das?«

»Vermutlich irgendwas in der Art.«

Jetzt sagte er lange Zeit nichts mehr, und als Martha ihn ansah, hatte er die Augen geschlossen, und sie dachte, daß er eingeschlafen war.

Schließlich sagte er: »Meine Frau war die Tochter eines Universitätsprofessors. Wir haben uns nur kennengelernt, weil ich Kommunist war und sie sich mit dem Gedanken trug, Kommunistin zu werden. Sie kam zu einem Vortrag, den ein Freund von mir halten sollte.«

»Und dann habt ihr euch ineinander verliebt?«

»Das gefällt mir, wie du das sagst – sich verlieben. So einfach. Na ja, so haben wir das damals auch gesehen. Als etwas ganz Einfaches. Und ich wußte, daß es Krieg geben würde. Sie und ihre Kreise nahmen nicht an, daß es Krieg geben würde. Wir Marxisten haben einige Vorteile – beispielsweise wußten wir, daß es Krieg geben würde.« In diesem letzten Satz schwang die automatische Ironie mit, die mit dem Scheitern einhergeht, und ihr Lachen kam ebenso automatisch.

»Ich habe alles Nötige veranlaßt, damit sie das Land mit mir verlassen konnte. Ihr Vater und ihre Schwester wollten mir jedoch nicht glauben. Sie glaubte mir, aber die beiden nicht. Also heirateten wir und verließen Polen. Sie blieben zurück. Und deshalb sind sie tot.«

Er versuchte mit aller Macht, ihr etwas zu erklären, doch sie hatte keine Ahnung, was das war.

»Wenn nicht der Krieg gekommen wäre, ich hätte sie niemals kennengelernt – die Tochter eines Professors. Und was mich anging, Martha, in ihren Augen war ich einfach ein Bauer.«

»Aber sie *hat* dich doch geheiratet.«

»Ja.«

Hinter geschlossenen Lidern sah Martha Meilen von sonnenbeleuchtetem, abfallendem Land, dahinter die blauen Berge und im Vordergrund den kräftigen Mann, der in der Hocke saß und dem kleinen Mädchen eine bittende Hand entgegenstreckte.

Sie hielt die Augen geschlossen und schaute auf dieses Bild: Es erklärte, was er nicht zu sagen vermochte.

»Und Michel?« fragte sie.

»Der Witz ist, ich habe Michel früher verachtet. Ich hielt ihn für ein Nichts, einen Schwätzer, einen Schullehrer mit guten Manieren. Weißt du, Martha, glaub mir – das ist schon beeindruckend, wenn du etwas anschaust, alles in dir löst sich auf und du willst einfach nicht mehr. Und dabei ist es nicht so, daß sie dich nicht akzeptiert oder dich haßt oder irgend so etwas. Es ist lediglich so, daß sie ungefähr siebzig Prozent von dir einfach nicht berücksichtigt.«

»Fünfundsiebzig Prozent!« Martha versuchte, ihn zum Lachen zu bringen.

»Nein, Martha. Du mußt mir zuhören – du liebst sie so sehr, und sie sagt: Ja, Thomas, du bist ein netter Mann und danke, daß du so bemüht um mich bist, aber du bist zu ungehobelt und ungeschickt – und damit existieren siebzig Prozent von dir nicht. Kein Haß, oder daß sie mich nicht liebt, aber ich existiere nicht. Weil sie das, was ich bin, niemals wirklich mochte. Einmal habe ich versucht, mich zu verändern. Das war der reine Witz, Martha – glaub mir, wenn ich daran denke, kann ich nur lachen. Doch damals meinte ich es ernst. Ich hab mir gesagt: Jetzt vergesse ich das Dorf, den gepökelten Hering und die Sauermilch und die Kartoffeln. Ich vergaß, wie man um ein Pferd feilscht oder ein Stück Käse aussucht. Ich war dumm. Ich war völlig vernagelt. Ich dachte mir das wirklich so – denn worum es ging, daß sie durchaus gewillt war, mich zu mögen, doch mußte sie mich vergessen, um das zu können, verstehst du, Martha? Tja, so kam das. Ich dachte immer: Ich kriege sie schon dazu, daß sie mich mag. Schließlich bin ich kein schlechter Kerl. Ich bin nett. Ich schlage keine Frauen. Und ich bin ein guter Gärtner. Und ich weiß auch, wie man studiert.«

»Wie man was?« fragte sie überrascht.

»Wie man studiert«, sagte er ernst. Dann wandte er sich um und schaute sie an. »Das ist der springende Punkt. Ich habe Jahre gebraucht, um begreifen zu können, warum jemand das sagen kann, in dem Ton, wie du eben. Ich habe mir immer gesagt: ›Ich kann alles lernen, wenn ich es mir vornehme.‹ Ich habe in einem Monat Französisch gelernt, weil sie Französisch konnte, und ich dachte, sie würde mich deswegen lieben. Es gab eine Zeit, da habe ich mir jeden Tag gesagt: ›Heute lerne ich etwas Neues, ihretwegen.‹«

Martha hielt ihre Wange an die seine gedrückt und sagte nichts.

»Und dann gab es noch das Kind. Mit ihm ist es genauso. Na ja, du hast ja gesehen, wie das war.

Martha wußte nicht, was sie sagen sollte. Sie hatte den Wunsch, ihn zu trösten. Schließlich sagte sie: »Na, jetzt ist doch Frieden, vielleicht wird es jetzt ja besser.«

»Was willst du damit sagen?«

Sie hatte damit nicht groß etwas sagen wollen und kam sich bereits albern vor, doch versuchte sie zu lachen und sagte: »Na ja, in Friedenszeiten heiraten Professorentöchter keine gutaussehenden Bauern und gehen mit ihnen weg nach Afrika.«

Grimmig, einsam, enttäuscht sagte er: »Du hast wohl nicht nachgedacht, als du das gesagt hast. Manchmal vergesse ich – du bist eben noch sehr jung. Ich meine, jung in dem Sinne von unerfahren – denn du hast keine andere Erfahrung als die der Sicherheit.«

»Ist es das, worauf es ankommt – ob man in Sicherheit ist?«

»Es gibt zwei Arten von Menschen – die, die wissen, wie leicht es passieren kann, daß man tot ist, und die, die denken, daß der Tod etwas ist, das sie selbst nichts angeht ... Ich hab dir gesagt, alles hat sich verändert. Ich bin jetzt die Norm. Ich hab dir gesagt, mit der Ulme und der Sicherheit ist es aus. Wer ist denn der Verrückte – der ungewöhnliche Mensch etwa? Der Mensch, der in X geboren wird, in X zur Schule geht, jemanden aus X oder vielleicht noch aus Y heiratet und der in X in seinem eigenen Bett stirbt? Das ist alles vorbei. Der erste Mann meiner Mutter ist im Ersten Weltkrieg gefallen. Ihr zweiter war ein alter Mann, und sie liebte ihn nicht, doch sie hat recht daran getan, ihn zu heiraten – eine Frau braucht einen Ehemann, und die ganzen jungen Männer in unserem Dorf waren tot. Und sie hatte sieben Kinder. Und ihr ganzes Leben bestand in dem Kampf, uns satt zu kriegen. Doch war das alles vergebene Liebesmüh, denn alle ihre Kinder sind tot, bis auf meinen Bruder und mich. Sowas ist heute das Normale. Meine ganze Familie ist tot, und ich lebe im Exil. Und die Familie meiner Frau ist tot, und sie lebt im Exil ...« Er schien noch etwas sagen zu wollen, doch er schwieg.

Martha sagte: »Du wolltest doch wohl vom Weggehen sprechen?«

»Tatsächlich?«

»Ja.«

Eine Weile lag er still und streichelte ihren Arm. Dann drehte er sich um und drückte sie an sich. »Ach Martha, mach dir nichts draus, laß uns jetzt nicht daran denken.«

»Du verlangst ernsthaft von mir, daß ich nicht daran denke?«

»Ja. Im Ernst.«

»Na schön«, sagte sie nach einer Weile, »ich will's versuchen.«

Bald jedoch sprachen sie darüber. Er wollte nach Palästina. »Nein, meinetwegen: Israel, Martha, nicht Palästina.« Er wollte nach Israel. Nicht unbedingt für immer, das nicht. Vielleicht, um es kennenzulernen. Er wußte nicht, warum ihm so sehr daran lag, dorthin zu fahren, aber es war so.

# Teil drei

*Mein Gott,*
*in was für einem Jahrhundert*
*läßt du mich leben!*

St. Polykarp, 156 n. Chr.

I

Ein Jahr war vergangen, und es war wieder Winter. In Europa war der schlimmste Winter seit Jahrzehnten vorüber, und sein nördlicher Sommer würde, so war zu hoffen, einige der Wunden heilen, die Kälte und Hunger geschlagen hatten. Doch gegenwärtig herrschte Hunger in Griechenland, Hunger in China – in den beiden Ländern, die einen Bürgerkrieg durchmachten; Hunger herrschte auch in Indien, in Jugoslawien, in ... Martha war gerade von Mrs. Vans Büro zurückgekehrt, wo die alte Frau damit beschäftigt war, ihre neuen Zeitungsausschnitte in eine bestimmte Ordnung zu bringen. Sie war von gewaltigen Zeitungsstößen aus aller Herren Länder umgeben, und der Stoß von Ausschnitten vor ihr, die für die Schublade mit der Aufschrift »Lebensmittelknappheit« bestimmt waren, war höher als alle anderen.

Martha und Thomas saßen im Piccadilly. Neben einer Menage, die wie das Albert Memorial aussah und neben Salz, Pfeffer und Senf sieben verschiedene Arten von Essiggemüse enthielt, lag auf dem fleckigen Tischtuch ein Brief von Joss. Er schrieb, die wirtschaftlichen Bedingungen in Nordrhodesien seien soundso, die politische Lage sei folgende, und er habe einen Brief von seinem Bruder Solly bekommen: Es sieht mir ganz so aus, als sollte irgend jemand, der politisch nicht so unreif ist, ein Auge auf ihn haben. Wie geht's Euch denn allen so? Mit solidarischen Grüßen ...

Dieser Brief, der von Marjorie – derzeit die Rührigste, doch sie erwartete wieder ein Baby – über Betty und Marie gegangen war, hatte Martha mit der Frage erreicht: Wie kann es bloß soweit kommen, daß wir durch Joss, der nicht einmal im Land ist, erfahren müssen, was mit Solly los ist?

Nun ja, dafür mochten einem alle möglichen Erklärungen einfallen, doch die Wahrheit war ... Martha hatte für das, was während des letzten Jahres passiert war, den Ausdruck: alle seien verstummt.

Da war beispielsweise Anton, der vor drei, selbst noch vor zwei Jahren jeder Situation garantiert mit einer Rede oder dem Antrag, eine halten zu dürfen, begegnet wäre. Und jetzt wechselten er und Martha nicht mehr als ein halbes Dutzend Sätze am Tag. »Analysierte er die Lage« für irgend jemanden? Nicht für Millicent, mit der er sich nicht mehr traf. Vielleicht für die Forsters, bei denen er unterdessen die meisten Abende zu Gast war. Mr. Forster war bei einer großen Ölgesellschaft als eine Art technischer Berater angestellt. Sie wohnten in dem neuerbauten westlichen Vorort, umgeben von Tennisplätzen, Schwimmbecken und Dienstpersonal. Sie hatten drei Söhne und zwei Töchter – eine davon war Kriegerwitwe. Das hatte Martha trotz Antons Reserviertheit immerhin erschließen können. Es war ihm jedoch peinlich, daß er die Forsters mochte. Es mache ihm Spaß, mit Mr. Forster Schach zu spielen, sagte er. Zwei-, dreimal die Woche ging Anton zu der Regierungsbehörde, die sich mit seinen Papieren befaßte; das gehörte zu dem Prozeß, der allmählich zur britischen Staatsbürgerschaft führen würde. Er sagte, er habe vor, erst in dem Augenblick, wo er seinen Paß in den Händen habe, nach Deutschland zurückzukehren. Denn schließlich konnte es doch sein, daß er Deutschland noch mal wieder verlassen wollte, um Ferien zu machen oder irgend jemanden zu besuchen. Wer wußte denn schon, wie lange Deutschland noch von fremden Armeen besetzt sein würde – nicht daß Deutschland das nicht verdient hätte, sagte er. Doch nun habe er so lange in einem britischen Land gelebt und Geschmack an der Freiheit gewonnen. Er hoffe, Martha verstehe, daß er das Wort in seiner relativen oder bürgerlichen Bedeutung verwende.

Martha und er nahmen gemeinsam die Mahlzeiten ein – stumm. Sie gingen viel ins Kino.

Athen war verstummt, weil er nach Griechenland zurückgekehrt war. Kurz nach dem Abend im Parkland Hotel war er in der Wohnung der Hesses erschienen, jedoch nicht allein. Er brachte fünf Griechen mit. Sie alle hatten sich danach gesehnt, ihre wirklichen Bürgerpflichten wieder erfüllen zu können. Die sechs Männer hatten sich irgendwo in das Zimmerchen gezwängt. Martha war aufgegangen, wie unvollständig ihr Bild von Athen die ganze Zeit gewesen war. Zwei-, dreimal die Woche war er in die Stadt gekommen, um sie oder Maisie zu besuchen. Doch worin hatte denn nun während so vieler Jahre des Wartens sein wahres Leben bestanden? Bestimmt nicht in den Abenden in der Stadt. Nein, das hatte er mit diesen Männern verbracht, die nun, umgänglich, aber schweigsam, mit Athen hergekommen waren, um sich von seinen Freunden zu verabschieden. Wenn sie nicht binnen drei Monaten per Post oder binnen sechs Monaten mündlich durch Freunde von ihm hörten, so machten sie aus, dann mußten sie davon ausgehen, daß er nicht mehr am Leben war. Und das galt auch für alle anderen, wie sie lächelnd und nickend bestätigten. Um ihre Seite war es derzeit in Griechenland schlimm bestellt. Die antiroyalistischen Truppen kämpften zwar noch in den Bergen, doch die Royalisten waren an der Macht, was sie Großbritannien und Amerika zu verdanken hatten. Über viertausend Mitglieder der Widerstandsbewegung waren trotz hundertfacher Versprechungen, ehemalige Kämpfer würden keinesfalls verhaftet, auf die Inseln verbannt worden. Diese sechs Männer hatten vor, sich in die Berge durchzuschlagen. Sie machten ihre Scherze darüber, daß sie sich darauf gefaßt machen müßten, bald sehr hungrig zu sein: Die neueste Taktik war, bestimmte Gebiete absichtlich nicht mehr landwirtschaftlich zu nutzen, um Guerillas auszuhungern. Doch nachdem sie in diesem Land so viel und gut gegessen hatten, sagten sie – und lächelten unentwegt, um zu zeigen, daß sie nur Spaß machten –, würde ihnen das nur guttun, sie mußten sowieso alle abnehmen. Sie gaben Martha ein Blatt liniertes Papier, worauf ihre sechs Namen und die Adressen von Leuten standen, die vertrauenswürdig waren. Dann schüttelte ihr einer nach dem anderen die Hand, und sie brachen auf. Athen hielt ihre Hand einen Augenblick fest, als er ging, und sagte: »Martha, ich werde an euch alle denken, an all meine guten Freunde, mein ganzes Leben lang.« Das war vor fast einem Jahr gewesen.

Vor allem Thomas war schweigsam. Die Veränderung zwischen ihnen kam zum Teil daher, daß die Frau von Thomas' Bruder ihren Kopf durchgesetzt hatte, was den Schuppen anging, der nun als Spielzimmer für Thomas' Nichten und Neffen diente. Vier an der Zahl: Das Jüngste war Weihnachten geboren worden – als Ergebnis, so behauptete Thomas, der Streitigkeiten zwischen den Eheleuten, die sich darum drehten, ob man Thomas den Schuppen wegnehmen sollte. Es war nicht schwierig, Thomas' Lastwagen so herzurichten, daß sie darin miteinander schlafen konnten, doch es war nicht dasselbe, obwohl sie oft zusammen waren. Gewöhnlich rief Thomas Martha an und sagte: »Ich hab ein paar Stunden Zeit.« Sie trafen sich im Old Vienna oder im Dirty Dick und saßen die meiste Zeit schweigend beieinander. Oder, wenn die Nächte sehr kalt waren, denn es war ja Winter, gingen sie ins Kino, saßen wie Schulkinder in der letzten Reihe, Wange an Wange, und hielten einander bei der Hand.

Thomas hatte gesagt: »Wir irren uns immer wieder gewaltig, Martha. Wir gehen bei unseren Überlegungen immer von der Tatsache aus, daß Sarah uns den Schuppen nicht wegnehmen wird, weil sie schon genug Zimmer hat und es gemein von ihr wäre. Die Wahrheit ist jedoch: Sie ist zu dumm, um zu wissen, daß sie gemein ist.«

Thomas hatte in die Pläne seines Bruders eingewilligt. In der Main Street gab es jetzt ein Geschäft, das »Stern Bros., Alles für den Garten« hieß. Thomas war dort als eine Art Berater tätig. Er verkaufte nicht, das tat sein Bruder, aber er beriet die Leute und machte ihnen Vorschläge, wie sie ihre Gärten anlegen sollten. Er war noch nicht nach Israel gefahren – seine Frau hatte beschlossen, als erstes mit der kleinen Tochter hinzufahren, um Verwandte zu besuchen. Die Farm wurde von Michel betreut.

Thomas war also ziemlich viel in der Stadt. Thomas wartete darauf, daß er nach Israel konnte, Martha wartete darauf, nach England zu können – sie kamen sich vor wie Leute, die auf dem Bahnsteig die Zeit totschlagen, bis der Zug endlich abfährt.

Martha »rannte nicht mehr durch die Gegend«. Was hatte das noch für einen Sinn, wenn sie das Land jeden Augenblick verlassen konnte? Sie würde nichts organisieren, sie würde keine Veranstaltungen mehr besuchen – viele waren es in der letzten Zeit ohnehin nicht. Was sollte das also noch einbringen, daß man ihr den Brief gab, worin von Solly die Rede war?

Außerdem waren sie zu dem Schluß gelangt, daß sie mehr Schaden anrichten als nützen würden, wenn sie sich um die Afrikaner kümmerten. Ob nun einzeln oder gemeinschaftlich, sie galten nun mal als Rote, Kommunisten, Verräter, Spione – bei der Atmosphäre, wie sie jetzt herrschte, war es Leuten, die sich seit Jahren kannten, sichtlich peinlich, einander zu begegnen, oder sie reagierten feindselig oder mußten sich regelrecht einen Ruck geben, um guten Tag zu sagen.

»Die Afrikaner haben so schon genug Probleme, da müssen sie nicht auch noch als kommunistisch gelten«, hatte Marjorie gesagt.

»Aber die gelten doch sowieso als kommunistisch!«

»Schon, aber niemand kann ihnen irgend etwas nachweisen.«

»Seit wann haben die es denn nötig, irgend etwas nachzuweisen? Und außerdem, sieh dir doch Solly an, der ständig zu ihnen runterrennt – den kümmert das nicht, ob die Afrikaner als Rote bezeichnet werden!«

»Aber der ist ja auch Trotzkist!«

»Ja, aber solche Unterscheidungen machen die doch nicht!«

Dies Gespräch, das in Marjories Haus stattfand, war von ähnlichem Gewicht wie die stundenlangen Diskussionen bei den einstigen Sitzungen, denn das Ergebnis war, daß sie nicht an die Afrikaner herantraten.

Die, so schien es, sowieso nicht erpicht darauf waren, daß man an sie herantrat. Die Teilnehmerzahl von Mrs. Vans wöchentlicher Veranstaltung war von fünfzig, sechzig Leuten auf fünf oder sechs zusammengeschmolzen. Das war schlagartig geschehen. Eines Abends waren die Männer einfach nicht gekommen, oder höchstens ein paar. Marjorie hatte gehört, daß in Sollys Gruppe gesagt wurde, Mrs. Van verachte die Afrikaner. Sie hielte sie für rohe Wilde, die die Oppositionellen umbringen würden, wenn sie an die Macht kämen. Man hatte Versuche unternommen, den genauen Wortlaut dessen herauszufinden, was Mrs. Van angeblich gesagt hatte, doch der war unwichtig. Mrs. Van, sie wußte es selbst, war zu einer Figur, einer Floskel erstarrt: Sie war eine »reaktionäre Paternalistin, die es gut meinte«. Das mochte nur für eine Weile so bleiben oder aber auf Dauer, doch Mrs. Van sagte, es gebe nun mal Zeiten, da habe es keinen Sinn, irgend etwas zu unternehmen, die Strömung sei einfach zu stark; das einzige, das man tun könne, sei, sich nicht unterkriegen zu lassen und abzuwarten.

Soweit also Mrs. Van. Dasselbe ließ sich für Johnny Lindsay sagen, der immer noch dahinsiechte, aber dennoch jeden Mittwoch afrikanische Freunde empfing. Doch was war an diesen Mittwochabenden denn Besonderes, wo doch jeden Tag Afrikaner zu ihm kamen? Sie waren irgendeine Art Symbol geworden, das war klar, denn Mr. Matushi setzte sich jeden Mittwoch zu dem alten Mann und sprach schonungsvoll als einziger, denn Johnny hatte nicht genügend Atem zum Sprechen. Mr. Matushi sagte, Sollys Gruppe – nein, das sei nicht dieselbe wie die von Mr. Zlentli, habe man ihm gesagt – sei zu extrem. Diese ganzen Gruppen seien zu extrem. Das seien Nationalisten, keine Sozialisten, und sie sprächen davon, alle Weißen ins Meer zu jagen. Das hatte Mr. Matushi gehört, doch er war nicht bei deren Sitzung gewesen, also war alles das vielleicht nur bösartiges Geschwätz.

Was sollte Martha denn sagen, wenn sie Kontakt zu Solly oder seiner Gruppe oder Mr. Zlentli aufgenommen hatte? Sie wußte ja nicht einmal, wie sie an Solly herankam, denn der wohnte nicht zu Hause.

Thomas sagte: »Na, du sagst ihnen, daß sie Hilfe von uns kriegen können, wenn sie welche wollen.«

»Aber das wissen sie doch wohl längst?«

»Für mich hört sich das so an, als wüßte Joss, daß Solly Unruhe stiftet.«

»Du sprichst genau wie ein Leitartikel in der ›Zambesia News‹ – gewisse Agitatoren stiften Unruhe unter den Schwarzen.«

Sie sprach ohne Erregung – fast beiläufig. Genauso gleichgültig, wie es sich anhörte.

Dann sagte Thomas: »Ich kann mir nicht vorstellen, daß Joss einen Brief schreibt, wenn er keinen triftigen Grund hat.«

»Vermutlich nicht.«

»*Ich* hätte keine Lust, mit etwas in Berührung zu kommen, wo Solly seine Finger drin hat.«

»Na, vielleicht sollte doch irgendwer einfach mal nachsehen, was da los ist?«

Er erwiderte darauf nichts. Er häufte weißes, glitzerndes Salz aufs Tischtuch und rührte mit einem Streichholz darin herum. Schließlich sagte er: »Weshalb bittest du denn nicht Anton, das rauszufinden?«

»Anton macht zur Zeit nichts Politisches. Er sagt, seine Naturalisierung wird wegen seiner politischen Einstellung verschleppt.«

Thomas zuckte die Achsel. »Wenn das hier Polen wäre, dann wäre das tatsächlich der Fall.«

»Er geht praktisch jeden Tag zur Behörde, und der Mann sagt immer nur: ›Nächsten Monat, nächsten Monat‹.«

Thomas zuckte erneut die Achsel. Die Geste hatte etwas Gereiztes wie zur Zeit alle seine Gesten. »Ich begreife die ungeschriebenen Gesetze dieses Landes nicht. In Polen heißt ›nächsten Monat‹ in zehn Jahren oder überhaupt nicht. Wenn du sagst, daß nächsten Monat in diesem Land nächsten Monat heißt – dann kann ich dazu nur sagen ...« Er runzelte die Stirn.

»Was denn?«

»Vielleicht ist Sergeant Tressell der Preis dafür, daß nächsten Monat nächsten Monat bedeutet.«

Sie war entsetzt – sie hatte gar nicht mehr an Sergeant Tressell gedacht.

Er grub mit finsterer Miene mit dem Streichholz in seinem weißen Salzhaufen herum.

»Es bedeutet, nächstes Jahr«, sagte sie.

»Und dann bist du bereits in England.«

»Das hoffe ich.«

»Ist dir auch schon aufgefallen, daß alle progressiven Leute allmählich weggehen? Es ist wie in Polen vor dem Krieg. Plötzlich eines Morgens schaute man sich um, und die Freunde waren alle weg. Nur Sergeant Tressell war noch übrig.«

»Weshalb sprichst du von Sergeant Tressell?«

»Nur so. Glaub mir, ich kenne diese Atmosphäre. Ich habe einen Brief von einem Freund bekommen – dem Vetter meiner reichen Tante in Johannesburg. Den Geruch kenne ich. Die Nationalisten kommen dran, ich rieche es förmlich.«

»Oh, nein – die können nicht drankommen. Die würden wir nie wieder loswerden, das wäre einfach zu schrecklich!«

»Dann kann es natürlich nicht passieren. Schreckliche Dinge passieren nun mal nicht.«

Sie legte ihm die Hand auf den Ärmel und spürte allmählich die Wärme seiner Haut durch den Stoff dringen. Er sagte: »Ach, Martha, ich weiß, wie ich auf dich wirken muß, glaub's mir. Aber ich fühle mich, als wäre ich auf dem Meeresgrund oder tot – oder so was. Ich kann nichts von dem sagen, was ich sagen möchte, ich hasse mich die ganze Zeit.«

Sie betrachtete den gesunden, kräftigen Mann mit dem offenen blauen Blick: Er hatte die Fäuste geballt, und sie fühlte den angespannten Armmuskel unter ihrer Hand. »Weshalb sagst du denn dauernd, daß du dich selbst haßt – was meinst du denn damit?«

Er versuchte, ihr zuzulächeln, runzelte die Stirn und ließ den gereizten, abwesenden Blick rasch durch das Lokal schweifen.

»Ich muß heute abend zurück zur Farm. Michel hat angerufen, um mir zu sagen, daß die Polizei einen offiziellen Besuch machen wird. Michels Englisch ist nicht gut genug für so etwas, sagt er.«

Martha erinnerte sich, daß die Ortspolizei der Farm gelegentlich einen Besuch abgestattet hatte. »Aber ist das denn ein besonderer Besuch? Haben sie gesagt, daß irgendwas nicht stimmt?«

»Ich weiß nicht. Wie soll ich das wissen?«

Er machte sich auf den Weg und versprach ihr, sie anzurufen, nachdem die Polizei dagewesen war.

Martha versuchte vergeblich, Solly zu finden. Sie hinterlegte Nachrichten für ihn, bat um seinen Anruf. Über Mr. Matushi ließ sie kundtun, daß »bestimmte Repräsentanten gern Mr. Zlentli sprechen wollten«. Repräsentanten wessen, das war die Frage.

»Des Kommunismus«, sagte Colin Black, »ob dir das nun gefällt oder nicht, du repräsentierst den Kommunismus.«

»Aber das ist doch Blödsinn«, sagte Martha.

»Wenn die Leute dich mal eingeschätzt haben, kannst du dich nur noch danach richten«, sagte Colin.

»Ach, Unsinn, Schatz, du wirst wirklich immer reaktionärer!« sagte Marjorie lächelnd. Sie saß am Kopf des Eßtisches, auf jedem Knie ein Kleinkind und ein drittes im Kinderwagen. Sie war schwanger. Ihr schwerfälliger Mann aß sich gemächlich durch ein mehrgängiges Abendessen, lobte oder kritisierte die Gerichte, und sie sagte dazu: »Ja, Schatz, freut mich« oder: »Na, dann iß es doch nicht, Schatz.«

»Wenn ich nicht das Gefühl hätte, mit dem allen irgendwie zu tun zu haben, wüßte ich gar nicht, wofür ich eigentlich lebe«, fuhr Marjorie fort. Das Kind auf ihrem Knie streckte die Hand nach dem Kuchen aus, und Marjorie stieß seine Hand weg: »Nein, Jill, ich hab gesagt, keinen Kuchen mehr, das ist schlecht für deine Zähne. Wenn ich annehmen müßte, dies Leben, wenn man das überhaupt so nennen kann, wäre alles, dann ...«

Sie lächelte. Sie war eine Frau, die niemals wütend sein oder irgend etwas Scharfes sagen konnte, ohne zu lächeln. Jetzt war ihr Gesicht vor nervöser Gereiztheit gerötet, doch sie lächelte.

»Ich muß zu einer Sitzung der Beamtenschaft«, sagte Colin und ging, nachdem er seine Frau liebevoll geküßt hatte.

»Wiedersehen, Schatz«, sagte sie herzlich.

»Also, was soll ich Mr. Zlentli nun sagen – falls es Mr. Zlentli ist?« fragte Martha.

»Ach, wenn ich doch bloß nicht schwanger wäre – ich würde zu gern mitkommen!«

»Ich hätte bestimmt nichts dagegen, das kannst du mir glauben«, sagte Martha.

»Ach, Matty, jetzt sag bloß nicht, daß du auch noch das Interesse zu verlieren anfängst!«

Martha ging. Sie mußte nach Hause, um auf den Anruf von Thomas zu warten. Als er anrief, erfuhr sie, daß die Polizei dagewesen war und daß es schlechte Neuigkeiten gab. Er würde ihr alles erzählen, wenn er in die Stadt zurückkäme. Nein, morgen oder übermorgen noch nicht, er hatte einiges zu erledigen.

Es klang – als wäre er nicht er selbst, wollte Martha sich gerade sagen, um seine Stimme, seine Art zu charakterisieren, doch dann ging ihr auf, daß er im Gegenteil genau wie der Thomas von diesem Jahr, der Thomas der letzten Monate, klang. Es klang so überhaupt nicht nach dem Thomas, den sie anfangs gekannt hatte – nach dem Thomas auf dem Speicher, wie sie es für sich nannte. Sie nahm ihr Fahrrad und machte sich auf zu ihrer Begegnung mit Mr. Zlentli, bedrückt von der Sorge um Thomas und in dem Gefühl, daß diese ganze Geschichte, dies Treffen mit Mr. Zlentli lächerlich war, schlecht vorbereitet, und daß dabei nichts Gutes herauskommen konnte.

Und so kam es auch.

In einer Parallelstraße von Johnnys Wohnung, in einem winzigen Haus, das seinem glich, und wo sie, Martha, in den alten Tagen oft genug *Watchdogs* verkauft hatte, warteten drei Afrikaner auf sie. Einer war der junge Mann, den sie von Johnny Lindsay her kannte – es war der, der wie ein Schuljunge die Hand gehoben hatte, um provozierende Fragen zu stellen. Ein älterer Mann mit Bart und majestätischer, würdevoller Miene saß im Hintergrund und tat nicht ein einziges Mal den Mund auf. Sofort nahm Martha an, daß das Mr. Zlentli war, und richtete sich bei allem, was sie sagte, an ihn.

Ein dritter Mann, ein ziemlich junger, wohl um die zwanzig, begrüßte sie knapp; das war der Wortführer.

Sie lehnte ihr Fahrrad einfach nur an die Hausmauer.

»Schließen Sie denn Ihr Fahrrad gar nicht ab?« fragte der Wortführer mit gespielter Besorgnis. Der war etwa derselbe Typ wie Solly, entschied Martha, theatralisch, eingebildet – mit einem Wort, kindisch. Er hatte vor lauter vorgetäuschter Besorgnis die Augen weit aufgerissen. Normalerweise hätte Martha das genossen – der junge Mann spielte seine Rolle mit ungeheurem Vergnügen. Statt dessen merkte sie, daß sie sich ärgerte.

»Nein.«

»Aber in solchen wilden Gegenden der Stadt wäre es doch gewiß gescheiter, das Fahrrad abzuschließen?«

Wieder sagte Martha nur einfach kurz »Nein«, um damit klarzustellen, daß sie nicht hergekommen war, um Zeit zu vergeuden. Sie sah den majestätischen Mann an, der schweigend rauchte und sie beobachtete. Der Fragesteller saß ruhig neben ihm. Obwohl er es gewesen war – gewesen sein mußte –, der über Martha Bericht erstattet und in Wirklichkeit entschieden hatte, was jetzt geschehen sollte, machte er einen ziemlich unbeteiligten Eindruck, als ginge ihn das alles nichts an. Der lebhafte, höhnische junge Mann stellte sich nun als Mr. Simon vor und schob ihr einen Stuhl hin. Sie setzte sich. Er war noch warm vom Körper dessen, der vor ihr darauf gesessen hatte.

Mr. Simon? Es gab eine ganze Anzahl von Stühlen in dem kleinen Zimmer, sie waren ungefähr im Kreis angeordnet, und neben jedem stand ein Aschenbecher voller Kippen. Martha kannte die Atmosphäre einer politischen Sitzung wieder. Die Tür zum inneren Zimmer stand halb offen.

Hinter der Tür, wurde Martha mit einemmal klar, saßen oder standen ein, zwei oder mehr Leute, die gerade eine Sitzung gehabt hatten, die durch Marthas Ankunft unterbrochen worden war. Unter ihnen vielleicht auch Mr. Zlentli? Oder sogar Solly? Wie sollte man das wissen?

Und nun wußte sie, daß sie nicht hätte herkommen dürfen, oder jedenfalls nicht so. Sie dachte: Wenn wir vor zwei oder drei Jahren mit Afrikanern zusammengekommen sind oder sie mit uns, dann *wußten* wir einfach, daß wir einander helfen konnten. Und jetzt habe ich nicht die mindeste Idee, was ich sagen soll.

Sie sagte: »Sie möchten vermutlich erfahren, weshalb ich hier bin?«

Sie antworteten nicht. Sie saß und überlegte, wie sie sich am besten ausdrücken sollte, als Mr. Simon etwas Unerwartetes sagte: »Und *was* macht denn unsere gute Freundin Mrs. Van?«

»Ich bin aber nicht hergekommen, um über Mrs. Van der Bylt zu diskutieren«, sagte Martha.

»Sie wird sich aber zweifellos für die Ergebnisse unserer Erörterungen interessieren!«

Martha fiel dazu nichts ein. Sie hatte begriffen, daß Mrs. Van in diesen Kreisen als Bösewicht angesehen wurde. Nicht nur als jemand, der »irregeführt – ein irregeführter Paternalist« war, sondern als jemand, von dem man annahm, daß er gegen sie intrigierte.

Martha schaute in Mr. Zlentlis Richtung – falls das überhaupt Mr. Zlentli war – und hoffte, daß der etwas sagen würde. Denn schließlich, dachte sie, irgend etwas mußte er sich ja von ihrem Kommen versprochen haben, sonst wäre er nicht hier. Und inzwischen hat er sich vielleicht entschlossen – doch seine Miene blieb ausdruckslos, also sagte sie, während sie weiter Mr. Zlentli ansah, zu Mr. Simon: »Sie haben sich geirrt. Meine Anwesenheit hat nichts mit Mrs. Van zu tun.«

»Aber wir sind stets außerordentlich interessiert daran, unsere weißen Sympathisanten kennenzulernen«, sagte Mr. Simon gedehnt.

»Davon bin ich überzeugt. Na gut, was ich zu sagen habe, ist folgendes: Wenn sie irgendwelche Hilfe brauchen, es gibt Leute, die gewillt sind zu helfen.«

Das klang lahm. Sie dachte: In einer anderen Atmosphäre hätten diese selben lahmen Worte der Anfang von etwas wirklich Nützlichem sein können. So saß sie also da, zwang sich zu einem Lächeln und verbiß sich ihren Ärger, als Mr. Simon ungeheuer sarkastisch sagte: »Und was für eine Art Hilfe schwebt Ihnen da so vor?«

»Das käme darauf an, nicht? Zum Beispiel könnten wir Bücher beschaffen. Informationen – alles, was es so gibt.«

Jetzt warf Mr. Zlentli dem jungen Mann neben ihm und Mr. Simon einen Blick zu. Die drei Augenpaare verständigten sich, ihre Botschaften blieben für Martha jedoch unverständlich.

»Danke«, sagte Mr. Simon, »wir werden Ihr Angebot wohlwollend prüfen.«

»Außerdem kennen wir auch Leute, die Beziehungen haben – beispielsweise, falls Sie Studenten haben, die eine Ausbildung brauchen, könnten wir vielleicht helfen.«

»Was für eine Ausbildung?« fragte Mr. Simon.

Martha konnte ein Lächeln nicht unterdrücken – jetzt war eindeutig ein Hauch von Interesse zu spüren.

»Beispielsweise könnte man vielleicht Stipendien für ein Ingenieurstudium beschaffen – oder für eine Ausbildung zum Arzt oder Lehrer. Über die Gewerkschaften und dergleichen Organisationen.«

Sie sahen einander nicht an. Die Atmosphäre sagte deutlich, daß eine Gelegenheit verpaßt oder eine Erwartung enttäuscht worden war. Sie wußte, daß sie jetzt ebensogut hätte gehen können.

Sie sagte: »Wenn von Ihrem Volk überhaupt nur so wenige eine Ausbildung haben, dann lohnt es sich doch wohl, wenn wenigstens ein oder zwei etwas lernen können.« Keine Reaktion. »Wie soll man denn wissen, womit man helfen kann, wenn man sich gar nicht kennt?«

Sie erwartete darauf keine Antwort und stand auf. Mr. Simon sagte: »Vielen herzlichen Dank, Mrs. Hesse, wir sind für das Interesse, das bestimmte Weiße für unsere Angelegenheiten an den Tag legen, sehr dankbar.«

Plötzlich und ohne überhaupt zu wissen, daß sie das sagen würde, bemerkte sie: »Es gibt noch andere, die helfen können, nicht nur Mr. Solly Cohen!«

Und nun erfolgte endlich eine wirkliche Reaktion, nämlich

eine plötzliche Unruhe. Blicke trafen sich und trennten sich wieder.

»Solly Cohen?« fragte Mr. Simon rasch.

»Soweit ich verstanden habe, sind Sie Freunde von ihm.«

»Nein, das entspricht nicht der Wahrheit. Wir haben nie von einem Solly Cohen gehört.«

»Haben nie zu seiner Organisation gehört«, sagte der Junge neben Mr. Zlentli – er sprach vorsichtig, und das blieb seine einzige Äußerung.

»Ganz richtig, wir haben nie die geringste Verbindung mit Mr. Solly Cohen gehabt«, sagte Mr. Simon.

»Ach so«, sagte Martha, »na, dann ist das ein Mißverständnis. Es wurde allgemein angenommen, daß Mr. Zlentli und Solly Cohen zusammenarbeiten. Tut mir leid.«

»Das ist aber äußerst bedauerlich«, sagte Mr. Simon und setzte eine Miene auf, aus der wilde Abneigung sprach, »und Mr. Zlentli wird da ebenfalls mit hineingezogen!«

Martha schaute den mysteriösen Mann an der Wand an, der sie seinerseits anschaute. Das breite, beherrschte, ernste Gesicht mit dem adretten Bart, den offenen, lebhaften Augen – wenn das alles zu Mr. Zlentli gehörte, dann war sie geneigt, Mr. Zlentli gutzuheißen. Doch während er es zuließ, daß sein Gesicht aussah, als ob er *beinahe* lächelte, während seine Augen zeigten, daß er nicht böse war – das war die Aufgabe seines Leutnants –, zeigte er sonst keine Reaktion, sondern nahm lediglich die Zigarette in den Mund, zog den Rauch ein und stieß ihn durch geblähte Nüstern wieder aus.

»Hören Sie«, sagte Martha und richtete sich an alle drei gleichzeitig, »damit eins ganz klar ist: Ich bin nicht hier, um zu spionieren.« Als sie das sagte, ging ihr auf, daß sie das in gewisser Hinsicht ja tat. »Ich bin nicht hier, um irgend etwas herauszufinden – oder um hinterher Märchen über Sie zu erzählen.«

»Märchen erzählen?« fragte Mr. Simon feindselig. »Was meinen Sie denn damit?«

»Was uns angeht – wir wünschen Ihnen alles Gute, und wenn Sie Hilfe brauchen, können Sie sich gern an uns wenden. Wenn wir können, helfen wir Ihnen.«

Bei diesen Worten bedachte sie die drei mit einem Lächeln und ging eine kurze Treppe aus Zementstufen hinunter, auf denen ein Hund saß und Jagd auf seine Flöhe machte. Als sie aufs Rad stieg, sah sie auf und erblickte Mr. Simon, der sie über die Verandamauer hinweg beobachtete.

»Und bitte übermitteln Sie Mrs. Van ganz herzliche Grüße«, sagte Mr. Simon mit einer konventionellen Liebenswürdigkeit, die ebenso falsch, ebenso »aufgesetzt«, auf eine ebenso amüsante Weise theatralisch war wie seine Feindseligkeit.

»Wenn ich sie treffe, werde ich das tun«, sagte Martha. Und sie fuhr davon, während der Hund neben ihr herrannte und nach dem Hinterrad schnappte und Mr. Simon rief: »Komm her, Sir, komm *sofort* her!«

## 2

Es war ein paar Tage später. Wieder saß Martha mit Thomas im Lokal in der Founders' Street. Er hatte Martha angerufen und gesagt, er müsse ihr dringend was erzählen. Doch Jasmine war auch dabei, und Martha und er hatten keine Gelegenheit gefunden, miteinander zu reden.

Jasmine war für eine Woche auf Besuch bei ihren Eltern, nachdem sie über drei Jahre in Johannesburg gewesen war. Sie hatten plötzlich erfahren, daß sie verheiratet war. Eine entsetzliche Familienkrise – und hier war sie nun, um sich daran zu beteiligen.

»Ihr könnt euch einfach nicht vorstellen, was das für ein Theater ist«, sagte Jasmine, lächelte gelassen und trank ihren Tee. »Ihr wißt ja, wie das ist – wenn man Tag und Nacht für die Partei arbeitet und für persönliche Dinge keine Zeit hat, dann vergißt man ganz, wie es im Leben gewöhnlich zugeht.«

Es war früher Abend. Bald mußte Thomas weg. Am Telephon hatte er gesagt: »Wenn du dich eine Stunde freimachen kannst, dann können wir in den Park gehen und reden.« Jetzt saß er schweigend vor einem Teller mit Fleisch und Chips. Es sah so aus, als hörte er Jasmine gar nicht zu. Sie warteten alle auf Solly, der versprochen hatte zu kommen. Jasmine hatte zu ihm gesagt: »Erstens bin ich deine Kusine und zweitens von der Partei!«

»Und warum sollte ein dreckiger Trotzkist auf die Partei hören?«

»Es ist in deinem eigenen Interesse. ›Kommen Sie und lassen Sie sich über Ihre Vorteile aufklären‹, wie es in den Anzeigen der Anwälte heißt.«

»Es ist komisch, wieder zu Hause zu sein«, sagte Jasmine und ließ den Blick durch das kahle Lokal schweifen, das daraufhin, als sie es mit ihren Augen ansahen, zu dem häßlichen, schmutzigen Raum wurde, der es war. »Wenn ich bedenke, daß ich Jahre meines Lebens in diesem Kaff verbracht und es jemals ernstgenommen habe –« Sie schaute Martha an, deren Lage ihr wieder einfiel, und sagte: »Wann gehst du denn nach England, Matty?«

»Wenn Anton seine Staatsbürgerschaft bekommen hat und wir uns scheiden lassen können.«

»Glücklich, wer sich scheiden lassen kann, es gibt heutzutage nichts Schöneres.«

Die Raffinessen der Großstadt hatten Jasmines Äußeres nicht im mindesten verändert. Sie war immer noch ein winziges, zierliches, dunkelhaariges Mädchen mit einem Lockenkopf und riesigen dunkelbraunen Augen – das Muster eines behüteten jüdischen Mädchens, das für eine gediegene Ehe bestimmt war. Ein geräumiger weißer Wollpullover unterstrich ihr zartes Äußeres noch. Sie erzählte die Geschichte ihrer Ehe.

Es stellte sich heraus, daß die Polizei sie vor einem Jahr aufgefordert hatte, die Südafrikanische Union zu verlassen. Sie besaß die Staatsbürgerschaft nicht, und sie schafften sich, so sagte Jasmine, alle überflüssigen Roten vom Hals. Sie prüfte nach, wie es sich mit ihrer Staatszugehörigkeit verhielt: Es stellte sich heraus, daß sie überhaupt keine hatte, sie war nicht einmal Rhodesierin. Aus Gründen, die kein vernünftiger Mensch zu begreifen in der Lage war, besaß sie die Nationalität dieses Landes nicht, in dem sie ihr ganzes Leben lang gelebt hatte. Die Polizei schlug vor, daß sie nach Litauen zurückkehren sollte, wo ihre Eltern herstammten.

Da half alles nichts, sie würde einen Südafrikaner heiraten müssen. Die Partei war in der Lage, ihr zu helfen. Ein ehemaliger Soldat, der auf eine Weise verwundet worden war, daß er keinen Wert mehr auf eine Ehe legte, erklärte seine Bereitschaft. »Ich sagte zu ihm: ›Bist du dir auch sicher, Genosse, denn mir scheint, du hast ohnehin schon genug Probleme?‹ Er antwortete: ›Was übrig ist, kannst du haben, Genossin.‹«

Sie heirateten und aßen zusammen Mittag. »Wir hatten ziemlich viele gemeinsame Interessen, wie sich herausstellte, doch er ging gerade weg, weil er eine Filiale in Ramsdorp organisieren sollte, also gaben wir uns einen Kuß und verabschiedeten uns. Wir weinten auch, ist das nicht lächerlich? Wir saßen am Tisch und vergossen ein paar Tränen über das Leben als solches.« Sechs Monate später kam es zur Scheidung aufgrund böswilligen Verlassens. Jasmine war angemessen gekleidet vor Gericht erschienen, wie sie sagte, doch hatte sie nicht gewußt, daß Frauen anläßlich ihrer Scheidung einen Hut tragen sollten. Sie hatte keinen Hut. Fünf Minuten, bevor sie aufstehen und ihre Aussage machen sollte, »da sagte mein Anwalt: ›Wo ist Ihr Hut?‹ Also holte ich mir ein Staubtuch von einer der Putzfrauen und band es mir um den Kopf. Plötzlich war mein Vetter Haimi da: ›Was machst du denn hier?‹ fragte er. ›Ich lasse mich gerade scheiden‹, sagte ich.« An dieser Stelle verdrehte Jasmine, ganz wie früher, übertrieben die Augen und sah aus, als wolle sie sich auf alle Zeiten von allem lossagen, was auch nur im entferntesten irregulär war. »Er sagte: ›Wozu hast du denn den dreckigen Lappen auf dem Kopf?‹ Ich sagte: ›Ist das vielleicht meine Schuld, wenn ihr dermaßen alberne Gesetze macht?‹ – denn der ist Anwalt, wißt ihr! Er lieh einen Hut von einer Frau im Publikum – sozusagen. Es war ein schwarzer Strohhut – sehr flott. So wurde ich also mit dem schwarzen Strohhut geschieden und gab ihn Haimi mit den Worten zurück: ›Und danke für die viele Mühe, die du dir gemacht hast.‹ Dann begriff ich plötzlich, daß ich den Kontakt zur Wirklichkeit verloren hatte – schließlich war das mein Vetter Haimi. ›Sag meinen Eltern nichts davon‹, sagte ich, aber es nützte nichts. Noch am selben Abend kam ein Telegramm. Als ich nach Hause kam, sagte ich zu ihnen: ›Ihr braucht euch gar nicht aufzuregen – ich habe nur geheiratet, um die südafrikanische Staatsbürgerschaft zu bekommen. Das ist ein anständiger Kerl‹, sagte ich, ›und er hat mir nur einen Gefallen getan.‹ Doch meine Mutter ging zu Bett und heulte die ganze Nacht und sagte, daß sie mir nie verzeihen würde, so daß ich schließlich sagte: ›Na schön, du willst es offenbar nicht anders haben – er ist ein widerliches Schwein und hat mich geschwängert, und als ich eine Fehlgeburt hatte, verließ er mich, und geschlagen hat er mich auch. Ich habe mich wegen seelischer Grausamkeit von ihm scheiden lassen, und die Narben werden mir bleiben bis an mein Lebensende.‹ Da ging es meiner Mutter wieder prima, und sie küßte mich und sagte, sie sei doch meine Mutter und werde zu mir halten, und mein Pop gab mir hundert Pfund. Und nun sind alle hoch zufrieden, und dem Himmel sei's gedankt, jetzt kann ich zurück nach Johannesburg, denn mir ist wirklich schleierhaft, wie jemand dieses Kaff aushalten kann«, sagte Jasmine und verdrehte erneut die Augen.

»Wir *können* es ja nicht aushalten«, sagte Martha.

»Für die Afrikaner ist es vermutlich gar nicht mal so schlecht«, sagte Jasmine, »die werden Tag und Nacht verfolgt, und das schürt ihren Überlebenswillen. Aber ich schwör's euch, sämtliche Freunde von meinen Eltern könnten ebensogut schon seit fünfzig Jahren tot und begraben sein. Und du bist auch nicht mehr weit davon entfernt, Matty, ich warne dich!«

»Oh, vielen Dank«, sagte Martha.

In diesem Augenblick kam Solly herein. Er bedachte die Anwesenden mit einem Lächeln und sagte: »Ein dreifach Hoch den Roten!«

Dann setzte er sich und richtete im Sitzen eine gespielt unterwürfige Verbeugung an Jasmine. »Ich höre, du hast Befehle für mich, Genossin Base?«

»Befehle nicht.«

»Da habe ich ja Glück gehabt, so wie die Lage ist.«

Johnny Capetenakis trat neben seinen alten Gast Solly und hielt ihm einen Teller mit gefüllten Weinblättern hin.

»Und wie geht es so, Johnny?«

»Prima, Mr. Cohen. Ich gehe bald nach Hause zurück.«

»Da kriegen Sie gleich eine Kugel in den Rücken.«

Der Grieche schüttelte den Kopf. »Nein – in meinem Dorf ist alles ruhig, die Rebellen sind verjagt worden.«

»Die Rebellen seid *ihr,* Johnny!«

»Politik will ich in diesem Lokal nicht haben.«

»Und habt ihr was von Athen gehört?« fragte Jasmine.

Der Grieche wandte bei der Erwähnung von Athens Namen zwar taktvoll den Blick ab, hörte aber zu.

»Nein«, sagte Martha, »er muß wohl tot sein.«

Einen Augenblick herrschte Schweigen, dann sagte Johnny in einem schroffen, wütenden Ton, der seine Betroffenheit jedoch nicht verbergen konnte: »Das war ein tapferer Mann. Er war ein tapferer Mann, doch er war verrückt.« Und er entfernte sich kopfschüttelnd.

»Also, nun mal raus damit, Base Jasmine, ich muß nämlich gleich weiter!«

»Die Partei hat entschieden, daß alles, was du treibst, Rechtsabweichungen sind«, verkündete Jasmine.

»Wie kann ich von etwas abweichen, wo ich gar nicht Mitglied bin?«

»Das ist objektiv wahr«, sagte Thomas, und sein Ton war bitter, als er zum erstenmal den Mund aufmachte. Er klang so düster, so schroff, daß die anderen einen Augenblick schwiegen und ihn ansahen.

Dann wandte Jasmine sich wieder Solly zu: »Doch das wollte ich eigentlich gar nicht sagen. Schließlich kann dich niemand hindern, wenn du unbedingt Napoleon spielen willst, alles auf eigene Faust.«

»Warum zieht ihr nicht lieber Erkundigungen über die Genossin Matty ein? Sie ist schließlich eine alte Freundin von Mr. Zlentli, stimmt's, Matty?«

»Ich habe Mr. Zlentli aufgesucht, wenn das Mr. Zlentli war, weil Joss geschrieben und uns mitgeteilt hat, daß sein Brüderchen irgendwelche schlimmen Sachen macht«, sagte Martha.

»Und was macht mein großer Bruder so im Norden? *Der* spielt auch Napoleon, aber bei dem ist das wahrscheinlich in Ordnung.«

»Jedenfalls hält er sich an die Disziplin«, sagte Jasmine.

»Und wie war Mr. Zlentli so?« fragte Solly Martha.

»Falls das Mr. Zlentli war, war er prima. Aber das solltest du doch wohl selber wissen?«

»Ich weiß nichts. Wie käme ich denn dazu?«

»Jetzt hört aber auf, Kinder«, sagte Jasmine, »es überrascht mich nicht, daß hier alles immer nur schlimmer wird, wenn ihr so weitermacht.«

»Ich habe überhaupt nicht weitergemacht«, sagte Martha, »wenn du was erfahren willst, dann mußt du dich an Solly wenden.«

Jetzt grinste Solly, machte erneut eine ironische Verbeugung, stand auf, nahm die Pose geduldiger Bereitwilligkeit an, indem er die Hände lammfromm auf dem Tisch faltete, und schaute Jasmine an.

»Na gut«, sagte Jasmine, »folgendes: Die Leute in der Partei, die sich mit dieser Art Sachen auskennen –« (wieder verdrehte sie die Augen), »die haben einen Kontaktmann bei der politischen Polizei, und da haben sie rausgefunden, daß die wiederum ein Herz und eine Seele mit der hiesigen Polizei ist.«

»Na selbstverständlich«, sagte Solly.

»Selbstverständlich«, sagte Martha.

»Das ist *eine* Sache, daß man sagt ›selbstverständlich‹ – das ist Theorie. Was anderes ist es, daß man rausfindet, ob es auch wirklich stimmt. Was ich euch mitzuteilen habe, ist folgendes:

Es wird irgendeine Demonstration organisiert, auf nationaler Ebene, und ein Mann, der Zlentli heißt, ist der Anführer. Na, jedenfalls die oben wissen über alles Bescheid. Die warten einfach nur ab. Die Südafrikaner haben ihnen den Tip gegeben, sie haben ein paar Briefe abgefangen. Die sambesische Polizei sitzt also einfach nur da und wartet auf den geeigneten Augenblick, um die Anführer einzubuchten. Ich bin also, weil ich sowieso gerade hierherfuhr, beauftragt worden, euch mitzuteilen, daß ihr Zlentli, falls ihr Verbindung zu ihm habt, warnen müßt: Die wissen über alles Bescheid, und er soll sich besser für eine Weile verdrücken, bis die Luft wieder rein ist.«

Sie aß ein gefülltes Weinblatt, während sie sprach, und nun wischte sie sich an einem Stück Taschentuch sorgfältig die Finger ab. Sie runzelte die Stirn, als sie eine Spur gelben Öls auf ihrem kleinen, rosa Fingernagel entdeckte. Sie sagte zu Solly: »Das wär's. Wenn du also in der Lage bist, irgend etwas in der Sache zu unternehmen, die Entscheidung liegt bei dir.«

Solly hatte das verdaut, wie man an den blitzschnellen Bewegungen seiner Augen sehen konnte, während er die Information in sich aufnahm und überlegte, was zu tun war. Jetzt richtete er wieder einen durchbohrenden schwarzen Blick auf seine Kusine – doch in Wirklichkeit war er erfreut, und seine Feindseligkeit war reine Routine: »Und woher weiß ich, daß das die Wahrheit ist und nicht irgendeine Falle?« sagte er, riß die Augen auf und näherte sich Jasmines Gesicht mit finsterem Ingrimm.

»Tu, was dir beliebt«, sagte Jasmine und griff sich mit Daumen und Zeigefinger erneut ein gefülltes Weinblatt. »Ich hab getan, was ich zu tun versprochen habe, und nun bist du dran.«

»Doch was ist denn, wenn Mr. Zlentli Solly nicht traut?« wollte Martha von Solly wissen.

»Dann sorgt Solly besser dafür, daß Mr. Zlentli die Information aus einer Quelle bekommt, zu der er Vertrauen hat«, sagte Jasmine.

Alle lächelten einander an, freundlich und verständnisinnig. Dann lächelte Solly, sagte: »Wird schon gehen«, und ging. Als er bei dem Griechen vorbeikam, der an einem Tisch ein paar Schritte entfernt gerade servierte, legte er dem Mann die Hand auf die Schulter und sagte: »Bis bald dann auf der Barrikade!«

»Ich sehe schon, alles geht so weiter wie bisher«, sagte Jasmine, »wenn ich mir vorstelle, daß das Schicksal einer großen nationalen Sache in den Händen von meinem Vetter Solly liegt, dann ...« Sie verdrehte die Augen und fing an, sich zum Aufbruch zu rüsten.

»Was euch nicht klar ist«, sagte Thomas, wieder mit dieser angestrengten, schroffen Stimme, »ist, daß das jetzt nun mal so ist. Überall in der Welt sitzt die Kusine Jasmine, leckt sich die hübschen Finger ab und denkt: Kein Wunder, daß alles so im argen liegt, wenn die Dinge in den Händen von Vetter Solly liegen. Und natürlich ist das der springende Punkt: Sie *liegen* in den Händen von Vetter Solly.«

Martha und Jasmine schauten ihn an – aus einer gewissen Distanz heraus, einer Distanz, die er zwischen sich und ihnen errichtete. Was er gesagt hatte, hätte eines lockeren Tons bedurft, und danach hätte ein Lachen folgen müssen. Doch er sprach mit einer finsteren, zornigen Stimme, und alles war widersprüchlich und unzusammenhängend.

»Ihr werdet hier ja alle ganz schön defätistisch«, sagte Jasmine, und ihre Worte, die halb scherzhaft hätten klingen müssen, klangen mit einemmal schroff und bekümmert. Sie schien selbst überrascht. Sie stand auf. »Ich packe jetzt. Auf Wiedersehen, Matty. Wenn du es satt hast, darauf zu warten, daß Anton sich von dir trennt, dann komm doch mal runter und besuch mich im Süden.« Sie zögerte, ehe sie mit verhaltener, sanfter Stimme sagte: »Auf Wiedersehen, Thomas!« Er nickte.

Jasmine beugte sich vor, um Martha zu küssen, und sagte ihr leise in das von Thomas abgewandte Ohr: »Geh weg von hier, Matty! Du kannst dir gar nicht vorstellen, wie schön das ist, hier rauszukommen – du wirst erst Mensch, wenn du draußen bist. Die Leute haben keine Ahnung, wie gräßlich das hier ist, ehe sie nicht woanders sind.«

Sie stand auf, reichte Thomas die behandschuhten Hände und sagte: »Barrikade!«, ein abgekürztes Lebewohl, das in dem Jahr in der »Partei im Süden unten« offensichtlich Mode war.

Sie ließ sich Zeit mit ihrem Aufbruch, eingehüllt in dicke weiße Wolle. Als sie an Johnny vorbeiging, sagte sie zu ihm: »Viel Glück in Griechenland – aber das ist rein persönlich gemeint, Sie verstehen doch, was ich sagen will?«

»Also«, sagte Thomas, »wenn das noch fünf Minuten so weitergegangen wäre, ich hätte mich erschossen.«

»Du meinst, alles, was hier passiert, ist zu unwichtig, um ernstgenommen zu werden«, sagte Martha. Während sie ihre eigenen Worte hörte, wurde ihr klar, daß Thomas gleich seinen Weggang ankündigen würde.

»Woran hast du denn gedacht – während das immer so weiterging?«

»*So weiterging* – ganz unwichtig war es doch wohl nicht?«

»Was hat Jasmine denn zu dir gesagt?«

»Daß ich von hier weggehen soll.«

»Allerdings. Du bist verrückt, wenn du hierbleibst.«

Nach einem Augenblick sagte sie sehr ruhig und verletzt: »Einer der Gedanken, den ich hatte, als Solly hier war, war, daß ich so verrückt auch wieder nicht sein kann – denn statt ein Verhältnis mit Solly anzufangen, habe ich mich für dich bereitgehalten.«

»Verständlicherweise«, sagte Thomas. Wieder hätte das lokker, humorvoll klingen sollen. Doch es klang gereizt. Als er Marthas Miene sah, seufzte er und schloß die Augen einen Moment. Dann sagte er: »Ich bin wütend auf dich, weil ich versuche, mir nichts aus dir zu machen. Ich verlasse das Land.«

»Das dachte ich mir.«

»Als ich an dem Abend nach Hause kam, war die Polizei da. Ich traue mich nicht einmal, dir das zu erzählen – es ist dermaßen aberwitzig. Doch sie hatten bereits alles geklärt: Ein Vetter dritten Grades meiner Frau ist in der Stern-Gang, oder jedenfalls hat es den Anschein. Nicht daß ich das gewußt hätte oder meine Frau. Aber die wissen das. Und ich bin ein Roter. Und mein Name ist Stern. Nimm diese Fakten zusammen – und ich bin verantwortlich für die Greueltaten in Israel.«

Sein Gesicht war vor Wut, vor Haß geschwollen.

»Erst habe ich fast gelacht. Du kannst dir ausmalen, wie das war: Mein Freund Michel sitzt da und streicht sich lächelnd seinen hübschen schwarzen Bart: Ich habe mit dem allem nichts zu tun, ich bin ein friedliebender Mann. Und zwei nette sambesische Jungs mit ihren plumpen, roten Schenkeln und ihren dümmlichen Gesichtern. Sagen Sie, Mr. Stern, sind Sie verantwortlich für den Mord an unserem Landsmann, dem armen Briten Tommy, letzte Woche in Haifa? Trinken Sie doch einen Schluck, Sergeant, setzen Sie sich doch, Trooper Jones! Nein, ich muß Ihnen erklären, wie sich das verhält – die Tatsache, daß meine Frau sich gerade in Tel Aviv aufhält, um ihre Tante zu besuchen, macht mich noch nicht automatisch verantwortlich für die Morde an Ihren britischen Jungs in Haifa. Sie lächelten – es war ihnen peinlich, daß sie mir solche Scherereien bereiteten. Aber entschuldigen Sie, nur für die Akten, Ihr Name ist doch Stern, nicht wahr?«

Martha wartete, und als von Thomas nichts mehr kam, sagte sie: »Na ja, ich weiß, das ist lächerlich. Aber das ist auch alles. So ist dieses Land nun mal.« Sie merkte, daß sie sich dafür entschuldigte, als wäre sie selbst dafür verantwortlich.

Nach einer Weile sagte Thomas: »Ich habe neulich rausgefunden, daß Tressell zur Zeit beim C.I.D. ist.«

Martha mußte das erst einmal verdauen und merkte, daß sie seit einiger Zeit keine Luft geholt hatte. Sie setzte ihre Atmung wieder in Gang, entspannte verkrampfte Muskeln, trank einen Schluck trüben Kaffee, lehnte sich zurück. Da war es also: Es kam immer ein Punkt, wo alles – daß man jemanden liebte, eine Freundschaft, die Politik – über Bord ging, und dann stürzte man haltlos in ... doch sie begriff nicht, wohinein. Weder die Natur des Abgrunds noch seine Ursache waren ihr begreiflich. Doch ein bestimmter Ton wurde angeschlagen – und *daß* er erklingen würde, darauf konnte man sich verlassen. Und danach ...

Wenn sie eintraten, diese schneidenden, ungeheuerlichen Augenblicke, dann hatte man das Gefühl, daß sie nichts mit dem gemein hatten, was vorher passiert war, daß sie eine Konsistenz, eine stoffliche Beschaffenheit hatten, die fremd war. Doch später, wenn man zurückblickte, waren es immer genau diese Wendepunkte oder Augenblicke, die die Wahrheit ankündigten oder enthielten – nackt und ungeheuerlich, weil man sich bis zu dem Zeitpunkt geweigert hatte, mit ihrer Möglichkeit zu rechnen. Und nachher waren es nicht die Augenblicke wie diese, denen etwas Plötzliches, eine Art Verschiebung eigen war, die falsch, unvollkommen waren, sondern die Art, wie man das betrachtet hatte, was zu ihnen führte. Die Vorstellungskraft hatte versagt. Die Anteilnahme hatte versagt. Ihre Art, Thomas zu sehen, sein Leben – das war es, was falsch, unzulänglich gewesen war.

Thomas sagte: »Jetzt denkst du: Thomas ist paranoid.«

Sie sagte: »Irgendwas in der Art. Aber was spielt das schon für eine Rolle?«

»Keine, bis auf eins: Tressell ist wirklich beim C.I.D.«

Sie beobachtete seine Hand. Sie war zur Faust geballt, und er drückte sie mit dem ganzen Gewicht seines kräftigen Körpers auf die fleckige Tischdecke. Sie zitterte von der Kraft, die er hineinlegte.

Sie hätte die Hand gern gestreichelt oder sie hochgenommen und gegen ihre Wange gelegt. Aber es war sinnlos.

»Und was nun?«

»Martha, willst du damit andeuten, daß Tressell dessen nicht fähig wäre?«

»Sieh mal«, sagte sie behutsam, »ein Dummkopf, ein Idiot – irgend etwas erinnert ihn an einen Mann, der ihn geärgert hat, als er bei der Armee war. Er denkt: Wie kann ich's dem heimzahlen? Er hat eine Idee und ruft von seinem Stadtbüro eine Polizeistation auf dem Land an und sagt: Fahrt mal rüber zur Black Ox Farm und findet raus, ob der Mann, dem sie gehört, irgendwas mit den antibritischen Umtrieben in Palästina zu tun hat. Der Landpolizist sagt: Verflixt, ausgerechnet jetzt, wo ich mit meiner Kleinen zum Schwimmen wollte. Aber es muß wohl sein, Befehl ist Befehl. Also nimmt er einen von den Troopers, und los geht's zur Black Ox Farm. Die Leute auf der Farm wissen offensichtlich nichts von der Sache. Der Sergeant denkt: Meine Güte, was denken diese Deppen in der Stadt sich eigentlich? Er ruft im Präsidium an und teilt Tressell mit, daß er auf der Black Ox Farm gewesen ist. Tressell denkt: Na, wenigstens haben wir diesem Scheißkerl Thomas Stern einen ungemütlichen Nachmittag bereitet, immerhin etwas. Und geht Golf spielen.«

Während Martha das in einem Ton vorbrachte, den sie »humorvoll« zu halten versuchte, beobachtete sie seine unwirsche Miene. Er hörte kaum zu.

»Ich fahre übermorgen nach Israel.«

»Für immer?«

»Weiß ich nicht. Ich habe einen Vetter in Haifa. Und meine Frau hat dort überall Verwandte.«

Er winkte Johnny Capetenakis zu, der mit seinem kleinen Bleistift und seinem Blöckchen zu ihnen trat und die Rechnung fertigmachte. Thomas reichte ihm einen Geldschein, stand auf und sagte: »Behalten Sie das Wechselgeld – für die Sache der Royalisten!«

Er verließ das Lokal. Der Grieche schaute Martha zutiefst beleidigt und vorwurfsvoll an. Er schob ihr das Wechselgeld zu. Nach einem Augenblick nahm sie es an sich und sagte: »Heute haben alle einen Rappel!« Ihre Stimme klang schwach und falsch.

Sie folgte Thomas nach draußen. Der Lastwagen stand in einer nach Dreck riechenden Seitenstraße voller altem Papier, Gemüseabfällen und aneinandergelehnter Fahrräder.

Thomas stand an der Tür zum Fahrersitz. Martha trat zu ihm und sagte: »Ja, dann auf Wiedersehen!«

»Auf Wiedersehen!« sagte er und schaute sie mit strenger Miene an. Dann lächelte er. Sie sah, daß ihm die Tränen in den Augen standen, und sie spürte, daß ihre Wangen kalt und naß waren.

Er sagte: »Ich küsse dich nicht, denn es hat ja doch keinen Sinn. Ich schreibe dir, Martha.«

Dann stieg er in den Lastwagen, und Martha stand auf dem Trottoir und schaute zu, wie er ihn rückwärts aus einem Gewühl von Fahrrädern und einem Handwagen herausmanövrierte. Ein paar schwarze kleine Jungen kamen herausgerannt und schrien: »Ticky, Baas, Sixpence, Baas, Sixpence, Baas, Baas, Baas!«

Er schien sie nicht zu bemerken. Martha gab dem größten Kind das Wechselgeld, das Johnny ihr zugeschoben hatte. Er bekam den Mund nicht mehr zu, als er das viele Geld sah. Die anderen Kinder umringten ihn, und ihre Gesichter waren wie erstarrt vor Verlangen. Dann stürzten sie mit ihrer Beute davon und kreischten wie die Vögel.

Thomas, dessen Körper den Erschütterungen des Motors folgte, blickte stirnrunzelnd zu Martha hinunter. Hinter ihm hupte ein Wagen. Der Lastwagen schoß los und verschwand im Verkehrsstrom der Founders' Street.

## 3

Ein ausladender Baum stand in der Mitte der Allee, auf einer Insel von Erde und Gras, umflossen von zwei Asphaltströmen, die fast so breit waren wie die Straße selbst. Hundert Meter weiter wuchs eine elegante Gruppe einheimischer Bäume, die von den Straßenbauingenieuren verschont worden waren, so dicht an der Straße, daß man bei genauem Hinsehen eine kleine Krümmung in südlicher Richtung erkennen konnte, die die Straße ihnen zuliebe machte. Auf der Karte jedoch und sogar im Bewußtsein der Leute verlief die North Avenue genauso schnurgerade und gleichmäßig wie alle anderen Straßen in diesem Straßennetz.

Wenn man unter dem Baum stand und nach Westen schaute, fügte die Straße sich zu einer doppelten Baumreihe, die, weil viele davon Jacarandas waren und es wieder Oktober war, aussahen, als hätten duftige Blütensträuße neben Gartenzäunen Wurzeln geschlagen. Vom Himmel aus würde die Stadt sich ebensosehr durch Bäume wie durch Häuser ankündigen, und nachts erhoben sich, wenn man von der Luft aus schaute, durchsichtig wirkende Gehäuse aus dem dunklen oder beleuchteten Blattwerk. Bei Nacht wie bei Tage waren es erst Bäume, dann Häuser, die anzeigten, wo der Mensch auf der grasbewachsenen Hochsteppe seine Parzelle abgesteckt hatte. Häuser und Bäume bedeckten das Veld über eine Meile nach Norden, obwohl diese Straße vor noch gar nicht langer Zeit die äußerste Stadtgrenze markiert hatte, und in fünf Jahren würde sie sich um weitere fünf Meilen verlängert haben und in zehn Jahren ... Doch jetzt war die Stadt ein mehrere Meilen breiter Fleck aus Bäumen und Häusern in einer Landschaft, die hauptsächlich aus Gras bestand. Aus der Luft oder von einem hohen Hügel aus betrachtet, würde es selbst jetzt, im Mondlicht, so aussehen, als würde das Gras, das weiß aufleuchtete oder unter den Schatten der jagenden Wolken im Dunkeln verschwand, über Meilen hinweg vom Wind angehoben und flachgedrückt. (Obwohl es Oktober war, waren die Wolken noch keine Regenwolken, sie waren unstet und flohen in beleuchteten Fetzen und Bannern von Horizont zu Horizont.) Geradeso reflektierten, wenn man vom Hügel auf die Farm hinabsah, die hundert Hektar Ackerland auf ihrer Oberfläche von sanft wogendem Grün die Bewegungen von Wind und Wolken. Genauso schimmerte ein Stück Rasen in einem Vorortgarten in einem lebhaften, fließenden Grün, und die Luftströme versetzten jeden einzelnen Halm genauso heftig in Bewegung, wie die winzigen Härchen auf der Unterseite eines Blattes sich flachlegen und schimmern, wenn man es in den Luftzug hält oder darüberbläst.

Nahezu hundert Meilen entfernt, im Distrikt der roten Erde, war das alte Haus schon unter den Schlägen der ersten nassen Jahreszeit, nachdem die Quests es verlassen hatten, in die Knie gesunken, so als sei sein morsches Gebälk nur durch den Geist der Familie, die in ihm lebte, aufrechterhalten worden. Schon war es von einem wirren feuchtgrünen Dickicht verschluckt worden, und es war schwer zu sagen, das hätte ihr Vater gesagt, sagte Marnie Van Rensberg (er hatte die Farm der Quests gekauft, als Weideland für sein Vieh), wo das alte Haus gestanden hatte. Doch die Prunkwinde und klimmender Goldregen schmückten die Bäume überall auf dem Hügel mit blauen und goldenen Girlanden. Es war naß und stickig heiß auf jenem Hügel, obwohl tausend Winde darüber hinwegstrichen, und das lag an der üppigen Vegetation. Die Feuchtigkeit hatte gebrütet, und an der Unterseite von Balken wucherten Pilze, und die Moskitos legten ihre Eier in alte Schuhe. Doch hier würde, wenn diese Stadt geräumt werden müßte, lange Zeit nichts passieren, außer daß der Staub allmählich die Dächer überziehen würde, die jetzt glitzernd im wechselhaften Oktobermondlicht standen. Dann würde der Staub die Ecken der Veranden füllen und um die Baumstämme herum zu Haufen anwachsen. Diese Stadt würde, wenn sie geräumt würde, am Ende vom Staub, nicht von der Nässe besiegt werden. Ihr Feind wäre die Trokkenheit, der Geist der Hochsteppe, wo hohe, dürre Gräser wachsen, seit – jedenfalls lange, ehe es hier den ersten aufrechtgehenden Menschen gab, das war sicher. Wie viele Jahrmillionen stand das Zentralplateau nun schon hoch und trocken, vor allem trocken, und reckte sich in den dürrespendenden Himmel? Wo Martha stand, in trockenem Staub unter dem prächtigen Baum, hatten die Gebeine mit der Dürre großgewordener Tiere gelegen seit – doch was für einen Sinn hatte das, Worte wie Millionen zu benutzen, wenn sie sich über (sagen wir mal) die Zahl zwanzigtausend hinaus nichts vorstellen, gefühlsmäßig nicht wirklich etwas damit verbinden konnte? Trockenheit, Trockenheit – die Luft knisterte davon, sie spürte richtig, wie der Druck der Trockenheit ihr Wesen formte, der Staub war deren Geschöpf, und die Oktoberluft knirschte auf ihrer Zunge. Doch, diese Stadt könnte sein wie die winzigen, spröden, durchsichtigen Hüllen, in denen Insekten gewesen sind und die nun über den Sand geweht werden. Sie wäre dann wie der tote Leib einer Stechmücke, so leicht, daß er von einem Luftwirbel in den leeren Himmel gehoben werden kann, in Säulen von glitzerndem Unrat, die umhertreiben würden, bis der Regen kommen und die Luft reinwaschen würde. Wenn man bis zur Hälfte in hohem, dürrem Gras steht, erscheint ein Bächlein aus weißem Sand zwischen goldbraunen Halmen, die so blank emporwachsen, als kämen sie aus reinem Wasser. Auf dem weißen Sand bewegen sich winzige, schwachbraune Flecken – die Schatten von Blättern, von Gras, winzigen trockenen Blattfragmenten, die an langen, kräftigen Stengeln flattern. Sie liegen auf dem weißen Sand, kleine Schatten, so schwach, daß das Sonnenlicht *beinah* stärker ist als sie, Sandkörner blinken im Schatten, als wäre der Schatten selbst aus einem besonders dünnen Gewebe, eher eine Art Licht als ein unergründlicher Schatten. Doch das ist kein Blätterschatten, nein: Der leere Panzer eines Grashüpfers liegt auf dem Sand, hebt und regt sich leicht, wenn der Wind durch die Grashalme bläst. Er sieht aus wie ein winziges in Plexiglas modelliertes Insektenmodell, nichts fehlt, nicht einmal die großen Augen mit ihrem starren Blick, der jedoch leer ist.

Ja, wenn diese Stadt menschenleer wäre, dann stünde sie und würde allmählich ausdörren und sich anfüllen mit Staubschwaden, weißen, rosafarbenen, gelben, bis ...

In Europa waren mehr als zwei Jahre vergangen seit Kriegsende, und die Städte lagen immer noch in Schutt und Asche, und die Menschen in den Städten machten sich auf einen hungrigen Winter gefaßt. Der letzte Winter war verheerend kalt gewesen, und nun war die Wintergetreideernte um ein Viertel geringer ausgefallen, als man erwartet hatte.

Der Zufall, Glück hatten bewirkt, daß diese Stadt unversehrt und bewohnt geblieben war und es ihren Bürgern gegenwärtig erlaubte, nachts mit vollen Bäuchen zu schlafen. Ebensogut konnte der Zufall aber ... Vierundvierzig Millionen Menschen waren im letzten Krieg umgekommen. (Doch was hatte das für einen Sinn, vierundvierzig Millionen zu sagen, wie Athen - vermutlich nicht mehr am Leben – geltend gemacht hatte, wenn man doch nicht mehr als, sagen wir, eine halbe Million *fühlen* konnte, und auch das nur unter Mühen, nach langer Anstrengung?) Binnen fünf Jahren von Marthas Lebenszeit, während all der Tage, an denen sie zum größten Teil gelangweilt darauf gewartet hatte, daß das Leben losging, waren vierundvierzig Millionen Menschen gestorben, waren von ihren Artgenossen ermordet worden. Die Welt war von einem Geschlecht von Mördern bevölkert, die ihr Bestes getan hatten, um einander auszulöschen – doch Martha war zufällig nicht dort gewesen, wo die Kämpfe stattgefunden hatten; sie war in dieser Stadt gewesen, in der ein-, zweihunderttausend Menschen lebten, eine Zahl, die an *eine Million* anzuhängen man sich nicht die Mühe machen würde – obwohl es auch auf eine Million nicht so genau ankam, »etwa« vierzig Millionen Menschen waren in den Jahren zwischen 1939 und 1945 getötet worden.

Man konnte sich doch beispielsweise einmal vorstellen, daß es morgen in den Schlagzeilen der Zeitung hieße, zweihunderttausend Menschen in einer Stadt auf dem Zentralplateau von Afrika seien plötzlich in der Erde verschwunden. Wie schrecklich, würden alle sagen. Wenn in dieser Stadt Schwarz und Weiß anfangen würden, einander zu ermorden, dann wäre das eben eine weitere Stadt im Würgegriff des Krieges, weiter nichts, so wie man jetzt morgens immer lesen konnte, daß in Israel ein weiterer britischer Soldat von Männern, die vermutlich der Irgun – oder einer Stern-Gang angehörten, aus dem Hinterhalt erschossen worden sei.

Seit Thomas vor ein paar Wochen weggefahren war, hatte Marthas Leben sich auf den Kopf gestellt. Früher war ihr Leben ein Tagesleben gewesen: Sie erwachte am Morgen eines Tages, an dem sie wahrscheinlich Thomas sehen würde. Doch jetzt hatten die Tage ihre Bedeutung verloren, und erst nachts wurde sie wach und lebte. Sie wanderte durch die Straßen der kleinen Stadt und schaute zu, wie sie sich leerte. Erst gab es ein Gehaste und Leerwerden vor der Sperrstunde um neun, wo die Schwarzen hinter ihren Haustüren verschwunden sein mußten. Um elf dann flitzten die Autos, ein einziger Lichterstrom, von den Kinos nach Hause. Nach elf waren die meisten Fenster dunkel. Die Stadt selbst war jedoch von Licht erfüllt – es wurde von den Dächern reflektiert, von den glitzernden Laubmassen und, jetzt im Oktober, von den Jacarandabäumen, deren Blütenmassen wie kristallisiertes Licht aussahen – die nüchternen Stämme hielten Millionen winziger Glöckchen aus hartem, kühlem Licht empor. Oben Sternenlicht und Mondlicht, gewaltige Räume von fernem Licht. Unten kauerte die Stadt mit den gedämpften, gelben Lichtvierecken ihrer Fenster und den Straßenlaternen, die ein trübes, gedämpftes Gelb vergossen, wo Martha entlanglief, als wate sie durch Brackwasser. Martha lief und lief, die eine Straße hinunter, die nächste hinauf – man konnte von Kreuzung zu Kreuzung springen, wie ein Kind, das Himmel und Hölle spielt, man konnte von der Stadtmitte in einer Stunde gemächlich zum Stadtrand laufen und dabei niemandem begegnen außer gelegentlich einem patrouillierenden schwarzen Polizisten. Eine ruhige Stadt war das hier, da, wo die Weißen hinkamen, eine Stadt ohne Gewalt, wo ein gelegentlich auftauchender Polizist ausreichte, um auf schnurgeraden, sich regelmäßig kreuzenden Straßen für Ruhe und Ordnung zu sorgen.

Thomas hatte nicht geschrieben, bis auf einen Brief, worin stand, er sei kein Briefschreiber und sowieso, was gebe es schon zu sagen, das sie nicht wisse. Er denke an sie, schrieb er. Er wisse, daß sie an ihn denke. »Letzte Woche hätte ich fast geschrieben. Ich habe meinen Lehrer besucht. Ich habe ihm von dir erzählt. Er ist jetzt Büroangestellter in Tel Aviv, doch er war der Rabbi von Sochaczen. Ich wollte etwas lernen. Die Schule am Ort reichte nicht aus. Er sollte mir Religionsunterricht geben. Ich wollte, daß er mich in Latein und Naturwissenschaften unterrichtete. Er fragte mich: Was willst du denn mit Latein und Naturwissenschaften? Diese ganzen Idioten in Europa haben jahrhundertelang Latein gelernt. Und Naturwissenschaften – weißt du denn überhaupt, wie die Elektrizität funktioniert? Kannst du eine Sicherung reparieren? Jeden Tag saß ich auf seiner Schwelle und sagte: Unterrichten Sie mich! Er sagte: Soso, du willst also Naturwissenschaften lernen? Für die meisten Menschen ist Kopernikus noch gar nicht geboren. Paß mal auf, du willst Naturwissenschaften lernen, ja? Dann wach mal jeden Morgen auf und denke: Die Sonne ist eine große Masse aus weißem Licht, und im Licht der Sonne kreisen ein Dutzend kleine Partikel Materie. Du lebst in einem kleinen Stück Sonnenmaterie und du kreist um die Sonne. Und nun *fühle* das! Ich sagte zu ihm: Bringen Sie mir etwas über Einstein bei! Er sagte: Jedesmal wenn du im Laufe des Tages zu dir selbst kommst, denk daran, wo du dich befindest – denk dir die Erde und die Planeten und dich auf einem kreisenden Planeten. Wenn du nachts im Dunkeln aufwachst, stell dir vor, wie deine Hälfte der Erdkugel von der Sonne weggewandt ist, und wie die Hänge des Hindukusch eben gerade ins Licht eintreten. Er sagte: Stell dir vor, wie in der dunklen See die Fische in die Tiefe sinken und sie, wenn das Licht kommt, an die Oberfläche zum Licht steigen. Denk an die Vögel, wie sie über die ganze Erde ziehen, hin und zurück, sommers wie winters. Das ist Naturwissenschaft. Er sagte: Denk daran, daß die Bäume nachts ein- und tags ausatmen. Fühle es! Fühle, wie die Erde sich unter dir dreht und wie die Planeten sich gemeinsam im Kreis bewegen. Wenn du das fühlst, fühle es mit jeder Faser, so daß das jede Minute deine Art ist, das Leben zu fühlen, dann komm zu mir, und wir sprechen über Einstein. Na, also gut, sagte ich, aber dann bringen Sie mir Latein bei! Er brachte mir Latein bei, und er sagte, ich sei ein präkopernikanisches Kind. Er sagte, es gebe eine Weiterentwicklung, und das Nächstliegende für jeden Menschen sei, die Sterne zu fühlen und ihre Zeitordnung und ihre Räume. Sonst sei er nichts als eine Made im Erdreich. Als der

Krieg ausbrach, war er zuerst in einem russischen Gefangenenlager, und dann legte er Hunderte von Meilen im Schnee zurück, und die Füße gingen ihm kaputt. Schließlich gelangte er nach Israel. Ich sagte zu ihm: Na, wie steht es denn mit Ihrer Weiterentwicklung, Lehrer? Und er sagte zu mir: Bist du das, Thomas Stern? Lernst du immer noch tüchtig Latein? Nun, Martha?«

Ein Mensch, der weggegangen ist, ist so lange noch da, wie man hören kann, was er sagt. Martha konnte hören, was Thomas sagte. Sie stritt mit ihm. Zehnmal am Tag ertappte sie sich bei einer Auseinandersetzung mit Thomas.

Als er wegging, hatte er gesagt, er wolle seine Frau (die inzwischen zurückgekehrt war) und die Verwandten seiner Frau in Israel besuchen. Vermutlich würde er im gegebenen Moment nach jenem höchst gewöhnlichen Ereignis, dem Verwandtenbesuch, zurückkehren.

Doch was Martha zu Thomas sagte, war folgendes: »Thomas, du solltest das nicht tun, es bringt nichts ein.«

Thomas sagte: »Nach einem Krieg, in dem sechs Millionen Juden von Europäern ermordet worden sind – das heißt, ermordet vom zivilisiertesten und fortgeschrittensten Teil der menschlichen Rasse, oder jedenfalls halten wir uns dafür, hindern britische Polizisten mit Pistolen Juden daran, sicheren Boden in Israel zu erreichen. Ja – bist du soweit einverstanden mit meinen Worten? Oder findest du, daß das eine ungerechte Darstellung ist? Bin ich ein Propagandist, wenn ich das sage? Doch Martha sagt zu mir: Wende keine Gewalt an, Thomas, das bringt nichts ein.«

Sie sagte zu ihm: »Thomas, wenn du das tust, setzt du dich über alles hinweg, an das du glaubst.«

»Willst du mir erzählen, an was ich glaube, Martha? Wen schert denn das, an was ich glaube? Im letzten Jahrzehnt sind vierzig Millionen Menschen ermordet und ungezählte Millionen verkrüppelt und verwundet worden, verhungert, verkümmert und in den Wahnsinn getrieben worden. Folgst du mir, Martha? Schön. Und nun sag mir mal, wen schert denn das schon, daß Thomas Stern Latein lernt und mein Lehrer mir etwas über die Sterne erzählt?«

»Aber Thomas, du weißt doch, daß das wahr ist, was ich sage – Gewalt bringt überhaupt nichts ein.«

»Vor zwei Jahren haben die Briten und die Amerikaner eine Atombombe auf die Japaner abgeworfen – aus militärischer

Neugier, wie sich nun herausstellt, denn der Krieg hätte auch ohne das beendet werden können, unsere Feinde baten bereits um Frieden, obwohl unsere Landesväter uns das damals natürlich nicht gesagt haben. Wir haben zwei Atombomben auf sie geworfen, nur um mal zu sehen, wie diese tüchtige neue Waffe sich machen würde. Bis dahin sind wir uns doch einig, Martha? Doch Martha glaubt nicht an Gewalt.«

»Nein, und du auch nicht.«

»In China ist Bürgerkrieg, in diesem Augenblick sind Millionen Menschen in China in einen Bürgerkrieg verwickelt, doch Martha glaubt nicht an Gewalt.«

»Du kannst mir so viele Vorträge halten, wie du willst, Thomas – die Tatsache, daß ich recht habe, ist schon bewiesen, indem ich nur eins sage: Du weißt selbst, daß du es nicht tun solltest.«

»Und dann ist da auch noch die Sowjetunion – aber ich werde schließlich nicht meine eigene Seite kritisieren. Das ist ein Scherz, Martha – das ist die Art Scherz, wie sie nicht-gewalttätige, idealistische Menschen machen.«

»Du solltest das nicht tun, Thomas.«

»Martha glaubt nicht an Gewalt – na, mal los, erzähl mal, ich höre. Martha glaubt nicht an Gewalt.«

Wo der Baum in der Straßenmitte stand, lag ein dunkler Schatten. Die Straßenlaterne ein paar Schritte weiter vertiefte ihn noch und durchwirkte die Blätter des Baumes mit Schwarz und Gold. Darunter stand man im Dunkeln und schaute hinauf in ein Gemisch aus Lichtern und Schichten von Dunkelheit, man blickte eine Straße hinab, die leicht dahinlief wie ein Fluß. Insekten krabbelten unsichtbar an der Borke herum, bisweilen ließ sich ein Nachtvogel auf dem Baum nieder, der, wenn er den Menschen spürte, die Flügel wieder öffnete und zu der sichereren, dichteren Baumgruppe weiter unten an der Straße weiterflog. Der spannungsgeladene, drängende Oktobergeruch wie rauchloses Pulver; eine Spannung wie die unsichtbare Ausgewogenheit der Elektrizität; ein Geruch von trockenen Blättern, in denen die Säfte empordrängten, in Erwartung der Regenfälle, die gewiß nicht mehr lange ausbleiben würden, obwohl der Himmel noch trocken war und die Wolken so schnell und mutwillig waren wie rennende Pferde. Ein paar Tage, nachdem Thomas weggefahren war, hörte Martha sich mit ihm streiten und wußte, weshalb er weg war. Sie wußte es auf einmal; obwohl sie es natürlich die ganze Zeit genau gewußt hatte und nur nicht hatte wissen wollen. Thomas war nach Israel gegangen, um seine Rechnung mit Sergeant Tressell zu begleichen.

Sergeant Tressell würde sein Leben in dieser Stadt zu Ende leben (wenn sie nicht plötzlich bombardiert wurde, vielleicht aus Versehen? – oder von einem Erdbeben verschlungen), er würde von acht bis vier in einem gut klimatisierten Büro sitzen, mit sechzig an Thrombose sterben, eine gut versicherte Witwe mit zwei Kindern zurücklassen. In Israel würde ein britischer Soldat an Sergeant Tressells Stelle tot zu Boden sinken (wenn das nicht bereits geschehen war). Martha konnte Thomas mit einer Pistole in der Hand sehen. Als ihr klar wurde, wie es kam, daß sie den ganzen Tag, die halbe Nacht mit ihm stritt, hörte sie ihm erneut zu, hörte ihren eigenen Worten zu, und dann sah sie ihn mit einer Pistole in der Hand. Sie sah ihn vor sich, wie er, gerade so vorsichtig wie nötig, nicht mehr, hinter einem Fenster stand, auf dessen Scheiben die Sonne lag, und darauf wartete, auf die Soldaten zu schießen, die gleich in einem offenen Lastwagen vorbeikommen würden. Oder vielleicht stünde er, stand er bereits mit der Pistole in der Hand hinter einem Felsen am Straßenrand, wo bald eine Streife vorbeikommen würde.

»Aber Thomas, was hat das denn für einen Sinn?«

»Soso, Martha«, hörte sie ihn sagen, und es klang eher nach einem Gespräch, nicht aggressiv, eher, als leitete er eine Diskussion in der Diskussionsgruppe für aktuelle Politik: »Soso, du glaubst also nicht an Gewalt?«

Angenommen, man hat einen Mann geliebt oder (wie immer man es bezeichnen will) hat sich von ihm beeinflussen lassen oder (wenn man so will) man war durch ihn zutiefst berührt, und das in seinem innersten Wesen, und dann schnappt sich dieser Mann eine Pistole und ermordet aus Rache einen anderen Menschen, was heißt das denn dann, wenn man sagt: Ich glaube nicht daran, daß Gewalt irgend etwas einbringt?

Jede Fiber von Marthas Körper, alles, was sie dachte, jede ihrer Bewegungen, alles, was sie war, war darauf zurückzuführen, daß sie am Ende eines Weltkrieges geboren war und ihre ganze Jugend in der Atmosphäre der Vorbereitungen eines weiteren verbracht hatte, der fünf Jahre gedauert und der menschlichen Rasse solche Wunden zugefügt hatte, daß kein Mensch auch nur ahnen konnte, welche Folgen er haben würde.

Martha glaubte nicht an Gewalt.

Martha war die Essenz der Gewalt, sie war auf dem Boden der Gewalt gezeugt, ausgetragen, genährt und großgezogen worden.

Martha rechtete mit Thomas: Welchen Zweck soll das haben, Thomas, welchen Zweck soll Gewalt haben?

Sie beobachtete, wie das Licht in den Blättern über ihr sich glitzernd veränderte, beobachtete, wie der Asphalt winzige Strahlen von salzigem Licht absonderte, sah, wie die Dächer sich weißlich unter dem wetterwendischen Himmel regten und balancierten, und spürte, wie sich Leere in ihrem Bewußtsein ausbreitete. Wenn Thomas hier wäre, mit ihr unter diesem Baum stünde, was würde sie dann sagen? Nichts, sie würde ihn umarmen. Sie würde ihre Hand in seine legen und fühlen, wie das Leben unter ihrer Handfläche durch seine Hand hindurchlief. Das war alles.

Die Seele des Menschengeschlechts, jener Teil des Bewußtseins, der keinen Namen hat, heißt nicht Thomas und Martha, derjenige Teil, der das Menschengeschlecht in sich birgt, wie Froschlaich in der Gallerte – jener Teil von Martha und von Thomas war verdreht und verzerrt, war Teil einer Verdrehung und einer Beschädigung, sie konnte sich von der Gewalt, die ihr angetan worden war, die von ihr ausgeübt worden war, ebensowenig ablösen, wie eine Kaulquappe außerhalb des Wassers leben kann. Vierzig Millionen (und einige darüber) menschliche Wesen waren umgebracht worden, vorsätzlich oder aus Gleichgültigkeit, aus Mangel an Phantasie. Diese Menschen waren gestern, während der letzten zwölf Jahre, umgebracht worden, starben in diesem Augenblick, wo sie unter dem Baum stand, und diese Tode waren in ihre Seele eingegraben, und wenn Johnny Capetenakis aus dem Piccadilly (wie es durchaus hätte geschehen können) Athens Kopf auf einem Bajonett hochhob und ihn in einer Reihe mit anderen Köpfen auf den Marktplätzen der griechischen Städte ausstellte (solches hatten die Zeitungen vor einer Woche fast nebenher gemeldet – Regierungstruppen stellten mit Billigung Amerikas und Großbritanniens die Köpfe von Verrätern, mit ziemlicher Wahrscheinlichkeit die von Athen und seinen Freunden, auf den griechischen Marktplätzen zur Schau), ja, wenn das geschah, dann geschah es in Marthas Seele und in Thomas' und in –. Doch als sie stumm unter dem Baum stand, wohl wissend, daß das stimmte, konnte ihr Bewußtsein es nicht aushalten, es wurde dumpf, ein trockener, schmerzlicher Kummer wie sinnlose Gewissensbisse begann durch ihre Adern zu fließen, und spürte ihre Pulsschläge wie Warnzeichen der vergehenden Zeit, das Blut floß, als verebbte es in trockenem Sand, und sie wäre froh gewesen, wenn Thomas da gewesen wäre, denn dann hätte sie ihre Hand in seine legen können und brauchte jetzt nicht allein zu sein. Er stünde hier, nah, und würde einfach sagen: »Na, Martha? Ich bin also wieder da.«

Von dem großen Baum war es eine halbe Meile zu der Wohnung, die sie mit Anton teilte, und eine halbe Meile zum Haus ihrer Eltern nahe beim Park. Statt auf direktem Weg nach Hause zu gehen, lief sie um die großen Bäume des Parks herum und stellte sich vor den Garten der Quests. Das Schlafzimmer ihres Vaters war bestimmt schon dunkel – es war in diesen Tagen immer um acht Uhr dunkel. Manchmal stand Martha draußen, außerhalb des Zauns, schaute auf das dunkle Fenster und dachte: Das Paar da drinnen, der Mann und die Frau, als die mich gezeugt haben, hatte der eine gerade eine Kriegsneurose, die andere einen Nervenzusammenbruch von der Pflege der Kriegsverletzten. Sie, Martha, war ebensosehr ein Kind des Krieges von 1914 bis 1918 wie das von Alfred Quest und May Quest.

Manchmal ging das Licht an, und Martha konnte den Schatten ihrer Mutter erkennen, der sich über die Vorhänge bewegte, hin und her, und dann ging der Schatten weg, und das Licht ging aus. Martha hörte, was die beiden miteinander redeten, konnte ihre Gesten und ihr Mienenspiel sehen, ohne mit im Zimmer zu sein. Einmal schlich sie sich ganz leise wie ein Einbrecher in den großen Garten und näherte sich dem Fenster. Sie hielt dem kläffenden weißen Hündchen mit der einen Hand die Schnauze zu und stand in dem Blumenbeet unter dem Fenster, und der altvertraute Veilchenduft stieg von dort auf, wo ihre Schuhe tief in den feuchten Boden einsanken. Sie konnte über die Fensterbank am Rand der Vorhänge vorbeisehen. Ihr Vater saß aufrecht im Bett, eine rosa wollene Bettjacke ihrer Mutter um die Schultern gehängt. Er starrte mit weitgeöffneten Augen um sich, ohne im geringsten zu blinzeln, wie ein Kind guckt, wenn es plötzlich aufwacht. Sein Mund stand halb offen und war eingefallen, weil er seine Zähne in dem Glas neben dem Bett hatte. Ihre Mutter, die halb schlief und einen alten braunen Morgenmantel trug, der von ihrem Mann stammte, beugte sich hinab, um dem alten Mann einen Löffel Flüssigkeit in den Mund zu geben. Als Mrs. Quest sich wieder aufrichtete und sich dem Fenster zuwandte, sah Martha ihr Gesicht: Unter den weißen Haarbüscheln, die wild vom Kopf abstanden, verzweifelt leuchtende Augen, die vom Schlaf gerötet waren, in einem roten, verschwollenen Gesicht. Sie sah aus wie eine halbwilde alte Frau, ein wildes kummervolles, altes Weib, das in der Falle saß, im Käfig, und nun stand und in der einen Hand einen silbernen Teelöffel und in der anderen eine klebrige Medizinflasche hielt. Über den Duft der Veilchen legte sich der saure Geruch der Medizin.

Martha ließ den kleinen Hund fallen, der sich unter ihrem Arm wand, und rannte durch Büsche und Blumen zum Tor. Der Hund kläffte und kläffte, und Mrs. Quest trat auf die Veranda hinaus und sagte mit einer traurigen, rauhen Stimme: »Kaiser, Kaiser, willst du wohl sofort herkommen!«

Grausamkeit: Martha haßte diesen Hund so sehr, daß sie ihm den Hals hätte umdrehen können. Dieser Hund löste in ihr Wellen des blanken, glühenden Hasses aus. Es fiel Martha schwer, ihren Vater zu besuchen wegen eben dieser Grausamkeit. Sie wünschte, er wäre tot, was schlimm genug war, doch sie beobachtete ihre Mutter obendrein höhnisch, wenn die erschöpfte alte Frau zwei-, dreimal im Monat verkündete, ihr Mann würde keine weitere Woche mehr leben. Der junge Mann, Jonathan, hatte mit seiner Heirat abgewartet, damit die traurige Stimmung in diesem Haus sich nicht wie eine Krankheit über seine Liebe legte, doch sie konnten ja nicht ewig warten, und es würde bald eine hastige, fast schuldbewußte Hochzeit geben. Das war nicht länger das Haus der jungen Leute, sie hatten sich alle zu Paaren zusammengefunden, verheiratet oder verlobt, und Mrs. Quest warf ihre Energien einmal mehr auf die Krankenpflege. In diesem Haus saßen die Menschen herum und warteten auf den Tod eines alten Mannes. Martha scheute davor zurück, ihren Vater zu besuchen, denn sie hätte das Haus und alles, was drin war, gern einfach weggewischt, es war so schrecklich und so häßlich. Doch sie ging fast jeden Tag hin. Bevor sie sich auf den Weg machte, um ihren Vater zu besuchen, redete sie sich gut zu und sammelte sich: Das Haus war mehr denn je ein Alptraum, ihre sämtlichen privatesten Alpträume wurden hier greifbar, und das war der Grund, weshalb sie nachts davorstand und es anschaute wie eine Fremde. So maß sie es, nahm es ins Visier, versicherte sich seiner, so daß sie später, wenn sie nach Hause kam und zu Bett ging, nicht von ihm träumen würde, weil sie den Traum in ihr Bewußtsein gezwungen hatte: Sie hatte bereits im Wachzustand den Treibsand erlebt, der so mühelos Liebe und Leben schluckte.

Wenn sie nach Hause kam, war sehr oft noch Licht, obwohl es ein, zwei oder drei Uhr morgens sein mochte. Anton las noch. Er blickte dann lächelnd auf, wenn sie hereinkam:

»Na, wie geht's dir, Matty?«

»Gut. Und dir?«

Sie lächelten. Sie fing an, sich auszuziehen. Manchmal legte er sein Buch nieder, und das hieß dann, daß sie reden würden.

»Die Nacht ist herrlich, Anton«, sagte sie beiläufig – ein bißchen kindisch: Als ob sie herumlief, weil die Nacht herrlich war!

»Auf schöne Nächte verstehen sie sich in diesem Land.«

»Ja, die werden uns fehlen, wenn wir weggehen.«

»Ich hatte auch daran gedacht, zu Fuß nach Hause zu gehen, doch Mr. Forster war so nett, mich herzufahren.«

»So bald wird es aber nicht regnen, die Wolken sind noch nicht schwer genug.«

»Die Farmer werden bald mit ihrem Geunke anfangen, wenn nicht bald etwas runterkommt. Mr. Forster sagt, auf seiner Farm hätten sie die Saatbeete schon parat.«

»Ach ja, er hat ja auch noch eine Farm!«

»Der läßt sich so leicht nichts entgehen, das sage ich dir!«

Die meisten Abende verbrachte Anton bei seinen neuen Freunden, den Forsters, die viel Besuch bekamen. An den meisten Wochenenden gab es Schwimmfeste und Tennispartys. Anton hatte Tennisspielen gelernt.

»Ich hätte nie gedacht«, sagte er mit seinem neuen, fast bescheidenen Lächeln, »daß Sport was für mich sein könnte.«

War es aber, wie sich herausstellte, und Abendeinladungen und Teeinladungen und Dämmerschoppen ebenfalls.

»Irgendwas Neues in deiner Naturalisierungssache?« mochte sie sich erkundigen, während sie sich hinlegte.

»Ich bin heute nach der Arbeit vorbeigegangen. Die sagen, es könnte noch weitere vier oder fünf Monate dauern.«

In letzter Zeit war über Antons Rückkehr nach Deutschland nicht viel gesprochen worden. Schließlich war nach hartnäckigen Nachforschungen und Dutzenden von Briefen, von denen die meisten mit dem Aufdruck: ›Empfänger unbekannt‹ zurückkamen, ein Brief von einer Tante in Hamburg eingetroffen – einem Flüchtling aus der russischen Besatzungszone. Sie hatte bis vor kurzem in Dresden gelebt. Sie hatte zwar die

Bombardierung von Dresden überlebt, sagte sie, doch es sehe ganz so aus, als sei die Bombardierung von Hamburg ebenso schlimm gewesen. Ihre Söhne seien an der Rußlandfront gefallen, doch ihre Tochter lebe, und ihr Schwiegersohn sei auch am Leben und nicht schwer verwundet. Sie hätten ein weiteres Kind bekommen. Sie lebe in einem Keller, den sich drei Familien teilten, unter dem Schutt der Wohnungen, die darüber gewesen seien, doch die Wohnungen würden bald wieder aufgebaut. Wenn er, Anton, in seine Heimat Deutschland zurückkehren wolle, dann könne sie ihm leider nicht weiterhelfen. Sie sei jetzt eine alte Frau, und es tue ihr leid, aber sie könne ihm nicht weiterhelfen.

Marthas Schlaf war dünn und oberflächlich. Oft wachte sie auf und glaubte, überhaupt nicht geschlafen zu haben, so lebhaft waren ihre Träume gewesen. Sie träumte, natürlich, vom Krieg – von ihrem Vater und von Thomas mit der Pistole in der Hand. Wenn sie von sich träumte, träumte sie, sie stünde in dem hohen, trockenen Gelände, während in alle Richtungen Schiffe wegfuhren und sie zurückließen. Auf diesem hohen, trockenen Plateau, wo Martha, wie es schien, für immer gefangen war, war alles trocken und spröde, sein Kennzeichen war Dürre. Weit weg, ganz weit weg war Wasser. Sie träumte Nacht für Nacht vom Wasser, von der See. Sie träumte von Wellen, die dahineilten wie rennende Pferde. Wieder und wieder wachte sie mit dem Geruch der See in den Nüstern und einer Spur von Salzgeschmack auf der Zunge auf. Dann sank sie wieder in Schlaf und hörte Wellen gegen Felsen krachen, hörte das Klatschen und Saugen von Wellen an fernen Küsten. Die See war jetzt ihr Schlaf.

Sie fiel in Schlaf, indem sie zu ihrer alten Amme, der See, zurückkehrte. Die See, die sie nicht gesehen hatte, an die sie sich nicht erinnern konnte, wurde für sie zur Obsession. Sie mußte nur die Augen schließen, und schon erhoben sich Wogen und brachen über ihren Lidern, und eine gewaltige, sehnsüchtige Freude ergriff von ihr Besitz. Bald gehe ich nach England, dachte sie, bald komme ich ans Meer, ich verlasse diesen hochgelegenen, trockenen Ort, wo meine Haut verbrennt und wo ich niemals das Gefühl der Spannung loswerden kann, und ich sitze an einem weiten grauen Meer und höre zu, wie die Wellen sich brechen und mit einem kleinen Zischlaut ihrer Gischt niedergehen.

In dem häßlichen Schlafzimmer in der Stadt, wo Anton und

Martha nebeneinander in ihren Einzelbetten lagen, drang das Geräusch des Windes, der in trockenen Blättern raschelte, in ihren Schlaf, und sie setzte sich im Bett auf und konnte nicht glauben, daß sie immer noch hier war – der Seegang war in ihrem Schlaf so kräftig gewesen, daß die Luft um sie von seinem Geräusch erfüllt gewesen war und sie den trockenen Wind in den Bäumen nicht hatte hören können, sie hatte das Zischen von Wellen an einer grauen, kreidigen Küste gehört.

## 4

Die Regenfälle waren gekommen und würden bald vorbei sein. Thomas war wieder da, doch Martha hatte aufgehört zu hören, was er vor einiger Zeit gesagt hatte. Ihr Streit mit ihm war jetzt ein Monolog: Sie sprach mit *seiner* Stimme, als glaubte sie, was er glaubte.

Daß er wieder da war, hörte sie von Jack Dobie.

»Thomas ist zurück.«

»Ach, das wußte ich noch gar nicht.«

Zur Zeit arbeitete Martha hauptsächlich für Jack. Und Thomas, so sagte Jack, dachte daran, ebenfalls mit ihm zusammenzuarbeiten. »Wir haben haufenweise Pläne – ich werd das diesen Schweinehunden noch zeigen, selbst dann noch, wenn sie mich aus dem Parlament rauswerfen!«

Schließlich begegneten Martha und Thomas einander zufällig im Piccadilly. Martha war mit Jack dort, der genug Gespür für die Situation hatte, um sie allein zu lassen und sich mit dem neuen Besitzer, Johnnys Nachfolger, zu unterhalten.

»Na, Martha?«

»Na, Thomas?«

Er war beträchtlich dünner und viel brauner. Martha wurde klar, daß sie ihn, wäre sie ihm auf der Straße begegnet, gar nicht erkannt hätte. »Wenn ich ihn gerade erst kennengelernt hätte, würde ich denken: Was für ein verkniffener, argwöhnischer Mensch – was ist denn mit dem los?« Er aß Spiegeleier und Chips und merkte gar nicht, was er auf dem Teller hatte. Seine

Augen, die jetzt grell, auffallend blau gegen seine sonnengebräunte Haut abstachen, musterten sie aus einer gewissen Entfernung. Und sie wiederum – sie war in einer Verfassung, die ihm eigentlich am allerwenigsten gefallen konnte, wenn sie auch bis zu dem Augenblick, wo sie spürte, wie er sie musterte, nicht darüber nachgedacht hatte – sie hatte sozusagen in letzter Zeit nicht in den Spiegel gesehen. Sie war wieder dick, fast schwerfällig. Sie war eine dicke, blasse junge Frau mit üppiger Mähne. An diesem Abend trug sie ein orangefarbenes Leinenkleid, das sie nicht besonders mochte, doch sie hatte ja nicht gewußt, daß sie Thomas begegnen würde.

Sie dachte: Er hätte mich wahrscheinlich auch nicht erkannt, und dabei ist es erst ein paar Monate her.

»Wir haben uns beide verändert«, sagte sie.

Er nickte, nachdem er noch einen Bissen genommen hatte: Er war abwesend. Als er dann merkte, daß sie noch mehr von ihm wollte, versuchte er zu scherzen: »Du siehst aus wie ein Kibbuz-Mädchen!«

»Was? Ich bin offenbar nicht nach deinem Geschmack!«

Schon wieder war er mit seinen Gedanken woanders, unternahm jedoch noch eine Anstrengung, zu ihr zurückzukehren: »Du sahst hübscher aus, als *ich* dich hatte!«

Sie würde ihm nicht erzählen, daß sie jetzt keinen hatte. Sie lächelte und spürte, daß eine Veränderung in ihm vorgegangen war, wußte jedoch nicht, wie sie die definieren sollte.

»Doch, Mädchen wie du, die brauchen einiges an Beischlaf, damit sie in Form bleiben.«

Das, die Art Witze, wie Liebhaber sie machen, machte ihr klar, daß sie alles Persönliche fallen lassen mußte, und zwar sofort.

Der Mißton war nicht zu überhören gewesen. Beiden war ihr Unbehagen anzusehen.

Sie fragte: »Bist du jetzt Zionist?«, und meinte diese Frage durchaus ernst. Sie hörte auch hier den Mißton, es klang falsch. Vielleicht würde ja alles, was einer von ihnen sagte, jetzt falsch klingen.

Der scharfe Blick, mit dem er sie abrupt fixierte, drückte Überraschung aus. Sie sagte: »Tut mir leid, ich habe wohl bloß Konversation gemacht.«

Nach einer Weile veränderte er seine Beinhaltung unter dem Tisch, löste den Blick von ihrem Gesicht und fing mit der prachtvollen Menage in der Tischmitte zu spielen an.

»Wenn ich dies Kunstwerk sehe, fühle ich mich gleich zu Hause«, bemerkte er in einlenkendem Ton.

So war es besser, der Umgang miteinander fiel ihnen plötzlich leichter.

Er zog einen Glasstöpsel heraus und schnüffelte amüsiert an reinem Essig. »Irgendwo in der Welt muß es eine Fabrik geben, wo sie diesen grauenhaften Essig nur für Dirty Dick herstellen«, sagte er.

»Und für Black Ally.«

»Das war vor meiner Zeit.«

Er saß mit dem Glasstöpsel in der Hand. Auf der anderen Seite des Raumes sprach Jack mit dem neuen Besitzer, einem gutaussehenden dicken Griechen, der ein Vetter von Johnny war und aus Johannesburg kam. Er schaute zu Martha und Thomas hinüber, um zu sehen, ob sie soweit waren, daß er sich zu ihnen gesellen konnte. Er unterhielt sich weiter mit dem Griechen und behielt sie im Auge.

»Weißt du, Martha«, sagte Thomas ungezwungen und kehrte, so empfand sie es jedenfalls, mit einemmal wieder an Marthas Seite zurück, »wir haben uns die ganze Zeit geirrt, die Dinge sind nicht so, wie wir angenommen haben.«

»Wieso nicht?« fragte sie, nachdem sie vergeblich auf eine Erklärung gewartet hatte.

Einen Augenblick geschah gar nichts. Dann kam eine wegwerfende Geste, eine gereizte Geste. »Das war schon alles!« Dann blickte er auf, sah ihre Miene und sagte achselzuckend: »Wenn du es nicht selbst spürst, dann kann ich es dir auch nicht sagen!«

»Na gut«, sagte sie nach einer Weile diplomatisch.

Er spielte stirnrunzelnd mit den Glasfläschchen. Dann kehrte Jack zurück, denn er hatte bemerkt, daß die beiden dasaßen und nichts sagten. Nachdem er die Fühler ausgestreckt hatte, um sicherzugehen, daß man so etwas ungestraft sagen konnte, scherzte er: »Na, ich bin jedenfalls froh, daß du wieder da bist, Thomas, denn dann steigen meine Chancen beträchtlich!«

Thomas lachte erleichtert, Martha ebenfalls, und Jack stimmte mit ein. Dann begannen sie, über Jacks Vorstellungen zu sprechen, was seine Zusammenarbeit mit Thomas betraf, und darüber, was Martha beitragen konnte. Sie waren alle erleichtert, daß keine persönlichen Dinge mehr im Raum standen.

Vielleicht eine Nacht danach hatte Martha folgenden Traum: Sie war irgendwo in einer kleinen Stadt, wo das war, wußte sie nicht. Es herrschte eine unheilvolle Atmosphäre: Die Stadt schien in heller Aufregung, irgend etwas stand bevor.

Dann wußte Martha: Es würde jemand gehängt werden.

Sie dachte: Ich muß versuchen, diesen Menschen zu retten, doch zuerst muß ich wissen, wer das überhaupt ist. Vielleicht bin ich es selbst? Doch sie unterhielt sich mit einer Gruppe, die sie als irgendwelche Offiziellen erkannte, und das würde sie vermutlich doch nicht tun, wenn sie eine Verbrecherin oder sonst bei ihnen schlecht angeschrieben wäre.

Dann befand sie sich im Innern einer großen Scheune oder eines Schuppens, wo die Hinrichtung stattfinden sollte. Ein hölzernes Schafott war bereits errichtet worden. Es war roh zusammengezimmert, das Ganze hatte irgend etwas Zwangloses oder jedenfalls Behelfsmäßiges, denn es war gerade Krieg. Und der Traum hatte irgend etwas an sich, das auf eine Zeit vor dem gegenwärtigen – oder besser gesagt dem Zweiten Weltkrieg schließen ließ. War es ein Krieg in der Vergangenheit? Oder der letzte Krieg, und ein Dorf oder eine Stadt hatte lediglich den Anstrich älterer Zeiten, beinah eine mittelalterliche Atmosphäre?

Plötzlich wußte Martha Bescheid: Thomas war derjenige, der gehängt werden sollte – sie hatte es die ganze Zeit gewußt. Ebenso wußte sie, daß sie ihn nicht retten durfte, weil er ihr das Versprechen abgenommen hatte, daß sie sich ihm nicht nähern würde, sie durfte sich nicht einmischen. »Ich muß mein Schicksal selbst in die Hand nehmen«, hatte er irgendwann gesagt.

Sie stand ein paar Schritte hinter Thomas und dachte: Wenn er sich umdreht und mich hier sieht, dann wird er wütend, weil ich mein Versprechen breche. Aber keine Bange: Er dreht sich schon nicht um, denn das gehört nicht zu dem Stück, zum Ablauf der Ereignisse, daß er sich umdreht und mich sieht. Sie hatte die Hände mit den Handflächen nach oben ausgestreckt, um ihm zu helfen, doch sie sanken wieder nieder, leer.

Dann sah sie durch die Tür des großen Schuppens, wie auf einer Landstraße vor dem Hintergrund düsterer blauer Berge eine kleine Prozession schwarzgekleideter Menschen den Hügel heraufkam. Als erster kam ein stattlicher Mann in einer schwarzen Robe und einem silbernen Kreuz, das vor seiner Brust baumelte – das war der Bürgermeister, und in seinem Gefolge kamen verschiedene Amtspersonen, von denen einer ein silbernes Kreuz hochhielt, ein zweiter ein Weihrauchgefäß schwenkte und ein dritter laut aus einem schwarzen Büchlein vorlas.

Thomas trat durch die Tür auf sie zu. Er wurde nicht hinausgetrieben, er ging. Er trat durch die mächtigen offenen Türflügel hinaus, und die Menschen draußen wichen nach beiden Seiten zurück, als er erschien. Er trug keinerlei Fesseln, und seine Hände waren frei.

Er blieb stehen, während die vom Bürgermeister angeführte Gruppe näherkam, doch er blickte sie nicht an. Martha stand unmittelbar hinter ihm, sie rang die Hände, und ihr Herz schmerzte von einer dürren, sinnlosen Furcht.

Thomas sah anders aus. Er sah semitischer aus oder östlicher. Er war dunkelhäutiger, dünner, und sein blondes Haar war dunkler geworden und hatte sich gelockt. Holz- und Strohstückchen hingen ihm im Haar. Seine Augen blickten suchend mal hierhin, mal dorthin, und sein Blick wanderte immer wieder zum Himmel hinauf und wieder hinab zum Boden. Doch nicht, weil er nach einer Fluchtmöglichkeit Ausschau hielt, nein, es waren die Blicke eines Menschen, der in tiefe Nachdenklichkeit versunken ist. Thomas sah unordentlich aus, seine Kleider waren zerrissen, und im Haar hatte er nicht nur Stroh- und Holzstückchen, es war obendrein staubig. Er war von dieser Menschenmenge isoliert, doch er war sich ihrer Anwesenheit oder der Marthas oder irgendwelcher Dinge um ihn herum gar nicht bewußt: Der Blick seiner geröteten Augen war nach innen gerichtet. Er stand und wartete, das sengende Sonnenlicht traf ihn, sein ganzer Ausdruck war der eines finsteren, grimmigen – ja, was? Was für eine Gemütsverfassung, oder Einstellung oder Daseinsform war das, die sie nicht zu benennen wußte? Dieser Ausdruck – das war der Angelpunkt dieses Traums, das war der Grund, weshalb sie ihn träumte: Sie mußte die Bedeutung dieses finsteren, düsteren Ausdrucks herausfinden. Weshalb stand Thomas dort und blickte zum Himmel, blickte – fast abwesend – auf die Gruppe der Amtspersonen, die kamen, um ihn zu hängen, so, als seien sie ihm gleichgültig? Er hätte doch wohl eher weglaufen, Einwände erheben oder kämpfen sollen?

*Sie* weinte, *sie* erhob Einwände, *sie* empfand Furcht. Doch Thomas blickte aus rotgeränderten, finsteren Augen um sich, als ob er ... *ob er was*? Was war das für ein Gesichtsausdruck?

Das dringende Bedürfnis, diesen Ausdruck zu verstehen, weckte Martha. Wach geworden, starrte sie in Thomas' Gesicht, und ihr Drang, es zu verstehen, war genauso quälend wie im Schlaf.

Dann verblaßte der Traum ... und kehrte dann und wann

gestochen scharf zurück. Der Ausdruck von Thomas' Gesicht trat ihr vor die Augen, während sie arbeitete oder mit Leuten sprach, oder wenn sie morgens aufwachte. Doch der Deutung kam sie nicht näher. Der Traum rückte in weitere Ferne, sie vergaß ihn, schließlich dachte sie überhaupt nicht mehr daran, außer daß die Frage, vor die der Traum sie gestellt hatte und die unbeantwortet geblieben war, ihr wieder ins Bewußtsein trat, wenn sie an Thomas dachte oder ihn sah.

Thomas arbeitete jetzt mit Jack Dobie zusammen.

Thomas kannte sich infolge seiner Kriegserfahrungen in der Medizin oder zumindest in Fragen der öffentlichen Hygiene einigermaßen aus. Als er aus Israel zurückgekehrt war, hatte er seiner Frau erklärt, daß sie, was die Farm anging, nicht auf seine Hilfe zählen könne und sich auf Michel Pevsner verlassen müsse. Seinem Bruder erklärte er, die Blumen und Sträucher für den Laden in der Stadt müsse nun jemand anders anbauen. Es schien, daß Rachel Stern damit einverstanden war oder jedenfalls keine Einwände erhob. Der Bruder war wütend, konnte Thomas jedoch damit nicht beeindrucken, denn der hatte nur seinen eigenen Weg im Sinn, was immer das sein mochte.

Jack Dobie war nicht mehr im Parlament, eine Folge des Kalten Krieges. Jack war nun einmal unbeliebt, und der Kalte Krieg brachte das Faß zum Überlaufen.

Seine Wählerschaft, die weißen Gewerkschaftler, hatten sich während des Krieges mit ihm abgefunden, als es Mode war, Sozialist zu sein. Sie waren froh gewesen, daß sie ihn hatten, da das ihrer eigenen Einstellung einen Schimmer von Sozialismus verlieh, der ihnen zupaß kam, solange er nichts kostete. Auch seine Indien-Kampagnen hatten sie noch, aber nur gerade eben noch, toleriert.

Vor ein paar Monaten hatte Indien die Unabhängigkeit erhalten, und Jack wollte eine Festveranstaltung organisieren. Keiner der großen offiziellen Säle stand ihm zur Verfügung, obwohl er zu dem Zeitpunkt noch im Parlament gewesen war. Schließlich war die Unabhängigkeit des Kontinents Indien in einem schmuddeligen kleinen Saal nahe dem Farbigenviertel gefeiert worden. Teilnehmer waren Jack Dobie, Mrs. Van, Johnny Lindsay in seinem Rollstuhl, ein paar indische Geschäftsleute, ein paar Lehrer und die Kinder der Indischen Schule. Dann ging es los mit den Flüsterkampagnen und den verleumderischen Briefen. Zweierlei warf man ihm vor: Jack Dobie interessiere sich nicht für seine eigenen Wähler, sondern nur für einen Haufen Schwarzer im Tausende von Meilen entfernten Indien – weshalb tat er denn nicht etwas für seine eigenen Schwarzen, gab es in Südrhodesien denn nicht genügend Schwarze, wenn er Schwarze hätscheln wollte? Zweiter Vorwurf: Jack interessiere sich nur für Schwarze, er hasse seine eigene Rasse, die Weißen, und überhaupt – wieso sollten Weiße einen Kaffernfreund wählen? Damit war Jack aus dem Parlament draußen. Er war sehr verletzt, auch wenn er es sich nicht anmerken ließ.

Nun war er also wieder Monteur bei der Eisenbahn. Er machte sich seinen Status als ehemaliges Parlamentsmitglied (schließlich würde er ja nächstes Mal vielleicht wiedergewählt werden, sagte er, wenn er auch wußte, daß das unwahrscheinlich war) zunutze, um Geld aufzutreiben und die Öffentlichkeit aufzurütteln. Er und Thomas fuhren, oft hinter dem Rücken der Behörden, im Reservat herum, berichteten über Lebensbedingungen, agitierten, schrieben Briefe an die verantwortlichen Politiker und an Zeitungen und waren ganz allgemein eine rechte Landplage. Jack tat das alles munter, fast heiter. Thomas hingegen arbeitete sieben Tage in der Woche mit verbissener Konzentration, außer seiner Arbeit schien nichts für ihn zu existieren. Er fuhr in entlegene Reservate, wo kaum je ein Weißer hinkam, hielt sich dort eine Weile auf, erteilte Ratschläge, wenn es um Brunnen, verschmutzte Flüsse, Lebensmittelversorgung und Hygiene ging. Dann kam er mit Ordnern voller Fakten und Zahlen wieder zurück, und Marthas Aufgabe war es, das Material zu ordnen. Das Ministerium für Eingeborenenfragen, die Beauftragten für Eingeborenenfragen kannten Thomas und haßten ihn. Doch er war schnell und schlau, er freundete sich mit den Afrikanern an, die ihm vertrauten und ihn nicht verrieten. Er war immer einen Schritt schneller als die wütenden Offiziellen, die ohnehin in einer schlechten Position waren, weil er über so viele Informationen verfügte, die er publik machen konnte.

Martha begegnete Thomas nicht. Er schickte ihr das Material mit der Post. »Liebe Martha, dies ist das Ndosi Reservat. Das Zeug spricht für sich. Sortiere es bitte. Wie immer, Thomas.«

Anfangs dachte sie, daß er sie meide. Dann wurde ihr klar, daß er die Menschen mied.

Martha wurde von einer Stiftung bezahlt, die Mrs. Van aufgetan hatte, und arbeitete wieder zu Hause. Da es den Schuppen im Garten als Zufluchtsort ja nicht mehr gab, versuchte sie, am Nachmittag zu arbeiten, wenn die meisten unbeschäftigten Frauen schliefen.

Betty Krueger, Marie du Preez, Marjorie Black.

Marie war inzwischen die Frau eines sehr erfolgreichen Baumeisters, und sie genoß ihren neuen Wohlstand. Piet hatte jedoch neue Freunde, alles reiche ehemalige Handwerker, und Marie langweilte sich. »Sag, was du willst, Matty, aber das waren doch gute Zeiten damals, als wir wirklich was gemacht haben, oder?« – als lägen jene Zeiten Jahrzehnte zurück statt drei, vier Jahre.

Betty Kruegers lieblicher Charme war völlig hinter der Besessenheit verschwunden, mit der sie ihre Mutterrolle erfüllte. Sie hatte zwei kleine Jungen und hätte ebensogut ein Dutzend haben können. Sich diesem Haus zu nähern, konnte für niemanden ein Vergnügen sein, am wenigsten für Boris Krueger, der sich ins Geldverdienen geflüchtet hatte. Er verdiente mittlerweile einen Haufen Geld und arbeitete hart dafür – von acht Uhr morgens bis elf Uhr abends war er außer Hause.

Marjorie Black, deren humorvolles Genörgel doch nahezu spielerisch geklungen hatte, als handele es sich um einen vorübergehenden Zustand, deren ernsthafter Eifer zwischenzeitlich einer lächelnden Trotzhaltung, einer amüsierten Selbstkritik gewichen war – diese Marjorie war jetzt schweigsam, fast verbissen. Sie fuhr ihren Mann und ihre Kinder an, lächelte dann, seufzte und entschuldigte sich. Sie erklärte Martha, sie schäme sich – sie schlafe schlecht und hole das dann nachmittags nach, dabei verachte sie Frauen, die das täten. Sie fand ihren Mann unerträglich konservativ und langweilig – doch sie haßte Frauen, die Männer erst heirateten, weil sie so solide waren, und sich dann hinterher beschwerten.

Kurz, sie waren alle schon Ende zwanzig oder Anfang dreißig, Frauen mittleren Alters, die neurotisch waren aus Unzufriedenheit, so als hätten sie nie im Leben den Entschluß gefaßt, sich von der kolonialen Kleinstadtatmosphäre nicht unterkriegen zu lassen.

Und das Schreckliche war, sie konnten das nie vergessen: Sie beobachteten ihren eigenen Abstieg wie gnadenlose Zuschauer. Heutzutage gibt es überall auf der Welt solche Menschen, überwiegend Frauen: Gemütsverfassungen, wie sie früher die Menschen nur auf dem Totenbett oder in Augenblicken der akuten Krise erlebten, sind bei ihnen ein Dauerzustand. Ihre Leben, die ihnen bedeutungslos erscheinen, vergeudet, hängen ihnen am Hals wie verwesende Kadaver. Daß sie hypnotisiert sind von der Sinnlosigkeit, verdanken sie der Selbstbeobachtung. Es ist gerade so, als habe ihr Umgang mit sich selbst den Prozeß beschleunigt, ein zerstörerischer Drall. Mit fünfunddreißig trinken sie zuviel oder haben Nervenzusammenbrüche oder sind bereits x-mal geschieden. Und diese Menschen sind es, die mit zwanzig die lebendigsten, die intelligentesten, vielversprechendsten sind.

Diese ganzen Frauen beneideten Martha: Du machst es richtig, du gehst nach England! Du kommst hier endlich raus.

Selbst Mrs. Van hatte zu Martha gesagt: »Ich beneide Sie darum, daß Sie nach England gehen!«

Doch Menschen in Marthas Alter hören nicht gern, daß die Alten sie beneiden, das macht ihnen Angst.

Martha war recht häufig mit Mrs. Van zusammen, deren Karriere ebenfalls durch den Kalten Krieg beendet worden war. Sie war aus dem Parlament ausgeschieden und hatte nur mit Mühen ihren Sitz im Stadtrat wiederbekommen. Sie wurde alt, und sie war erschöpft. Die junge Frau machte Botengänge für sie.

Das bedeutete oft auch, daß sie jemanden zum Reden brauchte. Sie hatte ständig das Haus voll, doch überwiegend von Kindern. Ihr Mann war von einem bedeutenden Rechtsstreit nach dem anderen in Anspruch genommen. Ihr alter Busenfreund Johnny stand wieder auf, obwohl der Arzt dagegen war, doch er brauchte seine ganze Energie dafür, sich auf den Füßen zu halten, und dafür, kein Mühlstein am Hals der andern zu sein, wie er selbst sagte. Er saß in einem Korbstuhl an der Tür zur Straße, und die Kinder der Straße rannten rein und raus. Wenn er genügend Luft bekam, erzählte er den Kindern von den glориosen alten Tagen des Arbeitskampfes am Witwatersrand, während Flora strickte.

Mrs. Van sprach sehr viel über Johnny.

Vor ein paar Wochen war Flora – sie hatte ihn in der Obhut eines seiner afrikanischen Freunde gelassen – spätabends aus dem Kino nach Hause gekommen.

Flora hatte dem alten Mann eine Tasse heiße Milch gebracht.

Er saß aufrecht im Bett, die Tasse mit der heißen Milch in der Hand, und schaute sie an – ein dürrer alter Mann mit den kampflustigen blauen Augen seiner Jugend. Flora hatte diesem Blick standgehalten.

»Johnny, möchtest du mir vielleicht irgendwas sagen?« hatte sie schließlich gefragt.

Johnny hatte Flora lächelnd die Hand getätschelt, dann ohne ein Wort die Augen geschlossen und reglos in der Dunkelheit gesessen, zum Einschlafen bereit.

Flora war am nächsten Tag zu Mrs. Van gegangen, um ihr von diesem Vorfall zu berichten. Mrs. Van hatte es Martha erzählt, oder vielmehr, Mrs. Van hatte Martha gebeten, doch zu ihr hinaufzukommen und ihr Gesellschaft zu leisten, während sie einen Teil ihrer Enkelschar beim Spiel beaufsichtigte.

»Ich habe mich schrecklich gefühlt, Mrs. Van«, hatte Flora zu Mrs. Van gesagt, »ich dachte nur: Soll er mich doch auf der Stelle umbringen, dann hat er's hinter sich, Mrs. Van.«

»Aber Flora, meine Liebe, Sie wollen doch wohl nicht sagen, daß Johnny fähig wäre, jemanden umzubringen?«

»Ach, Mrs. Van, genauso war mir aber, als er mich anschaute – sollte er mich doch lieber umbringen!«

Martha und Mrs. Van saßen auf der Veranda. Auf dem Rasen draußen schob ein kleiner schwarzer Junge einen Rasenmäher hin und her und übertönte das Gekreisch der Messer mit einem selbsterfundenen Lied. Das geschnittene Gras fiel in einer breiten Bahn leuchtend grüner Fransen hinter ihm nieder.

Unter Bäumen am hinteren Ende des Gartens saß eine Gruppe kleiner Kinder auf dem Rasen, eine Nachmittagsgesellschaft, und die drei schwarzen Kinderfrauen beobachteten sie.

»Doch, Matty, Flora ist eine anständige Frau, aber ich weiß nicht recht – sie hätte doch gewiß noch bis nach seinem Tod warten können, ehe sie mit jemand anderem ins Bett geht? Sie hat doch da diesen Magazinverwalter vom McGrath.«

»Vielleicht hat sie ja das Gefühl, daß er niemals sterben wird?« sagte Martha, die auf ihrem Recht bestand, das auszusprechen, und Mrs. Van ganz offen ins Gesicht schaute.

»Ganz sicher hat sie manchmal dies Gefühl, Matty, aber häßliche Gefühle haben wir doch alle bisweilen, und das bedeutet doch wohl noch nicht, daß das unser gutes Recht ist?«

»Mrs. Van, Mrs. Van, oh, dann hat er gesagt: ›Komm mal an mein Bett, Flora.‹ Ich ging also zu ihm. Ich habe so gezittert, daß ich kaum stehen konnte, glauben Sie mir! Dann öffnete er die Augen, nahm meine Hand, sah mich an und sagte: ›Flora, mein Schatz, du bist immer noch eine junge Frau.‹ – ›Oh, nein‹, sagte ich, ›sag so was nicht, Johnny, ich komme ganz schön voran – ich bin über vierzig!‹ Doch er lächelte und sagte: ›Du bist eine hübsche Frau, mein Liebling!‹ Oh, Mrs. Van, ich kann ihn nicht ertragen, er ist so gut, Sie verstehen doch, was ich meine? Und er sagte: ›Als du mir die Ehre angetan hast, mein Leben mit mir zu teilen‹, oh, doch, das war es, was er gesagt hat – als du mir die Ehre angetan hast, Mrs. Van ...«

»Denn selbstverständlich, Matty, konnte er sie nicht heiraten, er hatte eine Frau und Kinder – die Kinder sprechen nicht mehr mit ihm, oder jedenfalls haben sie das lange nicht getan. Doch er betet Flora an. Ist das nicht seltsam, dieser großartige alte Mann, er betet sie an, und wenn man bedenkt, sie ist schließlich ein Mädchen, das er auf irgendeinem Tanzboden aufgelesen hat. Was gibt's zu lächeln, Matty?«

»Das ist so typisch für Sie, Mrs. Van!«

»Ach ja? Sie meinen, ich bin snobistisch?«

»Nein, snobistisch sind Sie nicht. Doch es wäre alles in schönster Ordnung, wenn sie Bücher in einer Buchhandlung verkauft hätte.«

Mrs. Van strich sich mit ihrer beringten, molligen Hand den blauen Seidenrock glatt – die andere machte eine gereizte Bewegung zum Ohr. Sie überschrie das Geräusch des Rasenmähers: »Ach bitte, Silas, kannst du nicht hinter dem Haus mähen, ich kann mein eigenes Wort nicht verstehen!«

Der kleine Silas grinste und schob den Mäher ums Haus herum, über Rasen, Wege, Kies, offensichtlich bemüht, nicht zuviel Lärm zu machen. Stille.

Die kleinen Kinder in ihrer rosa, weißen und gelben Kleidung saßen über den Rasen verstreut.

Martha spielte heimlich ein Spiel. Sie schloß die Augen: Die Geräusche des Nachmittags – Kinderstimmen, Insekten im Gras, Wind in den Blättern, sie ergaben ein Meer. Gegen ihre dunklen Lider schlugen tosend Salzwellen. Sie öffnete sie: ein friedlicher, heißer Nachmittag in Mrs. Vans Garten.

Mrs. Van sagte: »Tja, so denke ich wohl wirklich. Ich kann nichts dagegen machen. In letzter Zeit hatte ich das Gefühl, daß meine Urteile wirklich etwas Engstirniges haben, ich *spüre* das ja selbst, doch ich kann daran nichts ändern. Es ist zu spät. Einem alten Hund kann man keine neuen Kunststücke mehr beibringen.«

Von der anderen Seite des Hauses kam jetzt das ferne Geräusch des Rasenmähers. Martha schloß die Augen und hörte die Brecher gegen ferne Strände schlagen.

»Und wie ging's weiter, das mit Flora, Mrs. Van? Was hat sie außerdem noch gesagt?«

»Und außerdem klatschen wir wohl leider. Ich mag keinen Klatsch!«

Draußen vor Mrs. Vans Gartentor erhob sich ein ausladender Baum, dessen Blätter in gleichmäßigen hellen Fransen herabhingen. Als der Wind sie schüttelte, wogte der ganze Baum wie eine einzige Flut von glänzenden goldenen Pailletten. Ein tiefes, dunkles, schimmerndes Grün, eine leuchtende Kaskade ...

»Jack hat gesagt, er wisse, daß sie einen Liebhaber hat, er könne das an ihrem Gang sehen und an ihren Augen, und er freue sich für sie. Er hoffe, daß sie nach seinem Tod mit diesem Mann glücklich werde. Er hat gesagt, sie brauche einen Mann in ihrem Alter, keinen alten Mann wie ihn.«

In den Fältchen unter Mrs. Vans kleinen blauen Augen glänzte es feucht.

»Es hilft alles nichts, Matty. Ich denke darüber nach und finde dann – Johnny ist ein großartiger Mensch. Ja, das ist er.« Sie nickte nachdrücklich, wie man es von ihr kannte. »Wie viele solche Menschen habe ich im Leben kennengelernt? Ja, Matty, glauben Sie mir, ein- oder zweimal im ganzen Leben lernt man jemand kennen wie Johnny – er ist *von Natur aus* gut.«

»Ja, das stimmt.«

»Er versteht buchstäblich nicht, was das ist – *das Schlechte*, wenn ich dies Wort mal gebrauchen darf.«

»Warum denn nicht?«

»Es gehört nicht zu meinem Wortschatz. Ich bin überrascht, daß ... aber mich kann inzwischen kaum mehr etwas überraschen. Doch zurück zu Johnny.«

Ein kleiner Junge, fett und braun wie ein Karamelbonbon und leuchtendgelb gekleidet, kam mit unsicheren Schritten über den Rasen auf die Veranda zu. »Granny, Granny«, rief er. Ein kräftiges schwarzes Mädchen stand vom Rasen auf, setzte ihm mit zwei langen Schritten nach, schnappte ihn, warf ihn in hohem Bogen in die Luft und fing ihn wieder auf, als er dort herunterfiel, wo er losgerannt war. Er lachte. Sie lachte. Gelächter und Schreie: »Guck mal, Granny, guck mal!« Über ihnen schüttelten sich die Äste des Baumes und bäumten sich auf.

»Bist du vielleicht dumm, mein alter Freund, dachte ich – kürzlich habe ich gesessen und darüber nachgedacht –, bist du dumm, Johnny? Ich meine, irgendeine Dummheit muß doch dabei sein, wenn jemand nie erwartet, daß die Menschen sich unschön benehmen. Verstehen Sie, was ich sagen will?«

»Die Sache ist nur die, daß die Leute sich Johnny gegenüber nicht unschön benehmen.«

»Ach ja?«

Martha verrückte ihren Stuhl ein bißchen. Jetzt konnte sie Mrs. Vans Blumengarten sehen, der an diesem heißen Nachmittag Schwärme von grünlich weißen Schmetterlingen hervorzubringen schien. Die Luft war voller vielfältiger Düfte.

An diesem Morgen hatte Martha bei Johnny Lindsay gesessen, während er kleine Papierfiguren für ein kleines schwarzes Kind ausschnitt, das neben dem Knie des alten Mannes stand, eine Hand auf sein Knie gelegt, und zuschaute, wie die blitzende Schere Vögel und Katzen ausschnitt, die sich zu langen, weißen Mustern auseinanderfalteten, wenn sie in seine andere Hand fielen.

Flora war im Hinterzimmer gewesen und hatte irgend etwas gekocht. Sie war jetzt ebenso sehr Johnnys Pflegerin, wie Mrs. Quest die ihres Mannes war. Sie kochte, bedachte Martha ab und zu mit einem besorgten, ängstlichen Lächeln und sagte: »Hast du's auch warm genug, Johnny? Bist du sicher, daß du's warm genug hast?«

»Er hielt meine Hand, Mrs. Van, und sagte: ›Flora, mein Liebes, du bist die Liebe meines Lebens, du bist das Schönste in meinem Leben überhaupt gewesen, mein Herz, ich habe mich in dich verliebt, als ich dich an dem Abend gesehen habe, wo du getanzt hast. Weißt du noch? Doch nun werde glücklich.‹ Ja, also, ich wußte nicht, was ich sagen sollte, Mrs. Van. Wollte er, daß ich wegging? Ich habe so furchtbar geweint, daß ich gar nicht wußte, was ich sagen sollte – wollte er, daß ich wegging? Ich wüßte nicht, was ich ohne Johnny machen sollte, das ist die Wahrheit! Dann wurde ich böse. Was sollte denn das heißen: Doch nun werde glücklich! Er liegt schließlich im Sterben. Für was hält er mich eigentlich? Wie kann er sagen: Werde glücklich! Ich war so wütend, Mrs. Van, Gott verzeih mir, aber ich hätte ihn am liebsten geschüttelt. Ich sagte: ›Johnny, ich flehe dich an, was meinst du denn damit? Willst du, daß ich gehe und dich verlasse? Weil du mehr draus machst aus der Sache zwischen mir und Dennis – sein Name ist Dennis, Mrs. Van. Er hat eine Stelle beim McGrath, er kümmert sich um die Vorräte und das Personal. Doch er ist verheiratet – na ja, gewissermaßen. Ich weiß ja nicht, was Johnny da alles reinsieht, doch es verhält sich nicht so, wie er denkt. Ich sagte zu ihm: Himmel, Johnny, das kannst du doch nicht tun! Wenn ich zu Dennis sagen würde: Johnny hat mich rausgeschmissen, ich weiß gar nicht, was der sagen würde. Das ist Johnnys Problem, Mrs. Van – er denkt immer, alles wär' besser, als es in Wirklichkeit ist.«

Martha betrachtete Mrs. Vans strenges Gesicht und wartete.

Mrs. Van blickte auf. Langsam verzog sich ihr Gesicht zu einem Lächeln.

»Ja, stimmt, Matty, ich habe wirklich gedacht: Wenn er nicht dächte, daß alles immer besser ist als in Wirklichkeit, wie hätte er dann eine Frau wie sie lieben können?«

»Ich wußte es doch, Mrs. Van!«

»Aber habe ich es denn nicht schon zugegeben? Ich bin überkritisch! Doch jetzt seien Sie aufrichtig, Martha – was *ist* Flora denn?«

»Ein rothaariges Flittchen aus dem Tanzlokal?«

»Sie ist diese Woche eine Blondine. Sie sieht gräßlich aus.«

Martha lachte.

»Nein, Matty, so was hat keinen Sinn – wenn ich ihn mir vorstelle und dann sie ...«

»Aber Mrs. Van, er liebt sie!«

»Ja, ja, das stimmt. Und wenn man sich das vorstellt – so geliebt zu werden, Matty! Also, ich kann verstehen, weshalb sie so wütend geworden ist.« Das Glitzern ihrer Augen zeigte, daß Mrs. Vans Stimmung umgeschlagen war – ihr Gesicht hatte sich gerötet, und sie lächelte. »Flora war so wütend, sie war noch Stunden danach wütend, hat sie gesagt. Er sagte immer wieder zu ihr: ›Werde glücklich, Flora, mein Liebling. Ich sterbe glücklich, wenn ich weiß, du bist glücklich‹ – fast, als wollte er sie loswerden, hat sie gesagt, und –: ›Ja, ich weiß wirklich nicht, denn es passiert ja nicht mehr, als daß Dennis und ich uns zweimal in der Woche in der Cocktailbar vom McGrath treffen, wenn seine Frau ihre Mutter besucht. Dann fährt er mich mit dem Auto nach Hause – ja *viel* ist wirklich nicht dran, Mrs. Van. Natürlich, ich behaupte nicht, daß es mir nicht gefiele, wenn es mehr wäre ...‹ Sie ist wenigstens ehrlich, Martha.«

Die leuchtend bunte Kinderschar war zum Rasen in der Mitte des Gartens gerannt und warf die frischgeschnittenen jadegrünen Grasfransen hoch, von denen alles vollag. Die Kindermädchen taten es den Kleinen nach. Alle standen und warfen händeweise stark duftendes Gras in die Luft, die großen, kräftigen, schwarzen Mädchen und die winzigkleinen weißen Kinder.

»Dann hat sie gesagt: ›Ich wette, wenn ich sagen würde, daß da nicht mehr dran ist, dann wäre er enttäuscht. Denn schließlich, ein Mann wie Johnny, einen Mann wie Johnny trifft man nicht alle Tage, obwohl, ich scheue mich gar nicht, das zu sagen, manche von seinen Ideen sind verrückt, glauben Sie mir, ich hab da oft über meinen Schatten springen müssen. Die ganze Zeit immer diese schwarzen Afrikaner, ich meine, ich würde mich nie trauen, meiner Mutter oder meinen Freunden zu erzählen, was ich mit Johnny alles erlebt habe – beispielsweise, daß man sich jeden Tag in seinem eigenen Haus mit Schwarzen zum Essen an einen Tisch setzt.«

»Was passiert denn nun aber jetzt, Mrs. Van?«

»Ich weiß es nicht. Flora ist wirklich empört, zutiefst empört. Denn wenn man mal drüber nachdenkt, Matty, es *ist* ja auch eigenartig von ihm – jeder weiß, und Johnny als erster, daß er jeden Augenblick sterben kann, und Flora sagt, sie kocht ihm sein Abendessen und will sich zu ihm setzen und den Abend mit ihm verbringen, da sagt er: ›Nun lauf und amüsier dich, Liebling!‹«

Wider Willen mußte Martha lachen.

Mrs. Van hob tadelnd den Kopf, lächelte dann jedoch. Einen Augenblick war sie ein boshaftes kleines Mädchen.

»Ja, ja, Matty, für ihn ist das völlig natürlich, sich so zu benehmen, doch er sieht einfach nicht, daß das für andere nicht so ist. Und so ist er sein ganzes Leben lang gewesen. Nicht erst, seit ich ihn kenne. Ich kenne Leute, die haben ihn als jungen Mann gekannt.« Mrs. Van strich lächelnd ihren blauen Rock glatt.

»Er sah sicher gut aus, könnte ich mir vorstellen.«

»Oh, ja, Matty, er muß gut ausgesehen haben, nicht? Er sieht ja sogar jetzt noch gut aus. Sogar jetzt noch hält er sich kerzengerade. Doch die Leute, die ich kenne, behaupten, selbst damals, als er jung war, sei er ... Na ja, er war eben nie ein sündiger Sterblicher wie du und ich, Matty, er hat sich sein ganzes Leben so verhalten und ist niemals auch nur auf die Idee gekommen, daß man auch anders leben könnte.«

Wenn Martha Johnny besuchen ging, schaute sie zu Flora in die Küche. Flora kam heraus, band die Schürze ab und stand mit fragender, halb beschämter Miene hinter ihrem alten Gefährten. Martha nickte. Dann machte Flora flehende, schuldbewußte Zeichen, daß sie sie nicht verraten solle, und schlüpfte aus der Hintertür, um ins Kino zu gehen. Martha mußte sagen, daß Flora einkaufen gegangen sei. Flora hätte all das Lächeln, die Segenswünsche, das Wohlwollen nicht ertragen können, mit dem er sie beim Weggehen bedacht hätte, wenn sie tatsächlich gesagt hätte: »Ich möchte ins Kino gehen, ich möchte mich mit einem Freund in der Cocktail Bar vom MacGrath treffen.«

Teil vier

*Der Mullah dachte laut nach,*
*»Wie soll ich denn wissen, ob*
*ich tot oder lebendig bin?«*
*»Sei nicht solch ein Narr«, sagte*
*seine Frau, »wenn du tot wärst,*
*wären deine Glieder kalt.«*
*Wenig später war Nasrudin im*
*Wald und schlug Holz. Es war*
*tiefer Winter. Plötzlich merkte*
*er, daß seine Hände und Füße*
*kalt waren.*
*»Ich bin zweifellos tot«, dachte er,*
*»ich muß also aufhören zu arbeiten,*
*denn Leichen arbeiten nicht.«*
*Und weil Leichen nicht herumlaufen,*
*legte er sich ins Gras.*
*Alsbald kam ein Rudel Wölfe*
*und griff Nasrudins Esel an,*
*der an einem Baum angebunden war.*
*»Ja, so ist's recht«, sagte Nasrudin*
*in seiner entmutigenden Lage,*
*»macht euch den Vorteil nur*
*zunutze, daß einer tot ist! Wäre*
*ich jedoch am Leben gewesen,*
*ich hätte es nicht geduldet,*
*daß ihr euch Freiheiten mit*
*meinem Esel herausnehmt!«*

Idries Shah, Die Sufis

# 1

Über das »Fetzchen Papier« waren so viele Scherze gemacht worden, daß es, als es eintraf, fast war, als sei es ein Produkt dieser Scherze. Da lag es nun, ein dreimal gefaltetes Blatt Kanzleipapier, worauf in fünfeinhalb Schreibmaschinenzeilen festgestellt wurde, daß Anton Hesse und seine Frau Martha beide britische Staatsbürger seien.

Die beiden standen und studierten das Papier. Jeder hielt es an einer Ecke, und jeder wartete, daß der andere zuerst etwas sagen würde. So viele Entscheidungen waren aufgeschoben worden bis zum Eintreffen dieses Papiers. Schließlich sagte Anton: »So, hier ist es nun. Und jetzt mußt du deine Entscheidungen treffen.« Sprach's und verschwand ins Badezimmer.

Die Tatsache, daß Anton es vorgezogen hatte, seinerseits *keine* Entscheidungen anzukündigen, war an sich schon eine Entscheidung oder Ankündigung.

Martha begann vor Wut zu beben: nicht nur, weil Anton einfach weggegangen war und sich im wahrsten Sinne des Wortes die Hände in Unschuld wusch, sondern auch (zu ihrer eigenen Überraschung, sie hatte gemeint, über so kindische Dinge längst hinaus zu sein) weil sie, Kind erzbritischer Eltern, für nichtbritisch erachtet und dann ebenso willkürlich wieder als Britin zugelassen worden war. Obwohl diese Regung selbst einen auch wieder wütend machte, denn »was spielte das denn für eine Rolle, welcher Nation man angehörte?« Und was konnte es Lächerlicheres geben, als daß man sich, als sei irgendein Knopf gedrückt worden, über etwas ärgerte, über das man die ganzen vier, fünf Jahre, die man damit lebte, seine Scherze gemacht hatte?

Und was für ein Monster war sie eigentlich, daß sie sich darüber aufregte, wenn Anton sagte: »Und jetzt mußt du deine Entscheidungen treffen«, wenn er damit doch nur verbergen wollte, wie tief gekränkt er war? Denn Anton hatte immer noch keine Verwandten in Deutschland ausfindig gemacht, die am Leben geblieben waren. Die Familie Hesse reichte von rein jüdischen Mitgliedern, die (das war Antons grimmiger Scherz, den er einige Monate lang in allen möglichen Varianten wiederholte) verdientermaßen eines rein jüdischen Todes in der Gaskammer gestorben waren, bis zu Familienzweigen, die offenkundig überhaupt nichts Jüdisches hatten und deren Angehörige (wie alle anderen »guten« Deutschen) bei Bombenangriffen oder als Soldaten an der Rußlandfront umgekommen oder verhungert waren. Anton Hesse war mit dem Schicksal seines Landes so tief und mit so vielen Fibern verbunden, daß die Katastrophe, die Deutschland in den Abgrund gestürzt hatte, auch ihn mitgerissen hatte, der doch davor geflohen war und viele tausend Meilen weit weg gelebt hatte. Und jetzt beantwortete die Kommunistische Partei in Ostberlin seine Briefe, seine Gesuche, nach Haus zurückkehren zu können, nicht. Sie antworteten einfach nicht. Nichts. Schweigen. Das alte Deutschland, das sein Tod gewesen wäre, war tot, und das neue wollte seine Briefe nicht beantworten.

Jemand, der von einer Europareise zurückkehrte und Berlin besucht hatte, das zweigeteilt und ein Trümmerhaufen war, sagte: »Was erwartest du denn? Für die bist du ein Spion, wie jeder, der aus dem Westen kommt!«

Woraufhin Anton nach einer Weile genickt und sehr ironisch, sehr kalt gesagt hatte: »Selbstverständlich. Damit haben sie auch vollkommen recht. Ich selbst würde mich auch nicht anders verhalten.«

Wenn er in Ostdeutschland leben wolle, dann müsse er dorthin fahren, sagte man ihm, und dort selbst sein Glück versuchen. Aus der ganzen Welt kehrten Flüchtlinge nach Ost- und Westdeutschland zurück, und dasselbe müsse er auch tun.

»Sie haben vollkommen recht«, sagte er.

Jetzt stand er im Badezimmer, über das Waschbecken gebeugt, ein Mann, der von der Tätigkeit des Händewaschens gefangengenommen war. Sie beobachtete ihn dabei, wie er die Wassertropfen über dem Becken von den Händen schüttelte. Ein paar Tropfen flogen an die Wand. Bedachtsam nahm er einen Lappen, um die Wand trocken zu reiben, dann beugte er sich weiter vor, um die Wand von nahem zu mustern – doch, sie war trocken. Er nahm ein kleines Handtuch und trocknete sich die Hände ab. Dann betrachtete er seine Fingernägel, danach schaute er in den Rasierspiegel und fuhr sich mit der langen weißen Hand über die rechte Wange. Schließlich kehrte er ins Wohnzimmer zurück. Er lächelte, setzte sich, schlug die Beine über und begann, seine Hände, Handrücken und Handteller, zu mustern. Sein Lächeln war gelassen.

»Die Scheidung ist eine reine Formalität«, sagte Martha, »ich habe Mr. Robinson gefragt.«

Es kostete Martha einige Überwindung, das zu sagen – obwohl die eigentlichen Entscheidungen natürlich schon vor langer Zeit gefällt worden waren.

Anton nickte und sagte lächelnd: »Ja, meine eigenen diesbezüglichen Erkundigungen bestätigen Mr. Robinsons Ansicht.«

Der gedehnte Ton, in dem er das sagte, eine Art herablassende Förmlichkeit, war nicht gegen Martha gerichtet oder gegen Mr. Robinson, sondern gegen die bürokratischen Prozesse. Genauso, in diesem gedehnten Ton, hatte er sich über das Fetzchen Papier lustig gemacht.

»Wenn wir die Scheidung jetzt einreichen, dauert das ungefähr sechs Monate. Denn für Scheidungen gibt es eine lange Warteliste.«

»Selbstverständlich. Der Krieg war lange genug ein Hemmschuh des bürgerlichen Lebens. Da mußten so ernste Dinge wie Scheidungen eben warten.«

Martha beeilte sich zu lachen. Dieser abgeklärte Humor, eine Art knarrende Ironie, war neu an Anton, offensichtlich ein Ergebnis seiner Teilnahme am gesellschaftlichen Leben der Forsters. Und sie war dankbar für diesen neuen Anton, der lächeln und lachen konnte, wenn auch mit einiger Mühe. In solchen Augenblicken zeigte sich in seinem Gesicht ein Anflug von Stolz, und er schaute sie an, als wollte er sagen: Und du nennst mich bierernst!

»Einer von uns muß sich vom anderen scheiden lassen.« Martha setzte ein Gespräch fort, das sie schon früher geführt hatten. In den letzten Monaten allerdings nicht – das Eintreffen des Papiers nach Jahren war ein Schock gewesen.

»Das ist ja nur logisch.«

»Wir können wegen der Wohnungsnot weiter zusammen in dieser Wohnung bleiben, doch einer von uns muß dem anderen sein Bett verweigern. Ich meine, wir müssen das vor Gericht beschwören.«

Daraufhin musterte Anton seine lange Hand, Handrücken und Handteller, und sein Gesicht verzog sich gewissermaßen ohne sein Zutun zu einem Lächeln. Und Martha dachte: Nein, bitte mach jetzt keinen Scherz, denn ich könnte darüber nicht lachen!

Der Haken war, daß, um die Sprache des Gerichtssaals zu gebrauchen, der eheliche Verkehr wiederaufgenommen worden war. Ein Ausdruck, der, soweit es Martha betraf, ausreichte, um dieser Tatsache gerecht zu werden. Für Anton war das jedoch weniger einfach – was auch der Grund für dies Gespräch war. Als Anton ins Bad gegangen war und sie sich selbst überlassen hatte, hatte sie ganz genau gewußt, daß es keine Scheidung geben würde, wenn sie die Arme um ihn gelegt und »Anton, sollen wir nicht doch ...« gemurmelt hätte.

Was Martha betraf, so geschah es nur aus Gutmütigkeit, aus Höflichkeit, wenn sie gelegentlich in dem schmalen Einzelbett beieinander lagen. Doch vor kurzem hatte Anton gesagt: »Wir machen das doch ganz gut, findest du nicht, Matty?«

Und Martha merkte ihm an, daß er es wirklich so meinte.

Sie begriff überhaupt nicht, was da vor sich ging, nur daß es mit Thomas zusammenhing. Soweit sie imstande war, das in Worte zu fassen oder auch nur darüber nachzudenken – was sie zu vermeiden suchte, weil jeder Gedanke an Thomas sie schmerzte –, dann war ihre Erfahrung mit Thomas in jeder Hinsicht so tief gegangen, daß – doch das war der Punkt, an dem sie nicht weiterkam.

Wollte sie sagen, daß sie dank der Beziehung, die sie zu Thomas gehabt hatte, für keine andere mehr taugte? Bestimmt nicht, eher im Gegenteil! Doch sie wußte nicht, was sich zwischen ihr und Thomas abgespielt hatte. Irgendeine Macht, eine Gewalt hatte von ihnen Besitz ergriffen und solche Veränderungen bewirkt – in ihrer Seele? (doch sie wußte nicht einmal das richtige Wort dafür) ihrem Wesen? Dasein? –, daß sie jetzt verändert war und sich selbst nicht verstand.

Bestimmt mußte sie doch aber irgendeine Ahnung haben, wenigstens die eine oder andere der Fragen beantworten können? Hier war sie nun, Martha Quest – oder falls das jemandem lieber war, auch Martha Knowell, Martha Hesse (aber sie fühlte sich mit diesen Namen nicht verbunden), doch hier war sie nun, eine Frau, die in der Gegenwart lebte, viele tausend Jahre, nachdem die Menschheit zu denken begonnen hatte, und da sollte sie doch wohl imstande sein zu sagen: Das und das ist mir widerfahren, weil Thomas und ich einander geliebt haben.

Doch sie konnte das Wort Liebe nicht verwenden, weil sie nicht wußte, was es bedeutete.

Was bedeutete es, daß sie mit Anton verheiratet gewesen war, wo sie doch sehr wohl wußte, daß sie, wenn sie sich trennten, was bald der Fall sein würde, nicht einmal imstande wäre, zu hören, was der andere sagte, und sei es auch nur für kurze Zeit?

Wie konnte sie also sagen, daß sie mit Anton verheiratet, in Thomas aber »verliebt« gewesen sei? Obwohl sie natürlich niemals in Thomas »verliebt« gewesen war; dies spezielle Fieber hatte damit, weder was seinen krankhaften noch was seinen magischen Aspekt betraf, etwas zu tun. Doch was war denn das wesentliche Merkmal ihres Verhältnisses zu Thomas gewesen?

Sie wußte es eben nicht. Vielleicht etwas ziemlich Gewöhnliches? So als hätte sie einige Monate außerordentlich gutes Brot gegessen und es für selbstverständlich gehalten, daß auch alle anderen gutes Brot bekamen, und sich dann, als dies wunderbar einfache gute Ding verschwand, umgeschaut und festgestellt, daß es um sie herum damit nicht eben üppig bestellt war. Ja, das Beste an ihrer Zeit mit Thomas (und das war der Kern ihrer Selbsttäuschung und eigentlich das, was sie daran gehindert hatte, die Einmaligkeit der Verbindung Thomas – Martha zu begreifen) war, daß das Zusammensein mit ihm so natürlich war wie das Atmen. Und selbst noch der lange Prozeß des Zusammenbruchs um des anderen willen – wie sie beide das auszudrücken gelernt hatten, selbst als sie, ebenfalls ein langwieriger Prozeß, lernen mußten, sich preiszugeben, war das etwas gewesen, das sie gemeinsam taten, weil sie einander eingestanden hatten, daß sie es tun mußten. Und das zuzugeben war ihnen leichtgefallen, weil einer nur die Gedanken des anderen in Worte faßte. Niemals hatte es irgend etwas gegeben, was sie nicht laut aussprechen konnten, wie sie es gedacht hatten.

Letzte Woche hatte sie ins Büro in der Founders' Street hineingeschaut und hatte dort Thomas angetroffen. Er wollte gerade zu irgendeinem Meilen entfernten Dorf aufbrechen. Er hatte zu ihr gesagt: »Martha, denkst du manchmal an die Zeit, wo wir uns geliebt haben?«

»Was dachtest du denn?«

»Ja, ich weiß.« Er schaute sie stirnrunzelnd an. Nicht sie – er runzelte die Stirn, weil er Mühe hatte, den Faden nicht zu verlieren. »Du und ich – das war doch wirklich nicht das, was jeder von uns erwartet hatte, Martha!«

»Nein, und die ganze Zeit hatte ich eigentlich das Gefühl – Na ja, ich warte ja schließlich nur noch darauf, daß ich nach England gehen kann, so daß das nicht sonderlich wichtig ist.«

»Ich weiß. Und ich dachte immer: Diese Frau paßt besser zu mir als die ganzen anderen – doch da kannst du nur lächeln, du bist beleidigt, du hast nicht verstanden, was ich gesagt habe!«

»Doch, habe ich. Aber so wird es wohl ungefähr gewesen sein.«

»Ich hab versucht, darüber nachzudenken. Irgendwas ist zwischen uns geschehen ... Ich will sagen, daß man sich nicht einfach nur geliebt hat.«

»Ja, ich weiß.«

»Kein Mensch weiß über so etwas Bescheid, habe ich mir gedacht. Wir haben wirklich keine Ahnung davon.«

»Oder überhaupt von irgend etwas, wenn man es genau nimmt.«

»Na, also das – aber das einzugestehen, kann ich mir nicht leisten, Martha, das kann ich einfach nicht. Ich bin die ganze Zeit damit beschäftigt, irgendwelche armen Halbwilden anzuschreien: Pflanzt dies an, pflanzt das an, grabt Bohrlöcher, putzt euch die Zähne, wascht eure Kinder! Dazu wäre ich nicht imstande, wenn ich denken würde: Ich weiß überhaupt nichts.«

Vor ein paar Tagen hatte Martha Maisie besucht. »Ist das nicht ulkig, Matty? Jetzt gehe ich mit irgendwelchen Männern ins Bett, und stell dir vor: Es berührt mich nicht wirklich. Ich meine, versteh mich nicht falsch, ich mag das schon. Ich genieße das, weil die es genießen, doch das ist ganz anders jetzt. Ich fühle mich ganz anders, so als wäre ich in einem anderen Zimmer. Weißt du, was ich meine, Matty? Ich meine, vielleicht kommt das ja daher, daß meine Ehemänner gefallen sind und Andrew dann plötzlich nichts mehr von mir wissen wollte?«

Martha wußte schon, was sie meinte, oder glaubte wenigstens, es zu wissen – denn wie konnte man sicher sein, andere zu verstehen? Es war die Ausdrucksweise – in einem anderen Zimmer. Ja, das war's. Vor ein paar Wochen, als sie mit Jack Dobie allein in irgendeiner Kleinstadt gewesen war, hatte sie die Nacht mit ihm verbracht. Wenn es nach ihm ginge, dann hatten sie jetzt ein Verhältnis, und er war wahnsinnig verliebt. Sein Ausdruck. Doch obwohl Martha durchaus »ihr Vergnügen gehabt hatte« und sogar dachte: Großer Gott, was für ein Dummkopf muß das sein, der auf Sex verzichtet, und sei's auch nur für einen Tag – sie war in jener Nacht in einem anderen Zimmer gewesen, war es noch.

»Weißt du, Matty, ich hab etwas rausgefunden. Der Grund, weshalb die mich mögen, weshalb die gern mit mir schlafen –« Maisie, die Martha diese intimen Fakten anvertrauen wollte, konnte die Wörter nicht aussprechen, die dafür nötig waren; sie konnte zwar sagen: Die mögen mich, aber nicht: Die schlafen gern mit mir, ohne Martha stirnrunzelnd einen raschen Blick zuzuwerfen, um zu sehen, wie sie das aufnahm. »Der Grund, weshalb die so gern mit mir schlafen, du weißt schon, ist, daß ich mich fühle, als wär ich woanders. Also, wenn ich an Andrew denke, wie er war, ehe er nichts mehr von mir wissen wollte, wollte ich sagen!«

Es besteht die Wahrscheinlichkeit, sagte Martha sich und dehnte die Worte, wie Anton es mit den Worten tat, die ihm nicht über die Lippen wollten, »es besteht Anlaß zu der Vermutung«, daß Thomas, als er nach Israel gegangen ist, einen großen Teil von mir mitgenommen hat. Ein Klischee. Wie viele Klischees gibt es nicht, die ich mein ganzes Leben lang verwendet habe, ohne je auf den Gedanken zu kommen, daß sie am Ende wirklich etwas bedeuten könnten? Denn es ist ja nun mal so, als sei ein Teil meiner selbst gestorben. Welcher Teil? Oder er befindet sich in einem anderen Zimmer und schaut zu. Ja. Und der Witz daran ist, daß ich jetzt nach England gehe (ich komme ans Meer, ach bald, bitte, bald, denn ich werde demnächst noch verrückt, wenn ich nicht ans Meer kann), ich gehe weg, um »ein ganz neues Leben anzufangen«, doch wie kann man denn ein Leben anfangen, überhaupt irgend etwas anfangen, wenn ein Teil von einem der Gefangene von Thomas ist und mit ihm behauptet, daß niemand überhaupt irgend etwas weiß?

»Wichtig ist dabei«, sagte Martha, »daß die Richter, sagt Mr. Robinson, gegenwärtig alle ziemlich vernünftig und human sind. Denn um einander zu verlassen, muß man ja schließlich *wohin* ziehen können, nicht nur einfach ausziehen. Einer von uns muß beschwören, daß wir das eine Bett auf hochdramatische Weise ins andere Zimmer geschafft haben. Dabei haben wir schon Glück, daß wir überhaupt ein zweites Zimmer haben, so wie die Lage ist ... Wir müssen das Bett nicht wirklich verrücken, wir müssen es nur beschwören.«

Eine lange Pause trat ein. Martha und Anton saßen jeder auf einer Seite des winzigen Zimmers – so winzig, daß ihre Beine sich in der Zimmermitte fast berührten. Sie sahen einander an. Beide setzte dieser plötzliche Eingriff des Gesetzes (mochten sie auch schon lange damit gerechnet haben) in ihr prekäres Gleichgewicht in Verlegenheit. Eine derartige Verlegenheit, dies peinvolle Verständnis für die Lage des anderen hatten sie nicht erwartet.

Immerhin waren sie vier Jahre miteinander verheiratet gewesen. Als intelligente Wesen hatten sie sich nichts vorzuwerfen. Es war fast eine Zweckehe gewesen, man konnte fast von einer Verstandesheirat sprechen. Hier saßen sie nun nach vier Jahren und hatten einander wenigstens den Spielraum gelassen, sich zu trösten, sie hatten nicht gestritten – jedenfalls nicht auf eine zerstörerische Weise, hatten einander keinen Schaden zugefügt. Martha hatte sich anständig benommen, indem sie Antons Naturalisierung abgewartet hatte; Anton hatte sich anständig benommen, indem er es für selbstverständlich gehalten hatte, *daß* sie sich anständig benehmen würde. Sie hatten sich beide, wie beide es ausdrücken würden, wie zivilisierte Menschen benommen. Folglich gab es, wenn sie nicht richtig miteinander verheiratet waren, es auch nie gewesen waren, doch nichts, dessen sie sich hätten schämen müssen. Und sie empfanden für einander eine Art ironischer, nachsichtiger Anteilnahme – das war doch immerhin etwas.

»Losen wir«, sagte Martha.

Sie erwartete, daß Anton sagen würde, sie sei frivol. Statt dessen lächelte er, holte eine Münze heraus und fragte: »Kopf oder Zahl?«

»Zahl.«

Er gewann. Und das hieß, daß er am nächsten Tag zu seinem Anwalt gehen und ihn beauftragen würde, die Scheidung von Martha zu beantragen, wenn sie nicht unverzüglich wieder ihre ehelichen Pflichten erfüllte.

Zunächst einmal trennten sie sich, um sich um andere Dinge zu kümmern. Martha wollte sich erkundigen, wie bald sie eine Passage nach England bekommen konnte, und er machte sich auf zu den Forsters, die ihn zum Mittagessen erwarteten. Mit keinem Wort hatte er erwähnt, ob er nach Deutschland gehen würde.

Ihr Leben war inzwischen wieder ein ziemliches Gerenne – es war nicht damit getan, sich scheiden zu lassen und nach England zu gehen.

Marjorie, die Marthas Rolle als Mädchen für alles eigentlich übernommen hatte, war mit den Nerven fertig – so sagte der Arzt, und mußte einfach mal ausspannen. Marjorie kam zu Martha: »Wenn du natürlich an nichts mehr glaubst, dann mußt du das sagen!«

»Aber ich bin nicht mehr lange hier!«

»Ach, Matty, das sagst du doch schon seit Jahren!«

»Hör zu, Marjorie, natürlich helfe ich dir!«

»Ich merke dir doch an, daß du keine Lust hast – niemand schert sich drum, niemand schert sich um irgendwas. Vermutlich kommt das von dem Buch. Ich finde allerdings, daß so ein

Buch den gegenteiligen Effekt haben sollte und nicht den, daß alle Leute träge und destruktiv werden!«

Eben »das Buch« war der Grund für die neue (wenn auch kurze) Periode der Aktivität. Was war das denn, »das Buch« – alle erwähnten es auf diese Weise und nicht etwa Titel oder Autor, so als spielte das gar keine Rolle. Und in gewissem Sinne stimmte das auch, denn mittlerweile gab es davon eine ganze Reihe. Dieses bewußte war von einem russischen Bauern geschrieben worden, der während der Revolution von 1917 Feuer gefangen hatte und ein kleiner Funktionär geworden war. Er war schon Ende der zwanziger Jahre in Ungnade gefallen und hatte einige Jahre lang Gefängnis, Verfolgung usw. erdulden müssen. Seitdem er geflohen war, hielt er sich in Amerika auf und schrieb Bücher wie dieses, das als erstes in die Hände der Gruppe gelangt war – oder derer, die von der Gruppe übriggeblieben waren. Marjorie las es als erste – unter Tränen. Sie hatte es Colin gegeben, doch er behauptete, er habe zuviel zu tun. Weil Marjorie ihm jedoch damit in den Ohren lag – »Das ist aber wirklich wichtig, Schatz!« –, hatte er ein Kapitel gelesen und dann gesagt, es sei schlecht geschrieben. Marjorie trug es zu Betty Krueger, und die sagte, sie sei überzeugt, daß das FBI das geschrieben habe und daß Timofi Gangin nicht existiere. Boris sagte, er habe für schlechten Journalismus keine Zeit. Und außerdem, wo Marjorie das Buch denn überhaupt herhabe? Es war ihr mit der Post zugesandt worden – sie habe den Verdacht, daß es von Solly komme. Ja, dann wisse man selbstverständlich, was man davon zu halten habe! Dieser dreckige ...

Martha las es. Wenn das wahr war, dann war alles, was sie während der letzten sieben Jahre behauptet hatte, gelogen. Doch vielleicht war es ja übertrieben? Schließlich durfte man doch annehmen, daß ein Mann, der zu Unrecht im Gefängnis gesessen hatte, verbittert war und alles übertrieb? Das Wort übertreiben allerdings ... es klang falsch, es gehörte zu einem anderen Wahrheitsbegriff. Als sie dies Buch, diese Bücher las, machte sie zum ersten Mal, wenn auch noch unbeholfen und unsicher, die Erfahrung, sich einer Gabe zu bedienen, von deren Existenz sie bislang noch gar nichts gewußt hatte. Sie dachte: Ich fühle, daß dieses Buch die Wahrheit sagt, obwohl es schlecht geschrieben, grobschlächtig und sensationslüstern ist. Was heißt das aber: zu *fühlen*, daß etwas wahr ist, so als läse ich nicht einmal die Wörter darin, sondern spräche auf irgend etwas anderes an? Sie dachte vage: Wenn dies Buch nicht von diesem

Thema, sondern von irgend etwas anderem handeln würde, dann würden meine Antennen mir sagen: Doch, das ist wahr, was da drinsteht. Man hat schließlich so ein Gespür, auf das man sich verlassen kann ...

Martha gab Anton das Buch. Zuerst sagte er: »Diesen Mist lese ich bestimmt nicht!« Doch er las es und ließ zwischendurch höhnische Bemerkungen über den Charakter des Autors fallen – unerfreulich, sagte er. Dann wurde er still. Nun, das kam häufiger vor. Martha wartete, während das Buch auf dem Tisch lag, offensichtlich beiseite gelegt. Dann sagte Anton: »Schließlich sind das ja keine Heiligen, wie hätte es also ohne Fehler abgehen sollen?« Und schon war er auf dem Weg zu den Forsters, als wäre er sich der Ungeheuerlichkeit dieser Bemerkung gar nicht bewußt. Er erwähnte das Buch nicht mehr – und sprach auch überhaupt nicht mehr von Deutschland.

Das Buch regte tatsächlich dazu an, sich in aller Deutlichkeit die Frage zu stellen, wie es eigentlich um Anton stand. Was für eine Rolle spielte Anton, der verbitterte, alterfahrene Kommunist aus der Blütezeit der Kommunistischen Partei in Deutschland, eigentlich in den Augen der Forsters, die schließlich doch reiche Kapitalisten waren – wenn man sie irgendwie charakterisieren wollte, wie Anton selbst das tat.

Martha hatte Leute kennengelernt, die bei den Forsters verkehrten. Augenscheinlich war Anton dort überaus beliebt. »Sie behandeln ihn wie einen Sohn«, hatte die eine Frau gesagt, durchaus in der Absicht, Martha zu ärgern. »Oder vielleicht eher wie einen Schwiegersohn?« hatte Martha erwidert.

Wenn man einmal davon absah, daß Anton eine ganze Abteilung neu aufgebaut hatte, die von einem Freund Mr. Forsters geleitet wurde, wenn man davon absah, daß man offensichtlich keine Entscheidung ohne ihn fällen konnte – wie wurde Mr. Forster bloß mit der Tatsache fertig, daß Anton Deutscher und allgemein als Roter bekannt war? Die Tatsache, daß er Deutscher war, war überhaupt kein Problem. Anton war im Haus der Forsters der »gute Deutsche« gewesen, solange es problematisch war, Deutscher zu sein. Das war es nun nicht mehr. Schließlich hatte sich unser tapferer Verbündeter, hatte Rußland sich wieder in eine Nation von Leibeigenen verwandelt, die unter dem Joch des Tyrannen Stalin ächzten, so als hätte es den Krieg nie gegeben; und Mr. Forster hatte vor dem Krieg Geschäfte mit Deutschland gemacht und traf bereits Anstalten, die Beziehungen wiederaufzunehmen. Er fand die Deutschen zuverlässig, tüchtig und umgänglich, und die deutschen Städte waren sauber – es war das einzige Land in Europa, wo er bereit gewesen war, Leitungswasser zu trinken. Er hatte mit deutschen Geschäftsleuten mehr als einen angenehmen Abend in ihren Bierkellern verbracht, ehe diese unselige Angelegenheit, der Krieg, das unterband. Er war der Meinung, je eher man Deutschland als Bastion gegen den Kommunismus wiedervereinigte, desto besser; es interessierte ihn außerordentlich, etwas über Antons politische Erfahrungen in den dreißiger Jahren zu hören. – Und die Tatsache, daß er Kommunist gewesen ist? Ja, was konnte näherliegen, wenn einer eine schwere Kindheit gehabt hatte? Mr. Forster war während seiner Universitätszeit selbst Sozialist gewesen. Und die Tatsache, daß er aus der Arbeiterklasse stammte? Auch das stellte sich als Pluspunkt für Anton heraus. Mr. Forsters Vater war nämlich damals in Schottland selbst ein armer Junge gewesen, und er war nur zu bereit, Menschen Anerkennung zu zollen, die sich kraft eigener Fähigkeiten an die Spitze hocharbeiten, was schließlich der Grund war, weshalb er, Richard Forster, sich in Sambesia befand: Er war das Klassensystem seines eigenen Landes leid.

Das Fazit war also: Anton wurde behandelt wie ein Sohn wegen, nicht trotz seiner Vergangenheit. Alles, was ihn zu dem gemacht hatte, der er war, alle Erfahrungen, die sein Wesen zutiefst geprägt hatten, waren Zucker im Kaffee der Forsters.

Und Bettina Forster, die Tochter, hatte (wie Martha natürlich von vornherein anzunehmen bereit war) wahrscheinlich irgend etwas mit Martha gemeinsam? Wie wirkte Anton wohl auf sie, dieser Mann, der schließlich Angestellter bei der Bahnverwaltung war, auch wenn der engste Freund ihres Vaters behaupten mochte, daß er die Abteilung ohne seine Hilfe nicht würde leiten können? Inwiefern war diese Frau (die als hübsch, intelligent und neurotisch beschrieben wurde) die Nachfolgerin von Grete und Martha? Es schien, daß sie so etwas wie eine Liberale war; sie war der Ansicht, daß in der Eingeborenenfrage etwas geschehen müsse, und es war durchaus möglich, daß sie sogar ins Parlament oder in den Stadtrat kam. So würde Anton Hesse also demnächst Schwiegersohn eines einflußreichen Geschäftsmannes werden, dessen Auflehnung gegen die Gesellschaft sich darin verausgabt hatte, daß er erklärte, er würde sich diesem Klassen-Unfug in seiner alten Heimat nicht beugen, dessen Frau ihn einen armen, lieben, braven Jungen nannte und dessen politische Erfahrungen sich für seine Tochter als unschätzbar wertvoll erweisen würden, wenn sie einen Sitz im Stadtrat oder im Parlament anstrebte.

Und Anton weigerte sich mit der Begründung, daß er »mit trotzkistischen Verrätern nichts zu tun haben wolle, besten Dank!«, an einer Sitzung teilzunehmen, die von Solly Cohen anberaumt oder wenigstens veranlaßt worden war.

Solly hatte über Marjorie mündliche Einladungen an alle gerichtet, die noch interessiert waren, sich mit ihm und einem afrikanischen Kontaktmann zu treffen. Was für einem Kontaktmann? Na, das mußten sie nun schon abwarten!

Doch Marjorie war für sie alle die Quelle oder der Ausgangspunkt der Unruhe geworden, die durch »das Buch« ausgelöst wurde.

Sie machte geltend, daß es »nur recht und billig« sei, daß sie alle zusammenkämen und Timofi Gangins Buch diskutierten. »Schließlich«, sagte sie mit ernster Miene zu Martha, »falls wir die ganze Zeit in der ganzen Stadt Lügen verbreitet haben sollten, dann gehört es sich auch, daß wir das sagen.«

Martha war zur Diskussion bereit, Colin ebenfalls, »falls er Zeit hatte«. Die Kruegers sahen nicht ein, was das für einen Nutzen haben sollte. Anton weigerte sich. Folglich würde die Diskussion nicht stattfinden. Inzwischen hatten alle das Buch gelesen, und die einzelnen Paare hatten darüber diskutiert. Es war gelesen worden, man hatte daraus seine Schlußfolgerungen gezogen, aber eine regelrechte Sitzung hatte nicht stattgefunden. Doch Marjorie rief die Leute an und schrieb Briefe: Ihnen fehle es an Verantwortungsgefühl, sagte sie, niemals hätte sie es für möglich gehalten, daß Menschen dermaßen leichtfertig und oberflächlich sein könnten.

Sie hatte also alle verärgert. Doch es war wiederum sie, die zu einer weiteren Sitzung aufforderte, die, wenn Solly nicht zuviel versprochen hatte, eine neue Ära der Zusammenarbeit mit den Afrikanern einleiten würde. Es sah so aus, als könnten sie nach all den Jahren ihr Ziel, »mit den Afrikanern zusammenzuarbeiten«, verwirklichen.

Fazit: Dank Marjories Bereitschaft, sich für alles nur Mögliche ernsthaft einzusetzen, war sie zum Angelpunkt beider neuer Möglichkeiten geworden – ernsthafte Kritik an Rußland und ernsthafte politische Zusammenarbeit mit den Afrikanern.

Wie alle guten Organisatoren war Marjorie nicht gewillt, eine Sitzung abzuhalten, ehe sie nicht sichergehen konnte, daß die Leute auch kommen würden. Es ging ihr nicht gut, und folglich rannte Martha von einem zum anderen, um herauszufinden, wer vielleicht kommen würde.

Eine ungewöhnliche Ansammlung von Menschen: Da waren natürlich Marjorie und Colin – letzterer aber wahrscheinlich nur, weil er schließlich Marjories Mann war; Solly und sein mysteriöser Kontaktmann; Mrs. Van der Bylt; Johnny Lindsay – doch dessen Interesse war mehr symbolischer Art, denn er war jetzt ans Bett gefesselt; Jack Dobie, falls er in der Stadt war, doch er hatte gegenwärtig zu wenig Geld, um ohne triftigen Grund irgendwelche Reisen zu machen. Thomas, falls er in der Stadt war. Und ausgerechnet Maisie, die erklärte, sie denke oft an die alten Zeiten zurück: Sie würde gern alle mal wiedersehen.

Die Sitzung sollte an einem Donnerstagnachmittag im Büro in der Founders' Street stattfinden. Sie mußte auf einen Mittwoch verlegt werden, weil in letzter Minute eine Nachricht von Solly kam; wurde abgeblasen, weil Mr. Zlentli (welche Rolle der dabei spielte, wollte Solly nicht sagen) sein Veto gegen die ganze Sache eingelegt hatte; wurde wieder anberaumt, weil sich irgendeine taktische Änderung ergeben hatte; wurde auf zwei Wochen später und auf den Abend verschoben, wurde jedoch zwei Tage vorher auf den Nachmittag desselben Tages verlegt, Mrs. Van zuliebe, die am Ende dann gar nicht kam: Flora hatte ein Telegramm geschickt, daß Johnny sehr krank sei und nach ihr verlange.

Daß das Ganze unter einem Unstern stand, war mittlerweile jedem klar, doch irgendwie bewirkte die Eigendynamik des chaotischen Gestümpers, daß das Vorhaben nicht einschlief. Beispielsweise waren bei einer der Gelegenheiten, wo die Sitzung ausfiel, eine ganze Menge Leute aus den alten, längst verblichenen Diskussionsgruppen aufgetaucht, weil sie den Eindruck hatten, daß es sich hier um die Wiedererweckung der alten kommunistischen Betriebsamkeit handelte. Sie waren gekommen, um sich nicht nur von der Gegenwart, sondern auch von der Vergangenheit loszusagen. Es war jedoch niemand im Büro, als sie eintrafen. Einer von ihnen, ein höchst aktiver Teilnehmer der einstigen Veranstaltungen, schrieb einen Brief an die ›News‹, worin er jeden, »den es anging«, warnend darauf aufmerksam machte, daß kommunistische Spione einen Aufstand planten. Das Ergebnis war, daß Colin von seinem Vorgesetzten im Ministerium warnend darauf aufmerksam gemacht wurde, daß er sich vorsehen solle; Anton machte viele geringschätzige und erklärende Bemerkungen gegenüber Mr. Forster, und Mrs. Van erhielt erneut einen Stoß verleumderischer Briefe.

Am Nachmittag der Sitzung sah Martha einen Fremden aus dem Fenster in der Founders' Street hinunterschauen. Als er sich umdrehte, war es Thomas. Ein hagerer, braungebrannter Mann, musterte er sie mit seinen ungeheuer hellen, blauen Augen. Sein Haar, dem die sengende Sonne des Sambesi-Tals seine Färbung verliehen hatte, war bleich, fast grünlich – wie eine Perücke wirkte es über dem dunklen, strengen Gesicht.

Er lächelte nicht. Sie machte sich angelegentlich am Literaturschrank zu schaffen. Dann sagte er: »Du kannst dir nicht vorstellen, wie seltsam das ist, in die Stadt zurückzukehren, nachdem man so lange im Busch gewesen ist.«

»Wirken wir unwirklich?«

»Die Stadt scheint unwirklich.« Nach einer Weile setzte er hinzu: »Aber, wie auch immer, komm bitte und stell dich neben mich.«

Sie wollte fortfahren, die Bücher zu ordnen, doch er sagte: »Nein, tu so was nicht. Bitte, komm her.«

Sie standen nebeneinander und schauten auf die Straße hinaus. Auf dem Ödland gegenüber dem Piccadilly stieß sich ein neues Bürohaus wie eine Rakete von der Founders' Street ab.

»Na, Martha?«

»Na, Thomas?«

Sie dachte: Es ist dieser Gesichtsausdruck – ich komme einfach nicht dahinter. Wo habe ich den schon mal gesehen? Und was geht in Thomas vor? Sie hatte Mühe, sich zu erinnern, wie er vor nur zwei Jahren gewesen war. Thomas war einmal ein kräftiger, ja, stämmiger, blonder Mann mit einem offenen Gesicht gewesen, dessen unmittelbar hervorstechende Eigenschaft darin bestanden hatte, daß er vor Energie zu bersten schien. All seine Bewegungen, seine Gesten waren ruhelos, tatkräftig gewesen. Früher war er ganz nach außen gekehrt gewesen, alles an ihm war wärmende Zuwendung gewesen. Jetzt stand er neben ihr und war völlig abgekapselt. Sein Gesicht, das die heiße Sonne vom Valley zu einem dunkel schimmernden Bronzeton verbrannt hatte, war – nicht verfeinert, sondern hatte schärfere Züge und einen vorsichtigen Ausdruck angenommen. Es wirkte einsam. Sie schaute es immer wieder an, das dunkle stolze Gesicht, dessen Ausdruck sie nicht zu entziffern wußte.

»Thomas?«

»Ja, Martha?«

Doch sie wußte nicht, wie die Frage lautete, die sie stellen sollte.

Bald darauf trat Jack Dobie ins Zimmer. Er wollte schon auf Martha zugehen. Als er sie jedoch mit ihrem ehemaligen Geliebten sah, bedachte er sie mit einem listigen Blick, lächelte ihnen zu und setzte sich dann allein auf eine Bank. Thomas jedoch, der diese kleine Episode nicht bemerkt hatte, nickte Jack fast abwesend zu.

»Jack Dobie!« sagte Jack scherzhaft.

Thomas schaute ihn abweisend an, dann verstand er, daß sein Verhalten kritisiert wurde. Er zuckte die Achsel.

Maisie trat ein, gefolgt von Tommy Brown. Nicht, daß Martha ihn gleich erkannt hätte. Sie erblickte den jungen Mann, dachte: Typisch Maisie, einfach irgend jemanden mitzubringen, mit dem sie zufällig gerade zusammen war, fühlte sich durch sein Freundschaft heischendes Lächeln (ein aggressives, kein liebenswürdiges) veranlaßt, etwas genauer hinzusehen ... und suchte dann sprachlos nach dem ernsthaften, wißbegierigen Jungen Tommy, der in diesem durchschnittlichen Versuch-garnicht-erst-mich-reinzulegen-Sambesier mit seinen groben roten Schenkeln, die er auf der Bank gespreizt hatte, irgendwo verschwunden sein mußte.

»Rück auf und mach mir Platz!« sagte Maisie. Tommy rückte auf, nicht ohne zuvor die anderen angegrinst zu haben, als wollte er sagen: Die hat mir überhaupt nichts zu sagen!

Dann saß Maisie auf einer der Bänke und lächelte ihnen träge zu. Alle beobachteten sie, selbst Thomas. Sie hatte sich die körperliche Selbstsicherheit, die immer schon ihr besonderer Vorzug gewesen war, bewahrt, ja sie, sofern das überhaupt möglich war, noch vervollkommnet, so daß man, wenn man zusah, wie diese kräftige, ziemlich schlampige Frau sich hinsetzte, an der Erfahrung des Sitzens teilhatte. Sie saß, und ihre beiden kräftigen, aber schönen Beine in den sehr hochhackigen Schuhen arrangierten sich, eins neben dem anderen, zu einer den Anstandsregeln entsprechenden Pose, so als hätte Maisie sie gemahnt: Wir sind unter Leuten! Sie gehorchten und glänzten vor Selbstzufriedenheit. Ihre dicken Schenkel ruhten unter schimmernder, mauvefarbener Seide. Ihre prächtigen Brüste sorgten dafür, daß die Häßlichkeit der Seide recht zur Geltung kam, doch was kümmerte sie das: Was macht das schon aus, was einer anhat! In ihrem Gesicht stand jetzt – denen, die sie von früher her kannten, war es peinlich – ein Ausdruck der Sittsamkeit, eine gezierte Achtsamkeit, doch sprach aus den molligen Partien, die sich zu röten begannen, eine Unschuld, die immer noch das wesentliche Merkmal ihres Charakters war. Ungeachtet ihrer zurückhaltenden Miene war der träge blaue Blick, mit dem sie die anderen bedachte, absolut freimütig: Entweder ihr mögt mich, oder ihr laßt es bleiben – mir ist es gleichgültig! Und ihre Hände – die Beobachtung der anderen galt vor allem ihren Händen. Diese Hände führten gewissermaßen ein Eigenleben unabhängig von ihrem Kopf und ihrem Herzen. Diese zwei weißen, geschickten Hände streichelten ihre Schenkel, hoben sich, um die weiße (leicht schmuddelige) Organdyblume an ihrem Hals zu berühren, ließen sich unter der billigen weißen Handtasche auf ihrem Schoß nieder oder falteten sich, unverhohlener Ausdruck gelassener Lebensklugheit, ruhiger Selbstgewißheit. Die Hände wußten, daß sie im Recht waren, daß sie tüchtig waren, daß sie es nicht nötig hatten, sich von irgend jemandem etwas sagen zu lassen.

Maisie schaute sie über ihre Hände hinweg an, und ihr Ausdruck sagte: Das ist also Tommy Brown, der junge Bengel, na und wenn schon? Und sein dümmliches, verlegenes Grinsen sagte: Ich weiß genau, was ihr denkt, aber Maisie ist schließlich eine alte Genossin, nicht (nicht daß es heute noch irgendwelche Genossen gäbe), und ich, ich bin wohl der Typ Mann, der mit Prostituierten schläft? Mittlerweile hätte es sie fast nicht mehr gewundert, wenn die Haarbüschel oben auf seinem Schädel sich aufgerichtet hätten und ihnen seinen Wunsch nach Anerkennung, sein Unbehagen über die Situation signalisiert hätten.

»Maisie hat gesagt, das wär so eine Art geselliges Beisammensein der Ehemaligen«, sagte Tommy.

»Geselliges Beisammensein nun nicht gerade«, sagte Martha.

»Ich hatte dich so verstanden, Matty«, sagte Maisie.

»Nein, das ist eine Sitzung, auf der wir klären wollen, ob wir irgendwas für die Afrikaner tun können.«

Doch noch ehe sie zu Ende gesprochen hatte, ließ Tommy das laute, wissende Gewieher eines jungen Mannes hören, das besagen soll: Ihr glaubt doch wohl nicht, daß ich auf so was noch mal reinfalle! »Ich hab gedacht, das wäre lediglich ein freundschaftliches Treffen.« Er stand bereits, und seine ganze Haltung drückte aus: Man hat mich unter falschen Vorspiegelungen hergeholt!

»Ich muß das falsch verstanden haben«, sagte Maisie, »aber ich freue mich trotzdem, die alten Freunde wiederzusehen.«

»Es kann dir ja wohl auch nicht schaden, wenn man ein bißchen *redet* über die Afrikaner, was?« sagte Jack.

»Oh, nein, auf euch falle ich nicht nochmal rein«, Tommy röhrte vor Lachen, »ich meine, es hat sich doch wohl einiges geändert inzwischen, oder?« Er war bereits an der Tür.

»Was ist denn in dich gefahren? Angst, die Stelle zu verlieren? Du arbeitest doch für Piet du Preez, wie? Der setzt dich schon nicht gleich an die Luft, nur weil du mal ein bißchen über was *geredet* hast!«

»Da wär ich nicht so sicher!« sagte Marjorie bitter. Sie war gerade hereingekommen. An ihrem geröteten Gesicht war teils die Hitze schuld, teils war es das schlechte Gewissen, weil sie zu spät kam. Sie hatte das kleinste ihrer Kinder auf dem Arm, und auf ihrem weißen Leinenkleid waren Fingerspuren.

»Na, dann macht's mal gut«, sagte Tommy, und an Maisie richtete er ein halb besitzergreifendes, halb verlegenes Lächeln und sagte: »Bis bald, Maisie!«

»Macht euch keine Gedanken wegen Tommy«, sagte Maisie, »der ist im Grunde kein schlechter Kerl!«

»Oh, doch, das ist er«, sagte Marjorie grimmig, »er hat sich verändert bis zur Unkenntlichkeit!«

»Na gut«, sagte Maisie nüchtern, »die Zeit hat ja auch nicht stillgestanden, nicht?«

Das Telephon läutete. Es war Mrs. Quest, die Martha bat, zu kommen. Sie klang bittend – ängstlich. Martha wußte, daß sie zu ihr mußte, ihre Mutter brauchte sie wirklich.

»Ich muß weg«, sagte Martha.

»Aber Matty, wenn du gehst«, sagte Marjorie, »dann ist doch kaum noch wer da!«

»Solly ist doch ohnehin nicht gekommen!«

Thomas sagte: »Was hat denn Solly mit der ganzen Sache zu tun? Ich kann Sitzungen zur Unterstützung von Solly sowieso nicht ausstehen!« Es war unglaublich, wie da für einen kurzen Augenblick, als er das sagte, noch einmal der alte Thomas zum Vorschein kam – ein freimütiger, aggressiver, dickköpfiger Mensch, so ganz anders als der schweigsame Einzelgänger, in den er sich gleich darauf wieder verwandelte.

»Na, das scheint ja nun mittlerweile bedeutungslos geworden zu sein«, sagte Marjorie kampflustig, weil sie es nicht über sich gebracht hatte, »das Buch« zu sagen.

»Wieso denn?« fragte Thomas, aber erst nach einer kleinen Pause, so als habe er sich gemahnt, daß er Interesse zeigen müsse.

»Na ja«, sagte Marjorie wieder, diesmal abbittend, weil sie, noch ehe sie sie aussprach, schon hören konnte, wie platt ihre Worte klingen würden: »Wir haben gerade ein Buch gelesen, weißt du – Ja, ich weiß, wir haben immer gesagt … doch es sieht ganz so aus, als hätten wir uns mit Rußland geirrt.«

Sie errötete, als er sie anstarrte. Dann schaute er Jack an, der, da ihn diese Auseinandersetzung nichts anging, nur grinste und beobachtete. Dann schaute Thomas Martha an, die nickte, dann Maisie, die aus dem Fenster schaute.

»Dann weiß ich auch nicht«, sagte Thomas abrupt, »dazu habe ich nichts zu sagen.« Einen Augenblick stand er, jeder Zoll der alte Thomas, energiesprühend da und starrte sie mit seinen blauen Augen bohrend an. Dann verlor er das Interesse und wandte sich ab.

»Das reicht aber nicht, du *mußt* dazu etwas zu sagen haben«, sagte Marjorie.

Thomas sagte geistesabwesend: »Die Sowjetunion war immer gleich – *wir* verändern uns.«

Diese Bemerkung, die, gemessen an dem, was von ihm erwartet wurde, geradezu aberwitzig klang, entlockte Jack ein Lachen und Martha die Bemerkung: »Thomas war so lange im Busch, daß man sich nicht wundern kann, wenn ihm das hier alles ein bißchen lächerlich vorkommt!«

»Das überzeugt mich keineswegs«, sagte Marjorie grimmig, »das ist doch keine Haltung!«

»Was willst du eigentlich von mir? Daß ich ein Buch lese, wo drinsteht, daß die Sowjetunion nichts taugt?«

»Ich begreife deine Haltung wirklich nicht«, sagte Marjorie bitter, als wäre sie es, an der Verrat begangen wurde.

»Die Frage, auf die es hier ankommt, ist, auf welcher Seite man steht, mehr nicht.«

»Oho«, sagte Jack, »endlich mal ein offenes Wort!«

»Ja«, sagte Thomas, »wenn die Sowjetunion nichts taugt, dann hat sie nie was getaugt. Wenn sie ein Paradies ist, dito. Was soll denn ein Buch daran ändern können? Doch was ist denn mit uns – wir sind also genau wie die Amerikaner? Der Kalte Krieg geht los, und die Sowjetunion ist kein geeigneter Bündnispartner mehr. Während des Krieges, als sie von allen am meisten gekämpft hat, da haben ihre Feinde was ganz anderes gesagt.«

»Du klingst wie ein Leitartikel aus der ›Prawda‹«, sagte Marjorie.

»Ich sehe gar nicht ein, warum die Leute nicht ihre eigene Meinung haben sollen«, sagte Maisie, um etwas zur Beruhigung der Gemüter beizutragen.

»Ausgerechnet von dir hätte ich so was nie erwartet«, sagte Marjorie, »ich meine, du warst doch nie nur einer von den Dogmatikern, den hundertprozentigen Kommunisten. Das hört sich ja fast so an, als fändest du, daß wir dies Buch nicht hätten lesen sollen!«

»Selbstverständlich nicht!« sagte Thomas. Die Hände in den Hosentaschen, blickte er in die Founders' Street hinunter. Martha war völlig klar, daß es weniger darum ging, daß dieser Wortwechsel ihn langweilte oder daß er nicht wirklich daran beteiligt war. Ein Teil, ein kleiner Teil seines Wesens setzte sich mit Marjorie auseinander, doch das war nur der Preis, den er dafür zahlte, daß man ihn in Frieden ließ. Er war mit etwas anderem beschäftigt: Wieder hatten seine Augen diesen düsteren, brütenden Ausdruck eines Menschen, der mit sich selbst beschäftigt ist.

»Das ist doch absolut lächerlich«, sagte Marjorie, »als ob man Bücher nicht ganz nüchtern lesen könnte, wie ein vernünftiger Mensch!«

»Das ist doch lächerlich«, sagte Thomas nach einer Pause. Dieser Satz kam automatisch, mechanisch. Dann wandte er sich vom Fenster weg, und Martha erkannte, daß er »zurückkam«, wie sie es ausdrückte. Es war eindrucksvoll, die Aufmerksamkeit in seine Augen, seine Miene zurückkehren zu sehen. »Wie kannst du nur so einen Blödsinn erzählen«, sagte er gereizt, »das ist richtiger intellektueller Blödsinn. Selbstverständlich beeinflußt dich ein Buch, das du liest.«

»Der Meinung bin ich nicht«, sagte Marjorie.

»Dir steht eine Meinung überhaupt nicht zu«, sagte Thomas.

»Na also!« Marjorie war beleidigt. Mit strahlendem Lächeln schaute sie die anderen einen nach dem anderen an und hoffte auf Unterstützung.

»Was weißt du denn schon von Büchern!« sagte Thomas. »So, wie du aufgewachsen bist, sind die für dich etwas Selbstverständliches. Wenn du Bücher verstehen willst, dann mußt du mit jemandem reden, der darum kämpfen mußte. Ich mußte darum kämpfen, daß ich lesen und schreiben lernen konnte. Um jedes Buch, das ich gelesen habe, ehe ich Polen verließ, mußte ich kämpfen. Ich hatte auch keine Zeit, Bücher zu lesen, die mir nichts nützten. Ich wußte ganz genau: Wenn man ein

Buch zur Entspannung liest, wie man so sagt, dann füllt man sich nur den Kopf mit überflüssigem Kram. Und wenn du keine Fachbücher oder Bibliotheken hast, dann vergißt du nicht, was du gelesen hast. Hier erinnert sich doch nie einer an das, was er gelesen hat, weil man ja immer alles in einem Lexikon nachgukken oder zur Bibliothek gehen kann. Ihr wißt überhaupt nichts von Büchern. Und die Kommunistische Partei und die Römisch-Katholische Kirche haben ganz recht – wenn man verhindern will, daß die Leute sich das Gehirn vergiften, dann muß man die Bücher einschließen.

»Na!« sagte Marjorie, als er fertig war. »Das finde ich ja nun absolut gräßlich!«

»Ihr wollt beides auf einmal«, sagte Thomas, »ihr wollt nette Liberale sein, alles freizügig, alles Laisser-faire, und gleichzeitig wollt ihr einen Staat, der nach strikten Organisationsprinzipien funktioniert. In Kriegszeiten.«

»In was?« sagte Marjorie verblüfft.

»In Kriegszeiten. Im Krieg.«

»Aber der Krieg ist doch vorbei!«

»Ach ja, doch das glaube ich nicht, ich bin nicht dieser Meinung.« Diese Bemerkung kam nur noch wie nebenher, wurde nur eben fallengelassen, und sein Tonfall war wieder der der selbstversunkenen Gleichgültigkeit. Mit dem Rücken zu ihnen blickte er düster über die Dächer der Unterstadt hinweg ins Weite. Sein Profil zeichnete sich gegen den sonnenhellen Himmel ab. Natürlich, dachte Martha, so war das in meinem Traum, das, woran ich immer noch denken muß. Himmel, ja – genauso trat er einsam hinaus in die Menschenmenge, die nach beiden Seiten auseinanderwich, um ihm Platz zu machen, und weil sie nicht mit ihm in Berührung kommen wollten. Und genauso behandeln wir alle Thomas, fast ohne es selbst zu wissen: Wir haben eine besondere Art, mit ihm umzugehen, so als ob ... *als ob was*?

»In meinem ganzen Leben war ich nicht so verblüfft«, erklärte Marjorie. Das Kind auf ihrem Schoß strampelte, um an ein Spielzeug heranzukommen, das es fallengelassen hatte. Marjorie bückte sich automatisch, um das Spielzeug für das Kind aufzuheben. »Wirklich, Thomas, noch ein Wort von dir, und ich schlage lang hin!«

Er antwortete nicht.

»Ich muß gehen«, sagte Martha und schaute zu Thomas, in der Hoffnung, daß er sich umdrehen und ihr auf Wiedersehen sagen oder mit ihr die Treppe hinuntergehen würde.

Maisie sagte: »Ich komme mit, Matty.«

Jetzt nickte Thomas ihnen beiden flüchtig zu: »Bis bald!«

Martha und Maisie gingen zusammen die Treppe hinunter.

»Das kommt, wenn man so lange im Busch lebt«, sagte Maisie. »Damit hattest du ganz recht. Ich hab einen Bruder, der ist Aufseher. Wenn der aus dem Busch kommt, ist der manchmal länger als einen Tag ganz komisch.«

»Und wie sieht's bei dir aus?« fragte Martha.

»Ach«, sagte Maisie, »alles unverändert. Binkies Ehe läuft nicht besonders gut, und mich macht das noch wahnsinnig. Er kommt ununterbrochen angerannt, um von zu Hause wegzukommen. Doch ich sage dann immer zu ihm: Jetzt hör mal zu, Binkie, du hast dein Bett gemacht, weshalb mußt du mir jetzt noch dauernd auf den Wecker fallen?«

»Ich komm dich bald besuchen. Hast du was von Athen gehört?«

»Nein. Das Blöde mit Binkie ist nur, seine Frau will keine weiteren Kinder, sie sagt, als sie ihn geheiratet hat, da hatte sie schon zwei Kinder aus dem Krieg, du weißt ja, ihr Mann ist gefallen, und dabei soll es nun auch bleiben. Doch Binkie hat ihr das erst nicht geglaubt, er hat gehofft, die Liebe würde bewirken, daß sie sich's anders überlegt. Doch nun sehnt er sich nach Rita. Lieber Gott, Matty, aber wir haben wohl alle so unsere Probleme.«

Sie hoben ihre Fahrräder aus dem Fahrradständer und drehten sie in entgegengesetzte Richtungen.

»Ich werd demnächst heiraten«, sagte Maisie bitter, »doch, im Ernst, ich sehe mich dazu gezwungen. Es ist der einzige Weg, je ein bißchen Ruhe und Frieden zu kriegen.«

Sie radelte davon, ihr prachtvoller, träger Körper rutschte auf dem Sattel hin und her, und die malvenfarbene Seide glitzerte heiß im Sonnenschein.

Martha saß im Wohnzimmer ihrer Mutter, und ihre Aufmerksamkeit wurde wenigstens von drei verschiedenen Dingen in Anspruch genommen. Vor ihr, auf einem niedrigen runden Tisch, lag ein riesiger Haufen Schlüssel. Ihre Mutter hatte ihn gerade mit einem kleinen Lachen dorthin gelegt und gesagt: »Hier, du schlimmes Mädchen, aber du verlierst selbstverständlich doch wieder alles, so wie du nun mal bist!« Errötend war sie in die Küche gegangen.

Martha blickte auf die Schlüssel nieder. Die waren ja geeignet für – sie hatte noch nie solche Schlüssel gesehen, riesige schwarze Schlüssel, wie sie heute keiner mehr benutzte. Das waren Schlüssel wie für einen Kerker. Gleichzeitig lief das Radio auf der Veranda, viel zu laut, und jedesmal, wenn Martha es ausstellte, stellte ihre Mutter es wieder an. Gleichzeitig kläffte das weiße Hündchen, während es in fieberhafter Betriebsamkeit zur Tür raste, auf eine Polsterbank sprang und dann wieder aus dem niedrigen Fenster, auf die Veranda, und durch die Tür wieder hereingerast kam – immer wieder, und zwischendurch nach dem Radiogeräusch schnappte, nach einer Biene am Goldregen, nach Marthas Knöcheln.

Und gleichzeitig dachte Martha daran, daß ihre Tochter bei Mr. Quest war und schon einige Zeit mit ihm allein war und daß ihr das zwar nicht behagte, sie daran jedoch offensichtlich nichts ändern konnte.

Das Zimmer war voller Licht, das von dem glänzenden Blattwerk im Garten hereinfiel. So unähnlich dies Zimmer dem Wohnzimmer auf der Farm mit seinen Fenstern, die auf eine Landschaft mit Bergketten im Osten, Westen, Süden hinausgingen, auch sein mochte, es ähnelte ihm – doch inwiefern? Weil man durch die Fenster die Büsche und Bäume des Gartens, die schwankenden Wipfel der Bäume im Park sah; weil das Licht sich hier den ganzen Tag veränderte, so daß man sagen konnte: Heute ist ein sonniger Tag, heute ist es wolkig, wenn man mit einem Blick die Atmosphäre im Zimmer erfaßt hatte – die heute nachmittag einen etwas schalen Beigeschmack hatte, oder so wirkte, vielleicht waren das plärrende Radio, das übelriechende Hündchen schuld daran.

Das Radio mußte laufen, weil Mrs. Quest gesagt hatte: Das

ist nett für deinen Vater. Doch der konnte das natürlich von dort, wo er sich aufhielt, kaum hören. Von dort, wo er sich mit der kleinen Caroline aufhielt.

Martha hockte vor den Schlüsseln. Als Martha sagte, es sehe so aus, als würde sie endlich wirklich nach England gehen, hatte Mrs. Quest sämtliche Schlüssel, die sie im ganzen Leben besessen hatte, hervorgesucht, sie alle zusammen an einen neuen Schlüsselring getan und sie Martha überreicht. »Von den Kisten sind wohl einige verlorengegangen, aber es ist sowieso immer empfehlenswert, viele schöne Schlüssel zu haben.«

Jetzt backte sie Hörnchen in der Küche. Sie konnte die Radiomusik gar nicht richtig hören. Martha stand auf, lehnte sich aus dem Fenster und drehte den Ton erst leiser und dann ganz ab. Stille. Gesegnete Stille. Martha spitzte die Ohren und konnte gerade eben noch die Stimme eines kleinen Mädchens hören, die drei Zimmer weiter erklang. Sie klang normal fröhlich, immerhin etwas.

Wieder setzte sich Martha vor den Tisch, wo die Schlüssel lagen. Doch, dies Zimmer war wirklich wie das andere damals – obwohl das eine Wände aus Stroh und Lehm gehabt hatte und dies hier welche aus verputzten Ziegelsteinen, eins nahezu ein Teil des Buschlands gewesen war, das es umgab, das andere in einem großen, üppigen Stadtgarten stand. Wieso waren sie einander ähnlich? Weil manche Bilder noch dieselben waren? Beispielsweise das von dem komischen kleinen Jungen, der fischend am Flußufer saß; er war jedoch eingeschlafen, und am Ende der Angelschnur hing ein prächtiger Fisch von der Größe eines Wals. Der Ausdruck, mit dem er aus dem Wasser herausäugte, sagte: Was ist denn das für ein scheußlicher, unverschämter Wicht, der es gewagt hat...

Wahrscheinlich hatte irgend jemand den Quests dies Bild zur Hochzeit geschenkt, nachdem er sich gefragt hatte: Was um Himmels willen sollen wir denn bloß dem lieben Alfred und der lieben May schenken? Fast dreißig Jahre hing es nun schon an Mrs. Quests Wänden, wo immer sie auch hinziehen mochte. Kläffend jagte das Hündchen auf einer weiteren Runde herein, und Martha verlor die Beherrschung. Hitzig packte sie es unsanft, einer Zorneswallung folgend, und schmiß es aus dem Fenster. Sie knallte die Tür zu. Schwanzwedelnd sprang es wieder herein. Sie schnappte das Tier und warf es ins Eßzimmer, und saß, nun durch zwei geschlossene Türen von ihm getrennt, den Kopf auf die Hände gestützt und lauschte in die Stille. Jetzt war es wirklich still. Allerdings war auch von Caroline nichts mehr zu hören.

Immer noch lagen da diese Schlüssel, schwarz, rostig, kantig, unhandlich, unberührt auf dem Tisch. Mrs. Quest hatte vor Sorge wegen Marthas Weggang nach England die ganze Nacht wachgelegen, wie sie Martha mitteilte. Sie war um fünf Uhr morgens aufgestanden, um die Schlüssel herauszukramen und zusammenzustellen, gleich morgens, sowie die Läden aufmachten, hatte sie den Schlüsselring gekauft. Dabei stand Marthas Abreisedatum noch nicht einmal fest. Die Schiffe waren alle überfüllt, weil so viele Leute ihre Vergnügungsreisen nachholen wollten, die sie während der Kriegsjahre hatten entbehren müssen. Noch stand der Scheidungstermin fest, denn auch für diese Annehmlichkeit gab es lange Wartelisten. Doch Mrs. Quest lag bereits wach. Sie hatte die ganze letzte Nacht wachgelegen, weil sie Angst hatte, daß Martha die Schlüssel nicht annehmen würde, das sähe ihr ähnlich, sagte sie, als sie Martha das baumelnde, rostige, entsetzliche Angebinde überreichte und dabei so schuldbewußt aussah, als hätte sie gerade etwas gestohlen.

Das Ganze war unglaublich, aberwitzig – es hatte denselben Aberwitz wie dies scheußliche, kokette Bild, das völlig grundlos dreißig Jahre lang ein Teil des Lebens der Quests gewesen war; es war aberwitzig wie dies gräßliche, übelriechende Hündchen, das zwei Zimmer weiter heulte, wie die Tatsache, daß Caroline bei ihrem Großvater, bei Mr. Quest war – Mrs. Quest kennzeichnete sie mit den Worten: »Es ist doch schön für das arme kleine Mädchen, daß es seinen Großvater kennenlernt, solange noch Gelegenheit dazu ist.« Aberwitzig wie die Tatsache, daß Caroline überhaupt hier war, in demselben Haus wie Martha.

Dabei war dieser ganze gräßliche Zustand gleichzeitig absolut natürlich und in der Tat unvermeidbar: Mrs. Quest, deren Leben so eingeengt, so freudlos war – ihr Sohn hatte geheiratet und war dreihundert Meilen weg in den Bergen Farmer geworden –, verlangte nichts Unbilliges, wenn sie ihre Enkelin so oft bei sich haben wollte, wie es ging.

Natürlich.

Und ebenso: Warum sollte man denn nicht die Schlüssel eines halben Jahrhunderts gebündelt auf einen Schlüsselring tun und sie der auf die Dreißig zugehenden Tochter schenken? Warum sollte man denn ein Hündchen nicht behandeln, als sei es ein geliebtes Baby und es »aus Spaß« Kaiser nennen? Warum sollte man denn nicht ein sechsjähriges Kind stundenlang bei einem kranken alten Mann lassen, der kaum mehr wußte, was er tat?

Und außerdem, konnte man Mrs. Quest denn dafür tadeln, daß sie, so beschäftigt wie sie war, vergessen hatte, Martha mitzuteilen, daß das Kind da war, daß sie vergessen hatte, dem Vater des Kindes und der Stiefmutter mitzuteilen, daß Martha da sein würde – konnte man sie tadeln, wenn sie sich dieser Situation gegenüber, die einzig Marthas Schuld war, verhielt, als gäbe es gar keine?

Schließlich war das auch wirklich eine Situation, für die es keine Präzedenzfälle gab, das war Martha schon klar. Sie konnte sich an keine Romane, keine Stücke, keine Gedichte erinnern, die davon gehandelt hätten – obwohl das Dinge waren, die im viktorianischen Melodrama vorkamen. Nicht einmal in den Büchern über »den Umgang mit Kindern«, wie sie vermutlich die neue Stiefmutter des Kindes benutzte und wie auch Martha sie benutzt hatte, fand sich irgendeine diesbezügliche Erwähnung.

Jedenfalls, seit einigen Monaten schon traf Martha, wenn sie ins Haus ihrer Mutter kam, das kleine Mädchen dort an. Elaine Talbot erwartete endlich selbst ein Kind, und da war es nur natürlich, daß Caroline viel Zeit bei ihren Großeltern verbringen sollte. Alles absolut natürlich, in Ordnung, und, in der Tat, unausweichlich.

Gleichzeitig heulte Martha innerlich vor nackter Wut, vor Pein – und begriff doch die Sicht der anderen, sah vor allem keinen Sinn darin, daß sie überhaupt etwas empfand, denn wer hatte davon schon etwas? Sie kam ins Haus, begrüßte das kleine Mädchen, ihre Tochter, wie eine Fremde, und später dann, als das Kind sich an sie zu gewöhnen anfing, wie eine freundliche Erwachsene – eine »Tante«. Caroline nannte sie Tante, und Mrs. Quest versäumte ebenfalls keine Gelegenheit – Sag Tante Matty, sie soll dir eine Geschichte erzählen, Herzchen – Tante Matty geht mit dir händewaschen ...

So daß Martha das Kind weder »sah« noch nicht »sah«. »Du weißt doch, daß du das Kind nicht sehen sollst, das kann man ihm doch nicht antun«, sagte Mrs. Quest selbst jetzt noch mindestens einmal in der Woche. »Sehen« bedeutete offensichtlich, daß Caroline erfuhr, daß Martha ihre Mutter war. Ja, natürlich sollte Caroline nicht »erfahren«, das hieß wohl: einfach so nebenbei erfahren, daß Martha ihre Mutter war. Doch bestimmt sollte sie ebensowenig mit einer Frau zusammenkommen, die ihre Mutter war, als bestünde da keine heikle Situation.

Doch wem war das alles anzukreiden? Martha natürlich. Mrs. Quest? Der natürlich nicht, denn das ureigenste Merkmal von Mrs. Quest war ja gerade, daß sie nie auch nur im geringsten kritisiert werden durfte, denn sie war ja so ein armes Opfer. Opfer kann man nicht tadeln. Die Schwachen können nicht getadelt werden.

Und die Verlierer haben immer recht. Den Alten, den Ausgebeuteten, den Unglücklichen ist Vergebung gewiß.

Diese Situation mit dem Kind, wie diese Geschichte mit den Schlüsseln und wie überhaupt alles, dachte Martha zähneknirschend, war folglich geprägt von nacktem, brutalem, groteskem Aberwitz. An der Oberfläche nahm sich das alles vernünftig, gutbürgerlich aus: Es ist doch schön für Caroline, daß sie ihren Großvater kennenlernt, solange sie noch die Möglichkeit hat. Darunter jedoch sah es so grauenhaft aus, daß ... Wenn eine junge Frau das Verbrechen begeht, ohne das Jammern, Weinen, Händeringen, das daraus fast schon einen menschlich verständlichen Akt macht (die Verfasser der viktorianischen Melodramen wußten das sehr gut), ein Kind zu verlassen, dann wird alles unnatürlich, des Grauens darf kein Ende sein, und natürlich mußte Martha, die sich »vernünftig verhielt«, wie es *ihrer* Natur entsprach, im Haus ihrer Mutter immer wieder auf ein niedliches kleines Mädchen von drei, vier, fünf, sechs Jahren stoßen und zu hören bekommen: »Da kommt Tante Matty!«

»Bist du meine Tante?«

»Ja.«

Vor einer Woche war Martha mit dem Fahrrad am Haus der Quests vorbeigekommen, als sie unterwegs zu Jack Dobie war, um ihm einen Brief von Thomas zu bringen, der die erbärmliche Lage eines afrikanischen Dorfs im Sambesi-Tal schilderte. Ihre Ernten waren der Dürre zum Opfer gefallen. »Niemand hätte je davon erfahren, wenn ich nicht zufällig gerade hiergewesen wäre. Sie sterben, sagen sie, weil Nyaminyami, der Flußgott des Sambesi, böse auf sie ist.« Sie hatte hineingeschaut, um zu sehen, wie es ihrem Vater ging. Auf der Veranda traf sie auf ihren Bruder und seine Frau. Sie waren bereits eine richtige Familie. Ein gutaussehender, blonder junger Farmer mit einer verkrüppelten Hand, ein pummeliges, sommersprossiges Frauchen, zwei sehr kleine Kinder, eins noch ein Säugling. Es war etwa fünf Uhr nachmittags. »Doch, dein Vater ist wach«, hatte Mrs. Quest gesagt.

Martha hatte sich seiner Schlafzimmertür genähert. Sie stand halb offen. Es war still. Ob er doch schlief? Martha blieb zögernd stehen und war schon drauf und dran, wieder umzukehren. Da hörte sie die Stimme des alten Mannes: »Das ist meine Hand, das ist meine Hand, das ist meine Hand!« Es war ein grimmiges, hungriges Flüstern. Dann, Martha jagte die Habgier, die aus der Stimme des alten Mannes sprach, einen Schauder über den Rücken, sagte eine Kinderstimme, höflich, aber bestimmt: »Nein, Grand-dad, das ist meine Hand. Meine.«

Martha hatte einen Schritt vorwärts getan, schon jetzt angewidert – nein, das war nicht das richtige Wort, entsetzt, wenngleich sie nicht wußte, weshalb die Szene, die sie gleich zu sehen bekommen würde, entsetzlich war. Vielleicht kam es daher, daß die Kinderstimme, ihre kühle Korrektheit, ihre Höflichkeit, die Stimme des gesunden Menschenverstandes war – die die Maske für dies ganze Grauen abgab. »Es ist doch schön für das kleine Mädchen, seinen Großvater kennenzulernen.« – »Bist du meine Tante?« – »Nein, das ist nicht deine Hand, Grand-dad, das ist meine.«

Martha sah den alten Mann nicht nur aufrecht im Bett sitzen, wozu er seit Wochen keine Kraft gehabt hatte, sondern er kam dabei auch noch ohne Kissen aus. Die Schultern hingen kraftlos herunter, doch das kranke weiße Gesicht war verbissen vor Anstrengung. Die Hand, die nur noch aus Knochen bestand, die Hand eines Skeletts, die von dünnen losen Hautfalten umgeben war, hielt den pummeligen, rosigen Arm des kleinen Mädchens umklammert.

Caroline trug ein hübsches rosa Kleid. Mit ihren schwarzen Augen und schwarzen Locken war sie ein reizendes kleines Geschöpf, und sie thronte oben auf dem Bett, ein braunes Bein unter sich, das andere hing herab und stemmte sich auf den fetten Nacken des weißen Hündchens, das ergeben vor dem Bett hockte und wartete, daß sie kam und mit ihm spielte. Sie saß da wie eine kleine Königin, mit ihrem entzückenden braunen Fuß auf dem dicken weißen Hund, und Martha sah, wie sie den Hund neckte, indem sie mit den Zehen die Speckfalten in seinem Nacken hin- und herschob. Sie hatte den Hund hierbehalten, indem sie ihn mit dem Fuß lockte, während sie höflich auf dem Bett saß, und »ihren Großvater kennenlernte«. Unterdessen verdrehte der alte Hund die Augen, zitterte und ächzte vor Wonne. Caroline war sehr blaß. Sie saß kerzengerade. Ihr Mund war leicht geöffnet. Sie atmete unregelmäßig und starrte aus vielleicht zwanzig Zentimetern Entfernung in das Gesicht des kranken alten Mannes. Sie versuchte, den Kopf soweit wie möglich zurückzubeugen, ohne daß man es merkte. In dem frischen Gesichtchen malte sich Abscheu. Das Zimmer roch nach Krankheit, ein dicker, süßer, ekelerregender Geruch, der Geruch des Todes.

Mr. Quest hielt den Arm des Kindes fest und sagte grimmig: »Das ist meine Hand, das ist meine Hand!«

»Nein, Großvater, ich hab es dir doch schon gesagt, das ist meine!«

»Das ist meine Hand, das ist meine Hand!«

Und ungeschickt ließ er seine Hand den pummeligen Unterarm des kleinen Mädchens heruntergleiten, ängstlich darauf bedacht, daß es sich nicht losmachte. Jetzt packte er das Handgelenk mit seiner Rechten. Mühsam das Gleichgewicht haltend, legte er seine Linke auf das zerknitterte Laken neben der Hand, die er gefangenhielt und die, wie Martha sehen konnte, rot anzulaufen und anzuschwellen begann. Er starrte auf die weiße, knochige Hand, die schweißfeucht war, und auf die Hand des kleinen Mädchens.

»Das ist meine Hand«, murmelte er, »doch, doch.«

»Nein, Großvater«, sagte Caroline bestimmt mit der hohen, klaren Stimme eines wohlerzogenen kleinen Mädchens. Doch es schwang auch »Charme« in dieser Stimme mit – Martha vernahm hinter der kühlen Selbstzufriedenheit das Gemurmel der Selbstverleugnung, das sie von den beiden Frauen, Mutter und Tochter Talbot, kannte. »Wirklich, Grandpa, das ist meine Hand, weißt du doch!«

Martha machte einen Schritt vorwärts. Mr. Quest und Caroline hörten sie. Mr. Quest hob den Blick. Ein dünnes Rinnsal lief ihm über jede Wange. Sein Mund stand offen, seine Lippen zitterten. Und Carolines Gesicht war spitz vor Erleichterung.

»Da ist Tante Matty!« rief sie.

Doch der alte Mann hatte vergessen, daß er immer noch das Handgelenk des Kindes in einem knöchernen Ring gefangenhielt. Sie zog, und er schwankte vor und zurück, dann sagte sie: »Grand-dad! Du tust mir weh!« – »O je«, murmelte er und ließ los. Caroline sprang vom Bett und rieb sich das Handgelenk, das Gesicht erstarrt zu einer Maske der Angst und des Abscheus. Gleich darauf wirbelten das kleine Mädchen und ihr vierbeiniger Begleiter unter Gekläff und »Aus, Kaiser, aus, Kaiser« lärmend aus dem Zimmer.

Martha legte den alten Mann behutsam wieder in seine Kissen

zurück. »Ich will nicht sterben, ich will nicht sterben«, murmelte er. Er hielt diesen häßlichen Gegenstand, seine Hand, empor und betrachtete ihn mit zitternden Lippen. Er ließ die Hand mit einer Grimasse der Scham und der Pein fallen. »Ich will nicht sterben, ich habe ja noch gar nicht gelebt, ich will nicht sterben.«

Martha saß neben dem Bett, beschäftigte sich jedoch nicht mit ihrem Vater, sondern mit dem Kind: Was für eine Erinnerung würde es an die Szene haben?

»Pssst, Vater«, murmelte sie mechanisch, in Gedanken bei Caroline, die im selben Augenblick mit dem springenden, kläffenden Hündchen vor den Fenstern herumtobte – »Hübsches kleines Mädchen in sonnenbeschienenem Garten«, ja, als solches konnte man sie bezeichnen, empfinden. Das Gesicht des Kindes war auf die Aufgabe konzentriert, einen Stock hochzuhalten, nach dem der Hund springen sollte. Doch sie hob den Blick und begegnete dem Marthas. Martha fürchtete diesen Blick, den sie häufig tauschten. Es stand ein scharfsinniger, wissender Ausdruck darin, ein fast zynischer, und selbst jetzt noch, wo sie zwischen blühenden Büschen davonlief, hatte ihre Miene zugleich etwas Furchtsames, da war Martha sich sicher.

Mr. Quest wimmerte mit geschlossenen Augen vor sich hin.

Dann sagte er unter großer Anstrengung, so daß seine Gesichts- und Halsmuskeln sich zusammenkrampften: »Es ist so beschämend, es ist so erniedrigend ...« Der Kopf sank ihm zur Seite, sein Mund öffnete sich. Er war offensichtlich eingeschlafen. Martha saß schweigend neben ihm. Der Geruch im Zimmer war so stark, daß sie fühlte, wie er an ihren Kleidern hing, feucht und dick, wie ein Nebel.

Bald darauf kam Mrs. Quest herein.

»May, May, May ...«

»Was ist denn, Schatz?«

»Ich will nicht sterben!«

»Aber wir müssen doch alle irgendwann sterben, Schatz!«

Mrs. Quest klang munter, tatkräftig. Sie lief geschäftig im Zimmer herum und machte Ordnung. Der Hund hatte ein Stück Holz mit hereingebracht, und Carolines Wolljacke lag auf einem Stuhl.

»Ja, aber ich will nicht, ich will nicht!«

»Wir sehen uns im Himmel wieder, wie oft habe ich dir das nicht schon gesagt!«

Mrs. Quest, die die Anwesenheit ihres Sohnes hatte aufleben

lassen, trat lächelnd ans Fenster und schaute in den Garten hinaus, wo Caroline stand und den Stock hochhielt, damit der Hund danach springen konnte.

»Ja, doch woher sollen wir das wissen?« sagte Mr. Quest gereizt.

Mrs. Quest wandte sich vom Fenster ab und stopfte hastig das Bettzeug fest. »Schon gut«, sagte sie, »ich glaube, es ist Zeit für deine Medizin!«

Der alte Mann wimmerte und drehte den Kopf auf dem Kissen hin und her.

»Warum gibst du mir keine Spritze und erlöst mich von meinem Elend? Für jeden Hund würdest du das tun«, sagte er.

»So was können wir nicht tun«, sagte Mrs. Quest.

Martha und Mrs. Quest tauschten einen flüchtigen, schuldbewußten Blick. Jedes Mitglied der Familie war nach Szenen wie dieser zum Arzt gegangen, das wußte Martha, und hatte dort offen oder durch die Blume, je nach Veranlagung, gefragt, ob Mr. Quest nicht »eine Spritze bekommen« könne. Aus der Art, wie der Arzt das aufnahm, konnte man schließen, daß man ihn das nicht zum erstenmal fragte. Zu Martha hatte er gesagt: »Wenn Ihr Vater sterben will, braucht er nichts weiter zu tun, als sämtliche Pillen aus einer der Flaschen neben seinem Bett zu schlucken. Er weiß das.«

Der Arzt, ein guter Mann, dessen Beistand an diesem niemals endenden Sterbebett mehr der Unterstützung der Familie als dem Wohl des Patienten galt, zeigte seine Güte, indem er nicht schockiert war und ausgiebig die ethische Seite der Sache erörterte. »Menschen von ihren Leiden erlösen«, so drückte Mrs. Quest es aus, »Mord« war Marthas Ausdruck.

»Wie wollen Sie denn wissen«, sagte er, »daß nicht ein Teil Ihres Vaters die ganze Zeit Anteil nimmt, zuschaut? Wie kämen Sie sich dann vor, wenn Sie ihn töten?«

»Das ist genau der springende Punkt«, sagte Martha, »wenn nicht ein Teil seines Bewußtseins wach wäre, würde es nichts ausmachen. Ich sitze neben ihm und muß fürchten, daß ein Teil von ihm wach, bei Bewußtsein ist – und das ist so schrecklich . . .«

»Ich will nicht sterben, ich will nicht sterben«, murmelte der alte Mann, und umklammerte mit seinen harten, knochigen Fingern die Hand seiner Frau.

»Aber wir müssen doch alle Abschied nehmen«, sagte sie wieder und sah jetzt erschöpft und niedergeschlagen aus. »Ich mach dir eine schöne Tasse Bengers«, sagte sie und ging aus dem Zimmer.

Plötzlich war Mr. Quest wieder bei sich. »Ich glaube nicht, daß ich irgendeinen von euch wiedersehen möchte«, sagte er so boshaft, wie seine Schwäche es zuließ. »Es reicht mir schon, daß ihr hier tagaus, tagein aufkreuzt, da möchte ich nicht auch noch hinter den Himmelstüren mit euch zusammenwohnen!« Martha lachte vor Erleichterung. »Lachen«, sagte er, »Lachen. Komische Sache, das Lachen. Macht ein komisches Geräusch. Habe ich bis jetzt noch nie drüber nachgedacht. Wozu *dient* das denn bloß, das Lachen? Also, ich möchte dich ja nicht kränken, aber glaub mir, ich könnte gut hundert Jahre ohne euch alle auskommen, zweihundert, wenn's drauf ankommt!«

Und nun war Caroline wieder bei ihrem Großvater – war schon ein paar Stunden bei ihm. Und was Martha verwirrte, war dies: Ein kleines Mädchen von solchem Eigenwillen, solchem Selbstvertrauen, das wäre den sterbenden Mann nicht besuchen gegangen, wenn es nicht gewollt hätte. »Caroline hat ihren Großvater sehr gern«, hatte Mrs. Quest mit diesem Kichern in der Stimme gesagt, das auf die normale Situation gemünzt war: kleines Kind, Großvater.

Martha blieb vor den Schlüsseln sitzen. Sie würde nicht wieder hineingehen. Womöglich saß er wieder, umklammerte das Handgelenk des Kindes und sagte: Das ist meine, das ist meine; klammerte sich bis zum letzten Atemzug ans Leben, selbst um den Preis seiner Würde oder seines Stolzes? Und schlimmer noch: Womöglich saß Caroline dort aus freien Stücken, womöglich neckte sie den alten Mann wie das Hündchen? Oder saß dort aus Neugier oder genoß die Nähe des Todes?

Von draußen drang das stetige, prasselnde Geräusch von fallendem Wasser: Der Rasensprenger war an und schleuderte das Wasser in prachtvollen Bögen als Sprühregen heraus. Martha schloß die Augen und lauschte – Wasser, herabstürzendes Wasser, Wasser. Irgendwo war Wasser, war die Rettung, war das Meer. In diesem Alptraum, in dem sie gefangen war, in dem sie alle gefangen waren, mußten sie daran denken, daß draußen, irgendwoanders, Licht war, das Geräusch von Wasser, das sich an den Felsen brach. Irgendwo lagen Küsten, gegen die den ganzen Tag lang die Wellen anrannten, in mutwilligem Getümmel, wie rennende Pferde. Irgendwo verschluckten langgezogene, frische, blaue Horizonte die Schiffe, deren Decks nach heißem Salz rochen. Martha öffnete die Augen. Unter einem tiefblauen Himmel glitzerte ein weißer Blütenstrauch vom frischen Wasser. Wo weiße Gischt in einem zischenden Schwall herabfiel und sich auflöste, entstanden blaue Abgründe. Irgendwo jenseits dieses Plateaus, wo plötzliche heiße Regenfälle, Messinghimmel, trockene Düfte, trockene Unmassen von Gras die Lebewesen in einer wachsamen Spannung hielten wie im Zustand der Schlaflosigkeit, irgendwo, Hunderte von Meilen entfernt, fiel der Boden ab, glitt er ins Meer. Und eines Tages (der unglaublicherweise nur noch ein paar Monate entfernt war) würde Martha ganz einfach, so als sei das ein ganz natürlicher Vorgang, natürlich für sie, das heißt, für jemanden der das nie erlebt hat, an einer Küste stehen und zuschauen, wie eine Kette von Wellen Kraft sammelte und sich auftürmte und aufbäumte, ehe sie in einer Explosion von weißem Schaum vornüberfallen würde. Bald. Weiße Blumen bäumten sich gegen einen blauen Himmel auf. Weiße Gischt verging in einem zischenden Abgrund von Blau. Weiße Vögel, die ihre Schwingen vor den blauen, blauen Tiefen ausbreiteten.

Vorerst konnte Martha nicht schlafen. Vorerst rötete sich das Gesicht von Mrs. Quest immer mehr und sein Ausdruck wurde immer stumpfsinniger, Ausdruck eines Wesens, das in einem solchen Maße über seine Kräfte hinaus beansprucht worden ist, daß es nicht mehr weiß, was Kraft ist. Vorerst lag der alte Mann greinend in seinem Käfig aus verwesendem, übelriechendem Fleisch. Vorerst kam das kleine Mädchen in das Zimmer, wo Martha saß, und sagte: »Ist Großvater dein Vater?«

»Ja.«

»Wie kannst du denn dann meine Tante sein?«

Caroline setzte sich nicht hin, sondern hüpfte im Zimmer herum und stand auf einem Bein, während sie das andere auf und ab schwingen ließ und in die Hände klatschte, erst vorn, dann hinterm Rücken – alles tat, außer Martha richtig anzuschauen, die reglos dasaß und kein Wort sagte. Natürlich verlangte »die Situation«, daß sie irgendeine plausible Lüge erzählte. Wenn Mrs. Quest hiergewesen wäre, hätte die Lüge sich auch eingestellt. Doch so sagte Martha nichts, beobachtete, wie Caroline auf einem Bein vorsichtig an der Teppichkante entlanghopste, und dachte, wie ungeheuerlich das war, daß sie vor fünf Jahren, als sie das Kind verlassen hatte, wirklich gesagt und das auch geglaubt, gemeint, als wahr empfunden hatte: Eines Tages wird sie mir dankbar sein, daß ich ihr die Freiheit geschenkt habe. Was um alles in der Welt hatte sie damit bloß gemeint? Doch ihre stärkste Empfindung, als sie das Kind verließ, war gewesen: Ich gebe Caroline die Freiheit.

Und hier war nun Caroline, das Gesicht spitz vor Anspannung, sah Martha nicht an und hatte so gut wie gefragt: »Bist du meine Mutter?«

Als Martha nichts sagte, ließ Caroline sich in einen Sessel fallen, zog die braunen Knie unters Kinn und schaute Martha lange unverwandt an. Die blickte unverwandt zurück. Dann streckte Caroline ihr die Zunge raus, rannte aus dem Zimmer und rief: »Kaiser, Kaiser, Kaiser, wo ist mein dummer Hund?«

Martha ließ die Schlüssel auf dem Tisch liegen und suchte nach ihrer Mutter, die im Badezimmer gewaltige Stapel von Bettwäsche sortierte. Mr. Quests Laken mußten mehrmals täglich gewechselt werden.

»Ich glaube, man sollte Caroline besser nicht zu Vater ins Zimmer lassen.«

Mrs. Quest hörte nicht, oder jedenfalls schien es so, also wiederholte Martha ihre Worte.

»Na, es kann ja sowieso nicht mehr lange dauern, der Arzt meint, es sei eine Frage von Tagen.«

»Aber Mutter, das geht doch seit Jahren so!«

»Nein, nicht so wie jetzt – jedenfalls sagt er das.« Und auf Marthas Blick hin sagte sie: »Was weißt du denn davon! Du pflegst ihn ja schließlich nicht die ganze Zeit.«

»Na gut, ich muß jetzt los.«

»Kannst du nicht zum Essen bleiben?«

»Nein.«

»Das kannst du wohl nie, was?«

»Ich bin den ganzen Nachmittag hiergewesen.«

»Es ist offenbar gang und gäbe, daß junge Leute heutzutage keine Zeit mehr für ihre Eltern haben«, sagte Mrs. Quest fast automatisch, als sie ein Laken zusammenfaltete, indem sie es in der Mitte mit dem Kinn gegen die Brust drückte, und die beiden Seitenteile mit ausgestreckten Armen aneinanderlegte.

»Kann ich dir dabei helfen?«

»Ich mache das ja nun nicht zum erstenmal!«

Martha ging. Sie mußte zu Solly. Die Situation war, wenn das überhaupt möglich war, noch lächerlicher als vorher.

An dem Nachmittag vor drei Monaten, als er Marjorie gebeten hatte, alle zusammenzuholen, war er mit einem Afrikaner aufgetaucht, den noch nie jemand gesehen hatte. Doch das war, nachdem alle schon weg waren – nur Marjorie war noch dagewesen und wollte gerade abschließen.

Wer war dieser neue Afrikaner, wo war Mr. Zlentli? – hatte Marjorie bissig, viel zu aggressiv wissen wollen, weil sie verärgert war über Sollys Zuspätkommen. Solly äußerte sich erst ausweichend, dann abfällig über Mr. Zlentli. Mr. Zlentli sei nichts als ein machtverliebter Politiker, sagte Solly, und der stumme Afrikaner nickte.

Marjorie war von Jack Dobie zu Martha, von Martha zu Mrs. Van und Johnny Lindsay gerannt. Sie hatten das Gefühl, daß da irgend etwas Schlimmes im Gange war – »noch schlimmer als gewöhnlich«, wie Mrs. Van sagte. Sie hatten Zeit zu gewinnen gesucht und Ausflüchte gemacht, als Mr. James, so hieß der neue Afrikaner, sagte, er sei das Oberhaupt einer neuen, starken politischen Partei und Mr. Zlentli sei eine unbedeutende Figur.

Da hatten sie weise gehandelt, wie sich herausstellte. Denn seitdem hatte man folgendes Bild gewonnen: Solly hatte sich, lange vor Marthas Begegnung mit ihm, mit Mr. Zlentli überworfen. Solly hatte auf eigene Faust eine »Studiengruppe« aufgemacht. Doch die machtpolitischen Akzentverschiebungen, die die Rivalität der afrikanischen Gruppen untereinander mit sich brachte, hatten Solly und Mr. Zlentli wieder zusammengebracht. Das war vor etwa einem Jahr gewesen. Ein großer Streik oder eine Demonstration waren geplant worden, nicht einmal, sondern mehrfach, und jedesmal trat irgend etwas ein, das die Durchführung verhinderte – einmal auch die Botschaft »vom Süden unten«, die Jasmine Cohen mitgebracht hatte.

Eine Zeitlang war Mr. Zlentli der anerkannte Führer sämtlicher Unterbewegungen und Gruppierungen der Afrikaner.

Doch nun war kürzlich in einer anderen Stadt ein neuer Führer aufgetaucht (nicht Mr. James). Solly hatte diesem Mann geschrieben und ihm seine Mitarbeit angeboten. Mr. Zlentli, der das als Verrat ansah, hatte sich mit Solly überworfen. Dann hatte sich Mr. Zlentli mit dem neuen Mann verbündet, und nun stand Solly plötzlich selbst allein auf weiter Flur, weil Mr. Zlentli behauptete, er sei unzuverlässig.

Der Mann, der mit Solly ins Büro gekommen war, war irgendein kleiner Händler und hatte, soweit sie das hatten herausfinden können, keine Anhängerschaft. Er war Sollys Mann, Sollys Geschöpf.

Fazit: Solly hatte sich so ungeschickt verhalten, daß er jeglichen Kredit eingebüßt hatte, den er bei den wirklichen afrikanischen Bewegungen je gehabt hatte, und griff nun hilfesuchend auf diejenigen zurück, die von der weißen linken Gruppe noch übrig waren. Unterdessen hatte Martha an Joss geschrieben, der immer noch »im Norden oben« war, um herauszufinden, was der über seinen Bruder wußte, und Joss hatte einen mysteriösen Brief zurückgeschrieben, aus dem hervorging, daß großartige Dinge für die nächsten Monate geplant waren, daß er jedoch nicht in der Lage sei, ihnen mehr zu erzählen. Dieser Brief war von einem stummen, lächelnden Afrikaner überbracht worden, der ihn Marjorie ausgehändigt hatte und wieder gegangen war.

Solly hatte Martha und Marjorie mit Briefen und Anrufen bedrängt: Warum sie und Jack Dobie und Mrs. Van – vor allem Mrs. Van – denn Mr. James (das sei natürlich nur ein Pseudonym, das müsse ihnen klar sein, sein richtiger Name sei Noah Kitinga) nicht unterstützen wollten, der gegenwärtig gerade einen Streik organisiere? Dieser Brief war mit der normalen Post gekommen, und Martha war unterwegs zu Solly, um ihm zu sagen, daß er nicht solche Dummheiten machen solle.

Martha hatte es nicht eilig, zu ihm zu kommen. Sie konnte sich jedes Wort des Gesprächs vorstellen, das gleich stattfinden würde – seine Wut, ihre besänftigenden Bemerkungen, ihre Warnungen, was das Verschicken von Briefen betraf, seine Anwürfe gegen sie, gegen sie alle. Sie würde mit ziemlicher Sicherheit irgendwann die Beherrschung verlieren – sie freute sich darauf. Sie würden sich streiten.

Doch hinfahren mußte sie, weil Marjorie mit einer Grippe im Bett lag – wenn es tatsächlich eine Grippe war und nicht, wie Marjorie selbst sagte, ein neurotischer Protest gegen ihre Lebensweise. Was immer es sein mochte, jedenfalls hatte der Arzt ihr jegliche Herumrennerei verboten. Sie sei erschöpft, sagte er, und sie habe mit den vier Kindern und ihrem Mann ausreichend zu tun. Was darauf hinauslief, daß es für Martha kein Entrinnen geben würde, bis sie nach England gehen konnte.

3

Eines Abends bemerkte eine Stimme im Radio in diesem ausdruckslosen, fast leutseligen Ton, in dem die Geschichte in unseren blutigen Zeiten erläutert wird, demnächst werde es über einen noch nicht festgelegten Zeitraum, doch wahrscheinlich einige Wochen lang, einen Streik auf nationaler Ebene geben; er werde, so meine man in Regierungskreisen, von einem Streikkomitee organisiert, das sich nicht in der Hauptstadt, sondern in einer anderen Stadt befinde. Die Identität der Streikführer sei nicht bekannt. Diese Nachricht wurde mit einem Schweigen aufgenommen, das von allem, das ungesagt geblieben war, nur so widerhallte. Wie viele Jahre lang hatten diese Menschen schließlich nicht davon gesprochen, daß die Kaffern sich erheben und die Weißen ins Meer werfen würden, von Morden, Blutbädern, vom Halsaufschlitzen, von Vergewaltigung und Brandstiftung. Die Diskrepanz zwischen dem Ton des Ansagers und der Vorstellungskraft war an sich schon eine Beleidigung. Die Feindseligkeit gegenüber der politischen Führung, wie sie für die Weißen während jenes Streiks charakteristisch war, stellte sich schon in dem Augenblick ein, als sie die freundliche Stimme des Ansagers hörten. Er war zwar ein Weißer, doch gehörte er zur Regierungspartei, wie jeder, der eine halböffentliche Stellung bekleidete, und die Regierung wurde mit der Situation »wie üblich« nicht fertig.

Der Anstrich des Farcenhaften, der grotesken Ungeheuerlichkeit – Kennzeichen jedweden Ereignisses in diesem unseligen Lande – war von Anbeginn gegeben.

Martha sprach an diesem Abend gerade mit Mrs. Van, die sie unmittelbar, nachdem die Nachricht im Radio gekommen war, angerufen hatte, als auf der Nachbarveranda eine wütende Stimme zu hören war: Mrs. Huxtable putzte ihren Diener herunter.

»Soso, Jack«, hörte Martha, als Mrs. Van gerade sagte: »Haben Sie die Nachrichten gehört, Matty?« – »und was hast du dazu zu sagen, das möchte ich doch gern mal wissen!«

Martha hatte ihre Freunde eine Zeitlang nicht gesehen, weil ihr Vater gestorben war und weil sie erst über Thomas' Tod hinwegkommen mußte. Sie hatte also den Kontakt verloren und nahm den mahnenden Unterton in Mrs. Vans Stimme bereitwillig zur Kenntnis. »Ich hoffe, Sie sind nicht gerade mit etwas Wichtigem beschäftigt, ich werde Hilfe brauchen.«

»Selbstverständlich, Mrs. Van.«

»Was stellt denn Ihr lieber Solly da wieder an?«

»Wieso denn Solly? Das ist doch einfach nur ein Spinner.«

Von der Veranda war zu hören: »Missus? Was sagen Sie, Missus?«

»Na gut, aber dieser Bruder, der Joss, der heckt da alle möglichen Dinge aus. Ich hatte letzte Woche einen Mann aus Northern Province hier, und der hat mir einiges von einem Weißen namens Cohen erzählt. Ein guter, kluger Baas, sagte er. Da das ja unmöglich Solly sein konnte, mußte es eben Joss sein.«

»Nach allem, was wir für dich getan haben«, erklang Mrs. Huxtables kummervolle Stimme auf der Veranda.

»Ich nehme an, die Leute in der Stadt werden alle ungeheuer hysterisch werden«, bemerkte Martha, »es geht schon los damit.«

»Allerdings. Und deshalb müssen wir auch herausfinden, was da demnächst stattfinden soll. Treiben Sie Solly auf, holen Sie aus ihm raus, was sein Bruder treibt, und geben Sie mir Bescheid.«

Ehe sie Solly anrief, trat Martha auf die Veranda. Mrs. Huxtable, eine mollige Frau in einem schwarzseidenen Cocktailkleid, aus dem ein dicker faltiger Nacken und dicke rote Arme hervorsahen, stand mit dem Rücken zu Martha auf ihrer Veranda, und vor ihr stand der Koch mit herabhängenden Armen und schaute sie verdutzt an.

»Nie im Leben hätte ich so etwas geglaubt«, fuhr Mrs. Huxtable fort. Je mehr von diesen altgedienten Phrasen sie vorbrachte, jede so vorhersehbar wie die Sätze bei der Auseinandersetzung zwischen Eltern und Kind, der diese hier sehr ähnelte, desto lauter und schärfer wurde ihre Stimme, steigerte sie sich immer mehr in das Gefühl, daß man finsteren Verrat an ihr geübt hatte.

Er wiederum fing allmählich zu begreifen an, daß es hier nicht um den Staub auf irgendwelchen Möbeln ging.

»Aber, Missus, was habe ich denn getan?«

»Du stehst hier, als könntest du kein Wässerchen trüben, dabei planst du die ganze Zeit, uns die Kehle durchzuschneiden. Das sehe ich doch an deinem Blick. Glaub nur nicht, daß ich nicht weiß, was du denkst!«

»He!« protestierte der Mann, plötzlich wütend geworden,

und sein Zorn verlieh der Szene schlagartig eine gewisse Würde: »Was soll denn das heißen? Habe ich Ihnen nicht die Arbeit gemacht? Warum sagen Sie solche Sachen zu mir?«

Niedrige Hecken trennten den Garten dieses Hauses von den beiden Nachbargärten. Die Leute traten hinaus auf ihre Veranden oder stellten sich unten auf den Rasen, um besser zuschauen zu können. Die wütende Hausfrau und der wütende Diener waren wie Menschen auf einer Bühne.

»Das habe ich immer schon gewußt, daß du uns so eines Tages vergelten würdest, was wir für dich getan haben, immer schon!« sagte Mrs. Huxtable und hob den Blick zum Himmel.

»Ich stehe hier«, sagte der Mann, »Sie sagen solche Sachen zu mir, und mein Herz fühlt Kummer. Aber Sie haben mir noch nicht ein einziges Mal gesagt, was Sie gegen mich haben!«

»Nicht gegen dich allein, du Schlitzohr«, sagte Mrs. Huxtable und sank zurück in die Lächerlichkeit, »gegen euren ganzen Haufen. Na, eins verspreche ich dir jedenfalls – die Regierung kann jede Minute Truppen losschicken, und dann sieh dich aber vor, das wird dir eine Lehre sein!«

»Ganz richtig«, rief eine aufgebrachte Stimme von der anderen Straßenseite. »Was die brauchen, ist eine ordentliche Tracht Prügel, damit sie zur Besinnung kommen!«

Der Mann blickte sich rasch um: auf der anderen Straßenseite Frauen mit in die Hüften gestemmten Armen, die ihn anfunkelten – Leute mit wütenden Gesichtern hinter den Hecken. Seit das Wort »Truppen« gefallen war, war ihm klar, daß irgend etwas vorging, wovon er nichts wußte. Er wandte sich um und eilte davon. Er hatte Angst.

»Hat man denn so etwas schon gehört – Streik!« sagte eine der Frauen. »Für wen halten die sich eigentlich?«

»Können kein Haus sauberhalten und bilden sich ein, sie wüßten, wie man einen Streik durchführt!«

»Da lachen ja die Hühner!«

»Ich hole mir den Revolver von meinem Alten – die kriegen, was sie verdient haben!«

Und so weiter. Wie üblich.

Unterdessen rief Martha Solly an. Er halte sich die Seiten vor Lachen, erklärte er.

»Bitte, amüsier dich schön. Doch was ist eigentlich los?«

»Dreimal darfst du raten. Warum fragst du denn nicht Joss?«

»Wie denn? Hat der irgendwas damit zu tun?«

»Weshalb sollte ich dir das denn erzählen, Genossin Matty?«

»Als kleine Gegenleistung für gewisse Freundschaftsdienste. Was ist mit dem Mann passiert – deinem Schützling?«

»Der ist im Gefängnis. Sünden der Vergangenheit.«

»Und Mr. Zlentli – tüchtig bei der Sache, nehme ich an?«

»Nein, sie haben ihn vorige Woche deportiert. Er war aus Njassaland.«

»Aha.« Martha wartete. Nichts. »Weißt du wirklich nichts?«

»Alles, was ich weiß, ist, daß sie vor ein paar Wochen ungefähr ein Dutzend Männer mit dem Lastwagen an verschiedene Grenzen geschafft und sie drüben abgesetzt haben – darunter sämtliche Kontaktleute von mir.«

»Glücklicherweise haben sie offenbar nicht die Richtigen erwischt, wie es aussieht!«

»Das ist Ansichtssache.«

»Na, dann mal schönen Dank für die große Hilfe!«

»Stets zu Diensten.«

Martha rief Mrs. Van an und trat auf ihre Veranda. Innerhalb weniger Augenblicke zog die Zielscheibe Pfeile an. Mrs. Huxtable, dann noch eine Frau, dann mehrere fingen an, Martha, die »Rote«, zu beschuldigen, persönlich und gemeinsam den Streik geschürt zu haben. »Das kommt dann dabei raus, wenn man denen Flöhe ins Ohr setzt!« etc. etc.

»Wenn's die Roten nicht sind, dann sind es die Kommunisten«, sagte eine Frau.

»Und warum sind die Truppen noch nicht da?« fragte eine andere.

»Aber was wollen Sie denn bloß mit Truppen?« entgegnete Martha.

»Mein Boy ist weggelaufen«, sagte Mrs. Huxtable.

»Meiner auch. Die Decken in seinem Zimmer sind nicht mehr da.«

Die Frauen entfernten sich aufgeregt, um nach ihren Dienern zu sehen. Schrille Stimmen aus beiden Richtungen der Straße. Gruppen weißer Jugendlicher, die sich an den Straßenecken sammelten, waren zu sehen. Ein weißer Mann kam mit langen Schritten die Straße herunter und schrie: »Vigilantes! Vigilantes! Wer mitmachen will – um fünf Uhr in den Sportklub kommen!« Die weißen Jugendlichen setzten sich in seinem Kielwasser in Bewegung, und einige von ihnen schrien: »Vigilantes! Vigilantes!«

Die Frauen kehrten zurück und standen auf ihren Veranden und Rasen und klagten, daß die meisten ihrer Diener weggelaufen seien. Später fand man heraus, daß während der ersten paar Stunden viele Afrikaner einfach hinaus aufs Veld gerannt waren, gewillt, dort auszuharren, bis die Lage sich wieder beruhigt hatte. Sehr vernünftig, wie sich zeigen sollte.

Bald darauf kam Anton nach Hause. Er brachte die Neuigkeit mit, daß die afrikanischen Eisenbahnarbeiter morgen nicht zur Arbeit gehen würden. Es sei eine Ankündigung gemacht worden, aus der das hervorgehe. Alles wurde korrekt gehandhabt, außer daß es illegal war, zu streiken, und illegal, Gewerkschaften anzugehören oder welche zu bilden. Die Streikführer blieben unsichtbar. Unter den weißen Eisenbahnarbeitern wurde gemunkelt, daß der Streik gut vorbereitet sei. Die schwarzen Eisenbahnarbeiter seien vor Provokateuren gewarnt worden, die Stimmung unter den Afrikanern bei Arbeitsschluß sei beruhigend gelassen gewesen. Die weißen Arbeiter hätten sich, ihrer Rolle als Weiße entsprechend, alarmiert und empört gezeigt. In ihrer Rolle als Arbeiter seien sie beeindruckt gewesen und hätten ihren schwarzen Kollegen bei Arbeitsschluß sogar viel Glück gewünscht.

Nie hatte die Kolonie in ihrer siebzigjährigen »Geschichte« – d.h. der Zeit der weißen Besatzung – so etwas erlebt.

Noch ehe Anton sich auch nur hingesetzt hatte, um etwas zu trinken, klingelte das Telephon. Es waren die Forsters, die über die Neuigkeit bestürzt waren und Antons Gegenwart brauchten. Sie schlugen vor, daß Martha doch auch mitkommen solle, was nur bedeuten konnte, daß sie das Gefühl hatten, alle Welt befände sich in schrecklicher Bedrängnis. »Alle Frauen und Kinder unter ein Dach«, sagte Martha übellaunig. Anton erwiderte: »Das war doch nett gemeint, Matty«, und machte sich auf den Weg zu den Forsters.

Das Telephon klingelte erneut. Das Fernamt in Dilingwe im Yani Valley. Mrs. Quest habe ein Gespräch mit Mrs. Hesse angemeldet, doch die Leitungen seien völlig überlastet, ob Mrs. Hesse dranbleiben würde? Martha blieb dran und wartete auf die Stimme ihrer Mutter.

Mrs. Quest war jetzt eine alte Dame, die im Haushalt ihres Sohnes auf einer abgelegenen Farm etwa hundert Meilen südlich des Sambesi-Hochlands lebte. Als sie noch auf der Quest-Farm gewesen war, hatte sie gemeint, das müsse nun die allerentlegenste Station ihrer Reise sein, die ihren Anfang in dem engbrüstigen viktorianischen Haus im Südteil Londons genommen hatte. Doch sie hatte sich geirrt. Die Berge, zwischen denen sie jetzt lebte, waren die, auf die man vom alten Haus der Quests manchmal einen flüchtigen Blick erhaschen konnte, nachdem der Regen den Himmel reingewaschen hatte. Ferne Berge rückten in reiner Luft näher heran, sie öffneten sich, und dazwischen erschienen ferne hügelige Täler, die gewöhnlich unsichtbar waren, und jenseits dieser Täler erhoben sich wiederum blaßblaue, sonnenbeschienene Gipfel. *Da* lebte niemand, das Land war noch nicht besiedelt. Doch inzwischen war es besiedelt, und zwar unter anderem von Jonathan Quest und seiner Familie.

Mrs. Quest kehrte von der Beerdigung in das große Haus zurück, zu dem jetzt sie selbst, ein Koch, ein Hausdiener, ein Gärtner und ein kleiner Junge für die Nebenarbeiten gehörten. Und der kleine weiße Hund. Jahrelang hatte Mrs. Quest gewirtschaftet, geregelt, arrangiert, geplant und organisiert. Sie hatte ihren Mann noch lange am Leben erhalten, als niemand sonst mehr dazu imstande gewesen war – das hatte der Arzt ihr wieder und wieder gesagt. Und nun saß sie hier, eine alte Dame auf einer Veranda mit einem Hündchen auf dem Schoß. Von einem Tag auf den nächsten war es passiert.

Es sah so aus, als hätte sie es nicht vorhergesehen. Sie hatte, wenn sie jahraus, jahrein immer wieder gesagt hatte: »Wenn ich dann alt bin ...«, nicht wirklich verstanden, was das bedeuten würde.

Lange Jahre hindurch hatte Mrs. Quest nicht mehr sein dürfen als ein physisches Wesen. Und nun gab es plötzlich nichts mehr für sie zu tun. Wie immer man es ausdrückte, betrachtete, beschönigte, es war die Wahrheit. Da saß sie nun, eine tatkräftige alte Frau inmitten eines prächtigen Gartens, den sie verlassen mußte, und Martha beobachtete, wie zappelig sie war und wie ihre Glieder sich gegen die aufgezwungene Untätigkeit zur Wehr setzten. Immer wieder fand Mrs. Quest sich plötzlich auf den Beinen – ihr physisches Gedächtnis hatte ihren Beinen gesagt, daß es Zeit war, daß sie ihren Mann wusch oder ihm seine Medizin gab –, und sie war schon auf dem halben Weg zur Küche oder zum Bad, bis sie begriffen hatte, daß sie gegen jahrelange Gewohnheiten ankämpfen, sie unterdrücken, sie ändern mußte. Dann kehrte sie zu ihrem Sessel bei Martha zurück, in den verschränkten Fingern arbeitete es, und sie starrte trübsinnig vor sich hin. Dann sagte sie: »So kann es wohl kaum bleiben!« Martha und sie zündeten sich Zigaretten an. Eine Minute später rannte sie bereits wieder die Veranda hinunter zur Küche, um für den Toten irgend etwas zu holen. Wenn sie sich dabei ertappt hatte, blieb sie stehen und tat so, als gäbe es an einer der Pflanzen auf der Veranda etwas zu tun. Oder sie rief dem Diener zu: »Mach Tee für zwei, Jonah!« Sie kehrte zurück und sagte: »Von diesem Ende der Veranda kann er mich wirklich nicht hören.« Sie setzte sich langsam und versuchte zu lächeln, während sie den Blick senkte, um ihre Angst, ihren Kummer zu verbergen. Was sollte sie bloß mit sich anfangen? Wo sollte sie bloß hin mit ihren ganzen Kenntnissen, ihrer Energie, ihrem Fingerspitzengefühl und vor allem mit den alten Bedürfnissen, die sich jetzt explosionsartig bemerkbar machen mußten, wo ihrer wahren Natur – und die war heiter und liebenswürdig und gesellig – endlich keine Fesseln mehr auferlegt waren?

Tag für Tag und immer noch mehr Tage saßen die beiden Frauen rauchend auf der Veranda, während Mrs. Quest ihrer Zukunft als Gast in anderer Leute Häusern ins Auge sah (wenn auch noch nicht mit aller Schärfe, denn die Wahrheit war zu schmerzlich). Und Martha saß angsterfüllt dabei, denn sie wußte, daß ihre Mutter jetzt gern ihr Leben teilen würde. Aber Martha ging ja nach England. »Vielleicht komme ich auch mit nach England und lebe bei dir«, sagte Mrs. Quest immer wieder mit einem gequälten Lachen und mied dabei Marthas Blick. Und Martha sagte dann genauso beklommen und falsch: »Aber ich bin doch noch gar nicht da!«

Unterdessen wurden die praktischen Dinge von Jonathan erledigt, der den Verkauf des großen, nutzlosen Hauses in die Wege leitete. Der Garten, diese Frucht der Entbehrungen, die Mrs. Quest zu leiden gehabt hatte, würde, so sagte der Makler, den Kaufpreis um Hunderte erhöhen. Dann kam der Vorschlag, daß Mrs. Quest für eine Weile bei der Familie in den Bergen bleiben sollte. Die Schwiegertochter mit den kleinen Kindern konnte Hilfe gebrauchen. Mrs. Quest hörte sich diese Einladung mit ironischem Lächeln an: Sie konnte sich bestens vorstellen, wie willkommen der jungen Ehefrau das Eintreffen einer herrischen alten Frau sein würde. Doch sie packte ihre Sachen und fuhr hin. Als sie auf der Veranda des Hauses stand, aus dem sie erst vor wenigen Wochen den Leichnam von Mr. Quest getragen hatten, um ihn zur letzten Ruhe zu betten, wie sie es beharrlich nannte, und, das weiße Hündchen mit einem Arm an die Brust gedrückt, im anderen ein Paket mit Spielzeug für die Kinder des Sohnes, den Blick durch den herrlich duftenden Garten wandern ließ, kam sie Martha wie ein trotziges kleines Mädchen vor, das sich nicht unterkriegen lassen will.

Endlich erklang Jonathans Stimme, nicht die von Mrs. Quest. Ärgerlich sagte er, wenn das Stadtvolk diesen ganzen Unsinn ernst nehmen wolle, dann sollten sie das ruhig tun, doch seine Kaffern seien alle an der Arbeit und wenn sie das nicht morgen auch noch wären, dann wüßten sie, was ihnen blühte. Außerdem hätten diese unwissenden Wilden gar nicht mitgekriegt, daß ein Streik im Gang sei, wie sollten sie denn auch, schließlich gäbe es meilenweit kein Radio, außer im Haus der Quests, und er, Jonathan, würde persönlich dafür sorgen, daß die Zeitungen nicht in die Hand von Dienstboten gelangten, die die Nachricht in der Siedlung verbreiten könnten. Er sei allerdings nicht so dumm anzunehmen, daß Martha und Leute ihres Schlages sich vernünftig benehmen würden. Mrs. Quest kam an den Apparat. Sie machte sich Sorgen wegen des Hauses, das noch nicht verkauft war und leerstand. Sie hatte das Gefühl, daß es in Gefahr war, geplündert und niedergebrannt zu werden. »Nicht daß das sehr wahrscheinlich ist«, sagte Mrs. Quest, »die können ja nicht einmal einen einzigen Tag lang anständig arbeiten, geschweige denn eine Revolution durchführen.«

»Aber Mutter«, sagte Martha, während die monotone, fast fidele Stimme sich besorgt über die Wirkungslosigkeit des gesunden Menschenverstands gegenüber einer erregten Öffentlichkeit äußerte, »das ist doch keine Revolution, es ist bloß ein Streik.«

»Was? Ach so. Na, du weißt schon, was ich meine, Liebes, und ich möchte unbedingt, daß du rauffährst und nachsiehst, ob alles in Ordnung ist.«

Martha versprach, daß sie nach dem Haus sehen würde, beschloß, keinesfalls etwas derart Absurdes zu tun – fuhr aber natürlich hin.

Vom Tor aus schaute sie in einen Garten, der, bereits verwildert und ausschließliches Reich der Vögel, einsam und abgeschieden wirkte. Gewillt, den Weg hinauf und direkt ins Haus zu gehen, mußte sie statt dessen feststellen, daß sie sich wie ein Unbefugter durch den Garten stahl und ums Haus herumging. Auf Zehenspitzen in dem verwilderten Blumenbeet stehend, schaute sie in das Zimmer, wo Mrs. Quest ihren Mann gepflegt hatte. Das war jetzt ein leerer Raum bis auf einen vergessenen Stuhl, der am Boden lag. Es war ein kleines Zimmer. An der verblichenen Wand war ein brauner Fleck. Dann war das also eben nur noch ein leeres Zimmer, und die Leute, die das Haus alsbald kaufen würden, würden das Zimmer wieder als Schlafzimmer benutzen, vielleicht sogar als Krankenzimmer – und niemand würde etwas von den grauenhaften Dingen erfahren, die sich hier abgespielt hatten. Doch nehmen wir einmal an, sagte sie sich und setzte sich über das Aufwallen des wütenden Protests hinweg, das jeden Gedanken an ihren Vater begleiten mußte, nehmen wir einmal an, daß das nicht schlimmer war, als was in jedem Zimmer, das nicht mehr ganz neu ist, passiert ist? Nein, nein, um Gottes willen, das war nicht wahr, das konnte nicht sein ... Martha trat näher heran, kletterte auf die Fensterbank und setzte sich dort nieder. Sie hoffte, daß vielleicht eine Maus aus dem Boden käme und über die Dielen huschte, oder vielleicht ließ sich ja eine Spinne von der Decke herab – nur irgend etwas Lebendiges ... Doch da war nichts. Rund um das schweigsame Haus tönte, kreischte, lärmte der Garten vor Vögeln. Außerhalb des Gartens floß der hitzige, lärmende Verkehr. Martha war nicht bei ihrem Vater gewesen, als er starb. (Selbstverständlich nicht! sagte Marthas innerer Kommentator bitter.) Mrs. Quest hatte angerufen und gesagt, daß ihr Vater die Nacht unmöglich überleben würde, als Martha sich gerade auszog, um ins Bett zu gehen. Sie hatte sich wieder angezogen und tatsächlich gedacht: Wenn ich es nicht mache, wird er sich natürlich ausgerechnet heute nacht zum Sterben entschließen – das ist *genau* wieder so eine Sache ... Dann kam Marjorie mit einem Brief von Thomas' Frau, worin stand, daß Thomas im Zambesi Valley an Schwarzwasserfieber gestorben sei. Die Afrikaner des Stammes hatten ihr Bestes für den weißen Mann getan, der es unerklärlicherweise vorgezogen hatte, bei ihnen zu leben – denn darauf war es hinausgelaufen: Thomas war sechs Monate in demselben Dorf geblieben. Sie hatten ihn gut behandelt, doch wie dem auch sei, er war tot. (Natürlich! sagte der Kommentator, dessen grausame Bemerkungen gleichwohl völlig nutzlos waren, was hat er sich denn auch anderes gewünscht, als zu sterben, unauffällig, fern von seinem eigenen Volk und unter Fremden.) Martha war in der Nacht nicht zu ihrer Mutter gegangen. Statt dessen saß sie mit dem Brief von Thomas' Frau in der Hand und dachte nicht an Thomas – denn an was sollte man da denken? und weinte auch nicht um ihn. Und ganz gewiß konnte sie nicht hören, was er sagte.

Als Martha zu ihrer Mutter hinaufging, war aus Mr. Quest ein grauhaariger, gebürsteter älterer Herr geworden, der mit geschlossenen Augen in einem verdunkelten Zimmer lag. Sein Gesicht war sehr weiß und seine ungeheuer dünnen Hände ebenfalls. Zuerst war es im Zimmer entsetzlich still, doch dann summte eine Fliege herum und setzte sich immer wieder neben Mr. Quests Kopf aufs Kopfkissen. Mit einigem Aufwand gelang es Mrs. Quest und Martha, die Fliege hinauszujagen. Dann war es wirklich still, und sie standen zu beiden Seiten des Toten und schauten ihn an. Sie hatten beide das Gefühl, dem anderen zuliebe irgend etwas sagen zu müssen, doch es fiel ihnen nichts ein. Sie umarmten einander ungeschickt, und beide empfanden einen Augenblick lang eine gewisse Gereiztheit. Bald gingen sie hinaus und setzten sich auf die Veranda.

Mr. Quest hatte nach seinem Tod nur vierundzwanzig Stunden in diesem Zimmer gelegen, dann hatte der Leichenbestatter ihn in einem schmucken Sarg mit einem silbernen Kreuz weggeholt. Sie hatten Blütenzweige im Zimmer aufgestellt und Duftwasser versprüht, um es zu kühlen. Einmal hatte ein kleines Mädchen in einem rosa Kleid und adretten weißen Schuhen und weißen Söckchen neben dem Toten gestanden und gesagt: »Ist das mein Großvater?« Ihr Ausdruck war eine Mischung aus höflicher Neugier und Mißbilligung, und sie hatte sich umgewandt und war bereitwillig an Mrs. Quests Hand hinausgegangen.

Nun war das Zimmer leer, das Haus war leer, und der Garten war unglaublicherweise ganz besonders leer, und Martha hielt immer wieder nach einem kleinen Mädchen in Rosa Ausschau, das ja vielleicht irgendwo mit einem weißen Hündchen spielte.

Sie lief nach Haus durch die dunklen Alleen, wo aus jedem Fenster und jeder Tür Lichtschäfte drangen und über die Gärten fielen, wo Frauen auf Veranden standen und darauf warteten, daß irgend etwas passierte, wo die Jugendlichen an den Straßenecken herumlungerten mit Gesichtern, spitz vor lauter Argwohn.

Zu Hause warteten Mrs. Van und Marjorie auf sie. Doch zuerst rief Martha ihre Mutter an, um mitzuteilen, daß die Besichtigung des Hauses stattgefunden habe und alles in Ordnung sei. Dann vereinigte sie sich mit den Streitkräften unter dem Banner des gesunden Menschenverstandes und der Vernunft – Mrs. Van, die die Miene gelassener Zielstrebigkeit zur Schau trug, die Hände gefaltet hatte und laut dachte; Marjorie mit

Bleistift und Papier, bereit, die Ergebnisse derlei denkerischer Bemühungen zu Papier zu bringen. Worauf es jetzt ankam, sagte Mrs. Van, war, zu entscheiden, was zu tun war, und es rasch zu tun. Die Weißen waren alle bereits ziemlich übergeschnappt, und wenn die Regierung nicht bald etwas unternahm, dann würde es Blutvergießen geben ... An diesem Punkt rief gerade Anton aus dem westlichen Vorort an, wo, wie er sagte, Panik herrschte. Ein Afrikaner, der ein Päckchen in einem Haus abliefern wollte, mit dem er nicht vertraut war, war beobachtet worden, wie er mit einem »sehr komischen Gesichtsausdruck« auf der hinteren Veranda stand. Die Tochter des Hauses, eine Freundin von Forsters jüngster Tochter, hatte den Kopf verloren und die Hunde auf den Mann gehetzt. Sie hatten ihm den Arm aufgerissen und das Päckchen ebenfalls, aus dem ein umgeändertes Kleid zum Vorschein kam. Doch die Erklärung des Mannes, daß er nach den Dienstboten Ausschau gehalten habe, weil er das Päckchen abgeben wollte, trug nichts zur Beruhigung der Lage bei. Die Hausboys seien weggelaufen, sagte das Mädchen, sie sei allein im Haus gewesen, wie hätte sie denn wissen sollen, daß er nicht an der Verschwörung beteiligt war? Sie hatte Forsters in Tränen aufgelöst angerufen. Sie waren mit dem Wagen hingefahren, um sie zu sich zu holen. Den Afrikaner nahmen sie auch mit. Er bekam in der Küche den Arm verbunden, während man ihm erklärte, daß das »sowieso alles seine Schuld sei, weshalb streike er auch!« Woraufhin er fragte, was das sei: streiken? Die Küche der Forsters war voller Nachbarn, die Bürgerschutzkomitees ins Leben rufen wollten. »Aber es ist doch gar nichts los, es besteht kein Grund, den Kopf zu verlieren«, sagte Anton immer wieder laut in dem onkelhaften Ton, der zu seiner Rolle im westlichen Vorort gehörte.

»Vielleicht ist aber doch was los«, erwiderte Martha. »Mrs. Van sagte, sie hat eine Gruppe weißer Schuljungen gesehen, die vor ihrem Haus einen Schwarzen verprügelt haben. Als nächstes wird dann jemand getötet.«

»Wenn die gute Frau auch nur einen Funken Verstand hat ...« (Im Forsterschen Haushalt drückte sich die Abneigung gegen die Sozialistin Mrs. Van auf diese Weise aus, und Anton hatte diese Wendung übernommen.) »Wenn die gute Frau auch nur einen Funken Verstand hat, dann sorgt sie dafür, daß der Stadtrat Maßnahmen ergreift.«

»Was für Maßnahmen?« fragte Martha. »Die gute Frau ist hier. Vielleicht möchtest du ihr ja Instruktionen geben.« Sie war wütend, weil sie wußte, daß sein Ton und seine Worte für die Leute gedacht waren, die Anton zuhörten.

»Na, na, na«, sagte Mrs. Van, während Marjorie lächelte. »Nichts gegen Ehestreitigkeiten, aber alles zur rechten Zeit und am rechten Ort«, sagte Mrs. Van mit ihrem nachdrücklichen Nicken.

»Wenn man die Lage analysiert«, sagte Anton, »dann wird einem klar, daß die Gefahr die Weißen sind.« Seine Stimme hatte die falsche Jovialität der letzten Äußerung verloren, und Martha sagte: »Ah, du bist wieder allein, gut.«

»Ganz recht. Also hör zu ... jetzt wieder nicht mehr.«

»Verdammt noch mal«, sagte Martha.

»Die Verantwortlichen sollten dafür sorgen, daß alle für ein paar Tage in den Siedlungen eingesperrt sind«, fuhr er in einem Ton fort, dem Martha anmerkte, daß er wirklich meinte, was er sagte, auch wenn seine Worte für andere bestimmt waren.

»Na, macht nichts«, sagte Martha, »es ist ohnehin nicht leicht, herauszufinden, ob das nun brillante Strategie ist oder der künftige Schwiegersohn, der da redet!«

»Matty!« sagte Mrs. Van böse.

»Aber wenn der Staat zu Vergeltungsmaßnahmen greifen will, dann käme das ja wirklich sehr gelegen, daß man sie alle eingesperrt hat«, sagte Martha.

Er sagte: »Ja, ja, doch da sind noch andere Faktoren im Spiel.«

»Du willst damit sagen: Es ist das kleinere Übel?«

»Wenn man alle Faktoren mitberücksichtigt, dann muß man sagen: Je eher sie eingesperrt sind, desto besser.«

»Besteht irgendeine Aussicht, daß du während der nächsten fünf Minuten mal allein bist? Wenn ja, dann plaudere ich einfach immer weiter.«

»Nein, es sieht nicht danach aus.«

»Ach, das ist aber sehr ärgerlich.«

»Es gibt eine Information, derzufolge es in allen Eingeborenenvierteln Streikkomitees gibt. Die Streikführer haben alle Afrikaner angewiesen, morgen in ihren Häusern zu bleiben.«

»Oh.«

»Die Eingeborenenviertel sind voll von Demagogen und allen möglichen Agitatoren.«

»Aha.«

»Ja, so sieht es gegenwärtig aus.«

»Na schön, dann will ich das mal alles Mrs. Van erzählen.«

»Hast du die Absicht, über Nacht mit Mrs. Van zusammenzubleiben?« wollte Anton wissen, und der joviale Ton kehrte in seine Stimme zurück. »Ich hoffe, du paßt auf dich auf!«

»Ach, verdammt noch mal«, sagte Martha, »hör auf. Na schön, sag denen, daß ich das vorhabe, wenn das einen guten Eindruck macht, was kümmert mich das!«

Martha gab Mrs. Van die Information weiter, die sie mit dem Kommentar quittierte, es sei ein Jammer, daß sich die persönlichen Empfindungen nicht aus der Politik heraushalten ließen.

Wieder ging das Telephon. Mr. Van der Bylt auf der Suche nach seiner Frau. Mrs. Maynard »platze vor Eifer«, sagte er, und warte im Empfangszimmer auf sie. Mrs. Van sagte zu den beiden jungen Frauen: »Ihr beiden kommt wohl besser mit – wenn irgendwelche Botengänge anfallen, könnt ihr euch nützlich machen.«

Sie formierten sich hinter Mrs. Van.

Mrs. Maynard wartete auf der Veranda. Die beiden furchteinflößenden Matronen hielten sich nicht mit dem Austausch von Höflichkeiten auf. Sie standen einander gegenüber, und Mrs. Maynard zupfte gewohnheitsmäßig tote Blätter von einer Kletterpflanze, die auf dieser Veranda wuchs, die ihrer eigenen glich, während Mrs. Van der Bylt den Autoschlüssel um den Zeigefinger kreisen ließ.

»Meiner Meinung nach«, sagte Mrs. Maynard, »sollten sie alle sofort in den Eingeborenensiedlungen eingesperrt werden.«

»Ich bin ganz Ihrer Meinung«, sagte Mrs. Van.

»Tatsächlich?« sagte Mrs. Maynard überrascht.

Der Hausboy der Van der Bylts erschien auf der Veranda und war so aufgeregt, wie man es bei ihm sonst nie erlebte. »Madam«, sagte er zu Mrs. Van, »in der Küche ist ein Mann. Er sagt, ich muß in die Siedlung, Madam!«

»Ach, die Armen! Ist das nicht gräßlich?« sagte Mrs. Maynard.

»Dann mußt du gehen, das ist ein Streikposten«, sagte die Sozialistin Mrs. Van.

»Ein Streikposten?« sagte der Diener. »Aber der macht keinen guten Eindruck auf mich.«

Mrs. Van wandte sich ihm zu und öffnete den Mund – wahrscheinlich, um einiges über die Geschichte der Gewerkschaftsbewegung vom Stapel zu lassen, doch dann verzichtete sie lieber auf dies Vergnügen und wies Martha und Marjorie an, sie sollten »in die Küche gehen und ihm erklären, weshalb es seine Pflicht ist, zu streiken«.

Marjorie und Martha begleiteten den fassungslosen Mann in die Küche und hörten Mrs. Van sagen: »Ich schlage vor, wir beide setzen uns jetzt hin und trinken in aller Ruhe ein Glas auf das erste Mal, wo wir uns, seit wir uns kennen, über irgendeinen Tatbestand einig sind, ohne uns darüber erst streiten zu müssen!« Sie klang amüsiert, während Mrs. Maynard es bestimmt nicht war. »Ach, meine Liebe«, hörten die beiden jungen Frauen sie ausrufen, »ich bin froh, daß Sie noch scherzen können! In Augenblicken wie diesen wird mir wieder bewußt, auf was für einem Pulverfaß wir doch leben! Und natürlich, alles ließe sich so einfach handhaben, wenn die Leute doch bloß einen kühlen Kopf bewahren würden. Man brauchte nichts zu tun, als ein paar Dutzend von den Rädelsführern zu deportieren und die Unruhestifter ins Gefängnis zu stecken. Aber nein, die Leute müssen überall herumlaufen und sich mit Gewehren und Bürgerkomitees großtun! So ein Ärger.«

»Wie immer es sich damit verhält, ich schlage vor ...«

Die Tür zum Empfangszimmer schloß sich hinter den beiden Generälen.

Die jungen Frauen sahen sich nun Mrs. Vans Hausboy und dem Koch gegenüber, der, wie sie stolz wie nur irgendeine konventionelle weiße Herrin für sich in Anspruch nahm, seit vierzig Jahren bei ihr war. Außerdem waren da noch zwei kleine schwarze Jungen und ein alter Mann, der Gärtner. Marjorie fing an: »Also, das ist so – wißt ihr, was ein Streik ist?«

»Nein, Madam.«

»Dann werde ich das erklären. Der Mann, der eben hier war, wird Streikposten genannt. Ich erzähle euch, was das bedeutet.«

»Warten Sie eine Minute, Missus.« Der eine kleine Junge wurde zur Hecke geschickt und rannte los. Binnen einer Minute waren die Dienstboten von nebenan eingetroffen. Alsbald waren etwa zwanzig Afrikaner, darunter zwei Kindermädchen, in der Küche der Van der Bylts versammelt, eine Art informeller Veranstaltung war im Gange. Der Mann vom Streikkomitee war wieder erschienen und stand mürrisch, aber wachsam im Hintergrund des Raumes und zeigte weder sein Einverständnis noch seine Mißbilligung, als erst Marjorie und dann Martha sprachen. Schließlich sagten die Dienstboten »Danke« oder schüttelten zweifelnd die Köpfe und fingen an, sich in die Eingeborenensiedlungen aufzumachen. »Nehmt mal für alle Fälle lieber etwas zu essen mit«, sagte Marjorie aus einer glücklichen Eingebung heraus. Mrs. Vans Koch, ein würdevoller alter Mann, sagte: »Ich gehe nur, weil Madam sagt, daß ich gehen soll. Ich glaube, das ist eine ganz üble Sache, und ich verstehe das nicht. Möge der Herr mir vergeben.«

Allmählich setzte sich eine Gruppe von etwa dreißig Männern und fünf Frauen, den Kindermädchen, in Bewegung, die Straße hinunter, und der Streikposten lief hinter ihnen her wie ein Gefängniswärter. Der würdevolle Koch war ganz vorn. Er hatte einen kleinen Jungen an der Hand und etwas Brot und Obst in ein großes, kariertes Taschentuch geknotet.

Marjorie und Martha trafen auf eine mit großem Einsatz telephonierende Mrs. Maynard, während Mrs. Van an einer Orangeade nippte. Mrs. Van gönnte sich ein kleines Zwinkern, als ihre beiden Adjutantinnen eintraten. Mrs. Maynard sagte gerade: »Ich bin meiner Sache völlig sicher! Wir haben keinen Augenblick zu verlieren!«

Es ging mittlerweile auf Mitternacht, und bestimmte Anordnungen mußten erlassen werden; das Problem bestand darin, andere dazu zu bringen, bestimmte Anordnungen zu erlassen. Und die morgige Zeitung sollte in der Druckerei zurückgehalten werden, wie ein Freund von Mrs. Van vorgeschlagen hatte, der den Herausgeber kannte.

Mrs. Maynards Anrufe hatten dem Regierungsgebäude, der Frau des Premierministers, den Häusern verschiedener Minister gegolten – diese Anrufe waren natürlich völlig informell und konnten niemals in irgendeinem Lagebericht, einem Protokoll oder sonst irgendeinem Dokument auftauchen. Und Mrs. Van hatte, zwar auf einer niedrigeren gesellschaftlichen Stufe, aber vielleicht mit um so größerer unmittelbarer Wirkung, alle möglichen Funktionäre und Organisationen angerufen.

Man war zu dem Schluß gelangt: »Die sind zwar alle stockdumm, aber sie werden schon noch rechtzeitig kapieren, worum es geht«, wie Mrs. Maynard sagte.

Sie nahm wieder Platz und schwenkte eine große Hand mit der Handfläche nach oben in einer dankbaren Geste in die Richtung ihrer alten Rivalin: »Meine Liebe, es ist ja so eine Erleichterung, in einem Augenblick wie diesem eine vernünftige Person an seiner Seite zu haben!«

Marjorie und Martha wechselten Blicke und interpretierten die Situation so, daß die nur erleichtert werden würde, wenn sie nicht ständig mit ihren ironischen Kommentaren zur Hand waren. Sie verabschiedeten sich deshalb gerade, als Mr. Van, bleich und höflich wie immer, ins Empfangszimmer trat und sagte: »Nun, meine Damen, ich habe den Eindruck, der Geist der Unruhe geht um im Lande?«

»Typisch«, sagte Marjorie, als die beiden Frauen sich trennten, um nach Hause zu gehen. »Wenn wirklich endlich mal was los ist, wo sind wir dann? Wir laufen mit Mrs. Van durch die Gegend und mit dieser gräßlichen Maynard und halten Hausdienern Vorträge über die Gewerkschaftsbewegung!«

In den Alleen war alles ruhig, doch in der Straße, in der Martha wohnte, gab es Gruppen, die hinter verdunkelten Fenstern saßen und hinausschauten. Vermutlich hatten sie Pistolen. Als Martha sich ihrem Haus näherte, trat ein junger Mann mit einer Pistole, die seine Khakihose ausbeulte, unter einem Baum hervor, wo ein paar junge Leute freiwillig Wache hielten. Er sagte: »Entschuldigen Sie, aber ich muß Sie warnen – es ist gefährlich, nachts so allein herumzulaufen.« – »Ach, verdammt noch mal, nun seien Sie doch nicht albern!« sagte sie und bemerkte, daß sie sich genauso diktatorisch anhörte wie Mrs. Van, doch die Burschen waren bereits so sehr in ihren heroischen Phantasien befangen, daß sie gar nicht verstanden, daß es sich hier um eine Verräterin und nicht bloß um eine ruhelose Bürgerin handelte.

»Machen Sie rasch, daß Sie ins Haus kommen«, sagte er, »und beunruhigen Sie sich nicht, schlafen Sie unbesorgt, wir stehen hier die ganze Nacht Wache. Wenn die Regierung nichts unternimmt, dann müssen wir es eben tun, und fertig.«

Am nächsten Morgen wimmelte es in den Zeitungen – unter riesigen Schlagzeilen wie: Streik, Totaler Streik, Nationaler Streik, Bedrohung, Gefahr, Alarm – von Aufforderungen, sich ruhig und maßvoll zu verhalten. Und weit und breit war kein schwarzes Gesicht zu sehen.

Sämtliche Afrikaner waren in ihren Siedlungen, weil die Anordnung erlassen worden war, daß jeder Afrikaner, der Einlaß in eine Siedlung suchte, hinein-, jedoch kein Afrikaner hinausgelassen werden sollte. An den Grenzen der Siedlungen patrouillierten Polizisten und Soldaten, und weiße Bürger durften sich bei Strafandrohung den Siedlungen nicht nähern. Der zweite und der dritte Tag verliefen genauso. Die Leute lasen die hemmungslosen, markigen Sprüche der Zeitungen, die ihren Gefühlen zum Ausdruck verhalfen, während das Radio, das über dies nationale Ereignis immer noch berichtete wie »irgendso eine alte Jungfer bei so einem verdammten Kränzchen«, nur Groll auslöste. In einem Haus in Marthas Nachbarschaft zerschmetterte ein Mann sein Radio, um seinen Gefühlen Luft zu machen.

Die Telephone liefen heiß, nicht nur wegen der vielen tröstenden und hilfreichen Mitteilungen (weiße Frauen machten zum ersten Mal im Leben die Hausarbeit selbst und kümmerten sich selbst um ihre Kinder), sondern weil alle Welt die neusten Nachrichten austauschte. Die jedoch im ganzen Land mehr oder minder dieselben waren. Wenn man Mrs. Huxtables Vetter anrief, der in einer Gegend wohnte, genau entgegengesetzt von Jonathan Quests Farm, dann sagte er: »Meine Kaffern sind alle bei der Arbeit, die wissen doch überhaupt nicht, was das ist, ein Streik, und eure wüßten es auch nicht, wenn ihr die nicht dazu erziehen würdet, Zeitung zu lesen!« Die Farmer überall im Land blieben zum größten Teil unberührt von dem Ereignis. Zum einen war es schwierig für Männer, die auf oder bei Farmen lebten, zu streiken, denn von dort konnten sie einfach weggescheucht werden – wenn sie nicht wegliefen, und viele taten das. Zum anderen hatten die Streikkomitees nicht die Mittel, um über Tausende von Meilen von Farm zu Farm zu fahren. Nein, dies betraf allein die Städte und die Industriegebiete, und damit sahen sich endlich die Neunmalklugen bestätigt, die gesagt hatten, gute Kaffern seien die, die keine Bekanntschaft mit Lesen, Schreiben und Rechnen gemacht hatten.

Martha rief Jack Dobie an, dem es eine Wonne war, ihr zu erzählen, daß seine weißen Gewerkschafter wütend seien über die Wirksamkeit und die Disziplin eines Streiks, der bewies, daß sie, also die weißen Gewerkschaften, nie wieder einem Afrikaner unter Berufung auf die Rückständigkeit der Schwarzen die Mitgliedschaft verweigern konnten. »Was sie natürlich trotzdem tun werden.«

Martha wurde von Solly angerufen, der die Stadt verlassen hatte und zu einem Freund in eine Kleinstadt gefahren war, überzeugt, daß er aufgrund seiner langen Laufbahn als Aufrührer festgenommen werden würde. Er hatte drei Tage im Haus seiner Eltern gesessen, alles war bereits fertig gepackt fürs Gefängnis, doch nichts geschah. Als er in Braksdorp ankam, fiel ihm plötzlich ein, daß es nur dreißig Meilen von einer der größten Minen der Kolonie entfernt lag, die hundertprozentig bestreikt wurde. Die Polizei würde jetzt gewiß auf die Idee kommen, daß Solly für den Streik der Minenarbeiter verantwortlich sei, meinte er. In dem Fall fände Martha im Garten der Cohens, unter einer steinernen Urne versteckt, einen umfassend dokumentierten Bericht über seine, Solly Cohens, Arbeit für die Afrikaner während der letzten sieben Jahre. Martha solle dies Dokument einem geeigneten Rechtsanwalt übergeben. »Na schön, mach ich. Und wie findest du den Streik?« – »Prima. Natürlich sind die Ziele falsch formuliert.« – »Ach ja? Wie sollten sie denn formuliert werden?« – »Aber wir können solche Sachen doch nicht am Telephon erörtern! Die Leitung ist bestimmt angezapft.« – »In dem Fall dürfte dein Dokument unter der Gartenurne weggeklaut worden sein, ehe ich überhaupt da bin!« – »Macht nichts, ich hab Kopien davon bei mir.« – »Kopf hoch, Solly, die verhaften dich schon noch. Zur Not mache ich es selber, nur um dich glücklich zu machen!«

»Sehr komisch ...«

In der vierten Nacht kam ein Anruf von einer Freundin von Maisie. Maisie selbst hatte kein Telephon. Martha müsse sofort kommen. Mrs. McGrew sei so aufgeregt, daß sie fast nicht habe sprechen können.

Martha fuhr mit dem Rad hinunter zu Maisie, die nicht mehr über der Bar wohnte, sondern ein paar Straßen entfernt. Sie hatte ein großes Zimmer in einem Haus mit Vollpension, in dem es jedoch ungezwungener zuging als normalerweise in einer Pension. Maisie und ihre Kleine bewohnten ein großes Zimmer, das auf eine Veranda hinausging, die so groß war wie ein zweites Zimmer. Maisie gab viele Partys oder besser gesagt, ihr Leben war eine einzige Party, denn sie plante nie irgend etwas im voraus, die Leute – Männer und Frauen – schauten zu allen Tageszeiten bei ihr herein. Es gab noch einige alleinstehende Frauen im Haus, die so lebten wie sie. Und manchmal kam Flora, wenn sie jemanden hatte, der bei Johnny bleiben konnte. Maisie bekam über die Bar, wo sie arbeitete, preiswerte Getränke, und die Wirtin ließ sie nach Belieben die Küche benutzen. Es gab also alles, was man zu einem vergnüglichen Leben brauchte. Selten kam es vor, daß Maisie keine Freunde aus der Bar mitbrachte oder zu Hause keine antraf, wenn sie zurückkehrte. Nur selten dehnten diese Abende sich nicht bis zum Morgengrauen aus. Maisie stand spät auf, trödelte herum, machte sich eine Tasse Tee nach der anderen, pflegte ihre Nägel, wusch sich das Haar und probierte neue Frisuren aus. Das kleine Mädchen schaute ihr dabei zu. Dies Kind, das sein Bett auf der Veranda außerhalb des Zimmers hatte, nahm an den Partys teil, wenn der Lärm es aufgeweckt hatte, stand auf und ging schlafen, wie es Maisies trägen Anwandlungen entsprach, wurde von den unzähligen Leuten getätschelt, die ins Haus kamen, bekam von der Wirtin zu essen, wenn Maisie verkatert war. Freundliche Herren wollten von ihm geküßt werden und fuhren mit ihm spazieren. Die Enkeltochter der Maynards lebte wie das Kind einer Prostituierten. Aber Maisie war keine Prostituierte. »Schließlich, Matty«, sagte sie verstimmt – jemand hatte in der Bar etwas zu ihr gesagt, das nicht sehr nett war –, »tue ich doch nichts Schlimmes! Ich hab gern Männer um mich, das ist mein Problem. Aber meine Miete bezahle ich von meinem Gehalt. Manchmal schenkt mir einer von meinen Freunden was, aber ich nehme nie Geld. Nein, das war immer schon mein eiserner Grundsatz – ich nehme nie Geld von Leuten.« Doch nach dem, was man sich so erzählte, bekam Maisie, das untüchtigste Barmädchen in der Geschichte des ganzen Gewerbes, ihr hohes Gehalt und durfte zu spät kommen und faul sein, weil sie soviel Kundschaft anzog.

Jedenfalls – da war Maisie und genoß ihr Leben, wie sie sagte. Und dann war da noch Rita. Rita Maynard, wie Martha sie ungewollt insgeheim nannte.

In dem großen, mondbeschienenen Garten stieg Martha vom Rad. Er war voller Papayas, Grenadilla-Reben und Mondwinden, von denen die Veranda, die ihrerseits voller Pflanzen stand, nur durch ein hölzernes Spalier getrennt war. Die kleine Rita stand auf den Stufen, hinter sich den erleuchteten Raum. Rita war jetzt sechs, sah jedoch viel älter aus. Sie hatte eine unglückliche Figur: Sie war ein richtiger Brocken von einem Mädchen, mit schweren Gliedern und einem dicken Hals. »Genau wie Binkie, der Teufel soll ihn holen«, wie Maisie sagte. »Stell dir vor, Matty, als Binkie und ich damals unseren Spaß miteinander haben wollten, da haben wir uns nicht mal groß Gedanken gemacht. Ich meine, es war die Sache nicht wert, weil jetzt ...« Doch sie sagte nicht wörtlich, daß Rita nicht das Kind war, das sie sich selbst ausgesucht hätte. Schwarzbebraut, befangen lächelnd, tolpatschig, eher wie ein zehnjähriges Kind als wie ein sechsjähriges (Martha konnte sich den Vergleich mit Caroline nicht verkneifen), stand Rita draußen vor einer Tür, durch die Martha Mr. und Mrs. Maynard sehen konnte – groß, schwer, schwarzbebraut und rotgesichtig.

Sie saßen nebeneinander auf dem Sofa, und ihnen gegenüber

saß Maisie, gleichgültig und verdrossen, und fächelte sich mit einem Blätterwedel Luft zu. Die Deckenbeleuchtung, die gedämpft und ziemlich gelb war (der Garten draußen schien heller vom Mond erleuchtet als das Zimmer), war ebensosehr eine Licht- wie eine Hitzequelle.

Maisies Mutter, die gebeten worden war, in die Stadt zu kommen und sich um Rita zu kümmern, weil es keine Dienstboten gab, saß nervös lächelnd in einer Ecke.

Maisie sah dick und erhitzt und niedergeschlagen aus, doch die langsame Bewegung ihrer weißen Hand mit den Blättern deutete ihren Anspruch auf Unabhängigkeit an. Ihre Miene war gereizt, doch ihr Körper, der schamlos wirkte in seinem feuchten, blauen Baumwollstoff, wußte, bald würden sie gehen, und dann konnte ihr Leben weitergehen.

Das Zimmer schien angefüllt mit heißen, stickigen Schatten.

Es herrschte ein süßer Geruch – übermäßig süß, aufdringlich. Ohne es zu merken, hielten alle nach der Quelle des Geruchs Ausschau – er war einfach unausstehlich in dem luftlosen Zimmer.

Mrs. Gale, eine abgearbeitete, hitzedürre Frau, die Witwe eines kleinen Minenarbeiters in einer abgelegenen Stadt, hielt eine Untertasse mit einem Klecks rosa Wackelpudding für Rita in der Hand. Der Pudding zerschmolz in rote und weiße Bahnen, und das war es, was so roch. Mrs. Gales Miene war angeekelt, während sie gewissenhaft die Untertasse in der Hand hielt und versuchte, Rita durch Nicken und Lächeln zu ihrem Abendbrot zu locken.

Doch Mrs. Gales Gesicht war nicht nur müde von der Hitze, es war auch angespannt, weil sie diesen beiden furchterregenden Menschen, den Maynards, mißtraute, und überhaupt wirkte sie wegen der Vielfalt ihres Mienenspiels, als könnte sie entweder gleich gackern vor Lachen, niesen oder zu weinen anfangen. Doch ihre Art zu sitzen, das Behagen, mit dem das geschah, die Art, wie sie die kleinen Füße in den blanken Schuhen aufsetzte, das Verhältnis zwischen ihrer Hand und der Untertasse, die sie hielt, das gehörte zu einer anderen Ebene ihres Wesens, die mit keinem ihrer Gesichtszüge etwas zu tun hatte. Maisie und sie waren Mutter und Tochter, die dicke blonde Frau und die ergrauende alte waren eindeutig von einem Fleisch und Blut. Und Maisies Gereiztheit war wahrscheinlich zum Teil der Tatsache zuzuschreiben, daß ihr Schritt, ihre Mutter herzubitten, höchstwahrscheinlich um den Maynards zu »zeigen«, wie wenig Rita sie benötigte, alles nur noch schlimmer gemacht hatte, weil dadurch die ungeheuerlichen, phantastischen, grausamen Fakten der Vererbung unterstrichen wurden und noch dem Blindesten ins Auge springen mußten. Denn wessen Kind war Rita? Maisies? Nein. Noch war sie das Enkelkind von Mrs. Gale. Vielleicht würde Ritas Tochter ja dieses lächelnde Wohlgefühl des Körpers erben, doch die Rita, die auf der Veranda stand, den süßriechenden Pudding zu übersehen versuchte, ihre Mutter anlächelte und den Herrn und die Dame musterte, die so häufige und beunruhigende Besucher waren – das war eine Maynard.

Welches Pech, wie grausam! Denn wenn die Gene nicht gerade in dieses Raster gefallen wären, wieviel leichter wäre es dann, die Maynards zurückzuweisen, sie wegzuschicken, wenn sie kamen – unerträglich oft und immer öfter, getrennt oder gemeinsam. Und Maisie hätte Binkie vergessen, hätte vielleicht einen anderen Vater für Rita akzeptieren können als den Geist von Athen.

In Maisies Zimmer, das voller Bilder von Hunden, Kätzchen und hübschen Damen war, gab es keinerlei Hinweis mehr auf ihre gefallenen Ehemänner, auf Binkie oder auf den von ihr geschiedenen Andrew. Auf einem für sich stehenden Tisch lag eine Weihnachtskarte aus Griechenland, mit einem kecken schwarzen Bändchen, das mit einer Stecknadel mit schwarzem Knopf an der einen Ecke festgesteckt war. Die Karte war in den Vereinigten Staaten gedruckt und vorn drauf war ein Evzone, der griechische Soldat mit seinem kiltähnlichen Rock und seiner märchenhaften Pose. Als wäre er jemand aus einem Chor, sagte der Evzone lächelnd auf Griechisch und Englisch: Ein Frohes Weihnachtsfest. Drinnen standen die Worte: Liebe Freundin, danke für die Briefe an Athen. Man bittet mich, Ihnen folgende Mitteilung zu machen: Athen ist in dem Sommer, als er nach Hause kam, verhaftet worden. Er starb an einer Krankheit im Gefängnis. Seine Freunde Themos, Manolis, Christis Melas waren gleichzeitig mit Athen krank im Gefängnis.

Diese Mitteilung war ohne Unterschrift.

Das war alles, was Maisie oder Martha oder sonst irgend jemand je als Antwort auf die vielen Briefe nach Griechenland erhielten. Jedem, der ihr Zimmer betrat, erzählte Maisie von Athen. »Ja«, hatte man Maisie sagen hören, »wenn er im Gefängnis nicht krank geworden wäre, dann wäre ich nach Griechenland gegangen und hätte ihn geheiratet.« Manchmal spät nachts, sahen Gäste Maisie die Karte hochnehmen; sie weinte und hatte sich für einen Augenblick von der Party entfernt, die um sie herum im Gange war. Sie sahen einander an und gossen ihr noch etwas zu trinken ein. »Kopf hoch, Maisie«, sagte dann einer, »Tränen bringen die Toten nicht zurück.« – »Du hast ja recht«, sagte sie, während sie dasaß und die Tränen einfach auf den Wangen trocknen ließ, »aber manchmal, wenn ich an ihn denke, überwältigt mich einfach der Kummer.«

Mit einem Wort, Athen war offiziell Maisies toter Mann, und nun brauchte sie nie mehr zu heiraten.

Als Mr. Maynard die Karte hochgenommen hatte und wissen wollte: »Und wer ist dieser verstorbene Herr?«, hatte Maisie die Hand danach ausgestreckt und ihm stolz ins Gesicht gesehen: »Das würden Sie doch nicht verstehen«, sagte sie.

Die Maynards hatten Maisie heute wegen des Streiks aufgesucht: Wenn alle Diener in den Eingeborenensiedlungen eingesperrt waren, dann wäre Rita ja ohne Kindermädchen. »Das hier ist Mom«, wiederholte Maisie. »Das ist meine Mom, und sie ist hier, um sich um Rita zu kümmern.«

»Natürlich«, sagte Mrs. Maynard, »ist das schreiender Leichtsinn, das Kind auf der Veranda schlafen zu lassen und das auch noch während der ganzen Regenzeit.«

»Der Meinung bin ich nicht«, sagte Maisie und gähnte.

Nach einem Weilchen sagte Maisies Mutter und lächelte höflich, rührte aber immer weiter in dem zerfließenden rosa Klecks: »Maisie hat auch auf der Veranda geschlafen, als sie klein war. Sie sagte, sie sehe die Sterne so gern.«

Mrs. Maynard stieß so explosiv den Atem aus, daß es sich anhörte wie Pah!

»Sie sollte doch wohl längst im Bett sein, es ist nach neun«, sagte Mr. Maynard.

»Wann ihre Schlafenszeit ist, bestimme ich«, sagte Maisie. Sie machte ihrer Gereiztheit Luft: »Mom, entweder Rita ißt jetzt diesen Wackelpudding oder nicht – er macht mich nervös.«

Mrs. Gale streckte Rita die Untertasse hin, und das Mädchen lehnte mit einem unglücklichen Lächeln ab. Sie war den Tränen nah. Mrs. Gale stand auf und trug die Untertasse hinaus. Als sie zurückkam, hatte sie ein Stück Kuchen mit rosa Zuckerguß in der Hand, den sich das Kind hastig in den Mund zu stopfen begann und dabei alles vollkrümelte. Es hatte sichtlich Hunger.

»Kriegt Rita denn kein richtiges Abendbrot?« fragte Mrs. Maynard.

»Wenn du mit dem Kuchen fertig bist«, sagte Maisie zu dem

Kind und überhörte Mrs. Maynard, »dann gehst du mit Granny und badest.«

Es war nicht das erste Mal, daß Martha Zeugin dieser ausweglosen Situation wurde, die sich, wie jeder wußte, noch jahrelang wiederholen würde. Sie blieb zögernd eine Weile auf der Veranda stehen, denn niemand hatte sie gesehen. Doch, Rita hatte sie gesehen. Sie mußte also hinein. Sie lächelte Mrs. Maynard höflich zu, bedachte Mr. Maynard mit einem möglichst frostigen Nicken, küßte Maisie auf die heiße, feuchte Wange, schüttelte Mrs. Gale die Hand. Sie setzte sich neben Mrs. Gale, um unmißverständlich klarzumachen, auf wessen Seite sie stand.

»Na, dann können wir ja wohl ebensogut wieder gehen?« Mr. Maynard wandte sich fragend an seine Frau, doch Maisie antwortete: »Ganz, wie Sie wollen.« Sie fächelte und fächelte. Der fächelnde Wedel brachte eine Strähne unterhalb des Ohrs an ihrem dicken Hals zum Zittern und erschütterte die Oberfläche des Wassers, das in einem Glas auf dem Tisch stand. Die farbigen Lichttropfen auf der Tischplatte bebten ebenfalls. Rita vergaß die Erwachsenen und näherte sich neugierig diesem Lichtmuster. Sie stand neben dem Knie ihrer Mutter und legte ihren Zeigefinger dorthin, wo das Licht sich in ein wässriges Gold und Rosa auflöste. Sie zog den Finger wieder weg – da war er! Sie hielt ihn ins Licht – weg war er. Sie lächelte vor Freude und blickte zu ihrer Mutter auf. Maisie merkte, was sie da machte, und lächelte ebenfalls.

»Guck, Mammi, mein Finger geht weg!«

Rita hielt den Finger in das magische Licht, um ihn verschwinden zu lassen, und die beiden lächelten einander an – es war ein inniges Lächeln.

Mr. Maynard blickte seine Frau an und stand auf. Sie erhob sich langsam. Mr. Maynard nickte Maisie und Mrs. Gale zu und trat hinaus auf die Veranda. »Er behandelt Mom wie eine Hausangestellte«, beschwerte Maisie sich hinterher – und zeigte ihm jetzt ihre Geringschätzung, indem sie gähnte, als er hinausging. Mrs. Maynard hatte ein halb bekümmertes, halb herrisches Lächeln aufgesetzt, als sie dem kleinen Mädchen mit derselben impulsiven Geste die nach oben geöffnete Hand hinstreckte, wie Martha es neulich gesehen hatte, als sie zu Mrs. Van gesagt hatte: »Eine vernünftige Person wie Sie!« Sie bot dem Kind sozusagen ihre eigene Schutzlosigkeit an. Rita behielt den einen Zeigefinger in dem Teich aus zitternden Lichtern und hätte der großen alten Frau, die sich über sie beugte, beinah die Hand gereicht. Doch dann warf sie ihrer Mutter rasch einen Blick zu und versteckte die fast schon freundlich gestimmte Hand hinter dem Rücken. Mr. Maynard, der diesen Vorfall von der Veranda aus beobachtete, stieß eine Art Bell- oder Grunzlaut aus und sagte zu Martha: »Martha, ich hätte Sie gern kurz gesprochen!«

Martha blickte zu Maisie, Maisie zuckte die Achsel. Sie fuhr fort zu fächeln und zu fächeln. Rita versuchte jetzt, der Mutter auf den Schoß zu klettern. »Ach Rita«, sagte Maisie unwirsch, rang sich dann jedoch ein Lächeln ab, als das schwere Kind unbeholfen hinaufkletterte. Maisie lächelte den Maynards an Ritas Kopf vorbei säuerlich zu, dann legte Rita ihr Gesicht an die Schulter der Mutter, damit sie auch etwas von der kühlen Luft abbekam, die Maisie sich zufächelte.

»Also?« sagte Martha. Ihr Gesicht war starr und abweisend. Doch dann mußte sie daran denken, daß sie erst vor drei Tagen, in der Nacht, wo der Streik begann, eine Art Adjutantin von Mrs. Maynard gewesen war, und ein unfreiwilliges saures Lächeln, wie gerade eben Maisies, trat ihr auf die Lippen. Sie spürte es und konnte es nicht zum Verschwinden bringen. Sie wußte, sie lächelte aus Angst, genau wie Maisie. Doch Maisie war aufrichtig: »Die jagen mir solche Angst ein, Matty!« Martha hingegen fiel es nicht leicht, zuzugeben, wie sehr diese Leute sie ängstigten. Aber, lieber Gott – in den Händen solcher Menschen zu sein, auf die Gnade dieser imposanten, anklagenden, tölpelhaften ...

Mr. Maynard sagte zu Martha: »Das ist eine absurde Situation, unmöglich!«

»Wie *Sie* sich da wohl fühlen würden«, drängte Mrs. Maynard.

Sie beschworen sie, Martha, ja, sie wollten ihr ihren Willen aufzwingen. Die Maynards, die sich, wie stets, im Recht fühlten, machten Front gegen Martha, Seite an Seite, zwei imposante Gestalten mit ausgeprägten Backenknochen und gepanzert mit dickem, steifem Tuch.

»Aber wessen Schuld ist das denn eigentlich alles?« sagte Martha kläglich, weil sie wußte, daß es sinnlos war.

»Aber meine Liebe ...«

Mrs. Maynard lächelte Martha mit verhangenem Blick zu, ihre Lippen zitterten, und es war deutlich, daß sie sich als Opfer grausamer Umstände empfand und immer empfinden würde.

Mr. Maynard starrte an Martha vorbei ins Zimmer, wo Mutter und Kind in dem großen Sessel saßen. Seine Augen füllten sich mit Tränen, und er wandte sich um und verließ die Veranda. Seine Frau folgte ihm, während sie nach dem Taschentuch tastete, das wie eine weiße Flagge aus ihrem Ärmel herausschaute.

Einen Augenblick später hatte der prächtige Wagen sie verschluckt, der vor dem Wohnhaus wartete.

»Den parken die immer wie auf dem Präsentierteller, damit nur jeder sagen kann: Richter Maynard besucht wieder Maisie«, beschwerte Maisie sich und schäumte vor Wut.

»Oh, mein Gott!« sagte Maisie, als die Maynards verschwanden, und hob Rita mit einer ruckartigen Bewegung hoch, so als hätte das Kind sie fast erdrückt. Das schwerfällige Kind krabbelte von ihrem Schoß und lächelte seine Mutter verlegen an, weil es sich seiner Unbeholfenheit schämte.

»Mein *Gott*! Herr im Himmel, der Teufel soll sie holen! Fahrt doch zur Hölle! Was soll ich denn bloß machen –« Maisie stürzten die Tränen aus den Augen, während sie mit der Hand, die den Wedel hielt, die Schulter des Kindes tätschelte. Der Wedel verfing sich in Ritas schwarzem Haar und kitzelte ihr Gesicht, so daß sie niesen mußte. Dann fing sie ebenfalls zu weinen an. Es war eine Art Doppelhysterie, aus Erleichterung, weil die Maynards endlich weg waren.

Maisie sagte: »Jetzt fällt es mir wieder ein, Matty. Wegen dieser elenden Schwachköpfe habe ich doch glatt vergessen, dir zu sagen, weshalb ich dich hergebeten habe. Das Dumme ist, meine Freundin, die dich angerufen hat, hat mich falsch verstanden. Ich wollte nicht, daß du herkommst, sondern du solltest Mrs. Van der Bylt anrufen und ihr von Flora was ausrichten. Flora sagt, sie muß Mrs. Van der Bylt dringend sprechen, wegen irgendwas, das mit den Kaffern und dem Streik zu tun hat. Doch Flora kann nicht weg von Johnny, denn dem geht es heute nicht gut.«

»Warum fragst du denn Mr. Maynard nicht, ob er Flora mit raufnehmen kann?« wollte Mrs. Gale wissen.

»Die Maynards kann man nicht bitten, zu Johnny zu fahren. Die würde der Schlag treffen, wenn die wüßten, daß es so ein Haus gibt«, sagte Maisie.

»Warte mal«, sagte Martha, und rannte hinter dem Wagen der Maynards her, der sich gerade in Bewegung gesetzt hatte. Sie sagte durchs Fenster zu Mrs. Maynard: »Könnten Sie bitte

Mrs. Van der Bylt anrufen und ihr sagen, daß ihr Freund Johnny Lindsay ihr dringend etwas mitteilen muß? Maisie hat kein Telephon.«

»Natürlich hat Maisie kein Telephon. Maisie hat überhaupt nichts, was eine normale, vernünftige Person hätte«, sagte Mrs. Maynard und nickte nachdrücklich. Doch sie hatte geweint. Ihr imposantes, gebieterisches Gesicht war aufgelöst und hilflos.

Als Martha zurückkehrte, legte Maisie sich auf dem Bett oder dem Divan unter dem Fenster nieder, von dem aus man auf die Veranda blickte. Rita saß scheu neben ihrer Mutter und lächelte verlegen, als hätte sie etwas falsch gemacht oder als käme sie sich dumm vor. Die Körpergröße war dem armen kleinen Mädchen auch in dieser Hinsicht hinderlich: Alle, ihre Mutter eingeschlossen, vergaßen, wie klein sie noch war, und erwarteten von ihr die Reaktionen einer Zehnjährigen. Jetzt wollte sie gern etwas für ihre Mutter tun, wußte jedoch nicht, was.

»Ich muß eben doch heiraten, Matty«, sagte Maisie und warf den Kopf hin und her. Wasser blitzte in den Falten ihres dicken Halses, Wasser strömte ihr über die roten Wangen. Haarsträhnen klebten am Kopfkissen. »Vielleicht sollte ich ja Jackie heiraten. Aber ich will nicht heiraten!«

»Aber Maisie, was würde das denn ändern, wenn du heiratest?«

Mrs. Gale, die am Kopfende des Divans saß, beugte sich vor und fächelte ihrer Tochter Luft zu. Rita baumelte mit ihren kräftigen Beinen. Sie faßte in eine schmutzige weiße Socke und kratzte sich. Sie lächelte entschuldigend, denn mit der fatalen, hilflosen Pein des plumpen Kindes wußte sie, daß sie Unmut auslösen mußte. Und tatsächlich hörte sich das energische Kratzen ihres Fingernagels auf der nackten Haut recht laut an, und Maisie sagte: »Oh, Rita, Schatz – laß das bleiben, und belagere mich nicht so, komm, sei brav, es ist so heiß!« Sie beeilte sich zu lächeln, um ihren Vorwurf abzumildern, und Rita lächelte gequält. Die Großmutter schaute mit ihren scharfen, freundlichen Augen zu und sagte nichts. Sie fächelte Maisie Luft zu und lächelte Rita an. Plötzlich ließ Rita den Kopf hängen. Das geballte Unglück dieses Abends ging einfach über ihre Kraft. Tränen drängten unter den dichten schwarzen Wimpern hervor. Mrs. Gale streckte die Hand aus. Rita stürzte zu ihrer Großmutter und stieß dabei gegen das Bett und Maisies nackten Arm. Zu groß, um auf den Schoß der alten Frau zu klettern, drückte sie sich an Mrs. Gales Schenkel, hatte die dicken Arme um ihren Hals gelegt und schluchzte lauthals.

Maisie lag schweratmend mit halboffenem Mund und lauschte dem Weinen des kleinen Mädchens und der ruhigen Stimme ihrer Mutter: »Ist ja gut, Kleines, ist ja gut, das ist bloß diese Hitze, die macht uns ganz verrückt.« Maisie lächelte Martha resigniert zu, und die sagte: »So, jetzt muß ich aber gehen.«

»Aber, aber«, sagte die alte Frau zu dem Kind, »mußt dich nicht so aufregen! Vielleicht kommst du ja mit und bleibst eine Weile bei mir in meinem Häuschen in Gotwe – würde dir das gefallen? Deine Mom läßt dich bestimmt weg, damit du Granny besuchen kannst. Paß mal auf, das gefällt dir sicher!«

»Es würde mir jedenfalls die Maynards eine Weile vom Hals halten«, sagte Maisie.

»Ich rufe Mrs. Van selbst an, wenn ich zu Hause bin. Weißt du auch, was Flora Mrs. Van erzählen will?«

»Nicht genau. Ich glaube, ein Kaffer ist aus der Siedlung rausgekommen und zu Johnny gegangen, um ihm zu sagen, daß sie da drinnen schlecht behandelt werden. Aber was kann Johnny schon machen? Er pfeift auf dem letzten Loch, sagt Flora.«

Martha fuhr nach Haus, rief Mrs. Van an und hatte Mr. Van am Apparat. Ja, Mrs. Maynard habe angerufen, doch Mrs. Van sei noch nicht nach Hause gekommen. Er habe ihr auf ihrem Schreibblock eine Nachricht hinterlassen.

Martha dachte: Vielleicht sollte ich zu Flora runterfahren? Doch weil sie müde war, fiel ihr wieder das »dauernde durch die Gegend rennen« ein. Wie lächerlich, wie absurd, dieser Unfug, dauernd wegen anderer Leute Angelegenheiten loszustürzen! Die ganze Stadt war voll von Leuten, die automatisch sagten: Ich bitte Marjorie Black, ich bitte Martha Hesse, wenn sie irgend etwas brauchten. Doch nichts änderte sich, außer daß Marjorie und Martha sich wichtig vorkamen und meinten, sich im Leben auszukennen. Martha legte sich ins Bett und war am Einschlafen, als Anton hereinkam – es war die erste Nacht, seit der Streik begonnen hatte.

»Na?« sagte sie. »Wie geht's denn so?«

Anton küßte sie auf die Wange und sagte: »Ich freue mich, dich zu sehen, Matty!« Sie lächelten und hielten sich sogar einen Augenblick bei den Händen. Dann begann er sich auszuziehen. »Alles in allem sind das ganz vernünftige Leute, wenn man ihnen alles erklärt«, sagte er.

»Na ja, das ist ja unter den gegenwärtigen Umständen nur wünschenswert.«

Anton näselte gutgelaunt: »Hmmh, das kann man wohl behaupten!«

»Wirklich«, sagte sie schließlich, »das ist doch alles höchst eigenartig!«

»Doch, auch das kann man wahrlich behaupten.«

Das Telephon klingelte. Anton ging dran.

Er sagte zu Martha: »Eine Freundin von Maisie sagt, daß ich dir sagen soll, daß Mrs. McGrew dir sagen läßt, daß Flora sagen läßt, daß sie bei Maisie ist. Ich hoffe, du kannst dir darunter etwas vorstellen.« Er zog sich weiter aus.

»Dann muß ich wohl vorsichtshalber ...« Wieder rief Martha bei Van der Bylts an, und Mr. Van, abermals von erlesener Höflichkeit, sagte zum zweiten Mal, daß Mrs. Van auf ihrem Block eine Nachricht vorfinden werde. »Könnten Sie das bitte ändern und schreiben, daß Flora bei Mrs. McGrew ist?« sagte Martha.

»Meine Frau soll also zu Mrs. McGrew fahren, wenn sie zurückkommt?«

»Es scheint so.«

Am nächsten Morgen rief Mrs. Van an, um mitzuteilen, daß Johnny gestorben sei.

Folgendes war geschehen:

Ein Afrikaner war irgendwie an den Soldaten vorbei aus der Hauptsiedlung herausgekommen und hatte es bis zu Johnny Lindsay geschafft. Der Streik dauerte nun schon vier Tage an, es gab in den Siedlungen kaum mehr etwas zu essen, aber es wurde auch nichts hereingebracht. Und das Militär ließ die Leute nicht raus, damit sie Lebensmittel beschaffen konnten. »Alle Leute hätten zu essen, das erzählen einem die Streikführer, und die Kinder weinen alle«, sagte der Afrikaner.

Johnny erklärte ihm, er glaube nicht, daß er in der Sache irgend etwas tun könne, doch wolle er Mrs. Van Bescheid geben. Fürs erste, sagte der Mann, wolle er sich in Johnnys Haus verstecken. Johnny wandte ein, das bringe ihn, den alten Sozialisten, den alten Gewerkschafter, in eine unmögliche Lage – wie könne er denn Streikende verstecken, die doch bei ihren Genossen sein sollten? Der Mann hatte darauf erwidert, daß man die normalerweise geltenden Regeln doch wohl über Bord werfen könne, wenn nicht Streikposten, sondern das Militär für die Disziplin der Streikenden sorge! Dem hatte Johnny zugestimmt, und seine letzten Worte – in einer abgebrochenen Notiz für Mrs. Van – lauteten: »Diese verdammten Trottel sperren alle Schwarzen in die Siedlungen: Vorher wußte ein Prozent der Schwarzen, was ein Streik ist, jetzt gibt es in den Städten nicht einen Afrikaner, der nicht eine Woche lang Unterricht in Theorie und Praxis der Gewerkschaftsbewegung erhalten hat. Und wenn ein Afrikaner tatsächlich von seinem Kursus über Streiktaktik wegläuft, dann schleppt die Obrigkeit ihn zurück und sorgt dafür, daß er zuhört.«

Flora bat den Mann, zu bleiben und auf Johnny aufzupassen, während sie zu Maisie ging, um deren Freundin zu veranlassen, Mrs. Van anzurufen. Als sie hinkam, entschieden sie und Maisie jedoch, daß es zu schwierig sei, Mrs. Van anzurufen. Erstens hatte man durch die Maynards Mrs. Van bereits einmal Bescheid gegeben. Zweitens widerstrebte ihnen der Gedanke, dort anzurufen, weil »dieser alte Geißbock, Mr. Van« einfach unerträglich war.

Maisies Freundin war also nach Hause zurückgekehrt, hatte Martha angerufen und Anton am Apparat gehabt, der wiederum Martha Bescheid gesagt hatte, und die hatte dann Mr. Van zum zweiten Mal angerufen.

Normalerweise wäre natürlich ein Dienstbote mit einer Nachricht zu Mrs. Van geschickt worden, und das ganze Hin und Her hätte sich erübrigt.

Unterdessen hatte eine Polizeistreife einen Schwarzen in Johnnys Zimmer bemerkt. Als der Polizist zum Bett des Kranken kam, fand er nur Johnny, der offensichtlich schlief: Der Afrikaner war hinausgerannt, als er den Polizisten gesehen hatte, und hatte sich versteckt. Der Polizist suchte alles ab, fand ihn jedoch nicht. Eine halbe Stunde später kehrte er zurück, um Johnny einiges über die »Beherbergung des Feindes« zu erzählen, wie er es dem amtlichen Leichenbeschauer gegenüber ausdrückte. Ob Johnny denn nicht wisse, hatte er vorgehabt zu fragen, daß ein Streik im Gang sei?

Doch Johnny schlief.

»Und woher sollte ich wissen, daß er so krank war?«

»Haben Sie denn die Sauerstoffflaschen nicht gesehen?«

»Aber es war doch meine Pflicht, alle Kaffern, die ich fand, zusammenzutreiben und in die Siedlungen zurückzubringen. Es war nicht meine Aufgabe, Kranke zu pflegen.«

Bei Maisie genehmigte Flora sich einige Gläser. Maisie hatte sich immer noch nicht über den Besuch der Maynards beruhigt, und Flora war erschöpft, da sie nächtelang neben dem Kranken gewacht hatte. Flora nickte ein und wachte gegen zwei auf, wieder nüchtern. Sie wollte nach Hause zurückkehren. Es war nur ein kurzes Stück Weg von Maisie zu Johnny, aber eben doch eine unsichere Gegend, und der Streik machte sie ohnehin nervös. Flora tröstete sich mit dem Gedanken, daß es schon gutgehen würde, schließlich war Johnny ja nicht allein, der Schwarze aus der Siedlung war bei ihm. Und außerdem wäre Mrs. Van inzwischen höchstwahrscheinlich bei Johnny. Sie versuchte, in einem dicken Sessel sitzend, wieder einzudösen, doch es nützte nichts – »irgendwie fand ich keine Ruhe, und ich beschloß, nach Hause zu gehen«. Doch sie fürchtete sich. Mrs. Gale machte ihr Kaffee und bot an, sie zu begleiten: Sie habe ihr ganzes Leben in wüsten Gegenden verbracht – was sei denn schon ein Weg von einer halben Meile, selbst durch unsichere Straßen, verglichen mit dem, was sie gewöhnt war? Doch Maisie sagte, sie werde nervös, wenn ihre Mutter nicht bei ihr sei. Dann war ein Polizist, der das Licht gesehen hatte, erschienen und hatte gefragt, ob alles in Ordnung sei. Es war drei Uhr morgens. Flora bat ihn, sie nach Hause zu begleiten. Das tat er, und als sie ankamen, war niemand dort. Im Bett war kein Johnny, die Decken und die Bettwäsche lagen überall herum, auf dem Kopfkissen lag ein Sauerstoffschlauch, und die Sauerstoffflasche war völlig leer.

»Oh, mein Gott, mein Gott, verzeih mir!« schluchzte Flora und umklammerte den Arm des Polizisten.

Sie versuchte sich mit dem Gedanken zu trösten, daß Mrs. Van Johnny vielleicht mit zu sich nach Hause genommen hatte. Doch weshalb hätte sie das tun sollen? Sie hatte oft eine Nacht bei Johnny in diesem Zimmer gewacht, und der alte Mann war seit Wochen nicht aufgewesen. Wie der Zufall es wollte, war Mrs. Van völlig ahnungslos: Sie war spät nach Hause gekommen und hatte den Notizblock, müde, wie sie war, nicht mehr gründlich angeschaut: Die beiden Nachrichten, die Johnny oder, besser gesagt, Maisie betrafen, standen auf der Rückseite des Blattes.

Flora und der Polizist suchten die Nachbarstraßen ab, denn sie hatten auf der Schwelle ein bißchen Blut entdeckt. Endlich fanden sie Johnny mit dem Gesicht nach unten im Eingang eines indischen Ladens, ein paar hundert Meter weg. Er war tot, und das, wie der Arzt behauptete, bereits seit drei oder vier Stunden.

Hatte er versucht, Hilfe zu holen? Mrs. Van aufzusuchen, um ihr über die Lage in den Siedlungen Bescheid zu sagen? Natürlich würde das niemals jemand erfahren, doch für Flora war die Sache klar. Sie vertraute Mrs. Van an, er habe sich wahrscheinlich ihretwegen, Floras wegen, Sorgen gemacht: Er wollte nach ihr suchen. Während der letzten Woche hatte er Flora nicht mehr aus den Augen lassen wollen. Selbst wenn sie nur für ein paar Minuten das Zimmer verlassen hatte, hatte er immer wieder gerufen: »Wo bist du, Flora, wo bist du, mein Liebling?«

Der Streik dauerte noch ein paar Tage an. Er wurde auch nicht durch den Hunger »gebrochen«, denn einiges an Nahrungsmitteln gelangte in die Siedlungen, wenn auch nicht genug. Vielleicht war es der Aberwitz der Situation, der ihm ein Ende machte. Da waren nun sämtliche Afrikaner in sämtlichen Städten der Kolonie eingesperrt, weil die Obrigkeit befürchtete, die Weißen könnten irgendein Unheil anrichten.

Jeden Tag wurde die Lage nur immer lächerlicher. Autos mit Weißen fuhren hinunter zu den Siedlungen, um die Afrikaner anzupöbeln, und dann fingen sie an, auch die weißen und schwarzen Wachtposten zu beschimpfen. In den Eingeborenensiedlungen saßen viele Afrikaner in düsterer Erwartung des Todes: Endlich hatten die Weißen die Schwarzen dort, wo sie sie haben wollten – alle eingesperrt, vom Hunger geschwächt und hilflos. Bald, sagten sie, würde das Militär einrücken und sie alle abschlachten. Der Geist von Lobengula sei gesehen worden, behauptete man, mit seinen Impis. Ein paar Afrikaner schafften es irgendwie, die Zäune und Sperrketten zu überwinden und sich den anderen auf dem Veld anzuschließen, die schon vorher geflüchtet waren.

Die Streikführer, die immer noch unsichtbar waren, fuhren fort, Anordnungen zu erlassen, die zu Disziplin, Ordnung und Mäßigung mahnten. Sie beanspruchten unumschränkte Autorität, und wahrscheinlich besaßen sie die auch, doch wie sollte man das unter Beweis stellen, wenn weißes Militär die Rolle der Streikposten übernommen hatte?

Unterdessen wartete alles mit zum Zerreißen gespannten Nerven auf den berühmten Funken, der das Pulverfaß hochgehen lassen würde.

Der Streik wurde beendet, und beide Seiten beanspruchten den Sieg für sich, obwohl die Hauptforderung der Streikenden, ein Gesetz, das ihnen einen Minimallohn von drei Pfund im Monat garantieren sollte, nicht durchgesetzt worden war.

Am Tag nach dem Streik wurde Johnny beerdigt. Es waren seit einigen Tagen keine Gräber mehr ausgehoben worden, weil die Totengräber alle in den Siedlungen eingesperrt waren, und die ersten Arbeiter, die aus den Toren der Siedlungen auftauchten, als der Streik beendet war, wurden amtlicherseits für diesen mittlerweile höchst dringlichen Dienst abgestellt: Gräber zu schaufeln, die sofort nach ihrer Fertigstellung gefüllt werden würden.

Johnny bekam keine kirchliche Beerdigung, obwohl Flora das gern wollte. Mrs. Van hielt als »Humanistin und Sozialistin« die Trauerrede. Ein halbes Dutzend Beisetzungen waren an diesem Nachmittag im Gange: Überall auf dem Friedhof standen Menschen über offenen Gräbern, sah man weißgewandete Priester und Weihrauchfässer schwenkende kleine Jungen.

Flora blieb noch ein paar Tage allein in dem Häuschen, dann zog sie in Maisies Pension und bekam das Zimmer, das unmittelbar neben Maisies auf die Veranda hinausging. Rita war mit ihrer Großmutter für längere Zeit nach Gotwe gefahren – es hieß sogar, daß sie dort zur Schule gehen würde.

»Die beiden kommen sehr gut miteinander aus«, sagte Maisie. »Schließlich hat ja meine Mom Binkie nie gekannt, so daß sie sich nicht dermaßen aufregen muß, wenn sie an ihn erinnert wird. Und damit haben die Maynards ausgespielt. Die können ja nun nicht jedesmal, wenn sie nichts Besseres vorhaben, nach Gotwe fahren. Immerhin sind das fast zweihundert Meilen.«

## 4

Einige Monate lang ging nichts so recht voran. Die Scheidung mußte hinausgeschoben werden, weil ein unerwarteter Brief aus Polen die Nachricht enthielt, daß Grete angeblich am Leben war und sich in einem russischen Gefangenenlager befand. Wenn das stimmte, dann wären Anton und Martha nie verheiratet gewesen. Die Anwälte entschieden, am sichersten sei es, davon auszugehen, daß Anton immer noch mit Grete verheiratet sei, und eine entsprechende Formel für die Scheidung zu finden, so daß er Bettina heiraten konnte. Anton erzählte den Forsters nichts von dieser Komplikation. Er erörterte sie mit

Martha – oder besser gesagt, er redete, und sie hörte zu. »Schließlich ist Bettina in mancher Hinsicht sehr behütet aufgewachsen, und es gibt viele Dinge, die sie nicht versteht. Warum soll ich sie unnötig aufregen?« Dann traf erneut ein Brief ein, in dem es hieß, der erste sei ein Irrtum gewesen: Die Frau, die angeblich Grete sein sollte, sei jemand anderes, und im übrigen mittlerweile in Sibirien gestorben. Nun stand wieder die Scheidung von Martha an. Anton und Martha lebten weiter in der winzigen Wohnung, behandelten einander mit zunehmender Höflichkeit und hatten nur den einen Wunsch: sich endlich trennen zu können. Doch sie konnten nicht, sagten die Anwälte. Wenn Anton allein in einem Zimmer oder einer Wohnung lebte und dort mit Bettina erwischt wurde, dann konnte Martha ihn wegen Ehebruchs verklagen. Anton schwor, daß sie so etwas nicht tun würde. Ob das etwa wahrscheinlich sei? rief Martha entnervt aus, als sie einem Vertreter des Rechts, der jedoch seine nüchtern humorvolle Miene wahrte, gegenübersaß. Martha könnte – jedenfalls theoretisch – unangenehm werden, erklärte er Anton, und der entschuldigte sich: »Was soll ich denn machen? Ich kann mir doch kein vernünftiges Scheidungsrecht aus den Fingern saugen!«

Wie immer hatte niemand schuld. Doch dieser ganze Ärger war nicht dazu angetan, die Enttäuschung zu mildern, als das Schiff, für das sie gebucht hatte, unerwartet aus dem Verkehr gezogen wurde, weil dringende Reparaturen von Kriegsschäden vonnöten waren. Man nannte ihr ein neues Abreisedatum. Diese Daten, das der Abreise und das des Scheidungstermins, lagen nur eine Woche auseinander. Wenn jetzt noch einmal etwas dazwischenkam, das die Scheidung in Frage stellte, würde dies teure und schwierige rechtliche Schritte von England aus bedeuten. Sollte man also nicht doch besser den Abreisetermin verschieben? Am Ende beschlossen sie und Anton, das Risiko einzugehen, doch die ganze Ungewißheit machte sie immer kribbliger, und es fiel ihnen schwer, einander weiter mit dem Langmut zu begegnen, der für beide mittlerweile eine Frage der Selbstachtung geworden war.

Gleichzeitig arbeitete sie an Johnny Lindsays Lebenserinnerungen. Das hieß, sie mußte herumlaufen und mit Leuten sprechen, die Johnny früher gekannt hatten, und es bedeutete lange Diskussionen mit Mrs. Van über die politischen Schwierigkeiten. Mrs. Van meinte, es sei doch nützlich, die beiden unterschiedlichen Ansichten über das Buch, die »sozialdemokratische« und die »kommunistische«, zu kennen. Es stellte sich jedoch heraus, daß es ihre Temperamente und nicht ihre politischen Anschauungen waren, die bei den Meinungsverschiedenheiten den Ausschlag gaben. Außer wenn diese beiden Stränge miteinander verquickt waren: wenn Mrs. Van sich beispielsweise beschwerte, daß Martha, »wie alle Kommunisten«, zunehmend reaktionärer würde. »Ihr redet alle daher, als seien die Russen bereits die ganze Menschheit. Bloß, weil sie da einiges schlecht gemacht haben, tut ihr schon, als sei der ganze Sozialismus gescheitert!«

»Ja, aber Sie müssen doch zugeben, daß das alles ziemlich entmutigend ist! Das heißt, falls es stimmt, was in diesen Büchern steht.«

»Was wollt ihr denn überhaupt mit diesen ganzen gemeinen, gehässigen Büchern? Ihr braucht nichts weiter zu tun, als auf die zu hören, die schon einige Jahre mehr an Erfahrung auf dem Buckel haben. Nein, ich habe den Kommunismus mein ganzes Leben bekämpft, und ihr seid Romantiker, durch die Bank. Ihr übertreibt, ihr habt keinen Sinn für Proportionen, ihr glaubt, daß alles gerechtfertigt ist, wenn nur genügend Menschen dafür sterben. Nein, ich habe mit euch längst die Geduld verloren.«

So beschied Mrs. Van mit königlichem Nicken ihrem alten Feind: alles, was nicht sinnvoll, diszipliniert, vernünftig war. Doch dann, nachdem sie ihre Erklärung durch ein mütterliches Lächeln gemildert hatte, beugte sie den Kopf wieder über das Manuskript, wo der Feind ihr aufs neue entgegentrat. Denn das Leben ihres alten Genossen Johnny Lindsay hatte lauter Eigenschaften aufzuweisen, denen sie ungeheuer mißtraute, mochte er auch stets ein makelloser Sozialdemokrat gewesen sein.

»Finden Sie wirklich, daß wir das stehenlassen sollen, Matty?«

»Warum denn nicht, Mrs. Van?«

»Weil es nicht gerade zu den Dingen gehört, die man gerne liest!«

»Sie meinen, er hat sich dumm benommen?«

»Nein, und selbst wenn, dann ist das nur das, was man von jedem Menschen erwartet. Nein, es geht darum, daß er diese schrecklichen Dinge mit solchem Genuß beschreibt – als machte ihm das Spaß.«

»Aber ich glaube, es hat ihm wirklich Spaß gemacht!«

»Ich habe das nie ausstehen können – diese Räuber-und-Gendarm-Seite des Sozialismus, Kinder, die gegen die Autorität aufmucken – *Sie* kennen das ja wohl! Zum Beispiel als Johnny und seine Freunde von der Polizei entführt wurden, da ging es darum, ob sie gehängt werden würden oder nicht – und einige wurden tatsächlich gehängt! Aber Johnny hat immer gebrüllt vor Lachen, wenn er diese Geschichte erzählt hat!« Martha lächelte, als sie an die Geschichte dachte. »Oh, ja, oh, ja! Wenn irgendwas bunt und bizarr ist, dann kommt ihr bereits voll auf eure Kosten! Und sie waren natürlich alle sehr mutig. Doch vielleicht wäre ja keine von diesen Heldentaten überhaupt nötig gewesen, wenn man es mit vernünftigeren Methoden versucht hätte?«

»Mrs. Van, *ich* war nicht dabei!«

»Es ärgert mich eben, es hat mich schon immer geärgert!«

Martha sagte: »Immer schon, Mrs. Van?« So schwer fiel es ihr selbst jetzt noch, sich etwas anzuhören, was in den Bereich der »persönlichen Angelegenheiten« fiel, wie diese alte Freundin das nannte, daß Martha merkte, wie sie ins Stottern kam und errötete. Mrs. Van errötete ebenfalls und schlug die Augen nieder. Sie lächelte ironisch vor sich hin: ein Ausdruck, den man neuerdings häufig bei ihr sah, seit Flora in Maisies Haus gezogen war. Flora und Maisie wurden immer mehr zum Gegenstand von Skandalgeschichten, und der letzte Skandal war, daß Flora nicht etwa mit dem Mann vom McGrath zusammenlebte – »Der ist wenigstens im selben Alter, Matty!« –, sondern mit Tommy Brown. Bösartige Zungen behaupteten sogar, daß Maisie und Flora ihn sich teilten.

»Das ist alles so ungeheuer seltsam, Matty. Je mehr ich darüber nachdenke, desto weniger – desto weniger kann ich es ertragen, Matty. Irgend etwas ist am Leben dran, das ... Wußten Sie schon, daß Johnny in erster Linie wegen Flora in dies Land gekommen ist? Doch, das stimmt. Er ließ alles, was er am Witwatersrand auf die Beine gestellt hatte – er war Vorsitzender hiervon und Schriftführer davon, und alle kannten ihn –, liegen und stehen. Denn seine Kinder haßten Flora, und sie war unglücklich, und deshalb ist er hierhergekommen, um ein neues Leben für sie aufzubauen – jetzt wollen Sie sicher sagen: So etwas *passiert* eben, nehme ich an!«

»Ja, das stimmt.«

Johnny hatte seine Lebenserinnerungen nicht der Arbeiterbewegung, nicht Mrs. Van, nicht dem »Weltsozialismus« gewidmet, sondern Flora. »Der großen Liebe meines Lebens, Flora, der besten und liebenswürdigsten und schönsten der Frauen.«

Er hatte das Mrs. Van eines Nachts zugeflüstert, als Flora im Kino war. »Schreib das bitte für mich auf ...« Sie hatte es getan. »So, und jetzt lies es mir vor – ja, ja, das ist richtig.« Sie hatte es, wie er gewünscht hatte, seinen Lebenserinnerungen vorangestellt. »Selbstverständlich«, sagte sie zu Martha, »wäre ich durchaus berechtigt, diese Widmung in den Papierkorb zu werfen! Er war an dem Abend nicht bei klarem Verstand. Er hatte vorher schon wirres Zeug geredet.«

»Aber Mrs. Van, Sie *haben* es nicht in den Papierkorb geworfen!«

»Na schön. Es ist eben einfach *passiert!* Doch was *ich* davon halte, brauche ich wohl nicht zu sagen!«

Jedenfalls wurde nichts gestrichen oder auch nur im Ton gemildert, und wenn man es las, dann war es, als hörte man Johnnys Stimme. Es waren die Lebenserinnerungen eines tapferen, unschuldigen Menschen, und Mrs. Van lächelte, wenn sie die Seiten der Geschichte dieses Lebens umwendete, das für sie ein Leben der Komiteearbeit, des Papierkrams, der Untersuchungsausschüsse, der Selbstdisziplin und der Selbstaufopferung gewesen war.

Parallel dazu hatte Martha noch eine ganz andere Art von Herausgebertätigkeit zu erledigen. Ein paar Wochen nach Thomas' Tod bekam der Native Commissioner in S... von einem Afrikaner, der sagte, er käme von Häuptling Soundso, der grüßen lasse, ein Bündel fleckiger, feuchter Papiere, eingewickelt in ein Leinentuch, ausgehändigt, das man in Thomas' Hütte gefunden hatte. Diese Papiere wurden an Thomas' Frau geschickt, die sie an Jack Dobie weiterschickte, und der wiederum gab sie Martha, da sie ja, wie er sagte, bestimmt zu Thomas' Bericht über die ländlichen Gebiete gehörten. Sie waren in einem entsetzlichen Zustand, denn dort, wo Regenwasser darauf getropft war, wahrscheinlich von einem schlechtgedeckten Strohdach, war die Tinte zerlaufen. Die Ameisen hatten dafür gesorgt, daß ein halbes Hundert Seiten wie rotumrandete Spitzendeckchen aus Papier aussahen. Und ohnehin waren die Seiten nicht numeriert und offensichtlich nie geordnet worden. Wie sollte Martha oder sonst irgend jemand wissen, was Thomas damit gewollt hatte? Wieviel zerstört oder verlorengegangen war? Auch gab es Anmerkungen, Kommentare, die mit Rotstift über und mitten in den ursprünglichen Text und an den Rand geschrieben waren. Die waren schwer zu entziffern und ergaben für sich eine andere Geschichte oder machten jedenfalls aus der ursprünglichen eine andere.

Jeden Morgen, wenn die Sonne aufging, war Thomas aufgestanden und hatte sich, einen Schreibblock auf den Knien und ein Tintenfaß auf dem staubigen Boden neben sich, in die Türöffnung seiner Hütte gesetzt. Da saß er dann und schrieb, während das Dorf um ihn herum aufzuwachen und sich zu beleben begann. Die Leute traten vor ihre Hütten und gähnten und streckten sich im blassen Sonnenlicht, die Frauen holten Wasser vom Fluß und kümmerten sich um die Getreidemühle, und die Männer schärften ihre Speere für die Jagd. Und Thomas saß und schrieb; dann wieder nachts im Licht der Feuerstellen, an denen gekocht wurde, und mehr als einmal im Mondlicht.

Doch was versuchte er zu schreiben? Auf einen Absatz über das Leben in Sochaczen folgte ein polnisches Gedicht. Als man es übersetzt hatte, war es ein Volkslied. Dann wie seine Mutter Kartoffeln kochte. Mit Rotstift war darübergeschrieben: Wenn man diese Menschen überreden könnte, Kartoffeln anzubauen – doch was hat das für einen Sinn, wenn das Salz stumpf geworden ist? Eine Menge jüdischer oder besser, jiddischer Witze. Solly übersetzte sie. (Auch er schrieb seine Erinnerungen. Der Titel: Studien über den Verrat. Doch, Matty, ich spüre, daß mein Leben vorbei ist, Matty, und wenn ich dieses Buch beendet habe, dann gehe ich nach Israel in ein Kibbuz.) Die Witze, sagte er, hätten aus einem Witzbuch sein können, er kenne sie in- und auswendig. Ob man an ihrer Auswahl irgendein Thema oder eine Absicht ablesen könne? Nein, es sei denn eins, das sämtlichen jüdischen Witzen gemeinsam ist, und wenn dem so sei, dann überlasse er es Martha, sich darüber lustig zu machen. Dann gab es einen langen Artikel darüber, wie man eine Karpfenzucht betreibt. Ein Nebenfluß des Sambesi ließe sich derart nutzen, wenn man ihn mit Netzen auslegte, und der Karpfen könnte den Speiseplan der Afrikaner erweitern. Oder zur Gewinnung von Dünger? stand quer mit Rotstift darüber. Geschichten gab es auch: »Es war einmal ein Mann, der reiste in ein fernes Land. Als er dort ankam, wartete der Feind, vor dem er geflohen war, auf ihn. Obwohl er die Sinnlosigkeit des Reisens doch bewiesen hatte, ging er in ein anderes Land. Nein, sein Feind war nicht dort. (Da staunst du, wie? sagte der Rotstift.) Also brachte er sich um.« Wenn du Fischragout nach Art der Mamonka machen willst ... dann fang als erstes den Fisch. Wenn man sein Getreide auf Stelzen lagert, um es vor weißen Ameisen zu schützen, warum geht man dann nicht selber auf Stelzen?

Seitenweise dieses Zeug, feuchte, modrig riechende Seiten, die Jack und Martha umblätterten, ohne, jedenfalls am Anfang, auch nur ein einziges Mal, zu sagen: Ach ja, unser guter alter Thomas, am Schluß war er offenbar nicht mehr ganz richtig im Kopf.

Doch das war noch nicht alles. Schließlich zeichnete sich doch so etwas wie eine Struktur ab, oder man konnte eine herauslesen. Denn eingebettet in all das andere waren Geschichten über die Leute im Dorf, eine Geschichte des Stammes, Fakten, Zahlen – als ob Thomas manchmal beabsichtigt hätte, Material für die Aufsichtsbehörde zusammenzutragen. Viele der Lebensgeschichten waren Nachrufe. »Soundso, ›geboren im Jahr der schweren Regenfälle‹, etwa dreißig Jahre alt. Verheiratet. Drei Kinder, zwei davon an Malaria gestorben. Vor mir nie einen Weißen gesehen. Nie aus dem Tal herausgekommen. Heute morgen gestorben.« – »Soundso. Ich würde sagen, etwas über fünfzig. Sein Vater war einmal in einer Stadt, doch ich kann nicht herauskriegen, in welcher. Auf ihren Straßen gab es ›steinerne Männer‹, die er für Schutzgeister hielt. Hat zwei Frauen. Neun Kinder, davon noch drei am Leben. Kann Schlagzeilen in Zeitungen verstehen. Heute morgen gestorben.« Diese Nachrufe waren absolut vernünftig und zeugten von großem Interesse. Doch auch darüber, wie über allem anderen auch, die Eintragungen mit Rotstift.

Die Nachrufe bezogen schließlich auch Vorfahren, Eltern, Kinder, Tiere mit ein. »Soundso, geboren in dem Jahr, wo der Blitz in die Hütte des Häuptlings einschlug«, dann die Geschichte des Häuptlings, und was der Medizinmann über den Blitz gesagt hatte. Über die Geburt des ersten Sohnes des Häuptlings: Er wurde mit den Füßen zuerst geboren, weil »er gleich nach seiner Geburt laufen wollte«. Über das Dorf der Mutter des Erstgeborenen, das auf der anderen Seite des Flusses lag, und dann über die persönlichen Eigenarten des Bruders der Mutter – er war neidisch auf die alte Geiß, neben der *seine* Mutter zu schlafen pflegte, um sich in kalten Nächten zu wärmen, denn vor zwanzig Jahren gab es noch keine Wolldecken. Und als er sich seine sechs Zähne mit einem Meißel ausschlagen ließ, vier Schneidezähne und die beiden oberen Eckzähne, hatte er zwar keinen einzigen Ton von sich gegeben, wie es sich gehörte, hinterher jedoch bekam er einen Wutanfall, und danach wußten die Stammesgenossen, daß die Götter nicht mit ihm zufrieden gewesen waren, weil es mit den geopferten Zähnen nicht weit hergewesen war. Doch verstand er sich besser als irgendwer sonst darauf, Wild zu erlegen, und keiner wußte so gut darüber Bescheid wie er, wie man Fische mit Hilfe von Kräutern fängt. Und immer so weiter. Als dann der Schluß kam – heute nachmittag gestorben –, konnte man sich kaum mehr daran erinnern, wer da gestorben war. Martha mußte ungefähr fünfzig Seiten zurückblättern, um das festzustellen. Und mittendrin, ein Klecks inmitten von Afrika, Polen: Am Mittwochnachmittag sollte ich für meinen Onkel das Pferd zum Schmied führen, und Mira rief mir vom Fenster im Schulhaus zu: Laß das Pferd stehen und komm mit zum Fluß. Ich ging also mit Mira im Wasserloch schwimmen, und das Pferd riß sich vom Baum los und lief weg. Mein Vater verprügelte mich. Meine Mutter machte mir eine Buttermilchpackung. Vater schlägt die Wunden, Mutter kühlt sie. Trotzdem konnte ich mich eine Woche lang nicht hinsetzen. Diese Menschen hier, diese mit rotem Lehm beschmierten Wilden, schlagen ihre Kinder nicht. Quer über die Seite darüber der Rotstiftkommentar: Woraus wir folgern dürfen, daß Sanftmütigkeit Buttermilch spart.

»Ungeziefer, Ungeziefer«, sprach der Rotstift, »die Welt ist ein Klumpen Dreck, der von Ungeziefer wimmelt.« – »Tod hier, Tod dort. Überall. Blut in seinem Gesicht, wo die Kugel unter dem Jochbein eingetreten ist. Tod auf dem Grund des Flusses. Sein Gesicht, rot. Die Gesichter der Mamonka: rot von rotem Lehm. Sein Haar: rot. Ihr Haar: rot. Sein Rot: Blut. Ihr Rot: Lehm. Hatte er Läuse im Haar? (Rätsel!) Nein. Die Mamonka haben auch keine, der rote Lehm hält die Läuse fern. Der Pavianhintern, schuppig und rot.«

Obszönitäten auf Englisch, Polnisch, Jiddisch.

»Wenn Fliegen summen, dann summ stärker. Es gibt hier genug Fliegen – um eine Krähe zu töten. Krähen sind gewöhnlicher als Adler, während Aasgeier rund ums Dorf auf den Bäumen sitzen und unseren Tod riechen. Die Aasgeier kommen kollerkoller mit ihren roten Hälsen von den Bäumen herunter, dünne Haut roter Hälse, geschwollen und blasig, wie Wunden in der Sonne schwellen. Eine Brandwunde, die entsteht, wenn man sein Bein zu lange im Feuer liegenläßt, wird erst von den Fliegen bekrochen, dann bläht die Haut sich auf und wirft Blasen und geht kollerkoller. Ungeziefer, Säue, Mörder, Affen, Affen mit roten blasigen Hintern. Töte. Tötet, Genossen, und macht euch eine gute Mahlzeit daraus. Das Mahl wird auf Stelzen von den weißen Ameisen ferngehalten, und ihr auch.«

Als letztes kamen zwei Fassungen von Thomas' Vermächtnis – Jack Dobies Name war eingesetzt. Die eine Version bestand aus den kurzen Biographien, den Rezepten und Zaubersprüchen, Märchen und Anekdoten. Die andere, auf Durchschlagpapier getippt, die sich über die dickeren Blätter der ersten Version schieben ließen, ergab ein Ganzes ungefähr wie das Orginal – mehr oder minder gesunder Menschenverstand als Grundlage, und darüber eine Schicht Unsinn. Doch selbst in der ersten Version, der »vernünftigen«, steckte irgend etwas Schroffes, Abweisendes. Martha saß mit diesem ungewöhnlichen Dokument in den Händen, ordnete Blätter zueinander, trennte sie wieder, so daß Sinn und Unsinn einander begegneten wie bei einem Tanz und sich wieder voneinander trennten, und währenddessen dachte sie an Thomas, den kräftigen braunen Mann, den sie gekannt hatte – das war dieselbe Person. Sie fühlte sich gedrängt, den wirklichen Thomas, den Mann, den sie geliebt hatte, für ihre Dummheit um Verzeihung zu bitten. Vermutlich war ja die Person, die hier auf diesen Seiten enthüllt wurde, die ganze Zeit schon dagewesen? Doch fand sie auf diesen Blättern nicht viel von Thomas wieder, außer vielleicht (und warum, wußte sie nicht) in der Scherzhaftigkeit, die noch die aufrichtigsten Eintragungen entstellte und sich vielleicht dem Mann näherte, der geschrieben hatte »Ungeziefer, wir sind alle Ungeziefer«? Dabei hatte Scherzhaftigkeit nicht zu Thomas' Eigenschaften gehört. Er hatte einen barschen, grimmigen Humor besessen – doch. Der hatte sich beispielsweise in der Geschichte von seinem alten Lehrer gezeigt, den er in Israel besucht hatte: Und wie steht's mit Ihrer Weiterentwicklung, Lehrer? Bist du das, Thomas Stern? Lernst du noch immer tüchtig Latein?

Jüdisch. Die jüdische Ergebenheit ins Leiden. Außer, daß das jedermanns Ergebenheit ins Leiden war.

Was hast du gesagt, was das Thema der jüdischen Witze sei, die du in- und auswendig kennst, Solly? – Ich überlasse es dir, dich darüber lustig zu machen, Matty, ich hab dazu nichts zu sagen.

»Was um Himmels willen sollen wir denn mit diesem Ding anfangen?« sagte sie zu Jack.

»Er war verrückt, oder? Verbrenn es.«

Schließlich trug sie die Papiere zu Mrs. Van, die sie in einer Nacht durchlas und Martha am Morgen anrief.

»Was für ein Einfall, diesen ganzen Unsinn auf Durchschlagpapier zu kopieren!«

»So bin ich dem Original noch am nächsten gekommen.«

»Aber warum um Himmels willen wollten Sie das denn bloß?«

»Aber sonst ist es doch nicht ehrlich.«

»Das ist eine wissenschaftliche Stiftung – die wollen doch so was nicht haben!«

»Anthropologie wollen die ebensowenig – doch wenn an dem Zeug irgend etwas dran ist, dann kommt man dem auf diese Weise jedenfalls am nächsten.«

»Schlagen Sie sich das aus dem Kopf, Matty. Werfen Sie's in den nächsten Brunnen.«

»Ich kann den Gedanken nicht loswerden, daß Thomas in dem Dorf langsam verrückt wurde und versucht hat, Botschaften hinauszuschmuggeln.«

»Dasselbe läßt sich auch von jedem Insassen einer Heilanstalt sagen. Nächstes Mal, wenn irgendein begeisterter Amateur wie Thomas um Geld bittet, statt selbst welches zu geben, dann sagen die: Bedenkt doch, was diesem Verrückten in Südrhodesien damals passiert ist!«

»Vermutlich haben Sie recht.«

Martha schrieb an die Stiftung, daß das Material der Feldforschung verlorengegangen sei. Der Stoß Seiten lag, mitsamt dem Manuskript, das Martha davon angefertigt hatte, in der Wohnung herum. Sie konnte es nicht über sich bringen, alles einfach wegzuwerfen. Als es schließlich als letztes noch in der leeren Wohnung lag, nachdem sie alles für England gepackt hatte, warf sie es in ihren Koffer und nahm es mit.

Dann ging alles ganz rasch. Die Scheidung wurde vom Hohen Gerichtshof auf zwei Monate früher anberaumt, als sie erwartet hatten, und sie bekam noch einen Kabinenplatz auf einem früheren Schiff.

Die Scheidung war in der Tat nichts als eine Formalität, wie die Anwälte versprochen hatten.

Anton und Martha und ihre Anwälte, Marjorie und Jasmine – die gerade von Johannesburg raufgekommen war, um ihre Eltern zu besuchen – gingen gemeinsam zum Gericht. Martha war froh, daß Mr. Maynard nirgends in Sicht war, was durchaus hätte passieren können: Er war jetzt Richter beim Hohen Gericht. Die angemessenen Lügen wurden erzählt, und als Martha und Anton aus dem Gericht kamen, wartete Bettina auf Anton. Sie entschuldigte sich, weil sie in »einem so ungelegenen Moment störe«, doch sie hatte es nicht geschafft, ihren Wagen, der ein paar Häuser weiter stand, anzulassen.

»Na gut, ich komme später und packe«, sagte Anton zu Martha. Er zögerte und küßte sie dann auf die Wange, während Bettina lächelte, als wollte sie sagen: Aber natürlich! Ganz recht so, denkt nur nicht, daß ich etwas dagegen habe. Die beiden Frauen waren so sehr darauf aus, der anderen ihre Großzügigkeit zu beweisen, daß ihnen vom vielen Lächeln buchstäblich die Gesichter schmerzten, und beide waren erleichtert, als Anton endlich mit Bettina wegging.

»Was für eine Farce«, sagte Jasmine, »immerhin, ein gutaussehendes Paar.«

Marjorie sagte: »Wer hätte das gedacht! Ausgerechnet Anton macht am Ende noch eine ordentliche Partie. Kommst du heute abend mit, Matty?«

Am Abend fand eine Veranstaltung statt, und Jasmine und Marjorie hatten versprochen, daran teilzunehmen. Marjorie hatte gesagt: »Das ist ein ganzer Haufen neuer Leute – wer weiß, vielleicht führt es diesmal ja wirklich zu irgend etwas?«

»Was soll denn das für einen Sinn haben?« fragte Martha. »Ich fahre doch nächste Woche.«

»Oh, wie gräßlich – kein Mensch mehr da! Bitte, komm doch, um der alten Zeiten willen. Jetzt bin ich die einzige, die noch irgend etwas tun kann – aber diese neuen Leute werden jetzt alles in die Hand nehmen, vermute ich«, Marjorie war in Tränen aufgelöst. Beschämt sagte sie: »Ja, ich weiß, ich bin schrecklich nervös. Es tut mir leid. Wenn ich nicht aufpasse, kriege ich noch einen Nervenzusammenbruch – stellt euch das vor, dabei habe ich solche Frauen wie mich immer verachtet!«

Am Abend gingen Marjorie und Martha zu einem häßlichen Bürohaus keine hundert Meter von ihrem alten Bürohaus in der Founders' Street entfernt, das inzwischen abgerissen worden war.

Sie kamen ein paar Minuten zu spät und scherzten, als sie die Treppe hinaufstiegen, über den Sittenverfall – früher hätten sie es nie gewagt, zu spät zu kommen.

Sie standen in der Tür und hielten nach bekannten Gesichtern Ausschau – es gab keins. Es waren alles Unbekannte.

Irgend etwas war an diesen Gesichtern – was bloß? – ja, natürlich! Die sahen alle so unglaublich jung aus: Die waren Anfang zwanzig, während Martha und Marjorie, sechs, sieben Jahre älter, einer anderen Generation angehörten.

»Vielen Dank für euer Kommen«, sagte ein lebhafter, dunkelhaariger Bursche, »wir freuen uns, Mitglieder der alten Garde bei uns begrüßen zu dürfen.«

Glücklicherweise begriffen die beiden Gäste rechtzeitig, daß es sich nicht um einen Scherz handelte, und nahmen davon Abstand zu lächeln oder Blicke zu wechseln. Doch der Schock gab ihnen das Gefühl, als hätten sie es getan. Der junge Mann wies, ohne zu lächeln, mit einem Nicken auf eine bereits vollbesetzte Bank. Die anderen rückten noch enger zusammen. Marjorie und Martha zwängten sich dazwischen. In diesem Augenblick trat Jasmine ein, die viel zu elegant aussah. Sie war mit ihren Eltern und dem neuesten Geschäftsmann, der in den Augen ihrer Eltern als Heiratskandidat in Frage kam, bei einem Familienessen gewesen. Jasmine fand eine Handbreit Platz am Ende der gegenüberstehenden Bank und nahm Platz, nachdem sie eingehend geprüft hatte, ob Staub drauflag. Das machte einen schlechten Eindruck, und schon gingen die Brauen hoch. Unterdessen setzte der lebhafte junge Mann seine Rede fort. Er versuchte gerade, sie von irgend etwas zu überzeugen – er hatte eine Vision, die sie mit ihm teilen sollten. Enorme Geldsummen waren im Spiel. Als er endlich die Gesamtsumme genannt hatte, spürte Martha Marjories Ellenbogen in den Rippen, und sie schaute sich um, um herauszufinden, weshalb diese doch offensichtlich geistig gesunden jungen Menschen diesen Wahnsinnigen nicht vor die Tür setzten. Er sprach rasch und gut, beugte sich vor und ließ den Blick von einem Gesicht zum andern wandern. Er sprach vertraulich zu einer Person, als wären sie beide ganz allein, um dann, wenn er diesen persönlichen Kontakt für jedermann sichtbar hergestellt hatte, zum nächsten weiterzugehen. Er wußte jedoch instinktiv, daß er Martha, Marjorie und Jasmine nicht zu einem öffentlichen Tête-à-tête würde bewegen können, und so wanderte sein Blick an ihnen vorbei, nicht jedoch ohne ihnen mit einem kleinen Lächeln zu bedeuten: Ihr würdet mir schon trauen, wenn ihr mich kennen würdet!

Jackie Bolton. Martha fühlte sich so eindrücklich in jenes andere Büro, jene andere Gruppe zurückversetzt, daß sie sich umsehen mußte, ob Anton Hesse und Andrew McGrew, die beiden gescheiten, soliden Männer, deren Aufgabe es war, zu beruhigen und zu widersprechen, auf ihren Plätzen saßen. Und was Jasmine wohl empfinden mochte – die Jackie Bolton schließlich geliebt hatte! Marjorie und Martha blickten gleichzeitig zu ihr hinüber: Jasmine hatte die ironische Miene eines Menschen aufgesetzt, der gerade zu einem Urteil über ein früheres Lebensstadium gekommen ist. Und wie die beiden anderen, achtete sie sehr darauf, wohin sie ihre neugierigen Blicke lenkte – denn da sie Jackie Bolton kannten, wußten sie auch, wie heftig dieser Redner jegliche Unaufmerksamkeit verübeln würde.

Ja, da waren sie: In einer Ecke saß ein gedrungener, bebrillter junger Mann und machte sich Notizen, und jedesmal, wenn der Redner die phantastische Geldsumme erwähnte und von einem »nationenweiten Netz« sprach, erlaubte er sich eine amüsierte Grimasse. Und neben dem entflammten Redner in der Position der Vorsitzenden (die sie eigentlich offiziell hätte begrüßen sollen – das war keineswegs die Aufgabe des Redners) saß eine weitere schweigsame Person, die ihre Vorbehalte zu haben schien, in diesem Fall ein kräftiges, ziemlich schönes Mädchen, das an eine Heldin Turgenjews erinnerte.

Die anderen hingegen saßen alle vorgebeugt, versunken, hingerissen, mitgerissen von der eleganten, hochgemuten Sprache des Redners. Die beiden schweigsamen Kritiker waren eine Minderheit, und sie wußten das. Wenn die Geschichte sich also wiederholte – und warum auch nicht? Wenn die Protagonisten die gleichen waren, dann war es die Handlung doch vermutlich auch – d. h., die Gruppe würde nicht existieren, diese Menschen würden nicht den ganzen Abend auf unbequemen Bänken sitzen und über nationenweite Netze sprechen, die das Land völlig verwandeln sollten, wenn es den entflammten Redner nicht gäbe? Er war es vermutlich, der sie alle befeuert, alle miteinander verschmolzen hatte; er war der Wagemutige, der Funken, der Visionär – und der venünftige junge Mann in der Ecke, das vernünftige schöne Mädchen würden ihre Besonnenheit womöglich vergeblich ausstrahlen. Und wenn sie nicht einverstanden waren, was der Fall war, weshalb waren sie denn dann überhaupt hier? Meine lieben vernünftigen Freunde! Martha mußte feststellen, daß sie den beiden insgeheim eine Ansprache hielt: Ihr bildet euch ein, ihr wärt hier als Vertreter des gesunden Menschenverstands, stimmt's? Und ihr übtet »einen mäßigenden Einfluß« aus. Macht euch mal nichts vor – der setzt sich durch, der setzt alle Hebel in Bewegung, und in allem, was er tut, steckt bereits der Same der Zerstörung. So daß ihr also das Ende dessen, was ihr jetzt schafft, vorhersagen könnt, wenn ihr euch darauf versteht, die Zeichen zu erkennen: Ihr findet sie, liebe Freunde, in dem, was ihr diesem liebenswürdigen, jungen Besessenen nachseht, in den ärgerlichen Dingen, die ihr (und dabei kommt ihr euch der Gruppe gegenüber ziemlich unloyal vor) untereinander besprecht, um dann zu entscheiden, sie seien schließlich nicht so wichtig, denn die Vision sei das Wesentliche. Und indem ihr den Blick entschlossen auf die Vision gerichtet haltet, als wäre diese etwas Unteilbares, etwas von den Köpfen und den Persönlichkeiten derer, die sie geschaffen haben, völlig Getrenntes, überseht ihr die Lügen, die Übertriebenheit und diese schiere Verrücktheit, diese verdammte, weil ihr in eurem tiefsten Innern wißt: Euch fehlt der Funke, ihr könntet nichts in Bewegung setzen. Während ihr herumsitzt und sagt: Dafür fehlt die Basis, dafür fehlen die Bedingungen, das ist völlig unmöglich (womit ihr völlig recht habt: die Basis ist nie vorhanden, und es ist immer unmöglich – wenn ihr die Fahrlässigkeit dieses inspirierten jungen Spinners mal außer acht laßt) – da hat er schon das Feuer entfacht, da läuft die Maschine schon wie geschmiert, ist der Topf am Kochen – und das Kind liegt bereits im Brunnen. Natürlich, er, der Anreger, wird alsbald einen Nervenzusammenbruch kriegen oder krank werden, oder das Interesse verlieren und anderswohin gehen, dorthin, wo es, wie er glaubt, noch unverdorbene und ganze Menschen gibt, die ihm seine Vision nicht verderben – was ihr tut, wie er meint. Ihr werdet es sein, die das ganze Durcheinander, das er hinterlassen hat, wieder in Ordnung bringen müßt (ein Ausdruck, den ihr ständig verwenden werdet). Ihr werdet sagen: Ach, wie schade, daß es so gekommen ist, wenn er doch nur nicht so viel Zwietracht gesät, so viele Leute vor den Kopf gestoßen, so viele abgeschreckt hätte durch seine offenkundige Lügerei – mit einem Wort, solch eine intrigante, unangenehme, unrealistische Atmosphäre geschaffen hätte. Wenn doch nur, wenn doch nur ... dann hätten wir eine erstklassige, stabile Organisation bekommen, und das Land wäre völlig verändert worden. Doch, meine lieben, vernünftigen Freunde, ohne die »Realitätsferne«, die »Verrücktheit« (ihr werdet diese Ausdrükke noch jahrelang verwenden, ihr beiden werdet wahrscheinlich vor lauter Enttäuschung über die »Realitätsferne« heiraten), hätte es sowieso nie irgend etwas gegeben, das ist der springende Punkt. Das vollzieht sich immer auf diese Weise, das ist und bleibt der springende Punkt. Das »wenn doch nur«, das euch so wichtig ist, das in fünf, sechs Jahren in euch arbeiten wird, um euer Gefühl der Scham, der Vergeudung, der Sehnsucht nach dem, ›was hätte sein können‹ zu beschwichtigen, zeigt, daß ihr die Hauptsache bei allem, was vor sich ging, nie begriffen habt. Und nie begreifen werdet.

Doch als Martha mit ihrer stummen Ansprache an die beiden gleichgestimmten Figuren, das schöne, solide Mädchen, das seinen dunklen Kopf über die Notizen beugte, den angenehmen bebrillten jungen Mann, der seine Kritik durch ein brüderliches Lächeln entschärfte, an diesem Punkt angekommen war, merkte sie, daß der Redner, der spürte, daß die drei Gäste Gedanken nachhingen, die mit dem, was er gerade sagte, nichts zu tun hatten, sich in einem Satz, in dem schon viermal das Wort *Millionen* vorgekommen war, unterbrach und mit feindseliger Höflichkeit wissen wollte, ob er sie vielleicht langweile?

»Meine Güte, nein, ganz und gar nicht!« rief Marjorie und bot ihren ganzen freimütigen Charme auf. Sie war durch einen neuen Enthusiasmus wie verwandelt. Martha schüttelte lächelnd den Kopf und hütete sich, etwas zu sagen. Er schaute Jasmine an, und die sagte: »Es tut mir leid, daß ich mich verspätet habe, aber ich wüßte doch gern, was das hier für eine Gruppe ist!«

Sofort setzten lebhafte Blickkontakte ein. Diskretes Schweigen.

»Ach, wenn sich das so verhält«, sagte Jasmine kumpelhaft und steckte sich eine Zigarette an.

»Niemand hat gesagt, daß es sich so oder so verhält«, sagte eine hübsche Studentin von vielleicht achtzehn. Sie schaute die drei alten Frauen voller Abneigung an – denn als solche empfand sie sie eindeutig.

Erneutes Schweigen.

»Na, jedenfalls«, sagte Marjorie in herzlichem Ton, und ihre Augen leuchteten, »es ist schrecklich nett von euch, uns alte Reaktionäre dazuzubitten!«

Wieder begegneten sich Blicke, trennten sich zögernd. Grimassen, Schweigen, Feindseligkeit.

Martha erinnerte sich an einen Zwischenfall aus jenen abgelebten Tagen vor acht Jahren. Jasmine war in größter Eile ins Büro gekommen – in welches? Es hatte so viele schäbige, mit Bänken versehene, staubig riechende kleine Büros gegeben. Sie hatte gerade Mr. Forrester auf der Straße getroffen und war stehengeblieben, um ein paar Worte mit ihm zu wechseln: »Ich war natürlich auf der Hut, nach dem, was wir so wissen, könnte er ja gut ein Spitzel sein!« Er hatte in scherzhaftem Ton gesagt: »Na, immerhin vielen Dank dafür, daß Sie die Existenz eines alten Reaktionärs noch zur Kenntnis nehmen!« Jasmine hatte gesagt, und es gelang ihr gerade noch, eine Spur von Hohn in ihre gezwungene, schockierte Stimme zu legen: »Er hat sich nicht mal geschämt, das auch noch laut zu sagen! Er hat das tatsächlich wortwörtlich so gesagt!«

Mein Gott, mein Gott, dachte Martha, waren wir wirklich so schrecklich, so dumm? Gottseidank ging sie bald weg und würde diesen jungen Dummköpfen nicht um ihrer eigenen Vergangenheit willen vergeben müssen.

Sie sagte lächelnd und befleißigte sich dabei einer, so hoffte sie, wohlwollend neutralen Miene: »Es war besonders nett, daß ihr mich miteingeladen habt, denn ich verlasse das Land demnächst.«

»Wenn man sich nicht schämt, den Problemen dieses Landes den Rücken zu kehren, um sich in England ein schönes Leben zu machen«, sagte das hübsche Mädchen in bitterem Ton.

Bei diesen Worten zog der blonde, solide junge Mann eine Pfeife aus der Tasche und begann sie zu stopfen. Er lächelte stillvergnügt, während er seine Hände bei der Arbeit beobachtete. Diese wohlüberlegte Geste hatte die Aufmerksamkeit der anderen auf sich gezogen, die nun darauf warteten, daß er etwas sagte. Wieder spürte Martha Marjories Ellenbogen: »Weißt du noch – Andrew?« flüsterte sie.

»Manche Leute interessieren sich offenbar mehr für ihre Privatgespräche als für die Veranstaltung – tut mir leid, das sagen zu müssen«, sagte ein junger indischer Lehrer.

Der Pfeifenstopfer sagte: »Ich möchte doch daran erinnern, daß wir darüber abgestimmt haben, ob Mitglieder der alten Gruppen eingeladen werden sollten.« Er sprach »humorvoll«, und die Vorsitzende sagte ebenfalls »humorvoll«: »Das wollte ich auch gerade sagen. Ich möchte doch bitten, sich an unsere Absprachen zu halten. Unsere Gäste wissen ja nicht einmal, um was es hier eigentlich geht.«

»Oh, doch, das wissen wir sehr wohl!« murmelte Marjorie lächelnd, doch diejenigen, die sie hörten, runzelten die Stirn.

»Diese Veranstaltung«, sagte der Redner, »humorvoll«, aber mit allem Nachdruck und zog alle in seinen Bann, indem er sich vorbeugte und sie mit einem ganzen Feuerwerk glühender, fordernder, anklagender Blicke bedachte, »dient dazu, den Sozialismus in diesem Land einzuführen – und zwar sofort!«

Allgemeines geschmeicheltes Lachen.

Der Pfeifenstopfer sagte: »Wir sind eine Gruppe von Sozialisten – womit unter den gegenwärtigen Bedingungen wohl genug gesagt wäre!«

Noch mehr geschmeicheltes Gelächter.

»Und wer ist *wir* – wenn ich fragen darf?« Jasmine ließ nicht locker.

Die Vorsitzende sagte: »Es ist Ihr gutes Recht, danach zu fragen, doch zum gegenwärtigen Zeitpunkt können wir nicht mehr sagen als: Wir sind Sozialisten, wir suchen nach neuen Möglichkeiten, und wir sind sehr lose organisiert. Sie müssen verstehen, daß wir mehr nicht sagen können.«

»Aber selbstverständlich!« Marjorie klang etwas unwirsch, wenn auch nicht unfreundlich. Aus irgendeinem Grund wurde diese Bemerkung allgemein mit Unmut aufgenommen. Wieder kreuzten sich die Blicke, und selbst die Vorsitzende schien beunruhigt. Es war deutlich, daß die Anwesenden einander hinterher fragen würden: »Was weiß die denn von unseren Angelegenheiten – irgendeiner von uns muß ein Verräter sein!«

»Ich schlage vor, daß jemand einen kurzen Überblick gibt – über die Weltlage, meine ich«, sagte der indische Lehrer.

»Dabei war ich ja gerade«, sagte der feurige Redner verdrießlich, »oder sagen wir mal, darauf wollte ich hinaus«, setzte er hinzu und fand zu seiner guten Laune zurück, als die Leute ihn mit einem liebevollen Lachen bedachten. Er zog seine Notizen näher zu sich heran und begann zu sprechen. Es war eine Analyse der Lage. Martha ertappte sich dabei, wie sie dachte: »Nichts gegen Anton in seinen besten Tagen!«

Das Problem, das heute abend zur Diskussion stand, war: Welche Auswirkungen würde das neu geschaffene kommunistische China auf die Weltszene haben?

Nach einigen Stunden stellte sich heraus, daß diesbezüglich völlige Einmütigkeit herrschte.

Wer hätte das vorhergesehen? Alle meldeten sich zu Wort, die »alte Garde« eingeschlossen. Sie waren verschiedener Meinung, sie hoben die Stimme, spalteten sich in verschiedene Lager, gaben zu, unterschiedlicher Ansicht zu sein, hätten noch bis morgens so weitermachen können, wenn die Vorsitzende nicht gesagt hätte: »Wie ich das sehe: Alle sagen dasselbe!« Sie schauten einander wieder an, und dieser Blick war nicht gerade sehr freundlich, denn sie wollten nicht dasselbe sagen wie alle anderen, nicht genauso sein, obwohl die Heftigkeit der Diskussion tatsächlich auch ein verstecktes Wohlbehagen ausgelöst hatte. Doch sie sahen es ein: Sie hatten tatsächlich dasselbe gesagt, wenn auch selbstverständlich auf ganz unterschiedliche Weise. Sie lachten alle gemeinsam. Dies Lachen ließ sie eins werden.

Es war das Lachen, das überall zu hören ist, wo eine Gruppe sich einig ist – und zwar, das ist der springende Punkt, einig gegenüber einer Mehrheit von Außenstehenden. Es ist das Lachen einer Minderheit, die sich im Recht befindet, das der intelligenten, vorausschauenden, informierten Minderheit, die heikle oder gar gefährliche Ansichten vertritt, die auf den Widerstand der Mehrheit stoßen müssen. Martha war dies selbstgefällige, tröstliche, wärmende Lachen bestens bekannt – doch wie oft, in wie vielen unterschiedlichen Konstellationen hatte sie es nicht gehört! Und wie oft und unter welchen Umständen würde sie es wohl wieder hören?

Die gute Laune hatte sich mittlerweile so gesteigert, daß es der Turgenjew-Heldin leicht fiel, Jasmine um die Zusammenfassung zu bitten. Außerdem war sie ja auch ein Gast von der Kommunistischen Partei im Süden (obwohl die natürlich nicht mehr bestand, sie hatte sich aufgelöst), und wenn die Leute in diesem Raum auch keinesfalls als Kommunisten betrachtet werden konnten, so konnte sie in gewissem Sinne vielleicht doch als freundschaftlich gesonnene Delegierte angesehen werden.

Gelächter, und sogar der feurige Redner nickte.

Jasmine faßte zusammen:

»Es war Pech für die Welt, daß zufällig Rußland das erste sozialistische Land sein mußte, weil die Rückständigkeit dieses Landes den Sozialismus mit dem Odium einer Barbarei versehen hat, die mit dem Sozialismus nichts zu tun hat. China, das ein altes Land mit einer tiefverwurzelten und unerschütterlichen Kultur ist – und wesentlich zivilisierter als wir! –« (überall im Raum Hört-, hört-Rufe) »würde dem Kommunismus die Mäßigung, die innere Ruhe, die Vernunft, die Menschlichkeit, den Humor, die Toleranz etc. wiedergeben. Die Sowjetunion würde, wenn sie im wahren Geist der kommunistischen Selbstkritik erst einmal erkannt hatte, daß sie für die Aufgabe, die Führung in der Welt zu übernehmen, nicht so geeignet war wie dies neue, unbefleckte Vorbild mit seiner alten Kultur, beiseitetreten und China die Rolle überlassen, die Welt zu einem vollentfalteten Kommunismus zu führen.

Amerika, das viele Billionen mit dem vergeblichen Versuch verpulvert hat, die chinesischen Kommunisten an der Machtübernahme zu hindern, würde vermutlich fortfahren, den Bürgerkrieg zu schüren, es würde noch eine weitere Epoche der Bürgerkriege, der Hungersnöte etc. geben, doch schließlich würde dieses Jahr 1949 im Kalender der Welt als das erste einer neuen Epoche, der Epoche eines segensreichen Sozialismus, vermerkt sein.« Und selbstverständlich immer so weiter, doch das war der Kern der Sache.

Einen Augenblick lang herrschte, nachdem Jasmine fertig war, ein allgemeines Klima des Vertrauens, man war gehobener Stimmung, fühlte sich allgemein wohl. Wenn die drei Gäste mit einer solchen Situation nicht vertraut gewesen wären, dann hätten sie vielleicht gemeint, die Veranstaltung sei vorbei, da es mittlerweile nach Mitternacht war. Doch sie erkannten die Atmosphäre »nach geschlossener Veranstaltung« wieder und standen eine nach der anderen auf, um sich zu verabschieden.

Marjorie wäre offensichtlich furchtbar gern zum Bleiben aufgefordert worden, doch mochten die drei nun auch nicht mehr als Feinde oder gar als Spitzel betrachtet werden, akzeptiert worden waren sie trotzdem nicht. Marjorie würde warten müssen, bis Jasmine und Martha fort waren und sie als einziges Mitglied der »alten Garde« in der Stadt übrig wäre. Dann würde man sie auffordern mitzumachen – auf der Basis, daß sie ein netter Kerl und für alle Kärrnerarbeiten zu gebrauchen war, wenn auch in theoretischer Hinsicht ein hoffnungsloser Fall, die Arme. »Aber natürlich wird sie sich da durchbeißen müssen.«

Höflich wurde der Dank für die Einladung ausgesprochen und ebenso entgegengenommen, und dann stiegen die drei die dunkle Treppe hinunter.

Sie standen zusammen auf dem Trottoir. Sie bemerkten, daß, während sie in dem stickigen, hellen, kleinen Raum diskutiert hatten, Sturm und Regen über den Himmel gefegt waren. Irgendwo außerhalb der Stadt mußte es regnen, denn immer wieder spürten sie einen Hauch von weicher, feuchter Luft im Gesicht, die nach frisch benetzten Blättern roch.

Jasmine sagte: »Doch, wirklich, ein netter Haufen. Wenn sie bloß nicht in allem so unausgewogen wären. Aber das legt sich schon noch.«

Marjorie sagte: »Ach, ich bin so froh, daß die jetzt anfangen. Dann muß man unser Scheitern nicht gar so trostlos finden. Und wenn sie nur ein paar Lehren aus unseren Fehlern ziehen würden, dann ...« Sie ließ ein kleines Lachen hören, das ein halbes Schluchzen war. »Ich muß wirklich aufhören, so gefühlsduselig zu sein. Colin sagt, das macht ihn noch wahnsinnig, und ich kann es ihm nicht verübeln. Doch er hat natürlich nie irgendwelche Regungen dieser Art. Sehe ich dich noch, Matty, ehe du nach England gehst?«

»Ich sollte vermutlich ein Abschiedsfest geben – doch wen kann ich schon einladen?«

»Ja, wer ist denn überhaupt noch übrig? Ach, ist das nicht schrecklich, wenn man bedenkt ...«

»Macht nichts, die Jungen sind auf dem Vormarsch«, sagte Jasmine. Martha lachte, doch Marjorie sagte: »Bitte, bitte, lacht jetzt nicht – ihr habt gut reden, aber ich muß hierbleiben.«

Sie eilte zu ihrem Wagen. Colin wartete darauf, daß sie nach Hause kam. Er mußte wachbleiben – eins der Kinder hatte Fieber.

Martha und Jasmine liefen unter dem intensiven Gefunkel der Sterne die menschenleere Straße hinauf.

Jasmine sagte: »Arme Marjorie, was für ein Schicksal! Wir können uns glücklich preisen, wir kommen hier raus.«

»Willst du wirklich in Johannesburg bleiben?«

»Mir gefällt das garstige Loch. Und außerdem, jetzt wo die Nationalisten dran sind, hat man das Gefühl, wirklich etwas ausrichten zu können – ich meine, es ist so schrecklich, daß das einfach nicht lange währen kann. Ich rechne damit, daß wir spätestens in fünf Jahren den Sozialismus haben ... Also, mach's gut, Matty! Irgendwo, irgendwann sehe ich dich wieder!«

Sie ging allein weiter. An der Ecke wandte sie sich um und winkte: »Barrikade!« sagte sie beinahe höflich, so als hätte sie auch Gute Nacht oder Wie geht's? sagen können. Dann verschwand sie um die Hausecke.